El sello HCBS identifica los títulos que en su edición original figuraron en las listas de best sellers de los Estados Unidos y que por lo tanto:

- Las ventas se sitúan en un rango de entre 100.000 y 2.000.000 de ejemplares.
- El presupuesto de publicidad puede llegar hasta los u$s 150.000.
- Son seleccionados por un Club del libro para su catálogo.
- Los derechos de autor para la edición de bolsillo pueden llegar hasta los u$s 2.000.000.
- Se traducen a varios idiomas.

EL FALLO

PERRI O'SHAUGHNESSY

EL FALLO

Traducción
María Cristina Cochella de Córdova

EDITORIAL ATLANTIDA
BUENOS AIRES • MEXICO

Diseño de interior: Natalia Marano

Título original: BREACH OF PROMISE

Primera edición publicada por EDITORIAL ATLANTIDA S.A.,
Azopardo 579, Buenos Aires, Argentina.
Hecho el depósito que marca la Ley 11.723.
Libro de edición argentina.
Impreso en España. Printed in Spain. Esta edición se terminó
de imprimir en el mes de abril del 2000 en los talleres gráficos
Rivadeneyra S.A., Madrid, España.

I.S.B.N. 950-08-2310-1

A Brad

PRÓLOGO

A los diez años de edad, mientras desayunaba un plato de avena tibia, leí mi primer artículo periodístico: una historia atrapante, un recuadro en la segunda página, donde ponían los temas sensacionales. Mi tía lo recortó y lo puso bajo mis narices. Un hombre, que regresaba a su hogar después de ver una película, se enfrentó con un asaltante, lo mató de un disparo y luego murió debido a las heridas de arma blanca que había recibido.

Y todo por sesenta dólares.

Así que dos tontos habían muerto por sesenta dólares, y dos tontos habían matado por esa cifra. Triste, ¿no? Mi tía lo consideraba así. Y yo también. Yo conocía a uno de los hombres muertos.

Había una lección implícita para alguien impresionable de diez años, como la hay para ustedes cuando leen la misma historia un par de veces por año. ¡Qué increíble!, dicen. Está muerto, ¿y por qué?

¡Sesenta dólares!

¡Pero si hoy esa suma ni siquiera alcanza para pagar una comida decente en un restaurante! No es suficiente para pagar el alquiler de una caja de cartón. ¡No es suficiente para morir por ella!

Esa mañana, mientras mi tía pontificaba como telón de fondo, volví a leer la historia y me sentí como una persona sentada en una casita en un árbol observando cómo las hormigas suben por el tronco. Joven como era, escuchando a medias su interpretación, comprendí mejor que ella el significado de lo que había sucedido.

Ahora lo comprendo aún mejor.

Ese asaltante no se detuvo a considerar si sus acciones eran acertadas. Estaba demasiado ocupado tratando de acallar los sonidos enloquecedores que emitía su cuerpo exigiéndole cosas. Como alguna vez dijo Billie Holiday: "En la vida se necesita un poco de comida y otro tanto de amor para poder soportar de pie un sermón sobre cómo debemos comportarnos".

Para él fueron suficientes sesenta dólares. Bastaban para alimentarlo a él y a su familia durante un par de días. Bastaban para una dosis. Bastaban para quitarse de encima a otra persona. Bastaban para afrontar cualquier riesgo. Bastaban para atacar a otra alma miserable y arrancarle su valiosa vida.

Ahora que soy adulta, me resulta aún más clara la breve lucha de dos hormigas por un mendrugo de pan. Y, como ustedes, jamás deja de sorprenderme la mezquindad de las aspiraciones de la gente. Yo no arriesgaría mi vida por sesenta dólares; mi cultura me ha sofisticado. Además, tengo todo lo que necesito.

Desgraciadamente, hay un desierto árido y extenso entre lo que necesito y lo que deseo. Y he descubierto algo más.

Debo obtener lo que deseo.

Ustedes estarán pensando que están por encima de todo eso. Bueno, quizá sea así. Pero permítanme el gusto de probar lo siguiente. Una noche oscura, tómense unos minutos. Imagínense tendidos en el centro de un colchón relleno con billetes grandes. ¡Qué sensación de suavidad, de seguridad, de sensualidad... qué gratificante y placentero! ¡Qué cosmopolita yacer sobre dinero tocado por muchas manos, que al fin cayó del cielo para beneficiarlos! Y así, de repente, serían las personas más afortunadas del mundo. ¡Ya no tendrían necesidad de obsecuencia! Serían obsecuentes con ustedes mismos.

Suena divertido, ¿no les parece?

Y permítanse otra ensoñación pervertida y retorcida. Pueden tener todo el dinero que hayan deseado. No tienen que robarlo. No, el dinero está a disposición de ustedes, pero sólo tienen que hacer una pequeña cosa...

Aprovecharían la oportunidad. Por supuesto que lo harían.

Pero no venderían su alma por poco dinero. Exigirían lo suficiente para acallar definitivamente el murmullo silencioso de los deseos. Es probable que la cifra que fijaran no fuera igual a la mía, pero esa cifra existe.

Admítanlo. Llegarían a matar por ella.

Igual que yo.

En esta época es preferible moverse en una limosina que caminar por las calles. Nunca se sabe con quién podemos toparnos. Quizá con alguien como mi padre, con un cuchillo en la mano, que necesita nuestro dinero. Quizá con alguien como yo. Tan fatal como sea necesario.

La vida nos da lecciones difíciles. Cada uno de nosotros desea ser el que se marche con vida... y rico.

Descansa en paz, papá.

LIBRO PRIMERO

Fiestas

Ahora presta atención:
si fueras realmente superior,
realmente superior,
tendrías dinero,
y lo sabes.
–D. H. Lawrence

CAPÍTULO 1

Nina Reilly abrió la ventana de su oficina, en el edificio Starlake, situado en la Ruta 50. El aire cálido con aroma a tostadas y pasto seco penetró por la ventana y se mezcló con el frío áspero del aire acondicionado. En el exterior, todos los tonos de amarillo y oro se agitaban bajo el viento cálido de octubre que movía los papeles sobre su escritorio. A la distancia, las velas de colores brillantes ondeaban sobre el fondo azul del lago Tahoe. Nina sentía que el clima estaba cambiando. El aire sofocante contenía un olor fuerte, como el final de algo dulce, como limones en té azucarado.

Nina se asomó por la abertura para captar un rayo de sol; observó que un hombre y una mujer con zapatillas inmaculadamente blancas y camisas iguales anudadas a la cintura, se soltaban de las manos para que ella pudiera agacharse a recoger unas hojas de color zanahoria. La mujer sujetó sus vestigios de otoño como si fuesen un ramillete y ensayó un par de pasos de baile frente al hombre que estaba en la vereda. El hombre siguió caminando, indicándole que no deseaba seguir el juego. Ella se dio por vencida y reanudó el paso junto a él, mientras, a medida que avanzaban, dejaba caer una por una las hojas, a la manera de Gretel sembrando un sendero de migas.

—En esta oficina falta energía —dijo Sandy, parada en la puerta de la oficina de Nina con las manos en jarra. Ese día lucía una blusa ribeteada, pantalones caqui, botas vaqueras y un cinturón de caracoles de plata que, cuando ella se movía, tintineaban como monedas. En conjunto, tenía aspecto de domadora. A Sandy le encantaba acicalarse para ir a trabajar, pero jamás se vestía como cualquier otra secretaria de estudio jurídico.

Dos años antes había trabajado como empleada a cargo de los registros en el estudio jurídico de Jeffrey Riesner, situado a un kilómetro al oeste, sobre la ruta 50. A pesar de que Riesner no estaba satisfecho con su trabajo, su carácter, su apariencia ni su aire de superioridad, Nina la había contratado cuando abrió su propio estudio jurídico en Lago Tahoe Sur. Ésa había resultado una de sus jugadas más astutas.

Sandy conocía a todos en la ciudad y tenía una voluntad de hierro que atraía o aplastaba todo lo que se interpusiera en su camino. Un abogado que abría su estudio en un lugar nuevo tenía que hacerse conocer rápidamente, y fue Sandy la que le había llevado sus primeros clientes influyentes, había organizado la oficina y se había constituido en su guardiana. Nina sabía Derecho. Sandy sabía de negocios y estaba al tanto de lo que acontecía en la ciudad.

—¡Qué día! —dijo Nina—. Aunque aquí sea imposible adivinarlo.

—¿Más de treinta grados? —preguntó Sandy—. Uno de los últimos días cálidos del año. Demasiado agradable para quedarse adentro.

—Tienes razón. Pongamos fin a esta esclavitud. Son las cuatro y cuarto y ya no puedo pensar más.

—Todavía no. Tienes una llamada en la línea dos. —Sandy movió las cejas con gesto expresivo.

—¿Quién es?

—La secretaria de Lindy Markov.

—¿Conozco a Lindy Markov?

—Si no la conoces, deberías hacerlo. Quiere invitarte a una fiesta que ofrecerá la señora Markov este fin de semana.

—¿Qué clase de fiesta?

—Lindy Markov participa en muchas obras de caridad y patrocina una gran cantidad de reuniones comunitarias. En este caso en particular se trata de la fiesta de cumpleaños de su esposo, Mike Markov.

Nina cerró la ventana y regresó a su escritorio.

—Dile que estoy ocupada, Sandy. Envíale mis saludos.

Pero Sandy, una washoe nativa de los Estados Unidos, cuyo pueblo había practicado la resistencia obstinada durante cientos de años, no dio señales de haberla escuchado.

—Lindy y Mike Markov son los empresarios más importantes de Tahoe. Viven cerca de Bahía Esmeralda. Ésta es una oportunidad en un millón.

—¿Por qué? No tengo un centavo, no puedo colaborar en obras de caridad.

Sandy habló de nuevo, modulando las palabras con su voz profunda, lo cual hizo que Nina recordara a Henry Kissinger en sus años de gloria, cuando presionaba al gobierno.

—Y eso es exactamente en lo que tendrías que pensar. Estamos tratando de hacer negocios. Y necesitamos que ingrese más dinero. Has estado utilizando fondos de tu cuenta personal para pagar el alquiler de la oficina, ¿o me equivoco?

¿Qué podía decir? La omnipotente Sandy lo sabía todo.

—Quizá necesiten un abogado —señaló Sandy.

—No me gusta ir sola a ese tipo de fiestas —dijo Nina.

—Paul vendrá este fin de semana. Llamó esta mañana, cuando estabas en tribunales.

—¿Regresó de Washington? Pensé que iba estar fuera más tiempo. Pero, ¿qué tiene que ver eso con...?

Sandy se encogió de hombros.

—Le mencioné la fiesta. Está dispuesto a ir.

—Ya veo —repuso Nina.

—Pasará a buscarte el viernes a las seis. No te retrases.

—¿Y si de todos modos digo que no?

Sandy suspiró ruidosamente, y su cinturón tintineó un poco.

—Entonces tendré que ir yo en tu lugar. Alguien debe ocuparse de las relaciones públicas en esta oficina. Si quieres pagar el alquiler y las facturas de Whitaker y Lexis, la nueva computadora, mi aumento...

—¿De qué aumento me hablas?

—Voy a necesitar un pequeño aumento si tengo que asistir a fiestas en tu lugar.

—Está bien, Sandy. Tú ganas. ¿En qué línea está la secretaria?

—No es necesario que hables con ella —le respondió mientras se daba media vuelta para marcharse—. Le confirmé que asistirías.

—¿Ya le habías dicho que iría?

—Pensé que lo harías. Después de tomarte un tiempo para pensarlo.

—Espera. ¿Dónde es la fiesta?

—En el lago —respondió Sandy—. Alquilaron el *Dixie Queen*. Salen del muelle Ski Run.

Ese viernes, Paul pasó a buscar a Nina temprano y le dio un abrazo rayano en lo obsceno.

—Tres semanas —le dijo—. Dios, cómo extrañaba apretar tu adorable trasero.

Aunque dijo las palabras en tono casual, Nina sintió que él la estudiaba. Tres semanas era tiempo más que suficiente para que ambos sintieran la distancia.

Paul medía veinte centímetros más que el metro sesenta de Nina, era rubio, tenía cuarenta años, dos mechones grises en las sienes y dos matrimonios anteriores, y Nina sentía que había estado siempre en su vida. Había sido detective de homicidios y en la actualidad poseía su propia agencia de investigaciones en Carmel. Trabajaban juntos algunas veces. También dormían juntos algunas veces.

Algunas veces, Nina se descarrilaba y salía con otros hombres. Unos meses antes había vivido un intenso romance con Collier Hallowell, el asistente del fiscal a quien siempre había respetado. Pero el romance terminó cuando los problemas personales de Collier se interpusieron en la relación. Así que sólo quedaban ella y Paul, una pareja extraña que algunas veces se brindaba apoyo mutuo. Si bien de vez en cuando, en el momento que tenían relaciones, alcanzaban profundidades que los hacían regresar el uno al otro asiduamente.

Mientras viajaban hacia el puerto, Paul le hizo preguntas acerca de sus actividades de las últimas semanas. Nina le habló de la casa que ella y su hijo Bob habían comprado hacía poco.

—La estamos convirtiendo en un hogar —le dijo—. Pero ninguno de los dos conoce el significado exacto de esa palabra. Yo apilo papeles en cada rincón. Hitchcock ha tomado posesión del armario de esquí y desparrama comida por todo el suelo de la cocina, y Bob recorre la planta baja con su tabla de *skate*.

Cuando fue el turno de Nina para hacer preguntas, Paul respondió parcamente, algo extraño en él. Alegó que no podía contarle mucho acerca del trabajo de Washington, D.C. Además ¿qué podría llegar a contarle de su vida en un hotel?

Paul no estaba burlándose. Nina se dio cuenta de su preocupación y se preguntó cuál sería la causa. Mientras tanto, se le ocurrían muchas cosas que podían pasar con Paul en un hotel. Pasó parte del trayecto hasta el barco pensando en esas cosas, a la vez que gozaba de su proximidad, de aquella presencia fuerte y reconfortante.

En la playa de estacionamiento del puerto, no muy lejos de la oficina de Nina, Paul estacionó su camioneta Dodge Ram en un espacio pequeño junto a un Jaguar blanco.

—Esto es impresionante —comentó Nina al bajar del auto en la playa atestada de metal reluciente—. ¡Cielos! Mira el muelle. Parece una convención de choferes. Tendríamos que haber alquilado una limosina.

—Estás preciosa con ese vestido azul tan ajustado —dijo Paul mientras se dirigía hacia ella. Le apoyó una mano sobre una pierna y apretó con suavidad para acentuar sus palabras. —Y si te hace sentir mejor, diablos, yo seré tu chofer. No puedo hacer mucho respecto de mi carroza, pero tengo una gorra de béisbol en algún lugar de la camioneta. Haré cualquier cosa que te haga sentir más cómoda.

Nina se estremeció ligeramente y se alisó las medias.

—Tienes razón, estoy nerviosa. Supongo que me cuesta adaptarme y cometí el error de insultar a tu automóvil.

—Ya has conversado con otras personas. Estoy seguro de que te he visto hacerlo. ¿Por qué te preocupas?

—Me siento intimidada —respondió Nina con sinceridad—. Los Markov son muy ricos. En apariencia, sus empresas son inmensas. Venden cierto tipo de aparatos para la salud. Además, la señora Markov recauda sumas fabulosas para las escuelas y los programas de recreación de la ciudad.

Paul la tomó de la mano y caminaron hacia el muelle, donde un barco de ruedas a popa de color blanco con adornos azules se mecía suavemente en el agua. Desde el frente del barco, por donde Nina y Paul habían subido a bordo, dos caños negros con punta dorada, en forma de coronas medievales, enmarcaban la vista del resto de la embarcación. Luces plateadas de longitudes irregulares colgaban como carámbanos de dos de las tres cubiertas, y en el fondo una enorme rueda de paletas, con las aspas pintadas de rojo, se hundía en el agua. En el nivel inferior, una ancha franja de ventanas revelaba una multitud de invitados que se movían al compás de una melodía que Nina no pudo identificar, entre ramilletes de globos rojos. Las notas de los bajos viajaban por el agua y vibraban bajo sus pies.

—¿Habías estado antes en uno de éstos? —le preguntó Paul al subir a la rampa que los llevaría a la cubierta inferior.

—Una vez. Bob y yo hicimos un paseo desde la Caleta Zafiro al poco tiempo de llegar aquí. Bob tenía once años. Quedó muy impresionado por el fondo de vidrio, aunque no hay mucho para ver debajo del lago, salvo arena y alguna que otra botella de cerveza.

—¿Dijiste algo acerca de que estas personas deseaban contratarte? —le preguntó Paul mientras se dirigían a la cubierta exquisitamente decorada para la fiesta—. Porque si lo hacen, yo diría que tu barco está próximo a llegar a puerto.

—No tengo la menor idea de por qué estamos aquí. Es una de las intrigas de Sandy. Será mejor que la disfrutemos.

Hicieron una pausa antes de entrar para contemplar los tonos anaranjados que del otro lado del lago comenzaban a teñir el cielo y el agua.

—Cada vez que veo el lago a esta hora, tan hermoso, pienso en el pueblo washoe acampado en sus orillas —comentó Nina—. No fue hace tanto tiempo, tan sólo unos cien años.

—Estoy seguro de que les habría encantado el modo en que hemos estropeado la naturaleza del paisaje.

Paul señaló las luces del casino, que habían comenzado a brillar al disminuir la luz natural, bajo el tono rojizo de las montañas que se elevaban a sus espaldas.

—Desde la distancia —dijo Nina— me parece muy bonito.

Una mujer cautivante se aproximó a ellos, sonriendo. Varios centímetros más alta que Nina, Lindy Markov daba la impresión de tener aún más altura. Delgada, de pelo cobrizo, ojos castaños muy expresivos, nariz y mandíbula prominentes. Su cuello estaba adornado por un collar egipcio que engalanaba el vestido color óxido que llevaba puesto sobre un cuerpo tan musculoso y esbelto como el de un gurú de la gimnasia. Tenía más de cuarenta años pero era imposible adivinar cuántos. Había llegado a esa edad en que los años no cuentan.

—Hola, Nina Reilly. Me han hablado mucho de usted. Por supuesto, la he visto en los diarios. Sarah de Beers y algunas otras amigas me han dicho que hizo un buen trabajo para ellas. Gracias por venir a participar en la sorpresa para Mike.

—¿Cómo conseguirá sorprenderlo? Me refiero a que este barco...

—Oh, él no sabe que lo llené de amigos. Cree que vamos a cenar a bordo para celebrar su cumpleaños. —Miró a su alrededor. —Le va a encantar todo esto. A él le encantan las sorpresas —dijo Lindy, pero no parecía muy convencida de sus palabras, e inclusive demostraba cierta ansiedad. Nina sospechó algo raro. Algo no marchaba bien.

—Espero que todos sean puntuales. Mike llegará a las siete. —Miró ansiosa hacia la puerta por la cual entraba otra pareja, y se relajó cuando su atención regresó a Paul. —El señor Van Wagoner. —Lindy le estrechó la mano y la retuvo durante unos instantes antes de soltarla. —Así que es investigador privado. —Sus ojos lo estudiaron bajo la luz opaca. —¿Baila?

—Por supuesto.

Lindy le dirigió una sonrisa radiante. Nina, que podía reconocer al instante a una mujer al borde de un ataque de nervios, leyó en esa sonrisa una preocupación rayana con el pánico.

—Resérveme una pieza.

Lindy miró otra vez hacia la puerta. Más invitados, pero ni asomo de Mike Markov. Se excusó para saludar a otro grupo de gente.

Nina no conseguía imaginar cómo harían para meter más gente en ese barco. Las cubiertas estaban colmadas de invitados que bailaban, bebían y comían. El barco para excursiones se había transformado: los mozos de traje negro se deslizaban entre los invitados llevando bandejas de plata llenas de bocadillos calientes; en la sección media de la cubierta central se habían instalado mesas engalanadas con manteles blancos y cubiertos de plata verdadera para una cena multitudinaria.

Debía de haber cientos de personas que murmuraban y se movían por el escenario como fantasmas en la oscuridad. Cuando sus ojos se adaptaron, Nina saludó a varias de ellas: el juez Milne, de quien se rumoreaba que estaba pensando en jubilarse; Bill Galway, el nuevo intendente de Lago Tahoe Sur, y varios de sus clientes. Nina se quedó con el grupo donde estaba el juez, y Paul se alejó. Pasaron las siete, y los mozos se aseguraron de que las copas estuviesen siempre llenas, pero Mike Markov no llegaba y el barco permanecía en el muelle mientras el lago y el cielo resplandecían bajo el fuego del atardecer.

Cuando el invitado de honor apareció al fin, todos, inclusive Nina, habían bebido demasiado. Un vigía dio la voz de alerta, y un manto de silencio cubrió el barco.

Nina lo vio subir a bordo. Con el aspecto de un hombre que tenía muchas cosas en la mente, caminó directo hacia Lindy, que lo esperaba con los brazos abiertos. La abrazó rápidamente, mostrando sus antebrazos musculosos.

—Lamento llegar tan tarde —dijo—. Temía que el barco ya hubiera zarpado. —Miró a su alrededor, intrigado. —¿Dónde están todos? —preguntó.

—¡Sorpresa! —gritó la multitud.

Los mozos descorcharon botellas de champán. La gente se aproximó a Mike para saludarlo.

Por un instante, el asombro se posó sobre sus facciones como la sombra del hacha de Lizzie Borden. Nina tuvo tiempo para pensar: "Dios, está sufriendo un ataque al corazón"...

Mike se estremeció. En ese primer segundo miró únicamente a Lindy y contuvo una emoción incomprensible. Después, como por arte de magia, al mirar a sus invitados, un manto de buen humor ocupó su lugar. Comenzó a caminar entre la gente aceptando los saludos sinceramente afectuosos, mientras estrechaba la mano de todos a medida que los saludaba.

—¡Por Dios, Mickey! ¡Cincuenta y cinco! ¿Quién iba a creer que llegaríamos hasta aquí?

—¡Luces muy bien por ser tan viejo! —exclamó un hombre calvo, cercano a los noventa, que se inclinó pesadamente sobre el caminante.

—¡Qué gran excusa para pasar un momento maravilloso, Mike! Como en los viejos tiempos.

Lindy lo siguió de cerca por un trecho y después se puso a su lado. Nina permaneció detrás, mientras Mike recibía palmadas en la espalda y el aire se llenaba de buenos augurios.

El motor del barco se puso en marcha. La rueda de paletas de la popa comenzó a girar y el ruido grave y lastimero de la bocina interrumpió el sonido del jolgorio, el viento y los pájaros e insectos de la noche que cantaban en tierra.

Justo cuando las paletas se ponían en movimiento y el enorme barco empezaba a deslizarse con suavidad alejándose del muelle, Nina vio que llegaba el último invitado.

Una mujer joven subió a bordo en silencio. Tenía alrededor de veinticinco años, cabello negro tan largo que casi le llegaba hasta el ruedo del vestido, y lucía unas sandalias con tiras que le subían por las pantorrillas como hiedras. Nina creyó que alguien debía recibirla y llevarla hasta el bar. Comenzó a caminar hacia ella, pero después de echar una mirada rápida a su alrededor, la muchacha dejó caer su chaqueta en una silla situada en un rincón, tomó una copa de champán de una bandeja y bebió de golpe hasta la mitad; después se adelantó para mezclarse con el grupo de gente parada junto a la puerta, que en apariencia la conocía.

—Rachel, cariño. No esperábamos verte aquí esta noche —se oyó una voz burlona y cargada de alcohol.

Nina fue en busca de Paul, que estaba observando la catarata de agua que formaba la rueda de la parte trasera del barco.

La cubierta principal, un espacio enorme y oscuro, vibraba con los cuerpos ondulantes que se movían al compás de la música de una banda en vivo. Lejos de desinflarse, el invitado de honor había comido su torta y soportado una lluvia de regalos fantásticos. La fiesta iba tomando temperatura. Nina arrastró a Paul a la pista de baile. Cuando un momento de lucidez se introdujo en su cerebro, decidió salir a tomar aire fresco, y perdió a Paul en algún lugar por el camino.

En la parte delantera del barco, junto a la escalera, se apoyó inestable contra la pared del camarote. Habían llegado a Bahía Esmeralda y el barco daba vueltas alrededor de Fannette, un islote rocoso situado en la parte central.

En medio de las sombras proyectadas por las montañas del oeste, el agua se veía de color índigo con rayas verdes, como si fuera seda tornasolada. En la bahía, Fannette se levantaba con solitario esplendor en una colina de granito. En la cima, las ruinas de la casa de té de una mujer rica presidían toda la vista de la bahía.

Nina siempre había deseado visitar la pequeña isla. Las ruinas de piedra de la cima parecían invitar al paseo bajo el brillo pálido del cielo, del color de las mandarinas. Imaginó lo que aquella casa de té debía de haber sido en la década de los 20; a la señora Knight, obligando a sus amigos de la ciudad a ascender la escarpada colina, los vestidos largos recogidos, los mozos con bandejas y juegos de té que les mostraban el camino.

En cubierta, alguien derramó una copa y echó a reír; después se quejó por el frío. Quienquiera que estuviese allí, regresó al interior; la noche envolvió la catarata que levantaba la rueda de paletas y el ronroneo del motor del barco. Nina cerró los ojos y cayó en una meditación vertiginosa sobre la vida de la alta sociedad y lo que haría con Paul después de la fiesta. Las preguntas colmaban su mente mientras el aire frío de la noche, perfumado y reconfortante, la envolvía.

Se abrió una puerta y salieron dos personas. No vieron que ella estaba escondida junto a la escalera. No tenía ganas de comenzar una conversación, así que no dijo nada. Se marcharía en no más de un segundo, tan pronto como pudiera acomodarse el zapato sobre una ampolla nueva que se le estaba formando en el talón.

—Creí que me esperarías en el puerto —dijo un hombre con tono tranquilo—. Habríamos regresado en una hora.

—No podía esperar. —Era la voz de la mujer joven; se la oía un poco desafiante.

—¿Sabías algo de esta sorpresa descabellada?

—No —respondió la joven—. ¿Ya le dijiste?

—¿Con todos los amigos alrededor?

—¡Me lo juraste!

—Pero, mi amor, ¿cómo podría hacerlo? Creí que estaríamos aquí con extraños.

—¡Mentiroso! —le espetó la joven, con tono lloroso.

—Lo haré cuando esto termine. Más tarde, esta misma noche —murmuró el hombre—. Te lo prometo. —Se acallaron las voces. Nina empezó a ponerse de pie; entonces, oyó unos susurros. Se estaban abrazando y besando. ¡Maravilloso!

Ahora era ella la que sentía frío. Se quedó allí con la esperanza de que pronto se marcharan. Después oyó un grito y el ruido violento de una copa que se rompía cerca de donde estaba la pareja.

Otra persona había entrado en escena.

—¡Oh, no, Mike! ¡Oh, Dios mío, no! —Nina reconoció de inmediato la voz de Lindy Markov. —¿Qué es esto?

El "Oh, no" era lo que correspondía. Nina permaneció escondida detrás de la escalera, atrapada como un zorro con una pata metida en una trampa.

—Lindy, escucha —dijo Mike.

La voz de la primera mujer, la más joven, interrumpió con tono muy agudo.

—Dile, Mike.

—¿Rachel? —dijo Lindy con voz temblorosa.

Nina espió por el rincón. Nadie miraba hacia donde estaba ella. Markov se hallaba parado junto a la joven de pelo negro a la que Nina había visto llegar a último momento. Lindy se encontraba a más o menos un metro, mirándolo a él y cubriéndose la boca con una mano.

—¡Oh, Mike! ¡Ella es treinta años más joven que tú! —dijo Lindy Markov.

—Mike y yo estamos enamorados. ¿No es así, Mike? —La joven se acercó para tomarlo de la mano, pero Markov la alejó.

—Cállate, Rachel. Éste no es el lugar...

—¡Nos vamos a casar! Tú estás fuera, Lindy. No queremos herirte...

—¡Oh, mierda! —exclamó Mike—. ¡Mierda!

Nina, que por la atención que ellos le estaban prestando bien podría haber sido invisible, asintió en silencio junto con él.

—¿Casarse contigo? —preguntó Lindy, agitada. Nina no creía haber oído nunca una furia tan contenida en esas dos palabras.

—Así es —contestó Rachel.

—¿Qué basura es todo esto, Mike? ¿De qué está hablando?

Con una voz chillona, con tono triunfante, Rachel le respondió:

—Mira. ¿Lo ves? ¡Un anillo! Eso es. Un anillo de compromiso con un enorme diamante. Él nunca te regaló un anillo de compromiso, ¿no es así?

—Sal de aquí antes de que te echemos a patadas —contestó Lindy con voz insegura.

Se produjo un silencio.

—Lindy, traté de decírtelo —dijo Mike al fin—. Tú no quisiste escucharme. Lo nuestro terminó.

—Mike, dile que se vaya para que podamos hablar —dijo Lindy.

—¡Yo no voy a ninguna parte!

—Cálmate, Rachel —ordenó Mike, con tono marcadamente compuesto, pensó Nina—. Ahora, mírame, Lindy —dijo Mike—. Hoy cumplo cincuenta y cinco años, y siento cada minuto de esos años. Pero tengo derecho a escoger la forma de ser feliz. Yo no planeé esto. Lamento que tuviera que suceder de esta forma... pero tal vez sea lo mejor.

—Cinco minutos a solas contigo, Mike. Tengo derecho.

—No esperamos que comprendas —intervino Rachel.

—¿Quién eres tú para hablarme así? ¡Mike me ama!

—Ah, ahora está jugando su jueguito, donde no puede ver lo que tiene enfrente de sus narices —siguió hablando Rachel, levantando el tono de voz—. Lindy, ésta es la realidad. Por una vez, presta atención.

—¡Cállate! —¿Sólo Nina notó la amenaza en la voz de Lindy?

—¡Tuviste veinte años! Cinco minutos más no cambiarán nada. Mike, vamos. Dile.

Pero, al parecer, a Mike no se le ocurría nada que decir.

—¡Te dije que te callaras! —Lindy fue hasta donde estaba la joven y la empujó, haciéndole perder el equilibrio contra la baranda. La joven cayó hacia atrás. Nina y Mike se estremecieron ante el grito que profirió al caer al lago.

—¡Lindy! —exclamó Mike—. ¡Por Dios!

Nina buscó un salvavidas para arrojárselo a la joven. Encontró uno, pero la soga estaba enredada. Trató de soltarlo, pero sus dedos se movían torpes en el nudo.

Lindy y Mike estaban parados junto a la baranda, de espaldas a Nina, demasiado compenetrados en su propio infierno privado como para importarles lo que ella hacía. Mike se inclinó sobre un costado, mirando en medio de la oscuridad reinante.

—¡Rachel no sabe nadar! —gritó.

—¡Bien! —dijo Lindy.

—¡Mira lo que has hecho ahora, Lindy! ¡Dios mío! ¿Es que no piensas? Escucha, fíjate dónde está. Yo tengo que ir a buscar ayuda. —Pero antes de que se marchara, corrió hacia atrás y hacia delante junto a la baranda, llamando a Rachel y tranquilizándola.

—¿Qué hice? —dijo Lindy, parada cerca de él. Nina se dio cuenta de que estaba fuera de control.

El salvavidas se soltó de pronto de las manos de Nina.

—¡Mike! —gritó Nina, preparada para arrojárselo. Él sabía dónde podría estar Rachel. Ella no.

Mike se volvió para mirarla y extendió las manos para atajar el salvavidas.

Lindy, tomándolo completamente desprevenido, se agachó, lo tomó por las piernas; lo aferró con tanta fuerza que lo hizo inclinar por la borda.

—¡Ve por ella! —le gritó, y la explosión de maldiciones que siguió quedó tapada por el ruido de una segunda zambullida.

CAPÍTULO 2

Nina arrojó el salvavidas detrás de él.

Según resultó, Mike no salvó a Rachel. De alguna manera, por todo el champán que había bebido, nadó frenéticamente en círculos, llamándola a gritos con voz pastosa; su imagen era como una mancha oscura en las aguas más oscuras del lago.

No muy lejos de Mike, Nina vio que Rachel se tomaba del salvavidas. Al parecer, podía nadar estilo perro.

Lindy, que se había tapado el rostro con las manos, ahora se lo destapó.

—¡Mike! ¡Lo lamento, Mike! —gritó en medio de esa negrura, a las estrellas y al fin hasta llegar a los oídos de los invitados, que oyeron sus gritos y comenzaron a aglomerarse a su alrededor.

—Bueno, ¿qué tenemos aquí? —preguntó una mujer alta, muy delgada, de cabello corto y con reflejos, que parecía divertida mientras recorría la baranda y miraba hacia el agua—. ¡Eh, Mickey! —Le hizo una seña. —¿Cómo está el agua? —Se volvió hacia Lindy. —¿Qué sucedió?

—Oh, Alice, ¡los empujé al agua!

Alice rodeó a Lindy con los brazos.

—Bueno, bueno, bueno. Supongo que le diste su merecido. ¿Quién es la mujer? ¿Se trata de una mujer?

—Rachel Pembroke. De la planta. Ya te hablé de ella.

—La del pelo hasta las caderas y veinticinco años de edad. Es muy típico —respondió Alice, asintiendo con la cabeza.

—¡Hombre al agua! —gritó un invitado con voz cargada de alarma y vestido con una chaqueta de seda—. ¿Se encuentran bien ahí abajo?

—Bien, bien —respondió Mike con voz estrangulada.

—¡Espere ahí, amigo!

Un hombre de pelo largo, apuesto y fornido, que lucía una corbata negra, se abrió paso a empellones para encontrar un lugar en la baranda.

—¿Rachel? Soy yo, Harry. ¿Eres tú?

—¡Socorro! —respondió Rachel con voz muy débil, por encima del ruido del motor del barco—. ¡Sácame de aquí antes de que se me congelen las piernas!

Nina dejó a Lindy con algunos invitados preocupados y corrió en busca de ayuda.

Pero el capitán había oído los gritos. La rueda de paletas aminoró la velocidad hasta detenerse, el motor se silenció y el barco se detuvo. Nina y un joven con tatuajes encontraron un reflector en un armario y lo alzaron para localizar a la pareja en las aguas oscuras del lago, a no más de cien metros de distancia, a mitad de camino entre el barco y la isla Fannette.

Antes de que Harry pudiera quitarse los zapatos y saltar al agua, la tripulación bajó un bote y remó velozmente, primero hasta donde estaba Mike, que se encontraba más cerca, y después hasta Rachel, cuyo cabello se le había pegado al cuerpo y le cubría la cara como jirones de trapos negros.

Para cuando el bote de rescate regresó al *Dixie Queen* y la pareja subía sana y salva por la escalerilla, Nina había pasado el reflector a las manos del tripulante más cercano. Estaba parada en medio de la multitud, junto a Paul.

Alguien envolvió con una manta de lana los hombros de la joven, que tiritaba. La música se había detenido. Los invitados se agrupaban para hacer lugar a Rachel y Mike, con excepción de un hombre llamado Harry, que miró a Mike con odio cuando éste pasó junto a él. Lindy se quedó parada a un costado como si fuera una simple espectadora que se hubiera sentido atraída por el suceso aunque no la involucrase en nada. Con los ojos enrojecidos y el rímel negro que le corría por las mejillas pálidas, Rachel fue con lentitud hacia Lindy y se detuvo.

Nina se acercó a Lindy, preguntándose si Rachel estaba tan enojada como debería estarlo dadas las circunstancias. La joven respiró hondo, tragó saliva y miró a la mujer mayor.

—Siento lástima por ti —le dijo. Mike se le acercó, la tomó del brazo y ambos se marcharon.

Lindy los miró alejarse.

Después, muy tarde, Nina invitó a Paul al bar del hotel Caesar y luego ambos se fueron a la cama. Paul estuvo juguetón y cálido, y mientras su cuerpo respondía con una felicidad despreocupada, Nina no pudo alejar por completo sus pensamientos de los sucesos de aquella noche. Cuando al fin trató de liberarse de los abrazos de su amante, explicando que debía regresar a su casa porque Bob estaba solo, Paul la retuvo.

—No te marches aún. Hay algo que quiero decirte.

Así que aquí por fin venía aquello que lo había estado preocupando toda la noche.

—¿Qué? —preguntó Nina, sentada en el costado de la cama, mientras docenas de posibilidades desagradables le invadían la mente. Otra mujer.

Una enfermedad fatal. Estaba quebrado económicamente. Había cometido un asesinato...

—Me ofrecieron un trabajo. Un trabajo permanente.

—¿Te ofrecieron? —repitió Nina, mientras sus especulaciones se daban de bruces contra el suelo.

—Una empresa privada. Worldwide Security Agency.

—Pero... tú no viajaste a D.C. para presentarte a un trabajo, ¿o sí?

—No. Me contrataron para consultarme sobre el diseño de unos nuevos sistemas de seguridad que se instalarán en un complejo de oficinas y centro comercial que están construyendo en las afueras de Maryland. Me encontré con un amigo que trabajó conmigo durante años en San Francisco...

—Cuando estabas en la policía.

Paul asintió.

—Y...

—Estuvimos hablando y surgió esto. Al principio pensé que de ninguna manera. Después me di cuenta de que me interesaba.

—Sabía que había algo.

Paul, que la miraba, empujó una almohada que los separaba y se sentó derecho.

—Quieren que me haga cargo de todas las verificaciones, que contrate a todo el personal y que trabaje con el diseñador de sistemas para eliminar micrófonos ocultos cuando abra el complejo, el próximo verano.

Como ella no decía nada, Paul continuó:

—Es un proyecto grande. Mucho dinero, lleno de obstáculos. Es lo que a mí me gusta.

—¿Y qué me dices de tu oficina?

—Durante los últimos seis meses en que estuve viajando de D.C. a California, contraté a un tipo para que aprendiera algo. Tengo planeado seguir con la oficina abierta, pero en una escala menor de trabajo.

—Hasta...

—Hasta que pueda regresar.

A Nina no le gustó la manera en que su respuesta soslayaba el tema.

—¿Qué sucede si te enamoras de... Washington? Perderías todo aquello por lo que has trabajado.

—Yo ya estoy enamorado... de Washington —respondió él con una sonrisa socarrona—. Eso no quiere decir que no regresaré.

—Hablas como si ya lo hubieses decidido.

—¿Te parece? —Arqueó las cejas. —Sólo lo estoy pensando seriamente.

—¿Por qué ahora? —preguntó Nina.

—Quería hablar contigo sobre esto. Podría tener más tiempo libre.

—¿Tiempo libre? ¿Para qué?

—Hay algunas cosas que me gustaría hacer antes de que me manden a pastar.

—Como...

—No importa.

—No, en serio. Dime lo que quieres hacer que no estés haciendo ahora.

Paul se encogió de hombros.

—¿Escalar el Everest antes de estirar la pata?

—Oh, vamos —dijo Nina—. A ti te encanta lo que haces.

—Seguro que sí —contestó Paul—, pero el trabajo no lo es todo para el hombre, mi estimada adicta al trabajo.

Preocupada, Nina le frotó las patillas con un dedo.

—¿Y qué me dices de nuestro trabajo acá? ¿Qué...? Yo creí... Quiero decir... ¿No quieres...?

—No terminó. Este trabajo en Washington es de largo plazo, pero sigue siendo temporario.

—¿Qué significa eso?

—Puedo seguir con mi agencia en Carmel y venir aquí cuando tú me necesites.

—Eso no durará —objetó Nina—. Te harán trabajar hasta el último minuto.

—Necesito saber qué opinas de todo esto. —Esperó en silencio y sólo una ligera tensión en la comisura de los labios sugería que su pregunta era algo más que casual.

Nina se levantó, buscó la bata del hotel y se cubrió.

—No sé qué decir. —Buscó debajo de la cama y encontró su vestido de fiesta y la ropa interior.

Paul la tomó por la muñeca.

—¡Oh, no! No te escaparás tan fácilmente.

—Está bien, Paul —dijo Nina, tratando de no perder los estribos por la tensión del momento, temerosa de decir lo que no debía y maldiciéndose si le suplicaba que no se marchara—. Imagínate trabajando bajo las órdenes de un imbécil, con un montón de otros imbéciles. Imagínate qué tanto te va a gustar después de haber sido tu propio patrón durante años. —A Paul lo habían despedido del departamento de policía por insubordinación.

—Ah, pero ahora soy más viejo —replicó él, de nuevo con tono ligero.

¿Por qué se había tomado el trabajo de pedirle su opinión sobre esa oferta de trabajo? Él decidiría lo que quisiera y ella no tenía nada que opinar. Nina permitió que la volviera a atraer hacia sí. Lo rodeó con los brazos y comenzó a hablar.

—No... —Hizo una pausa.

—¿No qué, Nina? —preguntó Paul. La había abrazado por la cintura y había puesto su cabeza más cerca del cuello de Nina, donde respiraba lenta y sensualmente. —¿Que no me marche?

—Nada —dijo ella. Se quedó lo suficiente como para dejarlo feliz. Luego se vistió y se despidió de él con un beso en la frente. No podía decirle cómo vivir su vida. Eran colegas y amigos. Paul vendría y se iría, y de esa forma debería ser. No podía permitir que eso la entristeciera. En ese momento, ella necesitaba la fuerza de un espíritu libre a fin de cargar el peso de sus propias responsabilidades.

El lunes por la mañana temprano, a solas en su oficina, sintiéndose como un escultor frente a un gran bloque de mármol, Nina se abandonó a una sensación de profunda expectativa. Un caso nuevo estaba por materializarse. El domingo, Lindy Markov le había dejado un mensaje anunciándole que iría a verla a primera hora de la mañana para hablarle de un asunto urgente relacionado con la fiesta del barco. Cuando Lindy atacó a Rachel, transformó un problema privado en uno público, y en general, en los Estados Unidos, un problema público terminaba con las partes involucradas en los tribunales.

Puso una pila de carpetas con casos pendientes sobre el archivero, se acomodó en el sillón frente al escritorio, se sacó los zapatos y tomó el grabador. Primer caso: hurto menor, un ciudadano mayor al que habían encontrado robando un cartón de Camel en el mercado Cecil después de que se le acabara su cheque de seguridad social del mes. Hombre irascible de más o menos setenta años, Fred deseaba ir a juicio por ese tema. El problema era que no tenía defensa. Lo mejor sería recurrir al asistente del fiscal asignado al caso e intentar convencerlo, negociar, congraciarse y llegar a un acuerdo. Tal vez pudiera conseguir que se levantaran los cargos.

Pero ese día no. Era hora de poner en marcha otras cosas.

—Sandy, por favor, arregla una cita para mañana con Barbara Banning en la oficina del fiscal de distrito —dijo en el grabador, y lo apagó cuando oyó que golpeaban a la puerta.

Había llegado Lindy Markov; su presencia se anunciaba con aroma a perfume francés.

Y como Nina había estado esperando justamente eso —aquel rostro tenso que se asomaba por la puerta, ese traje color bermellón de corte fabuloso y ese montón de documentos de aspecto oficial en una mano exquisitamente cuidada—, su cuerpo sintió una emoción profunda y pensó que, a pesar de todo, adoraba la práctica del Derecho.

Se puso de pie y señaló a su clienta una silla para que se sentara. Le ofreció café y una breve charla de cosas triviales. Lindy Markov se sentó, sacó de su bolso de cuero un pañuelo exquisitamente bordado y se sonó la nariz, al tiempo que se acomodaba como alguien que acaba de encontrar un refugio seguro.

La silla de un abogado es tan segura como el asiento del copiloto en un avión en llamas. Sin embargo, ese sitio siempre es preferible a estar sentado atrás, en la cabina, asfixiándose con el humo y sin saber la razón.

Nina se sentó en su escritorio frente a Lindy. Se hizo silencio. En la calle, el tránsito se había detenido ante un semáforo en rojo; tal vez eso fuera la explicación, aunque el silencio entre los automóviles parecía débilmente furtivo, como si hubieran urdido un plan para cometer una infracción y estuvieran al borde de hacerla.

—¿Se ha enterado de algo? ¿Se encuentran todos bien? —preguntó por fin Nina.

—Rachel y Mike están bien. Nadie presentará cargos.

Otra pausa. Lindy parecía no saber por dónde comenzar.

—No debería haber hecho eso, señora Markov —dijo Nina con tono profesional.

—Llámeme Lindy, por favor —dijo la mujer—. Usted vio lo que sucedió. No me diga que no comprende por qué lo hice.

—Sí. Supongo que también yo podría haberlos empujado —admitió Nina, sonriendo.

—Fue producto de mi maldito temperamento —dijo Lindy—. Me odio cuando hago esas cosas. ¿Pero quiere saber algo peor? En realidad me hizo sentir mejor. —Se encogió de hombros. —Y ahora pago el precio... Me enviaron esto. —Le entregó unos papeles.

—¿Puedo verlos? —preguntó Nina, y los tomó. Mientras hacía unas anotaciones rápidas sobre los documentos, oyó que llegaba Sandy, justo a tiempo para atender la primera tanda de llamadas de la mañana del lunes. Bien. Ahora podría concentrarse por completo en Lindy.

La clienta había recibido dos juegos de documentos. El primero, una orden judicial para que Lindy fundamentara las razones por las que no debía ser desalojada sumariamente de una residencia situada en Cascade Road. En la declaración del demandante que la acompañaba, Mikhail Markov afirmaba que el 10 de octubre, o fecha cercana, un viernes por la noche, durante una reunión social, la demandada, Lindy Hawkins Markov, había comenzado a actuar en forma errática, había amenazado al demandante, atacado a otro invitado, y lo había colocado en tal situación de temor que se había visto obligado a desocupar su residencia, dejando a la demandada en posesión de dicha vivienda.

Más adelante declaraba que el demandante era él único propietario del lugar, tal como indicaba el documento de prueba adjunto a su escrito e incorporado a tal efecto; ese documento de prueba consistía en una escritura legalizada del bien inmueble. A continuación, declaraba que la demandada, Lindy Markov, no poseía derecho, título ni participación alguna en el bien y había vivido allí durante algún tiempo en carácter temporario y únicamente como invitada del demandante...

—¿Cuánto hace que vive usted en esa casa, Lindy? —preguntó Nina, sin levantar la cabeza.

—Nueve años... casi diez —respondió Lindy. Nina hojeó el documento de prueba. El nombre de Lindy no aparecía en ninguna parte de la escritura de la casa ni la propiedad. Extraño. Volvió a revisar la demanda y la declaración, que en densos términos legales declaraba ahora que Lindy, después de repetidos pedidos, se rehusaba a desalojar la propiedad. Se solicitaba que la Justicia dictara sentencia encontrando a Lindy culpable de ocupación ilegal de la propiedad, ordenara a la oficina del comisario que asegurara la integridad de la vivienda y emitiera una medida cautelar que prohibiera a Lindy Markov acercarse a más de seiscientos metros de la casa o de la persona de Mikhail Markov.

—Está tratando de echarla —le tradujo Nina.

Los ojos de Lindy, por lo general de color ámbar, comenzaron a lloriquear, pero enseguida parpadeó y levantó la barbilla.

—¿Quiere saber algo de mí?

—¿Qué? —preguntó Nina.

—Mi padre no me educó para que sea una niña llorona. Crecimos en la pobreza, y eso le da fortaleza a uno. Aprendimos a no quedarnos inmóviles esperando que un camión nos pase por encima.

—¡Ah! —exclamó Nina.

—No me daré por vencida sin antes presentar pelea —prosiguió—. Pero dígame, ¿él puede hacerme esto?

—Hablaremos de eso en un minuto —repuso Nina mientras revisaba el segundo grupo de documentos. "Notificación de Terminación de Empleo", decía en la parte superior de la hoja. Según el artículo 13 y el reglamento 53 del estatuto de Empresas Markov, el presidente de la sociedad, Mikhail Markov, ordenaba que Lindy Hawkins Markov finalizara sus funciones como vicepresidenta ejecutiva. De manera similar, debía concluir sus funciones ejecutivas en dos sociedades subsidiarias.

Las hojas siguientes eran parecidas a la primera. Por el voto mayoritario de los accionistas de Empresas Markov y subsidiarias, Lindy era destituida por ese medio del cargo de secretaria de las sociedades y se le ordenaba devolver los libros, registros o memorandos que tuviera en su poder, relacionados con sus deberes y obligaciones en el cargo del cual era destituida. El Documento de Prueba I, adjunto a ese grupo de documentos, era la reproducción por escrito de tal voto mayoritario de los accionistas.

—Un trabajo rápido.

—Mike estaba apurado.

Nina dio vuelta la página para mirar ese documento de prueba. El único accionista con todas las acciones en la empresa matriz: Mike Markov. El único accionista de las sociedades subsidiarias: también Mike Markov. Por lo tanto, la votación había sido expeditiva.

¿Por qué no figuraba el nombre de Lindy en las acciones? ¿Y en la escritura? Pero antes de que Nina pudiera preguntar, Lindy comenzó a hablar.

—Llegué a la planta esta mañana a las siete, cuando abre. Me recibió un guardia de seguridad —dijo—. Me llevó a mi oficina. Allí adentro, mi secretaria estaba poniendo mis cosas en cajas. No me permitieron tocar nada y la gente trataba de no mirar. Ah, no, espere, no todos. Rachel se encontraba en el pasillo; me observaba. Di un paso hacia ella para preguntarle dónde estaba Mike, y otro hombre de seguridad vino corriendo. Me hicieron salir de allí escoltada como si fuera una delincuente. Por suerte, George vino a darme una mano con las cajas.

—¿George?

—Un amigo que tengo en la planta.

—¿Fue ahí cuando le dieron estos papeles?

—No. Un asistente del comisario vino a casa el domingo por la mañana y me los dio. Yo los dejé olvidados sobre la mesa del vestíbulo y salí a correr, como hago siempre. Cuando regresé, los vi ahí, pero había prometido asistir a un almuerzo para recaudar fondos, así que me dije que los leería más tarde, pero no lo hice. Me levanté y me vestí esa mañana, pensando que ahora tendríamos tiempo para tranquilizarnos. Lo primero que haría sería hablar con Mike. —Lindy aspiró, nerviosa. —Después de veinte años, él me abandona por otra mujer, y nunca me di cuenta de que estaba por suceder.

—El muy sinvergüenza —comentó Nina, incapaz de contener la lengua.

—Sí.

—Pero... ¿aún lo ama?

—Sí. ¿Por qué cree que estoy aquí? ¡Quiero que me ayude a hacerlo regresar!

Nina leyó algo más. Algo la había molestado durante esa breve conversación con Lindy. Las firmas en los documentos habían comenzado a llamarle la atención. Al mirar la línea de la firma en la notificación de cesación de funciones, vio con sorpresa que Mike había recurrido ese fin de semana al estudio jurídico más importante de la ciudad, y por supuesto había sido atrapado en las garras de la mayor alimaña de Lago Tahoe, Jeffrey Riesner, el tipo que podía arruinar toda la diversión legal que ella había anticipado en ese caso.

Jeffrey Riesner. Un nombre que de solo verlo en la hoja de papel le hacía arder los ojos. Desde su primer encuentro con Riesner, en la época en que había contratado a Sandy, había librado algunas batallas contra él en los tribunales. Cada contienda se había llevado un trocito más de su espíritu. Siempre un ave de rapiña, Riesner se ponía rabioso cuando de Nina se trataba. La estudiaba como un buitre puede hacerlo con su presa desde el aire, esperando la primera señal de debilidad, para después atacar.

Lo único que había hecho Nina fue ganarle un juicio una vez y, por supuesto, en una ocasión le había robado un cliente... pero esas razones eran anecdóticas, sólo excusas, no motivos para el desprecio mutuo que descendía hasta el nivel molecular.

Era mala suerte que estuviera representando a Mike Markov.

Lindy debió de haber estado ocupada organizando sus propios pensamientos, porque comenzó a pronunciar un apasionado discurso.

—Mike ya no es el mismo. Hace poco falleció su hermano. Me dijo que se sentía viejo. Todos los días se mira al espejo para ver cuántos pelos se le han caído. Tener cincuenta y cinco años no es ser viejo. Tiene buena salud. Es decir, ya no salimos a correr juntos, pero eso es porque él está muy ocupado.

"Hace unos meses, una mañana estaba vistiéndose para ir a trabajar. Después de afeitarse, se contó las arrugas frente al espejo. Se puso muy mal por todos los lunares nuevos que habían aparecido... Yo le pregunté si no lamentaba no haber tenido hijos. Me dijo que a veces sí, pero siempre me había dicho que nuestro hijo era la empresa y que aún lo sentía de ese modo. Sin embargo, ese día, antes de decir todo eso, dudó. A veces uno puede darse cuenta de que la gente no está diciendo la verdad.

—¿Y usted, Lindy? ¿Alguna vez deseó tener hijos?

—Me habría encantado, pero Mike nunca los quiso, y yo lo acepté. Él necesitaba que yo estuviera a su lado, trabajando las mismas horas que él. ¡Y yo soy tan proclive al trabajo! Supongo que no estoy hecha para tener hijos. Tengo la conciencia tranquila de no haber tenido ninguno.

—Así que esa mañana, ¿qué sucedió?

—Él se estudiaba en el espejo como si odiara lo que veía. Después me dijo que no era feliz.

—¿Qué le respondió usted?

—Nada. Usted sabe lo que se siente en una habitación cálida cuando entra una corriente de aire. Me dio de lleno el aire frío que de él emanaba. Pero creí que sería pasajero. Habíamos pasado por muchos problemas juntos. Teníamos todo lo que podíamos desear. ¿Cómo podía ser infeliz? ¿Tal vez estaba equivocada? —Aspiró hondo, como si quisiera tragarse los sentimientos.

"Me complace que haya ido el viernes a la fiesta —dijo finalmente—. Los únicos abogados que conozco se encargan de los negocios de la empresa, y después está el abogado de Mike. Yo jamás tuve abogado. —Tomó un sorbo de café y sonrió indecisa. —Usted puede ayudarme, ¿verdad?

Sandy golpeó a la puerta y entró sospechosamente en ese momento tan oportuno, para entregar a Nina un acuerdo de representación legal que colocó con gesto ceremonioso sobre el escritorio.

—Me olvidé de traer esto antes —dijo.

—Mi secretaria, Sandy Whitefeather —la presentó Nina.

—Hola —saludó Lindy.

—Un placer —respondió Sandy—. Veo que tienen café. —Después salió como si se deslizara sobre patines.

—¿Es la misma Sandra Whitefeather que este verano organizó la Noche del Casino para recaudar fondos para el hogar de mujeres? —preguntó

Lindy, mirándola cuando se retiraba—. ¿Y esa marcha contra la tala de árboles en la Reserva Nacional esta primavera?

—La misma.

—Claro. Recuerdo haber leído sobre ella. Estaba con el grupo que se reunió en julio con el vicepresidente para hablar sobre la devolución al pueblo washoe de las tierras del lago.

—¿El vicepresidente?

—Así es.

—¿En serio? —Sandy jamás se lo había mencionado.

—Es la primera esperanza que tienen esos aborígenes desde hace mucho tiempo. Tiene mucha suerte de que trabaje para usted. Uno de los comités que yo presido está considerando su incorporación.

—Sin duda. —No era de extrañar que Sandy recuperaría todo el lago Tahoe para el pueblo washoe en el término de una década, pero mientras tanto, Nina siguió con su tema. —Antes de saber lo que puedo hacer por usted, debo hacerle algunas preguntas, Lindy. Ante todo, cuénteme algo más sobre su relación con Mike.

—Bueno, nos conocimos en un club nocturno de Nevada llamado Charley Horse. De eso hará veinte años en diciembre. Mike era el encargado de la seguridad. Yo contrataba talentos, o lo que por entonces llamábamos talentos. La mayoría: bailarinas y comediantes.

"Era muy buena en mi trabajo. Inclusive conseguimos a Paul Anka para un fin de semana, y una noche a Wayne Newton. Yo tenía un poco de dinero ahorrado, pero estaba sola. Mike estaba solo, también. Después, de buenas a primeras, estábamos viviendo juntos. Ambos deseábamos irnos de Ely, así que después de pensarlo un poco decidimos iniciar nuestro propio negocio.

"Mike fue boxeador. Todo lo que sabía hacer era boxear. Por entonces estaba comenzando la locura por el ejercicio. Tuve la idea de levantar un cuadrilátero de boxeo como parte de un gimnasio. Después de poco tiempo de vivir en un remolque en las afueras de la ciudad, nos mudamos a Texas y alquilamos un corralón en el centro de Lubbock. Hicimos muchas modificaciones y luego yo salí a pegar panfletos por todas partes. Así como así —chasqueó los dedos— estábamos en el negocio. El gimnasio tuvo tanto éxito que abrimos otro, y después otro.

—¿Quién puso el dinero para mudarse y comenzar esa empresa?

—Yo. Usamos mis ahorros. Además, un pequeño préstamo bancario.

—¿Mike contribuyó?

—No, no tenía un centavo. ¡Pero sí que sabía boxear! Podía voltear de un knockout a cualquiera en la primera vuelta, hasta que tuvo que abandonar las competencias por problemas con las lesiones que había sufrido en el pasado. Siete años después teníamos tanta gente allá que mudamos nuestro centro de operaciones a Sacramento. Los políticos salían del edificio del Parlamento a la hora del almuerzo y cruzaban la calle para entrenarse un rato. Les encantaba. Eso sucedió hace más o menos trece años, cuando se me ocurrió la idea del Solo Spa.

—¿Qué es eso? —preguntó Nina.

—Una combinación de bañera y piscina. Tiene la forma de una lata, lo bastante grande como para que una persona quepa de pie y le permita un poco de movimiento, y lo bastante pequeño como para instalarlo en la casa, en el cuarto de baño, en un estudio o en el garaje. Se puede usar para baños de inmersión, pero la principal finalidad es hacer aerobismo en el agua y ejercicios en casa.

Mientras hablaba de su negocio, Lindy se puso más animada. Obviamente, le gustaba mucho su trabajo.

—Mike construyó un prototipo y lo patentó. Pedimos un gran préstamo. Yo hice de modelo para el primer folleto. Mike me hizo posar en bikini junto a todos los *spas*. —Lindy se rió al recordar. —Bastante anticuado, ¿no? Pero eso fue hace mucho tiempo.

—¿Ahora sigue modelando? —preguntó Nina.

—Hice vídeos de gimnasia para la demostración del producto, pero ya hace años que no lo hago. No, yo me ocupé de la planificación, pero Mike estuvo al frente del proyecto. Solíamos bromear con que él era el jefe. En gran medida, era cierto. Inclusive ahora, mucha gente se siente más cómoda cuando extiende un cheque a un hombre.

—Hmmm —farfulló Nina. Tal vez eso explicara la escasez de grandes cheques que esperaran ser depositados en su propio estudio.

—Al principio parecía que no le interesaba a nadie, pero después algunos hospitales comenzaron a recomendarlo a aquellos pacientes que por alguna razón no podían concurrir a piscinas públicas. El Solo Spa resultó muy eficaz para el alivio de la artritis, los problemas de osteoporosis y toda clase de enfermedades. Clínicas de todo el mundo comenzaron a comprar los spas para hacer terapias físicas. Fue entonces cuando puse en marcha la fase dos. Diseñamos el modelo más pequeño y lo lanzamos al mercado para el gran público.

"Ese mismo año compramos la casa. Desde entonces vivimos ahí. Mike renovó el sótano para hacer su taller y lo llamamos el cuartel central de la sociedad. El dinero comenzó a ingresar con tal rapidez que no había tiempo para contarlo. —Meneó la cabeza con incredulidad. —Ni teníamos tiempo para gastarlo. Los dos trabajábamos mucho para poder satisfacer la demanda.

—Mike era el presidente de la sociedad, y usted, la secretaria del directorio.

—Eso es. Mike era el presidente, y yo, la vicepresidenta ejecutiva. Hace varios años creamos dos subsidiarias, una para el negocio de spa y la otra para los gimnasios.

Nina tomó el certificado de acciones que estaba adjunto a la notificación de despido de Lindy e hizo la pregunta que la perturbaba.

—¿Por qué todas las acciones están a nombre de Mike? ¿Por qué no tiene usted la mitad?

—Mike odia el papeleo. Dijo que así sería más fácil.

—La ley de propiedad comunitaria de California la protege en eso —señaló Nina—. Por lo pronto, en la mitad, creo. Ahora, siguiendo la misma línea, no comprendo por qué la casa está sólo a nombre de Mike.

—Todo está a su nombre —dijo Lindy, algo titubeante—. El departamento de Manhattan, la casa de Saint Tropez. Lo único que tengo es mi automóvil, que es un Jaguar, muy extravagante, con interior tapizado en cuero, dos teléfonos... —Se ruborizó un poco. —Es mi mayor capricho. Después está esa concesión minera sin valor que me dejó mi padre, y mi cuenta bancaria personal, donde se depositan mis sueldos... ésa es una caja chica.

—Ah. ¿A usted le pagan un sueldo?

—Bueno... hasta hoy fue así. Setenta y cinco mil dólares al año. Mike se reserva la misma cantidad para él. Nuestros contadores dicen que nosotros somos empleados de la sociedad.

—¿Vivieron juntos todo este tiempo?

—Sí.

—¿No hubo separaciones?

—No. Mike ha sido siempre un hombre bueno. Fiel. Y yo también le fui fiel. Nos amamos. Prometimos permanecer juntos en las buenas y en las malas ante los ojos de Dios. Y lo hicimos. Esta cosa con Rachel... no es típica de él.

—Obviamente, usted la conoce.

—Rachel Pembroke. Es nuestra vicepresidenta a cargo de los servicios financieros. Ha estado coqueteando con él durante meses, pero no me asustó, porque Mike y yo estábamos muy unidos. Esto debe de ser un amorío pasajero. Es la andropausia del hombre, como se llama en las revistas para mujeres. —Lindy estudió el escritorio de Nina, muy concentrada. —Debo hacerlo regresar. Él es como el pan para mí. Como el mismo aire.

—Sí —repuso Nina.

—No me gusta analizar mucho las cosas. Mi manera de hacer frente a los problemas es actuando. No puedo quedarme sentada de brazos cruzados y no hacer nada. Por eso debo hablar con Mike, Nina. Entonces él regresará.

—Así lo espero —dijo Nina—. ¿Pero ha considerado la posibilidad de que él no regrese? ¿De que todo haya terminado entre ustedes dos?

—La estoy considerando ahora.

—¿Cuánto estima que valen las empresas, Lindy? ¿Tiene alguna idea?

—Depende de a quién le pregunte. Según nuestra última auditoría, no menos de doscientos cincuenta millones en total —dijo Lindy—. Mike diría un poco más de cien millones, con amortización y desgaste de equipos, y todo eso deducido. —Salida de su boca, la cantidad sonaba tan trivial como un budín.

Nina se irguió en su asiento.

—Eso es... muchísimo dinero.

—No es que haya montañas de dinero guardado. Mike dice que ese dinero es la sangre vital de nuestra empresa. Personalmente, no lo gastamos. Bueno, no en general. Dígame, ¿qué opina? ¿Será mi abogada?

—Lo hablaremos en un minuto. Hay algo que debo decirle primero. El señor Riesner, el abogado de su marido, normalmente es un litigante; su negocio es ir a juicio. Si su marido sigue con él, creo que tenemos que pensar en la posibilidad de que usted y Mike no se reconcilien. Esto podría representar el preámbulo de un juicio de divorcio. Por lo menos puedo decirle que nos atendremos a lo que pueda venir. La ley de California es muy clara. Toda propiedad obtenida de la manera en que usted ha explicado, durante el matrimonio, es tanto suya como de él, aun cuando él haya estampado su nombre en todos los papeles.

—¡No! —exclamó Lindy—. Eso no puede suceder. No quiero ningún juicio. Sólo necesito verlo a él...

—Bueno, vayamos paso por paso. Usted desea conversar con Mike. Llamaré al señor Riesner y trataré de arreglar un encuentro. Hay una audiencia fijada para esta orden de desalojo para el primero de noviembre. Dentro de dos semanas. No hay razón para que Mike deba vivir allá en lugar de usted, ¿no es así? En cuanto a la finalización de sus funciones y a su destitución del directorio, creo que probablemente sea ilegal, ya que en realidad usted posee la mitad de la empresa. No puedo entender por qué él permitió que hicieran eso. Por qué puso su nombre en todos los papeles.

—Lo que sucede es que él es tan... tan susceptible con esas cosas. Nosotros somos una unidad, Nina. ¿Lo entiende? ¿Qué diferencia hay?

—No mucha. Porque estaban casados y la ley la protege.

Lindy se inclinó sobre el escritorio y miró fijamente a Nina con los ojos enrojecidos.

Nina pensó: "Ella debe entender que él jamás regresará. Pero hay cosas que puedo hacer para ayudarla a salir de todo esto. Puedo manejar sus problemas legales. Es un divorcio importante y ellos librarán una batalla, pero cuando termine, Lindy será una mujer muy rica. Una mujer con una montaña de millones de dólares".

Por una vez, un caso grande y fácil, a pesar de Riesner. Un poco de trabajo arduo, un poco de apoyo emocional, grandes honorarios. Honorarios abultados. Nina sintió algo que no le gustaba: las primeras sensaciones de la codicia.

Mientras se regañaba en silencio, Lindy habló.

—Perdón, ¿qué fue lo que decía? —preguntó Nina.

—Le decía que Mike es un buen hombre. Un hombre decente. Me prometió que siempre compartiríamos todo. Lo que nunca deseó hacer fue... Yo nunca pude convencerlo de...

Embargada de entusiasmo, Nina se sentía preparada para hacer frente a cualquier cosa.

—¿De qué?

—Lo que trato de decirle es... —Hizo una pausa. Después, tragó saliva y volvió a intentarlo. —Mike y yo nunca nos casamos.

Podría haberse oído caer un alfiler al suelo. O el auricular del teléfono, cuando Sandy, que escuchaba a escondidas desde la otra oficina, dejó caer el suyo. O un caso grande y fácil que se salía del espectro ganador.

CAPÍTULO 3

—Discúlpeme un momento —le dijo Nina a Lindy. Se calzó los zapatos por debajo del escritorio, empujó el sillón hacia atrás y fue hacia la puerta. Pasó junto a Sandy, que la miró con ojos interrogantes, y se dirigió por el corredor hasta el baño de damas.

—¿Pero por qué? Digo yo, ¿por qué? —se preguntó mirándose al espejo, manteniendo un prudente silencio.

Se lavó la cara con agua fría y se secó con una toalla de papel áspero. Mientras se la pasaba por las mejillas, comenzó a reírse. Durante tan sólo una milésima de segundo, en su oficina, antes de que Lindy hubiera pronunciado las últimas y devastadoras palabras, Nina creyó que estaba por tener el primer cliente con bolsillos abultados, ese que puede afrontar el pago de peritos y pruebas, investigadores y apelaciones. Y los honorarios del abogado. Mentalmente, se había frotado las manos pensando en sus honorarios con total codicia.

En lugar de una clienta de bolsillos abultados, parecía que ahora hablaba con una que tenía el bolsillo roto: una novia abandonada que había echado por la borda sus derechos muchos años atrás.

—Juicio por alimentos entre personas que han convivido extramatrimonialmente —le dijo a su imagen reflejada en el espejo. La imagen le sonrió. Tenía las mejillas encendidas. El pelo castaño, largo y vaporoso, se había expandido y amenazaba con ocupar toda la habitación. Se mojó las manos y trató de alisárselo.

Como siempre, el hombre había sido cuidadoso y la mujer estaba enamorada. Seguramente, Lindy no tenía ninguna prueba de que habían acordado compartir todos los bienes; sólo un montón de recuerdos de charlas en la cama a lo largo de los años. Los casos de alimentos para personas que han convivido extramatrimonialmente eran veneno, y todos los abogados especializados en derecho de familias lo sabían. Tres años antes, en San Francisco, Nina había estado a cargo de una apelación por alimentos entre concubinos y había perdido.

Cuanto más pensaba en eso, parada frente al lavatorio, tratando de alisarse el pelo, mayor era su enojo. Lindy aún no comprendía que le habían dado una limpia patada en el trasero y la habían sacado de un empujón. ¡Aún seguía diciendo que amaba a ese tipo! ¿Sería capaz de entender que se avecinaba una catástrofe?

Mike Markov y Jeff Riesner la aplastarían; después consentirían en otorgarle una pensión miserable, si ella prometía ser una niña buena y cerrar la boca. Si tenía suerte, terminaría con bastante dinero como para unirse al grupo de mujeres de más de cincuenta años que llenaban los casinos y clubes de tenis, incapaces de encontrar un empleo fructífero, sobrevivientes devastadas que habían perdido veinte años de experiencia laboral así como de relación.

Estaba enojada con Lindy por haber sido tan idiota, y consigo misma por no preguntarle sin rodeos la fecha de casamiento.

Lo peor de la situación era Riesner. Ahora ella no podría aceptar el caso, inclusive con todos los demás problemas, porque no podría enfrentar a Riesner y al equipo que él reuniría, sin tener por lo menos un cincuenta por ciento de probabilidades. Ese abogado era demasiado astuto y feroz. Ella no contaría con los recursos ni la ley de su lado. Perdería. La humillarían. Sería la oportunidad de Riesner para echar por la borda la práctica legal de Nina.

"Admítelo, Nina —se dijo—. Le tienes miedo y no quieres luchar contra él a menos que estés muy segura de poder vencerlo. Es demasiado mezquino."

Los demás abogados de la ciudad también le tenían miedo. Lindy no encontraría a ningún campeón en Tahoe; ninguno desearía enfrentarse con Riesner. El único abogado a quien jamás había amilanado era Collier Hollowell, uno de los asistentes del fiscal de distrito, que se refería a Riesner como el "imbécil residente", recordó Nina. Y aun cuando Collier no se hubiera tomado una licencia prolongada, al ser fiscal no le serviría a Lindy para nada.

Incapaz de poder dominar la mata de pelo de su cabeza, Nina se lavó las manos y después se las frotó con la loción que tomó del dosificador. Sin embargo, era terriblemente desalentador ver a otra buena mujer en desgracia. Terriblemente desalentador.

Regresó por el corredor tratando de endurecer su corazón. Lindy, sentada donde la había dejado, parecía sentirse un poco mejor. ¿Qué le había dicho Nina antes de salir? Ah, sí. Algo como "usted está bien protegida", "ningún problema". Nina se dejó caer en su sillón.

—¿Por qué no se casó? —le preguntó.

—Mike ya se había divorciado, y mal. Eso no lo predisponía muy bien. Dijo que nosotros estábamos casados en todos los sentidos que eran importantes.

—¿Y usted?

—Yo quería casarme, y al comienzo de nuestra relación celebramos una ceremonia en la iglesia, en forma privada, sin papeles ni nada... —Comenzó a llorar. —Recuerde que Mike y yo nos conocimos en la década de los 70. Muchos jóvenes de nuestra edad no se casaban. Además, mi divorcio también había sido difícil. Hace muchos años, estuvimos cerca de casarnos. Mike parecía dispuesto. Después se ausentó de la ciudad un par de semanas. Cuando regresó, comenzó de nuevo con las excusas.

"A medida que el tiempo pasaba, las cosas se fueron enfriando. No había ninguna razón urgente para nuestro matrimonio. Él me dijo millones de veces que compartíamos todo: trabajo, hogar, amor. No ganábamos nada contrayendo matrimonio.

—¿Usted mencionó una ceremonia?

—Fuimos los dos a la iglesia, nos arrodillamos y prometimos amarnos y cuidarnos por el resto de nuestra vida. Compartirlo todo.

—¿No hubo ningún pastor o sacerdote presente?

—No.

—Pero usted usa el apellido de él.

—Comencé a usar el apellido Markov a los pocos meses de ir a vivir con Mike. Tratábamos de arrancar con nuestro negocio y debíamos entrevistarnos con todos esos banqueros... Todos creían que nosotros... bueno, usted sabe. La gente aún lo cree.

—¿Él la presentó a usted a otra gente como su esposa?

—Por supuesto que sí. Soy su esposa.

—Lindy, escúcheme bien. Esto es importante.

—La escucho. —Lindy apretó los dedos sobre el escritorio.

—Olvídese de lo que le dije antes. Su situación es muy difícil.

—En este momento, Mike no es el mismo. Actúa como un loco. Esto se solucionará —afirmó Lindy.

—Escúcheme. Mike la abandonó. La despidió y está por desalojarla de su casa. ¿Usted cree de veras que esto tiene solución?

—Él no lo hará. No puede.

—Yo creo que sí puede —replicó Nina—. A menos que usted tenga una carta, un contrato, algo por escrito o un testigo muy confiable que jure que Mike le dijo a usted que la mitad de todo era suyo. —Esperó, cruzando los dedos mentalmente.

En vano. Lindy tosió y se acomodó en la silla con aspecto preocupado.

—No tengo nada de eso. Pero él siempre dijo que yo era su esposa. Estuvimos casados ante los ojos de...

—No ante los ojos del estado de California. En este Estado no se reconocen los matrimonios consensuales. Debe someterse a la ley y conseguir un certificado de matrimonio.

Algo debió de haber penetrado la nebulosa negación que demostraba Lindy, porque todas las fibras nerviosas de su cuerpo registraron alarma.

—¿Quiere decir que... podría perder todo?

—El peso recae sobre usted para probar que Mike y usted tenían un acuerdo de esa naturaleza. Es difícil, porque existe la presunción de que los activos que están a nombre de él son de su propiedad.

—Pero Mike no permitirá que eso suceda.

—Imagino que él le ofrecerá algo —dijo Nina—. Lo que tenemos aquí es lo que a menudo se llama un caso de "alimentos para personas que han convivido extramatrimonialmente", aunque no encontrará esa descripción en ninguna ley. No es raro en este país, que una mujer conviva con un hombre, y tampoco es raro que ella reclame algún bien cuando termina la relación.

"Pero puedo darle una larga lista de personas que han demandado a los ricos y famosos y han terminado el litigio sintiéndose como sobrevivientes del *Titanic*, sólo que más pobres. En general, pierden. Da la casualidad que yo trabajé en un caso similar hace algún tiempo, y aún recuerdo algunos de los defendidos en otros casos. —Le nombró unos pocos de los muchos que le acudieron de inmediato a la memoria: Lee Marvin, Rod Stewart, Merv Griffin, Martina Navratilova, Clint Eastwood, William Hurt, Joan Collins, Bob Dylan, Alfred Bloomingdale y Van Cliburn. —La sucesión de Jerry García recibió una de esas demandas después de su muerte.

—¿Se pierden siempre?

—No directamente. La mayoría termina haciendo un arreglo extrajudicial, se desestima la demanda o se pierde en la apelación —explicó Nina—. El problema es que a menudo el caso se reduce a la palabra de ella contra la de él, y eso no basta para conseguir el peso de la prueba.

—¡Pero yo me acosté con él durante todos esos años! Fui su esposa en todo sentido. ¿No significa nada?

—Odio tener que ser tan directa, pero un acuerdo para proveer dinero a cambio de servicios sexuales no da derecho a indemnización. Ese tipo de relación configura una relación sexual ilícita.

—Pero él me prometió que compartiríamos todo. Me prometió que nos casaríamos algún día. Siempre actué teniendo como base esa idea. ¡Es un incumplimiento de promesa!

—En realidad, si usted demanda a Mike, no puede hacerlo por incumplimiento de promesa.

—Pero eso es exactamente lo que él hizo. Me hizo promesas y no las cumplió.

—Desgraciadamente, en California no se permite hacer un juicio basado en un incumplimiento de promesa del tipo del cual usted habla —dijo Nina. La última serie de preguntas y respuestas entre ella y Lindy habían sido a fuego cruzado, a medida que la angustia de esta última se volvía más intensa.

—No puedo creer que esto esté sucediendo —dijo Lindy—. Siempre estuvimos muy unidos. Para citar a John Lennon, que era lo que en todo momento hacía Mike, "Yo soy él". Prácticamente somos una sola persona. Cualquier cosa que nos separe es temporaria —afirmó Lindy con obstinación.

—Lo que debe mirar —dijo Nina con delicadeza— es lo que está sucediendo en este preciso instante. Es posible que tenga razón en cuanto a Mike. Es cierto que la gente cambia de opinión. Mientras tanto, debe decidir qué es lo que usted desea hacer, si existe algo que pueda hacer.

—No puedo quedarme sentada. Si eso significa que tengo que luchar contra él, lo haré —contestó la clienta—. Lucharé por lo que es justo. —Miró a Nina. —Hay otra cosa que debo decirle. Esta mañana, cuando fui a trabajar, uno de mis amigos me llevó aparte para contarme que sospecha que Mike está transfiriendo los activos de la empresa. Yo no le creí, pero si es cierto lo que usted dice acerca de que se está preparando para un juicio...

—Ésa es una prueba más de que es muy probable que lo esté haciendo.

Lindy pareció tomar una decisión.

—Escuche. Tengo algo de dinero. Quiero que ponga en marcha todo esto. Consígase un socio. Consiga todo lo que haga falta. —Sacó una chequera del bolsillo. —¿Qué le parece un adelanto de honorarios de cien mil dólares? Sé que necesitará más cuando contrate gente. Redacte un acuerdo con un programa de pagos, y yo lo firmaré.

Nina miró el cheque. Cien mil dólares. Era dinero.

—Lindy, yo...

—Por favor, Nina. Para decirle la verdad, no creo que esto vaya muy lejos antes de que él regrese conmigo. Me necesita. Una vez que recupere la razón, lo recordará. Pero no puedo quedarme de brazos cruzados y permitir que un momento de locura me arruine la vida. No tiene derecho a quedarse con todo. No es justo que yo tenga que suplicar por un mendrugo. No olvide que este caso no es sólo el mío. Apuesto a que hay muchas mujeres en el mismo barco.

—Lo lamento, Lindy —contestó Nina con la mayor amabilidad posible—. Pero esta clase de juicio cuesta una fortuna. Y desgraciadamente usted ya no puede usar las cuentas bancarias de la empresa. —Le devolvió el cheque.

El rostro de Lindy se tornó de color gris. No podía presionar a Nina con su dinero para conseguir lo que deseaba. En un instante, todo había cambiado en su vida.

—¿Dónde conseguirá usted esa suma de dinero? —preguntó Nina.

—Espere —dijo Lindy, y sacó otra chequera—. Tengo unos veinte mil dólares en mi cuenta personal. Acéptelos.

—No puedo hacer eso. Los necesitará para vivir.

—Por favor.

—Tengo que hacer algunas averiguaciones —dijo Nina— y pensar un poco antes de comunicarle mi decisión. —No podía aceptar el caso, pero Lindy necesitaba un poco de tiempo para adaptarse a su nueva situación. —Por lo que veo, usted debe responder a estas intimaciones de inmediato. La llamaré esta noche o a más tardar mañana a primera hora. —Se puso de pie, desviando la mirada.

Lindy se quedó sentada, tan aplastada como debían de estar en ese momento los globos rojos de la fiesta.

—Está bien. Si no hay más remedio —dijo. Sin deseos de finalizar una discusión que no había ganado definitivamente, se tomó su tiempo para recoger sus cosas y marcharse. Sandy, que había estado cerca de la puerta, la acompañó hasta la salida.

Después regresó a la oficina de Nina y se sentó en la silla que había dejado Lindy. Le clavó a Nina esos ojos negros suyos, con su rostro ancho, liso, sin arrugas, como si fuera una roca del río Tuckee. Ese día llevaba su trenza de pelo negro atada con una tira de cuero. En la oficina de la entrada sonó el teléfono, pero ella no dio señales de oírlo.

—¿Y bien? —dijo—. ¿Una buena candidata? ¿Tiene algún trabajo para nosotras?

—Yo sabía que esa candidata era un error —respondió Nina—. Y no me digas que no escuchaste.

La rigidez evidente en los hombros de Sandy le indicó a Nina que estaba en lo cierto.

—Me perdí mucho de la conversación, aunque pude alcanzar a oír el momento de mayor tensión —dijo Sandy—. ¿Qué sucederá ahora? Uno no puede divorciarse de un hombre con el que nunca se casó.

—Tres palabras —dijo Nina.

—¿Chifladura por amor?

—Muy bueno. Pero esperemos que no sea así.

—Mm. Dame un minuto.

—Tengo audiencia a las diez. Debo ponerme en marcha.

—Ya lo tengo —anunció Sandy cuando Nina ya tenía la mano en el picaporte—. Tiene un amante. Ella tiene un amante y le demuestra a su ex lo que se pierde.

—Bueno, no es exactamente lo que tenía en mente, pero es una posibilidad.

Los ojos de Sandy brillaron.

—¿Alimentos para concubinas?

—Bingo.

—Pero los demandantes nunca ganan esos juicios, ¿o sí? —dijo Sandy—. Hablando estrictamente de dinero, que no nos sobra, ¿te encuentras del lado errado, o me equivoco?

—Sí, es cierto.

—¿Quién es el afortunado que representa a Mike Markov?

—El afortunado sería Jeffrey Riesner.

Sandy emitió un sonido grave y entrecerró los ojos.

Mientras su secretaria luchaba denodadamente con esta última noticia, Nina escapó por la puerta.

Esa tarde, Nina atacó primero con los recursos que podían conseguirse en Internet conectándose en línea; después gastó todas sus monedas en la fotocopiadora, sacando copias de todo lo que encontró en la biblioteca de Derecho.

Pensión alimentaria en casos extramatrimoniales. La expresión se había acuñado en la década de los 70, cuando Michelle Triola demandó al actor Lee Marvin por una participación en sus ingresos, después de haber mantenido una relación de convivencia sin el beneficio del matrimonio. Desgraciadamente para la señora Triola, aunque el jurado le garantizó algún dinero en carácter de "resarcimiento", la Cámara de Apelaciones desestimó esa decisión. No logró nada, aunque el caso Marvin contra Marvin había introducido el concepto en el mapa legal, lo cual era casi tan bueno como sentar jurisprudencia.

Nina revisó los casos que ya conocía y unos pocos que no. La sucesión de Liberace había recibido la demanda del amante, un joven que se sentía afectado, por decirlo de algún modo. Resultaba difícil considerar algunos casos con seriedad. Había una zona límite de casos frívolos en los cuales los amantes agraviados sencillamente sentían que tenían derecho a recibir algo de sus parejas cuando éstas morían o se marchaban. Los casos abundaban en ingredientes de esos que amaba por sobre todo la prensa: romance y fama.

Y, teniendo en cuenta la montaña de dinero involucrada en este caso, ¡cómo no iba a encantarles!

Durante un rato se sumergió en la lectura del juicio entablado por Kelly Fisher, la modelo que fue amante de Dodi Fayed antes que la princesa Diana y que justamente había podido hacer una demanda por incumplimiento de promesa en un tribunal francés. Tal como Nina le había dicho a Lindy, ellas no tendrían esa suerte en la terca California. Debía existir alguna clase de contrato para compartir ingresos y bienes. Además, ese contrato debía de poder probarse. Por lo menos, así se habían dilucidado esos temas en el pasado.

Mientras se hallaba sentada a la mesa de reunión de la biblioteca, quemándose los ojos con la letra pequeña en que estaban expresadas las opiniones, Nina pensó que en ningún lugar de las miles de páginas de las leyes de California se leía la palabra "amor". "¿Qué tiene que ver el amor con esto?", murmuró mientras leía.

El amor era el yin, tradicionalmente territorio de las mujeres, lo femenino, lo subjetivo. La ley era el yang, masculina, objetiva. Se sintió incómoda por la posición de Lindy. "Muéstrame la prueba irrefutable", decía la abogada que había en ella. Promesas de matrimonio, sexo, palabras de amor, crisis de la mediana edad, aventuras amorosas: el sistema legal se había lavado las manos en ese sentido. Ella misma no deseaba que la asociaran con esas cuestiones emocionales. Una abogada debía poner especial cuidado en ser más objetiva que cualquier otra persona.

Ahora esos temas se entrelazaban con una enorme cantidad de dinero, y el sistema legal se empleaba para mantener dicho dinero en manos de Mike Markov. No era justo. El enojo, como siempre, estaba haciendo su trabajo en ella al buscar una salida productiva. ¿Pero qué podía hacer ella sola contra todos esos chicos grandes?

Hojeó el Código Civil, revisando como al pasar las secciones referidas al matrimonio. No serían aplicables a gente que no estaba casada, pero ¿qué eran Lindy y Mike si no estaban casados? Lindy era mucho más que una novia.

Frustrada, pensó: "Necesitamos más leyes que abarquen este tema". Pero se atajó justo a tiempo. Tenía toda una pared cubierta con los Códigos Acotados del Estado de California, con tal cantidad de leyes nuevas aprobadas cada año que nadie podía ponerse al día.

"Muy bien. Busquemos entonces una ley del pasado que se ajuste al tema", pensó. Volvió a revisar las leyes. Esta vez captó su atención una ley breve y humilde que probablemente sería derogada por obsoleta la primera vez que algún legislador moderno cayera en la cuenta de su existencia. La sección 1590 del Código Civil decía: "Cuando cualquiera de las partes de un matrimonio propuesto en este Estado haga un regalo de dinero o propiedad al otro sobre la base o suposición de que el matrimonio tendrá lugar, en caso de que el receptor de dicho regalo se rehuse a cumplir con el matrimonio... el donante podrá recuperar tal regalo...".

Nina lo repitió para sí. Pensó en las dotes, en hombres apuestos, en novias desairadas.

"Supongamos que Paul me diera un costoso anillo de compromiso, pero que después yo no aceptara casarme con él. Él debería recuperar el anillo, o por lo menos un jurado podría devolvérselo si él se presentara ante los tribunales."

O que ella le diera algo a Paul. "Te daré mi fortuna si te casas conmigo", se dijo, tratando de parafrasear el código con palabras comunes. Aún no lo conseguía. Intentó de nuevo. "Te prometo algo a cambio de que te cases conmigo o prometas casarte conmigo." Sí. Era eso, en lenguaje común, lo que decía el código.

Volvió a pensar en su entrevista con Lindy y en lo que ella le había dicho.

Miró su anotador, donde había más garabatos que apuntes, y vio que había dibujado un par de campanas nupciales con una cinta en la parte superior. También había dibujado unas notas musicales alrededor.

Por cierto, unas campanas habían comenzado a sonar en su cerebro.

Plantó un gran beso sobre la frase antes de copiarla.

A las cinco en punto cerró de golpe el último libro de consulta del día; después se encaminó a la casa de su hermano Matt a recoger a su hijo. Matt y su esposa, Andrea, vivían con sus dos hijos en un barrio conocido como Paraíso de Tahoe, a sólo unas cuadras de donde ahora vivía Nina. Matt dirigía un negocio de náutica durante el verano, y en invierno tenía un negocio de remolques. Andrea trabajaba en el hogar de mujeres de la comunidad; se trataba de un hogar transitorio al cual concurría una corriente continua y creciente de mujeres golpeadas y sus hijos.

En un claro en el bosque, en una pequeña cabaña de madera con un hogar de piedra que permanecía encendido la mayor parte del año, la familia vivía como lo hacían cien años antes los habitantes de Tahoe; el único detalle suburbano era un parque que pugnaba por crecer y que ahora, con toda la lluvia caída, lucía como un sedoso parche verde iridiscente.

Nina estacionó su Bronco frente a la casa, se quitó los zapatos y caminó descalza por el pasto húmedo. Era el momento para disfrutarlo, ya que faltaba muy poco para el invierno.

Andrea abrió la puerta antes de que ella llamara.

—¡Nina! Te esperábamos a almorzar —le dijo.

—Lo lamento. Estuve ocupada. ¿Bob está acá todavía?

—Él y Troy están arriba, en el dormitorio, jugando con la computadora.

Nina tendió la mano para estrechar el brazo de Andrea.

—¿Cómo andan todos? ¿Los chicos están ahí desde que regresaron de la escuela?

—Casi, casi.

—¿Bob hizo su tarea?

—Lo dudo.

—¡Oh, oh! Será una noche larga.

—Trabajan muchísimo. Deben hacer otra cosa además de lo habitual.

—Quisiera que saliera a jugar al aire libre. Está tan lindo ahora —dijo Nina, aspirando el aire con aroma a pino, sintiendo el roce de la brisa.

—De tal palo, tal astilla —dijo Andrea, y la llevó al interior de la casa—. Ponlos en un cuarto oscuro con una computadora, y son tan felices como Bill Gates.

—No nos quedaremos a cenar. Tengo que llevarlo a casa. —Nina subió para ir a buscar a Bob.

Salvo por la diferencia de tamaño, Troy y Bob eran idénticos desde atrás, vestidos como los chicos de California. Zapatillas de gamuza de dos tonos, camisetas con emblemas, pantalones cortos abolsados de tela a cuadros, el pelo cortado estilo monje modificado. Troy, un año menor, se volvió para saludar cuando ella entró en la habitación. Bob siguió con la mirada clavada en la pantalla que tenía en frente.

—Hola, mamá. Ven a ver.

Desde el momento en que había comenzado a hablar, Bob le exigía que ella fuera testigo y le diera la bendición por cada acto que hacía. Nina se preguntaba si sería un comportamiento exclusivo de los hijos varones. La prima de Bob, Brianna, que era menor, parecía más independiente que los otros dos chicos. Nina elogió la mejora de la página Web; después lo sobornó y lo amenazó para que pudieran marcharse.

—¿Dónde está Matt? —le preguntó a Andrea cuando llegaron a la puerta de calle y Bob corrió por el sendero hasta el automóvil.

—Guardando las últimas velas y, si no me equivoco, dando un último paseo por Bahía Esmeralda. ¿No es ahí adonde fuiste el último fin de semana en el *Dixie Queen*?

—Sí. —Nina le dio un informe rápido de la fiesta y el gran final, sin nombrar a los protagonistas.

—¿Viste la pequeña isla que hay en el medio? ¿La isla Fannette?

—Sí.

—La semana pasada me enteré de un chisme muy interesante sobre ese lugar. Me lo contó una mujer cuyo abuelo hizo algunos de los artefactos de luz de hierro forjado que están en Vikingsholm.

—Te refieres a la mansión estilo escandinavo que está en la bahía del otro lado de la isla.

—Así es. La construyó Lora Knight, que también levantó la casa de té de la isla.

—¿De qué chisme me hablas?

—Antes de que se construyera la casa de té, un marinero levantó allí su tumba entre las rocas.

—¿Para quién?

—Para él.

—¿Está enterrado ahí?

—No. Se ahogó en el lago. Jamás pudieron encontrar su cuerpo. Ya sabes cómo es el lago Tahoe. El agua es demasiado fría como para que floten los cuerpos.

—¿Y qué pasó con la tumba?

—Me dijo que los turistas solían visitarla, pero en la época en que se construyó la casa de té, ya nadie sabía dónde estaba ni lo que pasó con ella.

—Tratas de asustarme.

—No es más que la pura verdad.

—Bueno, un día que Matt cargue la lancha, vamos a investigar el lugar. ¿Se puede ir a la isla?

—Ya no tiene muelle. Hay que nadar desde el bote o ir en kayac. Además, ya sabes que su lancha no está en muy buenas condiciones.

—Iré en la primera oportunidad que se me presente.

—No irás a ninguna parte. Reconozco ese brillo en tus ojos. Algo grande se te ha cruzado por el camino. —Andrea la miraba con ojos críticos. —Siempre pareces más feliz cuando tienes algún problema horrendo en el trabajo.

—Cierto —admitió Nina—. Los problemas horrendos marcan mi ritmo.

Andrea se rió con una risa infantil, que fue acompañada por los rulos de su cabello pelirrojo, los vaqueros desteñidos y la camisa de franela.

—Andrea, ¿alguna vez viste a Lindy Markov? —preguntó Nina.

—Por supuesto. Trabaja en algunas de las obras de caridad y asociaciones sin fines de lucro de la ciudad. Hace fiestas en su casa para recaudar fondos. Todos asisten, en parte porque sienten curiosidad por conocer la casa, y ella se muestra dispuesta a satisfacerlos por el bien de sus causas en pro de la comunidad.

—¿Has estado allí?

—Sí. Me costó doscientos dólares. Una causa noble, pero es un dinero que no podemos gastar a menudo. —Andrea hizo una mueca. —¡Por Dios! ¡No sabes cómo lloró Matt! Un agujero en ese fondo intocable para los estudios universitarios de los niños. Prácticamente lloraba. Pero a veces existen problemas que requieren atención más inmediata.

—Andrea, eres muy buena.

—No. Yo encontré ayuda cuando estaba desesperada. —Andrea había pasado por una relación muy difícil con su primer marido, el padre de sus dos hijos, y un hogar como el que ahora administraba la había ayudado a liberarse.

—¿Dónde viven los Markov? ¿Cómo es la casa?

—Cerca de Bahía Esmeralda, en Cascade Road, en una de las propiedades más espléndidas del lago, si existe otra igual. El terreno debe de tener varias hectáreas con vista al lago. La señora Markov ha sido generosa con el hogar. Desearía contar con más gente como ella. Apoyó a muchas mujeres que necesitaban ayuda.

—Preferiría no haberte preguntado. Hablas como si se tratara de una santa.

—No es ninguna santa. Sólo es generosa.

Nina oyó la bocina de la camioneta.

—Tengo que irme.

—Espera. ¿La señora Markov tiene algún problema? ¿Algo relacionado con la escena de la que fuiste testigo en el barco?

—Sabes que, si lo fuera, no podría hablar de eso.

—Bueno, pero no dejes de avisarme si hay algo que pueda hacer para ayudarla. Ella es una en un millón.

Bob hizo sonar otra vez la bocina de la camioneta, y Nina corrió hacia el vehículo. Vio a su hijo en el asiento del conductor. La cabeza casi tocaba el techo. En tres años estaría conduciendo. La sola idea resultaba abrumadora.

—Mamá, falta poco para Navidad —dijo Bob mientras se acercaban a la esquina de Kulow.

Y así era. Nina no había pensado mucho en eso, pero, como la mayoría de los chicos, Bob sí.

—Quiero un programa para mi computadora. Troy y yo podemos usarlo en nuestro sitio en la Web para hacer figuras tridimensionales.

—Parece interesante —repuso Nina al tiempo que entraba la camioneta en el camino de acceso para coches—. Procura pedírselo a Santa Claus. —Bob sabía la verdad sobre Santa Claus, pero le gustaba mantener la tradición familiar de ese cuento de hadas.

—Es un poco caro.

—¿Sí?

—Unos trescientos dólares.

—¡Oh!

—Espero que Santa Claus me lo traiga. Pero si no lo hace, no me enojaré.

—Bob, como compramos la casa, este año será difícil. ¿No hay otra cosa que quieras tener?

—Una cosa. Eso es lo que de verdad, pero de verdad, deseo tener.

—¿Qué es?

—No te gustará saberlo. —Bajó de la camioneta y cerró la puerta de un golpe. Nina vio que Hitchcock estaba dentro de la casa, rascando la ventana y ladrando para saludarlos.

—Sí. ¿Qué es lo que quieres tener?

—Quiero ir a visitar a papá. —Corrió hacia la puerta, buscó la llave debajo de una maceta y abrió mientras Nina se quedaba en la entrada de coches sintiéndose como si la hubieran golpeado con una bola de nieve.

El padre de Bob, Kurt, el hombre al que ella había amado una vez pero con quien nunca se había casado, vivía ahora en Alemania. Un pasaje de avión a Alemania la dejaría completamente quebrada.

Así que aquélla sería una Navidad en la que sufriría por no poder darle a Bob lo que quería. Trabajaba mucho, trabajaba de sol a sol, vivía en una pequeña cabaña y no podía ser mamá y papá al mismo tiempo. Y no tenía dinero para darle a su hijo lo que de veras quería.

A las ocho y media, mientras Bob estaba en la ducha, sonó el teléfono. Era Sandy, que nunca llamaba a Nina a la casa.

—Estaba navegando por Internet —le dijo, masticando algo. No era la primera vez que Nina se preguntaba dónde vivía Sandy y por qué nunca la había invitado a su casa. —Estaba pensando en la señora Markov.

—¿Qué encontraste?

—Un caso. No estaba segura de que tú conocieras el caso Maglica contra Maglica.

—Me suena conocido.

—En el condado de Orange. ¿Alguna vez oíste hablar de Maglite?

—¿La linternita? La usaba para sacar al perro a pasear.

—Bueno, eso es. El tipo la inventó. Él y su supuesta esposa crearon una empresa enorme. Se separaron y ella lo demandó.

—¿Por qué?

—Incumplimiento de contrato. Le reclamó la mitad de la empresa. A diferencia de otros casos de los viejos sumarios tuyos que estuve estudiando, éste se presentó ante un jurado.

—¿Y?

—El jurado le otorgó ochenta y cuatro millones de dólares, principalmente por los servicios prestados a la empresa.

—¡Caramba!

—Por supuesto, yo soy un peón muy mal pago, sin cerebro, que hace todo mal.

—¡Ah, deja ya eso, Sandy! Parece interesante. Dame la dirección en la Web y lo veré antes de irme a dormir.

Sandy le dio la dirección.

—¿Aceptarás el caso? —preguntó Sandy.

—Aún no lo decidí. Todo apunta a que no lo haga, pero justo hoy tuve una idea en la biblioteca de tribunales. Es demasiado pronto para hablar. Y ahora tú me traes este caso que encontraste, que demuestra que alguien ganó por lo menos una vez en un juicio similar.

—El caso Markov es otro Maglica —señaló Sandy.

—¿Qué tiene de especial este caso, para que te pases toda la noche investigando sin que te lo pidan?

—Lindy Markov ayudó a algunas amigas mías hace unos años, sin que tuvieran que soportar esos terribles trámites burocráticos. Ahora es ella la que necesita ayuda.

—Y hay otra cosa —dijo Nina—. Necesita un estudio de Sacramento o San Francisco, uno que disponga de los recursos y el capital suficientes para llevar adelante el juicio. Hay mucho dinero en juego.

—Pero...

—Piensa en lo que puede hacer un ratero común por cincuenta dólares en la calle.

—Preferiría no pensarlo —contestó Sandy.

—Ahora multiplícalo por un par de millones... y considera hasta dónde nuestro amigo Jeffrey Riesner podría querer atacar a Lindy Markov.

—Eso es exactamente lo que he estado pensando —dijo Sandy—. Ahora, escucha. Hace un tiempo, él tuvo un juicio por alimentos en un caso de convivencia extramatrimonial en Placerville. Y te diré lo que hizo. —Sandy evitaba pronunciar el nombre de Riesner, así como alguna gente evita decir malas palabras. —Se asoció con este dandi de Los Angeles que tiene todos los casos de la gente de Hollywood. Winston Reynolds. Él querrá volver a hacer lo mismo en este caso.

—A menos que le ganemos de mano —dijo Nina.

—¿No sería maravilloso? Sacarle el revólver antes de que se dé cuenta de que le metes los dedos en el bolsillo.

—¡Mamá! —Bob gritó desde el cuarto de baño—. ¡Rápido, trae una toalla! ¡Trae una pila de toallas!

—Espera, Sandy —dijo Nina—. ¿Qué sucede? —gritó, poniendo una mano en el teléfono.

—¡Por Dios! —dijo el chico—. Demasiado tarde. ¡Por Dios!

Una hora después, tras haber limpiado la inundación del cuarto de baño y cuando Bob se fue por fin a la cama, Nina se puso un suéter y sacó a pasear al perro. La noche sin luna, salpicada de estrellas, era una vista que había olvidado mientras vivía en San Francisco, en los días previos a perder su capacidad económica y divorciarse. Casi ni podía creer que hacía ya dos años que tenía un estudio ella sola y que iba labrándose una reputación.

Hitchcock corría con el hocico pegado al suelo, olfateando el pie de los árboles altos y alrededor de los cimientos de las cabañas oscuras. El pelaje negro del perro se perdía en la oscuridad. Las constelaciones de Casiopea y Orión brillaban en el cielo. Nina levantó la mirada, esperando la aparición de alguna estrella fugaz con la misma sensación de expectativa que la perseguía desde la mañana. ¿Por qué era que cuando uno deseaba ver una de esas estrellas en el firmamento oscuro, nunca la veía? Esa clase de fenómenos excitaba la visión periférica y jamás se anunciaba con anticipación.

En la puerta de su casa, Nina se apuró a ir a atender el teléfono.

—Nina —dijo Lindy—, no pude esperar hasta mañana. Una amiga mía me dio su número. Sé que es tarde. Le prometo que no hablaré mucho.

—¿Una amiga, eh? —Una amiga de ojos de acero, fuerte como el peñón de Gibraltar, apostó Nina. Tenía una regla estricta en cuanto a dar el teléfono de su casa, pero Nina empezaba a comprender cómo debían de ser las cosas para la gente espectacularmente exitosa, como Lindy. Las reglas comunes no eran aplicables para ella. —¿En qué puedo servirla? —preguntó, tratando de dar a su voz una nota ligeramente profesional.

—Pedí prestado más dinero —dijo Lindy—. Cinco mil dólares. ¿Podríamos empezar con eso? Tal vez esté quebrada, pero aún tengo amigos. Alice Boyd me hizo un cheque, y otras mujeres me prometieron que harán lo que puedan.

—Pero Lindy, yo trabajo sola. En verdad, lo lamento, pero no será suficiente. —Se sentía muy mal. Deseaba ayudar a Lindy, pero cinco mil dólares no alcanzaban ni para hacer frente a los mínimos gastos que tendrían que afrontar. Nina no veía cómo podía aceptar el caso en esas circunstancias, sin tener que declararse en quiebra ella misma.

—Creo que por lo menos podré hacerme de otros veinte mil, tal vez inclusive treinta mil, antes del juicio. Y después, cuando ganemos...

—Querrá decir "si" ganamos.

—Cuando ganemos —Lindy dijo con firmeza—, le pagaré el diez por ciento de lo que me otorguen en el juicio.

Esas palabras retumbaron en los oídos de Nina. Diez por ciento. Si el tribunal le otorgaba la mitad de los bienes de Markov, serían unos diez millones de dólares. Aun hablando de la mitad, para ser realistas, se trataba de una suma increíble.

Apretó el teléfono con fuerza. No podía hablar. Y allí estaba, surcando el firmamento oscuro. Su gran oportunidad. Un caso con espíritu y temas que la ley de California aún no había resuelto. Algo que podría sentar un precedente para otras mujeres como Lindy, que habían trabajado detrás de la escena sólo para que las dejaran sin nada en las manos. Un caso que podría hacerla rica.

Un caso con un gran defecto: una clienta sin dinero.

Aun cuando pudiera de alguna forma reunir los fondos para mantenerse a flote mientras preparaban el juicio, ¿cómo podría justificar correr ese riesgo? Si Lindy perdía, Nina podría perderlo todo.

Pero una oportunidad como ésa no volvería a repetirse. Había vivido bastante como para saber de qué se trataba.

A ella le quedaban algunos bienes. Y debía de haber muchas formas de conseguir el dinero que necesitarían. Tal vez podría asociarse con alguien que asumiera algunos de los riesgos a cambio de un gran pago...

Lindy continuaba hablando:

—La gente es tan increíble... Todos están haciendo lo que pueden por mí. —Se la oía conmovida. —Yo valoro mucho a mis amigos.

—Supongo que ellos también a usted.

—Si eso es cierto, tengo suerte —repuso Lindy. No dijo nada más. Esperaba que hablara Nina.

—La veo mañana en mi oficina, a las nueve —dijo Nina. Cortó la comunicación y espantó esa sensación horrible que le indicaba que no debía aceptar ese caso.

CAPÍTULO 4

Quince días después, Nina se puso de pie cuando el Juez Curtis E. Milne, del Tribunal Superior de El Dorado, se materializó a través de la pared situada detrás de su estrado. O por lo menos así pareció. En realidad, un tabique sin identificación, con la textura de la arpillera, se extendía delante de la puerta trasera que llevaba de su despacho personal a la sala del tribunal; él simplemente salió por allí y se sentó en su estrado, pero parecía que lo había hecho por arte de magia. Un jefe de tribu del Congo habría apreciado ese estímulo de supersticioso respeto.

Desgraciadamente, muchos jueces de California no gozaban en la actualidad del respeto debido a la jerarquía del cargo que ocupaban; debían soportar a abogados que ya no se preocupaban por controlar sus rabietas, y a acusados que no guardaban silencio en su presencia.

El juez Milne, ex fiscal de distrito con quince años en el cargo, era una excepción. Su alguacil, el agente Kimura, había recorrido la sala del tribunal, recogiendo meticulosamente gomas de mascar y papeles antes de que ingresara Milne. Cualquier disturbio u otro incumplimiento de protocolo mientras Milne estaba en sesión significaba la expulsión o algo peor. "El Juez", tal como lo llamaba la pequeña comunidad de abogados de Tahoe que se presentaba ante él con regular frecuencia, era en realidad un ciudadano mayor, de cuerpo pequeño y cabeza calva, pero en la mente de Nina ese hombre se elevaba hasta una altura de tres metros, con su toga negra y la voz potente como el rugido de un volcán.

Cuando el juez ingresó en la sala, se hizo un silencio tal que sólo podía oírse el ruido del sistema de ventilación. Todos se pusieron de pie. Aunque la orden de presentar fundamentos había sido retirada de la lista matutina de audiencias preliminares, y programada especialmente para las dos de la tarde, el lugar estaba atestado de reporteros y otros miembros de la comunidad. Los fotógrafos esperaban en el corredor para el público, fuera de la sala; ante las puertas del palacio de tribunales eran varios los camiones de televisión que esperaban. Los Markov no eran gente pública, pero sí monstruosamente ricos. Todos deseaban ver las acciones que tendrían lugar en ese enfrentamiento familiar en particular.

A la mesa de la demanda, Jeffrey Riesner se hallaba de pie, vestido con un traje de mil dólares, junto a Mike Markov, en tanto que Nina había tomado su lugar a la otra mesa, con Lindy a su lado.

Después de su conversación con Lindy, Nina había pasado varios días tratando de hablar con Riesner por teléfono, para concertar el encuentro que su cliente había solicitado. Todo lo que consiguió fue que la secretaria de Riesner le dijera que lo lamentaba, pero que el señor Riesner estaba ocupado.

Markov, casi envasado en un traje color negro, con la tela muy tensa en los antebrazos, ni siquiera miró a Lindy cuando ésta entró en la sala. Vestida con un sencillo traje de color ocre sobre una blusa beige, ella había intentado hablarle, pero Riesner lo había alejado llevándolo con firmeza del brazo hasta su silla.

Y menos mal que así fue. Markov estaba furioso; su mandíbula apretada y los ojos desorbitados lo demostraban a las claras. Hacía tan sólo unos días le habían enviado los documentos en los que Lindy respondía a la demanda. Evidentemente, a él no le había gustado su contenido.

Rachel Pembroke estaba sentada en la fila de adelante, lo bastante cerca de Markov como para poder hablarle al oído. Exhibía las piernas cruzadas con una falda muy corta; no parecía una postura cómoda, pero de esa forma se lucían en todo su esplendor y ella disfrutaba de la atención de los reporteros que ocupaban casi la totalidad de los demás asientos. Un hombre de pelo largo tenía los ojos clavados en el rostro de Rachel.

—Ése es Harry Anderssen —informó Lindy a Nina en voz baja—, el modelo de nuestra nueva campaña publicitaria. El ex novio de Rachel.

Nina lo reconoció como el hombre que en el barco había llamado a Rachel cuando ella se había caído por la borda en la fiesta de Mike Markov. Tenía el pelo más corto y oscuro que el supermodelo Fabio, pero allí terminaban todas las diferencias.

El juez tomó asiento con un floreo de la toga. Cuando todos se sentaron, Nina notó que le temblaban las manos; por la taza extra de café que había tomado durante el almuerzo, se dijo. Junto a ella, Lindy tenía la mirada fija en el frente de la sala, sentada en postura orgullosa y las manos entrelazadas sobre la mesa. Para demostrar su apoyo, en la primera fila, detrás de la mesa de Nina, estaba Alice, la amiga de Lindy, a la que Nina había visto en el barco. Alice levantó los pulgares y les sonrió. Nina miró subrepticiamente a Riesner. Al instante, los ojos del abogado se desviaron hacia los de ella, como si tuviera programado responder al más leve de los contactos.

Le sonrió con malicia. Siempre le hacía sentir que él tenía algún sentimiento sexualmente sádico hacia ella; como si fuera a disfrutar degradándola.

Por lo menos, en aquel instante Riesner no podía ver su cuerpo a través de la mesa.

—¡Puf! —murmuró Nina, y volvió su mirada hacia Milne.

—Markov contra Markov —anunció el juez Milne, y bajó la mirada a la carpeta que tenía en su escritorio—. ¿Comparecencias?

—Jeffrey Riesner, de Caplan, Stamp y Riesner, en representación del demandante, Mikhail Markov, Señoría —dijo Riesner, poniéndose de pie. El peso del nombre de la firma contribuía a crear la ilusión deseada de que él y su cliente tenían un ejército detrás.

—Nina Reilly, del estudio Nina Reilly, en representación de la señora Lindy Markov, la demandada y querellante —dijo Nina, poniéndose de pie. Ella tenía dos oficinas, si se incluía la de Sandy.

—Bueno, veamos qué tenemos aquí en esta cantidad impresionante de alegatos —dijo Milne—. Por lo que entiendo, el señor Markov ha presentado una acción para desalojar a la señora Markov de una residencia situada en el número trece de Cascade Road. Alega que ella es simplemente una invitada en su casa, o como mucho, una inquilina por plazo indefinido. Dice además que ella lo ha amenazado. ¿Hasta aquí es correcto, señor Riesner?

—Es correcto, Señoría. Permítame aclarar un punto importante desde el comienzo. Esta dama que se autodenomina "señora Markov" no es, al presente, ni nunca ha sido, la esposa de mi cliente...

—En un momento, abogado. Ahora, señora Reilly, usted ha presentado, en nombre de su clienta, una contestación al pedido de desalojo, alegando que su clienta no puede ser desalojada porque es copropietaria de la residencia. Ha presentado una declaración de su representada, en forma detallada, para sustentar ese argumento. Entiendo eso. Además, ha presentado una contraquerella en el proceso de desalojo, que hace que todo el proceso sea elevado al Tribunal Superior.

—Así es, Señoría. Si me permite...

—Ahora, si estoy leyendo correctamente, esta contraquerella amplía el alcance de los temas. Su clienta demanda al señor Markov por terminación ilegítima, fraude, incumplimiento de deber fiduciario, fideicomiso implícito, incumplimiento de contrato, daño emocional intencional, *quantum meruit*, acción para fijar la validez de un título, división de bienes mediante pericia contable y asignación de un síndico, resarcimiento declaratorio... ¿Es todo? ¿He enumerado todas las causas de acción?

—Sí, Señoría. Por supuesto, la contraquerella podrá enmendarse en el futuro para agregar causas de acción adicionales.

—En mi opinión, ya son más que suficientes —replicó Milne por sobre un murmullo de risas. Después se aclaró la voz varias veces para hacer callar al público. —Advierto que alega que la suma de aproximadamente doscientos cincuenta millones de dólares está en litigio. —Eso hizo que las risas se acallaran de inmediato. Toda la actividad de la sala pareció cesar por un instante.

Nina dejó que esta interrupción se extendiera unos minutos, y después habló.

—Empresas Markov tiene más o menos ese valor actual —dijo Nina con voz firme—. Nuestro primer alegato es que la señora Markov es dueña de la mitad de todos los bienes que la pareja adquirió durante veinte años de relación, incluidas varias propiedades y los activos de Empresas Markov.

—¿Por lo tanto estamos hablando de unos ciento veinticinco millones de dólares?

—Ésa es la cifra aproximada sujeta a prueba.

—Es mucho dinero, abogada.

—¡Mierda! —exclamó Mike Markov en voz alta. Milne dirigió su mirada hacia la mesa de Riesner, que hizo callar a Mike.

—Si me permite, Señoría —dijo Riesner.

—Adelante, señor Riesner. Por favor, explíqueme qué podemos conseguir en la media hora de que disponemos el día de hoy.

—Es simple —respondió Riesner—. Insto al tribunal a que no permita que la presentación de esta contraquerella abultada, y por cierto frívola, cause confusión alguna. Lo que mi cliente necesita hoy es una orden temporaria, pendiente de cualquier fallo futuro, para que la señora Markov abandone la residencia sin demora. Ya no pueden seguir viviendo allí juntos, Señoría, eso queda demostrado por los documentos presentados; la casa pertenece al señor Markov.

—Nuestro otro requerimiento es que el tribunal ordene a la señora Markov que se mantenga a una distancia prudencial del señor Markov y de su anterior lugar de trabajo, y que se abstenga de contactarlo. No existe nada especial en esta situación, Señoría. Termina una relación y una de las partes debe marcharse. Eso es todo.

—¿Señora Reilly? ¿Está de acuerdo? ¿Son éstos los problemas que se presentan hoy ante este tribunal?

—Señoría, acepto que algunas órdenes temporarias sean todo lo que se necesita por el momento. Pero esas órdenes no deben emanar del tribunal. La señora Markov solicita que se le otorgue la posesión exclusiva de la residencia de la pareja, pendiente de ser resuelto por una futura orden del tribunal. También...

—Señor Riesner, ¿le parece bien que hablemos entonces de la casa?

Riesner fue a la carga con su argumento. Estuvo de acuerdo con que se trataba de una relación de mucho tiempo, pero, como todas las cosas buenas, debía terminar. Porfiadamente, la señora Markov se había rehusado a abandonar la casa, y ésta pertenecía al señor Markov. Ella jamás había pagado un alquiler, así que eso no era un problema. El señor Markov necesitaba una resolución inmediata del tribunal porque gran parte de su trabajo se realizaba en la oficina que tenía en la casa, así como el taller en el cual él estaba trabajando en un nuevo producto con un ajustado plazo de producción.

Milne asentía con la cabeza mientras escuchaba el argumento. Esas fuertes razones expresaban con bastante lógica los fundamentos para dejar fuera a Lindy.

Riesner prosiguió con su razonamiento. El señor Markov, por razones de humanidad, había accedido a pagar a la señora Markov un departamento o la habitación en un hotel de la ciudad durante los seis meses siguientes, pero resultaba obvio que la señora Markov no deseaba razonar con el señor Markov, así que esa oferta ya no era factible. El señor Markov deseaba otorgar a la señora Markov el plazo de cuarenta y ocho horas para retirar sus efectos personales. Ahora, debido a los celos y el estado de agresividad de la señora Markov, que la había impulsado a atacar a una amiga del señor Markov y al mismo señor Markov, se solicitaba una orden complementaria por la cual se prohibiera, para ser directos, vaciar la casa. La mudanza podría ser supervisada por efectivos de seguridad de Empresas Markov.

En una agitación elocuente de frases atrayentes, Riesner construyó su imagen del caso. La novia desairada, impredecible, celosa. El empresario importante. Las escenas de peleas y lágrimas, seguidas de amenazas cuando ella se dio cuenta de que él hablaba en serio. Las torpes emociones femeninas que no tenían lugar en un tribunal de la ley.

—Muy bien —dijo Milne—. ¿Señora Reilly? Advierto que su cliente no declara estar casada con el señor Markov. Y tampoco veo en los documentos prueba por escrito que indique que ella tiene derecho de dominio sobre la casa. ¿Sería tan amable de aclarar primero estos puntos?

—Aunque las partes nunca contrajeron matrimonio, sí se consideraron casados, Señoría. La señora Markov ha sido la esposa del señor Markov en todo el sentido del término durante veinte años, salvo en lo que hace al aspecto legal.

—Pero el aspecto legal es el que a nosotros nos interesa, ¿no es así?

—En absoluto —replicó Nina—. Existe otro fundamento para este reclamo. La señora Markov es dueña de la mitad de la casa porque hace veinte años las partes consintieron en trabajar juntas para construir Empresas Markov y compartir el fruto de su trabajo en partes iguales. La casa fue construida por ambas partes y la señora Markov ha vivido allí tanto tiempo como el señor Markov. También ella lleva adelante su vida y su trabajo en la casa.

Riesner interrumpió.

—El solo hecho de decirlo no lo hace cierto, Señoría. Ella no ha presentado ni la más mínima prueba por escrito que indique que su cliente tenía algún acuerdo de sociedad con el señor Markov. De nuevo, lamento tener que ser directo, pero ¿qué intereses comerciales tiene exactamente esta señora? Como ella ya no trabaja más para Empresas Markov...

—Eso está por verse —interrumpió Nina.

—Desde el momento en que ella es una desempleada —continuó Riesner, levantando el tono de voz y haciéndola callar—, ¿de qué intereses comerciales hablamos? Además del que resulta evidente de desplumar al señor Markov a través de los buenos oficios de la abogada...

—Por lo menos yo no intento destruir a la mujer que me ayudó y brindó su apoyo e hizo que fuera lo que soy —contestó en voz alta Nina.

—¡Ah, por favor! Señoría, ¿ahora debemos presenciar un arrebato emocional? ¿La abogada intenta ponerse a llorar hasta salirse con la suya?

Nina se tomó de la mesa con tanta firmeza que los nudillos le dolieron, se sentía tan ahogada de furia que no podía articular palabra.

No importaba. Milne ya había decidido.

—Abogada —le dijo a Nina con voz amable que no era habitual en él—, todo lo que yo tengo como prueba ante mí es una escritura de dominio de esa propiedad. Una escritura es un documento de mucho peso, y por lo tanto prevalece por encima de las palabras. Es una de las doctrinas básicas de la ley de propiedad. Es evidente que las partes no pueden seguir viviendo juntas. Por lo menos, hasta que exista una resolución definitiva de los reclamos que usted ha presentado en la contraquerella; uno de ellos debe irse. El que se quede deberá ser el titular de la escritura de la casa.

"El tribunal accede a la petición basándose en la orden de presentar fundamentos. También concedo las medidas cautelares a fin de mantener la paz en una situación que al parecer es un tanto volátil. Ahora, sigamos con otro tema. ¿Qué más tenemos?

Sin fanfarria alguna, Lindy se quitó del dedo una alianza de oro y la dejó caer dentro del bolso. Desde la otra mesa, Mike Markov observaba.

—Solicitamos que se le permita a la señora Markov seguir trabajando en Empresas Markov. Dicha orden quedará pendiente de la resolución del litigio.

Milne levantó una mano para detenerla.

—No creo que debamos perder mucho tiempo discutiendo eso aquí, abogada. He leído los argumentos y los encuentro poco convincentes. Si la señora Markov fue destituida de sus funciones en forma ilegítima, tendrá su resarcimiento legal a su debido tiempo, incluido el resarcimiento económico.

—En realidad, ella no es una empleada, Señoría. Es la dueña.

—¿Señor Riesner? ¿Qué dice a eso?

—Es un nuevo pedido de compasión, Señoría. En el expediente usted encontrará los certificados de acciones. Ella no posee ni una sola acción.

—¡Pero estamos demandando eso, porque el señor Markov cometió fraude en perjuicio de la señora, Señoría!

—Bueno. Entiendo la demanda —dijo Milne—. Por desgracia, la demanda está en discusión. Por lo que hoy tengo en mis manos, no veo una posibilidad clara de que su cliente insista con este tema. Por lo tanto, el requerimiento de la demandada de continuar trabajando o recibiendo su sueldo con regularidad queda denegado.

—Señor Riesner, creo que eso dispone de las cuestiones presentadas en la instancia. Ahora, señora Reilly, usted ha solicitado otra serie de órdenes, vinculadas con el reclamo de que entre las partes existe una sociedad. Prosiga. No queda mucho tiempo.

Riesner dirigió al juez una de sus conocidas sonrisas serviles. Markov se apoyó en el respaldo del asiento observando los procedimientos, mirando de vez en cuando a Lindy, como si quisiera adivinar sus verdaderas intenciones. Lo único que a Nina le quedaba ahora era una oportunidad a largo plazo. Se permitió un momento para ordenar sus pensamientos, con plena conciencia de los focos redondos que proyectaban una enfermiza luz amarillenta en la sala con aspecto de cueva, de paneles y paredes con tintes verdes y colmada por una multitud silenciosa de mirones.

—Bien —dijo Nina—. El tribunal tiene una escritura y algunos certificados de acciones, y la señora Markov no tiene mucho más que su palabra en relación con estos temas. Pero existe otro problema del que nos hemos enterado, Señoría, que es grave y muy urgente.

—¡Como el demonio! —exclamó Markov con tono burlón. Una vez más Riesner se inclinó hacia su lado y le ordenó que se mantuviera callado antes de que lo hiciera Milne.

—Muy urgente —repitió Nina—. Se trata de esto, Señoría: La señora Markov se ha enterado de que el señor Markov está ocultando activos. La semana pasada celebró un convenio para vender dos depósitos y un departamento en Nueva York a una sociedad de holding con base en Manila, que es tan nueva que no pude siquiera encontrar la documentación presentada ante la Comisión de Valores, Señoría. A este paso, para cuando tenga lugar la audiencia final para resolver estas cuestiones, él ya habrá transferido la mayor parte de los activos de Empresas Markov al exterior. Ése será el final del derecho que asiste a la señora Markov para hacer que estos temas se decidan como parte de un proceso judicial.

Nina prosiguió con su argumento. Le dijo a Milne que ella sabía poco de esas transacciones porque sabía poco de lo que sucedía en Empresas Markov. No había tenido tiempo de investigar lo que Mike Markov ocultaba en la manga. Después de aquella audiencia, Lindy no tendría acceso a ningún dato de la empresa, salvo lo que Nina pudiera averiguar durante el proceso de investigación. Esa información sería censurada y estaría resumida. Aun cuando el tribunal emitiera una medida cautelar que prohibiera a Markov trasladar activos al exterior, las enormes sumas de dinero involucradas deberían ser suficientes para convencer al tribunal de que Lindy Markov tenía derecho a que se protegiera ese dinero hasta que se resolvieran sus reclamos.

Anticipando el receso de media tarde, los ojos de Milne se dirigieron al reloj de pared situado encima del estrado del jurado. Nina odiaba perder esa audiencia.

—Por lo tanto, solicitamos al tribunal que asigne un síndico temporario en Empresas Markov —dijo, levantando la voz más que de costumbre, para atraer nuevamente la atención del juez—. Un contador público de la lista de nombres que hemos provisto al tribunal, para que afectúe una auditoría de los activos y pasivos de la empresa y evite malversaciones.

—¿Señor Riesner? —preguntó Milne.

Riesner sólo sonrió, aunque Mike Markov parecía listo para dar un trompazo en la cara a Nina.

—Bueno —repuso Riesner, moviendo una mano en el aire, como si estuviera espantando una mosca—, casi ni sé cómo responder. Ese requerimiento es tan caprichoso, tan peligroso para el desempeño de la empresa, tan pensado para amedrentar y molestar a mi cliente... —Sabía que ya podía celebrarlo, y su voz adquirió esa nota de urbanidad pretenciosa que siempre hacía que Nina deseara estamparle un código de leyes en la cabeza.

En lugar de eso, siguió tomando notas.

Entonces Mike Markov, que también parecía creer que ya podía celebrar el triunfo, interrumpió a su abogado.

—Esto no es más que una montaña de bosta —dijo por encima de la voz de Riesner.

Todos los ojos se volvieron hacia él. El hombre temblaba de furia.

Riesner se quedó con la palabra en la boca, y Milne habló con tono cortante.

—¿Qué fue lo que dijo, señor?

Rachel Pembroke se inclinó hacia Mike y le tocó el brazo con la esperanza inútil de calmarlo. Cuando él retiró el brazo de un sacudón, ella se echó hacia atrás.

—Es una mierda —dijo Mike—. Eso es lo que es. Lindy no quiere mi empresa. Ella quiere que yo regrese. Puedo aceptarlo, pero no crea que no sé quién es la responsable de meterle esa idea en la cabeza. —Miró con odio a Nina; después se volvió ligeramente para mirar al juez y al público. —Les diré cómo son las cosas. Si yo quiero cambiarle mi empresa al rey de Siam por un elefante, lo haré. Nadie más que yo se hace cargo de mi empresa. Antes prefiero verla en bancarrota. Ésa es mi respuesta.

En el público, alguien aplaudió.

Riesner bajó la cabeza y susurró algo a Mike, lleno de alarma.

Milne miró a Mike, después al público. A continuación, se puso con lentitud de pie en su estrado y se inclinó hacia delante. Nina jamás lo había visto perder los estribos.

—¿Así que usted hará lo que le venga en gana? —le dijo a Mike de forma deliberada, como si intencionalmente lo incitara a seguir hablando.

—Tenga la seguridad de que lo haré —contestó Mike, poniéndose de pie.

Riesner lo empujó para que se sentara, y esta vez, aunque aún seguía luchando por soltarse de la mano del abogado, al fin pareció comprender que había cometido un grave error.

—Deseo disculpar al señor Markov —comenzó a decir Riesner, pero Milne lo interrumpió.

—Señor Markov, se le asignará un síndico —dijo Milne—. El síndico asegurará que no se vendan ni transfieran activos de la empresa hasta nueva orden del tribunal. El síndico hará una auditoría cada vez que usted reciba dinero y realice pagos. ¿Me ha oído, señor?

—Señoría, por favor... no es justo... Solicitamos... —Riesner suplicaba desesperado.

—Le quedó en claro, señor Markov —dijo Milne, sin molestarse en dar a la frase entonación de pregunta.

—Muy claro —respondió Riesner.

—Queda resuelto. El tribunal entra en receso hasta las dos y cuarenta y cinco.

De nuevo, la sala se puso de pie. Milne desapareció detrás del tabique, con la toga al viento como si fuera la cola de un barrilete.

Una docena de conversaciones estallaron al unísono. Riesner se sentó. Él y Mike Markov se miraron. Nina tomó a Lindy del brazo.

—Ni una palabra hasta que salgamos. —Lindy asintió. Los reporteros corrieron hacia ellas y el agente Kimura hizo una señal con la cabeza hacia la puerta ubicada junto al estrado del jurado, que conducía a un corredor privado y a la salida, pasando por la oficina de los empleados del tribunal. Nina y Lindy corrieron hacia la puerta, perseguidas por no menos de una docena de personas. Una vez que pasaron del otro lado, el agente cerró la puerta.

Esperaron en el corredor y después corrieron hasta el estacionamiento sin interferencias y subieron a la camioneta de Nina. Cuando comenzaban a alejarse, notaron un alboroto en el lado sur de la playa, cerca de la calle de salida.

—¿Qué son esos gritos? —preguntó Lindy—. ¡Oh, no! ¡Mire!

Nina estiró el cuello y vio que los automóviles se habían detenido. Todas las cámaras de televisión enfocaban hacia un punto, donde dos hombres de traje se miraban a la cara.

—Son Mike y Harry, el ex novio de Rachel —dijo Lindy.

Mike Markov estaba parado, inmóvil, en un claro entre los árboles, mientras Harry le gritaba.

—Hoy, en el tribunal, Harry parecía como loco —dijo Lindy, bajando la ventanilla—. ¡Qué desperdicio! Aún debe de sentir algo por Rachel.

Nina vio a Rachel entre el gentío que se había formado alrededor de los dos hombres. Se mostraba discreta aunque fascinada.

—Estúpido ladrón —le decía Harry a Mike con voz cargada de desprecio. Las palabras podían oírse con claridad.

—Harry —dijo Mike—, ¿por qué no cierras la boca? No es lugar para discutir.

—Pobre Mike —dijo Lindy—. Jamás entenderá a los tipos como Harry. Para Harry, cualquier cámara es una invitación.

—Tú y tu maldito dinero —continuó Harry—. Crees que ganaste. ¡Crees que puedes comprarla!

Mike no hablaba, aunque Nina y Lindy veían el fragor de emociones en el rojo de los músculos faciales.

—¿Cuánto le das, Mike? ¿Un millón? ¿Más que eso? ¿Cuánto le prometiste para que jugara a la casita contigo durante todo un año? ¿Le darás un premio por tenerla pegada como una estampilla? ¿No es así como los viejos verdes como tú se comportan con las jovencitas? ¿No las compran?

—Estás cometiendo un error, Harry.

—No, el que está cometiendo un error eres tú. Porque ella me ama. A la larga, tu dinero no servirá. Regresará conmigo cuando madure un poco y se dé cuenta de la situación en la que se metió. Pero tú no lo entenderás hasta que ella te abandone, ¿verdad? Porque eres un viejo y eres un engreído. Pero tu cerebro está muy obnubilado para que puedas ver la realidad.

Como una flecha, Mike arrojó un puñetazo, pero antes de que alcanzara a Harry, dos policías uniformados lo sujetaron. Lo obligaron a retroceder y lo escoltaron para que se alejara. En el patio del frente del palacio de tribunales se detuvieron y se sentaron en un banco. Uno se paró delante de él, con los brazos cruzados y moviendo la boca. Nina imaginaba el sermón que le estaba dando.

—No parece que vayan a arrestar a ninguno de los dos —comentó Lindy, aliviada.

Otro policía acompañó a Harry hasta su automóvil, amarillo brillante. Unos segundos después pasó a toda velocidad junto a Nina y Lindy con un aspecto tan atractivo como el de una cartelera de anuncios multicolor.

—¿Qué es todo esto? —preguntó Nina.

—Rachel. Se están peleando por Rachel. Ahora el centro es ella.

—Harry tuvo suerte de que Mike no le pegara en la mandíbula —dijo Nina.

—No ayudaría a su carrera de modelo —repuso Lindy, reuniendo fuerzas.

—¿No trabaja en Empresas Markov?

—Ya no. Fue mi asistente en marketing, pero hace poco Mike lo despidió. Supongo que descubrió la relación entre Harry y Rachel.

—¿No me dijo que él había sido el modelo de su nueva campaña publicitaria?

—Sí. No comenzó con nosotros como modelo, pero es difícil no advertir el aspecto de Harry. Hace unos años, una noche, Mike y yo nos rompíamos la cabeza para encontrar la forma de obtener más ganancias. Empezamos a usar fotografías de Harry en toda nuestra publicidad gráfica. Bueno, el negocio realmente repuntó. Otras empresas lo vieron y les gustó también. Ahora tiene mucha demanda. Terminamos algunos avisos para la televisión justo antes de que Mike lo despidiera. —Lindy miró por el espejo lateral. —Vamos. ¡Ahí vienen los de la televisión!

—Sujétese. —Nina salió por Al Tahoe, sin dejar de mirar por el espejo retrovisor. Pasaron haciendo zigzag por el centro comercial y salieron por la otra entrada.

—Un día emocionante —dijo Lindy.

—Sí. Más que dramático, inclusive en la audiencia —respondió Nina, observando con satisfacción que nadie parecía seguirlas. Su mente volvió a repasar los acontecimientos de ese día. Markov y Milne habían perdido. Y si ella no hubiera estado pensando en emociones torpes, tal vez no habría puesto la mira en la cólera que se había levantado como una tormenta allí afuera y que, ahora que lo pensaba, siempre había girado en torno de la sala del tribunal. Pero nadie consideraba la cólera como algo torpe, porque la cólera era un sentimiento muy masculino.

—Se ponen todos muy sensibles —comentó Lindy—, ¿no le parece?

Nina se rió. En el trayecto de las cuadras siguientes escucharon la radio, mientras Nina cavilaba y Lindy se recostaba cansada contra el asiento.

—Hoy no ganó nadie —dijo, rompiendo el silencio—. Yo perdí mi casa y él perdió el control de la empresa.

—Es cierto.

—Ver a Mike perder los estribos en el tribunal me impresionó. No me sorprende que después por poco no le rompiera la cara a Harry. Es como si fuera un extraño. Ahora, sólo de vez en cuando veo reflejos del antiguo Mike. El síndico lo pondrá loco. Él es muy práctico.

—Los intereses de usted estarán protegidos —señaló Nina—. Fue lo correcto.

—Tal vez desde el punto de vista legal. Pero de pronto ya no se trata de Mike y Lindy —dijo con tristeza—. Todo se reduce al dinero.

Nina no tenía respuesta, así que se concentró en manejar.

—¿Nina? —dijo Lindy.
—¿Sí?
—¿De verdad tengo sólo dos días para mudarme?
—Me temo que sí.
—¿Entonces me hará un favor?
—Por supuesto.
—Pase por mi casa mañana. Hay algo que me gustaría mostrarle.

CAPÍTULO 5

Después de dejar a Lindy en el estacionamiento situado junto a su oficina, para que recogiera su automóvil, Nina se dirigió de inmediato a su próxima cita. Por primera vez en meses, encendió la calefacción y subió la ventanilla, privándose así de los aromas secos del otoño. Por la avenida que corría entre la autopista y el lago, observó una fila de gente corriendo al trote y patinando. Unos cirros altos bloqueaban parcialmente el sol, en tanto que la superficie del lago se veía rizada por una brisa ascendente.

Había pasado la hora del almuerzo y Sandy la esperaba con varios clientes. Siguió a Nina hasta su oficina y le informó:

—Al fin recibimos un llamado de la secretaria de Winston Reynolds. Dice que él sólo puede encontrarse contigo esta noche a las ocho.

—¿Está en la ciudad?

—No, se encuentra en Los Angeles.

—Bueno, entonces no puedo. Aun cuando quisiera tomar un vuelo directo, el aeropuerto de Tahoe está cerrado para vuelos comerciales. El aeropuerto de Reno queda a casi cien kilómetros de aquí, y ya sabes lo difícil que está la carretera. Será mejor que hable conmigo mañana.

—Está en medio de un juicio. Su secretaria me dijo que ya tiene que hacer un gran esfuerzo para disponer de un momento para cenar contigo esta noche, siempre que tú vayas para allá.

—Podría tomar un taxi aéreo —dijo Nina. Sintió que su naturaleza normalmente modesta se resistía a la idea, pero ése no era momento para pensar en menudencias. —Llama al aeropuerto y averigua si puedo tomar un vuelo privado. —Entró en su oficina, invadida por una sensación de grandeza, y buscó los resúmenes de su cuenta corriente, que por cierto no reflejaban para nada la misma grandeza. ¿Hasta dónde podrían servirle veinticinco mil dólares? ¿Cómo podría atraer a Winston Reynolds y arrebatárselo a Riesner sin ponerle sobre la mesa una pila de billetes?

Lo necesitaba. Ya se le ocurriría algo.

Sandy la llamó por el intercomunicador para anunciarle:

—Seiscientos es la tarifa de ida y vuelta. A las seis de la tarde. Estarías allí en aproximadamente una hora. El piloto te esperará en el aeropuerto hasta que estés lista para regresar.

Nina casi voló hasta la escuela para sacar por la fuerza a Bob, que estaba jugando un partido de hockey con sus amigos en la cancha de asfalto. El chico no deseaba dejar su juego y en todo el trayecto a la casa se mostró arisco y sólo contestó con refunfuños cuando su madre le comunicó que esa noche debería quedarse a dormir en la casa de Matt y Andrea.

—En esa casa no hay ningún lugar tranquilo para que pueda hacer mi tarea —protestó Bob—. Troy tiene menos cosas que hacer que yo, y puede ir a jugar por ahí con Bree. Ni siquiera tengo un escritorio. Ya soy lo bastante grande como para quedarme solo en casa.

—No lo eres para quedarte de noche —le contestó Nina—. Lamento mucho tener que hacer esto en días de colegio, pero te compensaré el próximo fin de semana.

—¿Cómo? —preguntó Bob mientras ella estacionaba en su casa.

—¿Qué te parece un paseo en bicicleta por Baldwin Mansion y Pope House?

—¿Qué día? Tengo que hacer un trabajo de ciencias.

—El domingo a la tarde. Sin falta. Trata de terminar tu trabajo el sábado.

—Mamá, no prometas lo que no puedes cumplir. ¿Qué probabilidades tenemos de que sea cierto?

—Cínico —contestó ella—. Pero tienes razón. No es una promesa. Simplemente haré todo lo que pueda. ¿Acaso no lo hago siempre?

Bob no siguió recriminándole. Ambos subieron los escalones que llevaban al porche del frente de la casa. Sin perder tiempo, Nina metió dentro de un portatraje su nuevo y costoso conjunto de chaqueta y falda de color azul pizarra y los zapatos de tacos altos que hacían juego, ayudó a su hijo a empacar sus libros en la mochila y llamó por teléfono a Andrea. En lugar de Andrea, fue Matt el que atendió el llamado.

—Matt, me da vergüenza pedirte esto, pero estoy metida en un lío —dijo Nina sin preámbulos.

—Hola —contestó Matt—. ¿Cómo estás?

—Apurada. Lo siento.

—¿Qué sucede?

—Necesito que me hagan un favor —pidió Nina—. Como siempre, estoy necesitando favores.

—Hablas como si sintieras culpa.

Nina se sentía muy culpable. Por cierto, nunca terminaba de expresar la profunda gratitud que sentía por todo lo que Andrea y Matt habían hecho por ella y Bob cuando recién acababan de llegar a Tahoe, sin amigos y prácticamente expulsados. Ellos les habían brindado lo mejor que alguien pudiera dar: un hogar para una madre sola con un hijo pequeño y desorientado.

—No te pediría esto si no supiera que tu casa es el mejor lugar para Bob. Esta noche debo salir de la ciudad por un asunto de negocios.

—Ya sabes que cuando dices que no me lo pedirías me haces sentir mal. Si no quisiéramos hacer algo, te lo haríamos saber. Te lo prometo. Y tú, por tu parte, debes prometerme que seguirás contando con nosotros para cualquier cosa y en cualquier momento en que lo necesites. ¿Está claro?

Lindy valoraba a los amigos que tenía, pero Nina valoraba a su familia.

—Eres el mejor de los hermanos. ¿Puedo llevar a Bob a las cuatro?

—Dile que esta noche comeremos tacos. Creo que le gustará.

Una mujer piloto —simpática y amable— estaba a cargo del pequeño Cessna de dos plazas de línea deportiva. Cómodamente sentada en la butaca de cuero, miró por la ventanilla las deslumbrantes luces del valle Tahoe, que titilaban como joyas. Nina juró no volver a volar en clase económica. Bien podría acostumbrarse a vivir de esa manera...

Se sentía relajada cuando desembarcó en el aeropuerto de Los Angeles. Después de un breve intercambio con el empleado de la agencia de alquiler de automóviles, que le informó que habría una pequeña demora, decidió tomar un vaso grande de gaseosa en el bar con aspecto de restaurante. Se sentó en una banqueta junto a las ventanas de cristales tonalizados que miraban a las pistas. Observó cómo algunos personajes solitarios con aspecto de ejecutivos bebían de sus copas como si se tratara de los ardientes labios de una amante. Miró hacia afuera y se maravilló ante la docena de aviones que despegaban y aterrizaban sin chocarse, sorprendida ante la resistencia de todos aquellos frágiles paquetes de carne humana apiñada.

Pasó por el baño para cambiarse, quitarse la ropa de viaje y vestirse con el ajustado traje, medias y zapatos que se había comprado. Frente al espejo, se aplicó abundante maquillaje, sin olvidar pintarse con lápiz labial de color rojo. Cuando una está en el sur, debe estar a tono con los de ese lugar. De todos modos, de vez en cuando le gustaba transformarse en una mujer seductora.

Parada en la fila de la agencia de alquiler, estudió el mapa con el laberinto de carreteras y calles que debía memorizar si deseaba llegar a la cita con no más de una elegante demora. El automóvil —un Neon azul radiante con tapizado color turquesa— tenía la carrocería baja y era veloz como los vehículos deportivos. En un instante se encontró sumergida en la corriente de millones de automóviles que se desplazaban por esas arterias urbanas adentrándose en la noche: otra brillante molécula en la savia vital de Los Angeles.

Encendió la radio para dejarse invadir por una música de muchos tonos graves que la recorrió desde la cabeza a la punta de los pies enfundados en los zapatos de taco alto. Toda su vida, en forma mecánica y sin pensarlo, había trepado la escalera tropezándose más veces de las que hubiera deseado. Por primera vez podía vislumbrar la cima. En esa cima, en lo más alto, brillante y reluciente, estaba la recompensa, una gloriosa montaña de oro: el dinero de los Markov.

Una parte de ese cúmulo de dinero resolvería sus problemas de por vida. Podría comprar de inmediato su casa o, tal vez, una mejor y más grande. Por fin podría dar a Bob el hogar estable que él necesitaba. Trabajaría menos, tendría más tiempo para su hijo, inclusive podría tener más tiempo para entablar una relación estable que incorporara a un hombre en su vida y la de Bob. Podría comprar a su hijo todas las cosas que ahora no podía afrontar: esas zapatillas modernas que él deseaba, el software que no entraba en su presupuesto, todos los pasajes de avión que deseara para visitar al padre en Europa. Hasta podría transformarse en la madre que ansiaba ser: paciente, generosa y atenta.

Estacionó frente al hotel donde estaba el restaurante Yamashiro y le dio las llaves al mozo del estacionamiento.

El *maître* la estaba esperando. La condujo por el restaurante —donde la vajilla de plata y las copas de cristal tintineaban y la gente hablaba en tonos bajos, donde los sonidos y los colores eran tan discretos y equilibrados como en un templo japonés— hasta un salón privado decorado con ramas de bambú e ideogramas.

Un hombre de tez oscura, de alrededor de un metro noventa de estatura —por lo menos treinta centímetros más alto que ella— se puso de pie y extendió una mano grande adornada con un anillo de diamante.

—Le agradezco que se haya hecho un tiempo para este encuentro —dijo Nina.

—Sea usted muy bienvenida. —Nina alcanzó a oler una ligera mezcla de especias y almidón antes de que él retrocediera. —El caso que estoy atendiendo me quita todas las energías. Ya hace dos semanas que estamos en juicio. Me había olvidado de que había un mundo aquí afuera y hermosas mujeres con propuestas interesantes —prosiguió—, aun cuando esas propuestas sean de naturaleza legal.

Con esa voz profunda y llena de seguridad, con aquel cuerpo fuerte y atlético, Winston Reynolds inspiraba total confianza. Llevaba puestas unas gafas de marco metálico y vestía un traje azul marino y una corbata roja: el atuendo convencional para un juicio. De unos cuarenta y cinco años, su cabellera mostraba unas ligeras entradas que dejaban al descubierto la amplia frente morena. Las notas garrapateadas en la servilleta revelaban que se había mantenido ocupado mientras la aguardaba. Sin duda, se trataba de cosas que recordaba después del largo día en la corte. A pesar de todo, no se lo veía tan cansado como era de esperar. En realidad, los ojos de ese hombre se habían fijado en los suyos cuando ella apareció en la puerta del reservado. Nina detectó su interés, pero alejó ese pensamiento. Esa noche, él tenía muchas razones no personales para poner a trabajar su encanto.

—¡Qué lugar tan agradable! —comentó Nina; se alisó la falda y puso su omnipresente portafolios junto a ella.

—Sí lo es, ¿no? Este lugar en un verdadero placer. Por favor, no se olvide de agradecer de mi parte a su generoso cliente. —Ya había pedido el vino. Le sirvió una copa, mientras que sin disimulo la estudiaba con gesto aprobador. —Permítame decirle ahora mismo cuánto le agradezco que haya volado hasta aquí para invitarme a cenar. —Tomó un sorbo de vino. —Mi mamá se deleitaría con esta situación. Imagínese ser cortejado por una mujer como usted. También, papá, Dios tenga en la gloria su espíritu amante de las bellas mujeres.

Antes de que Nina pudiera responder, un mozo apareció como de la nada y ellos pidieron la cena. El restaurante ofrecía todo tipo de especialidades con pescado fresco. Nina deseaba comer camarones, pero llegó a la conclusión de que podría ser un plato difícil de comer sin mancharse, así que ordenó carne roja, pues debería concentrarse en Reynolds y no en si se chorreaba con salsa su mejor traje. Reynolds optó por pedir pato.

Sentado cómodamente contra el respaldo de su asiento, hizo girar el vino en la copa, deleitándose con su intenso color, y dibujó una media sonrisa.

—Hábleme del caso Markov —dijo por fin.

—Le contaré lo que pueda sin llegar a violar el secreto de abogado y cliente. Lindy Markov vivió con Mike Markov como su esposa. Ella trabajó junto a él durante más de veinte años, construyendo una empresa de la nada. Esos dos hechos son decisivos y no están en duda.

—Entiendo que todo está a nombre del marido. Su secretaria mencionó algo al respecto cuando habló con mi secretaria. Espero que no le importe.

—Markov puso todo a su nombre y ella aceptó eso, porque ambos asumieron el compromiso de compartir todo por partes iguales.

—Eso dice ella.

—Sí. Y así lo atestiguará en la corte.

—¿Tiene algo por escrito?

—Debe entender que podremos hablar más sobre su posición cuando usted se comprometa a aceptar el trabajo.

—Ya veo. ¿Quiere usted que yo me involucre en un caso sin darme la oportunidad de evaluarlo primero?

—De ningún modo. Aquí le traigo los primeros alegatos y un resumen de los temas en discusión, además de algunos datos esenciales sobre la relación de los Markov. —Nina tomó el maletín mientras hablaba, lo abrió y le pasó a Reynolds un sobre de papel marrón. El abogado pasó unos minutos revisando los documentos, mientras sorbía de vez en cuando de su copa. Evidentemente podía leer muy rápido.

—¿Tiene algún conejo en la galera? —preguntó cuando terminó con la lectura—. Porque va a necesitar mucho de magia para ganar este caso.

—Bueno, hay un caso que tiene mucho en común con el nuestro y que podría resultar útil —contestó Nina.

—Maglica contra Maglica —dijo Winston—. Por aquí oímos hablar de ese caso durante años. Todos esperamos ver cómo le fue a la mujer con la apelación. Pero tengo entendido que en aquel caso la señora era mayor. Ella dedicó su vida adulta a construir esa empresa. La relativa juventud de su clienta podría ser perjudicial para los resultados.

Nina sonrió, feliz de haber pasado la primera prueba.

—Sí, pero el señor Maglica ya había demostrado alguna trayectoria como empresario. La empresa Maglites era su segunda empresa. Creo que el papel desempeñado por Lindy para desarrollar esto, el único negocio exitoso de los Markov, será más fácil de demostrar.

—Me gusta oír eso —aprobó Winston.

—Aun cuando no hemos encontrado mucha jurisprudencia que pudiera animarnos en el caso, tenemos la certeza de que Lindy Markov tiene derecho a gozar de buena parte de las empresas Markov. Hemos enviado nuestra primera serie de preguntas y ya tenemos fecha en diciembre para que el señor Markov haga su descargo.

—No ha perdido el tiempo.

—El Tribunal Superior en muy eficiente en el condado de El Dorado, señor Reynolds. En seis o siete meses tendremos el juicio, a pesar de la magnitud del caso. El señor Markov está muy molesto con el síndico que la corte nombró para su empresa, y la señora Markov tiene dificultades financieras.

—¿No cree poder llegar a un arreglo?

—El señor Markov contrató a Jeffrey Riesner. Creo que usted lo conoce, ¿no es así?

—Sí.

—Entonces comprenderá contra qué debemos pelear. Riesner es duro e inflexible.

—Y eso, sólo para comenzar —bromeó Reynolds.

—Odia los arreglos extrajudiciales. Y mi cliente desea algo que no va a obtener.

—¿Qué es?

—El señor Markov. Ella desea una reconciliación, pero yo no creo que exista esa posibilidad. El pleito judicial los alejará aún más.

—Así que estamos frente a una batalla. Los juicios de alimentos en los casos de relaciones extramatrimoniales son muy difíciles de ganar —observó Reynolds—, pero no tengo necesidad de explicarle eso, ¿no es así, señora Reilly?

—Claro que no —respondió Nina con desagrado. Lo sabía, pero tenía esperanzas de no haber malgastado su noche y mil dólares sólo para oír cómo clavaban el último clavo en la tapa del ataúd donde yacía su caso. —Lo sé, pero voy a luchar con usted o sin usted, señor Reynolds.

Reynolds rió.

—Bien, por lo menos no ha venido a plantearme disparates. Eso me gusta.

—¿No cree que el caso tiene probabilidades de ganarse?

—No dije eso. Todos los casos tienen probabilidades de éxito, pero sólo si llegan a presentarse ante un jurado. Ésa es la parte difícil. Al llevarlo ante un jurado, uno siempre tiene una oportunidad. En realidad, un par de colegas nuestros se han puesto en contacto con amigos de la señora Markov para ofrecerle sus servicios.

—¿En serio? Si el caso es tan endeble, ¿por qué habrían de hacerlo?

La miró fijo, como si estuviera estudiando a una idiota en busca de algún rastro de inteligencia. Después meneó la cabeza.

—Dinero. ¡Un montón de dinero servido en bandeja! Suficiente para hacer que un hombre enloquezca de codicia. Suficiente para hacer que los grandes estudios de abogados de todo el Estado se pregunten cómo robarle este caso a usted. ¿Entiende lo que quiero decir?

Nina asintió. Por primera vez desde que había comenzado a considerar el caso, sentía la fuerza que ejercía tanto dinero. Bueno, ella también había sentido algo de eso mientras se dirigía hacia ese encuentro con Reynolds, el cosquilleo de sus propias ansias de dinero, de lo que podría comprar con él, de la libertad que representaba.

—Es un caso de mucha magnitud —continuó Reynolds—. Demasiado para usted sola. Pero no tengo necesidad de decírselo; por eso es que está aquí.

—Bueno... —comenzó a decir Nina, pero Reynolds no había terminado.

—¿Sabe lo que oí hoy en el club de tenis? Oí lo que hizo la señora Markov cuando esos tipos aparecieron golpeando a su puerta. Les dijo que se fueran a mear a otra parte; que ella ya tenía a una excelente abogada. —Reynolds se rió con ganas. —Tal vez tenga razón. Usted ha tenido un buen comienzo en la corte, y además cuenta con la lealtad de su clienta. Yo no podría haberlo hecho mejor.

Nina bajó la mirada para que él no viera la mezcla de alivio y placer que sentía. Que otros abogados desearan este caso no debería sorprenderla, y sin embargo lo hacía. En realidad, había pensado que le estaba haciendo a Lindy un favor. Ahora empezaba a ver el caso Markov con ojos distintos.

—Nina, ¿alguna vez ha tenido en sus manos un pleito de esta magnitud?

—He tenido juicios por jurado en casos de homicidio —respondió Nina—. Dudo de que haya algo peor que eso.

—¿Alguna vez ha tenido un juicio por jurado en un caso civil?

—No.

—No estoy subestimando su confianza. Sólo deseo saber si valora lo que yo puedo hacer por usted. Por cierto, me especializo en juicios por jurado para casos civiles. Casos que se parecen mucho al que usted tiene ahora. A eso me dedico yo. ¿Sabe cómo solían llamar a Mel Belli? El rey de los juicios por agravio. Bueno, aquí, a mí me dicen el príncipe de los juicios por alimentos.

—Si no fuera por eso, yo no estaría aquí, elegantemente vestida y en un restaurante de Los Angeles, cuando debería estar en mi casa atendiendo a mi hijo —contestó Nina.

—Bueno, entonces dígame lo que tiene entre manos. —Con aire distraído, recorrió con el pulgar el borde de su copa de vino y clavó en Nina sus penetrantes ojos color café. —¿Quiere que sea yo el que maneje este juicio?

—No. Al frente del juicio quiero estar yo. Pero deseo tenerlo como asociado. Sin embargo, seré yo quien tenga la última palabra en cuanto a la estrategia. Señor Reynolds, soy consciente de que usted no suele estar en segundo plano, pero aun en ese lugar podría convertirse en un hombre rico si ganamos el caso. Yo estoy trabajando sobre la base de honorarios reducidos por hora, más honorarios adicionales, sujetos a resultado, del diez por ciento de la sentencia favorable. Le daré la mitad del diez por ciento, además de pagarle las horas trabajadas que facture cada mes a razón de cien dólares la hora.

Reynolds había fruncido el entrecejo y hundido la barbilla en el pecho. Nina sabía que en general él cobraba trescientos dólares la hora, pero no era común que lo esperara al final del camino una bolsa colmada de oro. Dejó que pensara la propuesta y después agregó:

—Si reclamamos sólo la mitad del valor de la empresa, estamos hablando de más de cien millones.

Reynolds asintió.

—Eso es lo que yo llamo dinero —dijo—. Cinco millones para cada uno de nosotros si ganamos. Podría pagar todos esos impuestos que reclama el fisco. Podría amortizar la casa en Bel Air y la pensión por alimentos. Podría tomarme esas vacaciones que recomienda mi médico. Pero...

—¿Pero?

Vertió una gota de vino en el plato que tenía delante.

—Es mucho lo que se puede derramar antes de llevar una taza a los labios —dijo—. De alguna manera, a pesar de todos mis éxitos, la cantidad de dinero que en realidad necesito para resolver todos mis problemas siempre parece estar fuera de mi alcance. ¿Se ha dado cuenta de eso? Es como una fuerza oscura que se interpone entre nosotros y el postre que nos merecemos con toda justicia, lo cual nos deja insatisfechos y muertos de hambre a la vez que nos preguntamos la razón. Aun cuando ganemos el juicio, las apelaciones tardan años. Además, nadie consigue dinero después de una apelación.

—Esta vez no. Si hay alguien que pueda hacerlo, es usted. Si trabajamos juntos, podemos lograrlo. Todos dicen que usted es lo máximo en este tema.

—Es muy amable de su parte. Gracias. Es probable que haya adivinado que a mí me gustan los halagos.

Se estaba burlando de ella. Nina se negó a caer en la trampa.

—Dudo de que Jeff Riesner le haya hecho un ofrecimiento tan generoso —dijo Nina.

—¡Ah! Así que adivinó. Sí, el año pasado Jeff y yo trabajamos juntos en un caso en Sacramento. Hace unos días que está llamando a mi oficina.

—¿No habló con él?

—No.

—¿Sabía que era sobre el caso Markov?

—Eso era lo que decía el mensaje.

—Entonces...

—No soporto a ese tipo —explicó Reynolds, sonriendo—. Aunque esté del lado ganador.

Ahora fue ella la ofendida.

—Señor Reynolds —dijo Nina—, ¿me está haciendo perder el tiempo? Porque tengo la impresión de que no me está escuchando. Y si no puede tomarme en serio, tal vez debería marcharme.

—Espere —contestó Reynolds—. Escuché atentamente todo lo que ha dicho. Me ofrece la oportunidad de pasar un tiempo en el lago Tahoe, lo que me parece estupendo, y apostar por una enorme cantidad de dinero, que es una de mis debilidades, como tal vez ya haya sospechado. Además, creo que tenemos algo en común. Ambos preferimos representar a los oprimidos. Le pido disculpas si le he causado una impresión equivocada. Es una mala costumbre que me viene de hacer caminar a la gente por la cuerda floja como curso de acción. Aun cuando sea un segundón, daría mi vida por montarme a este carro. —Levantó la copa. —Un brindis —dijo— por usted.

Nina también levantó su copa.

—¿Acepta? —preguntó.

—Adivinó.

Para cuando les llevaron la comida, servida tan artísticamente en exquisitos platos que no daban ganas de tocarla, ellos ya habían terminado el vino, empezaron a llamarse por sus nombres de pila y a elaborar el principio de un acuerdo. Nina le ofreció la oficina que estaba pasillo de por medio con la suya, y él le comunicó que iría a una reunión tan pronto como terminara el juicio que estaba manejando.

—Conozco a una especialista en jurados que tal vez podría ayudarnos en el caso. Se trata de una de las jóvenes más brillantes de la ciudad. Genevieve Suchat es su nombre —dijo Reynolds, cuando ambos habían empezado a saborear un exquisito helado de té verde.

—Creo haber oído hablar de ella, pero...

—Mire, éste no es momento de escatimar en gastos. Para ganar dinero, primero debe invertirlo.

—Winston, yo...

—Esta mujer tiene un ligero problema de audición, pero eso no la retrasa ni un segundo. Usa un pequeño adminículo en uno de los oídos, aunque usted no me parece el tipo de persona que tenga reparos en contra de eso.

—¡Por supuesto que no!

—Trabajó conmigo en un caso en Long Beach. Refinada y fría como este helado.

—¿Ganaron?

—Así es. Ella ha ganado casi todos los casos en los que ha participado. —Bebió un sorbo de agua y alejó el platillo de helado. Por fin se había relajado.

—Los especialistas en jurados pasan mucho tiempo investigando, ¿no es así? Pero yo debo controlar los gastos —señaló Nina.

—Espere un minuto. Desde el punto de vista financiero, no tiene sentido contratar a un especialista en todos los pleitos civiles, pero con tanto dinero en juego, como en este caso, sería una locura no contar con los servicios de uno. Nunca oí hablar de un caso de esta magnitud que no tuviese especialistas en jurados de ambos lados. Nina, usted quiere ser una ganadora; entonces no puede dejar ninguna piedra sin mover. Además, sabe que nuestro amigo Riesner va a conseguir lo mejor.

No dijo "de nuevo", aunque ambos lo pensaron. Él ya sabía cómo manejarla.

—¿Por qué no habla con ella? —prosiguió Reynolds.

—Está bien —aceptó Nina—. Hablaré con ella. Tal vez pueda limitar un poco su intervención...

—Hay que dar golpes seguros —afirmó Winston—. Nada de límites. Este caso es demasiado grande. Nos jugamos todo con Genevieve y con todo lo demás. Porque justamente eso es lo que hacen los verdaderos ganadores. Y usted sabe que tengo razón.

Tenía razón, pero la frase "jugarse todo" había sonado más fuerte que todo lo que él había dicho hasta el momento, y continuaba resonando en sus oídos. Su padre solía repetir esa frase todo el tiempo y un día se había despertado sin un centavo.

—Llamaré a la oficina de Genevieve y concertaré una cita de inmediato —dijo Reynolds, y después pidió otra botella de vino. Habló de sus antecedentes, de la beca que había ganado en la Universidad de Los Angeles como jugador de fútbol, de la sorpresa de sus profesores y entrenadores cuando dejó el deporte y se sumergió en la vida académica, de sus estudios de abogacía en Yale, de las dos ex esposas y los tres hijos que debía mantener.

Le encantaba hablar de sí mismo, y tenía motivos para hacerlo. Nina no podía evitar la atracción que aquel hombre ejercía sobre ella.

Llegó el momento del café y de la pavorosa cuenta que había que pagar. Nina observó que su reloj indicaba las once en punto.

—Lo siento —dijo—. Tengo un avión esperándome. Lo llamaré mañana. —Hizo una pausa y añadió: —Me siento encantada de trabajar con usted, Win. —Extendió la mano para estrechar la de Reynolds.

—Cenicienta —dijo él, estrechando con las dos manos la de Nina—, será mejor que encuentre pronto las dos zapatillas de baile. Nos queda un largo camino por recorrer si no queremos quedar atrapados en una calabaza.

CAPÍTULO 6

A la mañana siguiente, Nina llamó a Sandy para informarle que tal vez no llegaría a la oficina hasta después del almuerzo. Sandy le comunicó que Genevieve Suchat, la especialista en jurados, llegaría a la tarde. En apariencia, decidido a convencer a Nina de que la contratase, Winston había hecho los arreglos para la cita con una eficiencia impresionante.

Después de tomar dos píldoras blancas para aliviar el dolor de cabeza que la martirizaba, puso rumbo directo a la casa de los Markov, en Cascade Road. La lluvia caía a cántaros y las escobillas se movían rápido y en vano para abrir un camino en el río que fluía por el parabrisas. Un inesperado patinazo en la curva de una horquilla la obligó a aminorar la velocidad, cuando dobló por un camino de tierra que bordeaba el lago.

Los portones de hierro, que terminaban con unas flechas doradas en la parte superior, estaban abiertos para dejar a la vista una impresionante mansión de piedra con almenas similares a las de un castillo y rodeada por un parque con plantas tan bien cuidadas que parecían artificiales.

Estacionó en un lugar junto a la casa, sobrecogida por la ostentación y pensando en la enorme fortuna que se requería para construir una vivienda así en California, a orillas del lago más codiciado del Estado.

No encontró ningún paraguas en la caja de emergencia de la parte trasera de su camioneta. Así que debió bajar y correr hasta la puerta del frente, donde tocó el timbre, salvándose por muy poco de patinar sobre la superficie resbaladiza del umbral. Bajo la implacable lluvia, la gigantesca casa se elevaba amenazadora, como una montaña de piedras que en cualquier momento cederían en una avalancha. Hasta el mismo lago fundía el color gris de sus aguas con el cielo plomizo, como si ejerciera mayor gravedad que el resto de la Tierra.

La propia Lindy abrió la puerta. Se la veía muy delgada, con un kimono suelto sobre una malla de color negro. A pesar del impecable maquillaje y el cabello bien peinado, Nina detectó en su rostro las consecuencias de los sufrimientos recientes.

—Gracias por venir —dijo Lindy—. Permítame su chaqueta. Puede dejar las botas aquí. —Señaló un banco de piedra debajo del cual estaban los zapatos más limpios que Nina jamás hubiera visto fuera de la vidriera de una zapatería. Junto al banco se apilaban una docena de cajas de cartón.

Lindy condujo a Nina por un corredor, pasando por dos salones de estar de forma octogonal, tan grandes como una sala de baile. En el cielo raso, luchando por vencer el día sombrío, las arañas de cristal alumbraban el camino y se mecían apenas con una brisa invisible.

Siguieron caminando. Con la pizarra ennegrecida del suelo de los pasillos, las paredes de piedra y la lluvia que aporreaba las ventanas, la iluminación más intensa no podía exorcizar por completo el horror gótico que transmitía la casa.

Entraron en una habitación con vista al lago, en la cual el Sol se veía escondido detrás de una hilera de nubes. Lindy se disculpó y le pidió a Nina que aguardara un minuto.

Cuando salió, Nina se sentó en un banco que recorría todo el largo de la estancia, de unos treinta metros. Había un nicho pequeño lleno de equipos de gimnasia y objetos que no pudo identificar. El resto del espacio, con espejos de un solo lado, bien podía servir como estudio de danza. Ella y Bob vivían en una casa que entraría en esa habitación.

Al cabo de un instante, Lindy volvió a aparecer.

—Perdón. Nuestra ama de llaves, Florencia, me está ayudando a empacar.

—Es una casa magnífica —dijo Nina—. Lindy, lamento todo lo que está pasando.

—Usted no es la responsable. Échele la culpa a Rachel. Eso es lo que hago yo.

—¿Cómo es ser rico? —preguntó Nina de repente.

—Qué pregunta curiosa.

—Olvídelo. No quise ser grosera.

—No, es interesante. —Caminaron por la habitación. Lindy se detuvo cuando llegaron al lugar donde estaban todos los equipos. —La verdad es que adoro tener dinero, quizá porque tuve tan poco cuando niña. El dinero es como una droga que nos hace volar. El dinero lima todas las asperezas, aquieta el espíritu, nos hace sentir especiales y poderosos. No hay nada en este mundo que pueda seducir más.

"¿Tiene un problema? Tápelo con suficiente dinero y le aseguro que desaparece. ¿Preocupada por el medio ambiente? Auspicie un proyecto de limpieza. ¿Se siente triste? Planifique unas maravillosas vacaciones. Si uno tiene mucho dinero, siente que puede hacer cualquier cosa, y son tantas las cosas que yo aún deseo hacer en la vida...

—Usted mencionó el poder.

—Un poder muy alto y fácil de comprar. También se puede comprar a la gente.

Se encontraban en un lugar donde había una bicicleta fija, una cinta para caminar, un caballete que sostenía un juego de pesas sueltas de brillante color plateado y una cantidad de objetos extraños que Nina observaba mientras Lindy hablaba. El objeto más grande era un tanque cilíndrico y transparente, casi tan alto como Nina, que estaba lleno de agua, tan diáfana y hermosa como las aguas turquesa del mar Caribe.

—Es por eso que quiero mi dinero —continuó Lindy, al tiempo que hundía una mano en el tanque para mojarse los dedos. La retiró con expresión satisfecha. —Y además creo que también me lo merezco.

—Trabajó mucho para eso, Lindy.

—Mike se niega a aceptarlo. Mucha gente también procede como él. Pero el dinero es sólo una de las razones para entablar una demanda contra Mike. La otra razón es que este caso lo obligará a enfrentarse conmigo y a cumplir las promesas que me ha hecho.

—No hay sistema que pueda forzar a alguien que la ha agraviado a permanecer a su lado o a volver a amarla —contestó Nina—. El dinero es la única compensación posible, el habitual objetivo. Sus pérdidas deben ser cuantificadas de alguna manera. Pero las emociones... Eso no puede cuantificarse.

—Me rehuso a que todo esto no sea más que una demanda. No quiero eso.

—Lindy —dijo Nina con cautela, revolviendo el agua del tanque con la punta de los dedos—. Respecto de lo que dijo antes... ¿Por casualidad se ha hecho a la idea de que me ha comprado?

—Por supuesto que no, Nina. —Lindy se mostró dolorida. —Usted sabe de qué se trata esto. Es un tema importante para las mujeres, no sólo para mí. Y usted lo está haciendo porque desea ayudarme personalmente. Ésas son todas razones buenas. Ahora somos un equipo. No, la gente que se puede comprar es de otra clase.

—¿Qué otra clase?

—Para esa gente, el dinero es Dios. —Se secó las manos con una toalla y se alejó del tanque, como si deseara expresar físicamente que ella ya estaba lejos de esa línea de pensamiento. —Me olvidé de decirle que trajera un traje de baño. —Comenzó a hurgar en un armario situado cerca del spa.

—Deseaba comentarle que he contratado al mejor abogado del Estado que se especializa en juicios por alimentos en los casos de relaciones extramatrimoniales. Él nos ayudará. —Nina describió algunos de los logros recientes de Winston. —Además, esta tarde me entrevistaré con una especialista en jurados que tal vez pueda trabajar con nosotros.

—Maravilloso. Vamos a ganar, sea como fuere —dijo Lindy, y le dio un traje de baño—. Éste debe de ser de su talle. Métase en el tanque.

Como Nina meneó la cabeza, Lindy dijo:

—Nina, significa mucho para mí que usted vea lo que yo hago. Que conozca mi trabajo.

¿Y por qué no?, pensó Nina. Sencillamente, no era más que un remojón. Sin perder tiempo, se puso el sencillo traje de baño negro que Lindy le había dado, imaginando lo que podría decir Sandy —allá en la oficina invadida por iracundas diligencias— si la viera en ese momento.

Contra la pared había una escalera que llevaba a la parte superior del tanque. Nina las subió y se quedó quieta mirando el agua, con la piel erizada.

—Adentro —dijo Lindy—. ¿Necesita un empujón?

Nina introdujo primero los pies. El agua la recibió cálida y suave como terciopelo. El tanque no era lo bastante ancho ni profundo como para zambullirse. Apenas la contenía con el agua hasta el cuello, pero podía extender los brazos por completo. Desde el fondo comenzó a bullir aire.

—Es como si fuera... un spa vertical. —Se preguntó si con ese aire podría flotar. Las burbujas la rodeaban, estallando como globos pequeños. No flotaba, pero se sentía como si no pesara más de cuatro kilos.

—Eso es. —Lindy bajó el volumen de la música.

La sensación de las burbujas de aire y el agua era fantástica.

—Ahora, prepárese —dijo Lindy—. Activaré la espuma.

—¿Qué diablos? —Comenzaron a subir unos chorros de agua a presión. Nina tuvo que luchar por mantener los pies hacia abajo. —¡Eh! —exclamó—. ¡Espere un momento!

Los chorros dejaron de funcionar. Lindy le sonrió desde la escalera que estaba junto al tanque.

—¿No es maravilloso?

A flote por el agua y su propio estado de ánimo, Nina había comenzado a rebotar de arriba abajo.

—Es... estupendo. ¿Y ahora se supone que debo hacer ejercicios en el agua?

—Es una parte importante. Hemos creado una serie de vídeos que acompañan el aparato. En realidad, se trata de varias series; todos se renuevan cada dos años. ¿Quiere aprender algunos?

—Lindy —dijo Nina, pero enseguida se contuvo. Bien podría aprovechar ese momento. —Está bien, tal vez sólo uno.

—Le prometo que esto no la demorará más que unos segundos. —Lindy le hizo hacer unos pocos ejercicios. En uno de ellos, Nina empleó sólo los dedos de los pies para impulsarse hacia arriba, después hacia abajo, con los brazos pegados a los costados del cuerpo, de modo tal que se elevaba a gran velocidad por el agua.

—La dinámica del agua —explicó Lindy—. Se desplaza más rápido y trabajan los tobillos. Ahora intente rebotar con las rodillas. Deberá contener la respiración y sumergirse, de modo que las rodillas toquen el fondo. Después, empuje tan fuerte como pueda. No se preocupe por salpicar. El tanque está diseñado para eso.

Se requería cierto tiempo para acostumbrarse a los ejercicios. Nina tuvo que esforzarse para tocar el fondo con las rodillas y doblar la cintura a fin de colocarse en posición y ganar espacio para completar la maniobra. Sin embargo, al cabo de unos minutos comprobó que era una diversión maravillosa y energizante.

—Después de esto, por supuesto, puede trotar casi ciento cincuenta kilómetros y estirarse como si fuera una primera bailarina. El Solo Spa también es magnífico para las personas excedidas en peso que deben hacer ejercicios, porque no se estropean los pies. Tenemos un montón de clientes discapacitados y gente que trata de adelgazar.

—Me dijo que los ejercicios eran sólo una parte de lo que se puede hacer con este spa.

—Eso es. En los últimos años hemos vendido el spa como algo más que un complemento de gimnasia. El agua es un antiguo elemento terapéutico, y no hay nada más primitivo que sumergirse en este vientre caliente para componer un espíritu desanimado o alimentar el fuego de la creación. La gente busca el solaz espiritual. ¿Qué mejor consuelo que esta combinación de lo físico con lo espiritual? Esto le gustará. —Pulsó un botón del tanque y las burbujas aumentaron.

Nina se sintió etérea. Dejó de moverse y quedó suspendida en el espacio, sostenida por las burbujas.

—Palabras como "solaz", "curación" y "espiritual" me llevan en general a las montañas, pero puedo entender lo que usted quiere decir. Este baño caliente de burbujas es digno de los dioses.

Lindy sonrió feliz.

—Me parece que hemos logrado una nueva adepta.

—¿Todos los tanques son transparentes como éste?

—No. Es para la demostración, como el que se emplea en los vídeos. La mayoría de los que vendemos están recubiertos en madera, como los spa comunes que se usan al aire libre.

—¿La mayoría?

—Bueno, en Reno hay un par de casinos que han pedido dos spa con dos capas de cristal y acrílico, que tienen luces entre las dos capas. Los usan para los espectáculos.

—¡Santo Dios!

A la distancia se oyó sonar un teléfono, y Lindy desapareció por una de las esquinas de la habitación.

Nina cerró los ojos, disfrutando del bienestar que le transmitía el agua caliente. Un momento después los abrió sobresaltada al ver a un hombre robusto que la espiaba; aquello la hizo emitir un leve alarido.

Dejó de moverse y quedó flotando en su transparente burbuja.

—Hola —saludó Nina al ver que el hombre no decía palabra.

—¿Usted es la nueva abogada de Lindy? —preguntó él. Sacó las manos de los bolsillos de un mono sucio y las apoyó en el spa.

—Sí. ¿Y usted quién es?

—Un amigo —contestó él, examinándole el cuerpo a través del plástico del tanque—. ¡Qué bueno haberla encontrado aquí!

Nina no pensaba lo mismo. Dudó entre salir del agua o no; decidió que, si bajaba por la escalera, se sentiría aún más vulnerable.

—Quiero que sepa algo. —El hombre hablaba con lentitud, recorriendo con un dedo la empañada parte exterior del tanque, trazando un círculo con otro más pequeño en el centro.

Como si fuera un blanco, pensó Nina.

—Sé que está en esto por dinero —le dijo el hombre, ahora quieto. Tenía el rostro tan pegado al tanque que su aliento empañaba la pared de plástico cada vez que respiraba.

—¿Quién me dijo que era? —preguntó Nina, ahora muy asustada por el tono y la mirada extraña de aquellos ojos oscuros.

—Sé algunas cosas de los abogados. Y quiero que sepa que, si usted la desecha como basura, la hiere o acepta algún tipo de compensación por debajo de la mesa de parte de ese sabandija de Mike para que abandone el caso, le juro que yo...

Lindy regresó a la habitación.

—¡Oh, George! ¡Estabas aquí! Acabo de hablar con Alice. En un segundo vendrá a traer un juego de llaves.

En el momento en que Lindy apareció en el lugar, toda expresión de amenaza desapareció de aquel extraño personaje, que sin prisa se dirigió hacia la puerta.

—Entonces me pondré en marcha.

—¿Quién es? —preguntó Nina.

—George Demetrios. Trabaja en la planta.

—Un tipo que da miedo —dijo Nina, y comenzó a subir la escalera de acrílico transparente que conducía a la escalera del lado exterior.

—¿Quién? ¿George? —Lindy rió. —Sí, supongo que a veces pasa eso con él, pero no tiene que preocuparse. Es una persona fiel a mí. George es un tonto adorable. Me está ayudando a llevar algunas cajas a la casa de Alice.

Al pie de la escalera, Lindy le alcanzó una toalla y una bata blanca. Nina se secó.

—Lindy, gracias por la demostración. Es un producto fantástico.

—Éste es sólo uno de los muchos que tenemos. Es nuestra estrella. Ahora, permítame que le muestre cómo vendemos nuestros spa. Sólo tomará un minuto, y en el salón de demostraciones hace calor. —Después de bajar una escalera de caracol, el salón no resultó ser un lugar donde se exhibían estanques, como esperaba Nina, sino que se trataba de un espacio íntimo, alfombrado, con sillones para diez personas y una pantalla de proyección de un metro y medio.

—Éste es un corto para hacer una selección rápida —dijo Lindy—. Los vídeos de entrenamiento duran más tiempo.

Ambas miraron cómo un conjunto de personas en traje de baño —de todas las formas, tamaños, colores y edades— eran seducidas por el spa y realizaban los ejercicios tan ligeros de pies como si fueran astronautas flotando en el espacio, moviéndose al ritmo alegre de la música.

—Antes sólo hacíamos las demostraciones con jóvenes bonitas. Fue idea mía filmar a toda clase de gente. La gente común siempre aparece fingida y sin gracia cuando deben actuar frente a una cámara, así que usamos actores. Se los ve muy bien, ¿no le parece? Como la gente de verdad, sólo que con un aspecto mucho mejor, con el cual uno puede identificarse para sentirse feliz.

Nina no contestó. Por supuesto que los actores lucían estupendos, pero siempre la gente de negocios la ponía nerviosa cuando hablaba tan despreocupadamente acerca de las sutiles fuerzas que se esgrimían para ejercer presión y manipular al público consumidor.

Después de terminar de ver la película, Nina se vistió y tomó su portafolios.

—Gracias por brindarme su tiempo —dijo Lindy—. Antes de mudarme, deseaba mostrarle una pequeña parte de nuestra empresa, para que pudiera comprobar que no pasé veinte años a costa de Mike, sólo acicalándome las uñas.

Una mujer alta, de pelo con reflejos y enfundada en un corto vestido tejido, apareció en el umbral con un revólver en la mano. Unos divertidos ojos grises atisbaban entre los mechones de un flequillo desparejo que le marcaba la curva de las mejillas.

—¡Alice! —saludó Lindy—. ¿Conoces a mi abogada, Nina Reilly? Nina, Alice Boyd es mi mejor amiga.

Alice apoyó con descuido el revólver en una silla y se dirigió a saludar a Nina, haciendo oír su taconeo sobre el suelo de roble. Le estrechó la mano.

—Así que Lindy ya la ha sometido al ritual de bautismo —le dijo, señalando el pelo mojado de Nina.

Nina se tocó la cabeza.

—Creo que sí —repuso.

—Ahora usted nos pertenece.

—No la escuche —dijo Lindy—. Alice no ha vuelto a ser la misma desde que pasó un tiempo en el loquero.

—Eso es mentira. Soy la misma, sólo que mucho más retorcida para expresar mis sentimientos —replicó Alice.

—Disculpe —dijo Nina—, ¿pero no acaba de dejar un revólver sobre aquel cojín?

—Casi me olvidaba —dijo Alice. Caminó hacia la silla y tomó el revólver. —Esto es para ti, muñeca —dijo, y le alcanzó a Lindy un revólver plateado de punta recortada.

—¿Para qué lo quiero? —preguntó Lindy.

—Saluda a tu nuevo y mejor amigo. —Levantó el arma para que ambas la admiraran. —¿No es hermoso? Puedes matar a alguien con este adorable modelo de níquel pulido, especial para disparar a nueve metros de distancia. No hay necesidad de que te manches con sangre. Ves que alguien se acerca para hacerte daño y, ¡pum!, lo dejas planchado. —Caminó por la habitación, apuntando a diferentes objetos que había en el lugar. —¡Pum! Ahí va el espejo francés sobre el que siempre estás haciendo alarde. De todos modos, no es del gusto de Mike, ¿o me equivoco? ¡Pum! —Volvió a decir, apuntando esta vez a un florero. —Ahí va el Ming. —Se detuvo y miró fijo el revólver. —Lo que me sorprende es que la mayoría de las mujeres todavía no haya reconocido el poder de este pequeño instrumento. Con garra y un poco de práctica, por fin tenemos una herramienta para ganar la guerra contra nuestros opresores.

Lindy se mostró un poco avergonzada.

—Alice, no sé lo que puede llegar a pensar Nina. Guarda ese revólver.

—No seas ridícula —replicó Alice—. No, en serio. Mírate, tal vez sea la última vez que estés aquí. —Hizo un gesto con la cabeza señalando la habitación. —Yo, en tu lugar, aprovecharía el momento. ¿Para qué dejar todas estas cosas hermosas al rey de la mierda y a su pequeña consorte de mala fama? ¿Sabes cómo usar uno de éstos? —Soltó el seguro.

Lindy le sacó el revólver y volvió a poner el seguro en su sitio.

—No lo quiero.

—Durante veinte años has vivido en tu fortaleza. Ahora vas a vivir codeándote con los campesinos. O sea, nosotros —le dijo Alice a Nina—. Lindy, no sabes qué malos podemos ser los campesinos. Deberías protegerte.

—Llévatelo, Alice. Hablo en serio. —Con cuidado, Lindy le dio el revólver a su amiga.

Alice se encogió de hombros y guardó el revólver en su bolso.

—Como quieras. —Con la excusa de que deseaba tomar algo de aire, salió de la habitación.

—Otra vez lo mismo. Se va a formar una impresión equivocada de Alice —dijo Lindy—. Es la mejor de las personas, pero me temo que todo esto con Mike le ha hecho recordar algunos malos momentos de su pasado. Ya se tranquilizará.

Nina se preguntó si Lindy era una de esas personas fuera de lo común que podían leer el alma, o si sencillamente era tonta y ciega a la hora de escoger amistades y familia.

Mientras se acercaban al vestíbulo, volvió a tomar conciencia de la lluvia que formaba remolinos en las cunetas y bloqueaba la vista de las ventanas.

Ante las cajas apiladas junto a la puerta, Lindy se detuvo de repente. Después, se compuso y despidió a Nina.

Se había hecho tan tarde que Nina fue directamente al tribunal penal para ocuparse de la lista matutina de causas penales, sin detenerse en su oficina. Su camioneta iba perdiendo líquido de transmisión por todo el camino. El mecánico ya le había aconsejado reemplazar el carburador. En poco tiempo necesitaría comprarse un vehículo nuevo. Esos pensamientos la ocupaban mientras esquivaba charcos de agua en cada esquina.

De regreso en la oficina, a la hora del almuerzo, vio que Genevieve Suchat ya la esperaba.

—Hola —saludó alegremente Genevieve, poniéndose de pie de inmediato para ir a estrecharle la mano a Nina. La cadencia sureña de su acento hizo que su saludo sonara a sorpresa.

El hijo de Sandy, Wish, estaba sentado junto a Genevieve. Era un muchacho flacucho y alto, de diecinueve años, que en ese momento se dedicaba a una de sus últimas obsesiones: una revista llena de artilugios de vigilancia especiales para espías. Hacía poco acababa de anunciar su deseo de ser detective, como Paul. Con ese fin, hacía cursos de criminología y fotografía en la universidad local.

En la oficina, Wish realizaba todo tipo de trabajos. Por el aspecto reluciente del lugar, se notaba que Sandy le había pedido que limpiara. Levantó la mirada e hizo un gesto con la cabeza para saludar a Nina; después, volvió a sumergirse en su lectura.

Nina estrechó la mano de Genevieve. La voz de tono ligero y velado le recordó a una de esas muchachas vestidas con poca ropa que envían sugestivas invitaciones por Internet. Justamente, ella le había prohibido a su hijo el acceso a esas conversaciones en línea. Sin embargo, el cabello peinado con fijador, del color del trigo, la chaqueta sastre con ribetes borravino y la falda larga, también borravino, le daban una imagen bastante recatada, aunque no por eso anticuada.

En un oído, Nina pudo entrever el audífono de color plateado que Winston le había mencionado. El aparato brillaba detrás de un par de aretes pequeños de plata. Genevieve daba más la impresión de llamarse Genny que Genevieve —una joven moderna que había pasado de un rascacielos de la gran ciudad a las montañas sin cambiar su estilo en lo más mínimo—, aunque Winston le había advertido a Nina que en su trabajo prefería el sonido más formal de su nombre completo.

Genevieve ya conocía a Sandy, como le explicó a Nina. Hablaba como si la conociera en un plano amistoso desde hacía años.

—Sandy y Wish me hablaron sobre la nación de los washoe —dijo—. Por cierto que es una familia muy extensa.

Sandy no hablaba casi nunca de cosas personales con los extraños que iban al estudio. Genevieve debía de tener una forma especial de actuar.

A pedido de Genevieve, fueron a almorzar al Planet Hollywood, el restaurante del Caesar's.

—La comida de los casinos no tiene buena fama —se disculpó Nina. La algarabía de los clientes habituales del restaurante y el ruido de la cocina debían de ser algo difíciles de soportar para alguien que tenía un problema de audición. —La verdad es que hay lugares mejores que éste.

—Pero a mí me encanta este lugar —dijo Genevieve, echando una mirada a las antiguallas del cine que cubrían las paredes alrededor de las palmeras artificiales. En apariencia, el barullo no era un problema para ella—. ¿Ese de ahí no es Darth Vader? —preguntó, y se paró para estudiar los objetos de cerca.

Un momento después regresó a la mesa.

—El traje que tiene puesto se ve más pequeño que en la película. —El mozo apareció para tomar el pedido. Ella estudió el menú. —El camarón a las brasas debe de ser delicioso, pero sólo comeré una ensalada. ¿A usted le gusta el juego? —preguntó a Nina.

—Debo confesar que me gustan algo las máquinas tragamonedas —admitió Nina, un poco molesta por la pregunta. Después de todo, las dos se encontraban en una entrevista de trabajo.

—A mí también —dijo Genevieve, y le alcanzó al mozo el menú—. También me gustan el póquer, el blackjack y la ruleta... Soy una verdadera prostituta en lo que se refiere a ganar dinero fácil. Tal vez tengamos un poco de tiempo para echarnos unas jugadas antes de regresar al trabajo.

El mozo se volvió hacia Nina.

—Pomodoro —pidió Nina, contenta por la distracción. Le divertía la inadecuada credulidad de Genevieve, pero no tenía interés alguno en explicar sus propias debilidades en ese tema. Mientras estudiaba el menú, se dio cuenta de que el spa le había abierto el apetito. —¿Puede traer más queso parmesano?

—¡Qué maravilloso que pueda comer así y ser tan delgada! —exclamó Genevieve cuando el mozo desapareció—. Yo jamás puedo comer un plato de pastas al mediodía, aunque cuando estoy en medio de un juicio me reconforto con comida. Emparedados de mantequilla de maní, galletas con chocolate, leche entera.

—Pido platos complejos cuando salgo a comer afuera, porque soy muy haragana en la cocina —confesó Nina—. Mi hijo y yo vivimos a latas de sopa de tomates.

—Entonces los dos deberían tomar suplementos vitamínicos —señaló Genevieve con tono de reproche—. Todos los días, yo tomo un suplemento multivitamínico más vitamina E, ácido fólico y ginseng.

—Y supongo que le gustará tomar altas dosis de vitamina C para los resfríos.

—Sí —admitió Genevieve.

—Creo que a mí también debería gustarme.

—Usted está sometida a un gran estrés —dijo Genevieve con tono comprensivo—. ¿Me equivoco? —Una voz de alerta sonó en la cabeza de Nina, como diciéndole que se pusiera en guardia, ya que la estaban evaluando.

Genevieve había hecho un doctorado en estadística en el Instituto Tecnológico de Massachusetts, y otro en psicología en Duke. Le dijo a Nina que había considerado la carrera de leyes. Después, con una sonrisa cargada de malicia, agregó que al fin se había conformado con ser el cerebro que actúa detrás del músculo.

Por correo nocturno, junto con el impresionante currículum de Genevieve, Winston le había enviado a Nina una copia de su tesis sobre "psicología de masas", con especial énfasis en el proceso de toma de decisiones de los jurados en el sistema judicial de los Estados Unidos. Todo el trabajo parecía matemático, lleno de cuadros, fórmulas y galimatías estadísticos que le resultaron imposibles de seguir.

Genevieve ensartó con el tenedor una hoja de lechuga y la degustó; después dijo:

—Esta mañana, en el avión, leí todos los alegatos que usted le envió a Winston, y ayer a la noche hablé con él. Le vaticino uno coma siete a uno coma nueve millones, si él gana el caso de mala praxis hospitalaria.

—¿Cómo puede hacer ese cálculo?

—Busqué un jurado con decisión dividida. Por eso Winston pidió tres coma seis millones.

—Pero la instrucción para el jurado convencional es que no puede dar un veredicto conciliatorio. Se supone que los jurados no deben...

—Usted sabe que lo hacen todo el tiempo —la cortó Genevieve—. Se ponen cautelosos para evitar problemas. Como verá, ellos le adjudicarán uno coma siete millones, porque uno coma ocho millones, exactamente la mitad de lo que nosotros pedimos, sería demasiado obvio. El problema para él en este caso es el juez. Además, tuvo que aceptar un par de comodines en el jurado que no pudo evitar —dijo encogiéndose de hombros, pero más que irritada ante la idea—. No importa lo bueno que uno sea, siempre existe algún riesgo.

—¿Se tomará un descanso después del juicio?

—No. Winston tiene un juicio tras otro. El próximo es en San Diego, sin jurado. —Con la disciplina de un instructor, comió otra hoja de lechuga. —Me pidió que le dijera que Sandy le había enviado por fax el acta con la fecha del juicio y que él estará libre dos semanas después de eso. A mí también me gusta el veintiuno de mayo. Tengo un caso de doble homicidio para julio.

—Espero que podamos llegar con esa fecha. Ambas partes desean terminar con esto lo antes posible. Mike Markov está furioso porque hemos interferido sus negocios con el síndico y el contador nombrados por la corte. Lindy Markov está quebrada económicamente por primera vez en años. Yo estoy afrontando sola un montón de gastos... —"Incluidos los doscientos dólares la hora para ti", pensó Nina. —No puedo permitirme que esto se dilate mucho.

—Por lo que leí y por lo que Winston me contó, éste es un caso de los grandes, Nina —dijo Genevieve, sonriendo—. Podría ganarse el premio mayor con lo que considero serán sus honorarios. Por supuesto que eso no me incumbe, salvo que deseo ayudarla para que suceda. ¿Podríamos sentarnos a hablar con la señora Markov pronto? Quisiera hacerle algunas preguntas para formarme un panorama claro.

La voz suave —que de vez en cuando sonaba a dialecto provinciano y que ella empleaba seguramente para dar énfasis—, en conjunción con los ojos muy azules, habían distraído a Nina por un segundo, mientras pensaba en el marcado contraste de la charla erudita de Genevieve con la joven delicada que tenía sentada enfrente. Era probable que Genevieve aprovechara bien aquel contraste cuando la ocasión lo requería. Bien. Tal vez su aspecto engañara a Riesner y lo hiciera subestimarla.

—Por lo pronto, permítame decirle que no necesariamente las mujeres podrían favorecer a Lindy, a menos que nos movamos rápido y nos aseguremos de que ellas vean con buenos ojos la situación. Quizá crean que tiene lo que se merece. Ella sabía en lo que se estaba metiendo. Sabía que él no deseaba casarse con ella. Sabía que él tenía las cosas a su nombre para mantener la propiedad de todo. Así que tendremos que ser astutos como una serpiente.

—Tengo entendido que usted y Winston trabajaron juntos en otros casos.

—Así es. En una demanda laboral contra un banco de Long Beach. Hágame acordar que le cuente sobre ese caso en algún momento en que tengamos que matar tiempo. Winston es todo un abogado. Al comienzo, a nadie le gustaba nuestro cliente, pero Winston les dio vuelta la cabeza a todos y los alineó de nuestra parte al final, tal como era nuestro objetivo. No veo la hora de volver a trabajar con él y con usted por primera vez, Nina. He leído sobre su trabajo, y si uno se pone a pensar, es admirable lo que ha hecho. Los Angeles está a un millón de kilómetros de Tahoe, psicológicamente hablando.

—¿Usted vive en Los Angeles?

—Me crié en Nueva Orleans. Ahora vivo en Redondo Beach, a media cuadra del mar, sobre la avenida Catalina, en un pequeño chalé de estilo español.

—¿Tiene familia?

—No. Mis padres murieron y parece que no tengo tiempo para encontrar una pareja estable. Soy otra jovencita solitaria que busca un amor

—dijo. Unos hoyuelos se marcaron en sus mejillas. —Cuando llegué aquí, aprendí a hacer surf. Tuve que abandonarlo cuando empecé a trabajar veinticuatro horas por día.

—¿En serio? Yo también hacía surf. Con traje de neoprene, por supuesto. Me crié en Monterrey.

—Bueno, en Redondo hace más calor, pero el lugar que más me gusta es Newport.

Compartieron historias. Nina no pudo evitar que Genevieve le gustara. La creía muy capaz de decir algunas mentirillas sobre el surf, aunque no creía posible sorprenderla en una mentira importante. Sin embargo, ¿no era ella acaso una persona que por su especialidad sería capaz de investigar los antecedentes de Nina, buscando puntos de contacto antes de aparecer en la entrevista? Disfrutaba de la conversación y tuvo que reconocer la estrategia de Genevieve, si de eso se trataba.

—Debo decirle que nunca antes trabajé con un especialista en jurados. Tengo mis dudas al respecto.

—Soy la primera —repuso Genevieve—. Lo tomo como un cumplido.

—Debe entender que usted será una asesora. Quiero tener el beneficio de todos sus conocimientos, pero me reservo el derecho a tomar mis propias decisiones.

—Si desea ganar, me escuchará. ¿Qué es lo que sabe usted exactamente del trabajo que yo hago?

—Muy poco.

—Todo comenzó hace más o menos veinte años, con el juicio de Harrisburg Seven. Ésa fue la primera vez que se emplearon estas técnicas para asistir a la defensa en la selección de los jurados.

—¿Ganaron?

—Ese caso estaba resuelto la noche anterior al comienzo del juicio —dijo Genevieve—. Pero desde entonces, los especialistas en ciencias sociales han demostrado que, cuando estas técnicas son empleadas por un profesional bien informado, funcionan. Nómbreme cualquier juicio reciente de importancia, y yo apuesto cinco contra uno a que emplearon a un especialista en jurados.

—No sé la razón por la que me hace sentir incómoda —dijo Nina—. Tal vez sea porque no me gusta la idea de manipular al jurado... Pero, por supuesto, eso es lo que yo trato de hacer en todo momento.

—Querida, hay una guerra allá afuera. Y uno nunca puede estar seguro de cómo votarán esas personas cuando estén encerradas en la sala del jurado.

—Tiene razón. Siempre existen circunstancias que pueden estropear el trabajo.

—Muy cierto —convino con vehemencia Genevieve—. Las circunstancias seguirán siendo el factor dominante en el resultado de cualquier juicio, con independencia de cuán esmerada haya sido la selección del jurado. Sin embargo, las circunstancias son lo que la gente llegue a creer, pero el modo en que reaccione ante ellas dependerá de nuestra intervención. Hoy, yo diría que es una mala praxis jurídica no emplear los servicios de un especialista en jurados.

—Gracioso, ¿no? Winston dijo lo mismo. Supongo que eso me convierte en una anticuada abogada de pueblo que comete mala praxis a diestra y siniestra —dijo Nina.

—Sí, sencillamente una abogada de pueblo. No mucho, ¿no le parece? Cuando podría ser una superestrella —Genevieve hablaba sin una gota de sarcasmo. —Usted es atractiva; eso es una gran ventaja para la mayoría de los jurados. Le falta un poco de estatura, pero una sesión en la zapatería pondrá remedio a eso. Y ese pelo largo... —Meneó la cabeza con gesto desaprobador. —Tal vez podría pensar en cortárselo. De lo contrario, trabajaremos en el estilo del peinado. Eso nos deja su ropa y su... actitud para más tarde.

—Muy amable de su parte no seguir criticando.

Esta vez, Genevieve no pudo pasar por alto la irritación de Nina. Se rió.

—Ya se acostumbrará a mí. La perseguiré más que su propia madre. Ahora, ¿cuál es el trato? ¿Haremos esto juntas o no? Haré para usted un trabajo excelente.

—Si podemos llegar a un acuerdo financiero. Usted recibirá el grueso de sus honorarios al final del juicio...

—Estudiaremos esos detalles más tarde. Mientras tanto, permítame decirle qué más haré por usted.

Nina empujó su plato vacío y se acomodó contra el respaldo de su silla.

—Desde ahora pasaré mucho tiempo aquí. Comenzaremos con un cuestionario telefónico para la gente que figura en la lista de jurados de este condado. Eso es para tener una idea de quiénes viven aquí, sus prejuicios, el tipo de trabajo que hacen, sus inclinaciones políticas, sus afiliaciones, etcétera. Con esa información, yo decido si la lista del jurado refleja esa población. Si no es un grupo favorable, podríamos solicitar una ampliación de fuente. Creo que en este condado, en El Dorado, uno puede solicitar que la fuente se incremente con jurados de otros condados vecinos. Eso podría sernos útil. Lo averiguaré.

—¿Qué clase de preguntas hace? —preguntó Nina.

—Preguntas que nos ayudarán a establecer las características de personalidad fundamentales. Después nos reunimos las dos para analizar los resultados de la encuesta. Es lo que yo llamo análisis de los factores: la línea de base; creo una escala de factores para predecir la factibilidad del jurado. Ahí es donde decidimos cuáles son los temas importantes en este caso y con qué conjunto de opiniones contamos, factores determinantes como la posición económica, los prejuicios raciales, las posiciones respecto de la igualdad en las retribuciones, y cosas por el estilo que terminarán siendo factores decisivos.

—¡Por favor, no quiero gráficos!

—Los esconderé en un agujero en la pared y jamás le diré dónde están —prometió Genevieve.

—¿Y eso último que usted nombró, la igualdad en las retribuciones?

—Es una antigua idea. Aristóteles fue el primero en definirla. Usted me oirá hablar mucho de este concepto. El tema es saber hasta qué punto cierto miembro del jurado tolerará la desigualdad en una relación.

—Como en la relación entre Mike y Lindy Markov.

—Correcto. Resolveré qué tipos de personas son más factibles de recomendar remedios determinados para la desigualdad que particularmente se percibe en este caso. Un buen remedio para nuestra clienta serían pilas de billetes verdes. —La idea la entusiasmó. Extendió las manos vacías como si estuviera viendo una pila imaginaria de dinero.

—No puedo criticar eso —dijo Nina.

—Lo más importante que yo hago antes del juicio es trabajar con usted para elaborar dos perfiles de jurado: uno amigo y el otro enemigo. Eso requiere cruzar información, empleando por lo menos dos conceptos comunes: la regresión múltiple y la detección por interacción automática, a fin de averiguar las características que necesitamos conocer y saber cómo combinarlas para crear un Frankenstein bueno y otro malo.

—No creo entender de lo que habla.

—Disculpe, comencé a hablar en mi jerga. No debe preocuparse por todas estas cosas.

—Está bien.

—Después de eso, trabajaremos juntas en las preguntas para la selección del jurado. Y le ayudaré a resolver cuáles son los hechos que hay que enfatizar y cuáles no para hacer su alegato inicial. Y cómo presentar las pruebas. Y...

La mente de Nina giraba como en un remolino ante las posibilidades que Genevieve le presentaba, al mismo tiempo que cavilaba sobre el compromiso ante sus propios principios. Su forma de actuar no era la forma de actuar de Genevieve. Pero no tenía otra salida. Necesitaba a Winston y él había insistido en el trabajo de Genevieve. Así que trataría de aprovechar al máximo la situación, aceptando lo que conviniera a sus propósitos y desechando el resto.

—¿No puede hacer todo esto usted sola?

—En Los Angeles tengo dos asistentes que harán las entrevistas telefónicas y me ayudarán a cotejar los datos. Después necesitaremos los servicios de un investigador privado. Puedo recomendarle a...

—Está bien. Trabajo con uno de Carmel. Se llama Paul Van Wagoner.

—Si podemos tener con anticipación la lista de posibles jurados, el detective debería hacer una recorrida por la ciudad y hablar con los vecinos y amigos para darnos alguna información de antemano. De lo contrario, mientras el juez y los abogados entrevistan candidatos durante la selección del jurado, él debería ir a revolver los tachos de basura para que podamos tomar una decisión con fundamentos respecto de las recusaciones de jurados con y sin ella.

En apariencia, detrás de todo lo que Genevieve hacía existía un sesgo científico disparatado. Tal vez aquello diera resultado, al dar precisión a una parte de la práctica legal que siempre se había manejado por pura corazonada. Genevieve era como un ejército que atacaba subrepticiamente los flancos de Riesner... Por supuesto, él también contaría con los servicios de un especialista en jurados.

Aunque Nina había ido preparada para detestar y meramente tolerar a quien consideraba una advenediza, descubrió que disfrutaba de la joven sonriente sentada frente a ella, con toda la atención puesta en juguetear con un tenedor entre sus dedos nerviosos.

—Tal vez haya perdido dinero al no emplear antes a un especialista en jurados.

—Por supuesto que es así, pero nunca es demasiado tarde para empezar —respondió Genevieve—. Usted, Winston y yo vamos a darle a ese ricachón una lección que no olvidará jamás. —Se llevó la servilleta a los labios y dijo: —¿No tenemos tiempo para ir a las máquinas? La última vez que estuve aquí gané mil cien dólares. Tres sietes rojos consecutivos. Tenía que sacar una serie de sietes rojos, blancos y azules para ganarme el automóvil. ¡Quedé tan enojada...!

Genevieve jugó como un niño con el dinero del Monopoly, gastando cien dólares en el término de un cuarto de hora. Nina fue a la máquina para jugar con monedas de veinticinco centavos y perdió veinte dólares. Pero una cosa aprendió de Genevieve en aquellos quince minutos: podría hablar de estadísticas hasta que todo el mundo quedara tieso, pero llevaba el juego en el alma. El casino sacaba a la luz ese rasgo básico de su personalidad.

Nina pensó que todo aquello unía a Genevieve, Winston y ella misma. Codo a codo, tres jugadores en una tinaja.

CAPÍTULO 7

Lindy, tendida boca abajo sobre la arena fría, escuchaba las aguas oscuras que bañaban la playa. Esa franja de tierra que recorría el borde de la propiedad le pertenecía, y ahora un juez había ordenado que ella se marchara.

En algún momento, después de la medianoche, había abierto los ojos mientras dormía en la habitación de huéspedes en la casa de Alice. Sucedió después de haber tenido un sueño del que no le quedaban imágenes, sino tan sólo una gran urgencia. Sintió que la impresión de aquel instante le quemaba el pecho.

Esa urgencia, parecida a lo que precedía a un orgasmo, era siempre explosiva. Como le había pasado durante años, sus ardientes deseos físicos estaban fijos en Mike. Lo necesitaba a él, y el bienestar de sus brazos, que siempre había buscado cuando las cosas no iban bien. Debía hablarle. Se levantó de la cama, se puso un pantalón deportivo y una chaqueta y después fue hasta el comedor oscuro a buscar las llaves de la casa.

Cuando llegó al portón de entrada de la propiedad que había compartido con Mike, su estado de ánimo ya no era el mismo. Sobre las flechas de hierro del portón había un nuevo cartel que decía: "PROHIBIDA LA ENTRADA". Probablemente Mike lo había puesto allí para los periodistas, aunque ahora también estuviera dirigido a ella. Caminó por el contorno de la cerca hasta el pequeño portón del otro extremo en el bosque. Lo saltó y caminó hacia el agua; se tendió cerca del muelle, para poder ordenar sus pensamientos, mientras la opresión del pecho crecía cada vez más, como si el corazón deseara fracturarlo. Si hubiese tenido algunas piedras pequeñas, las habría arrojado a la ventana del dormitorio de Mike para anunciarle que ella lo esperaba. Quería hacer algo que le indicara cuán enojada se sentía. Cuán herida estaba.

Por un momento, Lindy se perdió en el sonido rítmico del oleaje y la sensación fría y áspera que le transmitía la arena. Una bandada de gansos graznó en el cielo, volando hacia un tardío encuentro en el sur. La brisa le acariciaba con suavidad la espalda y le agitaba el pelo. Recordó otras veces en que se había despertado en medio de la noche, después de la muerte de su padre.

Cuando su padre murió, ella quedó sin apoyo alguno. Solía permanecer tendida en la cama mirando el techo, imaginando la muerte, preguntándose cómo sería no existir y estar en la nada; a veces, a la mañana, su impasibilidad llegaba hasta tal punto que casi no podía sustraerse de ese estado de ánimo.

Su tía Beth, que a menudo aparecía cuando había problemas, la llevó a vivir con ella. Cuando Lindy cumplió diecisiete años, consiguió un empleo en una cafetería en Henderson y alquiló una habitación en la ciudad. Lindy gastaba sólo su salario y ahorraba todas las propinas, que guardaba en un gran frasco vacío de verduras encurtidas, una de las antigüedades que conservaba su tía, Dios sabría por qué. Un día, después de haber ahorrado suficiente dinero, se puso su chaqueta del Ejército de Salvación y se presentó para un puesto de secretaria en una concesionaria de automotores, Mill City.

Unos años más tarde trabajó en un casino en Ely haciendo reservas para espectáculos. Allí ganó lo suficiente como para alquilar un departamento, enviar a su tía Beth cien dólares todos los meses y hacer cursos nocturnos en la escuela comercial. Se ganó la reputación de mujer luchadora; jamás llegaba tarde, nunca faltaba al trabajo y siempre rendía al máximo.

Tras un breve y desafortunado matrimonio, conoció a Mike. Él trabajaba como guardaespaldas en un club nocturno; era un tipo de treinta y cinco años —diez años mayor que ella—, aunque en muchos aspectos se comportaba como un niño. Tenía la misma altura que Lindy —un metro setenta— y una expresión infantil de sorpresa, con las cejas arqueadas, como si aún no pudiese creer que había caído por knock out de una trompada. Después de sesenta peleas, treinta y dos como profesional, le habían golpeado un ojo tantas veces que la Comisión de Boxeo del estado de Nevada declaró que lo perdería si seguía peleando.

A Mike no le importaba nada, ya que en su opinión, aún le quedaba el otro ojo. Se negó a aceptar que sus días de boxeo habían terminado. Había nacido en el seno de una familia pobre de inmigrantes rusos que en la década de los 40 se había establecido en Rochester, Nueva York, y que tenía puesta toda su fe en el mundo que él algún día conquistaría; si continuaba boxeando podría enviarle dinero a su hermano menor, que tenía aptitudes para el estudio.

A la hora de salida del trabajo, a las cinco en punto, Mike comenzaba su turno y se paraba en la puerta para saludarla. Lindy se divertía con las bromas tontas que él le hacía, aunque no dejaba de despertarle cierta preocupación. Un día se armó de coraje y lo invitó a cenar en su casa.

Fue a mediados del verano, en medio de aquel desierto, con treinta y ocho grados de temperatura en la ciudad; se había roto el aparato de aire acondicionado de su departamento. No pudo cocinar nada, así que comieron aceitunas, galletas y queso, y bebieron una vodka rusa barata mezclada con 7UP, sentados en la escalera de incendios, que daba a la calle principal. Mike no le había dado ni un beso, pero al día siguiente apareció con un acondicionador de aire, lo instaló en la ventana y después se besaron sobre el polvoriento sofá rojo de la sala de estar.

Aquél fue el día más feliz de su vida, porque volvía a ser importante para alguien.

—Papá —dijo Lindy, agitada, y rodó por la arena hasta quedar de cara al cielo—. ¿Estás ahí?

No hubo respuesta. Se había ido; había desaparecido para siempre en algún lugar, un lugar imposible de alcanzar, dejando en su corazón una herida abierta. Se paró y empezó a caminar hacia la enorme mansión.

Sammy, el rottweiler, fue corriendo hacia ella, meneando todo el cuarto trasero cuando la reconoció.

—Sammy —le susurró, y se agachó un poco para rascarle detrás de las orejas—. ¿Qué haces aquí afuera? Tu puesto está en la casa. Se supone que tienes que cuidar a Mike —le dijo, frotándole el lomo. Pero entonces recordó. A Rachel no le gustaba Sammy. Seguro que no lo quería dentro de la casa. El animal la siguió en silencio mientras Lindy subía los escalones anchos de madera que llegaban a la puerta trasera.

Hizo girar la llave en la cerradura; la puerta se abrió sin hacer ningún ruido. Su reloj de pulsera marcaba las tres y media.

En la cocina oscura sólo se oía el zumbido del refrigerador. ¡Qué extraño tener que caminar a escondidas en su propia casa! Abrió y cerró algunos cajones, tal vez para tranquilizarse con el hecho de que ésa era su casa, a pesar de que la sentía extraña. Sin pensarlo, de uno de los cajones tomó el cuchillo más filoso, uno de sus favoritos, que siempre usaba para despuntar zanahorias. Había comprado aquel cuchillo en Williams Sonoma, en uno de los viajes a Bay. Con frecuencia lo había empleado para ayudar al ama de llaves en la preparación de alguna comida. Sin duda, ese cuchillo le pertenecía.

Recorrió el pasillo silencioso y oscuro que llevaba a la recepción, donde una gran escalera se desplegaba en una curva hacia los pisos superiores. En los grandes salones sus pasos parecían resonar con los ruidos de fiestas pasadas.

Sintió la calidez de la baranda. Dejó que su mano se deslizara por la superficie suave, mientras subía por aquella escalera de la que se había sentido tan orgullosa en los tiempos de la construcción de la casa. Se detuvo en el descanso a la espera de una señal, pero nada se movió. La casa se hallaba sumida en el sueño. Era martes, el día libre del ama de llaves. Florencia vivía en un lugar alejado de la mansión, que Mike llamaba "el calabozo": un departamento de dos habitaciones en el sótano que se abría al talud del parque, en el costado de la casa.

La mullida alfombra persa del corredor amortiguó sus pasos. Se acercó a la puerta del dormitorio. ¡Qué raro parecía todo! Era una extraña dentro de su propia casa. En un pilar, junto a la puerta, el gran florero azul aún contenía las mismas ramas de sauce que ella había puesto allí hacía tres semanas; ahora las ramas estaban secas y cubiertas de polvo, como plantas al cuidado de otra mujer: la nueva dueña de casa.

Usó el cuchillo para abrir la puerta. Mike yacía de espaldas, dormido. Rachel estaba a su lado, acostada boca abajo, con una de las piernas al descubierto y la otra montada sobre la de Mike; el hermoso cabello largo le cubría los hombros.

Los miró largamente, apretando el cuchillo en la mano, luchando por aceptar la prueba que tenía ante sí. Esa prueba que podría al fin hacerle cortar el cordón que aún la unía a Mike. Sentía la vacilante inestabilidad que precede a la muerte.

Mike abrió los ojos. Siempre había tenido un sueño ligero que lo hacía despertar ante el menor ruido. No se movió. Tampoco lo hizo Lindy. Ambos se quedaron mirando durante un momento que pareció una eternidad.

Después, mientras Rachel seguía durmiendo, Mike descorrió con lentitud las cobijas y bajó de la cama sin dejar de mirar a Lindy. En la oscuridad de la habitación, su recia desnudez se desplazó como una sombra entre las sombras. Tomó una vieja bata de lana que estaba en el suelo, se la ciñó y se calzó unas pantuflas. Lindy lo miraba hipnotizada.

Mike se acercó y la tocó. Ese contacto corporal y la calidez de sus dedos obligaron a Lindy a salir del ensueño.

—¿Mike? —dijo en voz casi imperceptible.

—¿Quién otro? —susurró él. Lindy se preguntó si estaría sonriendo.

Percibió el aroma familiar de aquel cuerpo.

Él le hizo una seña con la cabeza para que fueran hacia la puerta. Después, sosteniéndola por una muñeca, la hizo salir del dormitorio. Como en una espectral procesión bajaron las escaleras de vuelta a la cocina y salieron por la puerta trasera. Sammy los alcanzó y empezó a seguirlos de cerca.

Allí, en el sendero, donde podían oír el oleaje del lago, Mike miró el cuchillo y después a ella. De cara a él, Lindy comprobó una vez más la buena pareja que hacían. Era como si sus cuerpos estuvieran moldeados para complementarse, de tal forma que las curvas de ella pudieran desaparecer para acomodarse en las protuberancias y curvas del cuerpo de él. Al cabo de un instante, mientras la brisa silbaba suavemente y los sonidos del lago se aquietaban, Lindy se deleitó con la mutua conciencia de esta realidad. Respiró hondo varias veces y pensó en el cuchillo que tenía en la mano, pero que no deseaba soltar.

—¿Qué haces aquí? —preguntó Mike, en un tono tan suyo que Lindy casi se derritió.

—Nada.

—Acciones, y no palabras —dijo Mike, burlándose amablemente—. El cuchillo, Lindy. Dame el cuchillo.

—No.

—Lindy, si no me das el cuchillo, tendrás que usarlo. No querrás lastimarme, ¿verdad?

Lindy no supo qué contestar. Mike se quedó quieto, esperando pacientemente, aunque con gesto desafiante, mientras la brisa agitaba su bata; tenía el mismo aspecto que cuando estaba en el ring, sin importarle el mundo a pesar del matón que pudiera tener enfrente esperando para arrancarle el corazón. Decidida, levantó el cuchillo de tal forma que la punta rozó el vientre de Mike. Él no se movió, ni siquiera parpadeó. Ése era el Mike que ella conocía. Giró el cuchillo para que él pudiera tomarlo por la empuñadura.

Lo dejó caer en un arbusto bajo que estaba junto al sendero. Lindy hundió el rostro en la áspera lana de la bata, y Mike levantó la mano para acariciarle la cabeza.

—Estoy mal, Mike —dijo—. Te amo.

—Yo también te amo, Lindy —contestó Mike, como en los viejos tiempos, cuando apenas se conocían. Fueron caminando hasta la playa, lejos del bosque; ambos se dejaron caer en la arena.

—Lo siento —dijo él—. No sabes cuánto lo siento. Creo que estaba soñando contigo.

—¿No podríamos...? Por favor...

—No está bien...

Pero la mano de Lindy ya trataba de desatar el cinto de la bata, que en un instante quedó abierta.

—Por favor —suplicó ella.

—¡Oh, Lindy!

Lindy lo rodeó por el cuello y lo atrajo para que se acostara sobre ella; después de estar allí tendido durante un instante que pareció muy largo, las manos de él abrieron la cremallera de los pantalones de Lindy. Por unos segundos, Mike permaneció sobre ella reconfortándola con su peso.

Entonces le brindó su amor, como lo había hecho siempre.

Cuando volvieron a vestirse, se sentaron juntos y abrazados mirando el lago.

—Estoy avergonzado —dijo Mike—. Debería haberlo sabido.

—¿No hay alguna posibilidad...?

—Me casaré con Rachel. —Hablaba sin malicia, casi tan confundido como Lindy ante aquella declaración.

—Ella es tan joven...

—Es comenzar de nuevo. Un día miré alrededor y vi todo distinto. Era como si otro hombre estuviese viviendo mi vida, haciendo todas las cosas de rutina, pagando las cuentas, haciendo el amor, hablando por teléfono; en todo ese tiempo yo miraba desde afuera, sin saber qué diablos sucedía. Ya no podía oír las palabras. No me gustaba lo que veía, este rostro envejecido y estas manos llenas de arrugas. —Levantó los puños. Ambos observaron las manos en la oscuridad, hasta que Mike volvió a dejarlas caer. —Eran... —pensó, pero no pudo encontrar la palabra que deseaba decir.

—Hermosas, Mike. —Como le había dicho muchas veces.

—¿Recuerdas? Como bolas de boliche, lisas al tacto, rápidas... listas para golpear en aquellos callejones oscuros.

—¡Sí que lo recuerdo!

—¿Las ves ahora? —Trató de flexionar las manos. —Casi no puedo doblar los dedos. Creo que tengo artritis. Estoy tan cansado...

—¿De qué? ¿De mí? ¿De la empresa?

—No lo sé. No me siento igual que antes.

—No puedo creerlo.

—Aún me importas.

—Tienes una manera muy rara de demostrarlo.

—No te marches todavía, Lindy. Es posible que no tengamos otra oportunidad de volver a conversar así. Siempre habrá abogados, reporteros...

—El dinero —dijo Lindy.

—Te cuidaré como lo hice siempre.

—¿Tú cuidaste de mí, Mike? ¿O fue al revés?

Mike se encogió de hombros.

—Trabajamos mucho. ¿Recuerdas cuando abrimos el primer gimnasio en Lubbock? Llamé a todo el mundo en la ciudad para encontrar a alguien que te entrenara. Oí que me cortaban la comunicación tantas veces que aun hoy no puedo oír bien de ese oído.

—Pusimos en ese negocio todo lo que teníamos.

—¿Por qué no te casaste conmigo, Mike? Te lo propuse tantas veces...

—No lo sé. —Levantó un puñado de arena y la dejó correr entre los dedos. —¿Ibas a matarme con ese cuchillo?

—No sé.

—Bueno, gracias por no matarme. —Ambos rieron un poco. —Eres tan salvaje, Lindy... ¿Recuerdas lo que le hiciste a Gil antes del divorcio, cuando se separaron? Sesenta y dos puntadas. No lo olvidé.

—No me hagas acordar. Pero la verdad es que se lo merecía. Esa mierda se casó conmigo con el único propósito de poner las manos en mi dinero. Planeó todo para robarme y humillarme. De todos modos, ¿quién iba a imaginar que ese florero se rompería de esa forma? —dijo Lindy.

—Creo que ése es tu defecto más grande, pero al mismo tiempo lo más lindo también. Eres tan imprudente; jamás conocí a nadie que pudiera explotar como lo haces tú.

—Tengo mi carácter, pero ahora no estoy enojada. Estaba pensando en el primer año en que no estuvimos en rojo en el banco. Eso sí que fue una Navidad. Tú vestido de Santa, haciéndome el amor sobre la mesa del comedor. Puedes llegar a ser muy divertido.

—¿Crees que soy feliz con lo que te hice? ¿Y con lo que tú me estás haciendo ahora? ¡Ah, Lindy! Las cosas han cambiado.

—¿Así que te casas? —Lindy se sopló las manos para calentárselas. —Estúpido hijo de puta. Dudo de que a ella le importes. Sólo ve el dinero. Se guía por el color del dólar.

—Dice que me ama. Tal vez tengamos un hijo.

—Yo te di una empresa. Ése fue nuestro hijo.

—Fue mi empresa. Yo la empecé. Mis puños y mis manos la hicieron posible.

—Mi cerebro y mi palabra. Ambos la hicimos posible, y tú lo sabes. —Lindy deseaba seguir retrucándole, pero algo la hizo detener; una inextinguible fe en el futuro le indicaba que no dijera algo de lo que pudiera arrepentirse. —¡Qué pérdida de tiempo, tener que hablar así los dos! —dijo—. No cambiará nada. No significa nada. Es lo mismo que oír ladrar a Sammy.

—No quiero hacerte abrigar falsas expectativas. Tú y yo... hemos terminado. Permíteme cuidarte. Te enviaré un cheque todos los meses.

—Gracias por el ofrecimiento, pero no quiero tu caridad. Quiero que recuerdes lo que hicimos juntos. De eso se trata: amor mutuo. Respeto. Generosidad. ¿Qué es lo que pasó contigo? ¿Te has olvidado de todo?

—Hablando de eso, Lindy, necesito que me hagas un favor.

—¿Qué?

—Quita a esa abogada de mi espalda y haz que se retire el síndico de mi empresa. Tú sabes cómo hemos hecho los negocios en Markov. Nuestros acuerdos se basan en la confianza. Debemos ser flexibles para aprovechar los mercados. Un síndico sería nuestra muerte.

—Nina ya me explicó eso. Sólo estará allí para supervisar.

—¡Lo que va a supervisar es cómo nos hace ir a la quiebra!

—Tú no permitirás que eso suceda, Mike.

—Por favor, no me vengas con eso ahora, Lindy. Piensa en lo que te dije. —Miró hacia la casa. —Debo irme antes de que ella se despierte —dijo Mike, levantando el mentón de Lindy con dos dedos y cambiando de estado de ánimo tan pronto como el día comenzaba de despuntar—. ¿No es increíble que hayamos llegado a esto? —No señaló el cuchillo, pero Lindy supo que ambos lo pensaban. —¿No es descabellado?

—Descabellado —murmuró Lindy. Se quedaron parados, uno frente al otro, como un par de copas de champán, como un par de soportes para libros, como un par de medias. Uno hecho para el otro.

Mike le acarició la mejilla con el gesto típico de la vida que habían compartido; por un instante Lindy recordó la maravillosa pareja que habían formado.

De pronto, a la luz de aquel día gris, apareció Rachel corriendo hacia donde estaban ellos, cubierta por una bata de satén, con el cabello al viento como si fueran las alas de un cuervo.

—¿Qué sucede aquí? —dijo a los gritos, acercándose a Mike con la respiración agitada.

—Nada. Lindy y yo teníamos que hablar.

—¿A esta hora?

—No —dijo Lindy—. Está mintiendo. Trata de protegerte. Pero tú tienes derecho a saber. Mike y yo hicimos el amor, en este mismo lugar donde tú estás parada. Y fue fantástico, Rachel. Mejor que nunca.

—¿Qué? —dijo Rachel, retrocediendo. —No. Estás mintiendo. ¿Mike?

—Regresemos a la casa —dijo Mike; la tomó del brazo y le echó a Lindy una mirada furiosa—. Hablaremos allí. —Le apretó el brazo, pero Rachel se soltó.

—No. Hablaremos ahora. ¿Es cierto eso?

—Sí, es cierto.

Mike se había parado entre las dos mujeres, pero ahora se acercó más a Rachel. En el mismo instante, Sammy se puso junto a Lindy. Ella apoyó una mano sobre el animal para acariciarlo, pero ni el cálido pelaje del perro le resultó agradable. Observó a Mike y a Rachel. Vio la forma en que él la miraba; estaba perdido, hechizado.

Mike tomó a Rachel de la mano.

—Rachel, desde que estamos juntos, te juro que jamás he puesto mis manos sobre otra mujer. Esto fue... —Abrió la boca, pero no pudo articular lo que estaba pensando.

Después del silencio que se produjo, Rachel se calmó. Parecía estar pensando.

—Ya sé lo que fue —dijo por fin, mostrando una terrible sonrisa—. Un premio consuelo, ¿no es así, Mike? Es justo ofrecerle un premio consuelo a esta perdedora tan patética.

—Rachel, vamos. No empieces de nuevo —dijo Mike, tranquilo, tratando de hacerla caminar hacia la casa.

—Él me ama —afirmó Lindy—. Siempre me ha amado.

—Si te ama tanto —replicó Rachel—, ¿qué hace aquí conmigo? No, espera. No digas nada. Permíteme contestarte.

—Está aquí conmigo porque él sabe que vamos a subir a esa enorme cama que está allá arriba para hacer el amor de verdad, eso que tú ya no puedes brindarle. Sí —agregó mirando a Lindy con desprecio—. Te aconsejo que vayas a playas sin sol y duermas en cuartos oscuros, sin luces que te iluminen. La luz es tu enemiga.

—¡No me hables así! ¡Mike!

Pero Mike no tenía control sobre Rachel.

—¡Ah, vamos! —dijo la muchacha. —No estoy diciendo nada nuevo que no compruebes todas las mañanas frente al espejo y que te haga correr a buscar la bolsa del maquillaje para disimular esas repulsivas patas de gallo.

—¡Basta ya! —Mike tomó fuerte a Rachel por el brazo, pero ella no se movió.

—Si Mike no tuviera dinero, te esfumarías tan pronto que no tendríamos que notar tu apestoso olor —le espetó Lindy con furia.

—El humor, el humor, Lindy. Tengo entendido que pierdes los estribos cuando estás enojada. Mike me lo advirtió —contestó Rachel.

—Yo... —dijo Lindy, incapaz de terminar la frase, pues sentía cómo la ira crecía en su interior hasta ahogarla.

—¡Tengo una idea! —exclamó Rachel—. Seamos amigos. Lo pasado, pisado. Es la forma civilizada de manejar esto, ¿no te parece? Y como muestra de nuestra nueva relación, te invito ahora mismo a que subas al dormitorio. ¿No es una buena idea, Mike? —¿No crees que sería maravilloso?

—Bueno... —titubeó Mike. Con torpeza, movió los pies en el suelo como si tratara de buscar equilibrio en medio de arenas movedizas.

—De verdad, ¿qué te parece esto para demostrar que somos justos? —Tomó a Mike por el brazo. —Vamos, Mike. Invitémosla a nuestra habitación. Hazle recordar a esta vieja cerda cómo se hace.

Lindy corrió hacia ella y la arrancó de los brazos de Mike.

—¡No sabrías distinguir lo que es amor aunque te mordiera en ese culo lleno de huesos que tienes! —Comenzó a golpear a Rachel con los puños, pero Mike rápidamente se puso detrás de ella y le inmovilizó los brazos.

—¡Sammy! —gritó, luchando frenéticamente por liberarse del puño de hierro de Mike.

Sammy dio un salto. Rachel profirió un alarido cuando el perro la tumbó en el suelo.

—¡Ataca! —gritó Lindy.

Rachel seguía gritando.

—¡Sammy, abajo! ¡Abajo, amigo! —rugió Mike al instante.

—¡Ataca, Sammy! ¡Destrózale el rostro! ¡Arráncale los ojos! ¡Ataca, Sammy! —Mike la apretó más. —¡Ay! ¡Me lastimas!

—¡Abajo, Sammy! —ordenó Mike.

El perro, que oía el alboroto de órdenes incoherentes cada vez más agitado, los miró a ambos. Invadido por la confusión, quedó paralizado y lentamente se alejó de Rachel.

Rachel se puso de pie con dificultad. A los gritos y llorando histérica, corrió hacia la casa. Sammy se acercó a Mike y Lindy, moviendo con timidez la cola.

—Buen muchacho —dijo Mike—. ¡Qué buen muchacho!

Sostuvo a Lindy por los brazos hasta que Rachel entró en la casa. Después la soltó.

—No vuelvas aquí —le dijo—. La próxima vez te denuncio.

—Mike, espera. Hablemos.

Sin decir otra palabra, Mike se volvió y siguió a Rachel a la casa.

—No se casará con ella —se dijo Lindy para sí mientras se sacudía la arena de la ropa y observaba cómo la espalda de Mike se confundía con el brillante fondo del primer sol de la mañana—. Un día se despertará y desaparecerá el demonio que se ha apoderado de él. Volverá a sentir el poder. Y entonces deseará que yo regrese.

LIBRO SEGUNDO

Descubrimientos

Hecho maravilloso sobre el cual reflexionar:
toda criatura humana
constituye para los demás
un profundo y misterioso secreto.
–Charles Dickens

CAPÍTULO 8

Era el 12 de noviembre, una semana y media antes del Día de Acción de Gracias. Nina se despertó en medio del frío que había invadido su casa. Bob hacía ruido en la planta baja. Resultaba evidente que durante la noche Hitchcock se había negado a dormir en su felpudo sobre el frígido suelo de la cocina y se había subido a su cama. ¡Estaba haciéndose arrumacos con el perro! ¿Era ése el destino de una mujer sola?

Empujó al perro hacia un costado, bajó de la cama de un salto, descendió las escaleras corriendo, encendió la calefacción y después regresó a la cama para taparse con el edredón y dejarse arrullar por la caldera que volvía a la vida. Mientras estaba allí tendida, en el delicioso refugio de su dormitorio, pensó en Paul y en cuánto lo extrañaba. A no ser por algunos breves llamados telefónicos, no había sabido mucho de él desde la fiesta de los Markov.

Era como que nunca tenía tiempo de llamarlo. Lo necesitaba para que la ayudara a formarse un panorama imparcial de las empresas Markov y para que llevara a cabo las entrevistas preliminares con una persona a la que Lindy tenía posibilidades de presentar como testigo de la defensa.

Lo necesitaba en la cama.

La casa se calentó y en poco tiempo vio que la cabeza de Bob asomaba por la puerta del dormitorio. Al verla despierta, corrió hacia la ventana y abrió la cortina.

—¡Está nevando! Mamá, tienes que ver esto.

Afuera el aire se había tornado blanco e impalpable. La nieve caía tan intensamente que casi no se veía, aunque su blancura se extendía cubrien[illegible] la calle.

Nina hizo a un lado las cobijas, se puso una bata y acompa[illegible] la planta baja.

—Vístete, Bob. Te llevaré a la escuela. Perdimos el autobús.

—¡Tal vez suspendan las clases por la nevisca!

—Averiguaré. —Mientras Bob ponía su nuevo CD de música africana, ella preparó el café y puso sobre la mesa los tazones para los cereales;

después llamó a la escuela para enterarse de que —gracias a Dios— no habían suspendido las clases.

Bob se sentó a la mesa de la cocina para engullir dos tazones de avena, y Nina subió al dormitorio para vestirse con su traje de lana más abrigado. Para que no se le mojara el pelo debajo del gorro, se hizo un rodete en la nuca.

—¡Bob! ¡No te olvides de llevar el almuerzo!

De la noche a la mañana el otoño había dado paso al invierno. Nina sintió que la euforia empezaba a apoderarse de ella, mientras se ponía la parka, los guantes y las botas, y abría la puerta para pisar la primera nieve de la temporada. Durante la noche, la vieja chatarra de sus vecinos se había convertido en una escultura de hielo, y los árboles estaban adornados de blanco. Ni una gota de viento soplaba para agitar el aire, y los copos fríos se derretían sobre sus mejillas.

Subieron a la camioneta y Nina puso la tracción en las cuatro ruedas con la esperanza de no tener que bajarse de nuevo para abrir un paso en el camino de entrada para coches, donde había una montaña de nieve; por fortuna, la camioneta avanzó sin problemas.

—¿Cuál es el apuro, mamá? —preguntó Bob cuando patinaron ligeramente en una curva.

Nina aminoró la velocidad.

—Estamos tratando de avanzar con las declaraciones juradas de los Markov, pero tenemos problemas con el abogado de Mike Markov.

—Declaración jurada. Eso se hace cuando interrogas a la gente involucrada en el caso y todo se pone por escrito, ¿no? Y después los puedes hacer trizas cuando ellos declaran algo diferente durante el juicio.

—¿Cómo lo sabes?

Bob se encogió de hombros.

—Creo que lo vi por televisión.

Cuando llegaron a la escuela de Bob, había un montón de camionetas en el estacionamiento. Nina besó a su hijo para despedirse y lo contempló correr por la nieve a pesar de lo resbaladizo de la superficie y el peso de la mochila.

Durante el resto de noviembre y comienzos de diciembre, Nina siguió [illegible]do con Riesner por los documentos que debían acompañar las decla[illegible]juradas; hubo que posponerlas dos veces, para poder presentarlas en la vista de la causa y obtener el turno para que fueran interrogadas las partes. Riesner no atendía los llamados, y ella se veía obligada a enviar por fax todas las comunicaciones.

Por su parte, la cortesía profesional de Riesner consistía en enviarle las mociones también por fax a las cinco de la tarde del viernes; de esta forma,

Nina las recibía el lunes y perdía tres días en la preparación de los documentos; tampoco dejaba de lado las informales conferencias de prensa que sólo tenían por objeto influir en la selección del jurado, además de negarse a contestar por escrito todas y cada una de las preguntas.

Nina había sabido de antemano cómo iba a ser aquello y retribuía cada una de las artimañas de Riesner, inclusive agregando algunas de su propia cosecha. Se hizo amiga de Barbet Schroeder, del *Tahoe Mirror*, y una vez por semana le ofrecía deliciosos bocadillos hasta lograr que Barbet la siguiera por todas partes con la lengua afuera y ávida de noticias. La llamó el productor de un programa que se transmitía por televisión desde la corte y le pidió su opinión sobre la televisación del juicio. Aquello le quitó el sueño varias noches. Al fin, y para su suerte, el productor volvió a llamarla para anunciarle que no podría llevar a cabo el proyecto porque en Indianapolis se estaba desarrollando un jugoso juicio por abuso sexual seguido de asesinato, y ellos habían decidido televisarlo.

Lindy la llamaba casi todos los días, para exigirle detallados informes sobre el progreso del juicio.

—Pero esto va muy rápido —le recordó Nina.

—De lo que estoy segura es de que mi ruina económica va rápido. Siempre que vamos al centro, Alice debe pagar todo. Odio tener que tolerar eso. Siento como que de pronto le debo algo a todo el mundo. Quiero que se resuelva cuanto antes. Quiero ver el rostro de Rachel cuando Mike pierda. Quiero mi dinero.

Nina sabía cómo se sentía.

Lindy pasaba buena parte de su tiempo junto a Alice, haciendo escándalos en los casinos. Unas pocas referencias en el diario dieron paso a toda una página llena de habladurías en un diario de San Francisco, después de un incidente, cuando las dos mujeres fueron expulsadas del Prize's Club.

En uno de los llamados nocturnos que recibía en su casa de parte de Lindy, Nina quiso saber qué había sucedido.

—Explotan cada detalle de mi vida que esté fuera de lo permitido —se justificó Lindy—. Aunque el único real fue el de esa noche en particular. La noche antes de ir a Prize's vi a Mike. No quería entrar en esto. Me sentí muy mal. Alice y yo salimos a la noche siguiente a jugar a los dados. Supongo que tenía encima más alcohol de la cuenta. Alice casi nunca bebe, pero ahora lo hace para acompañarme. Empezamos a tocar el tema del divorcio, y eso la enfureció. Bueno, usted sabe cómo se pone. Sacó ese estúpido revólver. Fue a la mesa de dados y lanzó algunos disparos al azar.

—¡Dios mío! —exclamó Nina—. ¿Lastimó a alguien?

—No, sólo le dio a la mesa —respondió Lindy. A esa altura, había comenzado a reírse. —Es una loca. No sé si lo hace por rabia o, simplemente, como estoy perdiendo, desea alegrarme. Dudo de que se lo diga a usted.

—¿Las arrestaron?

—Alice conocía al jefe de croupiers, así que no llamaron a la policía. Sencillamente, nos arrojaron a la calle como si fuéramos dos bolsas de patatas.

—Lindy, esto es serio. No importa lo mal que se sienta; debe mantener un perfil bajo. Todos los jurados para el juicio serán personas de bajo perfil. No querrá que lean por ahí sobre sus desbocadas hazañas de borracha, justo cuando tienen que decidir si es justo darle a usted dinero por ser una empresaria tan tesonera.

—Tiene razón, Nina. Lo siento.

—Y otra cosa: su amiga no debería tener un revólver.

—Ya no lo tiene. Se lo saqué en el momento.

—¿Dónde está?

—Lo escondí en una de mis maletas. Alice no buscará allí, porque es una fanática de la intimidad.

Después de llamar durante semanas al número de Paul en Carmel sin encontrarlo, Nina decidió llamar a su oficina antes de Navidad; allí le dieron un nuevo número, en Washington.

—Corre tan rápido como quieras —bromeó Nina cuando él contestó el llamado—, pero seguiré sabiendo dónde estás.

—Podría jurar que te dejé mi nuevo número en el contestador, una noche solitaria cuando seguramente tú estabas por allí de parranda con otro hombre.

—Lo más probable es que haya tenido una reunión de última hora.

—¡Ja, ja! —replicó él, aunque no parecía enojado.

—De todos modos, siento no haber podido llamarte más a menudo. Estoy tapada de trabajo. ¿Por qué cambiaste de hotel?

—Me mudaron a un departamento en Watergate. Es más cómodo que una habitación de hotel.

—Es más un lugar para el largo plazo —dijo ella.

—Bueno, sí. No podía pasar todo el tiempo en un hotel. Eso no es vida.

—No —convino Nina, aunque en realidad prefería creer que él no tenía ninguna vida allí.

—Nina, te encantaría este lugar —le dijo Paul, cambiando de tema—. ¡Uno está en el centro de todo! Adivina con quién me encontré en el ascensor del edificio donde trabajo. Con Ralph Nader. Y después, un día vi a Henry Kissinger en una tienda de comestibles en Georgetown. Es tan distinto de California... La historia está aquí... bueno, a la vuelta de la esquina, comprando chocolates.

—¡Caramba! —exclamó Nina—. Parece que lo estás disfrutando.

Él le aseguró que no era así, que la extrañaba, y también a todos los amigos de las montañas; con tono ligero, siguió preguntando por Bob,

Andrea y Matt. Hablaron por un rato para ponerse al día con las novedades. Después Nina le hizo la pregunta más importante que tenía en la cabeza.

—¿Cuándo regresas?

—No antes de fines de enero. Debo quedarme para Navidad.

—¡Oh, no! —se quejó Nina—. Puedes tomarte unos días. Di que puedes. Creí que podríamos escaparnos a algún lugar para esquiar durante las vacaciones. Yo no tengo mucho tiempo, pero pensé que tal vez pasaríamos un fin de semana en la posada del valle Squaw.

—Hay una alternativa.

—¿Cuál?

—Envuélvete con un bonito moño, ponte en un avión y aparece en el umbral de mi puerta.

—¿Quieres que viaje a Washington?

—Querer es poco. Suspiro por ello. Lo deseo.

—Paul, yo también estoy ocupada. Aunque Bob y yo nos reunamos para Navidad en casa de Matt, todavía tengo que comprar los regalos, decorar el árbol, hacer infinidad de cosas. No puedo desaparecer de buenas a primeras.

—Si tú lo prefieres de esa forma —repuso Paul, con tono molesto.

—Así son las cosas —dijo ella—. A mí me sucede lo mismo que a ti.

Paul tuvo que consolarse. Al final aceptó llamarla para anunciarle cuándo dispondría de un poco de tiempo para ayudar en el caso Markov.

La dejó llena de expectativas cuando le contó que no veía el momento de mostrarle algo nuevo que había inventado, algo que tenía que ver con los cuatro postes de su nueva cama de pino.

Las fiestas llegaron y se fueron en una sucesión de colores verdes y rojos, y una cantidad de visitas familiares. Bob parecía feliz con el nuevo software que ella le compró con el poco dinero que alcanzó a ahorrar, y no insistió con el proyecto de viajar para ver al padre. Nina sabía que no se había olvidado. Solamente no deseaba herirla.

A fin de mantener a Winston informado sobre el desarrollo del juicio y, de esa forma, también tenerlo interesado, Nina siguió enviándole copias de todos los escritos y alegatos. Él la llamaba con frecuencia ofreciéndole palabras de aliento y algunos excelentes consejos de estrategia legal, aunque siempre parecía demasiado envuelto en sus propios asuntos como para viajar a Tahoe. De esa manera, sin que él nunca lo expresara llanamente, Nina tomó conciencia de que los abogados famosos no se manchan las manos con las pequeñas y sucias diligencias que preceden a un juicio.

Genevieve se quedó en Tahoe el tiempo suficiente como para observar a Nina unas pocas veces y atender un breve juicio civil en otro asunto en el cual Riesner era el abogado querellante. En otras palabras, y tal como ella lo expresó, "para encontrarle el punto débil". Antes de que se marchara, Genevieve y Nina arreglaron una llamada en conferencia con Winston; el abogado opinaba como Genevieve en el sentido de que Riesner, durante el juicio, interpelaría a testigos con personalidades poco desarrolladas, a los que no les gustara tomar sus propias decisiones, y a tipos más conservadores cuando deseara endurecer su propia posición.

Después se encargaron de hablar sobre los posibles testigos de Mike. Nina les dijo que, aparte del propio Mike, su novia representaría la mayor amenaza si lograba despojarse ante el jurado de los prejuicios sobre su credibilidad. Rachel Pembroke tenía una larga historia en las empresas Markov, una posición de responsabilidad y una visión personal sobre la relación de los Markov, que, sin duda, reforzaría la posición de Mike.

Después, a sugerencia de Genevieve, los tres elucubraron lo que ella llamó el "mantra" de este caso.

—Pongamos todo en cuatro o cinco palabras —insistió—. Busquemos inspiración mientras recogemos las redes en medio de este mar de incidentes.

—Lo sabremos cuando lo veamos —dijo Nina—, tal como lo expresó el juez Potter Steward.

—Es la hora de la esposa trofeo —sugirió Winston.

—¡Oh, eso es bueno! —exclamó Genevieve.

—Ella lo hizo rico y ahora él la abandona —propuso Nina.

—Demasiado largo —objetó Genevieve—. Necesitamos algo capcioso, como: "¿Dónde está la carne?".

Winston rió.

—Esto suena a cínico de nuestra parte. —Nina suavizó la crítica al incluirse. —En este caso hay cuestiones importantes. Cosas como: ¿qué es el matrimonio? ¿Qué es en realidad una familia? ¿Me entienden?

—Me gusta —dijo Winston—. ¿Qué es una familia? Sólo que eso no abarca el aspecto empresario.

Los tres terminaron con algo que Lindy le había contado a Nina: "La empresa fue nuestro hijo". Aquello resumía la posición de Lindy. A Nina le gustó porque parecía llegar al fondo de la verdad: la verdad emocional que ella esperaba que adoptara el jurado.

Afuera, la nieve cubría las carreteras y los bosques. Los colores verde oliva, canela y azul del paisaje se habían transformado en blancos y azules enceguecedores, mientras el valle Squaw, Heavenly, Sierra Ski Ranch y otros lugares de temporada se apresuraban a poner en funcionamiento la mayor cantidad de dispositivos de elevación. La ciudad volvió a llenarse de turistas después del sosiego temporario del otoño. La temporada invernal había comenzado.

• • •

El primer martes de enero comenzaron las declaraciones. Por una vez, Nina llegó antes que Sandy a la oficina y pasó una hora revisando notas antes de que apareciera su asistente.

A las diez en punto, las partes se encontraron en el pequeño salón de reuniones de la oficina de Nina. Después de la memorable batalla que tuvo lugar durante la audiencia preliminar, se decretó que Mike Markov tendría el honor de ser interrogado en primer término. Se establecieron reglas especiales para limitar la cantidad de horas de interrogatorio por día; Nina sólo podría hacer uso de dos días con Mike. Y ahora lo tenía sentado enfrente de ella.

Después de hacer un breve comentario sobre el lamentable desarreglo de su sala de reunión y acerca de la simplicidad del lugar, Riesner se mostró sospechosamente tranquilo y callado. Estaba sentado en la silla de la izquierda. En el extremo de la mesa, la taquígrafa oficial, Madeleine Smith, trataba de suavizar la tensión hablando sobre lo maravilloso que estaba el tiempo. Vestida con unos pantalones color beige metidos dentro de las botas y un suéter tejido que le llegaba casi hasta las rodillas, Lindy se movió nerviosa, al parecer incómoda. En una semana sería su turno.

—¿Jura usted decir toda la verdad? —Mike levantó la mano derecha y la funcionaria de la corte lo hizo jurar. Tenía puesta una chaqueta deportiva de lana sobre una camisa que llevaba con el cuello abierto. El cabello negro prolijamente peinado hacia atrás y el rostro bronceado brillaban un poco por la acción del agua y el jabón. Mostraba una extraña expresión. Nina no podía identificar bien qué era. ¿Vergüenza? ¿Culpa?

A un metro de distancia, no parecía el malvado dictador que ella había tratado de imaginarse; sin embargo, Riesner sí lo parecía. Llevaba puesto un anillo de Stanford —su amuleto personal— en la mano perfectamente acicalada que descansaba sobre una pila de papeles. Los labios dibujaban una expresión, pero Nina no podía afirmar que fuera una sonrisa.

Nina colocó su nuevo portafolios de cuero —regalo de su padre— directamente delante de ella, procurando que Riesner lo notara y sintiéndose un tanto superficial. Hacía unos meses, cuando Riesner había visitado por primera vez su oficina, Nina sintió que con una sola mirada el abogado se había dado cuenta de lo que ella era: una profesional insignificante con los bolsillos vacíos. Nina no podía competir en ese nivel, pero ante Dios juraba que exhibiría todo lo que poseía.

—Muy bien —dijo Nina—. Señor Markov, el primero de noviembre se le notificó que debía presentar los documentos numerados del uno al treinta y cinco. En consecuencia, se solicitó que trajera todos esos documentos para la declaración jurada que usted hará en este momento.

—Ha cumplido con los requerimientos, salvo modificaciones hechas en audiencias posteriores —intervino Riesner—. Aquí están las actuaciones numeradas de la uno a la treinta y cinco.

—Gracias. Marquemos los documentos como elementos de prueba. —Mientras se colocaban las etiquetas adhesivas en cada uno de los documentos, no se pronunció palabra alguna. Lindy miró a Mike; Mike le devolvió una mirada furiosa. Riesner suspiró, se sentó contra el respaldo y se cruzó de piernas. Hacía demasiado calor en la sala. Nina escribía resúmenes en un anotador. Afuera, los automóviles se deslizaban en la nieve por la calle donde apenas se había abierto un surco.

—Muy bien. Documento de prueba número uno del querellante. Todos los registros, memorandos, notas, comunicaciones por escrito y cualquier otro tipo de documento, no importa su naturaleza, tendientes a sustentar la afirmación por parte del demandado acerca de que las partes acordaron que las empresas y otros bienes en cuestión debían estar y permanecer en propiedad de Mikhail Markov —leyó Nina.

—Que conste en actas —comenzó a hablar Riesner—. Mi defendido continúa objetando a este requerimiento sobre la base de que es demasiado amplio, requiere una conclusión, es vago, ambiguo e ininteligible, y todos los demás fundamentos presentados en nuestra objeción durante la vista de la causa la semana pasada.

—Se ha tomado debida nota —dijo secamente Nina. Riesner podría objetar hasta que le diera dolor de garganta, pero de todas maneras tendría que presentar los documentos. Mike aún no había abierto la boca. Riesner le pasó una carpeta de cartulina repleta de documentación y Nina comenzó a revisarla con detenimiento, identificando cada papel para que constara en actas; Mike debió autentificar con su firma cada documento. Antes de que finalizara el día, Sandy sacaría una copia de todo aquello. Eran los originales de los documentos de la empresa que ella ya había visto: acta constitutiva, estatuto, documentos de inscripción, estados de resultados y cosas por el estilo. El grupo siguiente incluía las escrituras de las casas de Markov, varios certificados de propiedad de vehículos y otros títulos, todos a nombre de Mike.

Después llegó el turno de las declaraciones de impuestos, tanto de la empresa como personales. Una vez que Mike declaró lo que eran, Nina los puso aparte para fotocopiarlos. Esa noche los revisaría con el contador que tenía su oficina en el mismo piso. De esa forma podría hacerle preguntas inteligentes a la mañana siguiente.

A continuación se presentó algo que parecía una serie de memorandos internos y correspondencia de la empresa con los proveedores y clientes; en esos documentos Mike había tomado ciertas decisiones ejecutivas y de política empresaria. ¿Y qué? No la impresionaba. Lindy tenía una pila similar de documentos que esperaban ser presentados ante Mike. Cada nota y cada memo debió ser identificado para que constara en actas. Nina procedió de manera muy exhaustiva y formal cuando describió los documentos a la funcionaria de la corte.

El documento de prueba número uno fue el más importante de todos. Si Mike no presentaba en ese momento algún tipo de arma mortal, ellas no tendrían problemas. El pronóstico era bueno.

Mike siguió contestando amable y resuelto a cada pregunta después de una breve pausa, a veces consultando por un instante con Riesner en voz baja. En el curso de la mañana, lo tedioso del proceso los fue calmando.

Norma no escrita del ejercicio de la abogacía número 13: Si uno teme que suceda, sucederá. Sucedió justo antes del mediodía. Riesner lo había puesto al final de la pila, sólo para complicarle a ella un poco más la situación.

Era una hoja rayada de cuaderno, del tipo que Bob usaba en la escuela. El documento en cuestión estaba arrugado, manchado y había sido escrito con una máquina de escribir manual que necesitaba una cinta nueva. "ACUERDO DE DIVISIÓN DE BIENES", se leía en mayúsculas en el primer renglón.

Al pie estaba la aparente firma de Mikhail Markov y a continuación la de Lindy.

Lindy, que tenía también los ojos fijos en el documento, se rascó el brazo, como única reacción. Su silencio en aquel momento fue un mal presagio.

—¿Qué es esto, señor Markov? —preguntó Nina abruptamente.

—Se trata de un acuerdo de división de bienes entre Lindy y yo —contestó Mike, con la cara impasible. Sin embargo, Riesner no pudo resistirlo. La victoria se vio reflejada en su rostro alargado, y una sonrisa falsa se materializó ante los ojos de Nina.

"Hijo de puta", pensó, meneando la cabeza y con la mente aturdida por el golpe.

Nina comenzó a hacer preguntas sobre la prueba, y Mike contestó todo con voz decidida y bien ensayada.

Él y Lindy habían acordado que, si ellos alguna vez se separaban, mantendrían separados los bienes de cada uno. Sobre esa base, la empresa estaba a su nombre y ella entendía que sólo él continuaría administrándola. Se habían sentado a hablar sobre el tema el día en que se mudaron a California, hacía trece años, un 12 de octubre. Lindy había escrito el acuerdo en su vieja máquina de escribir. Ambos lo habían firmado. Mike habló sin emoción, ateniéndose a exponer los hechos y manteniendo la vista alejada de Lindy.

—Hagamos un receso para el almuerzo —propuso Nina—. Comenzaremos de nuevo a la una.

—Me parece bien —aceptó Riesner. Él y Mike se pusieron de pie —dos hombres ricos y exitosos a los que no les importaba el mundo— y salieron de la sala dejando las pruebas supurando sobre la mesa. Nina también salió y regresó a su oficina. Sandy puso dos almuerzos para las dos sobre el escritorio de Nina, mientras Lindy iba al baño.

Nina no se había movido para cuando Lindy regresó y se sentó pesadamente junto a ella.

—¿Y bien? —preguntó Nina.

—¿Y bien qué?

—¿Por qué no me lo dijo? —Esta vez no intentó esconder su enojo.

—No hay nada que decir. Recuerdo esa vez sobre la que él habló. Estábamos en la cama. Mike se sentía muy inseguro. Las cosas no andaban bien entre los dos. Discutíamos mucho. Es natural: se discute mucho cuando el dinero no abunda.

—Así que usted firmó un acuerdo del cual jamás me hizo mención alguna.

—En mi vida he visto esa hoja de papel —afirmó Lindy, meneando la cabeza—. Es una falsificación. O una broma.

—Mírela de nuevo.

Lindy tomó el papel y lo estudió.

—Parece escrito con nuestra vieja máquina de escribir —dijo—. Es extraño, porque hace años que la doné a una institución. Tal vez Mike la recuperó y la escondió en algún lugar. O es posible que haya escrito el acuerdo en aquel momento, antes de que yo donara la máquina —dijo Lindy con las palabras exactas, pero no en el tono que correspondía.

—¿Lindy? —la urgió Nina—. ¿Ve este papel? Si es verdadero, implica que perderemos. Las dos. —Se puso de pie y apoyó los brazos sobre la mesa, acercándose para acompañar con todo el énfasis la mirada que le dirigía a Lindy. —No me mienta.

—Es la primera vez que lo veo.

Nina meneó la cabeza con incredulidad.

—Cualquiera puede falsificar una firma —señaló Lindy. Tomó el papel y lo alejó, entornando los ojos. —Juraría que es mía, si no supiera que no es así.

—Necesita gafas para leer, Lindy —replicó Nina, y abandonó la habitación.

Riesner y Mike llegaron un poco más tarde y ocuparon sus lugares, dejando una estela de aire fresco y aroma a limpio del exterior.

La carga de cemento fresco que Riesner le había echado encima a Nina comenzaba a solidificarse; la apretaba y se hacía cada vez más pesada, sofocándola con las consecuencias.

No le creía a Lindy. De ser cierto, aquella hoja de papel podría costarle a Mike un millón de dólares. Si era un fraude... Pero no lo era. Riesner jamás correría semejante riesgo. Él tenía que saber que Nina descubriría el fraude y que el jurado recompensaría a Lindy en consecuencia.

¿Podría Mike estar mintiéndole a Riesner? No. Riesner ya lo habría hecho supervisar por profesionales, ya que jamás confiaba en sus clientes.

¿Por qué Lindy había ocultado a su propia abogada una prueba tan devastadora?

Una pregunta estúpida. Negación, miedo a que Nina se retirara del caso, esperanza de que Mike la hubiera perdido...

¿Qué hacer ahora? Caminar descalza sobre brasas encendidas toda la tarde. La alegría de la justicia.

—Que conste en actas que hemos vuelto a reunirnos aquí y que todas las partes se encuentran presentes —dijo Nina ante los demonios sonrientes y burlones que acechaban detrás de los rostros amables sentados del otro lado de la mesa. Los dedos de Madeleine comenzaron a trabajar sobre el estenógrafo.

Nina caminó sobre brasas encendidas toda la tarde sin siquiera dar a sus adversarios el placer de oír un solo quejido. Mike declaró que había guardado el acuerdo en su caja de pescar, donde también guardaba su tarjeta de Seguridad Social. Insistió en que Lindy había firmado el acuerdo por voluntad propia después de una tranquila discusión. Dijo que su primer divorcio, en la década de los 60, le había costado todo lo que tenía y que, en el momento del acuerdo, él había temido que también Lindy lo abandonara y se llevara lo poco que había logrado construir. Admitió que había sido él quien había iniciado la discusión, pero dijo que fue Lindy la que escribió el acuerdo a máquina. En todo momento, mientras hablaba, mantuvo la mirada fija en Lindy, que parecía haberse marchado del lugar.

Eran cerca de las tres de la tarde.

—¿Podemos hablar confidencialmente? —pidió Mike. Nina asintió y la funcionaria de la corte apagó su máquina y estiró los dedos.

—Lindy —dijo Mike, y levantó las manos—. Sal de esto mientras puedas.

—Déjame en paz.

—Te daré un millón de dólares para que salgas de esto.

—Silencio, Mike —advirtió Riesner, levantando la voz. Tomó a Mike de un brazo. —Vamos a otro lado para hablar. —Mike se soltó sin quitarle los ojos de encima a Lindy.

—No puedes ganar. Estás gastando tu tiempo. Estás arruinando la empresa.

—¿Yo? —contestó Lindy, indignada—. No tengo nada que ver.

—Cuanto más me obligues a remover toda esta mierda —amenazó Mike—, más pronto comenzarán los problemas en el trabajo. Hector y Rachel están haciendo todo el teatro, pero nadie toma una decisión, por ese síndico que nos puso tu abogada. No estamos cumpliendo con los pedidos.

—Entonces ponte al frente y arregla las cosas.

Mike continuó mientras Lindy hablaba como si fuera sorda a lo que le decía.

—MarDel nos está demandando. ¿Lo entiendes? Iremos a la quiebra si no volvemos a trabajar. Yo no pondré un pie en la oficina mientras ese síndico siga presentándose ahí.

—No puedo hacer nada para evitarlo.

—Sí que puedes. Usa la cabeza —replicó Mike—. Hagamos un trato.

—No diga nada —le advirtió Nina a Lindy—. Señor Riesner, por favor, dígale a su cliente que no debe dirigirse a mi cliente directamente, o daremos por finalizada la declaración y solicitaré sanciones.

—Vamos, Mike. A la otra habitación. —Riesner sacudió la cabeza.

—Lindy, acepta el trato —insistió Mike.

—Ahora, eres tú el que debes escuchar —dijo Lindy—. No puedes comprarme por la mitad del porcentaje de lo que vale la empresa. ¿Quieres que desaparezca? Ofréceme el cincuenta por ciento y mantén tu bocaza cerrada.

—Un millón. Ésa es mi oferta —dijo Mike—. Mi única oferta. Antes de que vuelva a preguntarte esto, te veré ardiendo en el infierno. —Dejó escapar una risotada. —¿Pensaste que me había olvidado o que lo había perdido? —Dejó que lo obligaran a ponerse de pie y lo condujeran a la oficina de Nina. La puerta se cerró de un golpe y se oyeron voces del otro lado, aunque no se distinguían las palabras.

—Creo que iré a conversar con Sandy unos minutos —dijo Madeleine, y cerró la puerta de la sala de reuniones.

Nina se volvió hacia Lindy.

—Mike no lo olvidó. No lo perdió. ¿Qué me dice de eso?

—Digo que se está hundiendo bien bajo. No se saldrá con la suya.

—Lindy, ese papel lo cambia todo.

Lindy no respondió.

—Si lo desea, puedo intentar pedir dos millones, pero en este punto opino que no obtendrá nada mejor. Podrá invertir ese dinero, comprarse una casa. Vivirá de intereses.

—No.

—Considerando la situación, es lo mejor que puedo hacer por usted.

—¿Considerando qué? ¿Ese miserable papel? —Antes de que Nina pudiera evitarlo, Lindy tomó el papel y lo rompió en pedazos. Nina se lanzó sobre ella, llamando a Sandy a los gritos.

Ambas forcejearon. Lindy cerró los puños. Sandy entró corriendo, seguida de Riesner y Markov. Lindy se detuvo. Como si de repente la luz se hubiera cortado y ella hubiera quedado sumida en la oscuridad absoluta, abrió la mano. Nina tomó los trozos de papel y se los devolvió a Riesner.

—¿Cómo puedes humillarme de esta manera, Mike? —preguntó Lindy con calma. Pero la calma después de la tormenta presagiaba más que el verdadero trueno que la había precedido. —Rachel te metió en todo esto, ¿no es así? Es ella la que te obliga a comportarte como alguien que jamás conocí y a quien, de haberlo hecho, jamás habría deseado conocer. Esto ya ha llegado muy lejos. —Lindy desvariaba, pero Nina no sabía cómo detenerla. Trató de interrumpir, pero fue ignorada. —Voy a hacer lo que ya debería haber hecho. Haré que toda esta ruina en la que estamos metidos se termine de una vez. ¡La mataré!

—Sandy. Llévate a la señora Markov —ordenó Nina.

—Bueno, bueno —dijo Riesner—. Amenazas de muerte, destrucción de pruebas. Buen control sobre su clienta tiene usted, abogada. Creo que nos iremos.

—Pero... —dijo Mike. Lindy había comenzado a hipar, que era una manera de no llorar, tal como sospechaba Nina. Por un instante, Nina creyó que Mike la tomaría de la mano.

—Sí. La declaración ha terminado —aseveró Riesner—. Me temo que deberé llevarme esta prueba para que no sea destruida. —Con firmeza condujo a Mike hacia la salida.

La puerta se cerró con un golpe.

—¿Sacaste una copia de ese papel, Sandy? —preguntó Nina.

—Después de que salieron a comer —contestó Sandy.

—¿Suspendemos la sesión? —preguntó Madeleine, que se había quedado en la entrada.

—Ah, sí —contestó Nina, paralizada como sólo un muerto podría estarlo.

CAPÍTULO 9

La escuela comenzaba a la impiadosa hora de las siete y media. Por lo tanto, a la mañana siguiente, Nina se dirigió a su oficina después de dejar a Bob en la escuela, sabiendo que disponía de algún tiempo a solas. Cuando entró, subió las persianas y evitó prestar atención al parpadeo del contestador automático. Por todas partes había nieve, que cubría los sucios embustes, la pobreza y las mentiras y hacía que todo luciera lindo. Encendió la luz de su escritorio y tomó las chequeras. El único ruido que se oía en el lugar provenía de la rejilla del cielo raso por donde ingresaba con dificultad la calefacción.

Garrapateó unos números en un anotador amarillo y se comunicó con unas líneas telefónicas automáticas para averiguar el estado de sus tarjetas de crédito. Quince minutos después sabía todo lo que debía saber. A diferencia de las empresas Markov, ella no necesitaba a un experto para averiguar en qué dirección soplaba el viento.

Bienes: la casa en Kulow, un capital de treinta mil dólares, una hipoteca de mil quinientos por mes. Había gastado todo el dinero que le quedó después del divorcio.

El chalé de la calle Pine, en Pacific Grove, que le había dejado su tía, por un valor aproximado de doscientos mil dólares. Esa propiedad era suya y no tenía deudas. Los dos estudiantes que la alquilaban apenas si cubrían los impuestos y el mantenimiento.

La camioneta. Valor: quizá dos mil dólares, teniendo en cuenta la rapidez con que se iba desintegrando. Sus joyas, la ropa y los muebles, otros dos mil dólares. Los muebles y el equipamiento de la oficina, lo mismo.

Cuentas a cobrar. Casi compensadas con las cuentas a pagar. Gastos operativos mensuales, incluido el sueldo de Sandy, unos diez mil dólares.

Deuda de tarjetas de crédito, por el lava-secarropas y el nuevo refrigerador: mil quinientos. No tan mal. Eso era todo; las empresas Reilly, en el debe y haber.

Miró la página en la cual había calculado los costos del juicio Markov. Comenzó con veinte mil dólares que le había dado Lindy, y en sólo un mes le quedaron cinco mil, gracias a la contratación de Paul, Genevieve y, en especial, de Winston.

Había contado con que Winston corriera con la mitad de los costos judiciales, sin retirar dinero, pero Winston se las arregló para subirse al barco sin poner nada. En realidad, había solicitado un anticipo de diez mil dólares. La explicación fue que justo en aquel momento la agencia impositiva le estaba causando muchos problemas, además de que el caso que tenía entre manos lo había comprometido económicamente. Sólo le hizo algunas promesas vagas de aparecer a la hora de la verdad.

Winston, su muy jactancioso coasesor, acababa de perder su juicio más importante y era probable que no contribuyera ni con diez centavos a cubrir los costos que se ocasionarían antes del juicio. Además, quizá también su cliente le había mentido sobre aquel acuerdo de división de bienes que dejaba el caso más debilitado que nunca. Todo ello, sumado a que Lindy tenía muy poco más que dar.

El resultado era que Nina debía buscar dinero suficiente para hacer una superproducción cinematográfica con un argumento anémico y una posibilidad de taquilla mediocre.

Hizo a un lado los sentimientos apocalípticos que le retorcían las entrañas. "Debes invertir dinero para ganar dinero", se dijo. Se apoyó contra el respaldo de su asiento y puso los pies sobre el escritorio. El calor la hizo adormecer. Necesitaba tomar un café... Sin embargo, se dejó llevar por los sueños.

El último fin de semana de octubre, ella y Bob habían salido a pasear en bicicleta por los senderos de la mansión Baldwin. Después de un rato de traquetear, se detuvieron y subieron a una roca para mirar el lago. No lejos del lugar, ella observó un elegante barco para cruceros con el nombre *Fechoría* escrito en bastardilla sobre uno de sus lados impecables. Al timón, con la gorra blanca de capitán y el viento que le agitaba el cabello hasta dejar al descubierto un parche calvo, Jeffrey Riesner navegaba orgulloso. Él la miró en el mismo momento y dio un giro de timón, tan fuerte que el movimiento del barco casi los empapó.

Jeffrey Riesner poseía una casa en los Cayos. Su esposa se quedaba en la casa cuidando a su pequeño hijo. A veces, camino a la oficina, Nina la veía pasar corriendo con sus pantalones cortos de color rojo y empujando el cochecito; tan pulida se mostraba esa mujer, que nada se le movía, ni siquiera en los lugares más sensibles.

Riesner tenía su misma edad. ¿Dónde conseguía el dinero para poder vivir de esa manera? Winston le había contado sobre su Ferrari y la casa en Bel Air que había podido "escamotear" —tal como lo había expresado él mismo— a su segunda esposa. Si hasta el guardarropa esmeradamente abúlico de Genevieve sugería que ella ganaba más dinero que Nina.

Si ganaba este juicio, ella tendría por lo menos un millón de dólares en el banco, deducidos los impuestos y las deudas. Entonces su vida sería distinta. Ascendería en el mundo. Viajes siempre en primera clase. Ella y Bob, en las pirámides, de crucero por las islas griegas... Hasta Jeffrey Riesner se vería obligado a replantearse el mecánico desprecio que sentía hacia su persona, impresionado por lo único que deslumbraba a cualquiera: el dinero, el dinero, el supremo dinero...

Ese dinero que ahora necesitaba tanto.

Llamó al banco. Solicitó la documentación para pedir un préstamo de capital sobre el chalé y una segunda hipoteca sobre la casa de Kulow. Les escribió una carta a los estudiantes de Pacific Grove para subirles el alquiler. Solicitó otra tarjeta que tuviera una línea de crédito más elevada. Canceló el turno para arreglar la camioneta. Seguiría sufriendo los desperfectos hasta el momento del juicio, en mayo.

Para cuando terminó, había empeñado todo. Para ganar dinero, primero había que invertirlo.

Pasaron varios días sin noticias de ninguna de las dos partes, aunque eso no significaba que Riesner no estuviera trabajando entre bambalinas. También Nina se mantenía ocupada. El viernes llamó a la casa de Alice Boyd para hablar con Lindy. Quería que su clienta le dijera la verdad.

—¡Señora Reilly! —contestó Alice, muy contenta—. Me enteré por Lindy de que todo marcha de maravillas en el frente legal.

—Bueno, me complace saber que ella lo cree así —repuso Nina.

—¿Usted no? ¿Sucede algo?

—Señora Boyd, ¿puedo hablar con ella?

—Llámeme Alice, y yo la llamaré Nina, ¿le parece bien? Donde fueres, haz lo que vieres... —dijo riéndose—. De todos modos, Lindy salió. Regresará en un par de horas. Está ayudando a llenar unas cajas de alimentos para un asunto relacionado con unas vacaciones.

—¿Podría decirle que se comunique conmigo?

—Por supuesto. ¿Le importa si le pregunto de qué se trata?

—Debo hablar con ella.

—Nina, no me conteste con evasivas. Lindy y yo nos conocemos desde hace tiempo. Yo pedí prestado el dinero para poner este show en marcha, y usted lo sabe.

—Sí, ella me contó. Sé que está muy agradecida por su ayuda.

—Bueno, para ser honesta, Lindy ha sido una buena amiga, y tenga por seguro que me encantaría ver a ese gorila de Mike desaparecer para siempre. Ahora que recuerdo, hay algo que deseo preguntarle.

—¿A mí?

—Sí. ¿Usted sabe mucho sobre mí?

—Muy poco. —Recordó la cómica referencia que Lindy había hecho sobre el manicomio.

—Bueno, eso es muy de Lindy. Siempre ha sido débil en el campo de las habladurías. Si debe tirarle tierra a alguien, entonces llámeme a mí, Nina. Se viene para acá directamente. ¿Lo hará?

—Está bien —dijo Nina, derritiéndose en el surrealismo de esta conversación como uno de los relojes de Dalí.

—Ahora, hablemos de mí. Aquí va el informe, una versión abreviada de mi epopeya: sufrí una tremenda crisis nerviosa cuando mi marido me abandonó, hace cuatro años. Hice algunas cosas... pero será mejor dejar los detalles para la máquina de rumores. Le aseguro que de esa forma son mucho más divertidos. Después pasé un año encerrada. No en una cárcel. En un lugar peor. Tal vez recuerde algo al respecto.

—Así es... —respondió Nina, tratando de restarle importancia, pero a la vez curiosa por saber qué reacción recomendaba la señorita Modales en circunstancias similares.

—Pero eso ya pasó. Mi vida ha vuelto a su carril. No tuve mucho que ver con la Justicia: sólo el divorcio y el acuerdo. Sin embargo, la experiencia que tuve me marcó en lo que digamos es el círculo de gente de este lugar. Conozco a personas de todo tipo, gente que saltaría desde un precipicio para apoderarse de mí y de todo lo mío. Hay algo más que usted debe saber. Quiero que Lindy gane este juicio. Estoy dispuesta a hacer lo que haga falta. Así que volvamos a mi pregunta: ¿Qué quiere usted que yo haga?

Nina guardó silencio.

—¿Me escuchó?

—Sí —dijo Nina—. Alice, lo más importante que puede hacer ahora por Lindy es... seguir siendo su amiga.

Del otro lado de la línea se produjo silencio.

—¿Alice?

—Y pensar que en realidad fui yo la que la recomendé —dijo Alice, y cortó la comunicación.

El domingo por la tarde, envuelta en una manta y recostada sobre una reposera mirando el bosque nevado, Nina se acurrucó con el teléfono celular en lugar de hacerlo con el legendario gato. Por el cuadro que le mostraba la ventana, vio que Bob y su primo Troy habían abandonado la computadora para echarse sobre una alfombra a comer palomitas de maíz frente al fuego.

—¿Winston? —Cansada de que no atendiera sus llamados en la oficina, llamó a la casa del abogado en Bel Air.

—¡Nina! Estuve tratando de comunicarme con usted. Me enteré de que la temporada de esquí es maravillosa por allá. Aquí, en Los Angeles, tenemos casi clima de playa. Se ha limpiado el smog y podemos darnos el gusto, aunque sea una vez por año, de ver las montañas.

—Sí. Lo vi en el noticiario. ¡Qué mala suerte con el juicio!

—Sí, una desilusión.

—Cuando hablamos, usted parecía muy seguro de limpiar el suelo con ellos.

—Lo habría hecho si el juez me lo hubiera permitido y de haber tenido más libertad de acción en la selección del jurado. Pero, por supuesto, mis clientes van a apelar —contestó Winston—. El juez nos negó toda posibilidad. No pudimos poner en juego nuestras cartas. Le pasé el caso a un buen abogado especialista en apelaciones, pero mientras tanto tengo una fortuna invertida en costas de juicio que ya anticipé. Pero no hay problema. Aún tenemos su caso. Se pierde en uno y hay que creer que se ganará el siguiente. Además, usted pondrá el doble de empeño que hasta ahora.

—¿En serio lo cree así? Leyó los alegatos, cenamos juntos, ni siquiera sabe nada sobre lo que hay de nuevo, ¿y aún puede estar seguro?

—Por supuesto que estoy seguro. Mire, si no, el talento que tenemos trabajando con nosotros. Se trata de otro jurado. —Sin embargo, Winston notó la tensión que había en la voz de Nina, ya que de inmediato agregó: —Bueno, ¿qué sucedió?

—Riesner sacó a relucir un acuerdo de división de bienes —le contó Nina—, firmado por nuestra clienta. Ella dice que jamás lo había visto, pero la firma que hay en ese papel tiene una notable semejanza con la de ella.

Del otro extremo de la línea se oyó un profundo suspiro.

—Sí —volvió a decir. El cielo plomizo pareció tornarse más oscuro. Unas cenizas perdidas provenientes de la chimenea cayeron donde estaba recostada Nina.

—¿No le hizo siquiera una insinuación de que podía haber algo escondido?

—No tenía la menor idea.

—Cuénteme —dijo Winston con una voz cálida que transmitía tranquilidad. Nina le relató los hechos del día en que declaró Markov, tratando de ser lo más precisa posible sobre la reacción que había tenido Lindy frente al documento.

—Por la manera en que me lo dice, ella está mintiendo —afirmó Winston cuando Nina terminó su relato.

—Tal vez. No tengo poderes psíquicos. Pero no hay que olvidar que muchas personas parecen muy mentirosas y después uno descubre que están diciendo la verdad. Yo sé que quiero creerle, pero ella me lo hace difícil.

—¿Está deprimida, o me equivoco?

—Muy deprimida.

—Hmmm. ¿Qué hacemos ahora?

—Yo lo llamo a usted, el famoso abogado, para pedirle consejo. ¿No es ésa la razón por la que está en este caso?

—¿Quiere mi consejo? Bueno, ahí va. Primero, averigüe si existe algo que podamos usar para ejercer coacción. Presiónela para que le dé detalles sobre la escena que tuvo lugar el día en que firmó el papel, y yo le aseguro que habrá mugre para pasar por el tamiz. Segundo, supongamos que el documento sea un fraude. Pruébelo haciendo que un experto declare bajo juramento que la firma es falsificada, o reviéntele las costillas a Markov durante las repreguntas. Tercero, emplee la táctica del cerrojo. No deje que Riesner presente eso como prueba.

—Es fácil decirlo —contestó ella—. ¿Algo más?

—¿Usted creía que iba a ganar unos millones en honorarios legales sin tener que sudar por ello? Va a sudar. ¿Me oye lo que le digo? Debería haber esperado que sucediera algo así. Si a usted no le gustan las sorpresas, entonces se equivocó de negocio.

—Es cierto —repuso Nina, pero se sentía contrariada. Algo profundo en su corazón irracional le había hecho abrigar esperanzas de que Winston, su talento tan preciado, pudiera solucionarle al instante los problemas.

—Ahora pongamos manos a la obra. Iré a Tahoe para ayudarla a terminar con las declaraciones. Llevaré a Genevieve. A ella le gustará ver a los testigos y comenzar a organizar el jurado paralelo. Vamos entrando en la etapa peliaguda. Vamos a ganar, Nina. ¿Me oye?

—Sí.

—¿Y me cree?

—Winston, le creeré cuando lo vea.

Winston rió.

—El jueves estaré allá. Terminemos con Markov ese día. Después, el viernes, nos encargamos de la jovencita que causó todo este problema... Pembroke. El lunes lo haremos con todos los demás que sean importantes. ¿Puede arreglar todo eso?

—Haré todo lo que pueda. Tendría que arrastrar a Riesner hasta acá antes de la vista programada para el martes. Sé que Markov no tiene ninguna obligación de importancia. Se rehusa a ir a la empresa y no permitirá que Lindy lo haga. Diría que está haciendo pucheros, pero se supone que uno no debe decir eso de un ejecutivo.

—¿Y quién se hace cargo del negocio?

—Los ejecutivos de segunda línea, Rachel Pembroke y este tipo Hector. Hector Galka, el vicepresidente ejecutivo de estrategias y cuentas financieras, además de viejo amigo de Mike Markov. Trataré de juntarlos a todos entre el viernes y el lunes.

—Muy bien. La ayuda va en camino. Ahora. ¿Qué más vamos a hacer?

—Conseguir un perito calígrafo —dijo Nina—. Para que haga los estudios de la firma de ese acuerdo. Supongo que existe una remota posibilidad de que sea una falsificación, aunque no puedo creer que sean tan idiotas.

—Todo el mundo se idiotiza cuando hay tanto dinero en danza. Sin embargo, le doy una idea. Pasemos esto por alto. No busque a ningún perito calígrafo. Llame a Lindy y dígale que va a contratar a uno. Dígale que será muy costoso, que se armará una gran gresca y pregúntele si está segura de que no puede recordar que firmó esa cosa. ¿Me sigue?

—Usted cree que eso la pondrá al descubierto.

—Exacto.

—¡Oh, por Dios! Ella miente y yo le tiendo trampas. ¡Qué manera de hacer negocios!

—Es por el bien de ella.

—Hablando de costos, ¿cuánto saldrá ese jurado paralelo de Genevieve?

—Debería hablarlo con ella, pero el último que hizo para mí... bueno, costó entre cuarenta y cincuenta mil dólares. Hay que contratar gente, el tiempo de Genevieve, todo eso.

—¿Qué? ¡Es imposible! Winston, no tenemos ese dinero.

—Está bien. Mire, yo hablaré con Genevieve. Entre los tres veremos si podemos bajar los costos. Usted tendrá que buscar dinero. Sólo concéntrese en el trozo de pastel que le tocará y en la pequeña inversión que representa si se compara con lo que reembolsará. En verdad quisiera ayudarla más con el dinero —dijo Winston—. Este negocio es costoso. Por cierto que lo es. Más adelante trataré de contribuir con algo.

—Lindy dijo algo acerca de poder conseguir un poco más de dinero en algún momento...

—¡Ahí está! Usted ya va teniendo la manija de este asunto. Si necesita dinero, lo obtiene.

—Aún estoy muy... preocupada.

—Siga adelante y sude —insistió Winston—. Nos juntaremos con usted y sudaremos juntos. Estamos trabajando; por eso es que está sudando. Así es como se hace. Recién empezamos. Estamos con usted. ¿Me oye?

—Sí.

—Sí. Me oye. ¿Pero me cree?

—Hago lo posible porque así sea —respondió Nina, con el corazón un poco menos angustiado.

El lunes por la noche, Lindy devolvió el llamado de Nina.

—Alice me dijo que usted me llamó. No sé por qué esperó tanto para mencionarlo, salvo que está muy enojada por algo. De todos modos, deseaba decirle que he decidido no presenciar el resto de las declaraciones. ¿Hay algún problema?

—No, ¿pero por qué?

—Tengo que salir de este lugar —respondió Lindy—. Toda esta situación me está enloqueciendo. Un día creo que estamos ganando y que conseguiré la parte que me corresponde, y al siguiente me veo de aquí a cinco años, regando flores todo el día y trabajando para Alice en la tienda que la ayudé a comprar. O tal vez incluso viviendo con ella, como Joan Crawford y Bette Davis en una película de terror. Yo haría el papel de la ex ganadora, ahora marchita y fuera de sí, revolcándose en las glorias del pasado. Alice sería una inválida que habría disparado ese revólver demasiadas veces, y viviríamos una vida miserable en una casa vieja y destartalada. Tendríamos toda una vida en blanco y negro, en tanto que todo el color lo tendría Mike, que se quedó con mi dinero.

—No se preocupe tanto. Todo saldrá bien.

—Espero que sea cierto. Pero la razón más importante de no ir es que no creo poder soportar escuchar a Mike con la versión de lo que sucedió entre nosotros, por lo menos hasta el juicio.

—¿Qué hará? —Nina imaginó la casa de alguna otra amiga, o tal vez a Lindy mudándose a una suite del Caesar's.

—Recibí por correo un formulario de la Comisión Minera de Nevada. Mi padre solía ir a ese cañón, en las montañas Carson. Allí tenía una concesión minera —dijo Lindy.

—¿Una mina?

—Sí, creyó que encontraría una veta de plata que los mineros de Comstock no habían descubierto. Siempre estaba detrás del dinero fácil. Un verdadero soñador. Jamás tuvo paciencia para trabajar la mina como es debido, pero yo siempre lo acompañaba en los viajes. Cavábamos por la zona y dormíamos en un viejo remolque que él había encontrado en algún lugar. Todos los años hay que mover un poco esa concesión y llenar algunos papeles, o de lo contrario uno la pierde; pero si lo hace, la puede tener a perpetuidad. La concesión y el remolque fueron todo lo que él me dejó.

—No estará pensando en hacer lo que yo creo que está pensando, ¿verdad? —dijo Nina.

—Bueno, el remolque tiene radio, gas propano y un generador. En la parte trasera tiene un tanque de agua. No se preocupe; regresaré cuando sea mi turno en la parrilla.

—¿Pero por qué? ¿Por qué habría de hacer eso?

—Estoy en quiebra —contestó Lindy—. Hay una gran diferencia entre estar quebrado y ser pobre. Lo primero es algo temporario. Ser pobre es distinto. Yo he sido pobre, y conozco la diferencia. Tengo proyectos. Tengo un lugar para vivir. Por Dios, eso es lo único que no está a nombre de Mike. Allá hace más calor; está a novecientos metros de altura y no hay nieve. Puedo montar a caballo, pensar.

—¿Montar a caballo?

—Mi caballo, Comanche. Tampoco es de Mike. Analicé las cosas sobre las que tengo derecho; ¿y sabe una cosa? He estado en peores situaciones.

—No tiene que vivir de esa manera —señaló Nina.

—Mire, Nina, esto es temporario. Yo sé que usted está arriesgando mucho por mí, y sé que no puede hacerlo todo usted sola. Pude juntar unos pocos miles, que ya le envié hoy. Usted tendrá cada centavo que yo pueda encontrar para ganar este juicio.

Agradecida de no tener que volver a pedir dinero, Nina se preguntó —y no era la primera vez— por qué una mujer que había trabajado durante tanto tiempo podía quedarse con tan poco.

—¿Pero cómo podré hablar con usted?

—No se preocupe. Queda a poco más de una hora en automóvil. Hay una estación de servicio y una pequeña tienda donde la carretera se une con el camino de tierra que sube a las montañas. Allí hay un teléfono. Yo conozco a la pareja que trabaja en el lugar.

—No sé, Lindy. Yo...

—¿Cuál es el problema de que me vaya? —preguntó Lindy, de mal humor—. Soy una mujer grande. Sé cuidarme sola. Nina, yo crecí así. ¿O acaso creía que era una tierna señora de sociedad que no podía ni siquiera atarse los cordones de los zapatos?

—No es justo —dijo Nina—. Usted no debería pasar este tipo de penurias.

—Estaré bien.

—Lindy —continuó Nina—, quiero preguntarle de nuevo sobre el acuerdo.

—Yo lo firmé.

—¿Lo firmó?

—Mentí, y usted se dio cuenta. No disimule.

—¿Por qué me mintió, Lindy?

—Casi me había olvidado, hasta que vi que el abogado agitaba el papel. Para mí, eso no significó nada en aquel momento; sólo un trozo de papel que hablaba del dinero que tal vez jamás tuviéramos. Pero usted se mostró tan preocupada cuando lo vio, que tuve miedo.

—¿Quién escribió ese papel?

—Yo lo escribí a máquina. Mike me pidió que lo hiciera. Quería que lo firmara, así que lo hice. Y ahora tendremos que enfrentar la situación.

—¿Era su intención ceder cualquier derecho que pudiera tener en la empresa, Lindy? —preguntó Nina, con voz un poco temblorosa por la magnitud de la pregunta.

—Fue mi voluntad, ya que ése era el principal obstáculo para que nos casáramos —explicó Lindy—. Él me dijo... me prometió que si firmaba el papel nos casaríamos. Y eso fue todo juro; por Dios que fue exactamente lo que sucedió.

—¿Y entonces?

—Y entonces, como dije antes, Mike tuvo que salir de la ciudad. Cuando regresó, le dije que, si no nos casábamos, lo abandonaría. Después me rogó con lisonjas. No quería que lo abandonara. En otras palabras, acepté la situación. Y me quedé, porque lo amaba. Ésa es toda la historia, Nina.

Nina dejó de lado la ensalada de pensamientos que Lindy había agitado y se concentró en escribir todo lo que le era posible de la historia en un anotador que tenía delante.

—Él no me puso un revólver en la cabeza —prosiguió Lindy— ni trató de golpearme.

—Pero le prometió que se casaría si firmaba.

—Eso es —afirmó Lindy con amargura—. Y recuerdo lo que usted me dijo. Sé que no existe justicia posible para ayudar a alguien a quien le han roto una promesa de casamiento.

—No existe acción judicial alguna por romper una promesa —repuso Nina con tono vago—. Pero es posible recuperar un regalo hecho ante el supuesto de que tendrá lugar un casamiento.

—¿Qué significa eso? —preguntó Lindy.

—Se refiere a una cláusula legal que rara vez se usa y que se remonta a los días de las calesas y las jovencitas con miriñaque, que usted acaba de hacerme recordar. Pero, bueno, volveremos sobre el tema en otro momento.

—¿Cómo estamos ahora, Nina? ¿Lo arruiné todo?

—Este acuerdo no es nada bueno, Lindy. Usted ya lo sabe. Pero tengo dos socios que vendrán pronto a ayudarme. —No sabía con exactitud por qué quería levantarle el ánimo a Lindy, ya que era ella la que en realidad necesitaba ánimos. —Nos darán un buen respaldo.

Lindy habló como rendida.

—Lamento haberle mentido. No es que no confíe en usted; es sólo que tiene que acordarse de que yo estaba acostumbrada a ser la que mandaba. Estoy acostumbrada a tomar decisiones sin consultar a nadie, salvo a Mike. Y él ahora no es exactamente la persona indicada para hacerme ver con claridad.

—Acepto las disculpas.

—Escuche, llamaré a su oficina desde la estación de servicio y le daré a Sandy el número de teléfono. Ella puede dejar mensajes allí. Ahora tengo que irme.

—¿Se marcha ahora mismo?

—Tengo dos días para hacer algunas diligencias; después cargo las alforjas y me pongo las espuelas, por decirlo de otra manera. Buena suerte. Manténgame al tanto.

—Tenga cuidado —dijo Nina, y tuvo la repentina visión de Lindy montada en un caballo blanco, con el collar egipcio de oro que había lucido en la fiesta, trotando por la ruta 50, pasando por los casinos y poniendo rumbo a las montañas de Nevada—. Por favor.

• • •

Winston y Genevieve llegaron el jueves siguiente. Genevieve se mostró animada y lista para la acción. Con visibles bolsas bajo los ojos, Winston tenía una extraña expresión avergonzada.

Mientras esperaban en la sala de reunión para que llegara Mike Markov a terminar con la declaración jurada, Nina llevó aparte a Winston.

—¿Se siente bien? —preguntó.

—Ayer a la noche terminé en rojo en la ruleta. Juro que esa rueda es como el Jim Jones del juego. Lo tienta a uno con algunos aciertos para hacerlo sentirse arrogante. Y uno empieza a apostar a números. Gana con algunos. La gente aplaude y ovaciona, todos excitados, observando cómo la pila de fichas crece delante de uno. Después, de repente, la sala se enfría. Las bolas se deslizan hacia el cero y después al doble cero. El croupier pasa el rastrillo.

—Sé lo que es eso.

—¿En serio? Perdí diez... más de dos mil dólares.

¿Había entendido bien? Nina estaba furiosa. Le habría venido muy bien algo de ese dinero.

—Doscientos es mi límite, aun cuando esté en medio de una juerga.

—Lo peor es que volvería a hacerlo.

—Menos mal que usted no vive aquí.

—No importa dónde esté —respondió Winston—. Tengo una ruleta cerca y corro demasiados riesgos.

Mike Markov entró en la sala acompañado por Jeff Riesner y de inmediato se vio que toda su actitud se había endurecido. Nina explicó que Lindy había decidido no estar presente durante los interrogatorios.

—Bien —expresó Riesner. Después dijo lo que tenía preparado respecto de que cualquier tipo de arreglo había sido desechado.

Terminados estos preliminares, todos se concentraron en la tarea de revisar los otros treinta y cuatro documentos de prueba, los registros de la empresa y las distintas notas que derivaban de una relación de veinte años. Después de que Winston saludó a su viejo amigo Riesner con una cordial muestra de camaradería —que casi hizo que Nina se sintiera incómoda—, se sentó junto a ella, ignorándolo amablemente. Genevieve espiaba tan escondida en un rincón que Nina casi se olvidó de que estaba allí.

Tan pronto como pudo, Nina volvió al tema del acuerdo.

—Bien. Acá dice que las partes acuerdan por este medio mantener la división de bienes.

—Correcto.

—Por lo tanto usted obtendría la empresa que estaba a su nombre. Y todos los demás bienes, como la mansión que apareció más tarde y que también se puso a su nombre.

—Sí.

—¿Y Lindy qué consiguió? ¿Cuál era su parte?

—Su sueldo. Lo que ella acumulara a su nombre era suyo.

—¿Cuál era ese sueldo al momento de firmar el documento de prueba número uno?

Mike apretó los labios.

—No lo recuerdo.

—Bueno, según el documento de prueba número veinte, hace trece años, el año en que esto se firmó, la empresa perdía dinero. ¿Eso le refresca la memoria?

—Tal vez ese año no fue un sueldo muy importante. Pero después mejoró mucho —replicó Mike.

—Sí, pero ese año en que ella firmó el acuerdo, señor Markov, ¿qué obtenía ella a cambio? ¿Qué le dio usted a cambio por cederle su derecho a cualquier interés en la empresa?

—La empresa no valía nada. Nada por nada. Eso fue lo que intercambiamos.

—La empresa estaba en rojo, pero sí tenía un valor. Usted aún tenía un nombre y algún equipamiento. Además, ese año, abrió un gimnasio en Sacramento, ¿verdad?

—Sí.

—¿Entonces qué fue lo que ganó la señora Markov con ese acuerdo?

—¿Usted sabe lo que está haciendo? —le susurró Winston al oído.

—Le diré más tarde —contestó Nina, también en voz muy baja. Riesner aguzó el oído, pero parecía estar tan en la oscuridad como Winston. Nadie entendía hacia dónde se dirigía ella.

—Todo lo que tuviera era de Lindy —dijo Markov.

—¿No es cierto que usted le prometió que, si ella le cedía los derechos sobre la empresa, usted se casaría? —preguntó Nina.

Riesner se mostró agitado, pero volvió a sentarse, en apariencia incapaz de justificar una objeción en esa línea de interrogatorio.

—No —contestó Markov—. Tal vez ésa haya sido su esperanza, pero no es lo mismo decir que yo expresé esas palabras.

—¿Entonces usted jamás expresó esas palabras?

—Jamás. —Markov se mostraba muy incómodo.

—¿La indujo a creer que lo haría?

—Ella creyó lo que quería.

—¿Se considera usted un hombre honesto, señor Markov?

—Espere un minuto —intervino Riesner, pero Markov ya estaba contestando.

—Sí, lo soy.

—Entonces yo le pido que me responda esto, después de una breve reflexión, si la necesitara: ¿Sabía usted que la señora Markov creyó que, a cambio de firmar el acuerdo, usted se casaría con ella?

—No entiendo.

—Vuelva a leerle la pregunta —le dijo Nina a la taquígrafa.

La taquígrafa repitió la pregunta.

—Ella dijo "ahora podemos casarnos" —contestó Markov—. Yo jamás lo dije. Fue ella la que me lo dijo.

—¿Antes o después de firmar?

—No sé. Antes, creo.

—Esta línea de interrogatorio no nos conduce a nada —interrumpió Riesner—. No existe acción legal por romper una promesa de matrimonio. ¿Y qué, aun cuando él le hubiera prometido que se casaría?

—Es cierto —repuso Nina. Miró a la taquígrafa, que cumplía con su tarea, y siguió haciendo las preguntas, dejando que ese intercambio con Markov quedara en la transcripción como una carga de explosivos plásticos arrojados en un basural de Belfast.

CAPÍTULO 10

Alice le rogó a Lindy que no se marchara, que considerara su situación en la comodidad del cuarto de huéspedes decorado en color melón; Lindy la tranquilizó con la promesa de regresar cuando fuera el momento del juicio. Estaba ansiosa por marcharse. Todos los lugares le recordaban lo que estaba perdiendo. Esas presencias parecían echar a perder inclusive el lago que se hacía visible a la vuelta de cada esquina, la caminata por las calles, una presencia escondida, absolutamente todo lo que tenía a su alrededor.

El viernes encontró una tienda de ropa que tomaría en consignación las prendas de diseño exclusivo que habían pertenecido a su guardarropa, además de una joyería que le ofreció dos mil dólares por su reloj que en realidad valía veinte mil. Aceptó.

De regreso en la casa de Alice, llenó cuatro cajas bien mullidas con una cantidad impresionante de ropa de moda y vestidos de noche que había lucido en cenas de caridad.

Alice entró en la habitación para verla empacar. Tenía las manos en los bolsillos, y el pelo rubio con reflejos, largo hasta la barbilla, le enmarcaba la expresión tensa de su rostro. Se vestía tan bien como podía con los limitados ingresos que le permitía ganar su florería. Ese día tenía puesta una blusa color ciruela con una chalina sobre los hombros. A pesar de la simpleza del atuendo, su aspecto daba para una millonaria.

—¿Adónde vas con esas cajas? —preguntó Alice—. ¿No las llevarás al basurero?

—Al basurero no; las llevaré al remolque, que es un lugar perfecto. Guardaré esto... en un cobertizo que tengo en el terreno —mintió Lindy. No quería admitir que vendería esa ropa. Alice se molestaría mucho y podría estallar con uno de sus sermones sobre Mike.

—¿Por qué no te quedas conmigo? Es lo menos que puedo hacer, después de todo lo que tú has hecho por mí.

—Deja de hablar de eso. Yo no hice nada.

—¡Ay, no! Tú no hiciste nada —replicó Alice, cruzándose de brazos y resoplando—. Esa noche, cuando estaba en la bañera con una navaja de afeitar en mis muñecas, no fuiste tú la que rompió la puerta y me hizo tragar un remedio para que vomitara las píldoras que había tomado. Ni me sacaste a la rastra de aquella fiesta cuando le partí la cabeza al italiano con una botella antes de que él me matara. No fuiste tú la que pagó mi alquiler hasta que pudiera encontrar empleo, ni me ayudaste a comprar la florería. Y no tuviste nada que ver con el anticipo para comprar esta casa, porque no eres más que un parásito de sociedad, una puta rica, ¿o me equivoco?

—Basta, Alice. Aprecio tu invitación, pero en este momento me siento tan enojada y herida que necesito salir de esta ciudad antes de que haga algo terrible. Tengo estas fantasías... —No era bueno lo que pensaba Lindy. Tenía pesadillas. Creía que, estando en las montañas, tal vez el cielo y la tierra eliminarían todo lo malo, como la lluvia que lava la tierra. —A veces yo misma me doy miedo.

—No estarás pensando en cometer una tontería —se alarmó Alice—. No vaya a ser que te hagas daño.

—No contra mí misma. En realidad, eso sería mejor que lo que estoy pensando.

—Oh, tienes alucinaciones con la muerte y las mutilaciones, que es lo normal después de que ese cretino te anunció lo de esa chica.

—Supongo que sí.

—Yo solía pensar maneras de asesinarlo, y me regodeaba con los detalles. Cómo le arrancaría los ojos y los aplastaría. Lo que le haría a su ya sabes qué. Cómo le machacaría el cerebro con un martillo. Me preocuparía si tú no tuvieras esos pensamientos. Mike es un bastardo. Sigue mi consejo, hermana. Toma ese revólver mío que no sé dónde escondiste y vuélale la cabeza.

—Alice...

—Crimen pasional. Podrías ir a la cárcel por dos o tres años, pero vale la pena. Tal vez tengas suerte, como yo, y termines en un psiquiátrico, supuestamente para corregir el error de tus métodos llenándote de medicamentos y convirtiéndote en una especie de zombie. —Tomó de la cama una chalina y se quitó la suya para probársela, mientras se miraba al espejo. —Era un lugar muy tranquilo. No había que cocinar ni limpiar. Un escaso margen de sexo. —Se quitó la chalina y la arrojó adentro de la caja. —Pero no lo harás, porque básicamente eres una persona civilizada.

Lindy no odiaba a Mike. Odiaba a Rachel. Alice no lo comprendería. Alice cargaba todas las culpas a los hombres. Hacía poco se había hecho amiga de la novia de su ex marido, Stan.

—Bueno, me complace saber que soy tan civilizada —repuso Lindy—. Y voy a esforzarme por mantener esa reputación, a pesar de la vileza de mis instintos.

Dejó las cajas en la tintorería, donde prometieron mandarlas a la tienda de consignaciones en unos días. Después se vistió con su parka más usada y abrigada, subió a su hermoso Jaguar negro y puso rumbo al mirador que daba a la bahía, mientras escuchaba su CD favorito. Condujo con lentitud, disfrutando del paseo aunque melancólica al mismo tiempo, con la certeza de que algo maravilloso de su vida había llegado a su fin y era demasiado pronto para pensar en comenzar de nuevo.

Una vez que salió de la carretera, estacionó, se bajó del automóvil y caminó por las rocas de granito húmedas para admirar la vista más famosa de Tahoe.

No podía ver su casa, que estaba medio kilómetro al sur de la gran bahía color verde esmeralda, por el cuerpo principal del lago, pero sí observó con detenimiento todos los barcos que se animaban a desafiar el frío de ese día, tal como ella lo había hecho en los últimos meses con la esperanza de encontrar a Mike. Trepó a las rocas más altas y se paró de cara al viento helado hasta que las botas mojadas casi se convirtieron en trozos de hielo.

De regreso al automóvil, se dirigió hasta una concesionaria situada en la intersección de dos carreteras locales. Le ofrecieron veinticinco mil dólares por un vehículo que costaba sesenta mil; aceptó la oferta y compró un viejo jeep por poco dinero. No hubo que trasladar mucho del Jaguar al jeep; sólo su estropeada maleta de cuero.

Se encontraba cerca de la fábrica. Antes de abandonar la ciudad iría a dar un último vistazo al lugar que había sido su segundo hogar durante los últimos doce años. Encendió la ruidosa calefacción del jeep y puso primera en la ruidosa caja de velocidades; desde la concesionaria se dirigió por Tucker hasta la fábrica. Si Mike decía la verdad en cuanto a haber abandonado la empresa, ese día no estaría allí; así ella no tendría que endurecer su espíritu ante la posibilidad de un encuentro con su ex pareja.

Estacionó en el extremo de un terreno lindero al edificio. La primera fábrica, que parecía más pequeña de lo que ella recordaba, se levantaba sobre una colina lindera a una arboleda de abetos. El techo de metal corrugado y las paredes pintadas de rojo le daban más el aspecto de un granero lleno de animales que de una empresa, pero el segundo edificio tenía ventanas de lado a lado. El grupo de marketing, tres personas, y el contador tenían allí sus oficinas. Mike y Lindy habían trabajado en ese edificio sólo en forma ocasional.

Pensó cómo se le había escapado el tiempo de las manos; bajó la ventanilla y examinó el edificio en busca de alguna señal de descuido. Pero el lugar lucía tan fenomenal como siempre. Oyó el ruido de la sierra, que probablemente cortaba un tirante de secoya para el armazón de un spa. El trabajo en marcha, como siempre.

Ellos habían puesto en movimiento los engranajes con eficiencia. No debería sorprenderse de ver que esos engranajes continuaban girando sin sus presencias. Sin embargo, se asombró. ¿Toda esa maquinaria no tendría que detenerse sin ella, sin Mike, el corazón, el alma y las entrañas de la empresa?

En la puerta apareció la figura menuda de una mujer vestida con pantalones de cuero y un suéter. Rachel Pembroke. Era cierto: ahora ella y Hector estaban al mando. ¡Qué gracioso! Rachel no sabía contar el vuelto de una entrada de cine y, lo que era peor, no le interesaba nada que valiera menos de cien dólares. Hector era un buen hombre que sabía de números pero tenía la imaginación de un pato relleno.

Envuelta en un abrigo de piel de foca, Rachel subió al automóvil de la compañía —un sedán Volvo marrón metálico— y dobló a la izquierda con rumbo a la ciudad.

Era extraño cómo habían resultado las cosas. Lindy ni siquiera había pensado en encontrar a Rachel en ese lugar. Y sin embargo, ella estaba allí, a merced de Lindy, como si hubiera estudiado un itinerario y maquinado una logística. Lindy ni siquiera conducía su automóvil. Nadie sospecharía que Lindy Markov iba al volante de ese auto viejo. Era un ser anónimo. Casi no podía controlar los celos que le quitaban la respiración.

Lindy puso en marcha el jeep y siguió a Rachel a toda velocidad.

A pesar de saber que no debía hacerlo, Lindy continuó detrás del automóvil de Rachel, con el estómago revuelto por la emoción.

Habían recorrido casi un kilómetro cuando sucedió algo muy extraño. El vehículo de Rachel comenzó a zigzaguear hacia la línea central de la carretera.

Rachel debió de darse cuenta de que iba un automóvil detrás de ella, aunque no existiera la posibilidad de reconocer a Lindy detrás del volante, con la bufanda de lana y las gafas para sol. Por las curvas de la carretera y con las ventanillas abiertas, Rachel siguió adelante, a unos sesenta metros de distancia de Lindy, tal vez soñando despierta con el día no muy lejano en que ella tendría todo lo que pertenecía, que aún debía pertenecer, a Lindy.

Lindy no sabía y no le importaba la razón por la que seguía a Rachel, pero en cierta medida se le ocurrió preguntarse qué sucedería después. Decidió hacer detener a Rachel. Tendrían una charla largamente postergada. Le diría que regresara con Harry antes de que fuese demasiado tarde, antes de que las cosas se pusieran feas y ella saliera lastimada. Quizá Rachel la escuchara. Y si lo hacía, Lindy no sabía qué haría después. El revólver de Alice, escondido en su maleta, en el asiento contiguo, le daba un poco de consuelo. Abrió la maleta y sacó el revólver, sólo por si las cosas empeoraban.

Sin embargo, de repente el trajín de aquel trayecto absurdo dio paso a la locura, cuando Rachel cambió de dirección en la carretera cubierta de hielo. El automóvil, fuera de control, aumentó la velocidad, después aminoró y por último hizo un giro brusco hacia la derecha, pasando por encima de un terraplén. Como una avispa que pasa zumbando hacia un trozo de carne, el vehículo voló por el aire y desapareció.

Lindy clavó los frenos, haciendo patinar el jeep directamente hacia el punto donde había desaparecido el automóvil de Rachel. Sabía bien cómo detener y dominar un vehículo en ese terreno. Por un momento luchó por aminorar la velocidad y detener el jeep. Después, se quedó muy quieta y aturdida.

El camino solitario de montaña se extendía por delante en medio de un silencio escalofriante; la nieve se apilaba alta a ambos lados del sendero. Rachel debía de haber pasado a la deriva por encima de uno de los costados. Lindy, cuyo corazón latía tan fuerte que lo sentía a través del suéter, vio el otro automóvil en una zanja alejada de la carretera, con la parte trasera apuntando al aire y el tubo de escape todavía arrojando humo.

¡Estúpida, estúpida! ¿Qué había hecho? ¡Podría haberse matado, y a Lindy también! Lindy estacionó a unos ciento cincuenta metros del automóvil de Rachel y permaneció sentada por un minuto más, temblando, permitiéndose un segundo para tranquilizar la respiración; después bajó del jeep de un salto, con la mente en blanco, moviéndose para superar el acontecimiento que casi las había superado a ambas.

Al bajar del automóvil se olvidó del revólver, y trató de imaginar qué hacer cuando, en medio del crepúsculo sombrío del bosque y los árboles, apareció Rachel. Trepaba con rapidez y torpeza por la barranca nevada en dirección a Lindy.

Debía de haber visto que la seguía, pensó Lindy mientras balanceaba el peso de su cuerpo entre los dos pies congelados por el frío. Ahora tendría lugar el temido y esperado enfrentamiento. Sin embargo, algo extraño sucedió. A medida que la figura se acercaba, Lindy tuvo la aparente impresión de que se trataba de una persona mucho más corpulenta que Rachel. Quizás el miedo que sentía en ese momento hacía que la viera enorme. En aquella oscuridad, Rachel parecía inmensa e indistinta, vestida con unas voluminosas ropas de color negro, como un Ninja. ¿Dónde tenía el rostro?

Un instante después, Rachel, que en ningún momento había interrumpido su ascenso por la barranca, casi chocó con Lindy. Pero Lindy la había visto venir, así que se tumbó sin hacer ruido en el banco de nieve. De un salto se puso de pie, lista para una verdadera pelea, si era eso lo que Rachel quería. Y entonces sucedió otra cosa muy extraña. Aquella figura borrosa la hizo a un lado de un empujón, sin detenerse, y se fue corriendo por la carretera, más rápido que lo que Lindy jamás hubiera visto trotar a la indolente Rachel.

Desconcertada, cubierta de nieve, Lindy miró a la joven hasta que ésta desapareció en una curva del camino. Unos cientos de metros más y la idiota llegaría a la ruta 89. Allí podría hacer señales a alguien. Tal vez tenía conmoción cerebral o alguna otra lesión en la cabeza. O... ¿podría haberse asustado por la sola presencia de Lindy? Aun cuando sabía que ello era deplorable, Lindy disfrutó de un momento delicioso de placer ante esa idea.

¿Qué hacer ahora? ¿Regresar al jeep y seguirla? Pero Lindy se daba cuenta de que Rachel la culparía por el accidente. Lo más inteligente para ella era marcharse. Sí, era hora de irse, de fingir que eso jamás había ocurrido. ¡Qué humillación sería tener que admitir que había perseguido a Rachel! Estaba segura de que la chica exageraría más la situación. En ese caso, ella sencillamente no tendría que admitirlo. La verdad tenía sus límites.

Un quejido fúnebre, como de un animal herido, interrumpió sus pensamientos. Corrió para ver qué era lo que producía un ruido tan terrible.

La parte delantera del automóvil parecía atascada en el terreno helado. Sacó como pudo la nieve de las ventanillas y ante sus ojos apareció lo más extraño de todo. En el asiento del conductor había una mujer. Totalmente confundida por lo que veía, Lindy retrocedió un paso. La mujer se movió, y ella volvió a oír el quejido.

Lindy intentó con la manija. La puerta se abrió y Rachel cayó sobre la nieve, de espaldas, aún con el abrigo de piel de foca. Estaba semiconsciente. Parpadeó. La sangre comenzó a correr de algún lugar de su cuerpo.

Abrió los ojos. Cuando vio que era Lindy, profirió un alarido y rascó la nieve, tratando de impulsarse con uno de los brazos hacia atrás.

—Déjame ayudarte —le dijo Lindy, pero Rachel, con los ojos desorbitados, trató de volver a dar un alarido. Sin embargo, de pronto cerró los ojos y dejó de moverse. ¿Se había desmayado? ¿Estaba muerta? Lindy se inclinó sobre ella para comprobarlo.

Un enorme Ford Ranger negro bajaba por la carretera proveniente de la fábrica; Lindy reconoció al conductor: George Demetrios. En segundos el hombre apareció corriendo.

—¿Qué sucedió? —preguntó agitado.

—No lo sé —respondió Lindy—. ¿Tienes un teléfono en la camioneta? —Mientras George regresaba corriendo para llamar una ambulancia, Lindy se sentó en la nieve junto a Rachel. Deseaba hacer algo, así que con mucha delicadeza le levantó la cabeza y la apoyó sobre su regazo.

Tenía una vaga sensación de desorientación. El Sol hacía brillar los cristales de hielo del suelo. Se le había caído la bufanda y uno de sus mitones, y ahora sentía que la nieve le quemaba la mano. A unos metros de distancia, el bosque volvía a lucir oscuro y misterioso. El rostro de Rachel, tan joven y tan bonito, parecía brillar en ese sueño fantasmal. Su cara era casi virginal en su frescura.

De repente la asaltó una idea. Tenía a Rachel en sus brazos. ¿Quién era la otra? ¿La Rachel que corría?

¿La había obligado Lindy a salirse del camino? Tal vez, después de todo, Rachel había reconocido su automóvil y sentido la furia de Lindy corriendo tras ella, y por el miedo se había desbarrancado.

La figura que subía corriendo la colina debía de haber sido alguien que pasaba por allí, nada más.

Oyó una sirena. George apareció al costado de la carretera.

—Vete de aquí, Lindy —le gritó—. Esto no se ve nada bien. Deja que yo me encargue de todo.

Después de apoyar la cabeza de Rachel sobre el abrigo de piel de foca, Lindy tomó la bufanda y los mitones y corrió para llegar a su jeep; justo se puso en marcha cuando llegaba la ambulancia.

CAPÍTULO 11

A las diez de la mañana del lunes, un día amenazador, con nubes henchidas como velas sobre las montañas del oeste, Rachel Pembroke ingresó en el salón de reuniones de Nina, como si estuviera recorriendo la pasarela en un desfile de modas de Nueva York. El vestido era de Isaac Mizrahi; los zapatos, de Manolo Blahnik. El perfume hacía que uno deseara aspirar profundo. Su largo pelo negro brillaba como una estela de aceite y caía en cascada por la delantera de su atuendo. Un diamante en la mano izquierda destellaba en un prisma de costosa luz. Era joven, hermosa y estaba por ser muy, muy rica.

Todos se habían enterado de su visita a la sala de emergencias el viernes a la tarde. Rachel le había dicho de manera convincente a la policía que Lindy estaba involucrada en alguna intriga para hacerle daño. Sin embargo, las únicas consecuencias visibles de sus problemas eran unos rasguños en la mejilla. En apariencia, pensó Nina, Rachel era la clase de persona que salía dispuesta a dar batalla.

Genevieve, con aspecto sencillo, vestida con un traje formal de lana y una blusa rosa, la siguió a la mesa de la sala. Acomodó unos anotadores y lapiceras sobre la mesa, delante de ella. Winston aún no había dado señales de vida. Él y Genevieve debían de haber decidido turnarse para presenciar las declaraciones. Riesner avisó que llegaría más tarde.

—Hola —saludó Rachel a Genevieve mientras se miraba en un espejo con tapa de plata. Resultaba obvio que confundía a la mujer que tenía a su lado con una secretaria. —Me muero por tomar un café. ¿Podrías traerme uno?

Nina se detuvo en la puerta para ver cómo reaccionaba Genevieve. La experta levantó la cabeza enrulada.

—¿Cómo lo quiere? —preguntó con dulzura Genevieve—. ¿En la falda o en la cabeza?

Rachel cerró de golpe su polvera.

—¿Cómo dijo?

Genevieve lanzó una risita ligera. Tendió la mano, que Rachel estrechó evidentemente confundida.

—Discúlpeme por no haberme presentado. Soy Genevieve Suchat, especialista en jurados por la defensa.

Le sostuvo la mano apretada, quizá presionando un poco más de la cuenta, porque Rachel dejó escapar un infantil chillido y la retiró con brusquedad.

—Bueno, no quise ofenderla —se excusó, masajeándose la mano.

—¡Oh, Dios, no! Estoy segura de que no fue así —repuso Genevieve, esbozando una sonrisa falsa.

Genevieve resumió en una sola palabra su desagrado por Rachel, durante la hora del almuerzo, cuando caminaba con Nina por un sendero cubierto de nieve que conducía de la oficina al atolladero de Truckee, ahora también cubierto de nieve.

—Ostentación —dijo, con un acento sureño muy marcado. Parecía más sureña cuando estaba contrariada. —¿No le parece que la ostentación es algo odioso? —Pateó un terrón de nieve endurecida. —Eso debe de enloquecer a Lindy Markov: ver a Rachel hecha una muñeca, con toda esa ropa que sólo Mike puede comprar.

—Va a ser un personaje difícil para nosotros —dijo Nina—. Ya se lo dije: creo que es muy convincente. Según ella, es Mike quien toma todas las decisiones importantes.

—Naturalmente, eso dice ella. Es su novia.

—Pero habla de manera muy sensata —dijo Nina—. Está llena de datos y cifras. Recuerda detalles específicos que los demás han olvidado. Es muy atractiva y profesional, una vez que empieza a hablar. Además, se muestra como alguien que comprende la situación de Lindy. Fue horrible la forma tan magnánima con que disculpó a Lindy por haberla atacado la noche de la fiesta de Mike.

—Debería conseguirse ya un pasaje de avión.

—¿Un pasaje de avión? ¿Para qué?

—Para la entrega de los Oscar —respondió Genevieve, y ambas rieron—. Está nominada para el rubro de Mejor Actriz del año que viene.

—Su credibilidad dificulta más nuestra tarea.

—La estoy observando —dijo Genevieve—. Estoy estudiando cada parpadeo de esa jovencita. La ayudaré a preparar el interrogatorio para el juicio. Y cuando hayamos acabado con ella, la señorita Rachel parecerá una prostituta de diez dólares en una convención de rameras.

—Bueno —dudó Nina—, no sé... Con ese método nos puede salir el tiro por la culata. No me siento cómoda con todos estos estereotipos. Algo como que Mike es el hombre y por eso estaba al frente de la empresa, y Lindy ayudaba. O que Lindy es una mujer codiciosa, la concubina repudiada. Que sea Riesner el que confíe en esos estereotipos. Yo no quiero caer en lo mismo.

Genevieve puso los ojos en blanco.

—Nina, ya sé que es una tentación. Lo he visto miles de veces. El abogado desea basarse en la verdad lógica y pura de los hechos. Pero todo eso es para llenarse la boca. Uno no se gana el corazón del jurado apelando a la razón. Y si no se gana el corazón del jurado, usted tendrá que volver a su casa con un agujero en el bolsillo.

Nina la miró.

—Yo sólo sé hacerlo así, Genevieve. No quiero que el jurado decida por los sentimientos. Quiero que decida sobre la base de...

—¡Ah, querida! ¡Tiene tanto que aprender! ¿Quiere ganar todo ese dinero en honorarios, o no?

—Por supuesto que quiero. Sólo que...

—Bueno, yo voy a asegurarme de que lo haga. Por ahora, debemos ocuparnos de esa remilgada y limpiarle el lápiz labial de cincuenta dólares de esa boca de lengua afilada.

El fin de semana, Lindy se quedó encerrada en su remolque, ordenando papeles de negocios, pagando cuentas, tendida en el sofá y mirando por la ventana el límpido cielo sin nubes. Esperaba que Rachel la acusara. Esperaba que la arrestaran.

El martes por la tarde, como no aparecía nadie, decidió salir a montar en su caballo, Comanche, para ir hasta la pequeña tienda de la carretera. Una vez allí, cambió unos billetes por monedas de veinticinco centavos y llamó por teléfono a George Demetrios, en la fábrica. Ya no estaba trabajando, le dijo un compañero, pero ella tenía el número de su casa.

Odiaba llamarlo a su casa. George estaba enamorado de ella y Lindy no deseaba entusiasmarlo. Sin embargo, fue una suerte que George hubiera aparecido en el lugar del accidente. ¿Había sido verdaderamente suerte?

—Lindy, ¿cómo estás? —preguntó George con genuina preocupación.

—Bien, George. ¿Pero por qué no estás trabajando?

—¿No lo sabes?

—¿Qué tengo que saber?

—Me echaron.

—¿Qué? ¡Hace cinco años que trabajas con nosotros! ¡Mike está loco! ¿Cómo pueden despedirte?

—Ah, él no tuvo nada que ver con esto. Fue Pembroke la que me hizo despedir.

—Pero... ella no tiene mucho que ver con la parte de producción.

—No sé lo que hizo. Sólo sé que habló con mi jefe. Y después me despidieron.

Lindy imaginó los labios gruesos de George y su piel color de aceituna, y se quedó pensando un momento.

—¿Crees que hicieron esto por lo que pasó en la carretera?

—Tal vez —respondió George.

—¿Cómo está Rachel?

—Bien.

—George, ¿cómo fue que apareciste ahí? ¿Me estabas siguiendo?

—Supongo que sí —admitió él.

—¿Por qué?

Se produjo un prolongado silencio.

—Te vi en la fábrica —le dijo—. Vi cuando salías detrás de Rachel.

—¡Oh!

—No quería que te metieras en un estúpido problema.

Aunque la escena había sido la causa de varias noches sin dormir, la imagen de la persecución de Rachel y de George siguiéndola a ella por la carretera llena de nieve de pronto le pareció muy cómica. Contuvo las ganas de reírse. Uno nunca sabe lo que la gente puede llegar a hacer.

—¿Qué pasó después?

—La llevaron al hospital. Sufrió algunos cortes y magullones, nada importante. Después vino la policía para interrogarme, porque ella dijo que tú la estabas acechando.

—¿Dijo eso? ¡Caramba! —¿Podría aquello llamarse acecho?

—Empezó con su historia de que tú ibas en el automóvil con ella y que la obligaste a detenerse. Que la amenazaste con un cuchillo.

—¿En el automóvil con ella? ¡Pero no es cierto!

—Ya sé. Dijo que se salió de la carretera porque estaba muy asustada y se golpeó la cabeza con el volante. Pero se la veía bien.

—¿Qué le dijiste a la policía?

—Le dije lo que tenía que decir, que yo había visto todo y que ella estaba sola.

—¡Oh, George!

—Todos saben que las cosas no andan bien entre las dos. No quería que nadie se formara una idea equivocada. Yo sabía que no eras tú. Te fuiste en el jeep con el que la perseguiste. ¿Cómo podrías haber estado en el automóvil con ella?

—Mentiste por mí, George. No deberías haberlo hecho. ¿Qué dijo la policía?

—No le creyeron. La foto de Rachel sale siempre en los periódicos. La policía creyó que sólo deseaba que su fotografía apareciera nuevamente, para hacerte quedar como la mala de la película. De todos modos, creo que ésa fue la razón por la que me echaron.

—Lo siento —dijo Lindy.

—No hay problema. La fábrica era un desastre sin Mike ni tú. Tal vez ya era hora de que cambiara de empleo. Pero tengo que decirte... La gente está hablando. Ya sabes cómo son. No es con intención de hacer daño.

Lindy se sintió afectada. Uno jamás podría comprar la lealtad de George.

—Pero sí oí que un tipo juraba haberte visto en el estacionamiento lindero a la fábrica —prosiguió George—, sentada allí como esperando que saliera alguien. Así que tuve que hacerme cargo de eso.

—¿Lo lastimaste?

—Lindy, yo ya no hago esas cosas desde que tú me pusiste en ese programa —respondió él con tono dolido—. Sólo hablo con la gente, como nos enseñó el asistente social. Al tipo le dije que debía de estar soñando, y me aseguré de que me creyera. Tú tienes mejores cosas que hacer que venir aquí a molestar a la gente.

—George... gracias. Lamento lo de tu trabajo.

—Estoy trabajando con mi hermano en su taller, aprendiendo algunas cosas. Lo paso bien.

—Me complace saberlo.

—Digo yo... ¿Tal vez los dos podríamos...? No sé... ¿Ir una noche a echar unos dados? ¿O a patinar sobre hielo? ¿Te gustaría?

—Eres muy bueno al tratar de darme ánimo. Pero no puedo, George.

—Lo imaginaba. Bueno, espero que de alguna manera las cosas entre tú y Mike se solucionen. Mientras tanto, hazme saber si necesitas algo. Recuerda que soy tu hombre.

—Prométeme que no me seguirás más, ni siquiera por mi propio bien. No necesito guardaespaldas.

—Si tú lo dices.

Por el tono de su voz, Lindy se dio cuenta de que no le creía. ¡Qué amor de persona!

Se oyó una voz mecánica, que solicitaba más monedas. Lindy buscó en los bolsillos, pero antes de que pudiera insertar otros veinticinco centavos, oyó que George cortaba la comunicación.

Cuando montó a Comanche y lo hizo volverse para retornar a la montaña, recordó su encuentro con George. Un día ventoso, después de que lo contrataron por primera vez, le dio una trompada al capataz, Bill Henderson. Éste quería despedirlo. Una investigación interna dio por resultado que George tenía antecedentes policiales. Había estado preso dos años por haber agredido al marido de la hermana.

Al hablar con él, admitió la condena, pero dijo que el marido de su hermana la golpeaba. "Traté de hablarle —dijo George cuando Lindy le preguntó—. Pero no es del tipo de personas que oye bien."

Lindy lo inscribió en un grupo de transición para ex convictos, calmó a Henderson dándole un poco de dinero bajo la mesa y se ganó para siempre la confianza de George.

Desensilló su caballo y lo llevó a la parte trasera del remolque, respirando el aire seco y sintiéndose llena de energía por el ejercicio. Comenzó a cepillar a Comanche —primero la delantera de la cabeza y después los flancos suaves como el terciopelo— mientras miraba complacida la paleta de marrones y violetas de las montañas lejanas y se preguntaba quién habría atacado a Rachel.

Por lo menos la policía no aparecería por su remolque. Pero los comentarios de George sobre la empresa la habían dejado preocupada; eso la hizo volver a pensar en el juicio.

Mientras cepillaba al caballo, se le ocurrió una idea descabellada. Alice, la vengadora, vestida de negro, sin tacos altos. Difícil de creer, pensó.

Pero si no era Alice, ¿quién, entonces?

CAPÍTULO 12

Un día gris de febrero, casi tres meses antes del juicio, Nina convocó a seis mujeres y seis hombres —que conformarían el jurado paralelo para el caso— a un salón de reuniones muy espacioso situado al final del corredor, en el piso donde ella tenía sus oficinas. Había alquilado ese lugar especialmente para esa ocasión. El interrogatorio a que serían sometidos esos miembros de la comunidad les ayudaría a determinar el tipo de jurado que tendrían que seleccionar para el juicio.

Fue Winston quien comenzó con el alegato de apertura que él y Nina habían preparado durante toda la semana anterior. Ese proceso por sí solo tenía para Nina un gran valor, ya que ellos habían pulido la enorme cantidad de hechos y elementos legales para que el primer alegato fuera satisfactorio. Deseaban llegar a la médula de la situación, porque de lo contrario el jurado perdería la visión del bosque. Deseaban anticiparse al alegato de apertura de Riesner. Querían despertar comprensión y respeto por Lindy.

Al fin, habían decidido que Winston subrayara solamente dos puntos: que Lindy tenía una participación equitativa en la construcción y el desarrollo de la empresa, y que el acuerdo de división de bienes carecía de validez, ya que Lindy había cedido sus derechos sobre la base o el supuesto de que tendría lugar un casamiento.

El desfile de testigos para el jurado paralelo, que se desarrolló con más rapidez que en un juicio verdadero, comenzó a mitad de la mañana. Las personas que hicieron la parodia de Lindy y Mike actuaron de modo admirable, tratando de transmitir con las secas palabras que tenían escritas en un papel algún tipo de verosimilitud, sin caer en excesos.

—Todo marcha maravillosamente bien, ¿no le parece, Nina? —preguntó Genevieve durante el receso para el almuerzo, mientras caminaban en dirección a un bar.

—Mmm —respondió Nina, que había observado los procedimientos de la mañana con una mezcla creciente de confusión, fascinación y aborrecimiento. Los ensayos y el teatro nunca habían sido su fuerte. ¿Por qué no podían apelar a la conciencia del jurado y dejar que la fuerza de los hechos hiciera el trabajo? ¿Para qué toda esa representación?

Porque ella quería ganar.

Sin embargo, desde su punto de vista, esa mañana el "jurado paralelo" era lo que más se acercaba a la precisión. Esos testigos carecían de esencia. El juicio paralelo sólo guardaba una lejana semejanza con el juicio verdadero. ¿Dónde estaba la desesperada desilusión de Lindy? ¿O la rabia de Mike? ¿Dónde estaba el lugar en que todos sus planes se habían distorsionado porque alguien mintiera o cambiara su historia? ¿Y por qué los abogados bregaban como locos para recuperar el control de algo que era incontrolable?

—A usted aún no la convence esto —observó Genevieve—. Está bien. Espere a ver las recomendaciones que le haré.

—Es posible que esté un poco nerviosa por mi participación en el alegato final que haré esta tarde. Estoy pasando por unos de mis estados de ánimo habituales cuando enloquezco ante la idea de un juicio, aunque sea uno ficticio.

Encontraron un lugar en el mostrador y Genevieve insistió en pedir unos extraños emparedados de pan de centeno. Mientras Nina revisaba sus escritos, Genevieve parloteaba con la camarera, que aceptó servirles una jarra de café recién hecho; las dos mujeres recordaron su niñez en Nueva Orleans, y Genevieve se mostraba relajada y feliz.

—Coma —le ordenó de repente a Nina, y le pasó un emparedado con hojas de lechuga crespa—. Le encantarán.

Pavita ahumada con verduras en vinagre y mostaza. Nina comió sin apetito.

—Casi me olvidaba —dijo Nina mientras pagaban y salían al frío helado de la calle—. Lindy Markov desea reunirse de nuevo con usted.

—Sí, ya lo sé. Ha estado acosándome por teléfono. Quiere saber todo lo del proceso de selección del jurado. Esta noche nos encontraremos para cenar. Usted también debe venir.

—Perdónela. No es una clienta fácil. Se interesa demasiado en todo —dijo Nina—. Pero no puedo ir esta noche; tengo otros planes. Será mejor que no hablen de temas específicos. —Mientras esa reunión se llevara a cabo, Nina estaría dándose un baño relajante, haciendo un poco de meditación, pasando un momento con Bob, y después se encontraría con alguien a quien hacía mucho tiempo que no veía.

—¿Quiere que no hable del juicio con ella?

—Creo que eso se encuadra en el privilegio entre abogado y cliente, aun cuando yo no esté presente. Pero no quiero correr riesgos. Ya he tenido problemas con ese tema.

—Usted manda —repuso Genevieve, un tanto exasperada. Debía de ser duro para ella, pensó Nina, con su personalidad, tener que asesorar en lugar de conducir. Genevieve tenía la misma confianza en su capacidad, el mismo interés en el caso, pero no era la representante legal. Ella, como especialista, entraba y salía de situaciones tangenciales de carácter cuasi legal que hacía unos años no existían. Por cierto, era de última generación, pero carecía de las raíces de la tradición y la experiencia.

Cuando llegaron a la puerta del salón de reuniones, había docenas de ojos curiosos que las observaban. Genevieve sonrió a diestra y siniestra. Nina sólo hizo algunos gestos de cortesía con la cabeza.

Debía sonreír más, tal como lo hacía Genevieve.

Después de la cena, Nina ayudó a Bob a preparar los libros para la escuela. Le ordenó que mantuviera al mínimo el volumen de su equipo de música y regresó a la oficina para reunirse con Paul. Ahora se sentía agotada y deseó haber pospuesto la reunión para el día siguiente, pero era ella la que se lo había prometido. Y además deseaba verlo.

Una semana antes, Paul la había llamado por teléfono. Después de recriminarle su desilusión porque ella no había ido a visitarlo a Washington durante el feriado de las fiestas, dijo que se había hecho un hueco en su trabajo mientras se resolvían algunas fallas imprevistas de construcción. Se había comprometido con algunos negocios en Carmel, así que podía hacerse un tiempo. Esa tarde había ido en su camioneta al Caesar's, su segundo hogar, para interesarse por las empresas y el entorno de Mike Markov y localizar a los testigos que declararían en juicio que Mike había presentado a Lindy, públicamente y en numerosas ocasiones en privado, como su esposa.

Nina había extrañado a Paul, pero no le gustaba pensar en eso ahora. ¿Lo amaba? Una y otra vez se hacía esa pregunta. Se había enamorado dos veces en su vida, del padre de Bob hacía varios años —sentimiento que ahora estaba acabado y sólo resonaba un tanto lejano—, y de Jack McIntyre, con quien sí se había casado. Sin embargo, cinco años después, ella y Jack decidieron separarse. Ese divorcio reciente de Jack aún le dolía. Deseaba vivir tranquila con Bob y labrarse una reputación como abogada, hasta que toda esa pena emocional desapareciera.

Por otro lado, era una mujer joven y sana que a veces se sentía sola. Deseaba algo, no sólo esa loca emoción que lo envía a uno a rodar por el espacio por el resto de su vida. Paul tenía sus defectos. En realidad, podía llegar a ser un idiota arrogante, pero también era un hombro fuerte en el que apoyarse y un corazón alegre cuando todo parecía desmoronarse.

Las noches con Paul en su cama de doseles o en los distintos cuartos de hotel siempre encerraban la promesa de la aventura, lo imprevisible y lo romántico. Imaginaba que ahora también él podía ver las ventajas de su relación. Aun cuando trabajara en Washington D.C., todavía tenía tiempo para dedicarle y no hablaba mucho sobre el futuro. Había dejado de presionarla con el tema del matrimonio y se había amoldado a esa situación de prueba bastante bien... o al menos así lo creía Nina.

Paul la estaba esperando en la pequeña biblioteca situada junto a su oficina, bebiendo una taza de café.

—¡Hola, adorable abogada! —la saludó. Dejó la taza y la abrazó.

—Hola, Paul —respondió Nina, dejándose abrazar por un momento contra ese pecho fuerte y cálido—. ¿Cómo marchan las cosas en Washington?

—Casi tan frías como aquí —repuso él, jugando con uno de los aros de Nina—. Todo va lento. Mucho retraso por el clima.

—¿Sabes una cosa? ¡Estoy feliz de verte!

—Lo mismo digo —le contestó Paul con una sonrisa.

—Te extrañé.

—Yo también.

—¿Te extrañaste? —bromeó Nina.

—¡Qué graciosa!

Nina se apartó un poco.

—Esta noche tenemos que ocuparnos del tema aquí mismo.

—¡Buena idea! Dejemos de lado los preliminares. ¿Dónde será esta vez: en el suelo, sobre ese gran sillón o... aquí, sobre esa cómoda mesa...? —Hizo a un lado unas carpetas. —Es un poco áspera, pero tienes un trasero bastante resistente...

—Hazme un favor.

—Cualquier cosa, siempre que tenga que ver con los deliciosos dedos de tus pies.

—¿Me haces el favor de disipar esa nube de lujuria que te rodea, para contarme lo que has averiguado?

—Es más entretenido de lo que tú crees.

—Entonces, vamos a trabajar.

Paul le dio un beso en la nariz y se sentó. Nina se sentó frente a él.

—Ah, antes de que empecemos, me olvidé de preguntarte. —Nina revolvió unos papeles que había sobre la mesa y trató de mantener un tono informal. —¿Ya decidiste aceptar ese trabajo? Es decir, me parece que es una gran oportunidad. —Había pasado las últimas noches evaluando la oferta de trabajo de Paul en la Costa Este, y llegó a una conclusión: debía animarlo a hacer lo que fuera mejor para él. Eso era lo correcto en el caso de un buen amigo como Paul. —Serías un tonto si no aceptaras. Estás en lo mejor de la vida, en la cima de tu carrera profesional...

—Espera un momento. La última vez que hablamos, yo vendía mi alma por ese trabajo —la cortó él, molesto.

—Bueno, así parecía —dijo Nina, sin darle importancia—. Paul, sólo trato de decirte lo que es bueno para ti. No quiero ser egoísta y retenerte a mi lado. Por otra parte, deseo que tomes la decisión correcta.

—Ya veo —repuso Paul, mirándola con una expresión que Nina no consiguió interpretar—. Bueno, estoy pisando con pies de plomo. Todavía no he dicho ni una cosa ni la otra.

—¿No lo rechazaste?

—No.

—Sólo quería saber —dijo Nina.

—Te lo haré saber cuando me decida —prometió Paul.

—Está bien.

Se produjo un breve silencio. Nina buscó algo en su portafolio, mientras Paul la miraba.

—¿Cómo te fue hoy en esa parodia de juicio? —preguntó él al fin.

—Fue inquietante. Provocativo —contestó Nina, ansiosa por cambiar de tema—. No es que nuestro Riesner sustituto se mostrara o actuara para nada distinto al verdadero Jeff Riesner. Es un abogado amigo mío, llamado Rufus, que puede hablar igual que el otro, pero el efecto que produjo en mí fue totalmente diferente. Aunque fingía, hablaba de manera lógica. Yo no puedo hablar por el supuesto jurado.

Paul sonrió.

—Esa rata sucia de Riesner. ¡Qué mala suerte la tuya, de tenerlo del otro lado!

—¿Pero quién mejor para representar a Mike Markov? En la corte es pura agresividad. Va a hacerle creer al jurado que tiene que aplastar a esa mujer malvada y ambiciosa. "No se nos puede escapar." Algo por el estilo será su tono. ¡Ah, si tuviera a alguien decente a su lado! Alguien como Rufus. Si yo gano, lo invito a almorzar. Con Riesner, si gano, me cuido la espalda.

—¿Y quién ganó el juicio hoy?

—Bueno, debes entenderlo. Primero, este juicio paralelo es muy superficial comparado con uno de verdad. Carecía de varios elementos. Drama. Pasión. Tedio. Andrea fue Lindy. Se rió varias veces cuando no debía hacerlo, y Winston tenía un pañuelo colgando del bolsillo trasero de su pantalón como si fuera una pequeña cola peluda; tuvo ese pañuelo un montón de tiempo y nadie se dio cuenta, excepto el jurado. Te aseguro que eso no sucederá en el juicio.

—¿Dónde estuvo tu inteligentísima especialista en jurados durante ese acontecimiento tan retorcido?

—Tranquila, siguiendo el show desde un costado. Produciendo esos modelos estadísticos que a ella le gustan tanto. Le recordé que había prometido protegerme de todas esas cosas, así que ahora pasamos por alto las generalidades. De todos modos, comenzamos a revisar los testimonios, por lo menos de la manera en que creemos que se presentarán en el juicio. Como me lo había imaginado, el problema mayor se presentó con el acuerdo de división de bienes que supuestamente Lindy firmó una noche con su ex pareja; ése fue el juguete favorito de Rufus, y es probable que lo sea también de Riesner cuando llegue el momento de la verdad.

—¿Y?

—En nuestros alegatos de apertura y final pusimos el énfasis en las promesas hechas verbalmente, en la ceremonia nupcial extraoficial que ellos tuvieron hace años, en las suposiciones y expectativas de las partes.

—¿Y cómo cayó eso en tu jurado?

—Mal. Perdimos. Hicimos otra versión, donde pusimos el énfasis en el papel desempeñado por Lindy en la empresa y nos opusimos al acuerdo. Esa postura pareció dar en el blanco. Al parecer, nuestro segundo método fue más convincente. Ganamos. Le otorgaron el veinticinco por ciento del valor neto del capital.

—¿Sorprendida?

—La verdad que no. En todo momento sentí que el trabajo de Lindy haría ganar el juicio o arruinarlo. Eso está a la vista. Podemos mostrar pruebas verdaderas de sus contribuciones, pruebas de la confianza de Mike hacia ella, pruebas de su participación constante en las grandes decisiones, pruebas de sus vínculos directos con los esfuerzos para el éxito de la empresa.

Paul asentía.

—Después de que todo terminó, antes de caer agotados, Winston, Genevieve y yo hicimos un rápido análisis y descubrimos que las cosas fueron exactamente como Genevieve había previsto, basándose en la investigación preliminar, en los cuestionarios y en modelos estadísticos. Teníamos en nuestras manos a un Armageddon sexual. Al principio, los hombres se pusieron del lado de Mike, y las mujeres, del de Lindy. Por supuesto, el cuadro cambió a medida que nos internábamos en los argumentos, y fue ahí cuando Genevieve volvió a entrar en acción. Ahora necesita un tiempo para revisar los resultados, junto con los cuestionarios y las entrevistas que llevará a cabo en los próximos dos días. Después redactará las recomendaciones específicas.

—¿Y todo esto va a ayudarte?

—Sí, creo que sí.

—Nina, ¿crees en todo este teatro? ¿Acaso no deberías hacerte cargo de tu mejor caso y esperar que una multitud impredecible encuentre de alguna manera, aunque sea a tientas, la justicia? La gente no es ganado. No puedes dar por sentada una predicción sobre qué cereales escogerán para el desayuno de un determinado día.

—Arroz inflado para Andrea, salvado para Matt, avena para Bob, nueces con uvas para mí, casi todos los días, excepto los domingos. Así que no estés tan seguro, Paul. —Nina tomó una hoja de papel y se dispuso a tomar nota. —Ahora, vamos a ver lo que tienes para decirme.

Con las notas dispuestas con prolijidad frente a ella, Paul se pasó una mano por el pelo, que parecía más rubio que nunca y más largo de lo que Nina recordaba. Había acumulado una abultada carpeta sobre Mike Markov, que contenía muchos detalles sobre su larga amistad con Galka y algunas recientes indiscreciones con Rachel. También estaba trabajando con una mujer del departamento de *marketing* de las empresas Markov, que creía recordar la existencia de un antiguo vídeo de ventas que podría ayudar a descubrir a Mike en una mentira durante el juicio.

—Aquí tengo algo que tal vez tú no sepas. Rachel todavía está en buenos términos con su ex novio Harry Anderssen. De vez en cuando van a cenar juntos, sin Markov.

—¿Con el modelo?

—Así es. Rachel vivió con él durante unos años y cargaba con el muerto porque los ingresos de él eran siempre muy inestables, excepto durante el tiempo en que trabajó para Markov. Yo diría que sus intereses financieros se remontan a aquella época.

—Harry Anderssen —dijo Nina. Le contó la escena que había presenciado entre Harry y Mike cuando salieron del tribunal el día de la audiencia.

—No es de sorprender que él esté enojado porque ella lo abandona por Mike.

—Nosotros ya nos habíamos imaginado que él estaría de nuestro lado. ¡Dios mío, Paul! ¿Crees que Rachel volverá con él?

—Por el momento parece decidida a quedarse con Markov. Pero en apariencia, Harry no es ajeno a la violencia. En mi opinión se está conteniendo con Mike. Antes de que comenzara con el trabajo de modelo y mejorara su imagen, era físicoculturista especializado en peleas callejeras. Tal vez Harry esté fingiendo con Rachel, en la esperanza de poder aprovechar la oportunidad después de que ella se case con Markov. ¿Rachel estaba presente cuando se pelearon?

—Sí.

—Qué interesante.

Pasaron casi una hora más revisando lo que Paul tenía y hablando sobre la lista de tareas que Nina le había preparado.

Cuando terminaron, eran más de las nueve. Habían bebido todas las gaseosas y estaba nevando de nuevo. Nina debía regresar a su casa, porque Bob estaba solo. Paul también estaba cansado por aquel día de trabajo. Comenzó a golpear el suelo con el zapato, cuando de repente el ruido se tornó muy fuerte.

—¿Qué sucede, Paul? —preguntó Nina.

—¿Eh? —Al darse cuenta, dejó de golpear con el pie. —Es que... No tiene importancia.

—No, vamos. Dime.

—Bueno —dijo él sin entusiasmo—. Recuerda que tú lo quisiste. Mira, tenemos a una mujer que ha disfrutado durante años de una existencia llena de halagos por el éxito que tuvo este hombre con sus negocios. Piscinas, castillos, criados, todo el teatro.

—Ella tuvo mucho que ver con el éxito de la empresa.

—Sí, está bien. Y, según lo que me contaste, a ella le pagaron un sueldo por su trabajo. Ahora intentemos mirar la situación con objetividad. Ellos vivieron juntos sin casarse, a pesar de que ella expresaba con frecuencia su interés en contraer matrimonio. Por lo tanto, se deduce que tenía que saber que él jamás se casaría con ella. Y estuvo de acuerdo con ese trato.

Esta última frase se oyó como un mantra terriblemente bueno, digno de estar en boca de Jeff Riesner. Nina esperaba que jamás se le pasara por el pensamiento.

—Pero Lindy afirma que él usó el matrimonio como señuelo varias veces; el momento más crucial fue cuando la obligó a firmar ese papel —señaló Nina.

—¿Así que tu estrategia se basará en que ella es una pobre víctima de ese desgraciado? Lo que quiero decir es que, obviamente, este tipo sólo trata de defender sus intereses. Quizás él percibe lo que sucederá y desea reafirmar el trato que ellos tuvieron hasta ahora: que deberían mantener la división de bienes. Y ella lo firmó. No la castigó con un látigo, sólo le pidió que lo hiciera, y ella lo hizo. Después, el tipo lo guardó en un cajón. Porque nunca tuvo intenciones de casarse. Es así de sencillo.

Paul prosiguió, ahora con el rostro ligeramente enrojecido.

—¿Acaso ella fue a ver a un abogado para protestar por la firma aparentemente forzada de ese acuerdo? No, no lo hizo. Después, años más tarde, dice que se olvidó por completo de la firma de ese papel, pero cuando lo recuerda, entonces declara que él debió de haberle prometido que se casaría con ella a cambio. Es demasiado conveniente. Si Markov acepta eso, me como un sapo.

—Tú no tienes idea de lo que él dijo. Las cosas que suceden entre dos personas son complicadas —dijo Nina—. ¿Cómo puedes saber cuál fue la dinámica de aquella noche?

—Está bien, vayamos más atrás en el tiempo. Desde el comienzo ella sabía muy bien qué podía esperar de Mike Markov, un hombre que no quería compromiso legal con ella. Un hombre que fue muy franco respecto de sus sentimientos.

Nina meneó la cabeza.

—Lo que ella sabía no es el tema. Lo que ella esperaba o por lo que tenía expectativas, tampoco. La cuestión es: ¿cuáles son sus derechos ante la ley? ¿Tenían un contrato? ¿Aceptó ella ceder sus derechos frente a la empresa a cambio de una promesa de matrimonio? Ésos son los puntos legales que valen. Ella fue su esposa durante muchos años, trabajó con él, levantó una empresa, compartió todo.

—Salvo todos esos años que estuvieron juntos, el tema de fondo es que nunca se casaron. El hombre puso todos los bienes a su nombre, y ella estuvo de acuerdo.

—Puede que sea cierto, pero...

—Mi amor, es muy cierto.

Nina ni siquiera se había dado cuenta de cómo se estaba enojando. Sin embargo, en ese momento lo supo.

—Será mejor que le deje una nota a Genevieve. Tú eres exactamente el tipo de persona que no queremos tener en el jurado. Un hombre con dos ex esposas y cierto resentimiento.

—¡Eh! Mi dulce petunia, mis esposas nunca me mandaron a la tintorería para limpiarme los bolsillos.

—Si tus prejuicios y tu actitud profesional están en conflicto, házmelo saber para que pueda contratar a alguien con menos problemas. Y, por favor, llámame Nina. Si hasta "jefa" está empezando a sonarme bien.

—Es obvio lo que sucede aquí. Ella no puede tenerlo más, así que, en compensación, quiere suficiente dinero contante y sonante —afirmó Paul en actitud obstinada—. Y tú también deseas eso.

Nina metió con rabia los papeles en su portafolio y lo cerró de un golpe.

—Estoy muy cansada. Ha sido un largo día. Me voy a casa.

—Espera un minuto. No permitirás que esta pequeña controversia nos arruine la noche, ¿verdad? Salgamos y pasemos la noche juntos. —Trató de tomarla de un brazo, pero Nina se resistió. —Mira, lo lamento. Fue un viaje muy largo...

—Paul —dijo Nina, ya casi llegando a la puerta—, deja de atacarme. Yo soy la abogada defensora de esa mujer. Ella tiene todo el derecho a ser representada decente e inteligentemente. Tiene todo el derecho a presentar su reclamo ante la corte.

—¿Decente e inteligentemente, eh? —repitió Paul, y fue hacia la puerta de entrada. La siguió todo el camino hacia el estacionamiento. —Si ésa es la manera en que tú lo ves, ¿por qué te muestras tan susceptible cuando yo estoy en desacuerdo contigo? Dime, por favor. Por lo general eres muy sensata.

Nina subió a su camioneta y encendió los faros y los limpiaparabrisas.

—Está bien, te lo diré yo —continuó él—. Hay mucho dinero en este asunto. Te está enloqueciendo. Se está interponiendo entre los dos. Eres una hipócrita y estás dejando que esos billetes te cieguen.

—Hablaremos mañana —dijo Nina. Mientras se alejaba, lo miró por el espejo retrovisor; Paul se quedó allí parado con las manos en los bolsillos, bajo la nieve que caía sobre sus hombros, tan quieto como un muñeco.

Esa noche, más tarde, refugiada en la calidez de su cama, su enojo se disipó y recuperó el sentido del humor. "¿Por qué seré tan detestable?", pensó. Ella y Paul no eran diferentes de la gente del jurado paralelo. Se sentían emocionalmente leales a los de su mismo sexo, y eso era todo. Sin embargo, no le gustó el pensamiento que cruzó por su mente a continuación. Genevieve, con toda seguridad, podría haber previsto esa discusión, incluyendo las palabras agresivas de Paul.

CAPÍTULO 13

—Son muchos los abogados que tienen teorías intuitivas con respecto a la selección de jurados —dijo Genevieve. Había organizado una reunión para hablar sobre las recomendaciones del jurado paralelo. Era el sábado por la mañana y hasta Winston había aceptado concurrir, después de acomodar la hora a su conveniencia. Tenían tanto que hacer antes de mayo que habían comenzado a pasar largas horas en la oficina. Winston les hizo saber a todos que él no descuidaría su rutina de ejercicios. Estaba en Tahoe y tenía intenciones de disfrutarlo, de salir a correr por las mañanas aun cuando se congelara de frío, y, cuando el tiempo mejorara, haría algo de remo y natación.

Por la ventana de la oficina situada frente a la de Nina, donde se habían instalado Winston y Genevieve, el sol invernal hacía brillar la nieve recién caída. Unos carámbanos destellaban en la copa de los árboles mientras se derretían.

Winston ahogó un bostezo mirando su reloj.

—No quiero ser grosero, pero ¿podríamos acelerar las cosas? Hoy tengo algo que hacer. —Llevaba puestos un buzo de gimnasia, una radio pequeña y una caja negra de aspecto misterioso, del tamaño de una billetera, que estaba sobre la mesa delante de él. Su pelo brillaba, aún húmedo de la ducha que se había dado después de correr.

—Como iba diciendo —continuó Genevieve—, Clarence Darrow pensaba en la cultura y la religión cuando buscaba jurados amigos. Por ejemplo, para la defensa le gustaban los irlandeses, y excluía, siempre que fuera posible, a los escandinavos. Creía que tenían demasiada admiración por la ley. Mel Belli, el famoso abogado de San Francisco, tenía todo un sistema propio. Clasificaba a la gente por su ocupación. Para la defensa, prefería escoger antes a un camarero que a un vendedor, o a un médico antes que a una secretaria.

—Pero no es nuestro caso —dijo Winston—. No nos guiamos por la intuición.

Genevieve prosiguió como si Winston no hubiera hablado. Ya no era la joven de humor campesino. Aunque su acento sureño no había cambiado, cuando hablaba de su especialidad su tono bajaba de manera considerable. Inclusive se la veía un poco nerviosa. Ése era su día para demostrar que valía el dinero que Nina le había pagado. A doscientos dólares la hora, sus honorarios de ese mes habían sido horrorosos.

—Por supuesto, todos tienen sus ideas en cuanto a las razas —prosiguió Genevieve—. La sabiduría popular siempre ha sostenido que los afroestadounidenses votarán por el querellante en un juicio civil, en tanto que lo harán por la defensa en un juicio penal. Se dice que los asiáticos siguen a la mayoría en el jurado, y que los hispanos tienden a ser pasivos.

—No todos —opinó Winston—. Conozco casos en que no es así.

—¿Podrías dejarme terminar? —pidió Genevieve.

—Vamos, Winston, deje de embromar. No la moleste —intervino Nina. Winston se cruzó de brazos y se apoyó en el respaldo de su asiento.

—Los hombres están a favor de las mujeres, las mujeres están a favor de los hombres jóvenes y apuestos. Por lo general, las mujeres no son generosas con sus pares —continuó con firmeza Genevieve—. La sabiduría popular.

—¡Tonterías! —exclamó Winston. Cuentos chinos. ¿Sabes lo que decía Alexander Pope sobre tus preciados jurados? "A pesar de las brujas enviadas al cadalso, los miembros del jurado pueden cenar." Y ésa es la verdad. Es la realidad.

—Estoy de acuerdo —convino Genevieve.

—¿En serio? —preguntó Winston.

—Nos debemos olvidar la sabiduría popular. Hoy la gente está influida por la cultura, la religión, la televisión, los acontecimientos del presente, y sí, también por cómo siente su estómago. Nuestra vida no está tan limitada como en el pasado. Debemos hacer la elección basándonos en consideraciones muy pragmáticas. Por ejemplo, a usted, Nina, le doy una sencilla recomendación de nuestro panel. Sea más alegre.

—Usted no es la primera que me lo recomienda, ¿pero qué me quiere decir con exactitud? —preguntó Nina.

—Hablo del color y el estilo de su ropa. Los hombros anchos y los trajes serios le dan un aspecto autoritario, y los jurados preferirían que los convenciera de una manera más suave. Busque algo que sea más neutro, con un toque cálido. Algo de color durazno grisáceo. Los colores pastel mezclados con beige. En este juicio debe realzar el aspecto femenino. Es el juicio de una mujer, no lo olvide. Y es clásico en el sentido de que es una mujer la que está siendo atacada por un hombre.

—¿Durazno grisáceo? Debe de estar bromeando —replicó Nina.

—Las otras impresiones fueron que es muy uniforme. Opinan que se mostró muy profesional. Les gustó su modo de actuar, salvo por el hecho de que es muy reservada.

"Sonríe más", se recordó Nina, y lo puso en práctica.

—¿Y qué hay sobre mí? —preguntó Winston.

—Tú sabes que estuviste bien, Win. Comenzaste muy bien. Les gustó la manera sencilla en que expusiste los hechos y les gustó que no hayas levantado la voz ni te hayas mostrado emotivo. Pero una vez que pasaste a lo esencial, me temo que te fuiste por las ramas y se perdieron.

—¿Cómo?

—El jurado no desea oír hablar de todos los dólares y centavos que ganó Lindy, cuánto debería haber ganado, cuánto ganaban cuando comenzaron, los ingresos brutos anuales. Lo que está en juego es tan impúdicamente grande que el común de la gente no puede asimilarlo. Así que no debemos hablar de cantidades específicas. Sólo diremos, "ella debe recibir la mitad".

—No deseamos que piensen en cuánto gastaban por año los Markov para lustrar los automóviles —dijo Winston.

—Exacto —confirmó Genevieve, y abrió el portafolio. Entregó a cada uno un informe dentro de una carpeta de tapas transparentes. —Éstas son todas mis sugerencias, basadas en las entrevistas telefónicas, el estudio de población, los comentarios del jurado paralelo, los grupos de interés, y demás. —Eran unas veinticinco páginas, que casi no entraban en la carpeta. Winston la tomó y dejó que su brazo cayera pesadamente a un lado, como si no pudiera sostenerla.

"Hablé con Lindy y le aconsejé que se olvidara de su hermosa ropa —continuó la experta—, que se dejara algunas canas en el cabello y que no tuviera miedo de mostrar sus sentimientos cuando subiera al estrado. No es momento para guardar las formalidades.

—No es una persona que aparente tener problemas con las formalidades. Tal vez todo lo contrario —señaló Winston.

—Necesita que la aconsejen para que no se muestre amargada ni vengativa. Nuestros jurados se burlan de ciertas cualidades. Andrea, cuando hizo el papel de Lindy, actuó demasiado enojada cuando habló de Mike. A Lindy le conviene mostrarse melancólica y triste, en tanto que nosotros debemos ser muy prácticos. Debemos demostrar que somos los abogados defensores que presentan objetivamente los hechos al desnudo, sin ser demasiado agresivos, sólo informados del peso de las pruebas que tenemos para apoyar nuestro caso.

—Nina, cuando hable con Lindy sobre su testimonio, procure hacerle recordar estos puntos. Asegúrese de que sepa lo importante que es ser coherente usando las palabras justas sobre lo que se dijo. Que no se olvide de usar la frase "claramente me prometió", en especial cuando llegue el momento de hablar de la promesa hecha en los considerandos.

"Revise con ella la declaración jurada que hizo, para que no se contradiga en ningún momento. Nuestro jurado paralelo opinó que Andrea cayó en algunas contradicciones. Yo tomé nota de algunas declaraciones, y sé que a usted le gustará repasarlas con Lindy, para que quede perfectamente claro cuando llegue el momento.

"Ah y me temo que las "promesas de casamiento" que ellos intercambiaron, en lugar de un casamiento legal, causaron en el jurado una pobre impresión. En resumen, nuestro jurado no creyó que eso fuera importante. No podemos pasar por alto el hecho de que los jurados que profesen una religión podrían encontrarlo significativo, pero es probable que sólo debamos tocar tangencialmente ese acontecimiento.

"Ahora, respecto de la declaración que hizo Lindy sobre las promesas hechas por Mike en repetidas ocasiones, temo decir que los hombres del jurado las encontraron cómicas y lamentables.

—¿Y las mujeres? —preguntó Nina.

—Dentro de un enfoque correcto, salvo el caso de una cabecilla agresiva del lado de la oposición, podremos convencer a las mujeres para que se pongan de nuestro lado. El problema que nos queda es no llevar la contra a los hombres. Antes del juicio hablaremos más sobre eso. ¡Ah, que no me olvide! Tengo otro punto sugerido por uno de los jurados. Quizá podríamos insinuar que Mike habría fracasado sin Lindy a su lado. Después de todo, antes de que la conociera, a él no le iba tan bien.

—Eso es bueno. No lo había pensado. Ha hecho un buen trabajo, Genevieve. Hablaremos más cuando yo encuentre un momento para leer todo esto —dijo Nina.

—Yo apoyo esa moción. ¡Eh, Genny! —dijo Winston—. ¿Ya terminamos por hoy? ¿No quieres probar suerte a los dados cuando regresemos al hotel? —Ni siquiera pude acercarme a las mesas el fin de semana a la noche. Demasiada gente.

—Dame diez minutos. Tengo que encontrar algo que dejé en algún lugar debajo de toda la basura que hay sobre mi escritorio —respondió Genevieve.

—Te espero, entonces.

—Tú me trajiste esta mañana. Será mejor que me esperes. —Fue hasta su escritorio, situado en una esquina, y comenzó a revolver papeles desordenados.

—Bueno, será mejor que me vaya ahora, si quiero llegar a tiempo para el partido de básquet de Bob en la escuela —comentó Nina, mirando la hora en su reloj—. Adiós. —Salió hacia el estacionamiento del edificio vacío y comenzó a buscar en su bolso. No tenía las llaves. Debía de haberlas dejado sobre el escritorio. Sin perder tiempo, volvió a recorrer el oscuro y largo corredor que llegaba hasta su oficina. Encontró las llaves. Ya que estaba ahí, decidió tomar la declaración jurada de Lindy para llevársela a su casa. Sin embargo, después de hacer una búsqueda apurada, se dio cuenta de que no podía encontrarla. Tal vez Winston pudiera prestarle una copia.

Sin golpear la puerta, la abrió y miró adentro de la oficina de sus colegas. Casi dejó escapar un grito y retrocedió con brusquedad.

Winston y Genevieve estaban tendidos en el suelo. El cuerpo de ella apretado contra el cuerpo de él. Le abrazaba el cuello y tenía la falda levantada hasta los muslos.

Eso sí que era un beso.

CAPÍTULO 14

Nina observaba a Bob jugar el partido de básquet, sin ver mucho lo que hacía. Su mente no podía olvidar la imagen de Winston y Genevieve sobre la alfombra. Apresuradamente se habían puesto de pie al entrar ella, ofreciéndole una disculpa débil que no hizo nada para tranquilizar el sobresalto que le habían provocado. No se había dado cuenta de que existía una relación entre ambos. ¡No eran niños! Deberían haberse cuidado de no hacer esas demostraciones en la oficina.

Pálida, se sentó en las gradas junto a otros padres en el gimnasio, gritando, silbando y golpeando con los pies cuando los demás lo hacían. Había llevado un refrigerio para el equipo; una vez que los chicos ganaron el tercer partido seguido, todos corrieron hacia donde estaba sentada y tomaron sus jugos de fruta y las rosquillas que había comprado camino al lugar.

Ya en su casa, Bob se duchó y se cambió de ropa. Nina pasó a buscar a un amigo de su hijo y los llevó al cine. Cuando los dejó, fue al Caesar's y subió en el ascensor hasta las habitaciones de Paul, en el décimo piso.

Golpeó tres veces antes de recibir respuesta.

—¡Pero miren quién está aquí! —exclamó Paul.

Ni una sonrisa. Ni un abrazo.

Paul abrió de par en par la puerta. Vestía unos pantalones cortos de color gris y se estaba secando el pelo con una toalla. El aire húmedo proveniente de la ducha llegaba hasta el pasillo.

—¿Puedo entrar?

Paul se hizo a un lado y le indicó con un gesto que entrara.

—Siéntate —le dijo—. ¿Qué deseas beber?

—Lo que tengas.

—Entonces, sólo whisky.

—Está bien.

Le sirvió en un vaso de la botella que había sobre la mesa y se lo alcanzó; después se sentó frente a ella, poniéndose sobre los hombros la toalla y mostrando el aspecto de un modelo en un aviso de ropa interior masculina, acorde con la expresión poco amable de su rostro. Debía de haber estado haciendo ejercicio en los aparatos del gimnasio del hotel.

—Lo lamento —dijo Nina.

—¿En serio? —replicó Paul.

—No sé por qué tenía tan mal humor. En mi defensa, sólo puedo decir que estaba loca.

—La defensa por locura nunca funciona en California. Tendrás que buscar algo mejor.

—Tienes derecho a opinar en este caso. Sé que de cualquier manera harás un buen trabajo.

Paul tomó un gran sorbo, más que lo habitual. Nina entendió ese gesto como algo para darse fuerzas. Aún no la había perdonado.

—¿Qué es lo que te molesta?

—En este preciso instante, tu desnudez. El aroma a jabón que despide tu cuerpo. La marca del bronceado justo hasta donde llegan tus calcetines.

Una ligera sonrisa iluminó el rostro de Paul.

—No te detengas ahí.

—¿Podemos comenzar de nuevo? Por favor.

Paul volvió a secarse por última vez el pelo, y ella creyó descubrir un dejo de satisfacción en su mirada. Disfrutaba de su actitud abatida, que no era para nada común en ella.

—Bueno, está bien. Tenías derecho.

—Te necesito —dijo Nina—. No sólo para la investigación, sino para hablar, Paul.

—Debería grabar eso —contestó Paul, arrojando al suelo la toalla. Sin embargo, por la menor tensión de su cuerpo, Nina pudo comprobar que ya no estaba enojado. —Así podrías escucharlo la próxima vez que te la tomes conmigo. Te obstinas demasiado en tener la razón. Porque te has metido hasta el cuello en una causa, todos los que te rodean deben aliarse contigo. Bueno, eso no siempre sucede. Algunos preferimos mantenernos un tanto neutrales.

—Yo no diría que tu posición es lo que se llama neutral.

—¡Ja, ja! —exclamó Paul, apuntándola con un dedo—. No lo arruines ahora. Háblame más sobre la marca de mi bronceado. —Se miró los tobillos y le sonrió con una expresión tonta. Nina no tuvo más remedio que reírse.

—Ya dije lo que tenía que decir.

—Muy bien —repuso Paul. Se levantó y fue a sentarse junto a ella, en la cama. —¿Cómo va todo?

—Bueno, esta tarde vi algo. Winston y Genevieve se estaban besando en mi oficina.

—¡Ah! No te gustó.

—Tengo que objetar su buen juicio. No te quepa duda.

—Esos niños...

—Exactamente. No son niños. Esto no es un problema de hormonas; es un desatino. Reconozco que todo gana intensidad cuando trabajamos mucho junto a otra persona. No tengo nada que decir contra esta aventura amorosa. Sólo que...

—Prefieres que jueguen en el patio del fondo.

—Exacto. Y no ayuda que hayamos tenido hoy una reunión en la cual, finalmente, me di cuenta con claridad de los distintos estilos de trabajo que tenemos. A Winston y Genevieve sólo les interesa la táctica. Quizás ellos sean gente de la gran ciudad, y yo no. Se están haciendo cargo de todo, y eso no me gusta... ese cinismo que tienen. A veces siento hasta como si conspiraran en mi contra.

—No es difícil de entender. Están en esto por el dinero. Lo mismo que tú, ¿o me equivoco?

—No es mi caso —aclaró Nina—. Es un caso legal importante, con temas importantes.

—Y una importante cantidad de dinero.

Nina mantuvo la boca cerrada para evitar seguir hablando del tema. Arrodillado delante de ella, Paul le quitó los zapatos y comenzó a masajearle los pies por sobre las medias.

—Escucha, Nina. Si no te gusta cómo van las cosas, despide a Romeo y Julieta. Tú eres la que manda. Sigue adelante sola.

—En este momento ya no es posible. Con el juicio encima, los necesito. Además, me parece que ellos sí saben mucho más que yo sobre este asunto de los jurados. Eso hace que desconfíe de mi propio discernimiento... —Las manos de Paul que le masajeaban los pies le enviaban un calor radiante por las piernas.

—Bueno, ¡a quién le importa lo que ellos hacen sobre la alfombra después del trabajo! —exclamó Nina, pero su voz se entrecortó.

Paul se puso de pie detrás de ella. Tomó un mechón de su largo cabello y lo enruló con uno de sus dedos. Las manos le quitaron con lentitud la chaqueta. De inmediato, presionó con los pulgares sobre sus hombros y comenzó a trabajar los músculos tensos de alrededor del cuello. Nina suspiró cuando sintió cómo la tensión desaparecía bajo ese contacto. Dejó caer la cabeza hacia adelante.

Paul le quitó el vaso que tenía en la mano y lo dejó sobre la mesa.

—Siempre... —dijo mientras continuaba con esos movimientos hipnotizantes en el centro de los omóplatos de Nina— creo que es una buena idea... —Deslizó los dedos dentro de la blusa. —Cuando me siento desolado... —Después recorrió lenta y suavemente la mano hacia la nuca. —Necesito olvidarme de mis problemas... —Comenzó a explorar la parte delantera.

—Acostarme por un rato. ¿No te parece una buena idea? —La penumbra nebulosa había desaparecido y sus manos fueron como el fuego cuando le rozaron la piel. Esa piel bronceada contra su piel pálida.

—Excelente... —respondió Nina.

La hizo girar y retroceder hacia la cama.

—... idea. —Se apagó la luz, aunque de todas formas tenía los ojos cerrados; sólo existía el aroma a limpio del cuerpo ardiente de Paul a su lado.

LIBRO TERCERO

Los juicios

No se enfoca una causa con
la filosofía de aplicar justicia en abstracto,
sino para ganar.
–Percy Foreman

CAPÍTULO 15

—La señora Lim es apropiada. Cercana a la edad de Lindy: cincuenta y cuatro años. Agente inmobiliaria, dos hijos grandes, marido con problemas cardíacos. Miembro de la Asociación de Mujeres Universitarias de los Estados Unidos. Padres ya fallecidos. Sus respuestas indican que no tiene problemas con la gente que convive sin estar casada. Igualdad en una relación: expresa que es importante. —Genevieve enumeró rápidamente. Buscó en el bolsillo de su chaqueta y dijo en voz baja: —Espere. Tengo un mensaje de Paul.

Abandonó la sala del tribunal por un momento para ir a llamar por teléfono. Paul había hecho averiguaciones sobre los cincuenta y cinco miembros de la comunidad que eran candidatos a formar parte del jurado; estaba sondeando lo que podía sobre esas personas para ayudar al equipo de Lindy a hacer una selección con mayores fundamentos.

Nina llamó a Susan Lim para hacerle algunas otras preguntas.

El estrado del jurado estaba situado contra la pared izquierda de la sala del tribunal, similar a una cueva, y el alguacil se hallaba ubicado a un costado. El puesto de Nina, una mesa reservada para la parte querellante, estaba a la izquierda y era la más cercana al estrado del jurado, a unos tres metros del relator de la corte y el estrado de testigos en la parte delantera.

El estrado del juez Milne estaba en la esquina derecha al frente de la sala. A la derecha de Nina, a una mesa larga, se encontraban Riesner y su nueva socia, Rebecca Casey. En ese momento, Riesner y Rebecca conversaban con las cabezas tan juntas que Nina hasta podría haber jurado que se tocaban. Si él se hallara en esa posición con ella —y, ahora que lo pensaba, por cierto que sí se lo había hecho un par de veces—, se habría encogido de la misma forma que ante un escorpión. Por lo general, en los encuentros, Riesner se acercaba amenazador hasta casi rozarle el rostro, tratando de intimidarla.

Rebecca, una mujer de rostro agradable y aspecto profesional, era para Riesner lo que Winston Reynolds para Nina. Educada en Standford, era más joven que Winston; tenía casi cuarenta años. Su aire seguro y su actitud directa debían de resultar muy útiles cuando era necesario negociar en los corredores cargados de testosterona de los tribunales. En ese preciso instante, asentía con la cabeza a algo que Riesner le decía, mientras le alcanzaba a Mike —sentado detrás— una nota; Mike estaba sentado a la misma mesa, vestido con un estupendo traje que sin duda jamás había usado antes. Su cuello voluminoso formaba un pliegue por sobre la camisa.

Con ese traje Mike no lucía como un tipo sincero. ¿Era por el sudor que perlaba su frente y su nariz de boxeador? Movía la mandíbula cuando apretaba y relajaba los dientes. Las luces amarillentas del techo de la sala lo iluminaban sin compasión. Se lo veía indispuesto; la carne de su rostro parecía más caída que lo que Nina recordaba de hacía un mes, cuando él había hecho la declaración jurada.

Era evidente que sentía la presión del juicio que tenía por delante, así como la de la banda de reporteros y otros medios de comunicación que se apiñaban en la sala. Lindy, sentada a la izquierda de Nina, más cerca del estrado del jurado, se asomaba con frecuencia para mirarlo; por cierto, no era una buena idea. Winston, que se había encargado de la selección del jurado el día anterior, holgazaneaba en su asiento junto a ella. Él confiaba plenamente en Genevieve, pero Nina no podía sentir lo mismo.

Con amabilidad, Nina se volvió hacia la señora Lim y le hizo algunas preguntas más. Además de ajustarse al perfil de Genevieve como jurado "amigo", a Nina le gustaba la vehemencia de la señora Lim y la reflexión que ponía en sus respuestas. Vestida con un traje de lana, tenía aspecto de ser una mujer exitosa e inteligente, de alguien que escuchaba con atención las instrucciones del juez y analizaba los temas.

Genevieve regresó en el momento crítico y se sentó junto a Nina.

—Paul acaba de averiguar que la señora Lim presentó un reclamo por discriminación ante la Oficina de Derechos Civiles hace veintidós años, cuando recién comenzaba en el mundo laboral. ¡No me mire! Debemos tenerla. Muéstrese aburrida. —dijo Genevieve, sin aliento. Después bostezó y abrió un cuaderno. Nina miró el reloj situado encima de los asientos del jurado. Eran las once y dieciocho del quinto día de la selección del jurado.

—Gracias, señora Lim —dijo, Nina dirigiéndose por el nombre a esa potencial miembro del jurado. Esa forma de actuar era otra de las innovaciones e indudables mejoras de Genevieve. Cuanto más se individualizaba la identidad de una persona —tal como ella lo había expresado—, más lealtad se ganaba. Los empleados de la tienda de comestibles donde compraba Nina aplicaban la misma táctica del nombre una vez que ella pagaba sus compras con un cheque.

—Gracias, señora Reilly —decían siempre, y Nina pensaba, casi en forma subliminal, exactamente lo que se intentaba: que la individualizaban como clienta.

—¿Señor Riesner? —dijo Milne—. Creo que usted tiene la siguiente recusación. —Riesner podía ejercer una de sus seis recusaciones definitivas de cualquiera de las doce personas que estaban allí sentadas. Algunas estarían nerviosas porque deseaban ser excusadas; otras estarían lo bastante interesadas en el proceso y tendrían suficiente tiempo para cumplir con el compromiso de permanecer en ese puesto.

—La defensa agradece y excusa al señor Melrose —dijo Riesner, ofreciendo al señor Melrose el premio consuelo de una sonrisa afectada que indicaba que no era por nada personal, sin ninguna duda. Había escogido bien. Ya antes, Nina había decidido que Melrose, un viudo de mirada triste perteneciente a la iglesia luterana, sería benévolo con la situación, reacción ésta que podría ayudar a Lindy. El pobre señor Melrose salió con torpeza del estrado del jurado y desapareció para siempre del juicio.

Quedaba la señora Lim. Su pelo era negro y brillante; lo mantenía detrás de las orejas, lo cual le daba un aspecto pulcro y ejecutivo. Seguiría allí sentada hasta que...

—¿Cuántas recusaciones definitivas nos quedan? —preguntó Nina a Genevieve, casi susurrando.

"Una más", garrapateó Genevieve en un papel. Nina se mordió el labio y buscó entre los rostros del estrado del jurado. Ninguno le devolvió la mirada.

También Lindy estudiaba con detenimiento a cada persona. De vez en cuando, durante el proceso de la selección, ella había escrito un vehemente "NO" o "SÍ", cuando los distintos jurados eran llamados al estrado para ser interrogados. La mayoría de las veces Nina concordaba con las evaluaciones de Lindy. Y también tenía que admitir hasta el momento que también lo hacía —más o menos— con Genevieve. La diferencia principal parecía radicar en que Nina nunca se sentía segura sobre nadie, en tanto que Genevieve observaba, consultaba sus notas y perfiles y juzgaba sin dudar.

Hasta el momento, sus desacuerdos habían sido menores y fáciles de solucionar. De las once personas sentadas en el estrado esa mañana, además de la señora Lim, a Nina le gustaron cuatro, tuvo dudas sobre cuatro, y temor por otras dos. El equipo de Riesner había recusado sus mejores elecciones en los últimos días. En retribución, ella había agradecido y recusado a los que a él le habría encantado tener, aquellos que se ajustaban al otro perfil de Genevieve, el negativo. "Debemos evitar —rezaba su informe—: conservadores. Gente sin educación superior. Hombres divorciados. Cazadores, pescadores. Mujeres casadas jóvenes. Republicanos (ya que las afiliaciones políticas y religiosas habían sido rastreadas por Paul) seguidores, gente adinerada." Había muchas otras de esas directivas, clasificadas por grado de peligro.

—Ahora veamos el próximo, Clifford Wright. ¿Qué sabemos de él? —preguntó Nina, tapándose la boca con la mano, mientras un hombre de cabello ralo, aspecto juvenil y sonrisa simpática se acercaba a la silla aún caliente del pobre señor... ¿cómo se llamaba?

Genevieve le pasó el cuadro que había esbozado con los datos de Wright, al recibir la lista de miembros de la comunidad para conformar el jurado, la semana anterior.

—Treinta y nueve años —dijo—. Contestó bien a las preguntas. En la actualidad, jefe de campaña de nuestro diputado en el Parlamento. Practica esquí, juega pelota-paleta, anda en bicicleta. Después de una cantidad de noviazgos informales, hace poco se casó. La madre se divorció del padre al cabo de veintitrés años, hecho que podría favorecernos; ella continuó recibiendo una pensión por alimentos de su ex marido hasta que murió, el año pasado. Le encantan los helados, la comida china, las verduras. No come frutillas, manzanas ni maníes, porque es alérgico. Se autodescribe como feminista. Su esposa trabaja, pero no con él, aunque reúnen sus ingresos en un fondo común y han acumulado lo suficiente como para dar el anticipo para una casa. Paul no averiguó mucho de él... Acababa de mudarse a Tahoe. Es del sur de California. Allá fue congresista por el Estado, y aquí participa activamente en política. Sus votos demuestran una definida tendencia liberal. Pertenece al tipo de los líderes. Fuma. Es bueno escribiendo. Veamos cómo se las arregla con sus preguntas.

—Señor Wright, mi clienta, Lindy Markov —dijo Nina, haciendo un gesto hacia Lindy. Wright le dirigió una sonrisa a Lindy.

—¿Hace cuánto que vive en Tahoe? —comenzó Nina.

—Sólo un año.

—¿Y antes de eso?

—En las afueras de Los Angeles. En Yorba Linda.

Nina prosiguió con preguntas neutrales para darle tiempo a que se acostumbrara a las miradas inquisitivas de tantas personas y al relator de la corte que anotaba cada una de sus palabras.

—Si no me equivoco, se crió usted en el condado de Orange.

—Sí.

—¿El lugar donde nació Richard Nixon?

—Infame por esa razón.

—La gente de otras partes del Estado quizá diría que el condado de Orange es uno de nuestros condados más conservadores. ¿Está usted de acuerdo con eso?

—Sí, es conservador.

—¿Cuánto de conservador?

—Posiblemente sea el lugar que más haya crecido durante las últimas tres décadas, que cualquier otra parte en el mundo. La gente se esfuerza por mantener los valores tradicionales, como la familia y la religión. Supongo que se sienten un poco como en estado de sitio, así que protestan bastante sobre eso.

"H. de p. inteligente", garabateó Genevieve para que Nina lo viera.

—¿Diría usted que comparte las actitudes conservadoras por las que es famoso el condado de Orange?

—La verdad es que no veía la hora de irme de ese lugar.

—¿Usted no tiene valores tradicionales?

—Me cansé de la paranoia, la intolerancia y la rigidez. Me cansé del tránsito y la contaminación. Me cansé de que no me permitieran pisar el césped ajeno.

Nina no estaba satisfecha. Se mostraba sincero. Demasiado sincero. Debajo de todo ese candor y esa sonrisa, parecía bastante nervioso. Decidió volver a terreno neutral. Después de unos minutos, sólo había levantado un poco la guardia.

—¿Es ésta su primera experiencia en el fuero penal? —preguntó Nina.

—Sí.

—¿Nervioso? En general, es normal que así sea.

—Con miedo —admitió, y rió.

—No es un lugar agradable para pasar la mañana, ¿no le parece, señor Wright? Apuesto a que preferiría estar afuera —Nina simuló consultar sus notas—, andando en bicicleta por el camino cercano a Emerald Bay. ¡Un día tan hermoso como éste!

—Por cierto que sí.

Nina sonrió y permitió que el público también lo hiciera. La tensión de la sala disminuyó lo suficiente como para que Clifford Wright al final perdiera la expresión tensa de su boca.

—Desgraciadamente, hoy todos estamos aquí para cumplir con nuestro deber —continuó Nina—. Estamos aquí para decidir sobre temas muy importantes. Algunos han definido el caso que nos reúne como un caso de alimentos entre personas que han convivido extramatrimonialmente. ¿Está usted familiarizado con esos términos?

—Por supuesto. Clint Eastwood fue demandado por alimentos por una pareja extramatrimonial, ¿no es así? También Bob Dylan; creo que hasta Martina Navratilova.

—¿Qué opina de esos casos?

—Bueno —respondió el hombre con lentitud—, como comprenderá, no los seguí en detalle. Pero, por lo que oí hablar, la pareja de Bob Dylan vivió con él durante mucho tiempo, incluso tuvo hijos con él y los crió. Por cierto que debería recibir algo. El caso de Martina fue muy diferente.

—Así que, como persona con sentido de la justicia, usted cree que podría intentar analizar esos hechos no en general sino en forma individual.

—Así es —dijo él, y esbozó una amplia y sincera sonrisa—. Señora Reilly —añadió.

—¿Entiende lo que es un contrato? —preguntó Nina.

—Creo que sí.

—¿Cómo lo definiría?

—Como un acuerdo.

—¿Sabe usted que según la ley existen distintas clases de contratos, tanto orales como escritos?

—Sí.

—¿Sabe usted que según la ley un contrato oral posee la misma fuerza legal que uno escrito?

—Sí, lo sabía.

—¿Cree que debe ser así?

—En tanto se sepa de qué se trata el acuerdo, yo no tengo problemas con eso.

—¿Está usted de acuerdo en que es más fácil probar un acuerdo por escrito, señor Wright?

—Bueno, por supuesto.

—Pero no todo lo que se hace por escrito es un acuerdo, ¿verdad?

—No. Inclusive si dice que es un acuerdo, tal vez podría no ser un acuerdo legal. Supongo que debe cumplir con ciertas normas.

Nina le echó una mirada a Genevieve, que se mostraba complacida. Y a Winston, que miraba Wright con ojos inquisidores. La respuesta era demasiado buena, y él se había dado cuenta de eso.

—¿Diría usted que siempre que haya dos personas habrá dos interpretaciones de una misma situación?

—Es posible.

—Por lo poco que el juez le ha dicho al presentarle este caso hace unos días, ¿tiene usted alguna idea con respecto a cuál de las partes tiene la razón aquí?

Wright arqueó las cejas. Casi se mostró ofendido.

—Para saber eso tendría que escuchar toda la historia —respondió, meneando la cabeza—. Señora Reilly, la verdad es que en este momento no lo sé.

—¿Podría estar a favor de la señora Markov, si se prueba que ella y el señor Markov hicieron un contrato oral, un acuerdo, para compartir todos sus bienes, sin tener en cuenta que jamás lo hayan puesto por escrito?

—Sí.

Varias veces durante el interrogatorio, Nina pudo sentir a sus espaldas el deseo de Riesner de objetar. Lo último que quería era quedarse sentado mientras ella interpretaba la ley para sus propios fines. Por otra parte, los abogados trataban de no interrumpir durante los interrogatorios de selección del jurado. En general, eso surtía un efecto contraproducente. Pronto volvería a ser su turno de preguntar, y también ella debería resistirse al impulso de objetar.

Nina continuó interrogando a Clifford Wright durante otros diez minutos.

"Lo retuvo bastante rato" —decía la nota de Genevieve, cuando al fin Nina se sentó—. "Más que a los demás."

"Es demasiado vehemente", escribió Nina como respuesta, observando que Riesner comenzaba su ronda de preguntas. Dio vuelta la página de su anotador para poder tomar nota de cualquier detalle que pudiera necesitar para seguir o cerrar ese escrutinio. Riesner no había terminado cuando el juez Milne anunció el receso para el almuerzo. Sin embargo, Nina no necesitaba oír más para saber lo que pensaba.

Después de escabullirse lo mejor que pudieron para evitar a los reporteros, los tres —Nina, Genevieve y Winston— fueron caminando hacia un lugar situado entre los dos edificios largos y bajos, por donde se colaba el sol y soplaba una brisa leve.

—De nuevo nos estamos perdiendo la primavera —comentó Nina—. Aquí viene y se va otra estación mientras nosotros nos pudríamos adentro.

—Piense en lo que nos estamos ahorrando en pantalla solar —contestó Genevieve—. Hoy estás callado, Winston.

—Que esté callado no significa que esté dormido.

—¿Qué impresión te causó el señor Wright?

—Aún estoy pensando —respondió Winston. Tenía puestas unas gafas para sol marca Vuarnet que le recordaron a Nina otro caso que había pasado rápida y dramáticamente por su vida tan sólo unos meses antes. Cada caso parecía durar una eternidad, pero una vez que terminaba, en un abrir y cerrar de ojos ella se ponía de nuevo en movimiento.

—Es perfecto —dijo Genevieve, sin esperar a que ellos expresaran su opinión.

—Demasiado —observó Nina.

—No, para nada —replicó Genevieve.

—Nos manejó todo el tiempo. Como si estuviera tocando el arpa —opinó Nina.

—¿El jurado perfecto se nos aparece en el camino, y usted sospecha porque parece demasiado bueno? —insistió Genevieve.

—Es hábil.

—¿Estás loco? Se manejó maravillosamente. Se mostró franco. Y además imparcial.

—No me importa cómo se mostró. No lo quiero —dijo Nina, levantando un poco el tono de voz, sin mirar a Genevieve.

—¿Debo recordarle que nos queda una sola recusación para hacer? ¿Y qué me dice de Ignacio Ybarra? Es católico, muy conservador. Un desastre. ¿Y Sonny Ball? Paul opina que es traficante de drogas. Es de lo más impredecible. Como sabíamos que debíamos ahorrar todas las recusaciones posibles para eventuales desastres, esos dos pasaron por el tamiz. Con seguridad no pensará quedarse con ellos y malgastar la recusación en Wright. —Cuando vio que su lógica no parecía lo bastante fuerte como para hacer cambiar de opinión a Nina, Genevieve buscó apoyo en Winston, que se había ido a caminar por los alrededores. —¿Qué piensas tú de Wright?

—Me inclino a coincidir con la opinión de Nina en el sentido de que él no está mostrándose tal como es —dijo Winston—. Pero me pregunto quién lo hace, en definitiva. Eso no indica que Wright no esté de nuestro lado. Lo que importa es que parece sincero.

—¿A eso le llama ser sincero? ¿Qué me dice de cuando le pregunté sobre su mujer y se le empañaron los ojos?

—Es sensible —señaló Genevieve.

—Demasiado.

—¿Qué la lleva a pensar así, Nina? —preguntó Genevieve—. Por cierto que no será por el cuestionario, ni por las respuestas que el hombre dio hace un rato. Es por sus propios prejuicios. Le advierto que habrá problemas. ¿Será posible que se sienta un poco atraída por Wright, y reaccione por eso?

—A él no le gusto —contestó Nina, bloqueada por la fuerza con que Genevieve y Winston defendían a Wright. Le parecía obvio que ese hombre no encajaba en su caso. Sentía que Wright intentaba cautivarla. No le gustaba la sensación de tenerlo en el jurado. Lo normal sería que se mostrara reacio, como todos los demás, a cumplir con su deber. No debería causarle placer, sino tan sólo mostrarse predispuesto. Para ser miembro del jurado nunca había que estar ansioso. De alguna manera, ella sentía que a Wright lo había traicionado su ansiedad al adoptar un estilo ficticio e imparcial que por algo no se ajustaba a la personalidad descripta en los papeles: una persona satisfecha con su nuevo empleo, que disponía de mejores formas de pasar el tiempo.

—Usted cree que a él no le gusta —continuó discutiendo Genevieve—. Eso es irracional, porque sabe que aquí nos manejamos con la lógica. Confíe en mí, Nina. Déjeme hacer el trabajo para el cual me contrató. No la voy a defraudar.

Nina se volvió hacia Winston.

—¿Y usted qué opina?

Winston se tomó su tiempo.

—Digamos que usted tiene razón y que Wright es un problema —dijo. Habían llegado al estacionamiento y estaban parados junto al Oldsmobile que Winston había alquilado para su estadía en Tahoe. —Tengo mucha experiencia en juicios. Tal vez pueda neutralizar ese prejuicio inicial. Creo que podremos trabajar con ese señor. Usted puede ganárselo. En cuanto a que él sea una ardilla ansiosa, yo no tengo problemas en ese aspecto. Creo que quiere aprender algo de la gente muy rica. Le interesa el aspecto monetario. Eso, en sí mismo, no es malo.

—Se lo advertí cuando empezamos —dijo Genevieve—. Sólo puedo ofrecerle mi consejo, y usted es libre de seguirlo o no, pero ahora le digo que debemos ahorrarnos esa recusación. No la malgaste con Wright. Para esto me necesita: para ayudarla con esas diferencias que no saltan a simple vista. Wright se pondrá de nuestro lado. Se lo aseguro.

Ellos tenían razón en cuanto a la necesidad de contar con esa última recusación para una emergencia. Nina revisó en su mente todo el proceso en el cual podría haberse ahorrado otra recusación, para poder ahora usarla con Wright. Pero se encontró con las manos vacías.

—Está bien. Si Riesner no lo recusa, Wright se queda. —Cuando regresaron a la sala del tribunal, Nina se sentó, cerró los ojos y esperó la ayuda del enemigo, ya que los amigos la habían abandonado. Tal vez a Riesner no le gustara Wright.

No tuvo esa suerte. Riesner no lo recusó.

Antes que enfrentarse con la tormenta de flashes de los fotógrafos que esperaban en el corredor principal, Nina se escabulló por la puerta contigua al estrado del jurado y entró en un pasillo privado que llegaba hasta las cámaras de los jueces, después de pasar por las oficinas de los empleados del juzgado. Tenía intenciones de esperar allí unos minutos hasta que el grupo se dispersara, y después salir por una puerta que daba a la entrada principal, a unos metros de la salida de la sala del tribunal. Ese día no quería que la fotografiaran.

Durante unos minutos esperó en el tramo corto de un pasillo en forma de L, hasta que supuso que ya no habría moros en la costa. Se dirigió hacia el tramo más largo del pasillo, que conducía a la puerta de salida. Casi al instante, vio a Winston, que en apariencia había tenido la misma idea que ella.

Sólo podía verle la espalda. Había ingresado en las oficinas de los empleados y conversaba animadamente con una atractiva pelirroja de pelo enrulado, a la que también Paul siempre parecía observar.

—Le gusta el cuerpo —oyó que decía una voz que arrastraba las palabras. Genevieve había aparecido detrás de ella. —Últimamente pasa todo su tiempo libre en este lugar. Supongo que es hora de pasar a buscarlo. Vamos. —A pesar de su modo distante, los celos le hacían chispear los ojos.

Nina la siguió para ayudarla a llevarse a Winston a la rastra.

—De esto se trata —dijo Nina, cansada, el jueves por la tarde, mientras miraba a otro grupo de gente que ingresaba en la atestada sala y al empleado del tribunal que comenzaba a hablar—. La casa se agranda.

—¿Entienden y aceptan contestar con precisión y con la verdad, bajo pena de cometer perjurio, todas las preguntas que se les planteen en lo concerniente a sus calificaciones y capacidad para servir como jurado en el tema por resolver ante esta corte, y entienden que en caso de no hacerlo podrían verse sometidos a un juicio penal? —repitió mecánicamente el empleado de la corte por sexta vez.

—Sí —contestó el nuevo grupo, mientras los rostros inseguros que llenaban el estrado del jurado lo miraban fijo.

—Terminaremos hoy —le susurró Winston mientras las personas se sentaban y el ruido a papeles comenzaba el último asalto—. Lo percibo.

—Alan Reed —llamó el empleado del tribunal. Genevieve no tuvo necesidad de mostrar el informe sobre él; el día anterior habían hablado sobre ese hombre y rezaban por que no lo convocaran.

Se trataba de un hombre abiertamente conservador, de cincuenta y siete años, que se había divorciado y aún guardaba resentimiento por esa situación, según el informe de Paul. Pasaba los fines de semana cazando y pescando con sus amigos. En la parte superior del informe, Genevieve había dibujado una calavera y dos huesos cruzados.

Después de unas pocas preguntas, para Nina se tornó evidente que Reed era precisamente el tipo de jurado que ellos no podían aceptar. Por debajo de la mesa, Genevieve puso los pulgares hacia abajo, y Winston no pudo evitar menear la cabeza ante una o dos de las respuestas.

—Señora Reilly, creo que ésta es su última recusación —anunció Milne.

Nina pidió un momento para revisar una vez más el cuadro del jurado con sus selecciones hasta el momento y las pequeñas anotaciones de Genevieve. Todos habían aprobado a la señora Lim. Había otras cinco mujeres: una divorciada de unos cincuenta años, que estaba a cargo de un hijo adulto discapacitado, una estudiante, una alpinista, una empleada y una ama de casa; ellas se quedarían. Los dos hombres, un biólogo y un profesor de historia no la entusiasmaban, pero podían mostrarse abiertos a los argumentos. Además estaba Clifford Wright, sobre el que habían discutido, aunque habían ganado Genevieve y Winston. Definitivamente, estaba adentro. Nina rodeó con un círculo el nombre de los candidatos que la impresionaron en forma más negativa.

—Ignacio Ybarra, veintinueve años, trabajaba en la compañía telefónica, muy callado; tiene una hija pequeña, pero manifiesta problemas en su relación con ella, por algunas discusiones entre él y la abuela de la niña. Apegado a sus padres y con una familia muy numerosa. Le gusta caminar; título universitario. Muy religioso; va a la iglesia dos veces por semana. No muy bueno.

"Kevin Dowd. Jubilado, poco más de sesenta años, juega al golf, hizo una fortuna con inversiones, bebe mucho, le gustan mucho las mujeres, busca pareja. Un asco.

"Sonny Ball, casi treinta años, tatuajes, aros, respuestas casi inaudibles, hace tres años que busca trabajo, un par de problemas con la Justicia. Sus padres viven en Oregon. Están enemistados. Paul sospecha que es traficante de drogas. —Era horrible, pero otros que estuvieron en el estrado habían sido aún peores por distintas razones, y ellos sólo podían hacer seis recusaciones en total.

Trece personas. Una debía irse. ¿Pero cuál?

Nina estudió los cuatro rostros, buscando una pista, algún gesto de nerviosismo. Los hombres la miraron sin ofrecerle nada definitivo. Ignacio Ybarra tosió resignado. Kevin Dowd sonrió, seguro de que estaba aceptado. Sonny Ball se mojó los labios con la lengua y entrecerró los ojos dirigiéndole una mirada entre lasciva y traviesa.

Reed la miró fijo, con la barbilla en alto, arrogante. Esperaba que no lo aceptaran y por lo tanto no disimulaba para nada el desprecio que sentía por ella y su clienta.

"Dejemos que cumpla su deseo."

—La demanda agradece y excusa al señor Reed —dijo Nina. Genevieve se movió inquieta para mostrar su descontento. Había presionado para usar la última recusación con Sonny Ball. Winston inclinó la cabeza en gesto respetuoso. Un suspiro se oyó en la sala. Finalmente relajados, varios de los jurados volvieron a sentarse en sus lugares.

Pasaron otras dos horas para seleccionar a dos jurados suplentes que escucharían los testimonios, pero deliberarían y votarían sólo si otro miembro del jurado se encontraba incapacitado de concurrir. Patti Zobel, divorciada, se ajustaba al perfil. ¿Era posible que ninguno de los presentes pudiera seguir casado? Y Damian Peck, la otra alternativa, capataz en Harvey, cuya esposa dentista ganaba más que él, también parecía una buena elección.

—Tomaré juramento al jurado —dijo por fin Milne, y las catorce personas en cuyas manos se encontraría el triunfo o la desgracia de Lindy se pusieron de pie y levantaron la mano derecha.

CAPÍTULO 16

La mañana de un lunes de mayo ligeramente soleado, siete meses después del fatídico cumpleaños de Mike Markov, llegó la hora del alegato de apertura.

Con el deseo de evitar a los medios de prensa, Nina se marchó temprano de su casa, pero al llegar al tribunal encontró que el lugar ya estaba atestado de móviles de televisión y gente con cámaras de vídeo. En lo alto de los pinos, una bandada de gorriones trinaba en coro como queriendo rivalizar con los excesos del gentío que se apiñaba abajo. En medio de toda la cacofonía y la confusión, Nina se olvidó su portafolio y debió regresar al automóvil para recogerlo.

Vestida con una blusa blanca y un traje de tono durazno, se sentía frágil. Observó que Lindy y Alice estaban estacionando el viejo Taurus de Alice. Fue hasta el estacionamiento para encontrarse con ellas. Juntas, se abrieron paso entre la multitud, empujando con firmeza para pasar por el tropel que se amontonaba a la entrada del tribunal. Justo antes de llegar a la puerta, Nina tuvo que apartar de su rostro un micrófono —particularmente largo y de aspecto horrible— para evitar tragárselo.

Dentro del edificio, el agente Kimura acababa de abrir las puertas de la sala. Una fila larga de gente que había estado esperando irrumpió en el interior a los empellones para encontrar ubicación. Antes de que se cerraran las puertas definitivamente, el comisionado permitió ingresar a algunos rezagados. Estos últimos afortunados se apretujaron en la parte trasera de la sala y se quedaron de pie contra los deslustrados paneles de las paredes.

Nina vio que Rachel, rodeada por una falange de empleados de Empresas Markov, se había ubicado directamente detrás de Mike. Harry Anderssen, su ex novio, se sentó justo detrás de ella. Cuando Rachel se inclinó hacia adelante y le apretó la mano a Mike, Harry le dirigió una mirada fulminante. Rachel lucía su largo cabello recogido y mostraba un aspecto modesto, con un vestido negro y chaqueta amarillo oscuro. Mike era el prototipo del ejecutivo, vestido con un traje color granito y una corbata verde tan oscura que casi parecía negra. Cuando Riesner le puso un brazo sobre el hombro y comenzó a hablarle en voz baja, Rachel retrocedió con timidez.

Riesner llevaba puesto su habitual traje azul y lucía, como siempre, una sonrisa afectada.

Lindy, mostrándose indiferente a la moda, tenía puesta una pollera larga y un conjunto de suéter y cárdigan color pardo. Su única concesión a la vanidad era un par de aretes de perlas. Mientras se ubicaban en sus lugares, le señaló a Nina a algunas de las personas que conocía. Mientras tanto, Alice, sentada detrás, hablaba sin parar, moviendo con ritmo silencioso y frenético el zapato de taco alto de la pierna que tenía cruzada.

A unos asientos de distancia de Alice, Nina vio al hombre temible de cabello oscuro que la había amenazado aquella mañana cuando la encontró sola en el Spa de la casa de Lindy. Se puso de pie para saludar con la mano a Lindy, cuando ésta se dio vuelta para decirle algo a Alice.

—Oh, mira —dijo Alice—. Ahí está George Demetrios, el perrito faldero de Lindy. Ella sólo tiene que darle un tirón a la correa y él viene.

—Alice —la reprendió Lindy, mirando nerviosa la sala repleta de público—. Deja en paz a George.

—No, la verdad. Creo que todas las mujeres necesitan a un tipo como George para que se haga cargo del trabajo sucio.

—¿Trabajo sucio? —empezó a preguntar Nina, pero el secretario de la corte la interrumpió.

—El Tribunal Superior del estado de California entra ahora en sesión. Preside Su Señoría el juez Curtis E. Milne.

Todos se pusieron de pie cuando el juez ingresó en la sala. Una publicación de corte feminista había llevado a un grupo ruidoso de activistas que se hallaba sentado cerca de Riesner, tratando de entablar un diálogo con él. Sin embargo, el juez Milne impuso silencio en su sala con el único gesto de arquear ligeramente una ceja. Cómo lo lograba, Nina no lo sabía, pero todo el poder de la institución judicial cobraba vida en esos ralos cabellos de la cabeza del juez.

Una vez que pareció satisfecho con el orden restablecido en su tribunal, el juez se movió en su sillón, estudiando los documentos que tenía delante, ajustándose las gafas y acariciándose la calva. Después se dirigió al jurado:

—Damas y caballeros, el momento ha llegado. Comenzaremos este juicio público escuchando los alegatos de los abogados. Eso es todo lo que podremos hacer hasta el mediodía, que es el tiempo que el tribunal ha concedido para este tema. Reanudaremos la sesión mañana a las nueve en punto.

"Los abogados me comunican que calculan no tardar más de seis días para presentar las pruebas. Han aceptado que yo les lea esta breve introducción del tema sobre el que ustedes deberán decidir.

"El asunto principal a resolver en este juicio es si estas dos personas, Mikhail y Lindy Markov, tenían o no un acuerdo escrito, oral o tácito para compartir la propiedad de una empresa conocida como Empresas Markov. Si ustedes deciden que existe tal acuerdo, se les solicitará que determinen con exactitud en qué forma se hizo. Si deciden que el acuerdo establece que Lindy Markov es dueña de una parte de la empresa, deberán dilucidar el valor de esa empresa y cómo dividir sus activos y pasivos, incluidas varias propiedades en uso por ambas partes. También se les solicitará determinar algunos hechos en disputa respecto de cierto escrito que será presentado como Documento de Prueba Número Uno.

A continuación, prosiguió con explicaciones generales del protocolo de jurado: no hablar de las pruebas hasta retirarse a decidir sobre el caso, no leer ni mirar las noticias por televisión hasta el momento del veredicto, no tener prejuicios contra una de las partes porque no les agradaba su representante legal.

Los miembros del jurado sentados en el estrado a la izquierda de Nina se mostraron convenientemente impresionados por la seriedad de la responsabilidad que asumían desde ese momento. Con todos parecía ser así, a excepción de Sonny Ball, el individuo tatuado sentado en la última fila.

—Señora Reilly, ¿están listos para proceder?

—Lo estamos, Señoría.

—¿Desean hacer el alegato de apertura?

—Lo deseamos. —Nina se puso de pie, dejando las notas sobre la mesa. El traje de color pastel brillaba cálidamente bajo las luces de la sala. Los tacos de sus zapatos combinaban comodidad y altura, y hasta su indomable cabello castaño había sucumbido a los oficios de una peluquera que lo había alisado y fijado con acondicionador hasta dejarlo por completo lacio.

Sin embargo, mientras se dirigía al estrado desde donde hablaría al jurado, dejó de lado este y otros menesteres triviales.

Parada a un metro de distancia del estrado —detalle en el que había insistido Genevieve—, Nina recorrió con la mirada a cada uno de los miembros del jurado.

—La historia que están por escuchar es una bien conocida. Ya han oído hablar de esto. Todos lo hemos hecho alguna vez. Un hombre y una mujer se conocen, se enamoran y construyen una vida juntos. Comparten la calidez y el amor de un hogar. Emprenden un negocio juntos. Durante veinte años, veinte años satisfactorios, viven juntos. Después, un buen día sucede algo triste. Uno de ellos ya no está enamorado.

Nina hizo una pausa para dar énfasis, interrumpiendo su concentración lo suficiente como para ver que los jurados le respondían con el nivel deseado de atención.

—Para el que es abandonado, esto resulta devastador. Podemos imaginar esa situación. Todos esos años, los hábitos de toda una vida en común, el desayuno compartido, la cama matrimonial compartida, los abrazos de bienvenida, los besos de despedida... De repente hay grandes vacíos. Pero esas cosas suceden. Hay personas buenas que resultan heridas. No hay que culpar a nadie cuando el amor se muere. Nadie es responsable por el terrible vacío de una cama matrimonial.

Bajó la cabeza, se llevó las manos a la espalda —al mejor estilo Perry Mason— y dio unos pasos antes de levantar la mirada para volver a dirigirla hacia el estrado del jurado.

—No, nadie es responsable de la pérdida de esa relación amorosa. Lindy Markov ha sufrido esa pérdida. Es cierto que Mike Markov está comprometido con una mujer joven que alguna vez trabajó bajo las órdenes de Lindy. Pero ésa no es la razón por la que hoy nos encontramos en este tribunal. Dejemos en claro este punto. No estamos aquí para hablar de amor, sino para hablar de negocios. Quizá se trate de negocios entre amantes. Un negocio que ambos nutrieron como otra pareja tal vez pudiera nutrir a un hijo. Pero hablamos de negocios, del tipo de negocio que se basa en un contrato de sociedad exigible legalmente.

"En el testimonio que ustedes escucharán, verán que una y otra vez, a lo largo de veinte años, Lindy y Mike Markov se dijeron mutuamente: "Estamos juntos en este negocio". "Estamos en él de por vida. Compartimos los buenos y malos momentos. Suceda lo que suceda, compartimos todo. Debamos lo que debamos, compartimos eso también."

"Damas y caballeros, ellos se hicieron promesas mutuas. Promesas que se hicieron, pero que una de las partes no cumplió. Las promesas de amor pueden romperse, y eso nunca se presentará en juicio ante un jurado. La ley no protege ese tipo de promesas.

"Pero, como oirán aquí, la ley sí protege a un socio de una empresa cuando el otro socio rompe una promesa. Dos personas construyen juntas un negocio con el sudor de su frente y con su talento. Ambos invierten todo en ello. Administran juntos la empresa durante muchos años, con éxito creciente. Y cuando la sociedad termina, cada uno toma su parte. Eso es lo que hacen. Es lo único justo. ¿Correcto? Cada uno toma su parte.

"Así se supone que debe ser. Así es bajo la ley del estado de California.

"Sin embargo, en este caso que están por escuchar, eso no sucedió.

"Lo que ustedes escucharán de boca de varios testigos, incluidos Lindy y Mike Markov, es que uno de los socios se queda con todo. Cada metro cuadrado, cada centavo, cada mueble, todo.

"Mike Markov hizo eso. Se quedó con todo, con todo el negocio, y dejó a Lindy con las manos vacías. Inclusive la echó de la casa donde ella vivió durante años, dejándole sólo un caballo y un viejo remolque en las montañas.

"Él se quedó con... bueno, se quedó con bastante. Bastante, sí. Se presentarán varios valores estimativos de cuánto valía la empresa de Mike y Lindy, las Empresas Markov, al momento de separarse. Permítanme decirles una cifra moderada en lo relativo al valor de esta empresa.

”Mike Markov se quedó con doscientos millones de dólares.

Nina había intensificado bien su discurso. Hasta el público, para el cual todo aquello era historia conocida, exhaló un suspiro colectivo. La mayoría de los jurados debía de haber dicho la verdad en cuanto a no haber leído sobre el caso en los diarios, ya que quedaron boquiabiertos. Bob Binkley, el profesor de historia de aspecto abatido, se enderezó en el asiento y se tomó de la barandilla. Nina lo miró directo a los ojos y asintió. “Escuchó bien, señor Binkley —trató de decirle con aquella mirada—. Esto es grande, esto es enorme. Usted está aquí por algo importante.”

Por otro lado, desde un principio los ojos de Sonny Ball habían permanecido fijos en un lugar indeterminado entre Nina y el estrado del jurado, y allí seguían enfocados. O era increíblemente estúpido, o no le importaba, o ya conocía el dato.

—Sé que todos nosotros, los abogados, los clientes, el personal del tribunal, apreciamos que estén dispuestos a sacrificar su tiempo para emitir una sentencia en este caso. Depende de ustedes decidir sobre los hechos finales. Nosotros les pediremos que decidan: ¿Se queda Mike Markov con todo, con la casa del lago, la empresa, los automóviles, el barco, todos los frutos resultantes de un arduo y largo trabajo en conjunto, en tanto que Lindy Markov no recibe ni un cepillo, ni un peine, ni la pasta dental, ni una horquilla?

”Escucharán de boca de los testigos toda la historia de la empresa, de cómo Mike y Lindy comenzaron de la nada y cómo Empresas Markov se transformó en un gran éxito. Se enterarán de que Lindy, aunque no estaba formalmente casada con Mike...

Otra mirada de asombro en el rostro de los jurados. Nina prosiguió, después de haber anunciado la mala noticia, con tono tan despreocupado como le fue posible.

—... fue en todo aspecto la socia igualitaria de Mike en términos de responsabilidad y carga de trabajo en esta empresa durante veinte años. No es la historia de una mujer que brinda apoyo al hombre desde la casa. Esta mujer estuvo en la oficina, en la fábrica, en la calle buscando clientes. Les demostraremos que Lindy tuvo tantas ideas para los nuevos productos como él, y que ella fue para el éxito de la empresa tan importante como él. Esta mujer no se quedó en la casa para criar hijos ni dar cenas. La empresa fue su hijo.

Nina hizo una pausa para que las palabras resonaran en la mente de los miembros del jurado.

—Entonces ¿cuál es el problema? ¿Qué motivos fueron necesarios para traer este caso ante ustedes? Bueno, hay dos motivos. Primero y principal, el señor Markov dice que ahora todo debería pertenecerle a él, porque él puso su nombre en todo. Eso es lo que demostrarán los testimonios. Las acciones de la empresa llevan su nombre, la casa donde vivieron, todos los activos más importantes llevan su nombre. El nombre de ella quedó afuera. ¿Cómo el señor Markov le explica esto a Lindy? —Nina arqueó las cejas, mirando impaciente al jurado. Los miembros del jurado parecían no tener indicios.

"Él le dijo que quería evitar los trámites burocráticos. Le dijo que no importaba a nombre de quién estuvieran los certificados ni los títulos, ya que la mitad de los bienes era de ella. Él figuró en todos los documentos en representación de los dos.

"Observen al señor Markov cuando brinde su testimonio. Verán que es un hombre orgulloso y anticuado. Quería ser el presidente, así que dejó a Lindy a cargo de la vicepresidencia. Ella deseaba lo que deseara él. Nada nuevo en todo eso. —Nina dirigió a la señora Grzegorek, una atractiva mujer mayor que trabajaba en Mikasa, una ligera sonrisa. La señora Grzegorek no le devolvió el gesto.

"Mike deseaba ver su nombre en las acciones, y Lindy lo aceptó también. Tal como Lindy declarará, ella jamás soñó que esto sería usado para tratar de arrebatarle su participación en la empresa.

"Y hay otro acontecimiento en esta larga historia. Sabrán que, hace trece años, Lindy firmó un papel que Mike le pidió que firmara. Él lo rotuló "Acuerdo de División de Bienes".

La expresión del rostro de Clifford Wright no cambió, pero sus manos se movieron en su regazo. Sabía lo que aquello quería decir.

—Lindy lo firmó. Ella les contará por qué lo hizo. Y yo debo decirles que aquí es donde entra el tema del amor en este caso. Ella lo firmó porque Mike le dijo que, si lo hacía, él se casaría con ella. En aquel momento los negocios no iban bien y ambos pasaban por un período difícil en su vida personal.

"Lindy aceptó. Firmó el papel, cumpliendo con su parte del trato. Y Mike... bueno, sabrán que Mike salió en viaje de negocios. No se casó con ella, no cumplió con su parte del trato. Y esa hoja de papel desapareció durante trece años, hasta el presente. Lindy nunca tuvo una copia. Supuso que hacía tiempo se habría destruido o desechado.

"El juez los instruirá sobre lo que establece la ley en este tipo de acuerdos. Sabrán ustedes que todo regalo o propiedad dada en la presunción de que se llevará a cabo un matrimonio puede recuperarse si tal unión no se hace efectiva. El testimonio dejará en claro que Mike no se casó con Lindy. Por lo tanto, cuando se hable sobre ese documento, espero que se hagan las siguientes preguntas: ¿Prometió ella darle todo a Mike teniendo en cuenta la promesa matrimonial que él hizo? ¿Cumplió él con su promesa? Si no lo hizo, ¿qué recibió ella a cambio?

—¡Objeción!

Nina se dirigió al estrado del juez con Riesner y aceptó la reprimenda de Milne por haber discutido la ley en su alegato de apertura.

Después, con una sensación de paz interior y tratando de transmitir la misma calma a sus palabras, Nina añadió algunos otros puntos de importancia y cerró su alegato.

—Y ahora, damas y caballeros, depende de ustedes. Les he hablado, los he escuchado y creo que serán justos. Gracias.

Podría haber jurado que, mientras regresaba a paso lento hacia su mesa, había visto un imperceptible movimiento de aprobación de parte de Milne. Pero decidió que era fruto de su imaginación. Trató de percibir las vibraciones del jurado, pero también fracasó.

Ya en su lugar, Genevieve le apretó el brazo, murmurando su aprobación, y Winston le hizo el gesto de los dos pulgares hacia arriba por debajo de la mesa.

Lindy miró a Mike, que adrede apartó la mirada.

Jovial y seguro de sí mismo, sin un pelo fuera de lugar, luciendo su característica media sonrisa, Jeff Riesner subió al estrado. Sin el pesado bagaje de su carácter —pensó Nina—, un extraño podría considerarlo atractivo. Actuaba de modo inofensivo y distante, como un hombre que se muestra sin tapujos. Ese lustre brillante en la superficie era lo que lo tornaba tan exitoso en su profesión. Más que en casi cualquier otra profesión, en la Justicia el éxito dependía de tener la apariencia correcta, y Jeffrey Riesner había dedicado años a cultivarla. Los jurados esperaban oír la posición del adversario en la misma situación, y él se regodeaba con esa expectativa.

—Hablemos de las pruebas —comenzó—. En este juicio tendremos el testimonio de varias personas, cada una con su punto de vista, cada una con su posición. La tarea de ustedes consistirá en juzgar la credibilidad y sopesar el valor de lo que digan. Al escuchar todos estos testimonios, es posible que crean que este caso es complicado y confuso. Hay mucho dinero en juego, y tal vez ese detalle lo haga parecer aún más complicado.

"Sin embargo, no es complicado. Es un caso sencillo, tan sencillo que podría ponerse en blanco y negro.

"Porque también hay otra clase de pruebas. Con esta clase de pruebas no existen puntos de vista ni posiciones ni problemas de credibilidad. Damas y caballeros, esas pruebas se basan en escritos. Les solicitamos que estén muy atentos a los escritos que se presenten como documentos de prueba en este juicio, ya que tuvieron lugar antes de que hubiera ninguna posición o punto de vista. Los escritos que les presentaremos explicarán esta historia en forma clara y simple.

"Primero sabrán que hay un documento escrito que no existe. Ese documento escrito es un certificado de matrimonio entre Mike Markov y

Lindy Markov. Las dos partes de este litigio jamás contrajeron matrimonio. No hay bienes gananciales, no existe participación automática por esa relación. No existe en ese caso un matrimonio. Nadie les mostrará un certificado de matrimonio. Lindy Markov era la pareja extramatrimonial de Mike Markov. Ellos se separaron. Eso es lo que sucedió en sus vidas personales.

"En segundo lugar les mostraremos una serie de escritos que probarán que Lindy Markov era empleada de Empresas Markov. No sólo oirán a ciertas personas hablar de ello. Es más sencillo aún. Verán su ficha de personal, los registros de sueldo, la descripción de sus tareas en la empresa. Verán que se le pagó con justicia, se le otorgaron aumentos normales de sueldo, tuvo una cuenta de gastos. Ocupaba en la empresa un puesto ejecutivo y tenía un acuerdo por el cual haría cierto trabajo y sería compensada por ello. Damas y caballeros, eso está puesto por escrito, lisa y llanamente.

"Tercero, verán por escrito de quién es la propiedad de Empresas Markov y de la casa de Tahoe que está en litigio en este juicio. Es sencillamente claro y llano. Verán la escritura de la casa, verán el nombre del propietario, Mike Markov. Verán los certificados de acciones que son aceptados en todo el mundo como prueba de dominio. El nombre que figura en los certificados es el de Mike Markov. No hay misterios ni complicaciones.

"Y cuarto, lo último y más importante de todo, verán otro escrito que refuerza y confirma todos los demás documentos de prueba. Ese documento se llama "acuerdo de división de bienes". Ustedes mismos podrán leer y ver el lenguaje simple de dicho acuerdo. Verán que establece que Lindy Markov no posee derecho alguno de reclamo sobre la propiedad de Mike Markov y que él no posee derecho alguno de reclamo sobre la de ella. Está expresado con claridad. Por escrito, así de sencillo. Lo que no explicita —hizo una pausa para dar énfasis, haciendo un gesto con la mano— es que Mike consintiera en contraer matrimonio con Lindy. Eso no está escrito.

"Por lo tanto, ¿para qué se encuentran ustedes hoy en este tribunal, restando un tiempo precioso a sus vidas, para actuar como jurados? Permítanme encuadrar lo que Lindy Markov está reclamando. Además de los abrazos y besos y...

—Su Señoría —intervino Nina, poniéndose de pie abruptamente.

—Acérquense. —Ambos fueron hasta el estrado del juez. —Ahórrese el argumento, abogado —reconvino Milne en voz baja.

—Lo lamento. Me dejé llevar por los sentimientos.

—¿Se dejó llevar? Estaba leyendo de sus notas —replicó Nina.

—¿Abogado? —dijo Milne—. No quiero argumentos en el alegato de apertura, o me veré obligado a suspenderlo. Dígales lo que intenta probar y regrese a su asiento.

—Comprendo. No volverá a suceder. —Mientras regresaban, Nina observó el anotador que tenía el jurado Bob Binkley. Como si se tratara de anotaciones científicas, con cuidado había hecho una lista de los puntos detallados por Riesner. Nina protestó para sus adentros.

—Cuatro sencillos puntos —continuó Riesner—. Por escrito.

Por escrito. Riesner había encontrado el mantra para su juicio: tan solo dos palabras.

—¿Qué más oirán? Es posible que oigan que Lindy Markov estuvo con la empresa durante mucho tiempo y fue una empleada valiosa. Tal vez oigan que Lindy siempre deseó casarse. Por cierto oirán que Lindy quiere la mitad de la empresa, ahora que Mike la ha dejado. —Riesner arqueó las cejas.

"Damas y caballeros, Mike ha tenido mucho éxito. Sin duda oirán eso. Le ha ido tan bien que quizá sientan el deseo de aprovechar esta oportunidad para repartir algo de dinero. Pero no pueden hacerlo. En este Estado existen leyes para los contratos y para el matrimonio, y el juez les dirá cuáles son esas leyes y ustedes deben cumplirlas. Sé que seguirán las instrucciones del juez.

"También sé que durante el juicio recordarán estos cuatro hechos sencillos que les aseguramos presentaremos como prueba: que las partes jamás contrajeron matrimonio; que Lindy Markov era empleada de Empresas Markov; que el nombre de Mike Markov figura en todos los documentos de prueba de dominio; y que las partes han consentido expresamente en que la propiedad de Mike Markov no está sujeta a reclamo por parte de Lindy Markov.

"Liso y llano. Blanco y negro. Por escrito. Damas y caballeros, guíense por la ley. Sé que lo harán. El señor Markov confía en ello.

"Gracias. —Sonrió y asintió con la cabeza.

"Caramba —garrapateó Genevieve en el anotador, que pasó a Nina y a Winston mientras Riesner regresaba a su lugar—. No es nada tonto.

Nina había tomado nota. Por escrito.

La defensa de Mike sería muy fuerte.

Maldición.

Winston, Genevieve, Nina y Paul se reunieron para almorzar en la cafetería, mientras que Lindy se fue con Alice. Winston y Genevieve se adelantaron en la fila y buscaron una mesa. Nina, unas personas por delante de Paul, cargó su plato; aún un poco temblorosa por su orquestada actuación de la mañana, chocó con un hombre que estaba delante de ella y se le cayó un poco de lechuga al piso.

—Oh, disculpe —dijo Nina.

—Bueno, bueno, pero si es la señora Reilly —contestó Jeffrey Riesner, que retrocedió de un salto y la miró como buscando algo en particular: ¿entendimiento, piojos, una pistola con empuñadura nacarada? Nina no sabía qué era. Riesner apoyó la bandeja con brusquedad, alisándose la ropa, y se volvió para asegurarse de no tener una mancha de aderezo en el traje. Desdichadamente, había dos manchas de aceite en la parte posterior de una de las piernas de sus pantalones. —Mire lo que ha hecho —dijo, señalando—. Lo hizo a propósito.

—Lo lamento —masculló nuevamente Nina.

—Es tan torpe para servirse una comida como para actuar frente al tribunal.

De repente a Nina se le acabaron las excusas.

—¿Podemos avanzar? Hay gente esperando detrás de nosotros.

—¿Acaso tiene idea de lo que me costó este traje?

—Envíeme la cuenta de la tintorería. Por favor, hágase a un lado y déjeme pasar.

—Eso es lo que usted quisiera, ¿verdad? —Sonrió con una mueca que Paul llamaba "sonrisa de muerto", tan fría como un rostro descarnado. —Pero creo que no lo haré. Me gusta quedarme aquí. Es usted la que debería irse de esta ciudad, y no creo que falte mucho para eso.

Sin deseos de entablar una batalla campal en la cafetería y lejos del ojo atento de Milne, Nina esperó en silencio, sintiendo cómo enrojecía su cuello, mientras Riesner volvía a armar minuciosamente la bandeja, demorándose adrede en la tarea. Al fin, terminó y llevó su bandeja a una mesa situada cerca de la ventana, a una distancia prudencial del grupo de Nina. Después se dirigió a los baños, en el corredor, sacudiéndose los pantalones y echándole una mirada de no muy buenos amigos.

—¡Vaya! —exclamó Genevieve, sonriendo con gesto comprensivo a Nina cuando se sentó. —La próxima vez será mejor que pase por alto la ensalada. Obviamente, es un hombre de bife con papas.

—Es mi mala suerte —dijo Nina. Tomó una servilleta grande y se la prendió del cuello para taparse la blusa nueva. No quería ensuciarse la ropa ni perder la paciencia. Miró alrededor para ver dónde estaba Paul.

—Guárdese la respuesta para el tribunal —le aconsejó Winston mientras tomaba una cucharada de sopa de tomates—. Se comportó de la misma forma con un abogado, en un caso en el que actuamos juntos. Es sólo una postura. Es capaz de cualquier cosa para hacerle perder el equilibrio.

—No puede ser que crea que lo hice a propósito. Fue un accidente. Toma todo en forma personal —dijo Nina con malicia. Roció con aderezo caliente la lechuga y comenzó a comer.

Genevieve informó a Nina las cosas que había hecho bien en su alegato y las cosas que debía elaborar "sólo un poco más". Nina escuchaba sin hacer comentarios, experimentando de nuevo la resistencia a la dirección de escena por parte de Genevieve. Tenía que cuidarse. A veces se sentía lo bastante irascible como para hacer exactamente lo opuesto a lo que Genevieve le aconsejaba, sólo porque Genevieve se lo aconsejaba, aunque tuviera razón.

—Hay investigaciones que demuestran que algunos jurados toman la decisión final basándose en los alegados de apertura. ¿Cómo cree que tomaron el suyo? —le preguntó Genevieve. En apariencia, siguiendo su dieta particular para cuando estaba en juicio, terminó con su sándwich y las sobras de Winston, le dio un mordisco a una galleta de chocolate, puso el plato en una mesa cercana y tomó su anotador.

Nina trató de darle sus impresiones. En su opinión, Clifford Wright había escuchado cada palabra de su alegato. Verse sometida a una observación tan escrupulosa la había inquietado. Aunque no existía un fundamento lógico para tales sentimientos, seguía desconfiando de él. Todas sus respuestas durante la selección del jurado lo señalaba como el jurado ideal.

Sin embargo, Nina no podía evitar pensar en lo mucho que le hacía recordar a un muchacho al que había conocido en la secundaria, que usaba el pelo engominado y peinado hacia atrás, y que era presidente del centro de estudiantes. En ese puesto, hablaba de las virtudes de la honestidad y la vida sin drogas. Sólo que los sábados por la noche se convertía en lo que era de verdad: un mentiroso que fumaba marihuana. A Nina sólo le quedaba esperar que no se operara ninguna de esas transformaciones en Clifford Wright dentro de la sala del tribunal.

Casi había terminado de comer su ensalada cuando Paul apareció en la mesa, con una taza de café humeante en la mano.

—¿Hay lugar para uno más? —preguntó.

—Venga, siéntese —le dijo Genevieve, corriéndose para hacerle lugar.

Paul se sentó junto a ella, frente a Nina.

—Vi algo del show de esta mañana. Unos buenos toques.

—Gracias —repuso Nina, feliz de ver que Paul se mostraba complacido de verdad.

—Paul, no tuve oportunidad de agradecerle todo lo que hizo para nuestra selección del jurado. Creo que nos ahorró cometer por lo menos dos grandes errores —dijo Genevieve.

—¿Consiguieron el jurado que deseaban? —preguntó Paul.

—Uno nunca consigue a todos los que quiere. Pero tenemos mucho —respondió Genevieve.

—Entramos a los porrazos —dijo el incorregible de Winston.

—Me complace oírlo —contestó Paul, sorbiendo el café.

—La alpinista, Diane Miklos, fue receptiva —dijo Winston—. Me gusta esa mujer.

—Posiblemente tenga tatuajes más grandes que los de Sonny Ball escondidos debajo de esa ropa de fajina que usa —bromeó Genevieve—. Es exactamente tu... —comenzó a decir, pero miró hacia la puerta y abrió grandes los ojos.

Jeffrey Riesner ingresó abruptamente en el comedor como si fuera otro hombre. No llevaba puesta la chaqueta, tenía la bragueta abierta, un horrible magullón comenzaba a ponerse morado en una de sus mejillas y su cabello parecía empapado.

—¡Llamen a la policía! —rugió al anciano que estaba en la caja y que lo miraba lleno de asombro—. ¡Alguien me atacó!

—¿Necesita ayuda, señor? —preguntó el cajero.

—¡Míreme! ¡Míreme! ¡Llame a la policía! —Fue hasta un rincón y se sentó, sacó un pañuelo y comenzó a secarse el rostro.

El cajero se apresuró a llamar por teléfono.

—¿Ya llamó? —preguntó Riesner—. ¿Qué le dijeron?

—Sí, señor —dijo el cajero—. El alguacil ya viene para acá.

—Olvídese del alguacil. Llame a la policía. ¡Ahora!

El agente Kimura llegó corriendo, con la mano apoyada en la funda de su pistola.

—¿Qué sucedió?

—Alguien me siguió...

—¿Qué hizo?

—¿Qué le parece? ¡Me atacaron! Me agredieron. ¿No le resulta obvio? —Riesner se frotaba la cara.

—¿Cómo es que está tan mojado?

—¡Limpiándome la sangre! ¿Qué cree?

—¿Cómo era?

—Un tipo grande, muy fuerte.

—¿Dónde sucedió?

Riesner lanzó una mirada furiosa hacia donde estaba el grupo de Nina, y después la señaló con un dedo tembloroso.

—¡Usted! —dijo—. Usted está detrás de esto.

—¿Dónde sucedió, señor Riesner?

—El tipo ya no está allá. ¡Y si sigue embrollando las cosas un segundo más, se escapará! —gritó Riesner—. ¿Por qué no va a buscarlo?

—¿Dónde fue el enfrentamiento? —preguntó obcecadamente Kimura—. No sé siquiera por dónde empezar.

—En el maldito excusado de abajo, junto a la oficina de la intendencia —contestó Riesner—. Y no, no le vi la cara. Busque un gran... no sé. Ahora, ¿por qué no hace su trabajo y va a buscar a ese bastardo?

Kimura salió corriendo del comedor.

Nina miró a Paul. Él, como el resto de los presentes, observaba con asombro al abogado que chorreaba agua y gesticulaba.

¿O no?

¿Por qué había un brillo extraño en sus ojos? Acaso se estaba...

¿Divirtiendo?

CAPÍTULO 17

A la mañana siguiente, antes de ir al tribunal, Nina se encontró con Paul en Heidi para tomar el desayuno.

—Tomaré jugo —dijo Paul—. Quiero conservar este aspecto tan de Malibú.

—Café, huevos pasados por agua, copos de trigo —pidió Nina a la camarera, que a las seis y media de la mañana daba la impresión de haber estado de servicio toda la noche.

—Cambié de parecer —añadió Paul—. Doble ración de salchichas. —La camarera desapareció sin hacer ruido con sus zapatos de suela de goma. —Tú me invitaste —le dijo a Nina con una sonrisa—. A todo esto, ¿dónde estuviste ayer a la noche? Te fuiste antes de que pudiera pensar en raptarte. Y después, no había nadie en tu casa, ni siquiera Bob.

—Desconecté el teléfono.

—¿Ahora lo tienes desconectado? —le preguntó—. ¿Me vas a decir qué puede ser tan urgente como para tenerme aquí medio dormido?

—Tú sabes muy bien qué voy a decirte. Fuiste tú el que atacó ayer a Jeff Riesner en el baño.

—Nunca —negó Paul—. Nadie puede probar algo así. ¿Cómo está?

—Hecho una furia. Lo humillaron delante de mí. Jamás olvidará que todos lo vieron en ese estado. Le pidió al juez un día de postergación, pero todo lo que le quedó de ese atentado fue un magullón y los nervios de punta, así que Milne se negó.

La camarera les llevó la comida y suspiró profundamente, como si para ella fuera demasiado servirles más café.

—¿Algo más? —preguntó.

—Está bien, gracias —dijo Nina.

—¿No te parece odioso que la camarera se muestre tan exhausta que a uno le dan ganas de despedirla y mandarla a la cama? —comentó Paul cuando la camarera se retiró.

—Paul, será mejor que me digas lo que hiciste.

Él tomó otro trozo de salchicha.

—Mm, ¡esto es lo que yo llamo una salchicha! Es posible que quiera un poquito más.

—¿Fuiste tú el que lo atacó en el baño? Dime la verdad.

Paul siguió comiendo hasta que terminó con lo que había en el plato. Nina lo conocía lo suficiente como para saber que él estaba decidiendo qué contarle. Trató de tragar un poco del huevo que tenía servido, pero dejó a un costado el tenedor cuando se dio cuenta de que su estómago no podría tolerarlo.

—Por Dios, Paul. Esto es grave.

Paul bebió su café.

—Está bien. Yo estaba detrás de ustedes dos en la fila de la cafetería. Vi todo. El tipo se colocó a propósito para que tú te lo llevaras por delante. ¿Por qué permites que te trate así?

—Créeme, lo hace sin que yo lo provoque para nada —respondió Nina—. Pero, Paul, no puedes rebajarte a su nivel.

—Ah, pero sí que puedo. Me hizo hervir la sangre. Dejé mi bandeja. De todos modos, la comida no parecía buena, así que me fui a caminar por el corredor hasta el baño, para respirar un poco de aire y calmarme.

—Oh, no.

—Fue la predestinación. Entré en el baño y sucedió que el bastardo estaba parado en uno de los excusados, con la puerta abierta de par en par, de espaldas, orinando y silbando. Desafinado. Tan presumido como el demonio, poniendo notas bajas donde debía poner notas altas. Es el tipo de silbido insulso que me exaspera.

—No.

—Sí. Se me erizaron los pelos de la nuca. Sus zapatos tan costosos me exasperaban. Me perturbó. No hay otra palabra para explicar lo que sentía.

Nina bajó la cabeza y se llevó una mano a los ojos.

—Quería hacerle dar la vuelta y darle un puñetazo. Pero, por tu bien, no quería que supiera quién se lo hacía. —Esperó una respuesta y al no obtenerla prosiguió: —Así que le hice una jugarreta que aprendí de un ex presidiario llamado Dickie Mars, un tipo al que llevé preso cuando aún trabajaba en la policía. Dickie lo aprendió en San Quintín. Corres hacia el tipo, lo empujas fuerte en un hombro para que pierda el equilibrio y al mismo tiempo le haces una zancadilla. Lo guías mientras cae para que la cabeza quede encima del inodoro, y después le lavas el pelo. Eso es lo que decía Dickie. El champú. Cuando lo sueltas, todo lo que el desgraciado quiere hacer es respirar aire y secarse los ojos. Y mientras tanto, tú desapareces.

—Encuentras un placer especial en contarme esto, ¿o me equivoco? —preguntó Nina.

—No necesitas ser irlandesa para apreciar una buena historia —contestó Paul.

Se produjo un largo silencio. La camarera apareció de nuevo.

—¿Más café? —Ninguno de los dos contestó, y la mujer volvió a retirarse.

—Lo siento. De verdad. Perdí los estribos —se excusó Paul—. Se lo había buscado, pero yo no debería haberlo hecho. Es este maldito juicio. Es el dinero, dinero, dinero. Todos se están volviendo locos con todo ese dinero flotando en el aire, a la mano de todo el mundo. ¿No te diste cuenta? Los abogados, los reporteros, toda la muchedumbre que sigue de cerca el caso lo están devorando. Es una histeria colectiva. Una avidez tan descomunal que haría sobresaltar a la más razonable de las personas. Me temo que nos arruinará, y que yo dejé que me dominara la presión.

Nina meneó la cabeza.

—Mira, olvidémoslo. Él está bien. Yo me cuidaré —agregó Paul.

—Paul, estás despedido. Estás fuera del caso Markov —dijo Nina.

—¿Qué? Fue sólo una travesura.

—Yo... eh... Estás despedido, Paul. Envíame la factura. Tendremos que seguir sin ti. Debo hacerlo, como abogada de Lindy. Agrediste al abogado al que yo debo enfrentar en este juicio. ¡Has puesto en peligro todo el caso!

—¿Me estás echando?

—Así es.

—Por protegerte.

—Por perder los estribos y hacer cosas descabelladas.

—Pero deberías esperar lo inesperado. Así soy yo.

Nina buscó en su bolso y puso un billete de cinco dólares sobre la mesa.

—Nina, los amigos se perdonan —insistió Paul.

—Tú ni siquiera entiendes por qué estoy molesta, ¿verdad? Nunca te gustó este caso ni esta causa, y ahora tratas de sabotearla. No hundiste la cabeza de Riesner en ese inodoro para protegerme. Te gratificaste con una insignificante danza tribal, con una batalla menor por marcar territorio. Todo tiene que ver contigo, y nada conmigo. Pero, Paul, si pierdo este caso... —Calló y se puso de pie.

—¿Se acaba el mundo? —preguntó Paul—. Mira, Nina. ¿No te estarás olvidando de lo que es verdaderamente importante?

—¿Y lo importante serías tú?

—Nosotros, Nina.

Pero Nina casi no lo había oído, porque ya se encontraba en la puerta del bar.

—La defensa llama a Lindy Markov al estrado —anunció Nina.

Lindy dio un paso adelante mirando hacia donde estaba Mike, que no le devolvió la mirada. Vestida con una sencilla falda azul y una chaqueta, Lindy demostraba su verdadera edad, cercana a los cuarenta y cinco. Bajo la dirección de Genevieve, había dejado de teñirse el cabello y, enmarcado por unas nuevas hebras grises, su rostro saludable lucía demacrado.

El secretario de la corte le tomó juramento y Lindy se ubicó en el banquillo.

—Hola, señora Markov —la saludó Nina.

—Objeción. Lindy Markov no es una mujer casada —dijo Jeffrey Riesner, comenzando a atacar desde temprano.

—Durante años la han llamado "señora Markov". Es el nombre que usa.

—Objeción denegada. Entienda el jurado que el uso de un título como el de "señora" no constituye prueba de matrimonio en este caso —aclaró Milne secamente, como si ya hubiera pensado en el tema.

—Usted se hace llamar Lindy Markov y lo ha hecho durante muchos años a pesar de no estar casada con Mike Markov, ¿es correcto?

—Así es —respondió Lindy.

—¿Cuándo se conocieron?

—En 1976. —Nina guió a Lindy por las circunstancias del encuentro en Ely y los primeros meses de la relación.

—¿Cuándo comenzó a usar el apellido Markov?

—El 22 de abril de 1977.

—¿Y ésa fue una fecha importante en su relación de veinte años?

—Sí.

—¿La celebraban?

—Todos los años, durante veinte años. Era el aniversario de nuestro compromiso permanente. Esa noche nos prometimos amarnos y respetarnos por el resto de nuestra vida.

—¿Fue una ocasión formal?

—Mike y yo fuimos a la iglesia católica de Lubbock. Entramos en la iglesia. No había nadie. Mike me llevó al altar. Hincó una rodilla en el suelo y prometió ante Dios amarme y hacer todo lo que estuviera en su poder para hacerme feliz por el resto de mi vida. —Ante estas palabras, Lindy cerró los ojos, como si por el momento la emoción le impidiera seguir hablando. Durante tanto tiempo se había reservado para ese instante, que Nina temió que se quebrara.

Hundido entre Jeffrey Riesner y su socia, Rebecca Casey, Mike Markov estudiaba la mesa.

Nina le permitió un momento a Lindy para que se recobrara.

—Usted consideró eso como su boda —dijo Nina.

—Sí —afirmó Lindy.

—Usted sabía que eso no constituye un matrimonio legal en el estado de Nevada, ya que no solicitaron una licencia de matrimonio y la boda no fue oficiada por un sacerdote ni por ningún otro funcionario oficial.

—Sí.

—Una vez que se divorció de su primer marido, ¿por qué no fue a la municipalidad a pedir una licencia?

—Para entonces, ya estábamos viviendo juntos —dijo ella lentamente. Hizo una pausa y miró alrededor. —Nos habíamos ido a vivir juntos, encontramos una casa y nos pusimos a trabajar. Mike siempre dijo que no necesitábamos un trozo de papel para probar nuestro amor. Me dijo: "Lindy, somos marido y mujer". Nuestra vida era la prueba suficiente de que nos pertenecíamos el uno al otro. Dijo que estaba a mi lado porque nos amábamos, no porque el estado lo hubiera decretado. Ambos habíamos estado casados con anterioridad. La separación de Mike fue muy difícil.

—¿Usted deseaba casarse ante la ley?

—Varias veces surgió el tema a lo largo de nuestra relación. Yo había empezado a pensar en eso. Pero jamás dudé de él cuando me aseguraba que estábamos juntos para siempre, en las buenas y en las malas, para siempre. —De nuevo, Lindy se mostró llorosa. —Mike creía que el matrimonio formal era para gente que no sabía lo que era en verdad un matrimonio. Creo que hubiese sido más decente estar casados. Yo me sentía avergonzada de no estar casada legalmente, pero quería creerle cuando me juraba que nunca habría diferencia. Lo amaba. Confiaba en él.

A continuación, Nina, con preguntas sencillas, guió a Lindy por los comienzos de Empresas Markov, los primeros años en que los Markov vivían al borde del quebranto financiero y se mudaron a Texas, donde el negocio fue un fracaso.

—¿Continuaron usando el nombre Markov en todos los negocios y tratos personales?

—Sí.

—¿Sus clientes suponían que ustedes estaban casados?

—Sí.

—¿Mike la presentaba como su esposa en reuniones de carácter social?

—Sí.

—¿Fue presentada como su esposa en las funciones de la empresa?

—Sí.

—¿A lo largo de los años, hubo muchos conocidos, tanto en el nivel personal como en el comercial, que supusieran que usted y Mike estaban casados?

—Creo que todos pensaban que lo estábamos. Jamás hablé sobre eso, y tampoco lo hizo él.

—¿Así que, cuando le convenía estar casado, Mike Markov era un hombre casado, y cuando ya no le convino más, ya no lo estuvo?

—Objeción, Señoría. Está guiando la respuesta de la testigo —intervino Riesner, sin levantarse de su asiento.

—Ha lugar.

—¿Alguna vez usted y Mike tuvieron un hijo? —preguntó Nina.

—Para nosotros, el lugar del hijo fue ocupado por la empresa. Los dos le dimos vida. La alimentamos. Creció.

Riesner exhaló un bufido. Genevieve había instruido a Lindy sobre esa respuesta y, lamentablemente, así se oyó.

Bueno, pero ellos habían presentado su mantra.

Por la tarde, fue Winston el que se hizo cargo del interrogatorio. Por primera vez en los últimos años, Nina tenía la oportunidad de permanecer sentada a la mesa de la defensa y observar al jurado mientras otro se hallaba a cargo de las preguntas.

Una cosa resultó evidente de inmediato. Cliff Wright se acomodó en su asiento y prestó atención cuando Winston tomó la palabra. Se reía cuando correspondía hacerlo. No se limpiaba las uñas. A Wright le gustaba Winston; lo prefería a él antes que a ella. Nina se preguntaba la razón.

¿Y cómo podía Winston estar tan fresco? Mientras el resto del tribunal se mostraba abatido en las últimas horas de la tarde, el rostro cálido y bronceado color cobre de Winston lucía revitalizado y listo a dar batalla. Estaba relajado y tenía al tribunal bajo completo control. Durante los días en los que se llevaron a cabo las declaraciones juradas y la preparación del juicio, Winston había mantenido un perfil tan bajo que Nina había empezado a preguntarse si no había cometido un error al contratarlo, si no lo había sobrevalorizado demasiado. Ahora, al verlo en acción, comprendía la razón de su éxito. A nadie podía disgustarle ese hombre.

—Señora Markov —le dijo a Lindy—, esta mañana usted dijo que trabajó junto a Mike Markov durante muchos años en la empresa que ambos crearon.

—Correcto. Tal como suena: lo hicimos juntos. Inclusive compartíamos la misma oficina.

Winston se paseó hasta ir a parase junto a la mesa.

—Señoría, desearíamos presentar ante el tribunal algunas fotografías tomadas a Lindy y Mike Markov en tiempos más felices.

Riesner se volvió de inmediato hacia Rebecca y le susurró al oído su total desacuerdo. Ya habían tenido que luchar para mostrar las fotografías en la audiencia preliminar, y Riesner había perdido.

La primera fotografía, del tamaño de un afiche, mostraba dos escritorios, uno junto al otro. Detrás de uno, Mike Markov sonreía radiante. Detrás del otro, Lindy también. Entre escritorio y escritorio se veían las manos entrelazadas de ambos.

—¿Podría describirme esta fotografía? —pidió Winston.

—Objeción, Señoría. Una fotografía vale más que cien palabras —intervino Riesner—. Habla por sí sola.

—Me temo que aun mil palabras no expliquen las circunstancias en las cuales fue tomada esta fotografía —replicó Milne—. Proceda.

—Es... Ésa era nuestra oficina en Empresas Markov. Es la oficina que teníamos en la fábrica.

—¿Queda en la ciudad?

Lindy asintió.

—En una colina, subiendo desde la intersección Y. Tenemos allá las oficinas, además de la planta de producción.

—¿Durante cuántos años usted y Mike compartieron una oficina?

—Siempre. Todo el tiempo. Nos gustaba estar cerca uno del otro. Nos consultábamos en todo momento —respondió Lindy.

—¿Qué dice ese cartel que se ve sobre su escritorio?

—Vicepresidenta ejecutiva.

—Ahora, durante los años en que Empresas Markov ha desarrollado su actividad principal en el lago Tahoe, ¿cómo describe usted la tarea que tenía allá?

—No era una tarea. Yo hacía lo que hiciera falta, como siempre. Estrategias de mercado, campañas publicitarias, programas de producción. Supervisaba los gastos operativos de cada día. Ayudaba a desarrollar planes financieros de largo plazo junto a Mike y nuestro servicio de contaduría. Entrenaba a nuestros vendedores y organizaba el paquete de beneficios de nuestros empleados. Contrataba, despedía, ascendía empleados, además de negociar con los sindicatos. A medida que la empresa crecía, también crecían mis responsabilidades. Y siempre trataba de pensar en nuevos productos, como el caso del Solo Spa.

Winston pareció necesitar un largo rato para estudiar las fotografías. Con las manos detrás de la espalda, se quedó parado a suficiente distancia como para que el jurado pudiera mirarlas directamente.

—¿Cuál era el cargo de Mike Markov?

—Presidente.

—¿Tenían escritorios del mismo tamaño?

—Sí.

—Por ejemplo, si alguien venía de la fábrica porque necesitaba algo, ¿quién le hablaba primero?

—El que estuviera en ese momento: Mike o yo.

—¿Diría usted que, cuando caía en su escritorio algo importante, en general iba al escritorio del señor Markov?

—Sí.

—¿Y si algo importante caía en el escritorio de Mike, él se lo pasaba a usted de la misma forma?

—Ah, sí.

Winston tomó de su bolsillo un marcador, lo miró por un momento, como sorprendido de encontrarlo allí, fue hasta la fotografía y como jugando dibujó un círculo alrededor de las dos personas y de los dos escritorios. Después se volvió hacia Lindy.

—Así que ustedes eran dos personas, en cuanto a los clientes, a los empleados y a los problemas de la empresa, que funcionaban como conjunto. ¿Sería correcto afirmar eso?

Las manos entrelazadas en la fotografía servían para enfatizar la imagen que Winston sugería.

—¡Objeción! —dijo Riesner—. Es vago y conducente.

—Ha lugar. Conducente.

—¿Trabajaban en conjunto?

—Sí. Como los padres que construyen una familia.

—¿Compartían en forma igualitaria la toma de decisiones?

—En nuestra empresa no había nada de importancia que no contara con nuestra consulta y aprobación.

—¿Trataba directamente con los clientes?

—Sí.

—Cuando alguien llamaba, digamos, una nueva tienda interesada en comercializar sus productos, ¿quién hablaba con el cliente?

—Lo hacíamos los dos.

—¿Cómo lo hacían?

—Si se producía un llamado importante, Mike me hacía una señal para que levantara el tubo. Después hablábamos del trato y tomábamos juntos la decisión.

—¿Los empleados en la empresa pensaban que ustedes administraban juntos?

—Objeción —volvió a intervenir Riesner—. Exige especulación.

—Ha lugar.

—Aceptado —dijo Winston—. Volveremos a esto más tarde.

Y, de esa forma, haciendo que Riesner lo persiguiera a través de un laberinto de sutilezas legales, al final Winston guió a Lindy a lo largo de la descripción de una conferencia que ella había planeado y llevado a cabo mientras Mike se recuperaba del cansancio en Las Vegas.

"Ella lo hizo bien —pensó Nina cuando Winston terminó el interrogatorio con Lindy—. A uno no puede dejarle de gustar alguien que trabajó tanto, que aceptó tantas responsabilidades, que amó su trabajo y a su hombre con tanta lealtad."

¿O acaso no era así?

CAPÍTULO 18

—¿Dónde está Paul? —le susurró Genevieve al oído a la mañana siguiente cuando el juez Milne se hizo presente ante el tribunal—. Pensé que le gustaría ver algo de esto.

—Ya no lo necesitamos —dijo Nina, pasando por alto la mirada perpleja de Genevieve.

El juicio comenzó con Winston a cargo del interrogatorio; quería quitar fuerza a la mayor arma de la defensa.

—Tengo aquí una copia de un documento con el título "Acuerdo de División de Bienes", que parece firmado por usted. ¿Lo vio usted en alguna ocasión anterior? —le preguntó a Lindy.

Nina, que tomaba notas junto a Genevieve, tuvo que admitir la transformación que Genevieve y Lindy habían obrado en el aspecto de esta última. La ropa sencilla, la ausencia de maquillaje y el gris de su pelo lograban un contraste total con la mujer fascinante que había saludado a Nina en la fiesta de Markov. Se la veía agotada, y por eso más vulnerable. Parecía delgada más que musculosa, y por lo tanto más débil.

Lindy tomó el documento de prueba para examinarlo. Mientras tanto, Winston esperó en silencio junto al estrado, dirigiendo la atención de la sala hacia la testigo.

—Sí —contestó al fin, mirando a Mike—. Es una copia tomada de mi declaración jurada. Y antes de eso, del documento que firmé hace trece años.

—¿Qué fecha recuerda usted que más se acerca al momento de esa firma?

—Más o menos fue a mediados de la década de los 80, no sé cuándo exactamente. Fue justo cuando llegamos a California; Mike me hizo escribir este papel y firmarlo. Era un documento de una sola página.

—En aquel momento, ¿qué creyó usted que estaba firmando?

—Comenzaba diciendo algo sobre lo mucho que confiábamos el uno en el otro. Después hablaba sobre la división de nuestros bienes.

—¿Consultó con un abogado antes de firmar ese papel?

—No.

—¿Mike le sugirió que lo hiciera?

Lindy esbozó una ligera sonrisa.

—En aquel entonces, a Mike no le gustaban los abogados. Simplemente me pidió que firmara. Lo redactó en un cuarto de hotel en Sacramento donde vivimos cuando salimos de Texas.

—¿Qué sucedía en aquel momento en la relación de pareja?

Lindy había vuelto a mirar a Mike. Éste trató de mostrarse indiferente, pero fracasó. Rachel, sentada detrás de él, se inclinó hacia delante y le susurró algo al oído.

—Estábamos en bancarrota. Habíamos liquidado nuestro negocio en Texas. Yo jamás había visto a Mike en tan mal estado. Hasta ahora.

—La defensa solicita se retiren esas dos palabras, por no responder a la pregunta.

—El jurado no tomará en cuenta las últimas dos palabras.

—Cuando usted dice "mal estado", ¿a qué se refiere?

—Mike había fracasado anteriormente. Estaba enfadado. Creo que se sentía perdido. Hablaba mucho de su ex esposa, de cómo ella se había quedado con todo lo que él había ahorrado durante años como fruto de sus peleas. Creía que nuestros problemas en los negocios eran una consecuencia directa de haber comenzado sin dinero, y la culpaba a ella.

"Todos los días recibíamos cartas en las que se nos reclamaban pagos. Los acreedores nos llamaban por teléfono. Nuestro representante en Texas trataba de liquidar los bienes y recuperar algo para nosotros. Vivíamos en un hotel de Sacramento que estaba a cargo de un hombre realmente tenebroso. Todas las mañanas a las ocho nos despertaba: diciendo, "El alquiler está vencido", como si fuéramos delincuentes que nos íbamos a escapar por la ventana del fondo. ¡Hacía tanto calor en esa pequeña habitación! A la noche, las cucarachas corrían por la cocina, y el balcón trasero daba a una alcantarilla. Corría el mes de agosto y la temperatura no bajaba de treinta y ocho grados. Yo me pasaba todo el día sentada en el tocador haciendo llamados y escribiendo cartas, tratando de conseguir algo de dinero, mientras Mike no hacía más que quedarse tendido en la cama. Fue Mike el que comenzó con la discusión; estaba enojado conmigo.

—¿Por qué? —preguntó Winston con voz suave y comprensiva.

—Me tenía a mano —respondió Lindy—. Es un hombre orgulloso y obcecado. Empezó a imaginar que yo iba a abandonarlo tan pronto como el representante nos enviara el cheque; que me llevaría todo el dinero y me alejaría de él tanto como fuera posible. Entonces dijo que un día iba a desaparecer y yo estaría en mejor situación. Atravesaba un momento tan difícil que yo no sabía a ciencia cierta qué haría.

—¿Y cómo respondió usted a esa situación?

Lindy tenía la atención de toda la sala. Nina vio algunas miradas escépticas y rogó que desaparecieran después de las siguientes preguntas de Winston.

—Le dije que podía quedarse con todo el dinero y ponerlo en una cuenta a su nombre, si eso lo hacía sentirse mejor. Yo no quería nada. De esa manera, él no tendría que preocuparse más de que yo lo abandonara o algo por el estilo.

—¿Usted le ofreció compartir el dinero del cheque?

—Para mí era lo mismo, siempre que siguiéramos juntos.

—¿Quiere decir que, si usted se quedaba sin un céntimo, si se convertía en una pordiosera, si quedaba completamente indefensa, si cedía todo, Mike se sentiría mejor? ¿Así no podría abandonarlo? ¿Usted necesitaba sacrificar todo lo que había conseguido para apuntalar el ego de él?

Lindy se incorporó con brusquedad.

—¡Yo no dije eso!

En ese mismo instante Riesner se puso de pie para objetar.

Milne llamó a Winston y Riesner al estrado. Se inclinó de forma tal que el jurado no pudiera oírlo y susurró algunas palabras al oído de Winston; éste asintió y prometió que no volvería a hacerlo. Winston había lastimado con crueldad deliberada a Lindy; nunca lo habían ensayado en la sala de reuniones del estudio. Nina estaba segura de que había sido espontáneo; ella no había preparado ese despliegue emocional de preguntas elocuentes que obligaron a Lindy a tomar una postura defensiva y pusieron de manifiesto ante el jurado la verdadera relación de pareja.

Ahora, mientras Winston recibía su reprimenda, el jurado tenía suficiente tiempo para pensar en Mike y Lindy, en los miedos irracionales y el resentimiento de un hombre cuando toca fondo por segunda vez en su vida, y en la voluntad férrea de una mujer que daba más de la cuenta para ayudarlo.

Nina sabía que ella no podría haberle hecho eso a Lindy. Sentiría demasiado remordimiento. Además, sentía la mortificación de Lindy al ver expuestos estos hechos de manera tan descarnada. Lindy se mostraba avergonzada, como una esposa que perdona a un marido que la golpea todos los viernes por la noche.

"Dinamita", garrapateó Genevieve en su anotador para beneficio de Nina.

—¿Qué sucedió después? —preguntaba ahora Winston. Los abogados habían regresado a sus lugares. Lindy se sentó muy erguida y fijó la mirada hacia delante. Ya no confiaba en Winston.

—Yo había encontrado un espacio que podríamos usar como cuadrilátero de boxeo, y a un proveedor que nos daría crédito. Esa semana recibimos un cheque de nuestro representante. Todo lo que habíamos conseguido en siete años de arduo trabajo. Doce mil quinientos dólares. Esa noche Mike me pidió que escribiera y firmara el documento.

—Se refiere al Documento de Prueba Número Uno de la defensa. Y usted ya declaró que lo firmó.

—Sí.

—Ahora permítame preguntarle esto, Lindy. —Winston bajó la voz y todos aguzaron el oído para no perder palabra. —Permítame hacerle una pregunta sencilla aunque importante.

—¿Sí? —Lindy no podía hacer otra cosa que temblar, ya que sabía lo que vendría.

—¿Por qué firmó este documento?

En el silencio que siguió a la pregunta, Nina oyó la fuerte respiración de Mike.

—Porque Mike dijo que nos casaríamos si lo firmaba. Nos casaríamos y lucharíamos hasta alcanzar el éxito.

En la sala se oyó una exhalación colectiva. Varios miembros del jurado tomaron nota de esta declaración.

—¿Prometió casarse con usted?

—Sí. Se entiende que legalmente.

—¿En tanto y en cuanto todo el dinero y el poder quedaran por completo en manos de él?

—Yo no lo diría de esa forma. En tanto y en cuanto... sus bienes se mantuvieran separados de los míos. Mike necesitaba eso. Para él era importante, y a mí no me importaba.

Winston estuvo a punto de hacer un comentario sobre esa respuesta, pero después lo pensó mejor. Por un instante se quedó pensando, golpeándose la barbilla con la mano; Nina comprobó de nuevo cómo Winston empleaba las pausas para absorber toda la atención dispersa del público. Estaba aprendiendo de él.

Finalmente dijo, con tono compasivo:

—Pero ustedes no se casaron.

Lindy volvió a explicar cómo Mike se había guardado el acuerdo en un bolsillo y había partido hacia Texas para firmar los documentos que finalizaban con sus negocios allá. Winston la dejó hablar.

—Cuando regresó, yo le insistí en que lo hiciéramos, en que era sencillo, que sólo debíamos presentarnos ante un juez de paz y hacerlo oficial. Pero —Lindy levantó las palmas de las manos y se encogió de hombros— nunca lo hicimos.

—¿Abrieron ustedes una cuenta para depositar el cheque?

—Sí, lo hizo Mike.

—¿Figuraba el nombre de usted en la cuenta?

Lindy meneó con la cabeza con recelo.

—No.

—¿Se mudaron?

—Ah, sí. En una semana. A un departamento que quedaba cerca de la avenida Howe.

—¿Figuraba su nombre en el contrato de alquiler?

—No.

—¿Alquiló usted el predio para el gimnasio y firmó algún contrato por servicios y equipamiento?

—No.

—¿Lo hizo Mike?

—Sí.

—¿El negocio comenzó a producir dinero?

—Desde que comenzó, nunca más debimos mirar hacia atrás —dijo Lindy con el poco orgullo que Winston le había dejado.

—¿Ese negocio al final se transformó en Empresas Markov, y los certificados de acciones se emitieron con ese nombre?

—Sí —respondió ella. Con una voz que casi no podía oírse añadió: —Y mi nombre no figuraba.

—¿Usted le reclamó a Mike?

—No. Sólo volví a preguntarle, hace unos diez años, si no podíamos contraer matrimonio, como me lo había prometido. Y él me dijo que lo haríamos cuando llegara el momento. Y yo lo acepté.

—¿Usted creyó en su promesa?

—Yo creía en Mike. Siempre lo hice. Siempre tuvo mi total confianza. —Se la oía sorprendida, como si sólo ahora, delante del jurado que juzgaría sus acciones, pudiera reconocer cuán tonta había sido.

—Con posterioridad, establecieron su primera fábrica de aparatos de gimnasia en Tahoe.

—Sí.

—Y...

—Y, sí, mi nombre no figuraba en nada.

—Después compraron la hermosa casa de Cascade Road. Esa mansión maravillosa —dijo Winston con tristeza—. ¿Quién encontró la casa y negoció con la inmobiliaria?

—Mike estaba ocupado, así que yo...

—¿Quién plantó los canteros con flores y compró los muebles y supervisó la gran remodelación que se hizo?

—Fui yo.

—¿Y quién vivió allí durante diez años, sólo para después ser arrojada a la calle como un perro porque su nombre no figuraba en ninguna de las escrituras?

—¡Por favor, no siga! —exclamó Lindy con los ojos llenos de lágrimas. Winston la había hecho llorar.

—Esta corte suspende la sesión hasta la una y media. Señor Reynolds, venga para... Acérquese, por favor.

Durante el interrogatorio posterior al almuerzo, a nadie le sorprendió que Riesner se concentrara en el Documento de Prueba Número Uno. Nina tuvo a su cargo hacer las objeciones desde la mesa de Lindy. Ahora Lindy estaba sentada a su derecha, en tanto que Winston y Genevieve se ubicaban a la izquierda. El jurado tomó sus lugares; la señora Lim mostraba un gesto adusto y llevaba la delantera.

Riesner se hallaba en buena forma, luciendo una nueva corbata de seda dorada y roja, acicalado de pies a cabeza. El magullón de la mejilla le daba un aspecto ligeramente descuidado. Su aire de falsa simpatía por Lindy producía la impresión exacta que él esperaba, echando un manto de duda sobre su sinceridad.

Comenzó a jugar con los efectos visuales, soñados durante alguna reunión de medianoche, según conjeturó Nina, para atraer a esos jurados pertenecientes a una generación adicta a los medios. Sujetó una hoja grande de papel en blanco sobre un atril ubicado en el frente de la sala, y tomó un marcador.

—Acuerdo —dijo, mientras escribía en la parte superior— entre Lindy y Mike. Lindy obtiene la mitad de todo, incluida la empresa. Y aquí hay un espacio al pie para que usted y Mike firmen. ¿Alguna vez le dio usted a Mike un papel como éste?

—No.

—¿Alguna vez le dio Mike uno a usted?

—No.

—¿Por qué nunca hizo algo así?

—Nosotros teníamos nuestro acuerdo —respondió ella, con tono algo quejumbroso—. Una promesa entre nosotros para vivir como marido y mujer y compartir todo. Mike me dijo que con eso bastaba.

—Señora Markov, ¿no es un hecho que Mike no firmó un documento que estableciera que usted era la dueña de la mitad de todo, porque ése no era el trato entre ustedes, sino que era el acuerdo de división de bienes?

—No, no es así, porque Mike jamás cumplió con su parte del acuerdo. Él prometió casarse conmigo a cambio de mi firma.

—Señora Markov, dígame esto: el día que usted firmó el Documento de Prueba Número Uno, si Mike Markov y usted se hubieran presentado ante un juez de paz ese mismo día, ¿se habría casado usted con él?

—¡Por supuesto que lo habría hecho!

Riesner pasó raudamente delante del secretario de la corte, dio a Lindy un papel y ordenó asignarle un número de prueba.

—¿Qué es esto? —preguntó a Lindy.

Lindy miró el certificado, volvió a mirar a Riesner y después a Nina.

—Es un certificado de matrimonio.

—¿Entre usted y un hombre llamado Gilbert Schaefer? ¿El cual indica que usted estaba casada antes de conocer a Mike?

—Sí. —¿Por qué su voz se oía cada vez más temblorosa? Ella no había mantenido en secreto el hecho de que antes había estado casada con otro hombre.

—¿Y cuándo finalizó su divorcio?

Lindy no contestó. Volvió a mirar a Mike. Su rostro se tornó del color de la cera.

—Objeción, Señoría. Esto sobrepasa los límites del interrogatorio —intervino Nina, de pronto asustada—. El abogado no puede preguntarle a la testigo sobre un documento que yo no he visto.

—Esto no sobrepasa los límites, señor juez —tronó Riesner—. Fue la señora la que abrió esta línea de preguntas cuando sacó a relucir el tema del matrimonio. Por cierto que pasé por alto mostrarle el certificado a la abogada. Fue un error mío, y pido disculpas. —Se acercó a la mesa de Nina y le entregó el papel con gesto arrogante.

—No ha lugar a la objeción —dijo Milne.

—Obtuve el divorcio... —comenzó a decir Lindy, y enseguida se detuvo. De nuevo, miró a Nina en busca de ayuda, pero la atención de la abogada no se despegaba del papel que sostenía rígidamente apretado entre sus dedos.

—¿Dónde obtuvo usted ese divorcio? —preguntó Riesner, en apariencia para ayudar a Lindy salir del atolladero en el que se encontraba.

—En Juárez. México.

—Ahora le haré nuevamente la pregunta, señora Markov. Y, por favor, preste mucha atención. ¿Cuándo terminó ese matrimonio?

—El año pasado —respondió Lindy.

Algunos de los miembros del jurado reaccionaron tardíamente. El público se movió inquieto y comenzó a murmurar.

—Silencio —ordenó al público el agente Kimura.

—A pesar de sus frecuentes declaraciones de que deseaba casarse con el señor Markov, usted no estaba libre para hacerlo, ¿o me equivoco? —preguntó Riesner.

—¡Déjeme explicar! Yo creía estar divorciada un año antes de conocer a Mike. No supe que había un problema con mi divorcio hasta hace muy poco. En su momento, había viajado a Juárez y me hice cargo enseguida.

—¿Viajó usted a Juárez para obtener un divorcio rápido sin preocuparse de si era legal en los Estados Unidos?

—¡Por supuesto que creí que era legal! De lo contrario no me habría molestado en hacerlo.

—Ésa es otra de sus mentiras. ¿Dónde está esta famosa sentencia de divorcio dictada en Juárez? —Riesner sabía, por la declaración jurada de Lindy, que ella la había perdido hacía años. —Bueno, ¿dónde está? —repitió impaciente, con voz cargada de censura.

—La perdí.

—¿La perdió? —Comenzó a pasearse por la sala, suspirando y casi poniendo los ojos en blanco por la indignación. —¿Nos está diciendo que obtuvo una sentencia de divorcio indebida, que perdió el documento que sería la prueba, y que no supo hasta el año pasado que eso era ilegal? Vamos, Lindy...

—¡Objeción!

Los abogados discutieron durante unos minutos con el juez Milne, a cubierto de los oídos del jurado, pero Nina sabía que no podía hacer nada para atenuar el daño infligido a su caso. El jurado no podía pasar por alto la evidencia. Lindy no se había divorciado; por lo tanto, no podría haber existido un matrimonio con Mike.

—¿Cuándo descubrió que aún seguía casada con Gilbert Schaefer?

—Mi ex marido me llamó hace más o menos un año. Me dijo que quería volver a casarse, pero que creía que debería primero obtener aquí el divorcio. Había averiguado y descubrió que nuestro primer divorcio podía no ser legal.

—Por lo tanto, si usted se hubiera casado con el señor Markov habría cometido bigamia. Y eso es ilegal.

—Objeción —dijo Nina—. Eso conduce a sacar una conclusión legal. Es contencioso y especulativo y...

—Ha lugar.

—¿Así que, durante todos esos años en que vivió con Mike Markov, usted seguía casada con otro hombre? —preguntó Riesner.

—Yo estuve casada con Mike —afirmó Lindy— en todo sentido, salvo ante la ley.

Dadas las circunstancias, esa manifestación resultó carente de sentido y caprichosa.

—Ah, a propósito, ¿el año pasado usted le explicó algo de todo esto a Mike?

Lindy meneó la cabeza en silencio.

—Debe hablar en voz alta —le recordó Riesner.

—No. No quería que lo supiera.

—¿Por qué?

—¿A dónde nos conduce todo esto, Señoría? —intervino Nina. Decidida, marchó hacia donde estaba el juez, con Riesner pegado a sus talones. Milne se inclinó para susurrarles al oído.

—Jeff, ¿de qué se trata todo esto?

—Se trata de los secretos y mentiras de esta mujer, señor juez. Su pobre actuación de esposa abandonada. Su total confianza y seguridad en el señor Markov. No sólo eso. Se trata de toda esta causa. Firmó un Acuerdo de División de Bienes basándose en la promesa mutua de mantener los bienes por separado. Ella sabía que su divorcio no era legal. Una promesa matrimonial rota... ¡qué asco! Una situación que apesta, y yo quiero probarlo.

—Está bien. Pero ya ha ido demasiado lejos con estas preguntas. No permitiré esta última —le advirtió Milne.

—Pero...

Pero nada. Milne los despachó.

Mientras ambos se dirigían con premura hacia sus lugares, al pasar ante la tribuna del jurado Nina sintió una presión en el zapato. Riesner la había pisado.

Nina cayó directamente de bruces sobre la mesa, ante el rostro asombrado de Winston. Trató de asirse del borde, pero sus manos resbalaron y fue a dar contra las patas de la mesa, golpeándose contra el suelo. Un dolor agudo se apoderó de su tobillo izquierdo.

Las manos del agente Kimura la ayudaron a levantarse, mientras Genevieve corría para bajarle la falda.

—La corte suspende la sesión hasta mañana a las nueve en punto —anunció Milne, y aumentó la conmoción—. ¿Se encuentra bien? —preguntó el juez, que bajó del estrado. —Fue una caída horrible. —El jurado se retiró en fila india; algunos miembros volvieron la cabeza para mirar.

Nina probó apoyarse sobre el pie.

—Creo que no tengo nada quebrado —alcanzó a decir. No permitiría que las lágrimas asomaran a sus ojos mientras ese mal nacido de Riesner estuviera mirándola.

—¡Qué torpeza de mi parte! —exclamó Riesner. Con discreción, se llevó la mano a la mejilla. —Mi pie... de alguna forma se enganchó con su zapato.

Nina se volvió.

—Sáqueme de aquí —le pidió a Winston con los dientes apretados. Él la hizo apoyarse en su hombro y la llevó casi en andas hasta el ascensor, lejos de la andanada de cámaras de televisión. Genevieve marchaba al trote detrás de ellos, cargando los portafolios.

Nina pasó la noche con el pie en alto, tratando de bajar la hinchazón y de pensar de manera racional en lo que había sucedido en el tribunal antes de que Riesner la hiciera tropezar.

Por una vez, Lindy no la llamó por teléfono, así que ella decidió llamarla.

—Me estoy matando para ganar este juicio —le dijo—. ¿Por qué demonios no me dijo que no se había separado legalmente de Gilbert Schaefer hasta el año pasado?

—Creí que Gil se mantendría alejado y no volvería a aparecer —explicó Lindy—. Además, pensé que los cien mil dólares que le di garantizarían su alejamiento.

—¿Él la chantajeó? —preguntó Nina.

—No. Se lo ofrecí yo. Le di el dinero que había ahorrado durante todos esos años en que recibí un sueldo, y con la indemnización que me pagaron por haber perdido mi trabajo... —Dudó. —Acordé pagarle más después de que ganara el juicio, siempre que se mantuviera fuera del caso.

Eso explicaba por qué una mujer que había ganado un buen sueldo durante veinte años y no había gastado ni un centavo para su sustento tenía tan poco para ofrecerle a Nina sobre la mesa. Nina contuvo el deseo irrefrenable de cortarle la comunicación.

—¿De verdad cree usted que arrojar dinero sobre un problema hace que éste desaparezca? —preguntó Nina.

—Ése no es mi único método. Es sólo el que suele funcionar mejor —contestó Lindy.

Por cierto, Lindy no le había arrojado dinero a Nina, que se hundía de cabeza en deudas. Con la sangre hirviendo en sus venas, Nina se despidió de Lindy. Bob entró, le echó una mirada y se puso a limpiar la mesa y a cargar el lavavajillas.

Nina lo tomó por el brazo cuando el chico pasó a su lado.

—Bob, sin ti...

—Vamos, mamá —dijo Bob, aceptando la caricia y separándose con habilidad—. Quiero terminar con esto antes de que empiece el programa. —Fue con una pila de platos hasta la mesada. —¿No quieres que te prepare un cubo con agua fría para que puedas poner el pie?

Nina no contestó. Bob buscó debajo de un armario y encontró un cubo de plástico de color marrón.

—¿Recuerdas aquella vez en que me torcí el tobillo jugando al hockey, y tú me dijiste que el agua fría me iba a ayudar, y yo te dije que no? Y después tú me apostaste y ganaste.

Escuchó a su hijo mientras se masajeaba el pie y observaba cómo Bob luchaba por sacar una cubetera de hielo del congelador. Sin él...

Llegó la mañana y con ella el juicio. Nina se puso unas medias elastizadas para contener la hinchazón del tobillo, pero el apuro por salir de su casa la hizo olvidarse del dolor hasta que estuvo sentada a su mesa delante del tribunal; allí comenzó a latirle de nuevo.

—La parte demandante llama a Harry Anderssen al estrado —dijo Winston, y dio a Nina un golpecito en el hombro cuando se ponía de pie; a su vez, dirigió al jurado una sonrisa benévola.

El espectáculo debía continuar. Nina sólo deseaba que pronto apareciese un mago para obrar la magia que ellos estaban necesitando. Mientras el secretario del tribunal tomaba juramento al siguiente testigo, Nina lo estudió. Harry Anderssen había sido asistente de *marketing* de Lindy durante tres años. Tenía puesto un suéter de cuello alto debajo de un saco deportivo verde que hacía juego con sus ojos grandes y oscuros; llevaba el largo cabello castaño peinado hacia atrás. Nina había visto algunas fotografías en las que Harry había modelado. En general, en folletos y vídeos Harry aparecía con pantalones cortos y el torso desnudo, lo mejor para lucir un físico extraordinariamente bien desarrollado.

Las preguntas de Winston lo guiaron por sus antecedentes y su historia con la empresa.

—¿Tenía usted una posición de bastante responsabilidad?

—Yo diría que sí. Estaban los Markov; después, Rachel y Hector, los vicepresidentes. Yo venía a continuación, pero trabajaba directamente bajo las órdenes de Lindy.

—¿Cómo describiría usted su anterior relación con la señora Markov?

—De empleador a empleado.

—¿Y qué apreciación tenía usted del papel que ella cumplía en la empresa?

—Objeción —dijo Riesner—. Conduce al testigo a especular.

—Denegada —replicó Milne—. Por favor, conteste la pregunta.

—Ella y Mike estaban al frente de la empresa.

—¿Juntos?

—Diría que muy juntos.

—¿Los observó trabajar juntos digamos que rutinariamente?

—Ah, sí. Tenían los escritorios en la misma oficina.

—¿Tuvo la impresión de que uno u otro era más importante en el momento de tomar decisiones?

—Objeción —dijo Riesner, mostrando ahora un enfado cuidadosamente calculado—. Carece de fundamento. Induce al testigo a sacar una conclusión.

—Denegada —dijo Milne—. Le está preguntando al testigo su impresión, no una conclusión de un hecho. —Por una vez, Nina sintió que las reglas estaban a su favor. Había imaginado que Milne intentaría admitir algo más que lo que indicaban las estrictas normas de la prueba. Esto disminuía la cantidad de temas para apelar y se acercaba más a la verdad. Por milésima vez, dirigió una plegaria de agradecimiento por que Tahoe tuviera un juez tan valiente.

—Puede responder —indicó Milne al testigo.

—No. En mi opinión, ellos eran igualmente importantes —contestó Harry. Paseó la mirada por la sala, sonriente. A Harry parecía gustarle su sonrisa. La empleaba siempre que podía.

—¿Quién creía usted que era dueño de la empresa?

—Yo la veía como una empresa familiar. Los Markov eran los dueños, y ambos la dirigían.

—Si dejamos de lado al señor Markov, ¿alguien más tenía mayor poder en la administración de la empresa, además de Lindy Markov?

—No.

—¿Tuvo la impresión de que Lindy era una especie de asistente del señor Markov?

Harry se rió ligeramente, lo cual le dio la oportunidad de mostrar su perfecta dentadura.

—No. Mantenían muchas discusiones entre ellos, y a menudo Lindy salía ganadora.

—¿Alguna vez surgió el tema del estado civil de los Markov?

—Bueno, eran el señor y la señora Markov. Por supuesto que todos supusimos que estaban casados.

—¿Qué me puede decir de la propiedad de la compañía? ¿Alguna vez examinó los documentos estatutarios?

—No. ¿Para qué habría de hacerlo? Yo empecé a trabajar como asistente de Lindy y ahora sólo soy el muchacho del retrato en la pared. —Levantó la barbilla con aire seductor; en la tribuna del jurado, Maribel Grzegorek se pasó la lengua por los labios. Rachel le sonrió.

—¿Quién creía usted que era el propietario de la empresa hasta el momento en que los Markov se separaron?

—Ah, los dos. —Le echó una mirada a Mike. —En el trabajo, bromeábamos todo el tiempo y los llamábamos "mamá y papá". Así era la relación, como algo de familia, como la tienda de la esquina, el trabajo de mamá y papá.

—Mamá y papá —repitió Winston. Constituía una excelente variante del mantra que el equipo de Nina había creado para ese juicio.

En su silla, junto a Nina, Lindy se movió inquieta.

—A Mike no le va a gustar esto —le susurró al oído a Nina.

—Está diciendo exactamente lo que nosotros queremos, Lindy.

—Y en las conversaciones con los clientes, ¿se refería con frecuencia a Lindy Markov como a una dueña? —continuó Winston.

—Sí.

—¿Alguna vez el señor Markov hizo o dijo algo que le diera a usted la impresión de que él era el dueño de la empresa y que solo él estaba al frente?

—No. Él siempre decía "nosotros". "Nosotros vamos a presentar una nueva línea de productos." "Nosotros deseamos abrir una distribuidora de Solo Spa en Londres." Esto no quiere decir que ellos no tuvieran distintas áreas de responsabilidad dentro de la empresa. La orientación de Mike era más hacia el lado práctico. Lindy era la planificadora.

Riesner se apresuró a interrogar al testigo.

—Señor Anderssen, ¿sabe usted que su testimonio ayudará a la señora Markov?

—Que las astillas caigan donde puedan. —Otra fabulosa sonrisa. Nina estaba convencida de que Harry iba a ser una estrella al día siguiente, después de que la gente viera todas las fotografías que le estaban tomando en la sesión.

—Hablando de astillas, tiene usted una bastante grande sobre el hombro, ¿no la ha visto?

—¿Cómo dijo?

—Usted no quiere que el señor Markov gane, ¿o me equivoco?

—Me siento obligado a decir la verdad aun cuando Mike haya sido mi empleador —respondió Anderssen.

—Y el hombre que está a punto de casarse con la mujer a la que usted ama... ¿Qué me dice de ese problemita? —atacó Riesner. No se dio vuelta para mirar a Mike, y Nina sabía la razón. Era el turno de Mike de recibir una sorpresa desagradable de parte de su propio abogado. Los ojos de Mike centellaban, pero mantuvo la boca cerrada. Estaba claro que, a pesar de la escena en público que había tenido lugar entre él y Harry, le había dicho a Riesner que no usara esa información, por la vergüenza que le causaría tanto a él como a Rachel. Sin embargo, Riesner no había podido resistirse a ese método fácil de dejar al descubierto una debilidad amorosa. A Nina casi le parecía oír el runrún de los activos cerebros de los reporteros en las últimas filas de la sala, planeando cómo informar sobre ese perfecto chisme sexual.

—No sé lo que quiere decir —contestó Harry.

—Por supuesto que lo sabe, Harry. Usted y la señorita Pembroke, la novia del señor Markov, eran amantes hasta hace unos seis meses. ¿Es cierto o no?

—Sí. Pero...

—A usted ella aún le importa.

—No lo niego. Pero...

—Desearía que ella se casara con usted, ¿no?

—Lo que sea —respondió Harry. Por primera vez, sus ojos verdes relampaguearon de cólera—. Hizo una elección muy astuta. En verdad, no tengo nada contra ella. Rachel se decidió por el dinero.

En ese momento, ni el agente Kimura pudo acallar el rumor creciente de la sala. Riesner echó la cabeza hacia atrás, con el rostro encendido de ira, tan incontrolable como el tiempo.

—¡Solicito se eliminen las últimas dos frases por irrelevantes! —gritó para hacerse oír por sobre el barullo, y se obligó a volver a esbozar la sonrisa que era normal en él.

Winston se inclinó hacia Nina.

—¿Oyó eso? —murmuró—. Ahora, el jurado ya puede imaginar todo.

—Ha lugar. El jurado no tendrá en cuenta estas últimas dos declaraciones del testigo, que serán eliminadas de la evidencia. ¡Orden en la sala! —Milne hizo sonar el mazo, y el ruido menguó.

Nina observó a Mike, que casi se había puesto de pie. Rebecca le hablaba rápido, al oído Aunque Nina no podía oír lo que le decía, sí pudo captar el tono suavizante con que se dirigía a su cliente. Rebecca trataba de evitar que Mike agravara el error que había cometido Reisner.

Sin embargo lo que le dijo dio resultado. Mike se dejó caer pesadamente en la silla. Riesner se secó la frente con un pañuelo de seda y dedicó un tiempo considerable a conducir a Harry por temas más inofensivos, para desactivar la bomba de tiempo. Winston siguió con el interrogatorio del testigo después del almuerzo; a continuación, Harry fue excusado. Cuando se llamó a receso por la tarde, los reporteros y fotógrafos corrieron hacia él en estampida, pero Harry no tenía prisa por desaparecer. Con gracia, aceptó posar para todas las fotografías que quisieran tomarle.

Nina casi sintió pena por Riesner, que había hecho quedar a su cliente como un tonto y además le había salido el tiro por la culata. Eso casi compensaba lo que ellos habían tenido que pasar el día anterior.

CAPÍTULO 19

El viernes por la mañana Bob se despertó con fiebre. Andrea tenía que trabajar. Matt tenía que trabajar. Nina tenía que trabajar. Matt prometió pasar varias veces durante el día para ver cómo se sentía. Eso enfrentó a Nina a la única alternativa que le quedaba a una madre sola: dejarlo con los medicamentos y ponerlo frente al televisor con una caja de gaseosas y unas galletas fuera del alcance de Hitchcock. Con aspecto lamentable, dejó a su hijo con la cabeza apoyada en el lomo del perro.

—Envíame un mensaje en caso de emergencia —le recomendó, sintiéndose como una idiota. ¿Qué clase de madre dejaría a su hijo enfermo para ir a trabajar?

Cuando el juicio terminara, lo recompensaría.

Llegó al tribunal muy tarde. Milne ya había llamado al receso de media mañana. Por fortuna, Winston había tomado su lugar.

—Me debe una —le susurró al oído, y le pasó la posta en el mismo momento en que Nina dejó caer el portafolio sobre la silla.

—Winston, necesito hablar unas palabras con usted. —Nina lo tomó por la manga de la chaqueta justo cuando él se paraba para alejarse de la mesa. Winston la siguió hasta un cubículo situado junto a la biblioteca. Nina cerró la puerta. Winston le informó lo que había sucedido en su ausencia. Por si él se había perdido algo, ella le informó a su vez lo que sucedía en el mundo exterior.

Las notas de los diarios habían comenzado intentando poner de manifiesto las dos partes en el caso Markov, pero después los comentaristas se habían hecho cargo de la situación. Durante los primeros días del juicio, Lindy fue la buena de la película. Una reconocida feminista de Boston escribió en su columna sobre la forma en que el caso Markov simbolizaba el hecho de que las mujeres no habían logrado tanto como creían. Lindy rechazó todos los pedidos de entrevistas, lo que dio a los medios rienda suelta para pintar su personalidad y escribir los artículos de acuerdo con el sesgo deseado.

Pero ahora Riesner se había aparecido con un "marido", al menos uno que técnicamente había sido su pareja legítima durante mucho más tiempo que lo que Lindy había hecho creer a todos. Como resultado, Lindy dejó con rapidez de ser la buena de la película y Mike comenzó a recibir todo el respaldo.

Sin embargo, los medios sólo reflejaban el cambio de tono que se había percibido en la sala del tribunal. Antes de que Lindy comenzara a desbarrancarse delante del jurado, en una caída de la que no saldría ilesa, era preciso que Nina y Winston ejercieran el control inmediato de los daños infligidos a la imagen de Lindy.

—La parte demandante llama al estrado a Florencia Morales.

En el estrado, una joven latina se paró junto a su intérprete y prestó juramento.

—¿Es usted el ama de llaves de Mike Markov? —preguntó Nina. La señora Morales escuchó la traducción y contestó. Hablaba bastante bien en inglés. El traductor estaba para asegurar que interpretara con precisión las preguntas.

—Así es —respondió ella.

—¿Y hace siete años que trabaja en la propiedad de Markov?

—Sí.

—Señora Morales, por su tarea en esa casa, usted debe de ver muchas de las cosas que allí suceden.

—Sí.

—¿Cuántos días por semana trabaja?

—Todos los días. Vivo en la casa y trabajo la mayoría de los días.

—¿Así que usted estaba el veintiocho de marzo del año pasado, cuando Gilbert Schaefer se hizo presente para decirle a Lindy Markov que ellos aún seguían casados?

—Objeción —dijo Riesner—. Orientada, especulativa, irrelevante, carece de fundamento...

—Ha lugar.

—En esa fecha, hace alrededor de un año, ¿observó la llegada de un hombre llamado Gilbert Schaefer?

—Yo le abrí la puerta. Él se presentó solo.

—¿Qué sucedió entonces?

—Fui arriba a buscar a Lin... a la señora Markov. Ella bajó.

—¿Y cuál fue su reacción cuando vio al señor Schaefer?

—Declaración de oídas, Señoría —dijo Riesner—. Objeción.

—Ha lugar.

—Díganos, si lo desea, lo que observó y no lo que pudo oír de cualquier conversación que haya tenido lugar.

—Está bien —repuso la señora Morales—. La señora bajó las escaleras. Cuando lo vio, se puso blanca y después de un color casi ceniciento. Quiso saber qué estaba haciendo él ahí, después de tanto tiempo.

—¿Y por qué había ido ese hombre?

—Dijo...

—La misma objeción —volvió a interrumpir Riesner.

—Ha lugar.

—¿Dijo él la razón de su visita?

—Sí. Él se la explicó sin rodeos.

—¿Puede usted describir su estado de ánimo en aquel momento?

—Se hacía el payaso, como si todo fuera parte de una gran broma.

—¿Cuál fue la reacción de Lindy cuando él le explicó por qué había venido?

—Ella lo escuchó. A principio no le creyó, pero él le mostró unos papeles para probar que lo que decía era verdad. Después, como si le hubieran dado un hachazo, Lindy se dejó caer sobre un sofá. Estaba muy sorprendida por lo que le decía ese hombre, fuera lo que fuere.

Nina se paseó en silencio delante de la tribuna del jurado, con las manos en la espalda, la cabeza gacha, como midiendo los alcances de la escena. Les estaba dando tiempo a todos para que la digirieran, para que se dieran cuenta de que Lindy se había sentido horrorizada al enterarse de que no estaba divorciada de ese hombre. Miró al jurado. La señora Lim tomaba notas. Kris Schmidt parecía nerviosa. En cuanto a Cliff Wright, resultaba difícil saber lo que pensaba.

—Ahora pasemos a otro tema —continuó Nina—. ¿Sabía usted que el señor Markov tiene una sobrina de diecisiete años que vive en Ely?

—Sí. La vi varias veces.

—¿Cuando ella visitaba la casa de los Markov?

—Así es.

—Y cuando ella visitaba la casa, ¿cómo se dirigía al señor Markov?

—Tío Mike.

—¿Y a Lindy Markov?

—Tía Lindy.

Después del receso de la tarde, Nina reemplazó a Winston, que ya había comenzado con el interrogatorio de Mike Markov. Se proponía demostrar al jurado que Mike había disfrutado de todos los beneficios del matrimonio con Lindy sin aceptar ninguna obligación legal, pero Riesner había preparado bien a su cliente. Durante las últimas tres horas de ese día, estoico e insensible a las provocaciones, Markov sostuvo que Lindy sólo desempeñaba un papel menor en la empresa. Él solo había invertido en el Solo Spa. Jamás se había referido a ella, en público ni en privado, como su esposa.

A continuación fue el turno de Nina para jugar con las imágenes. Solicitó atenuar las luces y mostró un vídeo que alguien del departamento de Marketing de Empresas Markov le había dado a Paul.

Mike aparecía hablando detrás de un estrado.

—Damas y caballeros, colaboradores y amigos. Tengo el enorme placer de presentarles a mi compañera, mi socia, mi musa inspiradora, mi esposa, la señora Lindy Markov.

La pantalla quedó en blanco.

—¿Esto le refresca la memoria? —le preguntó Nina a Mike Markov.

Antes de dar al demandado la oportunidad de recuperarse por haber quedado como un mentiroso delante del tribunal, Nina se apresuró a asestar otro golpe, haciéndole admitir que Lindy había dicho: "Ahora podemos casarnos" después de firmar el Acuerdo de División de Bienes.

Al final de ese día, Nina canceló la cena del viernes a la noche que había programado con Genevieve y Winston. Tendrían que analizar el día de trabajo sin ella o esperar al sábado. A pesar de la exposición razonablemente eficaz de esa jornada, no se sentía bien. No recordaba haber trabajado nunca en un caso en que sus acciones ante el tribunal —tanto buenas como malas— fueran analizadas con tanto celo, para después quedar a veces pulverizada bajo el peso de las opiniones.

Llamó a Sandy por su teléfono celular para informarle de los acontecimientos y darle algún consejo sobre cómo manejar su ya descuidada cartera de clientes; cuando llegó a su casa, consiguió que Bob pasara unas cucharadas de sopa espesa por sus labios hinchados y afiebrados, antes de volver a dormirse, alrededor de las siete y media.

Cuando sonó el teléfono, Nina no atendió. Temía que fuera Lindy. En aquel instante ella no podía tranquilizarla. Ni siquiera podía hacerlo consigo misma.

Ese juicio tenía un sesgo de nerviosismo que Nina no recordaba haber sentido antes. Todos reaccionaban ante el más mínimo error. Toda revelación daba lugar a una anotación frenética por parte de los reporteros.

Se puso el camisón y se metió en la cama. Afuera soplaba el viento. Trató de dormir mientras las ramas de los árboles comenzaban a golpear contra el techo; sentía esos ruidos en la cabeza como pesados y funestos cuerpos que caían del cielo.

CAPÍTULO 20

Durante el fin de semana, la fiebre de Bob cedió lo suficiente como para permitirle acomodarse frente a la computadora, donde con entusiasmo estaba creando un sitio en la Red con su primo Troy; ambos habían decidido hacerlo para demostrar su aborrecimiento hacia la gente falsa y el amor que sentían por la práctica del skate. Así que a última hora de la mañana del sábado, Nina fue a su oficina, dejando atrás una vez más el reluciente sol de mayo para enfrentarse con la mirada furiosa de Sandy que la esperaba.

—Puedo llevar adelante este lugar yo sola —le dijo—, pero tus otros cincuenta y nueve clientes no están tan seguros.

—Sandy, de veras lo lamento mucho, pero ya sabes lo que es este juicio; además, Bob estuvo enfermo...

—Sí. Ayer me llamó por teléfono mientras tú estabas en la corte.

—¿Tenía algún problema?

—Se lo oía deprimido.

—¿Qué te dijo?

—No mucho. Así que yo le conté del chamán que vivía en Woodfords en los tiempos de mi madre. Era un sacerdote sanador. Ese hombre siempre fumaba primero una hierba que lo ayudaba a ver lo que no estaba bien. Después, tenía dos métodos para curar. Cantaba y a veces eso funcionaba.

—¿Y lo otro? —preguntó Nina, intrigada. Sandy debía de sentirse muy sola todo el día encerrada en la oficina.

—El chamán le succionaba la carne al enfermo para quitarle el dolor.

—¿Qué dijo Bob de eso?

—Dijo que quizá sería mejor escuchar primero un poco de radio. —Sandy puso cara seria, y Nina trató de contener las ganas de reírse.

Genevieve abrió de golpe la puerta de la oficina.

—Hola, Sandy. Hola, Nina. ¡Qué mes ha sido éste! —Cargaba una pila de carpetas y sin perder tiempo se dirigió a la sala de reunión. —¡Café descafeinado! ¡Sandy, eres la mejor!

Sandy y Nina la observaron mientras Genevieve iba de un lado al otro, preparando dos tazas de café fresco y regando de paso las plantas de Sandy.

—Es casi imposible notar que tiene un problema de audición —comentó Sandy cuando Genevieve cerró la puerta para salir de la sala—. ¿No es maravilloso ver que una persona que tenga una discapacidad como ésa se conduzca tan bien?

Nina, aún respirando el aire límpido y cargado de optimismo que Genevieve siempre parecía llevar consigo, asintió y deseó sentirse la mitad de optimista. ¿Dónde encontraría el dinero para poder terminar el juicio? ¿Qué podría hacer con sus otros clientes?

—¿Sabes lo que quisiera? —dijo—. Quisiera irme con Bob a alguna parte ya mismo, esta noche, y dormir hasta tarde cada mañana y tomar sol y pasar el día entero en el agua.

—Si vas a tener deseos —repuso Sandy—, desea algo útil. Desea tener un millón de dólares. ¿Por qué no?

Winston apareció más tarde, con pollo frío y ensalada, que comieron mientras conversaban.

Durante unos minutos se permitieron el gusto de hablar sobre todos los lugares de Tahoe que no habían visto, pero que verían cuando que se liberaran del encierro impuesto por el juicio. Como la verdad era que no podían hacer nada divertido, se divertían imaginando que lo hacían. Sandy compartió con ellos la primera parte de la conversación; después se retiró para enfrascarse en su computadora.

Nina dio rienda suelta a sus últimos planes: llevar a Bob y a la familia de Matt de picnic a la isla Fannette. Eso intrigó a Winston, al que le encantaba andar en kayac. Decidió que ésa sería su primera parada no bien finalizara el juicio. Después, deseaba pasar por lo menos un largo fin de semana en las montañas. Luego, dos días de cara al sol en la playa. A continuación podría ir a nadar a la piscina del valle Squaw, y, desde allí, bajar caminando por la montaña.

Genevieve comentó que últimamente no había podido divertirse en las máquinas tragamonedas, porque el juicio le quitaba tiempo para el casino.

—Bueno, supongo que ustedes están esperando que les dé mis impresiones —dijo una vez que terminaron de comer; hablaba con esa encantadora confianza en sí misma que cualquier persona sarcástica podría tomar por arrogancia.

—¿Te parece? —bromeó Winston.

—El análisis de cómo vamos se reduce a una palabra: fantástico.

—No creo que tengamos mucho de que jactarnos —opinó Nina.

—Bueno, está bien. No es cuestión de que ustedes dos se hagan los presumidos. —Genevieve tomó una hoja de papel amarillo, la leyó y después la dejó sobre la mesa. —Comencemos por lo malo. El tema de Gilbert Schaefer dolió. Algunos de los miembros del jurado dejaron de prestarle atención a Lindy. La mayoría se mostró molesta en algún momento del testimonio. Creo que estamos perdiendo a Kris Schmidt y probablemente a Ignacio Ybarra.

—La verdad es que dolió. Me sentí como si me estuvieran haciendo una de esas operaciones en que usan hipnosis en lugar de anestesia, sólo que yo no estaba hipnotizado —dijo Winston. Todos esbozaron una ligera sonrisa, y por una vez Nina sintió cierta cuota de consuelo al compartir sus penas con sus colegas. No era de extrañar que los abogados se agruparan en estudios jurídicos.

—La buena noticia es que la alpinista, Diane Miklos, y la señora Lim están de parte de Lindy. No les gusta Mike; se les nota en la cara. Nina, la verdad es que las convenció en su alegato de apertura; ya hablamos algo de eso —continuó Genevieve—. Con respecto a los interrogatorios, todo lo que oí sobre usted es cierto. Sabe ir al grano y es eficaz. La única área en la que debemos seguir trabajando es el contacto visual con los jurados; aunque el trabajo que hizo al final con Markov excedió el mero contacto visual. Muy bien. Y, por favor, no se olvide de sonreír más.

—Ahora, hay algo más que deben saber. Tenemos problemas. Antes de marcharse, Paul me trajo una información de último momento que nos va a perjudicar. Wright tiene problemas en su matrimonio. Desgraciadamente, ya es tarde para que usemos una recusación.

—Ya me enteré —dijo Winston—. Y tengo algo que decir al respecto.

—Adelante —repuso Genevieve.

Un dejo de fastidio se dibujó en el rostro de Winston cuando ella le dio permiso para hablar.

—Creo que debemos reconocer que Nina estaba en lo cierto respecto de Wright. Creo que se lo merece; se lo debemos.

—Ah, Nina no necesita mi aprobación, como otra gente. Pero podemos volver a atraerlo hacia nuestro lado. Hay que enfatizar el papel tradicional de mujer que desempeñaba Lindy en su hogar. Aparte de ser un tiburón para la política, a él le gusta que la mujer sea tradicional.

—No se puede ignorar al resto del jurado para ganar sólo a ese tipo —señaló Winston—. No queremos perderlos, una vez que ya los tenemos.

—Nadie dice que haya que ignorarlos. Es cuestión de perspectiva, y estoy segura de que Nina puede manejarla muy bien.

—¡Uf! —exclamó Nina—. No. No lo haré. Además del sabor amargo que me deja en la boca, todos hemos afirmado infinidad de veces que la carta de triunfo de Lindy es que ella era una socia igualitaria en la empresa. Cuando solucionemos el problema del Acuerdo de División de Bienes, me propongo reforzar el hecho que ella ha sido de vital importancia desde el comienzo para lograr que la empresa sea el éxito que es hoy.

Winston asintió con la cabeza.

—Sabes que odio pincharte el globo, Genevieve —dijo—, pero Nina tiene razón. No creo que debamos cambiar nuestra estrategia para ganarnos el voto de ese tipo. No será nada bueno.

—¿Qué pasa con ustedes dos? ¡Hablan como dos perdedores! ¡No vamos a dejar que un jurado estúpido nos arruine el juego! Necesitamos nueve jurados de nuestro lado, y vamos a conseguirlos. Les pongo la firma que lo haremos —afirmó Genevieve.

—Genevieve, ya antes he visto cómo un caso se daba vuelta por la capacidad de liderazgo de un hombre disgustado...

—Eso no sucederá esta vez. Somos más listos que él. —Genevieve cerró de golpe su cuaderno, como si quisiera poner punto final a otra discusión sobre el tema. —Ahora pasemos a otro punto...

Dedicaron la mayor parte de la tarde y la noche a repasar lo que había sucedido, y disponía de muy poco tiempo para planificar la semana que estaba por comenzar, momento en el cual Riesner tomaría las riendas del juicio y volvería a encauzarlo a su favor. Si Nina se detenía a pensar, el error de permitir que Clifford Wright integrara el jurado le causaba un agudo dolor.

El domingo, Andrea y Matt invitaron a Nina y Bob a pasar el día en la playa. Al principio, Nina se negó; deseaba dormir hasta tarde, estudiar sus notas y dar a Bob la oportunidad de terminar de curarse. Sin embargo, Andrea subió a su habitación, le quitó la manta con que estaba tapada y le echó a Hitchcock encima. Al final, Nina decidió cargar su portafolio con papeles y acompañarlos, siempre que le permitieran sentarse a la mesa con su trabajo. ¿Acaso no había pasado su hora del almuerzo en la oficina, con sus colegas, compadeciéndose de no poder salir a disfrutar de la naturaleza?

En la playa Pope, donde el lago Tahoe se extiende de color azul marino en la línea del horizonte, todos se echaron sobre toallas a disfrutar del sol de mayo. Nina se quitó la ropa y se quedó en traje de baño. Con el portafolio como almohada, no tardó en dormirse.

Lo siguiente que sintió fue algo frío y mojado que le caía en la espalda y parecía deslizarse como una serpiente. Dio un salto y se puso a gritar.

—¡Pero, mamá, es sólo una pelota mojada! —explicó Bob.

Nina se tocó la espalda.

—¿Esa pelota estaba mojada con la baba de Hitchcock o con agua del lago? —preguntó.

—Un poco de ambas cosas.

Nina juntó coraje y se zambulló de cabeza en las heladas aguas del lago, seguida por Hitchcock, Bob y sus primos, Troy y Brianna. Jugaron en el agua hasta que los labios de Bree se tornaron azules; después se calentaron delante del fuego que Matt había encendido sobre una rejilla. A continuación, comieron salchichas y jugaron un partido rápido de ajedrez contra Matt, que Nina perdió sin mucha gracia. Mientras las risas, el cansancio y la arena invadían cada poro de su piel, todos subieron a los automóviles y se despidieron.

Bob les hizo muecas a sus primos hasta que al final los dos vehículos se separaron en Pioneer Trail.

—Sé que no debería dejar todo para el domingo a la noche —confesó Bob—, pero tengo que ponerme al día con un montón de tarea que no terminé ayer. —Mientras hablaba, se acercó a su madre y apoyó la cabeza en el hombro de ésta.

—No eres el único —dijo Nina.

Bob se quedó dormido antes de llegar a la casa, mientras Nina observaba cómo se iban encendiendo una por una las luces de la carretera 50. Para distraerse y no pensar en los problemas del juicio, trató de disfrutar de una pequeña fantasía en la cual ella obtenía un millón de dólares para levantar su castillo personal. En ese sueño, Nina bebía coñac y disfrutaba de la vista deslumbrante de los casinos que brillaban como velas encendidas sobre la superficie del lago.

Sin embargo, esa fantasía le produjo ansiedad. ¿Qué estaba pasando? ¿Por qué tenía la sensación de que las cosas giraban sin control en medio de un torbellino, cuando en la superficie todo parecía ir tan bien?

Paul tenía razón. El dinero de los Markov los estaba afectando a todos. Riesner, Winston, Genevieve, inclusive Nina, se comportaban como niños traviesos en una fiesta de cumpleaños. En esa fiesta habían dado los primeros golpes a la piñata. A través de las aberturas de la cartulina se podían ver los premios. Eso les hacía competir y atacarse de una manera casi salvaje. ¡Dios, era una suerte que hasta el momento nadie hubiera muerto!

CAPÍTULO 21

El turno de Winston para efectuar repreguntas a Mike Markov abarcó casi todo el lunes. Atacó todos sus flancos —altos y bajos— y sólo unas pocas veces Winston se mostró impaciente. Nina lo observaba y continuaba aprendiendo de él.

Por ejemplo, veía cómo ese sofisticado abogado de Los Angeles, de origen afroestadounidense, lograba convencer a los miembros del jurado —de clase blanca y la mayoría trabajadores— para que se identificaran con él. Hacía leves referencias como al pasar acerca de su edad, entre cuarenta y cinco y cincuenta años, su problema de columna, su gusto por tomar té a primera hora de la mañana en lugar de café, su madre enferma e internada en un geriátrico. Esos comentarios eran tan rápidos que Riesner jamás tenía la oportunidad de objetar, pero, por cierto, afectaban a los jurados. Poco a poco, comenzaron a ver a Winston como a un padre, un tío, un hermano. Se habían encariñado con él. Querían que le fuera bien.

Winston poseía otra habilidad que Nina admiraba. Se tomaba su tiempo. Tal vez el tema que se estaba tratando se hallara por completo agotado, pero a Winston parecía no importarle si uno de los jurados se mostraba inquieto o si el asunto era aburrido. Nina siempre desarrollaba los testimonios con una velocidad suicida, tratando de mantener vivo el interés del jurado. Al observar a Winston, se daba cuenta de que debía tranquilizarse, además de ver que su problema era su falta de confianza en sí misma.

Winston minimizaba en todo momento el testimonio, casi hasta el final. Esa estrategia había sido sugerida por Genevieve, a fin de mantener la adhesión del público hacia Mike en el mínimo posible. Sólo una vez Winston se permitió mostrar una emoción negativa.

—Señor Markov, ¿nos está diciendo usted que no empleó ningún tipo de amenaza para hacer que esta mujer, con la que vivió durante años, aceptara ceder todos sus derechos? —dijo a última hora de la tarde, dejando translucir frustración en su voz.

—Yo jamás la amenacé.

—Ella temía que usted la abandonara si no firmaba, ¿o me equivoco?

—No recuerdo nada por el estilo.

—¿Usted nunca dijo que se marcharía y que ella no volvería a verlo jamás si no firmaba?

—No.

—¿No dijo usted algo como: "Firma esto ahora, y yo te prometo que pronto nos casaremos"?

—No.

—¿Entonces con qué fin se redactó ese acuerdo? Si no fue porque de alguna manera los dos hablaban de matrimonio, ¿por qué?

—Porque yo quería separar las cosas entre ella y yo. La relación entre nosotros no marchaba bien. Pero jamás le dije que me iría.

—En ese momento hacía siete años que convivían. ¿Usted cree que era necesario que se lo dijera? Lindy podría haberlo sabido tan sólo por un gesto suyo, por la forma en que la tocaba, por su tono de voz, ¿no le parece?

—Objeción.

—Ha lugar.

—Ahora bien, todo esto sucedió hace trece años. ¿Cuánto se valorizó la empresa en esos trece años, entre el momento en que ella firmó el acuerdo y el momento en que se separaron? ¿Cuánto diría usted?

—Objeción. Irrelevante. —Ese día Rebecca estaba a cargo de la defensa.

—Denegada.

Mike meneó la cabeza sonriendo.

—Bueno, dado que nosotros sólo teníamos unos pocos miles de dólares, yo diría que su valor subió bastante.

—¿Cree usted que ella habría firmado el acuerdo de haber tenido idea que en trece años este documento se usaría para arrebatarle cien millones?

—¡Objeción! Argumentativo.

—Retiro la pregunta —dijo Winston—. Permítame exponerlo de esta manera: ¿Sería justo decir que ella pensó que estaba firmando algo por lo que cedía unos pocos miles de dólares?

—En ese momento, sí.

—¿Ella continuó viviendo con usted con las mismas reglas y continuó trabajando con usted en la empresa?

—Así es.

—¿Por qué usted no le dio una copia del acuerdo?

Se encogió de hombros.

—Nunca me lo pidió.

—¿Por qué ustedes dos no fueron a ver a un abogado para que ella supiera que estaba empeñando su futuro?

—Objeción.

—Ha lugar.

—¿Por qué —preguntó Winston, alzando la voz— usted nunca volvió a hablarle del tema?

—Nunca se dio la oportunidad.

—¿Sabía usted que ella creyó que ese papel había desaparecido hacía mucho tiempo?

—No, no lo sabía.

—¿Sabía, señor Markov, que ella dependía de usted, confiaba en que fuera justo con ella?

—Yo fui justo.

—¡Justo! ¿Cree usted de verdad que tiene derecho a usar esa palabra? —preguntó Winston, acercándose con ojos cargados de furia, fuera de la vista del juez, pero sí a la vista del jurado.

—¡Objeción a la forma en que hace la pregunta! —exclamó Rebecca.

—Ha lugar.

Casi a punto de excusar a Mike del estrado, Winston revisó con rapidez sus notas.

—Ah, a propósito —dijo.

Mike, que ya casi se había puesto de pie, ansioso por finalizar, volvió a sentarse y esperó.

—En cuanto al Solo Spa, el producto de más éxito que ha creado su empresa. Durante el interrogatorio del señor Riesner, la semana pasada, usted nos mostró un dibujo que había hecho.

—Sí.

—¿Ése fue el primer dibujo?

—Sí.

—¿No es cierto que Lindy Markov fue la que lo impulsó a hacer ese primer dibujo?

—¿Impulsarme a hacerlo? No.

—¿Ella no le habló sobre su idea, y usted hizo el bosquejo?

—No.

—¿No hizo ella inclusive un pequeño bosquejo, que después usted copió?

—No. Ese bosquejo lo hice con la lapicera roja que uso siempre. Ése fue el primero.

Winston tomó el dibujo y se lo mostró al jurado. Mientras él hacía eso, Nina encendió un proyector de techo. El agente Kimura colocó un caballete con una pantalla a un costado del reportero de la corte.

—Miremos con un poco más de detenimiento este dibujo suyo —dijo Winston. A una señal suya, las luces de la sala se apagaron. En la pantalla, enormemente ampliado, se veía el bosquejo de Mike en lapicera de tinta roja. Winston señaló junto a una de las marcas rojas con la punta de un lápiz—. Hmm. ¿Qué es esto?

—¿Qué? —Mike se inclinó hacia delante.

—Estas líneas, aquí —golpeó la pantalla con el lápiz— y aquí. A mí me parece que son marcas de lápiz. ¿No le parecen a usted marcas de lápiz, señor Markov?

Mike abrió la boca y volvió a cerrarla. Las marcas eran débiles pero se veían con claridad.

—¿No lo son?

—Parece que es lápiz. Sí, debo de haberlo dibujado primero con lápiz.

—Pero usted siempre usa su lapicera roja para dibujar, ¿no? ¿No es eso lo que ha declarado?

—Evidentemente, no lo hice en esa ocasión.

—Evidentemente no. Ahora, permítame dirigir su atención a la fecha escrita en tinta roja al pie de la página. ¿Ve estas marcas, aquí?

—No para leerlas.

—¿No? Ampliemos un poco más la imagen. —La fecha saltó a la vista, llenando el borde inferior de la pantalla y, junto a ella, debajo, en lápiz, unas letras.

—Permítame dirigir ahora su atención a las letras que hay al pie de esta página. ¿Qué dicen esas letras, señor Markov?

—No lo sé.

—¿En serio? ¿No ve que dicen LM?

Cualquiera podía verlo, salvo Mike.

—No las veo.

—¿No puede leer esas letras, escritas en negro sobre blanco, claras y sencillas ahí en la pantalla?

Mike no respondía. Los miembros del jurado paseaban la mirada de las letras a Mike.

—Él ha declarado que no puede leer esos garabatos. Objeción. Pregunta y respuesta —objetó Riesner.

Lo habían logrado. "¡Sí!", escribió Genevieve. Winston había sido el primero en ampliar el boceto e identificar las iniciales. Inclusive Lindy no había recordado, al principio, haber hecho un bosquejo del spa en lápiz. Ellos habían ocultado la sorpresa en las propias narices de Riesner.

—LM. ¿Lindy Markov no firmaba siempre sus memorandos de esa manera, señor Markov? —preguntó Winston, blandiendo una pila de memos para desalentar a Mike de discutir esa evidencia.

Mike tragó saliva y lo admitió.

—No más preguntas, Señoría —repuso Winston, encogiendo los hombros para demostrar su total indiferencia hacia el hombre que quedaba sentado en el estrado detrás de él y que con lentitud se levanta de la silla para retirarse. Por primera vez desde que había comenzado su testimonio, dirigió a Lindy una mirada cargada de tristeza.

• • •

A la mañana siguiente, Jeffrey Riesner estaba a cargo nuevamente; llamó a Hector Galka, vicepresidente ejecutivo de Estrategias Financieras y Cuentas. Ese día, Hector lucía pulcro, con su tupido bigote bien recortado y un traje hecho de medida. A Nina le gustaron sus hermosos ojos color avellana.

Mientras subía al estrado, el hombre evitó mirar a Lindy.

De acuerdo con su declaración jurada, él ya sabía lo que diría y no defraudó a nadie. Entre muchas vacilaciones y titubeos, dio su testimonio; sin embargo, al final, para Hector, había un solo jefe en Empresas Markov: Mike Markov.

Durante el turno de repreguntas, Winston puso el énfasis en esa perspectiva de Hector.

—A todo esto, ¿cuánto gana por año como sueldo básico en Empresas Markov en su cargo de vicepresidente ejecutivo —preguntó—, sin contar los premios de fin de año, los planes de salud, ese tipo de cosas?

—Digamos que ciento sesenta.

—¿Ciento sesenta mil dólares por año? —repitió Winston, arrastrando las palabras para producir el máximo efecto—. ¿Y cuánto ganaba Lindy Markov al momento de ser despedida?

Mucho más lentamente, como si jamás lo hubiera pensado antes, Hector contestó.

—Setenta y cinco mil dólares por año.

Winston había deslizado aquella pregunta con tanta rapidez que Hector no había tenido tiempo para contestar otra cosa. No había surgido el tema durante la declaración jurada, y Hector no estaba preparado.

Ahora Winston se quedó parado, sin decir nada.

El jurado, los otros abogados, las partes y el público esperaban, pero él se agachó para atarse un cordón del zapato. De esa forma, todos tuvieron tiempo de pensar en esa última pregunta y respuesta.

La sala se vio invadida por un nuevo estado de ánimo. Se oyeron susurros agitados atrás de Nina; en ese momento ella pensó que estaban lográndolo, que lo estaban haciendo bien a pesar de todo. ¿Por qué a Lindy se le pagaba relativamente tan poco por lo que Hector había declarado era una tarea similar? Apretó los puños debajo de la mesa, deseando que Winston aprovechara esa oportunidad para sacar el juicio adelante.

—¿Por qué le pagaban menos a Lindy Markov? —preguntó Winston cuando estuvo listo y todos esperaban que así lo hiciera.

—Porque... porque... —tartamudeó Hector.

Winston se apoyó sobre el estrado, paciente y dispuesto a esperar una eternidad si fuera necesario.

—Señor Galka, usted es el gerente financiero. Si hay alguien que debe saber eso, es usted. ¿Por qué?

Muy lentamente, Hector se llevó el dedo índice al bigote, y se lo acarició con suavidad.

—Supongo... Como verá, ella vivía con Mike, no tenía gastos...

—¿Porque era mujer, y Mike no sentía necesidad de pagarle lo justo?

—No, por supuesto que no.

—¿Porque el sueldo era dinero de bolsillo para uno de los dueños? ¿Cuánto le pagaban a Mike?

—Lo mismo que a Lindy —contestó Hector.

—¿Así que él tenía un sueldo, y entonces eso lo convertía también en empleado?

—No... Usted sabe...

—Sí, sé, señor Galka. Todos sabemos. ¿Recuerda usted haber manifestado en su declaración que Mike era el presidente y Lindy la vicepresidenta porque el hombre siempre tiene que ser presidente? ¿Recuerda esta pregunta de la página treinta y tres, líneas diez a veintidós de su declaración jurada: "No será por algo relativo al ego del hombre"? Y su respuesta fue: "Sí, algo así. Él era el hombre".

—Yo sólo estaba... sólo estaba...

—¿Diciendo la verdad?

—Objeción —intervino Rebecca.

Milne llamó a Rebecca y a Winston para conferenciar. Nina dibujó toda una hoja de estrellas en su anotador mientras esperaba. Después de un instante de intercambio verbal, Rebecca regresó a su asiento y Winston reanudó las preguntas.

—Ahora, señor Galka, usted conoce a Mike desde hace veinte años y ha visto a Mike y a Lindy en todas las etapas de su vida en común. Así que permítame preguntarle, y por favor le pido que me diga la verdad lisa y llana: ¿No era muy importante para Mike aparecer como el jefe tanto en la relación personal como en la empresa, con independencia de cuáles fueran las verdaderas responsabilidades?

—Bueno... supongo —respondió Hector en forma casi inaudible. Miró a Mike, que parecía confundido, como si no estuviera seguro de cuál era el problema. Nina creyó que la señora Lim había notado la reacción de Winston, así como varias de las otras mujeres.

Si eso no terminaba por convencer a algunas de las mujeres del jurado, nada lo haría.

En los días siguientes, Riesner y Rebecca hicieron desfilar por el estrado al grupo que Genevieve ridiculizaba fuera del tribunal como "los lacayos y socios" de Empresas Markov. Trabajaron mucho para contradecir la imagen de equipo que Nina y Winston habían creado con tanto cuidado para describir el estilo de dirección de Mike y Lindy. En el turno de las repreguntas, Nina y Winston se esforzaron por volver a reconstruir aquella imagen.

Hacia el final de la semana, estaba programado llamar al estrado a Rachel Pembroke, la última y más importante de los testigos de la parte demandada. Durante todo el juicio, Rachel se había sentado detrás de Mike, sosteniéndole la mano de vez en cuando, y luego se marchaba con él. Nina conocía de memoria la declaración jurada de Rachel y sabía que, debido a que Rachel estaba comprometida con Mike, el jurado podía considerar que su testimonio era parcial. De todos modos, temía el comportamiento atractivo y profesional de Rachel. Agradecía que Milne hubiera descartado el incidente ocurrido durante la fiesta de cumpleaños de Mike como prueba de juicio durante las instancias previas, y que el tan mentado ataque que había sufrido y sobre el que todos habían comentado durante semanas tampoco hubiera entrado en los procedimientos. Las lesiones sufridas carecían de importancia y el hecho, si en verdad había tenido lugar, había sido conceptuado como irrelevante.

Rachel había pasado meses hablando con el periodismo sobre el tierno romance con Mike y de cómo ambos luchaban por defender su pasión. La historia que contó en el estrado fluyó con la facilidad que sólo puede nacer de la práctica. Cuando terminó de declarar, de alguna manera había logrado cambiar el parecer de muchos en cuanto a que era ella, y no Lindy, quien sufría en esa triste historia de amor.

—Que la parte demandada llame a su siguiente testigo —ordenó Milne cuando ella hubo terminado. Riesner permanecía sentado.

Riesner se puso de pie.

—Señoría, hemos decidido no llamar al último testigo de la lista.

Así, de repente, como si de un abrupto soplido se apagara una vela, la parte demandada cerraba su caso. A veces sucedía de esa forma, y tomaba a todo el mundo por sorpresa.

Sin perder tiempo, Milne se volvió hacia Nina.

—¿Desea refutar algo?

Nina conferenció rápidamente con Winston y Genevieve.

—No, Su Señoría.

—¿Dan por terminadas las repreguntas? —preguntó Milne, esbozando una amplia sonrisa. Debía de estar feliz por ese repentino final.

—Correcto, Señoría. Aceptamos la admisión de los documentos de prueba marcados para su identificación.

—Muy bien. —El juez se volvió hacia el jurado. —El tiempo de la presentación de pruebas ha concluido. Damas y caballeros, esta tarde los excusaremos un poco más temprano. Estoy seguro de que no les molestará. Mañana regresaremos para escuchar los alegatos finales. —Repitió, como todos los días, las precauciones de no hablar del caso entre ellos ni con nadie más. Amplias sonrisas y asentimientos de cabeza. El agente Kimura los condujo fuera de la sala.

Transcurrió otra media hora mientras presentaban los documentos de prueba y los ordenaban; después, el día del tribunal había concluido.

—Al final nos mataron, pero logramos anotar algunos tantos, Nina —comentó Winston, mientras salían del edificio de tribunales. Se detuvo ante una cámara para esbozar una ligera sonrisa. —¡Dios mío! No puedo creer que estemos llegando al final.

—Winston, estuvo grandioso, sinceramente grandioso —dijo Nina, con franqueza. Winston había hecho un trabajo maravilloso con sus testigos.

—¿Se da cuenta de que pronto tendremos el veredicto? Increíble —prosiguió Winston, aún emocionado por su actuación en la corte.

—Creo que tenemos cinco votos seguros en el jurado —opinó Genevieve, que caminaba junto a sus colegas rumbo a los automóviles—. Si quieren, volveré a revisar todo con ustedes y explicarles la razón. Por lo menos dos de esos votos provienen de líderes probables... La verdad es que no presionamos lo suficiente sobre ese tema durante la selección del jurado. Por cierto no trabajamos en el tema del líder.

—No desespere, Genevieve. Y si no les importa, creo que pasaremos por alto ese análisis. Tengo que ir a casa y poner mi tobillo en remojo, además de prepararle la cena a Bob.

—¿Pero cuándo vamos a trabajar en el alegato de cierre de Winston? —preguntó Genevieve—. ¿Esta noche?

—No será necesario —dijo Nina—. Ya lo hicimos. Además, tomé una decisión. Yo haré el alegato de cierre.

Todos se habían detenido junto al automóvil de alquiler de Winston.

—Espere un minuto, ya tenemos todo esto resuelto —dijo Winston—. Creí que estábamos de acuerdo en que yo debería hacer el alegato final.

—Lo sé. Lo siento. —¿Qué podía decirle ahora para endulzar el trago amargo? Nina había hablado con él para que hiciera el alegato de cierre porque se había sentido intimidada. Pero ella era la abogada principal. En definitiva, la responsabilidad descansaba sobre sus hombros. Lindy le había dado el caso a ella. Nina debía tener la última palabra. Y sería ella quien lo arruinara, si eso tenía que suceder. Aunque no se lo dijera a él en ese momento.

—No puede quitarme ese derecho —protestó Winston enojado.

—Creo que Winston está en una buena racha —alegó Genevieve—. Él tiene experiencia.

—Lo lamento —repitió Nina—. Lo que importa es mi caso.

Winston apoyó con ruido el portafolio sobre el capó.

—¡Nuestro caso! —rugió—. ¡Nuestro! Sudamos cubos de sangre por igual en todo esto. ¡No permitiré que usted se interponga y lo arruine todo!

—¿Usted cree que no puedo hacerme cargo? —preguntó Nina. Los dos abogados estaban enfrentados cara a cara, midiéndose inconscientemente como si fueran dos luchadores en un cuadrilátero.

—¡Es arrogante de su parte! —dijo Winston—. ¿Usted cree que puede subir allí y mover seductoramente su largo cabello, mostrar una lagrimita y convencer al jurado de que le dé a Lindy millones de dólares? ¿Cuántos casos como éste ha ganado? ¡Ninguno! ¡Yo he ganado docenas! Puedo polemizar con usted todo lo que sea necesario...

Genevieve se paró delante de Winston.

—Escuche. Tendrá que ceder en este punto —le dijo a Nina—. Él tiene razón. Se encuentra en su mejor momento. Sabe lo que hará cambiar de parecer a ese jurado. Tiene mejores probabilidades de convencer a los más duros, si es que hay alguno.

—No —insistió Nina. Y esta vez no dijo que lo lamentaba. ¿Qué sentido tenía?

—¿Qué me dice si él se encarga de la mitad del alegato y usted lo termina?

—¡Terminarlo sería lo correcto! —dijo Winston.

—Milne no nos permitirá hacer el alegato a los dos —señaló Nina.

Winston se volvió para dirigirse abruptamente al automóvil. Abrió la puerta y se sentó con la mirada fija adelante, furioso.

—Hablemos esta noche. Yo la llamo —dijo Genevieve, poniendo su mano sobre el brazo de Nina.

—Debo trabajar sobre esto a mi manera.

—Actúa como si hubiera perdido la fe en nosotros —dijo Genevieve—. ¿Es así?

—Para nada. Lamento tener que hacer este cambio a último momento. No es nada contra Winston. Es sólo que... yo estoy a cargo del caso. Lo prepararé mejor sola. —En su patio, donde pudiera pensar sin manipulaciones, sentimentalismos ni influencias... El alegato de cierre sería suyo.

—Nina, cuidado con empecinarse con una decisión de la que podría arrepentirse. ¿No debería pensarlo?

—Está bien, diga lo que está pensando, Genevieve —contestó Nina—. ¿No cree que pueda hacerlo? ¿Winston es más listo y mejor abogado? ¿Es eso lo que está pensando? —Hablaba en voz alta, para que Winston pudiera oírla. Varias personas que pasaban en sus automóviles dirigieron su atención hacia las dos mujeres.

Genevieve la estudió un momento; después aflojó, en apariencia decidiendo que no podría ganar la discusión.

—Sé que usted no lo arruinará, Nina —respondió Genevieve—. Sé que no lo hará. Ninguno de nosotros puede permitirse eso. —Subió al automóvil, dejando una duda flotando en el aire como para erosionar la confianza de Nina; después, Winston puso en marcha el motor y se alejó.

CAPÍTULO 22

En medio del silencio de la sala del tribunal, Nina casi podía imaginar que estaba en el patio de su casa, donde había practicado su alegato de cierre el día anterior por la tarde, de cara a la corteza oscura de un árbol. Los rostros redondos como lunas eran allá como piñas. Para ella era mejor pensar que fuera así y no lo contrario, porque entonces debería admitir que cientos de personas se erigían como jueces de su actuación. Los únicos que contaban para ella eran los rostros de los miembros del jurado; a ellos les dirigió una sonrisa antes de comenzar a hablar.

Comenzó por el principio. Expuso de la forma en que lo veía; un par de jurados ni parecían escucharla, pero la mayoría hacía un denodado esfuerzo por seguirla. Se sentía intimidada por aquellas personas. En las últimas semanas sólo había deseado una cosa, que era poder establecer un vínculo con ellas. No eran amigos; en aquel momento eran más que eso, y Nina creía que algunos sentían el mismo interés hacia ella. Al menos, así lo esperaba.

—Y entonces Mike cambió el rumbo de su vida. —Nina se paseó una vez por delante del estrado del jurado y después regresó hacia el otro extremo con la cabeza gacha. Carecía del arte de transmitir la devastación que encerraban esas palabras; todo lo que quedaba era ofrecer este devoto momento de silencio para honrar el sufrimiento de Lindy.

”Sin embargo, Lindy no tenía nada de qué preocuparse —continuó, levantando la cabeza para estudiar los rostros de los jurados, uno por uno. La cabeza de la señora Lim estaba inclinada en su dirección.

”Aquí mismo, en este tribunal, todos hemos escuchado a Mike; él le dijo a Lindy que no tenía nada de qué preocuparse. Él “cuidaría” de Lindy por el resto de su vida.

”Él lo dijo. Sentía algún tipo de deber para cuidarla y protegerla por el resto de su vida. ¿Y cómo hizo eso? Ustedes lo han oído. La echó a la calle, la despidió de la empresa y se aseguró de que su nombre estuviera en cada palmo de propiedad. Después, le echó en la cara un acuerdo que hacía trece años ella había firmado, cuando la empresa no valía nada, y todo con la promesa de que se casaría con ella.

Nina hizo una pausa.

—El juez les leerá una instrucción legal que puede aplicarse en este caso. Suena simple. Y es simple. En este caso, la promesa escrita por parte de Lindy para ceder todo, en consideración de matrimonio, a cambio de que Mike al final se casara con ella es nula, ya que no existe matrimonio.

"¡Y eso hace que el supuesto Acuerdo de División de Bienes sea nulo!

Miró directamente a Cliff Wright, que bostezó.

—Sí, se hizo por escrito. Pero esa hoja de papel que ella firmó, sin tener conocimiento pleno de su contenido, no fue certificada por escribano. En aquel momento, a Lindy ningún abogado le habló ni le explicó nada. Ese documento grotesco e injusto no surgió de un acuerdo. Ninguna persona sensata puede pensar que en esas circunstancias ella tomó una decisión con conocimiento de lo que estaba haciendo. Es falso, hecho de mala fe y no cumple con los requisitos legales básicos. Ustedes deben desecharlo.

A continuación, Nina dedicó al flanco fuerte de Lindy, el contrato implícito, los veinte años que había trabajado junto a Mike. Sabía tan bien su alegato que en las pausas entre oraciones encontraba tiempo para reflexionar: sobre los rostros de los jurados, rostros atentos, aburridos, cansados, ansiosos; sobre los largos días de testimonios que los habían llevado hasta ese punto; y sobre Lindy misma.

Volvía a contar la vida de Lindy, tratando de lograr que el jurado apreciara plenamente la tierna dedicación de esa mujer delgada y pálida a quien ellos debían juzgar. Habló de los hijos que Mike y Lindy nunca tuvieron, y dijo que la empresa, como un hijo, les había pertenecido a ambos, pero que, a diferencia de un hijo, podía dividirse por la mitad. Y Lindy merecía esa mitad.

—Todo queda en sus manos, señores del jurado —dijo al final—. Gracias.

Nina se sentó con una sensación de vacío. Le había dado a Lindy lo mejor de sí misma.

Riesner, sonriente, confiado y práctico, hizo un alegato aún más breve, presentando la posición de Mike en el lenguaje más sencillo posible, para dar al jurado la impresión de que la decisión que debía tomar era fácil.

—Ésta es una situación sencilla —dijo cuando llegó al final—. Lindy y Mike se separan. Pero ahora Lindy está atada al acuerdo que ellos hicieron hace años. Ella tiene un incentivo importante para "olvidarse" de eso o protestar su contenido. Hace cálculos porque hay mucho dinero en juego, pero ¡por Dios!, es evidente que quiere una parte de ese dinero. Tiene que hacer algo, así que contrata a un equipo de abogados caros para que les digan a ustedes que el acuerdo no es legítimo.

"Damas y caballeros, eso está aquí puesto por escrito. Los dos acordaron no mezclar sus bienes. Acordaron tener cuentas separadas. La empresa y las propiedades quedaron a nombre de Mike porque le pertenecían totalmente. Era lo esperado, el acuerdo. De tal forma que no hubiera ningún malentendido, redactaron un documento para confirmar su acuerdo, y ambos lo firmaron.

"Ése fue el trato. El trato —repitió—. Liso y llano. Negro sobre blanco. Por escrito. Lean los documentos de prueba. Y no permitan que esta vez gane la codicia.

Esas últimas palabras quedaron flotando en el aire y cobraron mayor fuerza. Nina oyó que a su espalda comenzaba a oírse susurros y ruidos de gente que se movía. Con el deseo de hacer algo que suavizara el escozor que producían esas palabras, Nina le tocó a Lindy la muñeca, aun cuando sabía que no serviría de nada.

Sólo quedaban dos cosas por hacer: instruir al jurado y dejarlos solos para deliberar.

El sistema de juicio por jurado de los Estados Unidos adolece de un defecto indefendible: el jurado debe sesionar durante todo el juicio sin conocer el marco legal en que deben encuadrarse los hechos. ¿Cómo podían, al final, dejar de lado el improvisado marco conceptual que habían empleado hasta ese momento, y adoptar uno nuevo? Nadie lo sabía. Peor aún, las instrucciones legales eran tediosas, contradictorias y a veces hasta cargadas de misterio.

Para Nina, esas instrucciones eran irrisoriamente simplistas. Miles de distinciones sutiles, resultantes de miles de casos a lo largo de cientos de años, fluían ahora de cada palabra pronunciada por Milne; el jurado sólo oiría la versión abreviada.

Los miembros del jurado miraron al juez Milne, que se ajustó las gafas de lectura. Parecía un grupo totalmente distinto, ya no eran los individuos indecisos que habían prestado juramento al principio; había nacido una nueva conciencia colectiva. Si hasta su forma de vestir era distinta, más homogénea. Las austeras chaquetas de la señora Lim habían desaparecido en algún momento del juicio, junto con las camisas deportivas de Kevin Dowd y el cabello con fijador de Maribel Grzegorek.

Ese día, todos estaban emperifollados. Se los veía dignos e impresionantes en su papel de jurados. Nina se preguntaba si esa sensación era resultado del papel exagerado que ellos desempeñaban en su vida en aquel momento. Pero no, ya lo había visto en otros juicios en los cuales se había sentado entre el público; esa reconfortante aura de decencia que rodeaba a las personas que estaban a punto de dar un veredicto. Ellos representaban al pueblo estadounidense, y lo sabían.

En la sala del jurado, ¿seguirían siendo igual de apáticos y decentes? Nina se sentó con la espalda erguida junto a Lindy, Winston y Genevieve y trató de proyectar ese mismo aura de decencia.

Milne tomó un sorbo de agua y se humedeció los labios.

—Tengo ahora el deber de instruirlos —dijo con tono mesurado— sobre la ley que se aplica en este caso. Será el deber de ustedes cumplir con la ley.

Se aclaró la voz antes de volver a hablar:

—Como jurados, tienen la obligación de determinar el efecto y el valor de las pruebas y decidir todas las cuestiones de hecho. No deben dejarse influir por simpatías, prejuicios ni pasiones.

Prosiguió explicando que el peso de la prueba caía sobre Lindy como parte querellante. Aconsejó al jurado descubrir la preponderancia de las pruebas en apoyo de cualquiera de las dos partes.

Durante toda su exposición, el juez leía de las instrucciones sobre jurados con las modificaciones hechas en sus conferencias previas con los abogados. No podía pronunciarse ninguna palabra no planificada, o el veredicto sería revocado en una apelación. Las instrucciones estaban escritas en el lenguaje más sencillo posible, pero muchas de las palabras y conceptos eran aún nuevos para los jurados; por ello, muchas miradas perplejas aparecieron en los rostros de aquellas personas mientras Milne proseguía con un tono de voz que nunca variaba y que jamás ponía énfasis en ninguna instrucción.

—Un contrato legal tácito, o cuasi contrato, como a veces se llama, origina un deber u obligación de cumplimiento legal por razones de equidad o justicia. Dicho deber u obligación no se basa en la intención expresa o aparente de las partes.

"Un contrato puede ser oral. Un contrato oral es tan válido y ejecutable como un contrato escrito.

Ahora Milne se refería a un par de instrucciones especiales. Riesner había luchado por la primera, un estatuto civil que podía interpretarse para implicar que Lindy no podría recuperar nada sólo porque Mike le hubiera prometido matrimonio y hubiera roto su promesa.

—La ruptura de una promesa matrimonial no da origen a ningún tipo de acción legal —prosiguió Milne en su exposición imparcial.

¿Creerían los jurados que todo el caso de Lindy giraba en torno de eso? Tal vez. Nina se estremeció y les echó una mirada, sin poder leer nada en sus expresiones.

Después fue el turno de Lindy. Milne pasó a explicar un antiquísimo estatuto que Nina había desenterrado y luchado con ahínco para poder incluirlo en las instrucciones. Se trataba del artículo 1590 del Código Civil. Había sido sancionado en épocas remotas para asegurar la devolución de dotes maritales después de la ruptura de un compromiso matrimonial. Milne había considerado que ese artículo podía aplicarse y desestimó las furibundas objeciones hechas por Riesner.

—Cuando cualquiera de las partes de un matrimonio propuesto en este Estado haga un regalo de dinero o propiedad al otro sobre la base o suposición de que el matrimonio tendrá lugar, en caso de que el receptor de dicho regalo rehuse cumplir con el matrimonio tal como estaba propuesto o que se anule por mutuo consentimiento, el donante podrá recuperar tal regalo.

Ahora fue el turno de Riesner para estremecerse. De nuevo, el jurado tendría que creerle a Lindy, no a Mike ni a la letra del Acuerdo de División de Bienes. Pero si ellos creían que Mike la había tentado con la zanahoria del matrimonio para hacer que ella firmara el acuerdo, entonces Lindy tenía el derecho de recuperar su "dote", a saber, la empresa y cualquier otro bien que ellos hubieran compartido.

¿No se sentía el jurado completamente desconcertado con toda esa cháchara sobre receptores y donantes? ¿Eran lo bastante inteligentes como para razonar sobre esas cuestiones?

Milne siguió explayándose con voz monótona sobre contratos antes de pasar a las conclusiones.

—Cada uno de ustedes, en forma individual, debe decidir el caso, pero sólo deberán hacerlo después de tener en cuenta los puntos de vista de cada miembro del jurado. No deben dudar en cambiar de opinión si están convencidos de que algo está mal. Sin embargo, no deben ser influenciados para decidir sobre cualquier cuestión en una forma particular, sólo porque la mayoría de los jurados o cualquiera de ellos favorecen tal decisión.

"Recuerden que no son jueces ni partes en este caso...

Milne tomó un saludable sorbo de agua esta vez. Durante diez días su vocabulario había estado compuesto por tres palabras: "denegado" y "ha lugar". Así que ese discurso prolongado había cargado de tensión sus cuerdas vocales. Por suerte, ya se acercaba al final.

—Cuando se retiren, elegirán a uno de entre ustedes para que actúe como presidente del jurado. Tan pronto como nueve o más miembros coincidan sobre el veredicto, el presidente del jurado deberá firmar y fechar dicho veredicto y las respuestas, y regresar con ellos a esta sala.

Milne hizo una pausa. La sala del tribunal se sacudió la modorra. El juez apoyó sobre la mesa el último papel y habló con una voz vivaz que contrastaba con la exposición mecánica de las dos horas previas.

—Se ha hecho tarde. Regresarán a la corte mañana a las nueve en punto para comenzar con las deliberaciones.

Casi sin hacer ruido, las doce personas escogidas para decidir el futuro de una cantidad de otras personas presentes en la sala desaparecieron por la puerta situada detrás del estrado, seguidas por los dos miembros suplentes.

Nina rodeó con un brazo a Lindy.

—Esto es todo —dijo Genevieve con el rostro pálido.

La espera había comenzado.

LIBRO CUARTO

Los veredictos

El primer acto de corrupción de la verdad, efectuado por uno de los individuos de un grupo, es el punto de partida de la sugestión colectiva.
–Gustave le Bon

CAPÍTULO 23

>CLIC<

Jurado, mañana del primer día:

Los siete hombres y las siete mujeres toman asiento; los dos miembros suplentes se ubican lejos de la mesa. Durante unos veinte minutos vacilan en cuanto a la elección del presidente del jurado. La señora Lim cuenta con el apoyo de la mitad. Clifford Wright surge como otro posible líder. En la segunda votación, alguien se decide por Wright.

Cliff: Todos ustedes saben por qué estamos aquí. Hemos escuchado los testimonios durante casi diez días y tuvimos tiempo suficiente para pensar. ¿Están de acuerdo?

Disimulada risa de asentimiento.

Cliff: Y durante los recesos, sin contrariar las instrucciones del juez, sé que algunos de nosotros hemos tanteado el terreno, sólo para tener una idea de dónde estamos parados. No ha sido fácil, y un par de veces los ánimos se caldearon.

Hombre: Es verdad.

Cliff: Sin embargo, amigos, estamos en la recta final. Mantengamos la calma y el enfoque. Creo que es buena idea someter el tema a una votación rápida y ver si por milagro ya tenemos acuerdo.

Algunos rumores de asentimiento.

Hombre: El juez dijo que primero deberíamos hablar.

Mujer: Sí, ¿qué sucede si tenemos el veredicto con la primera votación? No creo que sea la manera de hacer bien el trabajo.

Hombre: ¿Para qué perder el tiempo si no hay necesidad? Yo supe cómo votaría en el momento en que los abogados terminaron con sus alegatos de apertura.

Cliff: Aun cuando logremos una mayoría, este voto no se tendrá en cuenta. Cada uno deberá dar su opinión, tal como dijo el juez.

Votan en forma anónima en tiras de papel. Clifford Wright lee una por una las respuestas. Ocho creen que debe ganar Lindy Markov. Cuatro se oponen a su reclamo.

Wright: Bueno, casi tenemos mayoría. Recuerden que sólo necesitamos nueve votos en este caso civil.

Hombre: Así que las muchachas votaron con el corazón, no con el cerebro.

Mujer: Y la mayoría de los hombres fueron tan estúpidos como para no usar ninguna de las dos cosas.

Wright: No peleemos por insignificancias, amigos.

Hombre: Es más divertido pensar que esto es una guerra entre hombres y mujeres. De esa forma colocamos todos los temas en una misma bolsa. Los caprichos románticos y la codicia de una mujer...

Mujer: La traición, el poder y el egocentrismo de un hombre. ¡Sólo que esta vez las mujeres ganan, para variar!

Wright: Organicémonos. Nuestro siguiente paso es dar a cada uno la oportunidad de hablar un poco de su vida y explicar por qué piensa de determinada manera. Para dar las opiniones, comenzaremos de izquierda a derecha. El primero es usted, señor Binkley. ¿Les parece bien que todos nos llamemos por el nombre de pila? Soy muy malo para recordar apellidos.

La mayoría está de acuerdo en usar el primer nombre.

Bob Binkley: Soy profesor de historia en la facultad. Tengo treinta y dos años y siento que he vivido cada uno de esos años. Soy soltero, y por el momento no hay nadie en mi horizonte. No se preocupen si notan que de vez en cuando tengo problemas para respirar. Sufro de asma. De todos modos, ya tengo todo lo que necesito para poder opinar sobre este caso. Esos dos son dos personas codiciosas y las sumas por las que se pelean son obscenas. Una vida que se pasa acumulando riqueza por la riqueza misma es un desperdicio.

Hombre: No me dio la impresión de que el dinero fuera la meta. Eso sólo vino con el éxito.

Bob: Nadie sobre esta tierra debería tener esa cantidad de dinero sin repartirlo.

Mujer: Lindy Markov hizo muchas obras de caridad. He visto aparecer su nombre en los diarios luchando por distintas causas.

Bob: Bien por ella. Pero, teniendo en cuenta que aún hay otros doscientos millones invertidos en la fabricación de otro aparato que hace honor a nuestra obsesión cultural por mantenernos delgados, no me causa impresión. Esos dos peces gordos podrían haber arreglado esto con facilidad fuera de la Justicia sin hacernos perder nuestro tiempo.

Cliff: ¿Puedes decirnos cómo votaste, y por qué?

Bob: Creo que la mujer no debería recibir nada. No estaban casados. Escogí a Mike porque la ley está de su lado, pero tengo una idea aún mejor. Creo que deberíamos tomar su dinero y repartirlo entre nosotros. Eso sí que sería justo. Además, apuesto a que lo usaríamos mejor que ellos.

Varios de los demás miembros hablan de esta idea y fantasean sobre el tema hasta que interviene Clifford Wright.

Cliff: ¿Ignacio?

Ignacio Ybarra: Tengo veintitrés años y trabajo en la compañía telefónica, en el tendido de líneas. Mi esposa murió hace dos años. Tengo un hijo de tres y en mi tiempo libre hago teatro para la comunidad. El otro día cuando hablamos durante el almuerzo, ya dije lo que pensaba. Creo que la mujer debería recibir algo.

Cliff: ¿Entonces crees que su reclamo es legítimo? No olvides que se trata de un caso legal.

Ignacio: No es tan sencillo. Acepto que debemos guiarnos por la ley para hacer lo correcto, pero si la dirección que marca no está clara, uno debe mirar en su corazón para saber lo que está bien. Yo voté por Lindy.

Cliff: ¿Te importa decirnos la razón?

Ignacio: Primero quiero escuchar a los demás.

Cliff: Está bien. ¿Qué nos dices tú, Maribel?

Maribel Grzegorek: Hace veintidós años que vivo aquí. Vine para esquiar y nunca más me fui. Tengo más de cuarenta años y menos de setenta. Que cada uno se ocupe de lo suyo. Trabajé como distribuidora en el casino. Ahora, soy cajera en la tienda de distribución Mikasa. Mi mayor problema con este caso es que no puedo tragar a Riesner. Me hace acordar a un viejo gato que tuve. No creo que exista otro animal más mezquino. Sepan que Mike Markov pierde puntos conmigo sólo por haber escogido a un abogado como ése. ¿Y el día que Reilly se tropezó? Juraría que el abogado le puso el pie a propósito.

Hombre: Bueno, si lo hizo, ella se lo buscó.

Otros interesados en esta línea de discusión comienzan a comentar. Por largo rato continúan las especulaciones. Después...

Cliff: Maribel, a mí tampoco me gusta ese abogado. Es muy fácil dejarse influir por ese tipo de sentimientos. Pero yo sé que, cuando llegue el momento de decidir, debo hacerlos a un lado y usar de verdad la cabeza. Veo que eres una mujer inteligente, que puede diferenciar entre lo que siente y la evidencia cierta...

Mujer: ¿Saben lo que me impresionó de Reilly? Se la veía cómica vestida con esos colores pálidos. Eso no es profesional...

Hombre: ¿No se acuerdan de todo el ruido que hubo cuando Marcia Clark se puso un traje de color claro durante el juicio penal de Simpson? Lo hicieron para que a nosotros nos gustara más.

Mujer: (riéndose) ¡Qué tontería!

Hablan sobre la ropa de los abogados.

Cliff: Volvamos a Maribel. ¿Qué opinas del reclamo de Lindy?

Maribel: Bueno, no te preocupes; tengo en claro las verdaderas pruebas. Pero debo decir: ¿dónde creen que Mike Markov estaría hoy sin Lindy? Con suerte, entrenando chicos en la Asociación Cristiana de Jóvenes. Fue ella la que aportó toda la imaginación y el impulso. Mike es un viejo luchador; era un perdedor cuando ella lo conoció. Estaba rodando cuesta abajo. Después llega Lindy con toda su energía y lo lleva a la cima. Ella fue su boleto de ida hacia una vida mejor. Pero veamos la realidad. La ley no siempre es justa. Recuerdo a esa muchacha que conocí...

Cliff: Así que crees que la ley no apoya su reclamo, pero sientes que la mujer debería obtener algo.

Maribel: Bueno, por cierto que sí. Por otra parte, también tenemos que pensar en lo que dice la ley.

Cliff: ¿Sonny?

Sonny Ball: Paso.

Cliff: *(pausa)* Está bien, Sonny. Por ahora seguiremos con los demás. Pero en algún momento espero que desees compartir con nosotros tu opinión. ¿Courtney?

Courtney Poole: Esperen, quiero decir algo más sobre esa abogada, la señora Reilly. ¿Puedo?

Cliff: Tratemos de no desviarnos del tema...

Señora Lim: Creo que Courtney debería decir lo que tenga que decir...

Courtney: Porque yo creo que ella tuvo razón cuando preguntó por qué la señora Markov tenía que irse sin nada, ni siquiera con un cepillo de dientes. Es decir, es probable que se haya llevado el cepillo de dientes, pero eso me dio la impresión de que ella hacía todo en esa casa. Él no tenía interés alguno. Y después se da vuelta y la saca de una patada.

Bob: Bueno, pero no olvides que ellos no estaban casados legalmente. Según la ley, la casa estaba a nombre de él.

Cliff: ¿Podríamos evitar los intercambios hasta que terminemos con la ronda de opinión? Ya casi terminamos. ¿Qué opinas tú, Kevin?

Courtney: Perdona, pero aún no he terminado.

Cliff: Perdón. Por favor, prosigue.

Courtney: El tema no es que ella se va y consigue fácilmente un trabajo. Es una mujer mayor. Además, ¿no se dieron cuenta de cómo lo defendía en todo momento? Aún lo ama, inclusive después de lo que él le hizo. Supongo que él le debe algo. Por otro lado, ¿ella tiene algún derecho legal? ¿Cómo podemos nosotros juzgar sobre lo que acordaron ellos? No tenemos que entrar en el dormitorio ni ir a la iglesia con ellos. Los vimos en el tribunal, donde ambos dijeron algunas mentiras piadosas y se olvidaron de muchas cosas. Uno nunca podrá saber lo que sucede entre dos personas. Así que yo tengo un montón de dudas. A propósito, tengo veintidós años y vivo con mi mamá en los Cayos; estudio en la Universidad de Reno. Estoy especializada en psicología y ¡por Dios!, ya he aprendido mucho aquí.

Bob: Sí, ¡te encuentras encerrada en una habitación con un grupo de chiflados!

Maribel: ¡Escuchen! ¡Recuerden eso! Bob Binkley admite estar chiflado.

Risas. Suspenden para un receso de quince minutos. Tardan varios más en regresar a sus asientos.

Cliff: Kevin, creo que eres el siguiente.

Kevin Dowd: Primero debo decir algo sobre lo que dijo Bob, porque creo que tenemos una diferencia básica. En mi opinión, Lindy y Mike Markov no le deben nada al mundo. Cada hombre está solo para luchar, trabajar y sobrevivir. Si uno se cae y no puede levantarse, es duro. Ellos se ganaron lo que tienen. Son ellos los que deben decidir en qué gastarlo, sin recibir los ataques constantes de algunos inútiles sin agallas. Ahora bien, personalmente sé algo sobre esta situación. No es para ponerme en exquisito, pero soy un hombre de fortuna. Y jamás diré algo contra las damas, ¡Dios las bendiga! ¿Dónde estaríamos nosotros sin ellas? Esa mujer lo ayudó de muchas maneras; de eso no hay duda. Pero el hecho es que —y aquí coincido con Bob— ella era una empleada de la empresa. Recibía un sueldo. Y, la verdad sea dicha, era la amante de Mike Markov. Pero eso no la convierte en su esposa. Y no le da derecho al dinero que él ganó con el sudor de su frente.

Cliff: ¿Qué dices tú, Kris?

Kris Schmidt: Soy ama de casa con dos hijos, y a esta hora debería estar en mi hogar. Mis hijos me necesitan, en especial durante la tarde, para que los ayude con la tarea de la escuela. Los problemas de estas personas son bastante distintos de los de Joe y míos. Mi marido repara barcos y hace trabajos en dique seco en una dársena para yates. Llegamos a fin de mes a duras penas. Lo que nos sorprende es que haya gente como los Markov. Lo que quiero decir es que su mayor preocupación es saber en qué yate saldrán a navegar hoy. Sólo desearía poder decir que sé qué hacer para poder salir de aquí. Tengo un montón de cosas legales rondándome la cabeza. La otra noche, Joe y yo estuvimos hablando... Por supuesto, no hablamos de este caso; sé lo que dijo el juez. Pero sí hablamos sobre esta clase de situación en general. Joe dice que las mujeres casi nunca obtienen dinero por alimentos en casos extramatrimoniales. Me pareció raro. Lo que quiero decir es: ¿por qué no, si hay tanto para repartir? Después, recordé lo difícil que es para mí sacarle a Joe un centavo para la ropa de los chicos, una noche para ir al cine, cualquier cosa. Creo que los hombres están luchando una batalla perdida para mantener a las mujeres en un puño. A todo esto, ¿saben de dónde proviene esa expresión? En el pasado, el hombre podía pegarle a la mujer con una vara tan gruesa como un puño. Era perfectamente legal... Supongo que no hay razón por la que Lindy quede pobre cuando Mike Markov podría comprarnos unos cientos de veces a todos nosotros, salvo a Kevin, aquí presente. ¿Notaron la manera en que dijo que se haría cargo de ella? A él le gustaría eso, le gustaría que ella le suplicara por el resto de su vida. Es muy patético.

Cliff: ¿Grace?

Grace Whipple: Tengo cincuenta y cuatro años, soy divorciada y estoy a cargo de un hijo adulto discapacitado. Como Kevin, yo también creo conocer algo de esta situación, pero en mi caso no es porque me sobre el dinero. Se requiere mucho carácter para quedarse al lado de alguien que te necesita. La lealtad es una virtud menospreciada. No quiere decir que la mujer debería recibir una recompensa por su amor, pero tal vez debería recibir alguna clase de compensación por dar tanto de sí misma, tanto de su vida, a las empresas que beneficiaron totalmente a Mike Markov. La verdad es que ella construyó algo casi de la nada. Tiene una edad cercana a la mía. A mí me gusta creer que me quedan muchos años por vivir. Si ella queda en bancarrota, tendrá que empezar todo de nuevo. Imagínense a una mujer como Lindy saliendo a conseguir empleo. Nadie la va a aceptar. Y esto no quiere decir que él sufrirá penurias si renuncia a unos pocos millones.

Cliff: Frank.

Frank Lister: Soy biólogo y estoy jubilado. Hace poco estuve trabajando para organizar una cooperativa de alimentos orgánicos. En mi opinión, aquí hay que reducir los temas a lo básico. Lo que Mike Markov está haciendo es una sencilla cuestión de apareamiento: buscó una pareja más joven que la anterior, que ya no está en edad de procrear. Nuestra finalidad en esta vida es la procreación. Tenemos eso en común con casi todo el reino animal.

Cliff: Frank, ¿cuál ha sido tu voto?

Frank: Lo más lógico es atenerse a lo que dice la ley. En este caso, creo que no existe otra cuestión. La mujer no debería recibir nada. La ley no la apoya.

Cliff: ¿Diane?

Diane Miklos: Tengo treinta y nueve años y soy alpinista profesional. Yo...

Bob: ¿Alguien te paga por escalar?

Diane: Gano dinero con auspiciantes, como tiendas de ropa deportiva y fabricantes de equipos para acampar. Llevo conmigo el equipo y me fotografío mientras escalo. Ellos emplean las fotografías en sus avisos publicitarios. Hago exhibiciones de esquí y la gente contribuye. Mi meta es ser la mujer de mayor edad que escale las siete cimas, que son los siete picos montañosos más altos. Hasta ahora logré escalar tres.

Mujer: *(muy suavemente)* Será mejor que te apresures, Di, ya que si tú tienes treinta y nueve, yo soy la reina de Saba.

Diane: Lo que tenemos aquí es una situación típica. Como decía todo el tiempo ese abogado negro, Reynolds, "Él es un oportunista". Ese bastardo de Mike mantuvo a Lindy oprimida durante años. Primero la encadenó a él; después, cuando obtuvo lo que deseaba de ella, la echó al tacho de basura. Lindy debería haberse protegido mejor. Su gran error fue creer que él se haría cargo de ella. Y ahí es donde entramos nosotros para allanarle las cosas.

Cliff: ¿Susan?

Señora Lim: Por favor, si no le importa, prefiero que me llame señora Lim.

Cliff: Adelante, señora Lim.

Señora Lim: Me dedico a vender casas. Soy corredora de bienes raíces, además de agente inmobiliaria. Hace veintitrés años que estoy casada con el señor Lim y tenemos dos hijos ya grandes. Voté por Lindy Markov. Si uno presta mucha atención, no puede evitar notar cómo se sienten las personas cuando están en el estrado testificando. La vi llorar. También vi sufrir a Mike Markov. Pero lo que debemos observar en un caso como éste es muy sencillo. Examinamos las pruebas. El juez nos dijo que resolviéramos el "efecto y el valor de las pruebas", y que decidamos cuestiones de hecho. Así que eso es lo que deberíamos hacer.

Bob: Si usted revisa las pruebas, ¿cómo puede a conciencia votar a favor de ella? ¿Qué me dice del acuerdo?

Señora Lim: Ése es un buen ejemplo. No todas las pruebas pueden tomarse por su valor nominal. Recuerden que, según las instrucciones, un contrato válido requiere un objetivo legal y una contraprestación suficiente. La contraprestación debe tener algún valor. Ellos no tenían dinero, nada. Lindy no recibió nada a cambio de ceder sus derechos de propiedad de por vida.

Diane: Pero, de todas maneras, ¿por qué firmaría ella un papel como ése, a menos que él la obligara de algún modo o le prometiera algo? Carece de sentido.

Frank: Ella sintió que él estaba perdiendo el interés en la relación. Se aferró tan fuerte como pudo. Miren, una mujer sola en esta sociedad va a sufrir. Va a ser más pobre. Pierde todo el prestigio. No significa que él la obligó.

Diane: Eso es ridículo e insultante. Tal vez haya sido una estúpida al firmar, pero permíteme recordarte que ella dijo que él le prometió matrimonio si firmaba. Como él no se casó, entonces el acuerdo no puede ejecutarse. Eso implica que Lindy se merece por lo menos alguna parte de esa empresa.

Kevin: Aun cuando crean que ella dijo la verdad, y aun cuando crean que el acuerdo carece de validez, dicho acuerdo establece los términos para ambas partes. ¿Cómo puede Lindy afirmar que no sabía que ése era el acuerdo si ella firmaba el papel?

Diane: Firmó para ayudarlo a solucionar sus inseguridades. De la misma forma en que toda mujer buena lo hace desde que el mundo es mundo; dio un paso atrás para ayudar a alguien más débil. Jamás creyó que fuese serio. ¿Por qué debería hacerlo? En aquel momento no había dinero involucrado.

Cliff: ¿Sonny? ¿Tienes algo que agregar?

Sonny: No. Terminemos con esto.

Cliff: Está bien. Ya hablamos todos. Seré breve, así podemos pasar al intercambio de ideas. Tengo cuarenta y cinco años. Casado hace doce, pero, por desgracia, me separé hace poco. Me considero un defensor de la causa femenina. La mayoría de ustedes sabe que fui congresal por el Estado hace un par de años. En este momento soy el jefe de campaña de un diputado, pero estoy pensando en volver a postularme en noviembre. Cuando tenía veinte años estudié unos años en la facultad de derecho y trabajé como empleado de tribunales; después decidí ingresar en la política y dejé los estudios.

Bob: Todos saben que para eso no se necesita estudio.

Todos ríen.

Cliff: Así es. Por eso créanme que no sé más que ustedes en este caso. Todos hemos visto las mismas pruebas. Como varios de ustedes, creo que los argumentos de Lindy para su reclamo fueron muy convincentes. Y también estoy de acuerdo en que hay mucho dinero en danza. Si sólo nos interesara la equidad, ella debería recibir algo. Apoyo muchas causas liberales, incluida la igualdad salarial para las mujeres, e inclusive las acciones que aprueban el trabajo de los ancianos pobres. Pero aquí, tal como están hoy las cosas, debemos enfocar lo que dice la ley, no lo que nosotros quisiéramos que dijera. Y no existe ley en California que provea económicamente a una mujer que no está legalmente casada con el hombre. No existe siquiera una referencia a la llamada pensión por alimentos para casos extramatrimoniales. La única excepción podría ser en el nivel local, donde lo que se llama "cooperación en el hogar" está cubierta por las aseguradoras de San Francisco y tal vez de algunas otras ciudades.

Frank: ¿Cómo sabes eso?

Cliff: Lo sabía, pero para verificarlo revisé algunos de mis libros de leyes.

Señora Lim: ¿No dijo el juez que no debíamos hacer ninguna investigación por nuestra cuenta?

Cliff: Lo busqué antes de que nos diera las instrucciones. De todos modos, como dije, no encontré nada relacionado con la pensión por alimentos para casos extramatrimoniales, lo cual debería darles un indicio de lo disparatado que es el reclamo de esta mujer. Según la ley, en mi opinión, no podemos darle nada. Desearía que fuera lo contrario, pero ustedes ya saben que Mike Markov prometió hacerse cargo de ella. No está obligado a hacerlo de acuerdo con la ley, pero creo que lo hará.

Diane: ¿Qué sucederá de aquí a cinco años, cuando él tenga un montón de hijos y Lindy no sea otra cosa que un triste recuerdo?

Cliff: Bueno, puedes odiar a los hombres y no confiar en ellos. Pero creo que la mayoría de las personas trata de cumplir con sus obligaciones.

Diane: ¡Tonterías! Le arrojará unas monedas y sentirá que ha cumplido con su deber. No, depende de nosotros que haga lo correcto.

Maribel: Bueno, Cliff, tienes algo de razón en un punto, y debo admitir que me gustó también lo que dijo Kevin. Se supone que debemos guiarnos por lo que dice la ley. Y el sólo hecho de que el hombre tenga dinero no necesariamente significa que ella debería recibir algo.

Diane: No estoy de acuerdo. ¿Estás cambiando de sintonía, o me equivoco? Dos minutos escuchando a los hombres y ya cambias de opinión.

Maribel: Tengo derecho a cambiar de opinión después de escuchar hablar a los demás. El juez dijo que se podía.

Diane: Algunas mujeres hacen y dicen cualquier cosa con tal de recibir un mínimo de atención de parte de los hombres.

Maribel: Ah, ¿qué sabes tú de la atención de un hombre? ¿Alguna vez tu madre te habló de la relación que hay entre el exceso de sol y las arrugas?

Cliff: Por favor, señoras.

Diane: Por favor, señores. Deja de llamarnos "señoras".

Cliff: ¿Cómo prefieres que las llame?

Maribel: El "señora" se aplica sólo a algunas de nosotras.

Cliff: Suficiente. Volvamos a trabajar. Supongo que nuestro siguiente paso consiste en estudiar los testimonios y ver si podemos afirmar nuestras opiniones. Hagámoslo lo más rápido posible. ¡Sé que todos estamos ansiosos por ser justos con las partes y salir de aquí! Ahora, antes de proseguir, sólo para recordarles, nuestros dos miembros suplentes son Patti Zobel y Damian Peck. Ellos escucharán nuestra discusión, pero sin participar. Así que démosles bastante para pensar.

Kevin: En este preciso instante me vino algo a la mente.

Cliff: ¿De qué se trata, Kevin?

Kevin: ¿Quién maneja el almuerzo aquí? Me muero de hambre.

>CLIC<

CAPÍTULO 24

>CLIC<

Jurado, tarde del primer día

Wright: Pongámonos a trabajar. ¿Quién quiere ser el primero?

Kevin: ¿Quién decidió sobre el almuerzo? La comida rápida me produce indigestión.

Bob: Por cierto, hiciste una buena imitación de alguien que disfrutaba de la comida.

Kevin: ¡Miren quién habla!

Maribel: Tú nunca comes nada, Cliff. Aquí nos lo pasamos comiendo golosinas como locos, y después nos tapamos la boca con el almuerzo. Desearía tener tu autocontrol.

Cliff: No tiene nada que ver con la disciplina. Es sólo que debo seguir una dieta estricta.

Frank: ¿Vegetariana? Es la única manera sana de vivir. Desearía poder seguir una.

Cliff: Bueno, sí. Además, sufro de alergias.

Courtney: Yo no puedo comer ajo. Si lo hago, ¡será mejor que se alejen!

Cliff: Esto es más grave.

Courtney: ¿Qué es lo que no puedes comer?

Cliff: Manzanas crudas, aunque no puedas creerlo. Pero en mi caso hay algo particularmente extraño. Esta alergia a las manzanas puede ser estacional.

Frank: ¿Hablas en serio? Jamás oí algo así.

Cliff: Créeme que me hice montones de análisis. Cuando como manzanas no cocidas, se me hincha la garganta. No puedo respirar. Eso podría matarme.

Diane: Ahora tenemos una nueva forma accidental de morirnos. Ahogarnos con una manzana.

Frank: ¿Eres alérgico a otras cosas? ¿Frutillas, maníes, ese tipo de cosas?

Cliff: Sí, también figuran en mi lista de cosas prohibidas.

Courtney: ¿Es como esas personas que se mueren por una picadura de abeja?

Cliff: Lo mismo, sí. Si debemos quedarnos aquí por mucho tiempo, le diré a quien organice nuestros almuerzos que vayamos a un buen lugar que conozco, donde hay muchas verduras y comida natural. ¿A todos les gusta la comida china?

Algunos refunfuñan. La mayoría.

Frank: ¿Bromeas? Esos lugares cargan la comida con toda clase de aditivos raros.

Cliff: Este lugar no. Te lo aseguro. Ahora volvamos a nuestro tema. Comenzaré el debate con algunas ideas, y ustedes interrumpirán cuando tengan algo que decir.

Diane: *(por lo bajo)* Sí, dinos lo que opinas, Cliff.

Cliff: Ah, y permítanme recordarles a todos: concentrémonos en el caso. No hagamos alusiones personales. Sólo debemos considerar los hechos y sacar una conclusión. ¡Tal vez sea posible hoy mismo! A pesar de haberles dicho cómo voté la primera vez, veo que mi papel de presidente aquí debe ser imparcial. Sé que muchos apoyamos los reclamos de Lindy. Por primera vez en su vida, ella deberá seguir sola su camino. Su amor de muchos años la ha abandonado. Su trabajo ya no existe. Hay mucho para sentir lástima. Así que de verdad comprendo la razón de que muchos nos hayamos puesto de su lado. Pero tal vez, antes de arrojarle unos cuantos millones de dólares, deberíamos procurar saber quién es ella y por qué demanda a Mike Markov.

Desde mi punto de vista, es una mujer muy competente, muy inteligente. No va a quedarse echada en una zanja y empezar a ganarse la vida con un carro. Tiene amigos ricos, una red de contactos bien establecida. Así que no vamos a dejar desamparada a esta mujer si decidimos que su reclamo no es legítimo. Además, demanda a este hombre, pero a cada rato lo defiende. ¿Por qué? Aún lo ama. Ésa es otra forma de pensar las cosas. ¿No será posible que este juicio no sea realmente por dinero, sino por venganza?

Frank: Muy probable. Todos somos víctimas de los caprichos de nuestras emociones. Ella está loca y se está vengando.

Cliff: También está su testimonio. Veamos eso. ¿Qué sienten respecto de ese testimonio? Nos han dicho que un contrato oral es tan válido como uno escrito. ¿Dijo ella la verdad cuando explicó que habían acordado compartirlo todo?

Bob: Miente. Es una mentirosa descarada.

Frank: Como diría mi primera esposa, miente como una delincuente.

Cliff: Tú dices que mintió. ¿Cómo? ¿Señoras? Diane. ¿Alguien más está de acuerdo?

Maribel: Bueno, creo que ella dijo una mentirilla cuando declaró que deseaba casarse con Mike Markov. Nunca se le pasó por la cabeza verificar que su divorcio estuviera terminado. Eso es básico.

Grace: Tal vez haya torcido un poco la verdad cuando declaró que creía que él se casaría con ella. Él jamás dijo que lo haría. Ella sabía en qué se metía y aceptó los términos porque no tenía otro camino.

Kevin: Mintió sobre el Acuerdo de División de Bienes. Dijo que él le prometió que se casaría entonces. Yo no me compro eso. Tenemos a un tipo que pasó por un divorcio amargo y que una vez quedó arruinado. ¡Por Dios, se estaba metiendo de nuevo en la misma situación! Ella mintió sobre su divorcio.

Bob: Mintió para conseguir el dinero. A eso se reduce todo.

Cliff: Lo que quería era el dinero.

Kevin: Es evidente. En tanto Lindy viviera con Mike Markov, se daría una gran vida. Perdió a su hombre pero está condenada si llega a perder todas las cosas buenas a las que se ha acostumbrado.

Maribel: ¡Eh! No la pueden culpar por intentarlo.

Bob: Pero ella sabía en qué se metía. Inclusive tú, Diane, tienes que darte cuenta de eso, a menos que creas que es una idiota total.

Diane: Por más que reniegue, tengo que admitir una ligera sospecha de que ella sabía perfectamente bien que él jamás se casaría. En el momento en que se le apareció con ese papel, debería haberle dicho: "Adiós, tacaño miserable".

Grace: ¡Pero ella nunca esperó esto! ¡Nunca esperó que él la abandonara por otra mujer más joven!

Maribel: Entonces es una idiota total.

Grace: Lo que quiero decir es que en realidad ella no veía las cosas igual que él. ¿No lo entienden? Le creyó cuando le dijo que estaban juntos para toda la vida. Él lo dijo sólo para conseguir lo que quería, pero ella no se dio cuenta.

Ignacio: Le hizo promesas, y yo lo creo.

Cliff: ¿Pero una promesa es lo mismo que un contrato legal?

Bob: Bingo. No lo es.

Señora Lim: Creo que todos tomamos con mucha seriedad la tarea de componer un jurado. Queremos hacer lo que sea correcto. El problema real es que nuestro análisis es muy abstracto. Poner un precio a todas las promesas que hace alguien es muy difícil.

Diane: La verdad es que este sistema es muy defectuoso. Esta mujer tiene derecho a obtener algo de él, pero lo que en realidad se merece es su lealtad, su amor, y nada de lo que hagamos le dará eso.

Kevin: Hablas como esa descarada y astuta abogadilla. Lo siguiente que te queda por decir es que el dinero carece de sentido. Por lo tanto, arrojémosle unos pocos millones para que se quede tranquila.

Diane: De ninguna manera. Pero pongamos esto en perspectiva. Él tiene bastante pasta para repartir, y eso se lo debe a ella.

Kevin: Esa forma de pensar me hace hervir la sangre. ¿Sólo porque él tiene mucho, ella debería recibir algo? ¡Es muy engañoso! Nos convierte en algo peor que un simple ratero.

Bob: Nuestra tarea consiste en poner un límite a los reclamos descabellados que el sistema permite por caridad. Yo no voy a ser uno de esos que le da en la boca millones de dólares a alguien sólo porque hay mucho dinero para repartir.

Diane: Hay algo más que todos deberíamos tener en cuenta: los abogados que presentaron el caso. A ellos los contrataron. Dirán cualquier cosa para convencernos.

A continuación comienzan las conversaciones sobre los abogados, que están en el caso por dinero.

Wright: No nos apartemos del tema. ¿Alguno quiere hablar?

Frank: Volviendo a esa parodia de casamiento en la iglesia, recuerden que en aquel momento ellos casi recién se habían conocido. Estaban en plena etapa de noviazgo. Así que él hincó una rodilla en el suelo. Como niños, jugaron a que se casaban. Él le estaba haciendo la corte.

Ignacio: Sí, ¿pero por qué? ¿Qué necesidad había de hacer esa clase de promesa espiritual?

Frank: Es simple. Para llevarla a la cama. Mejor que decir es hacer, como afirma el refrán. Procesemos esto en nuestras cabezas. Él nunca se casó con ella. Fin de la discusión.

Cliff: Hasta ahora estamos de acuerdo en que ella es una mentirosa y...

Señora Lim: Calificarla de esa manera me parece muy duro. Y me pregunto si no existe un intento deliberado de hacernos olvidar la evidencia en este caso, usando palabras inflamadas que nos hagan sentir disgusto hacia esa mujer.

Cliff: Pido disculpas por usar una palabra que pueda ofender. Me siento halagado de que usted insinúe que yo soy un maestro tal de la manipulación que puedo lograr que cualquiera crea cualquier cosa. Aclarado esto, veamos cómo caracterizar a la demandante...

Diane *(muy tranquila):* Cliffy, creo que tú sabes mucho sobre cómo manipular a la gente, ¿o me equivoco?

Kevin: No recuerdo ninguna evidencia que esté a su favor. Los que recuerdo son los cuatro puntos que enumeró el abogado. Ellos no estaban casados. Ella era empleada de la empresa. Todos los documentos dan sustento al reclamo de él, en cuanto a que es el único dueño de la empresa. Y ella estuvo de acuerdo, y lo expresó por escrito, en mantener las propiedades a su nombre.

Courtney: Él deseaba una esposa, pero creo que tenía miedo de asumir responsabilidades.

Por un momento se produce un silencio.

Cliff: Se han quedado terriblemente callados. Sonny, ¿tienes algo que contribuya a este intercambio de ideas?

Sonny: Son casi las cinco. Votemos.

Vuelven a votar. Siete votos contra cinco a favor de Lindy Markov. Se oye un movimiento de sillas que se corren hacia atrás. Ruido de gente que camina.

Diane: Lo hiciste, ¿no es así? Cambiaste su voto.

Maribel: Diane, sé comprensiva. Yo no tengo auspiciantes. Tengo un empleo. Y los siete dólares por cumplir con mi deber en este jurado no me van a permitir ni siquiera comprarme unos calcetines nuevos.

Diane: Tu empleador debería pagarte por los días que faltas al trabajo.

Maribel: Ah, y lo hace. ¿Pero sabes qué? Ojos que no ven, corazón que no siente. No quiero que mi reemplazo se convierta en un arreglo permanente.

Diane: ¿Qué me dices de Lindy? Debiste haber pensado que ella tenía sus razones. Votaste una vez a su favor.

Maribel: Me gusta ella. No le deseo el mal. Pero mintió, y yo no puedo leerle la mente. No conozco los hechos en torno de este caso, pero sí sé que me siento como en un catamarán, saltando de un lado al otro. Así fue durante todo el juicio. Perdí por completo el equilibrio. No sé qué pensar.

Diane: Se supone que este proceso es para ayudarte a sacar una conclusión...

Maribel: Supongo que es así. Llegué a la conclusión de que no me aclarará más las cosas, aunque escuche a cien personas discutiendo.

Diane: Nosotros podemos ayudarte a reflexionar. Sólo permítenos una oportunidad. Sé abierta a las opiniones...

Maribel: Consolémonos con la idea de que, al final, si ella pierde, como dijo Kris, aún seguirá navegando en un barco mejor que el mío.

Courtney *(susurrando):* ¡Kevin! Quita la mano de mi rodilla. Hablo en serio. Ahora mismo.

Kevin *(también susurrando):* Vi la manera en que me miras.

Ignacio: ¿Te encuentras bien, Courtney?

Courtney: Yo... sí, ahora sí.

Ignacio: ¿Te importaría si cambiamos de asiento? A Bob no le importará.

Courtney: Buena idea.

Movimiento.

Bob: Me enteré de que estás falto de compañía, Kev. O tal vez sea tu desodorante.

Kevin: Así que después de todo al joven macho le queda algo de ánimo.

Unos pocos comentarios más, algunas quejas por tener que regresar al día siguiente, y se suspende la sesión.

>CLIC<

CAPÍTULO 25

>CLIC<

Jurado, mañana del segundo día:

Señora Lim: Fue mucho lo que pensé ayer a la noche. En mi opinión, todo lo que hablamos ayer fue superficial. ¿Qué podemos decir sobre los sentimientos profundos que hicieron que esta pareja celebrara un aniversario durante veinte años?

Bob: Y allá vamos de nuevo en otro grandioso viaje en el barco del amor.

Señora Lim: Ellos compartieron una familia. Recuerden que la sobrina de él la llamaba "tía". Tenían una casa, una vida y una empresa juntos Confiaban el uno en el otro para tomar decisiones. Se presentaban como marido y mujer.

Maribel: Que es mucho más de lo que se puede decir de algunas parejas casadas.

Señora Lim: Entonces, ¿por qué razón no iba ella a creer lo que él le dijo y seguir su consejo? ¿No es lógico que ella cediera algunas veces, y se sometiera a sus deseos? Lo amaba, creyó que estarían juntos toda la vida. De una manera anticuada, le mostraba respeto como hombre al dejarlo hacer las cosas a su manera.

Ruido de papeles.

Estas dos personas estuvieron muy unidas en todos los aspectos. Se entendían muy bien. Después de tantos años de vida en común, aunque no estuvieran casados legalmente, ahora sabemos que ella estaba como adormecida con una falsa sensación de seguridad. Él siempre le prometió que la cuidaría. Porque lo amaba y confiaba en él, ella le creyó. Creo que Mike decía la verdad cuando pronunció esas palabras. ¿No lo ven? Tenían acuerdos, y éstos eran muy explícitos. Tenían consentimiento mutuo.

Grace: Eso es; se comprendían mutuamente.

Courtney: Lo que usted dice es que ellos tenían un matrimonio sincero de verdad.

Señora Lim: Sí.

Ignacio: Es un barco que enfrenta tempestades y nunca zozobra.

Courtney: ¿Te gusta Shakespeare?

Ignacio: Era el soneto preferido de mi madre.

Kris: ¿Hola? *(Golpetea la mesa con los dedos)* ¿Podemos dejar el romance para el sábado por la noche?

Señora Lim: ¿Y qué dicen de esto? Está escrito aquí: "La ley protege a un socio en un negocio contra alguien que viola su promesa. Cada uno debe tomar la parte que le corresponde". Ella era una socia igualitaria. Tenían los escritorios uno junto al otro. Él violó la promesa. La ley debe proteger a Lindy.

Cliff: ¿Qué es lo que usted está leyendo?

Señora Lim: Las notas que tomé durante el juicio.

Cliff: No creo que eso fuera un testimonio, ¿o me equivoco? Me parece que fue uno de los argumentos que dio la abogada de Lindy.

Bob: Y creí que estábamos de acuerdo en que los abogados tienen intereses personales tanto como las partes en conflicto. Así que cuidado.

Cliff: Creo que deberíamos pedir al juez que vuelva a leernos algo de la transcripción.

Kris: Ah, no hagamos eso. Significa volver al tribunal y después regresar aquí. Tardará una eternidad.

Cliff: No deberíamos confiar en nuestra memoria, si no estamos seguros de algo.

Señora Lim: Escuche, señor Wright, ¡mis notas son muy precisas! ¿Me está diciendo que yo lo inventé?

Cliff: Señora Lim, no hay necesidad de ponerse tan sensible. Por supuesto que sus notas no están mal adrede. De todos modos, nos salimos del tema. ¿Dónde está el documento donde dice que ellos están casados? No existe, y la conversación sobre cómo vivieron excede los límites.

Señora Lim: No estoy para nada de acuerdo.

Cliff: Bueno, si insiste llamaré al alguacil. Veamos si el reportero puede volver a leernos esta parte de la declaración. Ah, y mientras solicitamos esto, pidamos se esclarezca la parte del consentimiento mutuo. La señora Lim dijo que no estaba segura de que ellos estuvieran acordando sobre lo mismo...

Señora Lim: No, señor Wright. Yo dije que estaba segura de que ellos estaban acordando.

Bob: Señora Lim, lo que me llama la atención es el sentimiento que usted pone en toda esta defensa. ¿Por qué se erige en defensora de Lindy Markov? ¿Qué tiene de particular para usted su caso?

Señora Lim: Esa clase de comentario no merece respuesta.

Ruido de desorden.

Kris: ¿Tenemos que seguir con todo esto? ¿No podemos volver a votar?

Abandonan la habitación por media hora. Antes de regresar, tienen un receso.

Cliff: Estoy seguro de que todos podemos ver más claro ahora que nos han leído nuevamente la transcripción.

Diane: ¡Como si de repente estuviera más claro que la primera vez!

Cliff: Al parecer, lo que leyó la señora Lim proviene del alegato de apertura de Nina Reilly y sus palabras fueron casi las mismas, aunque no exactas. Me complace que hayamos resuelto el tema. Ahora, permítanme recordarles que el juez dijo que las cosas dichas por los abogados no son medios de prueba, a menos que estén sustentadas por otras evidencias. Sólo nos queda suponer que ellos pueden probar lo que dicen...

Señora Lim: Hubo suficientes pruebas. Suficientes. Él hizo promesas. No las cumplió. Pretende olvidarlas. ¿No es conveniente? ¿Creen ustedes que él no recuerda haber hincado una rodilla en el suelo y prometido amor eterno en esa iglesia? ¿Creen que no recuerda que comenzaron compartiéndolo todo, o que la presentó como su esposa un millón de veces? Se avergüenza de sí mismo, pero ha puesto a funcionar la maquinaria y ahora es muy testarudo para volver atrás.

Diane: Es cierto. La verdad es que se retorció como un gusano en el estrado.

Grace: Su aspecto general no era nada bueno. ¿Vieron la fotografía en los diarios de la mañana cuando él salía de la corte?

Diane: Cuesta creer que alguna vez se haya ganado la vida dando trompadas.

Cliff: Debo recordarles que se supone que no debemos leer los diarios. El juez dijo...

Grace: Sólo miramos las fotografías, ¿no es así, Diane?

Diane: ¿Quién tiene tiempo de leer esas estupideces? Tengo mejores cosas que hacer. Me estoy entrenando para escalar el McKinley. Tres horas por día subiendo escaleras, dos en bicicleta, corriendo...

Grace: Creo que él tiene mucho que ocultar. Sabe que lo que le hizo a ella no está bien. Debe de odiarse por eso.

Courtney: Yo no confío en ese hombre. Todos esos años la presentó como su esposa. Cada vez que lo hacía, era una mentira. ¡Y eso es según su propio punto de vista!

Hablan sobre el vídeo que mostraron durante el juicio, donde él hacía exactamente eso, y de cómo Mike Markov no pareció sorprendido de verlo.

Ignacio: Creo que en su corazón él sentía que era un hombre casado. Pero la empresa... Bueno, la abogada se refirió a ella como "su hijo". Es como un juicio de custodia. Él dirá cualquier cosa con tal de seguir teniendo el control.

Kevin: Todo eso se aparta por completo del tema. No importa si le mintió. No importa si es un sinvergüenza. Estamos aquí porque Lindy Markov quiere su dinero. Y todavía no he oído por qué deberíamos dárselo, además de que él le dio besos y abrazos y a lo largo de años le dijo unas cuantas cosas que en verdad no sentía y ahora debe vivir para lamentarlo.

Bob: Lamento todo el tiempo valioso que estamos perdiendo con este tema. ¡Es tan frívolo! ¿Nadie consideró cuánto les están pagando esos ricachones a sus abogados? Hubo veces durante el juicio en que había cuatro o cinco personas sentadas a la mesa de cada parte. ¿Cuánto ganan los abogados? ¿Un par de cientos de miles de dólares por año? Eso hace que hablemos casi de un millón de dólares, porque es probable que para preparar este juicio hayan tenido que invertir como mínimo un año. Además, hay un juez, el reportero, el secretario del tribunal... ¡Nosotros le pagamos a toda esa gente con nuestros impuestos!

Maribel: Y no nos olvidemos de los empleados de menor jerarquía.

Bob: Correcto. Estamos poniendo todos el hombro por igual. ¿Y qué recibimos de todo esto?

Kevin: ¡Pero, Bob! Tenemos el dulce placer de ser parte integrante del sistema de justicia de los Estados Unidos.

Risas generales.

Cliff: Volvamos a lo que hablamos anteriormente. Dedicamos mucho tiempo a discutir sobre el testimonio de Mike Markov. Pero el tema no es si mintió o no mintió. El tema es: ¿le corresponde algo a Lindy?

Diane: Mira, no puedo seguir pasando esto por alto. Cada vez que te refieres a Mike, lo llamas Mike Markov. Cada vez que te refieres a ella, la llamas Lindy. ¿Se dieron ustedes cuenta de eso?

Bob: ¿Y qué diferencia hay?

Cliff: Lo siento, Diane. Verdaderamente, lo siento. Si lo hice, fue inconscientemente.

Diane: Lo peor es que te creo. ¡Tienes tan poca conciencia de la forma en que te abalanzas contra esta mujer y contra muchas de las que estamos aquí!

Maribel: ¿Podrías dejar de defenderme, Diane? Yo no me siento atacada. ¡Cómo puedes tener tal descaro!

Kevin: Señoras y Diane, veo que esto es difícil para ustedes. Lo que ven es a un hombre que ha abandonado a una buena mujer. ¿Pero dónde está escrito que él debería pagarle por el resto de su vida? Tuvieron una buena vida juntos. Pero ahora terminó.

Frank: Lindy debe olvidarse de él y seguir su camino.

Bob: Yo digo que, si le damos una patada en el trasero, la ayudamos.

Kris: ¿Saben qué? Quisiera votar de nuevo.

Diane: Te estás dando por vencida.

Kris: Ella tiene a sus amigos ricos para que la respalden. Yo tengo que regresar con mis hijos y, en comparación con el universo de gente con problemas, ¿a quién le importa si ella se va rica o pobre? Trabajará duramente como el resto de nosotros.

Diane: ¿Es así cómo funciona esto? Porque alguien se quiere ir a su casa, entonces dejemos plantada a Lindy Markov.

Kris: Diane, desearía ser más santa que tú. Pero no lo soy. Soy simplemente una persona que trata de vivir con muy poco. Y yo no tengo tiempo para esto.

Diane: ¿Sabes qué? Hasta ahora me quedaba un mínimo de fe en el sistema de juicio por jurado. Muchas veces me preguntaron si no debería ser un juez el que decidiera. ¿Para qué hacerle perder el tiempo a la gente? Y yo siempre decía que un jurado compuesto por ciudadanos comunes era lo que nos separaba de las personas intolerantes o de un político lameculos o de un juez de línea dura, o...

Maribel: Bueno, eso es algo terrible para decir del juez Milne...

Diane: ¡Dios, esto es justamente lo que quiero decir! No hablo del juez Milne, sino de un sistema que es todo lo justo posible. No hay otro mejor. Y sin embargo, aquí estamos, permitiendo que estos tipos nos coqueteen, nos adulen y nos intimiden para que cambiemos de posición.

Maribel: ¿Quién está coqueteando? ¡No haces otra cosa que insultar a la gente a diestra y siniestra!

Kris: Yo no permito que ningún hombre me intimide. Soy yo la que decido. Te cuesta mucho aceptar que haya otra mujer que tal vez no piense de la misma manera que tú, Diane. Pero todas tenemos nuestra experiencia de vida y además tenemos cerebro. Y ten en cuenta esto: Él dijo que la cuidaría. Es obvio que se siente culpable. Así que creo que lo hará. Como ya dije, preferiría que ella no tuviera que suplicar, pero me doy cuenta de para qué lado sopla el viento aquí, y quiero ir con la corriente. Porque, cualquiera sea el resultado de este juicio, Lindy va a conseguir algo de él, probablemente más que lo que yo vea en toda mi vida. Y si tiene que suplicarle, bueno, bienvenida al mundo real, cariño.

Diane: Kris, por favor. Al principio dijiste que se merecía algo. Piensa un poco más.

Kris: ¿No me oíste? No tengo más tiempo que perder con los problemas de esta mujer. Tengo mis propios problemas. ¡Ella no va a ir a la cárcel por un crimen que no haya cometido, ni nada de eso! Sólo se trata de dinero. No es una cuestión de vida o muerte.

Diane: Sólo te pido que lo pienses antes de cambiar tu voto.

Kris: Courtney no es la única que sabe algo de psicología. Conozco algunas cosas de las de tu tipo.

Diane: ¿Cómo?

Kris: Sí, la mentalidad de los alpinistas. Son gente que se siente feliz cuando se encuentra en situaciones extremas que exigen toda su atención. Son de lo peor cuando tienen que vivir las cosas de todos los días. Es demasiado aburrido. Creo que te encantaría que esto se extendiera por mucho tiempo. Creo que lo disfrutas. Necesitas emociones.

Diane: Eso es injusto. ¡Yo sé cómo hacer camas y lavar platos, tanto como tú!

Kris: Pero no como Lindy. ¿Podemos votar ahora?

Cliff: Es casi la hora del almuerzo.

Kris: No tardaremos mucho.

Frank: ¿Comida china para hoy?

Cliff: No, tenían otra cosa planeada. Pero si mañana seguimos aquí...

Kris: ¡Por Dios, espero que no!

Cliff: Está bien, veamos cómo estamos.

Señora Lim: Quisiera decir algo.

Cliff: Y todos queremos oírla. Después del receso para el almuerzo. Sólo nos queda tiempo para votar.

Votan. Están divididos en bandos iguales: seis a seis.

>CLIC<

CAPÍTULO 26

>CLIC<

Jurado, tarde del segundo día:

Cliff: Esta tarde quiero comenzar diciendo que he considerado lo que comentó Diane en nuestras deliberaciones de la mañana, sobre que yo me refería a Mike con un trato diferencial. Ésas son las cosas que me vuelven loco, así que realmente me dolió. Pensé mucho en cómo mis propios prejuicios me están influenciando.

Mencioné que hacía poco que me había separado. Me pregunté a conciencia si mi separación causó un impacto tan fuerte desde el comienzo como para que yo favoreciera a Mike. Tengo que ser sincero con ustedes: ha sido así. Me tomé muy a pecho esa idea de que la empresa era el hijo de ambos.

Yo tengo un hijo y puedo entrever que mi esposa y yo entablaremos una dura batalla por la custodia. Me doy cuenta de que mi hijo saldrá lastimado, no importa lo que yo haga, pero no puedo darme por vencido. Lucharé a muerte con ella. De la misma forma en que Mike lucha por su empresa. Así que me parece que comprendo la situación. En un sentido, veo que Lindy tiene derechos sobre esa empresa, pero ésta no puede dividirse en dos sin correr el riesgo de destruirla. Como dice la Biblia, la madre verdadera no permitirá que corten a su hijo en pedazos, pero la madre falsa sí lo hará. La empresa se verá terriblemente dañada, tal vez en forma irreparable, si Lindy se apodera de una gran parte de los activos. Mike tendrá que cortar un brazo y tal vez una pierna, y...

Diane: ¡Ah, por favor! Si se trata de eso, tal vez sólo tenga que vender un puñado de edificios y maquinaria. ¿Desde cuándo el metal sangra?

Grace: ¿Puedes dejarlo terminar? Quiero oír lo que tenga que decir.

Cliff: Gracias, Grace. De todos modos, lo que quiero decir es que me parece justo evitar toda connotación personal, aun cuando en apariencia resulte imposible. Así que volví a analizar toda mi línea de razonamiento una vez más...

Diane: A ver, déjame adivinar. ¡Mike sigue ganando!

Cliff: Bueno, sí. No hay ni un pedacito de prueba que sustente el reclamo de Lindy.

Diane: Eso es lo que tú te imaginas.

Cliff: No hay promesas escritas, ni certificado de matrimonio, ni testigos de que esas promesas se hayan hecho. Es la palabra de ella contra la de él, en lo que se refiere al contrato oral. ¿Cómo podría Mike haber dejado más en claro que él no deseaba casarse? Estuvieron juntos durante veinte años. ¿Debería haberlo escrito con sangre? No. Por el contrario, lo que veo es que ella firmó un acuerdo que indicaba que debían mantener la división de bienes. Los abogados de Lindy insinuaron que él la obligó a firmar, usando alguna horrible presión psicológica, pero la verdad es que Mike me parece una persona muy directa. Lindy no consiguió otra cosa que lo que tenía ante sus ojos.

Señora Lim: ¿En serio? ¿Qué me dice de todos esos años en los cuales él la presentó al mundo como su esposa, para después declarar que no lo había hecho? ¿No prueba eso que es un hombre deshonesto?

Frank: Lo hizo para no herir sus sentimientos. Quería que ella se quedara a su lado, pero sin comprometer sus propios deseos. En cuanto a que no recordaba, bueno, es posible que lo haya olvidado...

Diane: Es posible que yo sea un mono de Madagascar, pero no parezco ni actúo como ese mono. Sin embargo, algunos prefieren las falsas ilusiones...

Frank: O contribuyó su muy normal sentido de supervivencia.

Cliff: De todas maneras, espero que todos tratemos de votar a favor de la ley y no del interés propio. Procuremos ser fieles a las pruebas. Y, a pesar de la forma en que nos burlamos de esos pobres abogados, ellos prestaron un servicio necesario. Deben escarbar entre mucha basura para poner a la vista lo que necesitamos para decidir. Creo que presentaron bien sus casos. Sólo que el caso de Mike fue esencial y objetivamente mejor.

Courtney: ¿Cómo puedes decir eso? Los abogados de Lindy fueron tan objetivos como los otros. Además, para mí, el señor Riesner y la señora Casey tuvieron una postura muy pobre, como diciendo: "La decisión es tan obvia". Bueno, yo no creo que sea tan obvia.

Diane: "Pagados de sí mismos" es una frase que describe bien a esos dos.

Courtney: Después de todo, depende de nosotros.

Grace: Cliff, volviendo a lo que decías, me has dejado pensando. Soy una persona muy sensible. Me quedé atrapada con los problemas de Lindy, porque soy ese tipo de persona. Es que no puedo dejar un perro muerto en la calle. Me bajo del automóvil, busco una bolsa y entierro al pobre diablo en algún lugar...

Cliff: Tienes un gran corazón, Grace. Creo que todos nos dimos cuenta de eso.

Le pregunta sobre su hijo y ella le habla extensamente sobre lo que es ser una madre sola a cargo de un discapacitado. Muchos le demuestran compasión.

Se la puede ver más relajada, un poco mejor por recibir algo de reconocimiento hacia sus dificultades. Cliff le sugiere que, cuando termine el juicio, ella lo llame a su oficina. Sabe de algún servicio social que tal vez pueda brindarle algún alivio. Hay un receso de quince minutos y, durante dicho receso, muchos comparten sus cuitas por los días de ausencia de sus respectivos trabajos y la rutina de su vida. Todos, excepto Frank, beben mucho café, y muchos comen algún bocado liviano.

Cliff: Como Grace, queda claro que todos tenemos muchas obligaciones importantes que quedan desatendidas mientras tratamos de decidir sobre este caso. Así que hagamos un intento por ser eficientes, a ver si podemos llegar a un acuerdo. La corriente parece moverse hacia Mike. Me pregunto qué necesitan para convencerse los aficionados "duros de matar" que están a favor de Lindy.

Diane *(riéndose):* Bueno, bueno, bueno. Ya no más irse por las ramas. Crees que ya lo tienes todo cocinado. La verdad, Cliff, es que debo admirarte. Te encuentras aquí casi sin ayuda de nadie, con el auxilio ocasional y arrogante de tus compadres varones, haciendo que todo este grupo piense según tu punto de vista. Ya entiendo por qué has tenido éxito en la política. Así es como funciona, ¿no? Apuntas a los eslabones más débiles y después asestas el golpe...

Grace: ¿Eslabón más débil?

Diane: Debo preguntarme sobre ese hijo tuyo, Cliff, que apareció de la nada esta mañana. Ni siquiera lo mencionaste una vez. ¿Es real o retórico?

Cliff: Diane, estoy atravesando un momento de mucho dolor en mi vida personal. No me gusta hablar de eso. Estoy seguro de que lo comprendes.

Diane: No contestaste mi pregunta.

Grace: ¿Tú me ves como un eslabón débil, Diane? ¿Por qué no hablamos de trabajar? Crees que una persona tiene que poder subir una montaña montada en zancos para probar que vale. Yo veo la vida de manera muy diferente de la tuya. La fortaleza sirve para cuidar a la gente a la que amas, forjando lazos de toda la vida, haciendo lo que sea que hagas bien. Y eso incluye lavar la ropa todos los días. ¿Sabes lo que no oigo que hables, Diane? No oigo ni una palabra sobre tu familia.

Kris: Tú no tienes hijos, ¿no es así, Diane? Sería algo irresponsable de tu parte.

Frank: No, la gente que trabaja en cosas de riesgo, como Diane, tiene que luchar contra sus instintos básicos.

Kevin: Apuesto diez contra uno a que nunca se casó.

Grace: Tú estás a favor de Lindy porque lo disfrutas. No tienes mucho más en tu propia vida.

Diane: Yo tengo familia. Y ya resolví lo que tenía que resolver, así que por favor, ¿qué les parece si terminamos con esta conversación y volvemos al caso que nos ocupa?

Ahora, Grace, antes hablaste sobre la lealtad de Lindy Markov, que se merecía algo en compensación. Eso no es un argumento legal, sino moral. Lo adecuado no siempre es lo correcto. Creo que Ignacio también dijo eso.

Ignacio: Sí, estoy de acuerdo.

Diane: Casados o no, con promesas explícitas o no, ¿ella no se merece un porcentaje, aunque sea pequeño, del total de bienes, después de veinte años de convivencia? ¡Pero si ni siquiera tiene una casa! Él está viviendo en esa mansión con su nueva muñeca, y a Lindy no le queda nada.

Grace: Bueno, no todo el mundo tiene su propia casa. Yo alquilo.

Bob: Yo también.

Diane: Él defraudó su fe. En esencia no hizo más que buscarse un nuevo socio. Ella jamás hizo eso.

Grace: Por eso tengo una muy buena impresión de Lindy.

Kevin: Creo que todos pensamos de la misma forma. Esa mujer, Lindy Markov, es muy atractiva. Y ha tenido verdadero éxito. ¿Creen que le estamos dando crédito suficiente? Ella se levantó de la nada. Si lo hizo una vez, puede volver a hacerlo.

Diane: ¿Por qué debería? ¿Es eso lo que hará Mike Markov? ¿Y no están admitiendo ustedes que ella fue la fuerza que impulsó todo el éxito de esa empresa?

Señora Lim: Quiero decir algo, pero antes debo aclarar que no me siento a gusto con lo que dice Diane en cuanto a que esto es una elección moral antes que legal. Yo creo que Lindy y Mike tuvieron un contrato oral, tan válido y vinculante como cualquier contrato escrito. Creo que, como mínimo, la mitad de la empresa es de ella. No es cuestión de que Mike le dé a ella su propio dinero. El tema es que nosotros nos aseguremos de que Lindy reciba lo que ya le pertenece.

Soy empresaria, y no me queda otra cosa que maravillarme ante el éxito que han tenido estas personas. Yo también siento envidia, y creo que no soy la única aquí. Pero para ser justa con esta situación, trato de dejar de lado mi parte mezquina y dar a este caso la consideración que se merece.

Grace: Bueno, todos estamos haciendo eso.

Señora Lim: Espero que todos tratemos de hacer lo mejor que podamos. Ahora, aquí hay otro punto que deseo destacar. ¿Alguno notó que Lindy casi ni prestó atención cuando el síndico dio su testimonio? En apariencia, no le importan los números. Sólo mostró un extraño brillo en su mirada.

Kevin: Creí que ya habíamos hablado de esto. Lindy se está vengando al golpear a Mike donde más le duele, en el bolsillo. Es probable que el monto del daño no cuente mucho.

Señora Lim: El monto del daño no es importante para ella, pero por otra razón. Lindy hace una demanda basándose en un principio. Aquí, nosotros tenemos que tener en cuenta los principios. Ella es la dueña de la mitad de la empresa. Y aunque lo que en realidad quiera es que Mike regrese, podemos darle lo que le corresponde.

Grace: Cualquiera sea nuestra decisión, ella pierde. Jamás lo recuperará y la división de la empresa destruirá cualquier cosa que quede aún entre los dos. ¿No sería bueno si pudiéramos obligar a Mike a regresar con ella? Eso es lo que quiere.

Courtney: Yo quise odiarlo, pero no lo hice. Sólo pienso en los motivos que tienen ambos para que todo sea tan trágico.

Cliff: Sí, es triste. Tal vez ésa sea la razón por la que nos cuesta tanto llegar a una conclusión. De todos modos, la verdad es que el dinero no la ayudará.

Diane: Dejemos de lado el melodrama. Nina Reilly dijo varias veces que la única compensación posible en este caso es financiera. De esa forma funciona la ley.

Grace: Estoy cansada de hablar de esto. Es difícil sentirse emocionada por los problemas de Lindy después de estar hablando sobre ellos durante casi dos días. De todos modos, yo sigo con mi postura del principio, porque no puedo dejar de sentir algo de compasión por ella.

Cliff: ¿Recuerdan las instrucciones del juez? No pueden permitir que la compasión o cualquier sentimiento los influencie. Como dije, a mí también se me suscitó ese problema.

Diane: Es posible que estemos aburridos, pero eso es lo normal, Grace. Y vale mucho.

Grace: No sé. Tal vez Kevin tenga razón cuando dice que el solo hecho de que haya dinero no quiere decir que Lindy debería recibir algo.

Diane: No es sólo por el dinero. Es por lo que hace unos instantes acaba de decir la señora Lim: ¡ese dinero les pertenece a los dos!

Kevin: Muéstranos un papel, cualquier papel que lo pruebe.

Cliff: ¿Están todos listos para votar? Son las cuatro y cuarto, una buena hora para ver dónde estamos.

Kris: ¡Sí! Quizá podamos decirle al juez que convoque a todo el mundo para mañana. ¡A ver si esta vez tenemos el veredicto!

Votan. Son cinco a favor de Lindy y siete en contra. Pasa otra hora de discusiones insignificantes, pero no hay cambio en el voto al momento en que dan por finalizada su jornada de deliberaciones.

>CLIC<

CAPÍTULO 

>CLIC<

Jurado, mañana del tercer día:

Cliff: ¡Hoy tengo un buen presentimiento! ¡Apuesto a que tendremos nuestro veredicto! En verdad, esto ha sido importante. Comenzamos ocho a cuatro a favor de Lindy Markov, y ahora estamos siete a cinco en contra de su reclamo. Tengo la sensación de que, a medida que cambiamos impresiones sobre el caso y lo sometemos a una prueba exhaustiva basándonos en la razón, la lógica nos indica que en este juicio la ley debería proteger a Mike Markov.

Diane: No es la lógica, Cliff. Eres tú.

Señora Lim: Una vez más, señor Wright, debo objetar sus expresiones. Usted tuerce la verdad al sugerir que aquellos que no coinciden con su pensamiento carecen de lógica. Yo lo he dicho todo el tiempo: lo que miro es la evidencia. No me siento influenciada de ninguna manera por mis sentimientos.

Cliff: Señora Lim, ¿le parece que estoy hablando en otro idioma? Yo creo que usted encuentra matices en manifestaciones mías que son muy simples y que carecen de esos matices. Bueno, continuemos. Ayer Ignacio me llevó aparte al final del día y me pidió hablar sobre la ceremonia en la iglesia.

Ignacio: Ese día, esas dos personas se arrodillaron ante Dios y se hicieron promesas; ese día se casaron. Están casados ante los ojos de Dios.

Kris: ¿Hoy por hoy se permite el ingreso de Dios en el tribunal?

Kevin: Ignacio, con Dios o sin Él, éste es un caso legal.

Ignacio: Por supuesto.

Kevin: Tú te imaginas a esa mujer con su vestido de novia y a ese hombre con su esmoquin saliendo de la iglesia. Y la realidad no fue así. Una tarde, tal vez tenían encima un par de copas de más; entonces, él va a la iglesia para complacerla y esa noche se revuelcan felices en la cama. Si Dios estuvo presente en aquel momento, con seguridad meneó la cabeza consternado.

Courtney: ¡Eres detestable! No creo que haya sido de esa manera.

Cliff: Courtney, no hay necesidad de herir los sentimientos de Kevin. Eres muy joven. Tú misma dijiste que no podías saber lo que sucede entre dos personas, ¿o me equivoco?

Courtney: Sí, pero...

Cliff: Creo que tienes el escepticismo propio de la juventud. Eso es saludable. También veo que, aunque hasta el momento has apoyado a Lindy, sigues teniendo muchas dudas.

Courtney: Pocas.

Diane: Espera. Deténte ahí, en esto del matrimonio. Para convencer a Ignacio de que cambie su voto, Kevin hace quedar a Mike y Lindy como dos borrachos que llegan a la iglesia a los tumbos como preámbulo de una noche de mala calidad. Por el momento, eso logró satisfacerte. Y ahora vas a tratar de convencer a Courtney. Escuchen, todos. ¿A cuántas personas conocen que celebren una noche como ésa como si fuera un aniversario durante veinte años? Ambos admitieron que eso fue lo que hicieron. Fue una ocasión solemne, honesta y hecha de corazón.

Cliff: ¿Cuándo fue la última vez que estuviste en una iglesia, Diane?

Diane: ¿Cómo? ¿Qué tiene eso que ver...?

Cliff: Te colocas en la posición de Ignacio, pero en realidad no estás para nada de acuerdo.

Diane: Yo no me coloco en ninguna posición.

Cliff: Vamos, dinos cuándo fue la última vez. ¿Hace seis años, para Pascua, llevada a la rastra por tu abuelita?

Diane. ¡Cierra la boca!

Cliff: Tú no crees que se casaron ante los ojos de Dios ni de nadie más, ¿no es así?

Diane: ¿Por qué me atacas?

Cliff: No contestas mi pregunta. ¿Y por qué? Porque sabes que Ignacio está a punto de darse cuenta de que la boda no es importante en este caso. Tratas de despistarlo y confundirlo al contradecir todo lo que decimos en apoyo de Mike, no importa la lógica, la razón y la evidencia que tengamos para dar sustento a nuestros argumentos.

Diane: Es verdad, no soy devota de ninguna religión, pero tengo mis propias creencias.

Cliff: Sin duda, algo que descubriste en el Tíbet, después de patinarte sesenta y cinco mil dólares por el privilegio de ser cargada en los hombros de un *sherpa* hasta la cima del monte Everest.

Diane: Yo jamás estuve en el Tíbet.

Bob: ¡Jesús! ¿Tienes que pagar esa suma para escalar una montaña?

Cliff: Así es. Es un deporte de elite.

Diane: ¡Yo trabajo por cada centavo que gano! ¡Trabajo mucho para ganarme el respeto y el apoyo de mis auspiciantes y amigos!

Bob: Haciendo exhibiciones de esquí y caminatas por las montañas. ¡Ah! Un trabajo duro, pero alguien tiene que...

Courtney: ¡Basta de atacarla!

Cliff: Ella nos obligó, al traerlo a colación. Sólo intentamos ser lógicos, tratamos de examinar la evidencia, como dice la señora Lim.

Señora Lim: ¡No se atreva a usar mis palabras! En mi vida he visto un prejuicio tan obvio y una explotación y una manipulación tan poco limpias. ¡Y sepan que veo mucho en mi trabajo! ¡Usted ha ido muy lejos!

Kevin: ¡Hora de un descanso! Salgamos a tomar café. ¡Eso fue excesivo! Llamaré al alguacil.

Salen al receso.

Cliff: Primero, quiero disculparme si me excedí un poco en mis argumentos. Ustedes depositaron su fe en mí al elegirme presidente. Me tomo esa obligación muy en serio, y tal vez me extralimito un poco al tratar de ayudar para que nos acerquemos al veredicto.

Courtney: Pero, Cliff, es obvio que el único veredicto que tú deseas de nosotros es en contra de Lindy.

Cliff: Jamás quise dar esa impresión. Si la mayoría hubiera estado a favor de Lindy, lo habría aceptado. Es sólo que, después de estudiar la evidencia, parece que la balanza se inclina hacia el otro lado.

Bob: Hay un punto que quisiera discutir un poco más. Es sobre esa visión de Ignacio en cuanto a que Lindy y Mike se casaron porque entraron una vez en una iglesia y se hicieron promesas. El tema sobre el que me gustaría hablar es éste: nuestro país se funda en la idea de que la iglesia debe estar separada del Estado. De esa forma la gente puede practicar la religión que guste, en tanto que el Estado puede desarrollar su propio cuerpo de normas tendientes al bien común. Ignacio, ¿te parece correcto en este caso que bases tu decisión en creencias religiosas? Este caso se ha presentado ante el Estado. ¿No debería ser la ley del Estado la que te guíe?

Ignacio: *(suspiro profundo)* Es algo para pensarlo.

Cliff: Por supuesto, tienes que sentirte bien en tu conciencia sobre la forma en que votas. Pero míralo de este modo: tal vez puedas creer que estaban casados, sin necesariamente votar para concederle algo a Lindy.

Ignacio: ¿Qué quieres decir?

Cliff: Bueno, tú dijiste que estaban casados ante los ojos de Dios. Pero todos estamos de acuerdo en que no se casaron por las leyes de este estado. Por lógica, entonces, cuando viene el momento de separarse, no deberían aplicarse las leyes sobre bienes gananciales.

Señora Lim: Pero ese análisis no es correcto. Si él cree que ellos consintieron en casarse, entonces debe darse cuenta de que bajo ese acuerdo ellos asumieron ciertas obligaciones; aceptaron obligaciones por consentimiento mutuo. Recuerde que, si existe un contrato —e Ignacio dice que él cree que había uno desde ese momento—, el juez dijo que podemos inferir sobre su existencia y sus términos por la forma de actuar de las partes. Por cierto, ellos se comportaron como un matrimonio. ¿Por qué no deberían regirse por los términos normales de ese contrato?

Cliff: Señora Lim, no hubo acuerdo escrito y...

Señora Lim: Hay una interpretación para el matrimonio, fuera éste consagrado ante los ojos de Dios o ante los ojos del estado de California.

Cliff: El caso podría ser que ella interpretó mucho más de lo que debería haber hecho en aquel momento. No era la intención de él.

Señora Lim: ¡Pero él la presentó como su esposa!

Cliff: ¿Y cómo podemos saber sus intenciones, salvo por lo que explicó en el tribunal? Lo hizo para complacerla. No existe un entendimiento oculto de que ellos estuvieran casados. ¿Por qué más diría ella que le avergonzaba no estar casada? ¡Ella sabía que no lo estaban! ¡Y él también!

Diane: *(grita)*

Courtney: ¡Diane! ¿Qué sucede?

Bob: ¿Qué le pasa?

Kevin: ¡Que alguien haga callar a esa loca!

Se abre la puerta.

Agente Kimura: ¿Sucede algo malo? Creí oír un grito.

Diane: Está todo bien. Es sólo que tuve... una pesadilla.

Agente: ¿Una pesadilla? Bueno, ¿quieren que llame a un médico?

Cliff: No, no. Creo que la señora sólo trataba de aclarar un punto. En voz alta.

Agente: ¿Es así?

Diane: Sí, ahora estoy bien.

Agente: Si está segura...

Se cierra la puerta.

Cliff: Y ahora supongo que nos explicarás por qué te pusiste a gritar como loca.

Diane: Fue un gesto simbólico de mi desesperación, Cliff. Nadie puede aceptar las fantasías que tú llamas lógica, y a ti te tiene sin cuidado. Nos tienes aquí escuchando tus fascinantes juegos mentales hasta que todos quedemos hipnotizados y votemos como tú quieres.

Courtney: *(riéndose nerviosa)* Desearía haber gritado así. La verdad es que tenía ganas de hacerlo.

Cliff: ¿No creen, amigos, que deberían existir requisitos para que la gente que integre jurados sea lo bastante madura e inteligente como para seguir al resto de los adultos?

Courtney: Pero por qué, si tú... ya sabes que soy universitaria.

Cliff: Sí, eso me hace reflexionar. Ya había oído que hoy en día cualquier tonto puede entrar en la facultad.

Courtney: No me sorprende que tu esposa te haya abandonado.

Sonny: *(gritando)* ¡Todos cierren ya la boca!

Silencio. Se oye el tictac del reloj de pared.

Bob: ¿Qué sabes tú? ¡Él puede hablar!

Sonny: ¿Quieres oír más?

Bob: La verdad que no.

Cliff: Creo que tal vez sea hora de votar de nuevo. ¿Qué opinas, Ignacio? ¿Te parece que ya está resuelto ese tema de la iglesia?

Ignacio: Sí, ya pensé lo que tenía que pensar.

Votan. Son ocho votos a cuatro contra Lindy.

Courtney: ¡Ignacio, lo hiciste!

Ignacio: Lo siento, Courtney. Pero antes no estaba votando de acuerdo con la ley. Votaba según mis convicciones.

Courtney: Si no puedes ser fiel aquí a tus convicciones, ¿cuándo, entonces?

Cliff: Bueno, veamos. Eso deja a Diane, la señora Lim, Courtney y, supongo, al señor Ball, a favor de Lindy. Creo que es el momento de escuchar algunas de las opiniones del señor Ball.

Sonny: Sonny.

Cliff: Sí, Sonny.

Sonny: Yo estoy de parte de Lindy.

Cliff *(después de una pausa)*: ¿Y?

Sonny: Eso es todo.

Cliff: Bueno, ¿puedes decirnos la razón?

Diane: Sonny, él necesita conocer tu razonamiento, así puede después convencerte de que lo reemplaces por lo que él piensa.

Sonny: Vamos, ¡todo ese dinero! Ella fue fiel. Nunca lo engañó con nadie. Si él es hombre, debe ser justo con esa mujer.

Cliff: ¿Qué pensarías si yo te dijera que sí lo engañó? En el tribunal, ella mintió. Hemos probado eso.

Sonny: ¿Cómo lo saben?

Cliff: Es así, ¿o no? No lo sabemos. ¿Cómo podemos darle el dinero de ese hombre, ganado con el sudor de su frente, a una mujer que tal vez ni siquiera le fue fiel? En realidad, es probable que no lo haya sido.

Diane: No existe absolutamente ninguna prueba. Ni una sola evidencia de que...

Cliff: Mi sensación es —y creo que la mayoría de ustedes estará de acuerdo— que todo esto se trata de una venganza. Él tiene otra novia. Sigue su vida. ¿Por qué la ley debe inmiscuirse en todo esto?

Sonny: Buena pregunta.

Cliff: ¿Por qué ella debería recibir un céntimo?

Diane: Cliff, la única compensación posible en este caso es financiera. Decidimos sobre hechos y evidencias. Como por ejemplo: ¿hicieron ellos un contrato...?

Cliff: Ella es una mentirosa y probablemente también una embaucadora. ¿No vieron a Mike en el tribunal? Es mayor que Lindy. Tiene aspecto de haberse dado un revolcón, y eso no es moco de pavo.

Señora Lim: Señor Wright, usted no tiene vergüenza.

Diane: Yo creo...

Cliff: Creo que yo estaba hablando con Sonny. Por favor, tengan la cortesía de dejarme terminar. Así que aquí la tenemos a ella prendida de Mike. Es probable que haya tenido alguna aventura. Ése casi no es un argumento en su contra. Pero después viene él, la descubre y la abandona. Y ahí ella se da cuenta de que se le acaba la buena vida. ¿Intenta ella solucionar el problema con él? No; sale corriendo y contrata a unos abogados. Y ahí entra el tema legal.

Diane: Cliff, hablas con la pasión típica de un hombre que ha vivido en carne propia esa experiencia.

Cliff: Sonny, ¿te parece bien? ¿Quién quiere enredarse con la Justicia? ¿Quién necesita eso?

Sonny: Nadie. No hay duda de que es así.

Cliff: Perdona que te lo pregunte, pero ¿quién toma las decisiones financieras en tu familia?

Sonny: ¿Quién crees?

Cliff: Tú, por supuesto. ¿Y por qué?

Sonny: Yo tomo todas las decisiones importantes.

Cliff: Me haces acordar a Mike Markov. Es obvio que no físicamente. Ahora, él es una especie de ruina. Pero alguna vez fue joven como tú, Sonny. Un boxeador. Es un tipo anticuado. Él toma las grandes decisiones, porque sabe que es el hombre para eso. ¿Recuerdas, durante el juicio, cuando prometió que cuidaría de Lindy Markov? Dijo que lo haría. Y en su pasado no hay nada que sugiera lo contrario. Ellos viven en una mansión enorme por la cual él pagó durante todos estos años.

Diane: Con las ganancias de la empresa que es de ambos.

Cliff: Tal vez él sepa algo que nosotros ignoramos. Quizá sepa cómo ella despilfarra dinero en ropa y automóviles nuevos. Es posible que sea jugadora. Debe de tener muy buenas razones para querer quedarse con el control de la empresa, porque tiene terror de que ella la funda.

Señora Lim: Debo protestar. Éstas son todas especulaciones sobre temas que jamás se mencionaron en el juicio. ¡Es posible que ella sea una maga de las finanzas! No lo sabemos.

Sonny: Suficiente. Quiero votar.

Diane: Espera un minuto. Sonny, tengo un presentimiento muy malo sobre ti.

Sonny: Gracias.

Diane: Vas a cambiar tu voto sólo para terminar con esto, ¿o me equivoco?

Sonny: *(no contesta)*

Diane: ¿Recuerdas las instrucciones del juez? Se supone que no puedes decidir de cierta manera sólo porque otros jurados favorecen dicha decisión, y por cierto no porque este imbécil trate de engañarte.

Sonny: Nadie trata de engañarme.

Courtney: Estuviste todo el tiempo de parte de Lindy. Tú sabes que ella se merece algo de ese dinero.

Sonny: Votemos.

Sin embargo, el alguacil golpea a la puerta. El almuerzo está servido en el corredor. ¿No desea alguno darse un paseíto por afuera antes de sentarse a comer? Kris y Cliff encienden un cigarrillo y salen, seguidos por el alguacil. Otros van al baño.

Después de que todos regresan, Cliff toma el plato especial, identificado como vegetariano, y pregunta la opinión sobre la comida. De pronto comienza a emitir sonidos como si estuviera amordazado.

Kevin: Tranquilo, amigo. ¿Te atragantaste? ¿Alguno sabe la maniobra de Heimlich?

Courtney: ¡Yo!

Bob: Sonny, ayúdame a ponerlo de pie.

Courtney lo intenta.

Courtney: ¡No pasa nada! No creo que se haya atragantado.

Kevin: ¡Tal vez sea un ataque al corazón!

(Cliff boquea como si buscara aire para respirar, y voltea todo lo que hay sobre la mesa.)

Cliff: *(Habla con una voz tan débil que en medio de la confusión nadie parece oírlo.)* ¡Mi chaqueta! ¡Busquen mi chaqueta! ¡Salgan de encima!

Señora Lim: Sonny, trate de sentarlo. No lo dejen tenderse en el suelo de esa forma.

Courtney: ¿Creen que quiere su chaqueta? Es probable que esté en la antesala.

Bob: Eso no puede hacerle bien, o está loco. Aquí adentro debe de hacer como veintisiete grados.

Señora Lim: ¡Agente Kimura! ¡Venga!

Cliff: *(no se entiende lo que dice.)* ¡Equipo epi...!

Kevin: Trata de decirnos algo.

Señora Lim: ¿Qué quiere, Cliff? ¿Qué quiere decirnos?

El jurado suplente, Damien Peck, va a buscar ayuda. Se encuentra con el alguacil.

Agente Kimura: Por favor, quédense aquí. Que nadie se vaya.

Sale, pidiendo a gritos una ambulancia.

Diane: ¡No puede respirar! Eh, muchachos, pónganlo sobre la mesa. Necesita resucitación cardiopulmonar.

Diane lo atiende hasta que regresa el agente Kimura y se hace cargo. No se oye nada nuevo, salvo el sonido del agente haciendo la resucitación. Una mujer llora.

Señora Lim: Agente Kimura, ya llegaron. Debemos salir del paso.

Frank: Mírenlo. Se está hinchando. Es como si lo hubiera picado un enjambre de abejas.

Courtney: No podemos hacer más. Vamos, Diane, salgamos de aquí.

Paramédico: Su corazón... Hagan salir a esta gente.

Se oyen pasos que se alejan.

Sonny: *(saliendo)* Pelea hasta lo último, fanfarrón.

El personal de la corte hace salir a la gente de la sala para que pueda ingresar el personal médico.

>CLIC<

El jueves, después del almuerzo, llamaron del tribunal. Se requería la presencia de Nina a las dos de la tarde.

—¿Tienen alguna pregunta para el juez? ¿Quieren que se les vuelva a leer algún testimonio?

—No. Creo que el juez debe hacer entrar a uno de los jurados suplentes —informó el empleado.

—¿Qué sucedió?

—Preséntese, Nina. Creo que el juez prefiere explicarlo en persona.

Llamó a Winston y Genevieve a sus habitaciones en el hotel, donde al menos por una vez los encontró. Nina se dirigió al tribunal escasos minutos antes de la hora de la cita. Se reunió con su equipo en la puerta del tribunal y en grupo cerrado se abrieron paso a codazos entre los periodistas que se agolpaban en la entrada.

—¿Qué sucede? —preguntó exigente Winston, pero un encogimiento de hombros fue toda la repuesta que obtuvo de Nina. Se lo veía mal, tanto como a los demás. Jeff Riesner los alcanzó en el pasillo. La palidez de su rostro y las bolsas debajo de los ojos demostraban que él tampoco había dormido.

—¿Un veredicto?

—Lo sabremos en un minuto.

CAPÍTULO 28

—Tomen sus lugares —anunció el secretario.

Se sentaron mientras entraba el jurado. Nina miró los rostros. Pero... ¿dónde estaba Clifford Wright? Había sólo trece. A juzgar por las expresiones preocupadas, algo serio había sucedido.

Con gesto solemne, Milne se sentó en su estrado.

—Pido disculpas por haberlos convocado con tanta prisa. Se ha producido un hecho desafortunado en relación con las deliberaciones. En apariencia, el señor Wright, uno de nuestros jurados, ha tenido una reacción alérgica por algo que comió. Se encuentra internado en el hospital Boulder.

"Me parece improbable que obtenga el alta a tiempo para reanudar su tarea en el jurado. Por lo tanto, debo convocar al jurado suplente número trece. Ahora, queremos saber si existe alguna objeción para aceptar al jurado suplente. ¡Orden! ¡Orden en la sala! La gente del fondo, manténgase callada o será desalojada.

—Un momento, Señoría —dijo Nina. Abrió la carpeta con los datos de los jurados y Winston miró por encima de su hombro. Genevieve estudiaba sus propias notas.

—Patti Zobel —dijo en voz muy baja Genevieve—. Divorciada, de más o menos cuarenta años, trabaja para una empresa de tiempo compartido. Su esposo le era infiel. Fantástico. No demuestren felicidad; al jurado no le gustará.

—Lamentamos enterarnos de esto, Señoría —dijo Nina—. No tenemos ninguna objeción al reemplazo.

Riesner, atónito, conferenció con Rebecca y luego, dijo:

—Señoría, solicitamos un día de receso para ver cómo sigue la salud del señor Wright. Tal vez haya sido una descompostura pasajera y pueda volver a ocupar su puesto mañana. No debemos apresurarnos.

Sonó el teléfono en el escritorio del agente Kimura. Aún de pie y mirando con gesto adusto a la multitud congregada, levantó el auricular y escuchó. En un momento le hizo una seña al secretario y escribió algo. El secretario le hizo una seña a Milne.

—Tomaremos un receso de cinco minutos. El jurado permanecerá en sus asientos. —El juez dejó el estrado. El agente y el secretario lo siguieron.

El reportero del *San Francisco Chronicle* especializado en asuntos legales, que había llegado tarde al juicio, se acercó a Nina para hacerle una pregunta.

—¿Quién es el suplente?

Nina le dijo el nombre y muy poco más. Patti Zobel, una mujer sencilla, vestida con un conjunto de gimnasia y sentada junto a los demás miembros del jurado, trataba de mostrarse tranquila, pero resultaba evidente que estaba nerviosa. Durante semanas había sido actriz sustituta; ahora pasaba a interpretar el papel principal.

Transcurrieron cinco minutos. Nina miró a Patti Zobel. Ésta le devolvió la mirada. ¿Le pareció, o le había dirigido una ligera sonrisa? ¿Acaso trataba de decirle que estaba de su lado? Nina desvió la mirada, temerosa de que los otros miembros del jurado se dieran cuenta. Pero se sintió como embriagada de esperanza.

Milne regresó con cara larga, y un silencio repentino se produjo en la sala.

—Lamento tener que comunicarles que el jurado número seis, el señor Clifford Wright, acaba de morir hace unos minutos en el hospital Boulder —anunció.

Expresiones de asombro y gritos contenidos escaparon de los miembros del jurado. Kris Schmidt se cubrió el rostro con las manos. Nina y Winston se miraron llenos de sorpresa. Genevieve garrapateó una palabra, "¡Cocinado!", decía.

Milne parecía sinceramente entristecido.

—Jamás ha muerto un integrante de jurado de ningún juicio que haya presidido. Y hace diecisiete años que soy juez —prosiguió—. Yo y el personal de la corte deseamos expresar nuestro más sentido pésame a la familia y los amigos del señor Wright y reconocer todo el trabajo que él ha realizado para este caso. —Se volvió hacia el jurado. —Aunque aprecio la tristeza que deben de sentir, al haber trabajado tan cerca del señor Wright durante las últimas semanas, debo solicitarles que regresen a su tarea. Creo que el señor Wright así lo habría deseado.

Riesner pidió acercarse al estrado y Nina se adelantó con él. Riesner habló tratando de que no lo oyera el jurado.

—Solicito la anulación del juicio. Este jurado no puede proseguir. Una cosa es reemplazar a un jurado enfermo, pero esto es demasiado traumático. No se les puede pedir que se sienten tranquilos a considerar las pruebas...

Milne asentía.

—Hasta cierto punto, estoy de acuerdo —repuso—. Esto no puede ser fácil para los demás.

—No es fácil —dijo Nina—, pero consideren el tiempo y los recursos que se han invertido en este juicio. Al jurado debe permitírsele llegar a un veredicto. Si existen jurados suplentes, es justamente para este tipo de situaciones, para evitar echar por la borda todo el trabajo hecho. Por favor, Señoría. Considere los recursos que ha gastado ya el sistema judicial. Las partes, los abogados, todos tendríamos que pasar por todo esto de nuevo. Es demasiado horrible para pensarlo siquiera.

Milne desestimó un nuevo intento de Riesner. Los abogados se quedaron allí parados mientras el juez pensaba.

—Me gustaría entrevistar a los jurados uno por uno en mi oficina, para ver si se sienten con ánimo para continuar. ¿Qué les parece?

Nina asintió, pero Riesner tuvo algo que decir:

—No. No importa lo que ellos digan. Yo solicito la anulación del juicio.

—Tomaré esa solicitud sujeta a aceptación. Mientras tanto, hablaré con los miembros del jurado —resolvió Milne—. Muy bien, hagámoslo así.

Otro receso. Los jurados regresaron a la sala de deliberaciones, esperando el turno para ver al juez. Los abogados se encerraron en la planta baja, consumiendo cantidades de cafeína. Los reporteros hablaban entre ellos llenos de emoción. Lindy salió a caminar.

Pasó una hora, aunque fue la de mayor agonía. Mientras bebían café, bajó la empleada de Milne, Edith, y Genevieve trató de sacarle alguna información. Cuando regresó a la mesa les explicó.

—¡Bueno! Hay problemas en River City. Edith dice que el médico del hospital está seguro de que Cliff era alérgico a algo que comió en el almuerzo que le trajeron al tribunal. Comieron comida china. Los demás integrantes del jurado deben de estar deshechos.

—Si él le dijo al tribunal que era muy alérgico a algo, y ellos se lo sirvieron, su familia tendrá que hacer una demanda que a mí me encantaría patrocinar —comentó Winston.

—Sería una primicia —dijo Nina—. Un juicio contra el Estado por asesinar a un jurado. Increíble. Ah, no me importa. Tengo tanto miedo de que Milne anule el juicio, que me tiemblan las manos.

—Yo también. Creí que se llamaba al jurado suplente si uno de los titulares se enfermaba o se moría —dijo Genevieve—. No puedo creer que un juez, con toda convicción, eche a la basura todo este trabajo.

—Si podemos seguir con el juicio —señaló Winston—, ahora sí que tenemos un jurado bueno de verdad. Vi cómo Patti suspiraba y la miraba a los ojos, Nina.

—Winston, siempre optimista. Este juicio me supera —respondió Nina—. No podría volver a hacerlo. Ese pobre hombre... Me siento destrozada por la forma en que hablamos de él.

El agente Kimura apareció en la puerta y señaló arriba, hacia la sala del tribunal.

—El juez está listo —anunció.

Milne se sentó en el estrado y los jurados regresaron.

—He hablado con cada uno de los jurados —dijo—. Todos, incluida la jurado número trece, me han comunicado que se sienten bien para continuar. Por lo tanto, la moción de anulación del juicio queda denegada.

Nina volvió a respirar. Sintió tristeza, alivio, miedo, todo al mismo tiempo. Debajo de la mesa, Winston le apretó la mano.

A continuación, Milne pasó a dar al jurado las instrucciones referentes al acontecimiento que acababan de vivir, modificándolas ligeramente. El jurado escuchó con atención, en especial Patti Zobel, como si deseara demostrar su voluntad de cumplir con la ley y hacer un buen trabajo.

—Damas y caballeros del jurado —dijo el juez—. Un jurado ha sufrido una... incapacidad y ha sido reemplazado por uno suplente. La ley garantiza a cada una de las partes de este juicio el derecho a tener un veredicto al que se ha llegado tras la plena participación de todos los miembros del jurado, que en definitiva darán dicho veredicto.

—Este derecho sólo puede garantizarse en este caso si el jurado comienza nuevamente con las deliberaciones desde el principio.

"¡Dios mío!", decía el gesto disgustado de Bob Binkley.

—Por lo tanto, deben ustedes desestimar y borrar de su mente todas las deliberaciones hechas con anterioridad y comenzar de nuevo. Esto implica que cada uno de los demás miembros deberá dejar de lado y desechar las deliberaciones anteriores, como si no hubieran tenido lugar.

"Ahora se retirarán a deliberar, guiados por las instrucciones que acabo de darles.

Milne volvió a hablar con tono normal.

—Ya son las cuatro, y estoy seguro de que muchos nos sentimos mal y nos gustaría regresar a casa con nuestra familia. Por lo tanto, el tribunal llama a receso hasta mañana a las nueve en punto. No olviden las precauciones de las que les he hablado.

—Vamos, Nina, salgamos de aquí —dijo Genevieve mientras salían a una llovizna fría. Alcanzó a Winston. En respuesta a su gesto, él la rodeó con el brazo, envolviéndola en su sobretodo. Al observar a Genevieve, Nina pensó que actuaba como si le perteneciera. Algo que a él seguramente no le agradaba. —¡La verdad es que creo que nos van a pagar! Win, ¿qué te parece si esta noche nos llevas a comer a ese restaurante de North Shore que queda frente al casino?

Nina se excusó, sonriendo por la confianza de Genevieve.

—Tal vez —dijo—. Pero me encontraré con Lindy en la oficina y le explicaré lo que esto significa. Recuerden que el juicio todavía no terminó.

—Hasta que termine —dijo Winston—, trate de dormir un poco, si puede. —Se separó con suavidad de Genevieve. —Gracias por la invitación,

Gen, pero voy a tirar unas monedas en esas mesas, ya que la providencia parece sonreírme. Veré si tiene algo bueno para mí.

Esa noche, mientras se acostaba, Nina experimientó la fuerte sensación de que sería la última noche de pesadilla y la espera llegaba a su fin. Se tapó con las cobijas y permaneció boca arriba, pensando. Si ganaban... ¡Oh, Dios! Si ganaban... Y cuando se despertaba, más o menos cada dos horas, para quedarse allí con los ojos abiertos, preocupada, no se daba cuenta de que soñaba con cosas divertidas.

Soñó que iba a ser estrella de cine y que Sofía Loren le arreglaba el pelo. Sofía también tenía un nuevo par de gafas para el sol.

Correcto. Al parecer, su subconsciente estaba haciendo algún tipo de festejo prematuro, junto con Genevieve.

A última hora de la mañana siguiente recibieron un llamado telefónico: tenían el veredicto. Nina y Sandy fueron juntas hasta el tribunal en el automóvil de Nina. Sandy la acribilló con preguntas sobre los casos pendientes, pero Nina estaba fuera de servicio. No podía hablar. Tenía la mente completamente en blanco. Hizo los movimientos conocidos, girando el volante, conduciendo por las calles familiares, pero no veía otra cosa por delante que el desastre. En el camino, un naturalista que hablaba por la radio daba un discurso sobre los cantos de los pájaros y la profusión de flores silvestres que había en esa época del año en Tahoe, pero bien podría haber hablado de Marte. Nina apagó la radio antes de estacionar en el tribunal.

Parecía que toda la ciudad había querido estar presente para oír el veredicto, lo cual se debía a la extraordinaria cobertura que el juicio había tenido en los medios. No quedaba un solo lugar libre. Mucha gente se quedó de pie en el fondo de la sala.

Nina se ubicó junto a Lindy. Sandy se sentó del otro lado. Genevieve y Winston ya estaban esperando. Se saludaron con un ligero movimiento de cabeza y volvieron su atención hacia el estrado. Nina cruzó los dedos en la falda y también esperó a Milne con una ansiedad tan extrema que la hacía sentir hasta dolor.

Los minutos siguientes, mientras el juez se acomodaba en el estrado y hacían pasar a los miembros del jurado, le perecieron una eternidad. Si perdían...

La señora Lim se ajustó las gafas de lectura. Se aclaró la voz, miró la sala y después al papel que tenía en la mano. Leyó el veredicto.

Habían ganado.

El jurado otorgaba a Lindy Markov un total de sesenta y ocho millones seiscientos mil dólares.

Nina se tomó fuerte del borde de la mesa, de pronto incapaz de ver a través de la confusa actividad que se había desatado a su alrededor ni de oír algo en medio de la algarabía. Como entre sueños, vio al juez que se retiraba y a los miembros del jurado que le mostraban rostros sonrientes.

Habían ganado.

A su alrededor la sala daba vueltas como un barco que zozobraba. Nina tomó conciencia de la blancura de sus manos y después de la sensibilidad en las yemas de los dedos donde se mantenían apretados a la madera de la mesa, mientras una ola de alborozo la invadía, dejándola casi sin aliento.

Habían ganado.

Y ella no podía creerlo. Porque a pesar de todas los planes, a pesar de todas las fantasías, jamás había esperado ganar.

La sensación de irrealidad se extendía a lo que la rodeaba. La sala del tribunal había cambiado y ahora parecía más palaciega, grandiosa, como si el techo se hubiera abierto y el sol se filtrara por allí para iluminar la penumbra que antes había prevalecido.

Se puso de pie, tratando de controlar el tumulto de sus emociones.

Lindy había cerrado los ojos. Riesner hablaba al oído de Mike.

El rostro de Mike se veía macilento. Cuando se retiraba, chocó contra un tipo de la CNN que salía de una de las filas y logró alcanzarlo.

—Felicitaciones —le gritaba a Lindy y a Nina la multitud de la sala. También recibieron docenas de apretones de mano.

Alice, la amiga de Lindy, abrazó a Nina.

—Lo hiciste, muñeca. ¡Fue un gancho de izquierda al rostro de todos esos simios sonrientes!

Lindy tomó a Nina del brazo.

—¡Dios mío! —exclamó. ¡Si mi padre me pudiera ver ahora!

—Lindy, estoy muy contenta por usted —dijo Nina, pero se quedó sin palabras. Ni una montaña de palabras podría articular algo tan enorme y tan fantástico.

Sintió que las uñas de Lindy se le clavaban en el brazo, el aroma a emociones que quitaba el aire de la sala. Las voces que se entremezclaban en un pandemónium. Se quedó quieta, dejándose empapar con la dulzura de aquel momento y pensando en Bob.

Pero el gentío empujaba y la mano que Lindy tenía en el brazo de Nina comenzó a temblar.

—Salgamos de acá —dijo Nina.

—Estamos atrapados —le dijo Lindy al oído con expresión de pánico.

—Tendremos más para hablar después de que asumamos los hechos —les dijo Nina a los reporteros, y se llevó de la mano a Lindy—. Vayan al corredor privado —les indicó a Lindy y Alice—. Esperen hasta que los periodistas se hayan ido.

—Gracias por todo, Nina —dijo Lindy, reteniéndole la mano.

—Es un triunfo fenomenal —afirmó Alice, apartándola y apurándola para que pasara por la puerta situada junto al estrado del jurado.

Y era un triunfo.

Con Genevieve y Winston a un lado y Sandy del otro, Nina hizo el saludo de la victoria en la escalinata del palacio de tribunales, para que toda California y el país lo viera en el noticiario de la noche.

Esa noche, Matt y Andrea aparecieron con un par de botellas de champán. Los chicos sacaron los almohadones del sofá y comenzaron a deslizarse por las escaleras sobre ellos, y los adultos se abrigaron con chaquetas y salieron al porche trasero.

Matt bebió él solo una botella de champán.

—Hay algo que quiero decirte, Nina —anunció después de varios brindis.

—Parece serio —dijo Andrea, llenándose la copa.

—Es esto —dijo—. Nina, creo que ahora ya no es un secreto que nunca me gustó lo que hacías. Nunca te he ocultado mi opinión sobre la profesión que has elegido. Trabajas mucho. Te obligas demasiado para servir a un puñado de buscapleitos que nunca parecen demostrarte suficiente agradecimiento. Ésa es mi opinión.

—Bueno, Matt... —repuso Nina.

Matt levantó una mano para hacerla callar.

—Jamás pensé que valiera la pena. Ya lo dije antes; eso no debería sorprenderte. Y bien —continuó—, ahora tengo que admitir algo. Hoy comprobé que estaba equivocado. Al parecer, lo que haces tiene algún mérito, después de todo.

—Es una manera de verlo —comentó Andrea, riendo—. ¡De vez en cuando vale tres millones y medio de dólares de mérito!

—Así es —repuso Matt—. Y espero que sepas cuánto te lo merecías, Nina.

—Y no podía pasarle a una especialista en casos horripilantes —agregó Andrea, palmeando la mano de Nina.

—Nina, ¿ya te has dado cuenta de que ganaste? —preguntó Matt, mirándola—. De ahora en adelante, puedes comprar lo que desees.

—Un sillón Roche Bobois —dijo Andrea—. Persianas dobles para las ventanas del frente. ¡Eh, Nina! Por fin podrás comprarte un par de vaqueros como la gente. La verdad es que quería decirte que los que usas tienen un par de agujeros en el bolsillo trasero.

—Un yate —dijo Matt.

—¿En serio? ¿Podría comprarse un yate? —preguntó Andrea.

—Sí —afirmó Matt—. Creo. ¿Cuánto cuesta un yate?

—No tengo idea —contestó Andrea.

—Para responder a tu primera pregunta, Matt —dijo Nina—. No. Aún no me di cuenta de que gané.

—Muy bien, ahí va, entonces —dijo Andrea—. Ésta es la pregunta que toda celebridad que esté de luto, toda víctima de un derrumbe y todo ganador de la lotería debe contestar en algún momento para satisfacer la curiosidad del público.

—¿Cuál es la pregunta, Andrea? —preguntó Nina.

—¿Cómo te sientes?

Nina se apoyó contra el respaldo de la reposera y se cerró más el saco que la abrigaba, mientras clavaba la mirada en el cielo.

—Me siento como si todas esas estrellas de allá arriba hubieran caído en mi patio.

El voto había sido con el mínimo, nueve contra tres. Patti Zobel lo aclaró después, cuando habló con la prensa a la salida de la sala. El voto de ella había sido el noveno que necesitaba Lindy para ganar. Courtney Poole dijo que habían estado muy cerca. Antes de su muerte, Cliff él ya había convencido a varios de los otros jurados para que cambiaran de parecer y votaran a favor de Mike, pero después el juez dijo que debían empezar de nuevo. Cuando volvieron a sus posiciones originales y se agregaron los argumentos enfáticos que hizo Patti a favor de Lindy, el apoyo a Mike se evaporó.

Durante dos días, Nina disfrutó de su fama. Entre las entrevistas de las cadenas más importantes, de la televisión oficial, de la radio e inclusive del sitio en la Web que Bob la ayudó a organizar, no tuvo tiempo para pensar en sus propias emociones.

La atención a menudo tenía una cualidad ligeramente hostil y, en general, variaba según el sexo de las personas. Los hombres expresaban incredulidad e indignación por el éxito de Lindy. Las mujeres afirmaban que el caso constituía un hito y una reivindicación.

A Nina no le gustaba ver cómo los medios mezclaban los temas para presentarlos como una guerra entre sexos. No se cansaba de repetir en cada entrevista que la verdad se encontraba en algún lugar en el medio. Les recordó a todos que el caso Markov fue único en sus detalles, debido a la participación de Lindy en la empresa. La mayoría de las pensiones por alimentos en casos extramatrimoniales tenían mayor conexión con un vínculo emocional y consistían en un pedido de apoyo y rehabilitación. Ella no creía que ese caso sirviera para impulsar la causa de la igualdad económica de las mujeres, en el caso de las parejas que convivían. Varios de los otros miembros del jurado entrevistados avalaban esa posición al afirmar que el tema básico había sido siempre el trabajo de Lindy.

El jurado había aceptado que el acuerdo de división de bienes no era un contrato válido, que Lindy lo había firmado entendiendo que existía una promesa de matrimonio a cambio. También aceptaron que entre las partes existió algún tipo de acuerdo oral por el cual se prometía que Lindy no tendría la mitad de la empresa, sino una participación. Ellos habían trabajado mucho para cuantificar esa participación, hasta llegar a establecerla en una tercera parte.

Susan Lim declaró en la televisión local:

—Cualquiera puede aparecer con una buena idea. Cualquiera puede hacerla realidad. Lo que realmente importa en una empresa es cómo se comercializa. Si nadie compra, no se gana dinero. La señora Markov me impresionó como una persona inteligente que sin duda desempeñó un papel esencial en el éxito de esa empresa. ¿Quién inventó el producto de mayor éxito? Ella. Ése fue nuestro razonamiento, basándonos en el análisis cuidadoso y objetivo de las pruebas.

El jurado había escuchado la evidencia y había llegado a una decisión a favor de Lindy. Eso era lo mejor del sistema por jurado de los Estados Unidos.

Y todo había terminado.

LIBRO QUINTO

Vacaciones

¡Dinero, dinero!
¡Loco dinero celestial
que alimentas ilusiones!
–Allen Ginsberg

CAPÍTULO 29

Paul tomó un vuelo desde Washington a Sacramento el viernes. Oyó las noticias sobre el veredicto del juicio de Nina por la televisión mientras comía una hamburguesa en un lugar de Placerville llamado Sam's. Ese negocio estaba por cerrar después de treinta años de actividad y Paul estaba seguro de que iba a extrañar el viejo establo con aserrín en el suelo y una nostálgica decoración vinculada con el hockey.

Como Nina no atendía los llamados telefónicos, la vería en persona. Había tenido esperanzas de encontrarse allí para el veredicto, ya que en general ella estaba más accesible en los momentos de presión. Pero ahora eso tendría que bastar para hacer las paces.

Aún estaba enojado por la manera en que ella lo había tratado, pero sabía que su "hazaña" merecía una cachetada. Sin embargo, eso no debería haber incluido el silencio del teléfono ni una falta de contacto tan prolongada.

A pesar de todo, no le sorprendía la excesiva reacción de Nina. Los juicios importantes iban acompañados de una pérdida de control por parte de los participantes. Los abogados se castigaban unos a otros, los clientes se daban a la bebida, los testigos abandonaban la ciudad, los jueces de carácter se convertían en mequetrefes. Era posible que él se hubiera extralimitado un poco con Riesner. ¿Cuál era el problema tan grave? Casi ni lo había lastimado.

No le importaba una mierda si no volvía a trabajar para Nina. Él deseaba otra cosa de esa mujer cálida, encerrada como la Bella Durmiente bajo un frío cristal. Paul deseaba romper el cristal y tomarla y sacudirla para que volviera a la vida. Pero no podía hacerlo. Ella jamás se lo perdonaría. Nina había puesto ese cristal para protegerse en el mundo laboral, y ese lugar era también al que siempre había querido pertenecer.

Hasta ahora. Ahora había ganado un caso importante, muy importante. Era improbable que se le presentara otro caso semejante durante el resto su vida. Era una etapa de la vida de Nina que parecía llegar a su fin.

Salvo que ocurriese algo imprevisible, ahora Nina era millonaria. Markov aún tenía treinta días para apelar. Era probable que llegara a un arreglo e inclusive, en caso de apelar, los abogados recibirían tarde o temprano lo que correspondía.

Nina no había sido clara en ciertos detalles, pero Paul sabía que una señora sagaz como ella no dejaría escapar la oportunidad de sacar el mayor provecho de un caso como ése. Había luchado durante casi un año mientras trabajaba en el caso Markov. Estaba en la cima. No tenía nada más que probar.

Hasta podía dejar de trabajar.

Podía mudarse a Carmel y vivir con él, abrir por fin su caja de cristal.

Un futuro brillante se extendía ante sus ojos. Paul terminó su comida, bebió a grandes tragos una cerveza y se detuvo a echar un cuarto de dólar en la ranura de Madame Zelda para saber el futuro. Quizás esa fuera su última vez.

La apática gitana de madera envuelta en tules se movió en su caja de cristal, levantando una nube de polvo. Una luz color rubí se encendió detrás de ella. Su dedo recorrió las cartas de color amarillo que tenía delante. El dedo se detuvo. Una carta cayó en la ranura.

La serpiente se arrastra y provoca el daño
El trueno se anuncia como una alarma a la distancia
Las aguas se agitan inquietas en el lago
Tú enfrentas un gran peligro por el bien de ella
Un tonto y su dinero pronto quedan separados.

—Que tengas un buen retiro, vieja bruja —murmuró Paul, intranquilo, y podría haber jurado que los ojos de Madame Zelda brillaron al mirarlo.

Esa noche, Nina y Paul durmieron juntos en la cama de doseles; hicieron el amor dos veces en una hora, primero sobre una colchoneta a la luz de la luna, y de nuevo en la cama. Bob estaba en Monterrey visitando a su abuelo y el domingo saldría desde San Francisco en viaje de estudios a Williamburg. Estaría ausente toda la semana siguiente.

Nina apoyó una mano en la mejilla de Paul y le hizo una caricia.

—Adoro que me recibas tan cálidamente —dijo Paul, relajado, cerrando los ojos—. Deberíamos pelear más a menudo.

—No. No volvamos a pelear.

—Si nos casamos y vivimos en Carmel, jamás nos pelearemos. —Había dicho lo que venía a decir. Extendió una mano y recorrió con ella el muslo suave de Nina.

—¿Por qué no te mudas a Tahoe, Paul? —respondió Nina, de manera no del todo inesperada.

—¿Te casarías conmigo si lo hiciera?

Ella apretó la cabeza contra el pecho de Paul.

—Lo pensaría —respondió Nina, somnolienta.

—Sí, ¿pero lo harías?

—¿No sabes que lo complicas todo?

—Yo no lo veo de esa forma. Para mí es sencillo. Hombre, mujer, deseo, amor, para citar al gran Eric Burdon. ¡Oh, he pensado en eso! Pero tengo un buen trabajo allá. He trabajado en Carmel más de lo que tú has trabajado en Tahoe. Hablo en serio. Ven conmigo.

—¿Y qué sucede con el trabajo de Washington? —La voz de Nina se oía muy amodorrada.

—Por ti lo dejaría como quien suelta una patata caliente, mi amor.

Pero Nina ya no lo escuchaba; se había quedado dormida. Paul bostezó. La cama grande era todo un universo en sí misma, las cobijas eran gruesas y cálidas... También él se dejó vencer por el sueño.

Cerca de la una de la madrugada, Paul se despertó con el estómago haciendo ruido. Nina aún estaba dormida a su lado, con el largo cabello castaño desparramado sobre la blancura de sus hombros. Qué vergüenza que se estuviera muriendo de hambre. Meneó la cabeza y la despertó.

—Despierta, mi pequeña abeja. No hemos cenado. Vamos a comer algo.

Nina abrió los ojos y pareció contenta de verlo. ¿Qué más podía pedir un hombre? ¿Excepto una buena comida?

—Tengo otra pregunta que hacer sobre este caso tuyo antes de que destapes tu cuerpo hermoso y lo expongas a mi devota mirada.

—¿Qué? —preguntó Nina.

—Es sobre Clifford Wright.

—¿Qué quieres saber?

—Ahí tuviste suerte.

—¿Cómo?

—¿No te parece extraño?

Ahora Nina se despertó por completo.

—¿Extraño? —dijo, recuperando la inteligencia en la mirada. Mientras Paul la observaba, absorto por la transformación, el énfasis de su rostro pasó de las mejillas suaves y los labios carnosos a la mandíbula y las cejas. —No hay nada nuevo sobre él. Caso cerrado. Fue un accidente caprichoso.

—¿Tuviste oportunidad de ver el informe del forense?

—¿Para qué lo haría?

—¿Una monumental coincidencia o un acto de Dios? —dijo Paul—. Sólo Madame Zelda lo sabe, y ella está por dejar el negocio.

Los labios de Nina dibujaron un rictus severo.

—Hueles gato encerrado por donde quiera que vayas, ¿no es así? No hay ningún misterio en este caso. Se murió de un ataque anafiláctico por algo que comió.

—La mayoría de las personas alérgicas averiguan lo que van a comer, antes de caer de narices en la sala del jurado.

—Ah, él sabía que era alérgico a ciertos alimentos —dijo Nina—. Habló de eso casi con todo el mundo. Incluso nosotros lo sabíamos, por los interrogatorios que hicimos para la selección del jurado. ¿No te lo dijeron?

—No recuerdo haberlo oído.

—Según parece, tenía con él un remedio que podría haberlo salvado, pero nadie lo sabía. Lo que se llama...

—Te refieres al equipo de adrenalina.

—Sí. Te inyectas en una pierna con epinefrina, que de inmediato detiene la reacción alérgica. Sandy me contó de un médico del sur de California que sufría de alergia a los mariscos y que hace poco murió de anafilaxis. Metió la nariz sobre una cacerola de mariscos que hervían en agua. Y se había olvidado el remedio para la alergia.

—¿Por qué Wright no usó el suyo?

—Los jurados dicen que farfullaba algo sobre su chaqueta, que estaba guardada en el armario, pero ellos creyeron que deliraba. El agente Kimura la encontró después de que lo llevaran al hospital. Se le bloqueó la respiración tan rápido que no hubo oportunidad de usarlo.

—Así que no planeaste investigar más lo que sucedió.

—¿Para qué lo haría? Es algo desafortunado, pero no tiene nada que ver conmigo.

—No había prisa por examinar con más detenimiento este caballo regalado —dijo Paul—. Entiendo tu posición. —No se proponía hablar como lo hizo, pero no pudo evitarlo.

—No seas ridículo —replicó Nina, apartando la mano de Paul.

—¿Qué sucede? —preguntó él, volviendo a ponerla sobre Nina.

Ella se apartó bruscamente.

—¿Por qué no puedes aceptar que gané este caso en forma justa y ortodoxa? ¿Por qué no me puedes permitir eso? Haces añicos mi éxito, dando a entender que yo no podría haber ganado si Clifford Wright no se hubiese muerto. ¡Por Dios!

Paul se quedó callado por un instante.

—Lo siento —dijo por fin—. En ningún momento te felicité. Y eres espléndida, inclusive fuera de la cama. Eres brillante, hermosa, valiente, de pechos grandes...

—Gracias.

—Pronto serás rica —agregó él.

—No te pongas pesado conmigo ahora —respondió Nina, más apaciguada.

—Está bien. Volvamos a ocuparnos de ese tema que nos ronda como un enjambre de mosquitos muertos de hambre. Debemos hablar sobre cómo este cambio financiero tuyo afectará nuestra relación. Hay algunas cosas para tener en cuenta.

—Creí que te morías de hambre.

—Shhh. —Se dio vuelta para mirarla y le puso un dedo sobre los labios. —De entrada, unas compras por catálogo. Por fin puedes comprarte alguna de esa lencería... ya sabes a cuál me refiero. —Su mano recorría el cuerpo de Nina. —Hagamos un despilfarro. Cómprate dos, una en seda negra y otra en rojo. Medias de red que hagan juego y una de esas cosas que las mujeres usaban en el pasado, en esos días de gloria en que el universo estaba gobernado por los hombres...

—¿Te refieres a un portaligas?

—¡Eso es! Las posibilidades aumentan como... como...

—¡Como la masa húmeda! —completó ella.

—Como un trozo de amor ardiente —dijo Paul, y metió la lengua en la oreja de Nina.

Antes de que Nina pudiera decir algo, él se acostó sobre ella.

Después bajaron a la cocina, prepararon tostadas y huevos y bebieron toda la leche que había.

El sábado alquilaron un bote de pedal cada uno y corrieron carreras alrededor de Zephyr Cove hasta que la puesta de sol los encandiló; después regresaron para que Nina se cambiara con sus mejores galas para la cena de celebración que Lindy daba en The Summit.

Nina tomó el brazo de Paul cuando llegaron al restaurante, situado en el piso diecisiete del edificio Harrah. Una música de jazz en el piano, sensual como el incienso, los envolvió.

—De pronto me siento tan mayor —comentó ella, y feliz de que Paul estuviera allí para compartir esa noche—. ¿Recuerdas la primera vez que nos encontramos en ese lugar en Carmel? —siguieron al *maître* por el restaurante.

—¿Cómo podría olvidarlo? Una cita a ciegas. Y después tú desapareces y te casas con Jack.

—¿Cuándo nos transformamos en personas que vamos a sitios como éste? ¿Dónde quedó la banda con el cabello electrificado?

—Es perfecto, Nina —dijo Paul mientras extendía la mano para saludar a Winston.

Se sentaron en una mesa junto a la ventana. Afuera y abajo titilaban las luces de la ciudad. Lindy ya había pedido champán. Sandy, vestida con una blusa brillante de color amatista y una pollera larga negra, discutía con Nina sobre quién pediría salmón con cuscús de limón y quién el costillar de cordero. Se comprometieron para compartir los platos. Junto a ella, el hijo de Sandy, Wish, demostraba cómo tocar con la cuchara una tonada de Scott Joplin.

Vestida con una chaqueta verde esmeralda, pantalones blancos y tacos bajos, Lindy miraba por la ventana. Nina sabía que había invitado a Alice a la celebración, pero la amiga no pudo asistir.

Después de saludar a Nina y Paul, se inclinó hacia delante para mirar las luces a través del cristal, con aspecto un tanto traumatizado.

—¿No es emocionante la forma en que todo se solucionó? —le dijo a Nina—. ¿No es extraño?

Sandy quiso brindar por "El lago del cielo, Tahoe, donde cualquier cosa puede suceder y sucede". Todos levantaron sus copas y brindaron antes de comer.

Durante la comida, Nina no pudo sino notar cosas que de alguna manera habían cambiado entre Winston y Genevieve. Esta última seguía comportándose para complacer el estado de ánimo de Winston, ofreciéndole mantequilla, sal, lo que fuera que él pudiera necesitar. Sin embargo, él se mostraba distraído. Nina supuso que también estaba pensando en el futuro, un futuro donde Genevieve figuraría de manera menos significativa.

—¿Adónde irá, Genevieve? —preguntó Nina.

—¡Oh, tengo un millón de ideas! ¿Pero sabe qué sucede? Me cuesta pensarlo en este momento. Estoy tan agotada por estas malditas cosas, que no duermo. Pero no puedo imaginarme regresando a Los Ángeles para comenzar de nuevo, aunque quizá sea exactamente lo que termine haciendo. —Se la veía y oía cansada. Debajo de toda esa algarabía, todos debían de estarlo. Habían hecho en ocho meses el trabajo de dos años. ¡Y habían ganado!

Se compadecieron durante unos minutos de la difícil transición a las rutinas de todos los días, después del esfuerzo épico de los últimos meses.

—Como solía decir mi madre —intevino Paul—, es bueno tener estos problemas. ¿Qué piensa hacer usted, Lindy?

Lindy pareció asombrarse por la repentina atención hacia su persona. Su plato aún permanecía intacto. Aparentemente, prefería seguir bebiendo champán. Sus ojos mostraban un brillo vidrioso.

—Ah, me ocuparé de las rutinas comunes de una mujer rica —respondió—. Tomar el té. Ir a fiestas. Comprar una mansión.

—¡Pobre mujer! —exclamó Genevieve, dando un toque de brillo a su estado de ánimo.

—Querrá decir "rica mujer" —corrigió Lindy, y todos se rieron, incluida ella.

Después de la cena, Nina le preguntó a Winston sobre sus planes.

—Tengo algún trabajo que hacer con unos papeles y algunos gastos que agregar para Sandy —dijo, guiñándole un ojo a Sandy—. Después, tengo planeado tomarme un par de días antes de regresar para disfrutar de la primavera, hacer ejercicio. Siento como si casi no me hubiera movido en meses.

—Supongo que estar corriendo en cada momento libre que tenga no es lo importante —señaló Sandy.

—Traje algunas cosas para ustedes. Es una pequeña muestra de agradecimiento por toda su ayuda. —Winston buscó en una bolsa que estaba junto a su silla, y sacó un paquete grande para Sandy y una caja del tamaño de una corbata para Wish.

—No te pongas tan triste —dijo, entregándole la caja a Wish—. Apuesto a que muy pronto necesitarás una corbata.

—¡Eh, de verdad, señor Reynolds! Es maravillosa. —Wish sonrió débilmente. Cortó la cinta y abrió la caja. —Es seda, ¿no?

—Sí

—Maravillosa. —Wish acercó bien a sus ojos la corbata de color azul, como si los detalles del motivo pudieran echar luz sobre qué había pensado un tipo tan inteligente como Winston para hacerle un regalo tan estrafalario e inapropiado.

Winston no pudo contener la risa.

—Bueno, me alegro de que te guste.

Sandy abrió con cuidado su paquete, que era mucho más grande, dejando con prolijidad a un costado el envoltorio de motivo floral; desató la cinta y abrió el papel tisú del interior hasta que Wish tomó la caja y la abrió él mismo. En el interior, como si fuera un animal, había algo grueso y suave.

—¿Qué es, mamá? —preguntó Wish impaciente—. Vamos, sácalo.

—Vi unas cuantas antes de encontrar ésta, pero estaban apolilladas. Ésta está muy bien cuidada —comentó Winston.

—¿Dónde la encontró? —preguntó Sandy.

—En una tienda de Minden. El propietario me dijo que la familia a la cual perteneció vendió todo lo que tenían para mudarse hace un mes a Stockton. Me contó que la había hecho el bisabuelo del hombre. Fue la última que confeccionó antes de morir, más o menos en la década de los 50; por lo menos eso fue lo que me dijo el comerciante. La encontraron guardada en un baúl de cedro. Nunca se usó.

Sin embargo, Sandy se quedó mirando fijo la caja durante largo rato antes de sacar el objeto que había dentro.

—Una manta de piel de conejo —dijo—. Cuando yo era niña, mi madre tuvo una que se parecía a ésta.

—Eran cosas importantes para los washoe —le explicó Wish a Nina, cuyo desconcierto debió de haberse notado.

—Eso fue lo que me dijo el hombre que me la vendió. Dijo que servían para calentarse de noche; inclusive en los Alpes, durante el invierno a más de mil metros de altura, uno podría dormir desnudo con eso —bromeó Winston—. Por supuesto, pensé en usted, Sandy.

Pero la broma no hizo eco en Sandy, que acariciaba la manta con reverente respeto.

—Cada manta duraba tres años; después se hacía otra. —Estudió el frente y el reverso, y después miró a Winston con el mismo interés. —Debe de haber pagado mucho por esto.

—Son raras —aceptó Winston.

—Esto se hacía con los conejos que cazaban los washoe con redes. Cuando se acercaban a las redes, les lanzaban flechas a los que creían que iban a escapar —explicó Sandy—. Se mataban entre cuatrocientos y quinientos animales por día. Después se les cortaba el cuero en tiras y se ponían a secar durante un día y medio. Se necesitaban veinticinco tiras para hacer una manta de conejo para dos personas.

—Estoy ahorrando para comprarme una manta de lana este invierno —dijo tenazmente Winston—. No mueren animales, y es igual de caliente.

—Pero cuando se hizo esta manta, la vida era distinta —aclaró Sandy, llevándose la manta a la mejilla—. En aquellos días uno podía vivir sin dinero. Inclusive aquí, en Tahoe, donde hace mucho frío.

El cambio en la atmósfera fue sutil. Winston había llevado más regalos: flores exóticas para Nina, Genevieve y Lindy, una lapicera para Paul. Sandy puso su manta de pelo de conejo en una silla.

La manta quedó allí, como recordatorio de los días en que el dinero no significaba nada. La conversación languideció.

—Este año es hermoso, ¿no les parece? —comentó Nina, con la esperanza de hacerles recobrar el ánimo—. Más hermoso que lo que puedo recordar. Cielos azules, nubes de ensueño, un gran éxito para celebrar...

—Por favor, escuchen lo que dice esta niña. ¡Está ebria de éxito! —dijo Lindy—. Hagamos un brindis por la suerte de Nina.

Todos levantaron las tazas de café y las copas y brindaron.

—Esto no tiene nada que ver con la suerte —dijo Nina—. Sin todos ustedes...

—Deténganla antes de que nos ahogue en palabras —ordenó Winston.

—Y Paul, aquí presente... —continuó ella.

—... a quien hemos perdonado por no haber puesto a Wright como un problema —dijo Winston, interrumpiendo la línea de pensamiento de Nina.

—No volvamos a eso, Winston —dijo Genevieve—. Ninguno de nosotros pensó en Wright como un problema, excepto tal vez Nina. De todos modos, él ya no es un peligro para ninguno.

—Según Paul, tal vez lo sea —anunció Nina. Sentía la necesidad de hablar sobre eso, pese a darse cuenta de que contribuía a la erosión de los buenos sentimientos que ellos habían sabido construir.

—¿Qué quieres decir? —preguntó Sandy.

—Paul cree que en la muerte de Wright hay circunstancias terriblemente sospechosas.

—¿Cómo puede ser sospechosa una reacción alérgica? —preguntó Winston.

—No lo sé —respondió Nina—. Pregúntele al experto.

Winston giró la silla para mirar más directamente a Paul.

—¿Qué es lo que está pensando?

—Cree que alguien le puso en el plato la comida que no debía —explicó Nina—. Es descabellado, ¿no?

El mozo tomó la tarjeta de crédito de Lindy y la cuenta; se alejó de la mesa mientras el grupo de gente miraba anhelante a Paul.

—Todos los viajes que ha estado haciendo entre Carmel, Washington y Tahoe lo han dejado confundido —bromeó Winston.

—Lo que sucede es que me parece peculiar —dijo Paul— que el tipo muriera de ese modo. Tal vez...

—No hable más —lo cortó Winston—. Son conjeturas inútiles. ¿No se da cuenta de que, si usted le habla a cualquiera sobre esta idea suya, podría provocar un enorme retraso? Una investigación por parte de la policía podría hacer que el dinero quedara retenido durante meses.

—Créame, yo jamás tuve intención de conjeturar nada.

—Es que no le gustan las cosas peculiares —dijo Nina, reconociendo por primera vez que ella también había bebido demasiado. Sentía que la cabeza le daba vueltas.

Paul la tomó del brazo para ayudarla a ponerse de pie.

—Creo que es hora de irnos —dijo—. ¿Alguien necesita que lo lleve?

Nadie lo necesitaba.

—No estará pensando en llevar esto más lejos, ¿verdad? —preguntó Winston cuando el resto se había parado para despedirse.

—No —contestó Paul—. Hasta donde yo sé, todos están satisfechos con la idea de que fue una muerte accidental. No hay nada de que preocuparse.

—Ah, sí —dijo Winston—. ¡Ja, ja! Siempre empieza tan inocentemente, pero después hay corridas y alaridos.

—¿De qué habla? —preguntó Sandy.

—De una película —respondió Winston— sobre monstruos que empiezan a aparecer.

CAPÍTULO 30

El lunes por la mañana, cuando Paul extendió la mano para tocar a Nina, sólo encontró junto a él la marca que había dejado su cuerpo en la cama. Se desperezó, se puso unos pantalones cortos de color caqui y bajó descalzo a la cocina, donde Nina le había dejado una jarra de café humeante pero recalentado. Una nota sobre la mesada le indicaba un plato de cereales y bananas, pero Paul no deseaba cocinar. Después de prepararse una taza de café fresco, fue con ella hasta el porche trasero para leer el diario de la mañana. Se acomodó sintiéndose como en casa entre los pinos del jardín de Nina.

Una hora más tarde se sentía fortalecido por el café y listo para ponerse en movimiento. Empacó sus cosas y arrojó la colcha sobre la cama desarreglada. Antes de salir, llamó a su oficina, pidió un número al servicio de guía telefónica, habló con Sandy en el estudio de Nina y con varias personas de la ciudad. Pasó casi una hora al teléfono.

Ya en su comioneta, se detuvo unos minutos para pensar en las opciones que tenía. Almorzar con Nina era por cierto lo seguro.

Esa noche regresaría a su casa. ¿Qué tal ir al casino un rato por la mañana? Demasiado decadente. ¿Correr por la montaña para disfrutar del aire puro? Sería bueno para él, pero... resultaba más interesante ocuparse de una pequeña cosa que lo estaba fastidiando.

Tomó la guía telefónica de Tahoe, que estaba entre los dos asientos. Esa guía la había tomado prestada —ahora en forma permanente— de un hotel hacía un par de años. Buscó en las páginas de los departamentos oficiales del condado, haciendo una lectura rápida del El Dorado; encontró la oficina que deseaba en el bulevar Johnson.

Marcó el número, preguntó cómo se llegaba hasta allí y solicitó una cita de quince minutos; para su sorpresa, se la concedieron.

El forense tenía su oficina en el mismo complejo del palacio de tribunales donde Paul debía encontrarse con Nina más tarde. ¡Qué apropiado!

• • •

—¡Qué bueno es que todo vuelva a estar tranquilo! —comentó Sandy cuando Nina por fin bajó de la montaña de papeles que había en su escritorio y decidió tomar una taza de café a media mañana—. Todos llegan tarde. —Estaba en la puerta de la oficina de Nina con su taza de café en la mano.

—Es que todos están exhaustos —dijo Nina. Los últimos meses habían sido un infierno. Se merecían dormir hasta más tarde. —¿Te agradecí por mantenerme este lugar en orden mientras yo me encontraba en aquel pantano?

—Sí, pero siéntete libre de volver a agradecérmelo. —Los labios de Sandy dibujaron una ligera sonrisa.

—Cuando cobre mis honorarios, recibirás un muy buen premio.

El parpadeo de los ojos de Sandy demostró que la noticia la emocionaba.

—¿Deberíamos empezar a buscar una oficina más grande?

—No.

—¿Por qué no? Te gustará tener un lugar más espacioso. No tanto como para desbaratar nuestros planes, pero un poco estaría bien. Desde que terminó el juicio, pareces un fantasma arrastrando cadenas. Necesitas un proyecto.

—Después de todo juicio siempre hay un período en que te encuentras en baja, pero no estoy segura de que expandir el estudio sea lo que deseo.

Sandy la miró fijo.

—¿Tienes algún plan que olvidaste mencionar?

—Es posible que me tome un descanso. Tal vez un año.

Sandy contuvo la respiración.

—Así que de eso se trata.

—¿De qué se trata?

—De dinero. Eso es lo que hace... se mete dentro de la gente. Uno se olvida de quién es. —Parecía estar recordando algo desagradable. —Debería haberlo sabido. Desde el comienzo de este juicio has estado haciendo concesiones como loca.

Justamente aquí estaba la razón para cambiar de tema: el gran olfato de Sandy.

—No seas tonta —contestó Nina, tratando de mostrarse paciente—. El dinero sólo me permite examinar las opciones que tengo.

—Extrañarías el trabajo.

A Nina se le ocurrían muchas buenas razones para no trabajar ese día, el siguiente, o inclusive no volver a trabajar nunca, pero ante la mirada dura de Sandy, esas opciones parecieron algo insignificantes en aquel momento.

—No sé lo que haré. Lo único que no quiero es tomar una decisión apresurada.

Esta vez Sandy la estudió sin enojo.

—Bueno —dijo por fin—, si tu deseo es no expandirte profesionalmente e invertir ese golpe de fortuna temporario, dilo.

—Cuando llegue el dinero, me parecerá más serio, Sandy. Hasta entonces, sólo estoy tejiendo telarañas. —Miró los papeles que tenía sobre el escritorio y pensó que no podía creer que ese dinero llegaría en cualquier momento. Ése era su problema.

—Estás pensando en otra cosa, ¿no es así? —preguntó Sandy. —¿En ese jurado que murió? —Tenía la infalible capacidad de presionar donde más dolía. Era un talento que compartía con Paul.

—No, para nada —mintió Nina. Rebuscó entre los papeles y bebió un último sorbo de café. —Quiero hablar con Lindy. Desde el veredicto casi no hemos conversado. Intenta ver si está en la casa de su amiga Alice o en el número que dejó para mensajes. Hazme ese favor, ¿quieres?

Sandy se encogió de hombros y regresó a su escritorio.

Nina volvió al trabajo en estado de conmoción emocional. El fin de semana con Paul había sido bueno, pero con él las cosas nunca eran fáciles. Paul era una persona que estaba atada a ella en todo sentido, física y emocionalmente e inclusive en el aspecto laboral. Nina abrigaba esperanzas de que se olvidara del jurado muerto. Wright ya no estaba, y el juicio había terminado.

Ni siquiera había tenido tiempo para extrañar a Bob, que el domingo se había ido de viaje con la escuela, con la ayuda económica de su abuelo, a la Costa Este. En algún momento de ese día estaría visitando con sus compañeros la Casa de la Moneda. Una taza de café le devolvió la ilusión de tener ideas claras. Por eso aprovechó para concentrarse en algunos trabajos pendientes que requerían su atención. Con la vista del lago Tahoe que se extendía como las alas de un águila frente a ella, se permitió cinco minutos gloriosos para tejer imágenes en su mente. Imágenes de tierras exóticas, de libertad, de ausencia de preocupaciones económicas antes de volver a empacar sus cosas, reanudar sus obligaciones habituales y regresar a tribunales.

—Usted es la persona que viene a hablar sobre Wright —dijo el doctor Clauson, estudiando a Paul a través de unos lentes gruesos como fondos de botella. Era un hombre flacucho y calvo, vestido con una camisa arrugada de mangas cortas y un pantalón brilloso en las rodillas.

Anteriormente, Paul jamás había estado en la oficina del forense. En su imaginación, Clauson continuaba trabajando en la morgue del subsuelo en Placerville, donde él lo había visto la primera vez.

Clauson se ubicó detrás de un escritorio de roble atestado de envoltorios de goma de mascar, trozos de comida y cientos de carpetas.

—¿Lo conozco?

—Nos hemos visto antes. Trabajo con Nina Reilly.

—¿Ella? —dijo Clauson metiéndose en la boca una tira de goma de mascar con gusto frutal—. ¿Piensa meterme en otro lío? ¿Es ella la que lo envía?

—Estoy aquí para satisfacer mi propia curiosidad. No tiene nada que ver con ella.

A Clauson le gustó la respuesta, según pudo apreciar Paul. Después de haber sobrevivido él mismo a algunos roces con Nina, Paul comprendía al doctor.

—Bueno, es algo común y corriente —comentó Clauson, y sacó una carpeta de la pila que estaba en el suelo junto a su escritorio.

Leyó por un momento; después recorrió los escritos un poco más mientras hablaba.

—Uno de los alguaciles llamó a emergencias médicas. Pero cuando llegaron los paramédicos, Wright estaba asfixiado. Trataron con epinefrina endovenosa, pero era demasiado tarde.

—Doctor Clauson... —comenzó Paul.

—Llámeme Doc.

—Muy bien, Doc. Tengo curiosidad por saber lo que dice el certificado de defunción.

—Shock anafiláctico —informó Clauson—, con un componente inmunógeno. Eso es lo opuesto al choque anafilactógeno relacionado con la liberación de mediadores no específicos. —Se reclinó hacia atrás con su silla, como si apreciara la posibilidad de volver a revisar el caso, y habló con las frases entrecortadas que Paul recordaba. —Es el segundo caso que veo. El primero fue el de una mujer, que murió por besar a un hombre que acababa de comer unos dulces recubiertos con mantequilla de maní. Murió en un par de minutos. Muerta por un beso. Suena increíble, lo sé, pero sucedió.

—¿Le importaría explicarme en términos generales qué es un shock anafiláctico?

—Bueno, básicamente, se introduce en el organismo un agente extraño, un antígeno; éste comienza una guerra total contra sí mismo. Se produce asfixia o se corta la circulación, o ambas cosas.

—¿Cuál es la causa?

—En este caso, la ingestión de legumbres. Los maníes son las legumbres más conocidas. Un maní no es un fruto seco como una nuez. Creemos que algunas personas tienen alergia porque están expuestas a esos alimentos engañosos antes de que su sistema inmunológico pueda tolerarlos en forma adecuada. Tal vez las madres no deberían comer maníes durante el tiempo de lactancia de sus hijos. Los niños de menos de tres años no deben comer mantequilla de maní.

Mentalmente, Paul sumó los miles de sándwiches de mantequilla de maní que él había comido cuando niño.

—Pero no todo el que se expone de pequeño desarrolla una alergia.

—Es cierto. La mayoría no lo hace.

—¿Existen otras alergias, aparte de la relacionada con los maníes, que pueden provocar la muerte?

—Por supuesto, en gente que tiene predisposición. El veneno de las arañas, el polen, los antibióticos, las vitaminas. Durante casi toda su vida, mi padre no pudo comer manzanas. Ahora sabemos que una reacción a la manzana puede estar relacionada con el polen del abedul o una reacción alérgica a la ambrosía. Durante la estación de polinización, las proteínas que son similares en la fruta natural provocan reacciones en un sistema inmunológico con problemas. Pero eso no es lo común. Además, usted habrá oído hablar de las alergias a las picaduras de abeja.

—Sí, claro.

—Puede peligrar la vida con ellas. Es una buena idea cuidar lo que uno come cuando es muy pequeño —dijo Clauson, palmeándose el estómago, que había engrosado un tanto desde los días en que el doctor fumaba Camel como si fueran confites de chocolate.

—¿Usted le hizo la autopsia a Wright?

—Así es.

—¿Le importaría contarme los detalles?

—Un caso típico de anafilaxis. Edema de laringe, enronquecimiento; cuando llegaron los médicos, él aún estaba gritando, pero no por mucho tiempo. Estertor, o sea respiración silbante. Angioedema, o sea un profundo proceso cutáneo edematoso. Pero mire, aquí tengo una fotografía. —Le alcanzó una fotografía grande y brillosa a todo color.

—¡Por Dios! —exclamó Paul—. ¡Qué manera de morir!

Clauson puso la fotografía sobre el escritorio, delante de él, y se volvió hacia Paul. Dobló uno de sus dedos flacos y señaló.

—Es la característica externa más común en este tipo de casos: una urticaria gigantesca. —Miró su informe y leyó, mascullando los términos médicos como si estuviera masticando algo. —Ronchas cutáneas con bordes eritematosos, serpiginosos, con centros de color blanco. —Puso la hoja a un costado y agregó: —Como puede ver aquí, se trata de bordes discretos, tan fuera de control que se hinchó de pies a cabeza. Los ojos son lo peor.

—¿En cuánto tiempo se puede desarrollar esto?

—En este caso, en minutos. En otros, la persona muere en segundos. Si hubiera vivido para recibir tratamiento, esas grandes ronchas habrían desaparecido con el correr de los días.

—¿Dijo algo?

—La garganta estaba demasiado hinchada. Hay dos formas de morir con esta cosa. El angioedema, con el cual él sentiría como un bulto que le bloquea los conductos respiratorios, podría causar la muerte por una insuficiencia respiratoria. La segunda forma es el colapso vascular, que puede ocurrir con hipoxia o sin ella. A Wright lo mató el angioedema. Puedo afirmarlo por la congestión visceral sin cambio en la distribución del volumen sanguíneo. Además, los pulmones mostraban hiperinflación, que es algo que se puede ver a simple vista y con un microscopio. Es común en los casos fatales con obstrucción bronquial. Aquí puedo mostrarle una fotografía.

—Si él tenía su equipo de epinefrina y se hubiera dado una inyección, ¿qué habría sucedido?

—Se habría aliviado y habría seguido con el espectáculo.

—Eso es lo que no entiendo. Si sabía que sufría de una alergia tan peligrosa a los maníes, ¿por qué no tuvo más cuidado? ¿Por qué los comió?

—Es obvio que no tenía idea de que estaba comiendo maníes. —Clauson leyó sus notas. —La última comida fue el almuerzo en la sala del jurado. Chow mein de verduras, arrollados primavera y la galleta de la fortuna. Por supuesto que no llegó a comer la galleta. Sólo encontré un trozo en el estómago.

—¿Le ponen maníes al chow mein?

—No.

—¿En los arrollados primavera?

—No.

—¿La galleta?

—No.

—¿Supongo que usted habló con el proveedor de comida?

—Un restaurante que queda en el bulevar Ski Run. El dueño me jura que no había maníes en la comida. Wright llamó allí para verificar que no le hubieran puesto maníes en su almuerzo.

—No comprendo.

Los ojos de Clauson brillaban.

—Hace tan sólo unos días, yo me dije lo mismo. Después me fui a casa. Regreso a la noche, así que no hago muchas cosas. Televisión, cama, dejo salir al gato. Soy soltero; a las mujeres no les gusta mi trabajo.

—¿Sí?

—Antes fumaba como un demonio. No es tan bueno como una esposa, pero el cigarrillo me hace compañía.

Clauson masticaba su goma de mascar como un rumiante. Paul esperó a que llegara al tema.

—Hice un curso en la facultad sobre cocina asiática, para poder conocer mujeres. No encontré esposa, pero aprendí a cocinar.

—¡Ah!

—Decidí prepararme un pollo *szechuan* y arrollados de huevo caseros.

—¿Sí?

—Mire la botella que tengo en la mano. Aceite de maní. Mucha gente que hace comida china emplea aceite de maní para sellar los arrollados de huevo.

—Pero... ¿no es la proteína de los maníes lo que provoca la reacción?

—En algunas personas eso lo causa el aceite de maní.

—¡Ajá!

—Lo mismo dije yo.

—¿Le preguntó a la cocinera?

—Ella me jura que no usó aceite de maní.

—Y usted cree que miente.

Clauson sacudió ligeramente los hombros, como si tuviera cosquillas.

—Puede ser. La comida no era tan mala como para matar a alguien. —Se rió de su propia broma; después volvió a mostrarse serio. —Aquí hubo una negligencia que provocó una muerte, pero nadie va a hacer ninguna clase de demanda. Un tipo que tiene una bomba de tiempo en su cuerpo como ésa debería haberse llevado su propio almuerzo.

—Usted cree que los del restaurante tienen miedo de que los demanden.

—Así es, pero yo me siento satisfecho de saber lo que sucedió. Fue por los arrollados de huevo.

—¿Está seguro de que la cocinera mintió? —preguntó Paul.

Clauson suspiró. En apariencia, Paul ya había gastado un poco su paciencia.

—No hay duda de la causa de esta muerte. Uno estudia la historia clínica del paciente antes de hacer un diagnóstico. Él sufría de alergias desde los tres años de edad.

—Pero esta vez murió.

—Eso era casi previsible por otra situación que aconteció hace un par de meses, cuando tuvieron que llevarlo al hospital después de comer helado que tenía almendras en la lista de ingredientes; sin embargo, se habían colado algunos maníes en los complementos sin que se cambiara la etiqueta. Mire, eso es algo difícil de rastrear. Pero en este caso es obvio, con la responsabilidad del restaurante o sin ella.

Paul ya había excedido su cita de quince minutos. Doc Clauson se puso de pie abruptamente, dando fin a la reunión.

—Fue un placer hablar con usted —dijo—. Nadie se toma tanto trabajo por una muerte por causas naturales, aun cuando sea interesante. Salvo las compañías de seguros, y a ellas sólo les interesa la cantidad de dinero que le deben a la familia del difunto.

—Es fascinante ver cuántos son los caminos que conducen a la muerte —comentó Paul—. ¡Ah, Doc! —añadió, mientras Clauson ponía la mano en el picaporte de la puerta—. Sólo una cosa más.

Clauson tuvo que revisar una última vez sus notas para sacar una dirección.

Nina esperó a Paul en su banco favorito del patio exterior del palacio de tribunales, donde podía disfrutar del sol y oír el viento entre las ramas de los árboles que la rodeaban, el zumbido de los insectos y el ruido distante de la autopista, a un kilómetro de distancia. Cerró los ojos cansados de las luces fluorescentes del interior y durante unos minutos se dejó llevar por una placidez inconsciente.

—Mira quién está esperando —dijo una voz. El osito de peluche había regresado, aquel que Paul le regaló cuando, hacía ya muchos años, le había propuesto matrimonio. Ese osito hablaba con su voz. ¿Pero cómo podía estar aquí ahora? El oso vivía en el armario de la entrada de su casa junto con sus botas de esquiar, y su molesto tono de voz sonaba suavizado debajo de una chaqueta de lana. —Despierta, dormilona. —Una mano, y no la pata peluda del oso, la tomó por un costado y la sacudió.

—¡No estoy dormida! —Para sorpresa suya, aunque tenía los pies en el suelo, su mejilla apareció apoyada sobre la superficie fría y dura del banco.

—Si tú lo dices, Señoría. —Paul la ayudó a ponerse de pie. Ella se alisó la chaqueta.

—Debo de haberme adormecido. Y no me llames así.

—Sí, lo hiciste y yo lo tendré en cuenta —dijo Paul—. ¿Qué te parece si vamos a almorzar? Ya basta de mirarse al espejo y dormir siestas antes de la comida.

—No dormí mucho este fin de semana —dijo Nina—. ¿Por qué supones que fue?

—Mejores cosas que hacer —respondió Paul, acomodándose en el asiento del conductor—. Por fin tienes la cabeza en su lugar.

Nina rió del comentario.

—Dime si tienes mucho apetito.

—Tengo tiempo para algo rápido.

—Estoy ante un desafío —repuso Paul, y puso en marcha el motor.

—Me refiero a una comida.

—Bueno, está bien. —Puso rumbo a la ciudad.

—¿Adónde vamos? —preguntó Nina—. Está tan lindo... Comamos al aire libre.

—Estoy pensando en comida china.

—Cualquier lugar con un patio afuera.

—No lo creo. No es el estilo de los chinos.

—¿Cómo lo sabes?

—Ni siquiera tienen ventanas. Supongo que es alguna de las reglas del feng shui.

Nina sacó un cepillo de su bolso y se lo pasó por el cabello alborotado.

—¿Te gusta la comida china? —preguntó, estremeciéndose como si le estorbara una rata.

—Digamos que esta comida tiene un origen fuera de lo común.

—Siempre con tus sorpresas.

—Otro de mis secretos descubiertos. ¡Maldición! —exclamó Paul, mientras ingresaba en la parte delantera de la fachada de un negocio con un gran estacionamiento—. Lo siguiente que descubrirás es la cantidad de mujeres que he amado y perdido.

—¿Cuántas?

—Ninguna —dijo. Hizo una pausa y agregó: —Tan hermosa como tú.

—¡Ah, los subterfugios de Paul! —exclamó Nina, y le dio un beso—. Pero está bien. Tus dos ex esposas ya son suficiente persecución para mí en la oscuridad de la noche.

El edificio bajo y chato del restaurante tenía un cartel laqueado de color rojo, flanqueado por azulejos negros que dibujaban un arco sobre las paredes de color rosa decoradas con pintura dorada; en conjunto, daba la impresión de un grandioso pabellón oriental.

—¿Qué es este lugar? —preguntó Nina, bajándose del automóvil—. Parece que es algo más que un restaurante.

—Lo es. También alquilan habitaciones. Bienvenida a la Posada de las Cinco Felicidades —dijo Paul. Se apresuró a tomar el picaporte de bronce. La puerta se abrió y de inmediato fueron recibidos por los aromas agradables de alimentos frescos y especias.

Una vez en la mesa, Nina no prestó atención al menú.

—Yo siempre pido lo mismo —dijo—. Pollo con castañas de cayú.

—Pide otra cosa si lo deseas —la alentó Paul—. Nadie te obliga a nada.

—No. Sólo te estoy explicando. Quiero comer pollo con castañas de cayú.

—No te gusta experimentar. Adiviné —replicó Paul, mirando con interés el rostro refinado de un hombre asiático que apareció en silencio junto a la mesa—. Muy bien. Un pollo con castañas de cayú. Un chow mein de verduras. Una docena de arrollados primavera. Arroz hervido. Té para dos.

El mozo hizo una ligera inclinación de cabeza y dio media vuelta.

—Debes de tener mucho apetito —observó Nina—. ¿Tienes pensado comerte esa docena de arrollados?

—Siempre está la opción de llevárselos al perro —respondió Paul.

—Hitchcock no come esas cosas.

—Para el estómago sin fondo de tu hijo.

—¿Te olvidaste? Bob no estará durante toda la semana —objetó Nina.

Pero Paul se excusó para ir a lavarse las manos. Ella se entretuvo observando a otros clientes del lugar, algunos de los cuales comían despacio una variedad de comidas, mientras que otros, obviamente empleados de oficina, lo hacían con rapidez por el limitado tiempo de que disponían.

Paul fue directo a la cocina y empujó unas puertas vaivén al mejor estilo John Wayne, sintiéndose como un intruso en exceso corpulento que invadía un lugar ajeno.

Pintada de blanco, con piso de baldosas negras, la cocina ocupaba un lugar pequeño; adentro había varias personas, vestidas con delantales blancos y vaqueros, que revolvían y picaban y se movían de un lado al otro con la gracia de un cuerpo armónico. Una pared entera estaba ocupada por una enorme cocina de color plateado. Del techo colgaban cacharros de cobre y acero inoxidable que brillaban como si los lustrara la humedad caliente que flotaba en el aire.

—¡No, no! —Un muchacho de unos veinte años agitó una cuchara plana en dirección a Paul. —¡Usted, salir de aquí!

Una muchacha de menos de veinte años, con el cabello de color escarlata, que trabajaba sobre una tabla de picar, lo ignoró; estaba cortando repollo y cebollas de verdeo con un cuchillo filoso y brillante. Una mujer mayor, menuda, que tenía puesta una redecilla para el cabello, abrió una olla para dejar a la vista un pescado entero, con cabeza y todo, que sudaba entre nubes de vapor. A su izquierda, otro muchacho manejaba el lavavajillas, deslizando enormes bandejas llenas de platos sucios por un extremo y sacándolas por el otro.

—Huele bien —dijo Paul.

—Cocina —dijo el muchacho, bloqueándole el paso. Era unos treinta centímetros más bajo que Paul, pero con músculos fuertes. Se mantuvo en su lugar. —Usted se va ahora mismo.

Paul se vio como en una película de Jackie Chan, a punto de ser expulsado a patadas y volando por la puerta vaivén.

—Estoy tomando lecciones de comida china —explicó Paul lo más amablemente que pudo—. Y, para nuestro examen, se supone que hagamos arrollados primavera. El único problema es que perdí muchas clases. En realidad no tengo idea de cómo se hacen. Así que pensé que, como aquí voy a almorzar arrollados primavera, sería una buena idea ver cómo los hacen.

—¡No! —dijo el muchacho, pero la mujer mayor, que había colocado el pescado con destreza sobre una fuente, le habló algo en chino; el joven retrocedió con cara de pocos amigos. Dándole la espalda a Paul, cargó la fuente sobre uno de sus brazos y regresó al restaurante.

—Éste es un negocio familiar. Él es mi irrespetuoso hijo —se disculpó la mujer mientras levantaba un enorme colador de acero lleno de camarones, con la fuerza de una atleta—. Es muy grosero.

—No, para nada —respondió Paul—. Sé que no es común que se permita ingresar a extraños en la cocina. Pero en verdad le agradecería...

—Por supuesto —interrumpió la muchacha, que dirigió a Paul una sonrisa que la madre no podía ver—. Una se aburre aquí adentro sin nadie con quién hablar, salvo mi madre y mis hermanos. Venga a ver a la experta. Apuesto a que este año ya he cocinado yo sola diez mil arrollados primavera.

La madre de la joven, que en ningún momento dejó de moverse, echó los camarones, un poco de arroz hervido y verduras en un wok. Tomó unas botellas que estaban junto a la cocina y echó unos chorritos de cada una, mirando con rostro impasible, mientras Paul se adelantaba para pararse junto a la muchacha.

—Me llamo Colleen —se presentó la joven, sacudiendo su roja cabellera.

—Yo soy Paul.

—No me estreche la mano, a menos que su novia sea una fanática de las cebollas. —Con el cuchillo, arrastró una pila de cebollas picadas hacia un bol y se secó la frente con el reverso de la mano. —No hay nada que pueda quitar este olor.

Nina había vuelto a soñar con sus honorarios. Ahora tenía la fantasía de comprarse una casa junto al lago que tuviera un muelle, y también una buena lancha en la cual ella y Bob pudieran aprender esquí acuático y navegar. Le compraría a Matt un barco nuevo para reemplazar el de mala muerte que tenía; sería el de mejor calidad para él, Andrea y los sobrinos. Después compraría una oficina en el edificio Starlake y ocuparía los dos últimos pisos; buscaría asociados para su firma y ascendería a Sandy para que supervisara a la gente. Paul no la molestaría con eso del matrimonio. Esa aventura amorosa se prolongaría por años, hasta que Nina decidiera sorpresivamente establecerse o tener otro hijo, en cuyo momento él estaría listo para serle fiel y transformarse en un padre maravilloso.

Pasó un rato en ese estado de ánimo que le permitía jugar en un paisaje imaginario, hasta que se dio cuenta de que Paul no había regresado. Molesta, fue hasta los baños del restaurante, pero los encontró vacíos. Mientras caminaba hacia la mesa, lo vio inclinado sobre un plato de tallarines humeantes. De pronto la mesa se había cubierto de platos.

—¿Te encuentras bien? —le preguntó.

—Bien, bien —repuso él, alegre—. Vamos. Sírvete. Aquí sí saben cómo cocinar. Buena comida.

Nina tomó un par de palillos y lo apuntó.

—¿Dónde estuviste?

—En la cocina, aprendiendo a hacer arrollados primavera —dijo Paul—. Es un negocio familiar. La madre supervisa la cocina. Los dos hijos mayores, Tan-Kwo y Tan-Mo, limpian y sirven. En los arrollados sólo emplean el repollo más fresco —explicó Paul, y dio un mordisco a uno—. Mmmm.

—Pero si tú casi nunca cocinas. Haces todo a la parrilla. Y sólo si se trata de una chuleta.

—Es cierto.

—¿Entonces?

—¿Adivina qué? El padre se murió hace dos años de un ataque al corazón. Cambiaron la forma de cocinar. No más grasas. Sólo alimentos frescos. Y seguros.

Nina se esforzó por no perder la paciencia.

—¿De qué me hablas?

—Puro aceite de cánola.

Arrojó la servilleta sobre la mesa, pero siguió manteniendo en el aire los palillos.

—¿Me vas a decir de qué hablas? No me obligues a torturarte.

—Éste fue el restaurante que le envió la última comida a Clifford Wright —aclaró Paul—. Doc Clauson me explicó que debió de haber comido maníes en alguna forma. Aquí dicen que no emplean maní. Y él cree que le mintieron.

—¿Y?

—Ya no usan más aceite de maní. No sirven nada que contenga maní. Sólo emplean castañas de cayú.

Nina sentía su propio desconcierto cuando habló.

—¿Pero las castañas de cayú no son frutos secos?

—Él no era alérgico a los frutos secos. Era alérgico a las legumbres, y eso incluye a los maníes.

—¿Cómo lo sabes?

—Por varias fuentes.

—Así... así que por accidente él comió maníes de algún otro lado. ¿Qué diferencia hay?

—Nina, si no tuvo una reacción alérgica a algo que comió en el almuerzo, ¿qué fue lo que lo mató?

Nina hizo a un lado su plato.

—Paul, no. No, no y no. —Se llevó una mano a la frente y meneó la cabeza.

—Tan-Kwo, de la cocina, dice que, antes de tocar su almuerzo, Clifford llamó al restaurante para saber si empleaban aceite de maní en la cocina. Wright les explicó que sufría de una alergia grave, pero de todas formas ellos ya lo sabían.

—Aunque habla como si no supiera nada del asunto, creo que el muchacho finge. Tan-Kwo pasa la mayor parte del año haciendo estudios premédicos en la Universidad de Berkeley.

—Paul... tú... tú...

—Hablé con la familia de Clifford Wright esta mañana. Están muy perturbados. Les gustaría saber más sobre lo que sucedió.

Nina se quedó sentada sin hablar, con la cabeza llena de pensamientos que se movían como pelotas de ping-pong.

—Si alguien saboteó al jurado, el juez declarará nulo el veredicto. Tendríamos la anulación del juicio. Lo que estás sugiriendo es que alguien condimentó la comida de Wright con maní.

—Es sólo una posibilidad.

—¿De verdad crees que haya algo que averiguar?

—A mí sólo me parece que algo anda mal.

—¿Por qué no puedes dejar esto en paz? Paul, si este veredicto se anula, yo estoy tan endeudada que jamás podré volver a levantarme. Aposté todo a que ganábamos. Me tienen agarrada de las pestañas.

Era una súplica. Paul frunció el entrecejo.

—¿Qué vas a hacer?

Paul le tomó la mano.

—Dímelo tú.

CAPÍTULO 31

Tuvieron un viaje incómodo cuando regresaron a buscar el automóvil de Nina en tribunales. Ella alegó cansancio, subió el volumen de la radio y cerró los ojos para evitar ver y oír a Paul. Cuando llegaron, tomó sus cosas y bajó del automóvil. Mantuvo la puerta abierta y se inclinó hacia el asiento de él.

—Está bien, Paul, hazlo. Maldito seas. No dormiré hasta que me digas que estás equivocado.

—Ésa es mi muchacha —aprobó Paul.

Ella cerró la puerta de un golpe.

Paul puso rumbo al departamento de policía, al sur del lago Tahoe, para contactarse con un viejo conocido, el sargento Cheney.

Cheney le dio la bienvenida con una sonrisa, lo hizo pasar y le indicó que se sentara. Sujetaba el teléfono con el mentón y con la mano tomaba notas con una lapicera.

—¡Ah! —decía—. Sí. —Continuó por unos minutos, mientras Paul examinaba las fotografías que Cheney tenía sobre el escritorio, en especial una en la que estaba con su esposa, una adorable mujer bronceada, con el cabello un poco más claro que la piel, y que parecía mucho más joven que el obeso Cheney.

Por fin Cheney colgó. El teléfono sonó de nuevo, pero él no lo atendió.

—Hace bastante que no te veo por acá —dijo—. Si dejamos de lado que has estado involucrado en dos muertes de las cinco que he investigado en los últimos dos años.

—Veo que estás ocupado —contestó Paul—. Te agradezco que te hayas tomado tiempo para recibirme. Seré breve.

—Permíteme ayudarte —dijo Cheney. Miró los papeles que tenía en el escritorio—. Clifford Wright, sexo masculino, raza blanca, treinta y dos años. Murió de una reacción alérgica grave llamada shock anafiláctico, presumiblemente por ingerir algo que contenía maníes. ¿Hasta aquí lo sabías?

—Bueno, sí —admitió Paul, tomado por sorpresa—. ¿Cómo sabías que vine por Wright?

—No olvides que soy detective —respondió Cheney—. Además, recibí un llamado de Doc Clauson. Dice que esta mañana estuviste husmeando en su oficina. A Doc le despertaste la curiosidad. Me pidió, extraoficialmente, que buscara un par de cosas.

—¿Cómo cuáles?

—En la Posada de las Cinco Felicidades, ¿usan o no usan aceite de maní? —preguntó Cheney—. Es probable que esta noche me dé un paseo por ahí. Tengo antojo de comer unos langostinos kung pao. ¿Sabes si los preparan?

—No me fijé.

Cheney batió las palmas.

—Me imaginé que ya habrías ido por allá. Y apuesto a que averiguaste un par de cositas sobre los maníes.

—Como que ellos no usan ni maníes ni aceite de maní.

—Al verte aquí, me figuré que era así.

—Supongo que ya contestaste a mi pregunta. —Paul se puso de pie para marcharse.

—¿Qué sucede?

—¿Es definitivo el informe del forense sobre la muerte de Wright? Legalmente, me refiero. La familia me contratará para que lo averigüe.

—¿Pero cómo los enganchaste?

—Llamé para darles mi pésame y como al pasar mencioné que las compañías de seguros no pagan tan bien en los casos de muerte natural. Ellos heredarán más si alguien apuró la muerte de ese tipo. Resultó que Wright tenía una póliza de seguro de vida importante. Si yo me aparezco con alguna prueba de que la muerte de Wright fue por algo más importante que una comida, ¿hasta qué punto será difícil para Clauson cambiar su informe sobre la causa de la muerte?

—Ah, su informe es definitivo. A menos que cambie de opinión.

—Puede cambiar.

—Sí. Tan rápido como hacer globos con esas gomas de mascar que mastica por estos días. Pero la respuesta verdadera es que nuestros expedientes sobre ese caso siguen abiertos. Y ahora tú nos muestras una dirección nueva para la investigación que tenemos en curso. Manténte en contacto, ¿quieres?

—Será un placer —afirmó Paul.

De regreso a su automóvil, pulsó unos números en su celular.

—Sandy —dijo—, ¿tienes idea de cómo puedo encontrar a Wish?

—Está aquí.

—Ponlo al teléfono.

—¿Para qué? —quiso saber Sandy.

—Tengo un trabajo para él.

El teléfono debió de haber volado hacia Wish, porque éste atendió en menos de un segundo.

—Hola —dijo Wish—, habla el jefe Wish Pluma Blanca. —Ese saludo fue seguido por el ruido de un golpe y después por un "Ay". El hijo de Sandy tenía un sentido del humor respecto de ser nativo norteamericano que al parecer a su madre no le gustaba.

—Así que ahora eres jefe —repuso Paul—. ¿Es posible que te robe un par de horas para un proyecto en el cual estoy trabajando?

—Miraré mi agenda.

—Hablo en serio.

—Yo, también —contestó Wish, herido—. Esta noche tengo clase. Administración policial.

—¡Ah, lo lamento!

—¿Cuándo me necesitas?

—Hoy, y quizá mañana.

—¿Qué es lo que estás haciendo?

—Entrevistas.

—¿Para ti?

—No. Has sido ascendido de asistente a detective en entrenamiento.

—¡Genial! Pero... ¿cómo sabré lo que tengo que preguntar? ¿Me explicarás de qué se trata todo?

Paul lo hizo.

—Está bien, a ver si entendí. Tú crees que alguien puso algo en la comida china de ese jurado, justo antes de que él metiera sus palillos en el plato.

—Sí, alguien que salió a dar unas pitadas o a estirar las piernas. Alguien salió de allí y se hizo cargo de nuestro amigo Clifford Wright.

—¿Cómo sabes que sucedió eso? —preguntó Wish con tono de duda—. Nunca se mencionó la posibilidad de que lo hubieran asesinado.

—No lo sé. Todavía. Es sólo una corazonada.

—Ah.

—Esta mañana hablé brevemente con una de los jurados, Grace Whipple. Me dijo que el alguacil les llevó el almuerzo un poco tarde, más o menos a las doce y cuarto. Todos se abalanzaron sobre la comida como si fueran prisioneros de guerra. Dijo que fue un momento de gran alivio, por la mañana desagradable que habían tenido. En esas circunstancias, nadie podría haber hecho nada raro ante la vista de todos los jurados.

—Así que tú crees que sucedió cuando la comida estuvo en el corredor durante unos quince minutos, después de que llegó, antes de que comieran y que todos los jurados entraran y salieran.

—Bueno, fue en un pasillo privado que está afuera de la antesala y que conduce a las oficinas de los empleados del juzgado y el despacho privado del juez. Ese pasillo está cerrado con llave. Para ingresar, uno debe tener algo que ver con el tribunal o trabajar allí.

—Así que tú crees que fue uno de los jurados.

—Si hay que sospechar de alguien. Sólo ellos sabían lo que sucedía en la sala del jurado. En este punto, no sé si alguien hizo algo. Sólo estoy intrigado.

—¿Crees de verdad que alguien planeó matar a ese tipo provocándole una reacción alérgica?

—No del todo. Lo más probable, si en realidad ocurrió así, es que alguien se enojó, vio la oportunidad y la aprovechó sin medir la gravedad de las consecuencias. Tal vez sólo querían sacarlo del caso por un tiempo.

—¿Dónde conseguirían los maníes?

—Aparentemente, la mayoría llevaban golosinas y esas cosas.

—La verdad es que no entiendo.

—¿Qué?

—Nina ganó el caso. ¿Por qué se preocupa ella por la suerte del jurado?

—Wish, ella me dijo que siguiera adelante y que averiguara. —Paul sabía de antemano que lo haría. En definitiva, la verdad era demasiado importante para Nina, aun cuando ésta pudiera jugarle en contra. —Ella espera que no encontremos nada.

—Pero si uno de los jurados lo mató, el veredicto de Nina será rechazado, ¿o me equivoco?

—Wish, estamos muy lejos de poder afirmar eso. Ahora, nuestro papel consiste en reunir información, sin preocuparnos de lo que pueda suceder.

—Está bien. ¿A quién tengo que ir a ver?

Paul decidió asignarle a Wish el conjunto de los jurados, aquellos que apoyaron a Mike al principio y aquellos que fueron convencidos por Cliff para que votaran por Mike, según las entrevistas que habían hecho los medios a la salida del tribunal. Esos jurados tendrían menos razones para querer hacerle daño. Paul se encargaría de los que estaban contra Wright: Diane, la señora Lim, Courtney y tal vez Sonny. Y después quizá quisiera hablar con Lindy. Ella era la que tenía más en juego, aunque resultaría difícil averiguar cómo se había enterado de lo que sucedía dentro de la sala del jurado, a menos que tuviera un cómplice.

—Así que necesito tu ayuda en dos frentes. Antes que nada, lo primero que quiero es... necesito que tú... —esto era delicado; no deseaba que Wish quebrara ninguna regla ética para conseguir lo que él necesitaba, pero era la forma más rápida y más lógica de hacer una investigación rápida. —Quiero que me traigas las direcciones, los teléfonos y todo lo relacionado con el jurado. Nina nos ayudará en ese frente.

—¡Fácil! —se entusiasmó Wish—. Estoy seguro de que tenemos una lista aquí, en algún lugar.

—Bien, bien. Y después —ahora venía la parte importante, aquella que Nina no aceptaría de muy buen grado—, si encuentras algo importante, por supuesto...

—Mantendré los ojos abiertos —prometió Wish—. Por supuesto, no podré darte nada que sea verdaderamente de carácter privado.

—Por supuesto que no —respondió Paul, aunque de todas formas esperaba que Wish pudiera hacerlo, y que en su inocencia servicial se encontrara con algo útil de verdad.

—No te defraudaré —aseguró Wish.

—¿Quién te enseñó a hablar así? —preguntó Paul.

—Posiblemente yo —intervino Sandy—. Son sólo algunos consejos de madre. Y hay más. Búscate otro lacayo.

—Acabas de escuchar a escondidas una conversación privada entre tu hijo y yo —la acusó Paul—. A Nina no le gustará.

—Es menor de edad. Y te diré lo que no le gustará a Nina. No le va a gustar que uses a mi hijo para que actúe como una comadreja en nuestros archivos privados.

—Eso es un insulto —replicó Paul—. Wish jamás lo haría, y tampoco yo. Además, Nina desea que esta investigación termine lo antes posible. A ella no le importará que consigamos lo que necesitamos de manera rápida y eficiente, y terminemos con esto.

—¿En serio? —dudó Sandy. —Espera que vaya a preguntarle.

—Ah, no te molestes. Podemos conseguir los nombres de los jurados en los registros públicos. Ahora, si te prometo que no le pediré a Wish que se aproveche de su posición en tus oficinas para hurgar en los papeleros y en la basura, ¿te importaría prestármelo por unas horas?

—¿Por cuánto? —preguntó Sandy.

—¿Lindy?

La silueta de una persona abrió la puerta del remolque de Lindy y permaneció de pie allí, sin decidirse a entrar.

Lindy salió de la pequeña cocina, secándose las manos con un repasador.

—¿Alice?

—Soy yo. —Vio a Mike, con el sol detrás, que formaba una aureola alrededor del pelo.

—Yo... esperaba que me dejaras entrar. No hay teléfono, así que no pude llamar antes.

—¿Qué es lo que quieres, Mike?

—¿Puedo pasar?

Se sentía tan desconcertada de verlo que se apartó a un costado para dejarlo entrar.

—No puedo creer que recordaras este lugar. —Él la siguió al interior del remolque, y ella le señaló la mesa con bancos incorporados. —Estaba preparando café.

—No, por favor. No te molestes —dijo Mike. Se sentó y apoyó los codos en la mesa, rascándose la cabeza, un gesto habitual en él.

La habitación parecía más pequeña con Mike adentro. Lindy no había interrumpido su soledad de los últimos meses. Hacía muchos años, los dos habían vivido allí durante un período breve. Lindy casi ni lo recordaba.

Fue hasta la ventana, miró afuera para ver si había algún abogado, un policía del condado o Rachel, pero el Cadillac negro de Mike estaba solo, estacionado en la curva del camino. La nube de polvo que había levantado aún permanecía suspendida en la brisa. Además del establo de Comanche y el cobertizo para guardar cosas, el paisaje, todo rocas y arbustos altos típicos del desierto, se hallaban en silencio, bañados de sol.

—Veo que estás empacando —comentó Mike—. De todos modos, nunca deberías haber venido a un lugar tan solitario.

—¿Adónde más podía ir? —contestó Lindy. En el rostro de Mike había algo que le impidió seguir hablando y diciéndole lo que tenía derecho a decir. —A papá le encantaba este lugar —dijo en cambio—. No ha sido tan malo.

—Me recuerda cuando vivimos aquí por un tiempo. Los "apartamentos de las hierbas" lo llamábamos. Sin teléfono ni televisión. Diablos que hacía calor. Y por cierto hace mucho calor ahí afuera hoy.

—¿Para qué viniste? Podrías haberme visto mañana en la oficina de tu abogado.

Mike miró por la ventana las laderas marrones de las montañas. No dijo nada; sólo se mordió un labio.

—¿Él te hizo recorrer todo este camino para que me ablandaras? —Lindy regresó a la pequeña cocina a buscar un par de cervezas. No le importaba que ésa fuera la razón por la que él había ido; se alegraba de verlo, pero no se lo haría saber, no se lo merecía, así que apoyó con brusquedad las cervezas en la mesa. —Aquí tienes.

—Tienes todo el derecho a decir lo que quieras, Lin.

Mike parecía un hombre a punto de morir en la guillotina, con el rostro resignado y lleno de temor. Ya no tenía valor para hablar con ella.

—Se te ve pésimo —dijo Lindy.

—A ti, maravillosa. No es de extrañar. Me sacaste los pantalones.

Lindy tomó un largo trago de la botella.

—Me gusta tomar cerveza aquí afuera. Me refresca más que el vino.

—Parece que ha pasado mucho tiempo desde la última vez que hablamos —dijo Mike.

—Tuvimos voceros que lo hicieron por nosotros.

—Sí.

—¿Cómo has estado?

—No muy bien.

Mike no parecía querer ir al grano, y a ella no le importaba. Cuando él entró en la habitación desnuda, fue como si completara el cuadro. Lindy sólo deseaba quedarse allí sentada para disfrutar de aquella enorme presencia durante todo el tiempo que fuera posible.

—Estuve cabalgando en Comanche por todo este desierto —le dijo al cabo de un minuto. —Mira. —Desparramó sobre la mesa el contenido de una sucia bolsa de algodón atada con un cordel. Unas piedras blancas, melladas en los bordes como dientes de tiburón, rodaron por la superficie. —Junté éstas en los últimos días. Tuve que subir a un saliente, a unos ciento cincuenta metros de altura sobre esas rocas, acostarme de espalda y picar con el martillo. Dudo de que alguien alguna vez haya estado en esa ladera en particular. Tengo más afuera, en un cubo de agua. —Mike dio vuelta las piedras entre sus dedos, levantando una para ponerla a la luz del sol que daba de lleno sobre la mesa.

—Hermosa. Siempre quisiste encontrar ópalo.

—Hay algo por esta zona. Papá buscaba plata, pero ya habían explorado toda la región antes de que él llegara a estas tierras, y estoy segura de que jamás pensó en el ópalo. Desgraciadamente, no creo que este lugar sea tan rico como pensé. No he encontrando grandes cantidades.

Mike asintió, mostrándose fatigado como la mayoría de los días en el tribunal. Lindy sintió el impulso de disculparse con él por haberlo puesto en aquella situación, pero se contuvo. Él la había arrojado a la calle y había escogido a Rachel. ¿De qué tenía que disculparse ella?

—Es un viaje largo para venir hasta acá. ¿Por qué no descansas? Se te ve realmente agotado.

—Gracias, pero tengo que irme en unos minutos.

"Sí, debes correr a casa a ver a tu bonita amante", se dijo Lindy, empleando ese pensamiento doloroso para tocar las heridas frescas de su corazón y recordar que ella debía protegerse. Él ya no tenía ningún derecho a lastimarla.

—Vine a hablar contigo. —Bueno, era obvio. Ella veía lo incómodo que se sentía.

—¿Una última vez? —contestó—. Creí que nos habíamos despedido aquella noche en el lago.

—Venderé la empresa.

—Es tu decisión, Mike —dijo ella, levantando la guardia ante esta introducción del asunto que los reunía—, aunque lamento saberlo. ¿Quieres plantearme algún plan para pagarme en cuotas? Si has venido por ese tema, no tengo objeciones.

Mike bebió casi toda la cerveza de un solo trago y apoyó la botella sobre la mesa con algo de inestabilidad.

—Tú no has visto el último informe del síndico. Mi abogado me llamó justo antes de partir. Toda esa expansión en la que estuviste trabajando en

Europa se vino abajo después de que te marchaste. Y encima cayó el mercado interno. Una empresa china apareció en la competencia y nos sacó posiciones. De alguna manera, a mí ya no me importa...

—¿Cuánto perdimos?

—Si podemos venderla, tal vez saquemos setenta millones. Menos si la liquidamos y salimos del negocio.

—Pero... —Casi no pudo contener el impacto. —¿cómo pudo suceder? Al principio de todo esto, ¿no valía por lo menos doscientos millones?

—Así me dijeron. Al principio no lo entendía, pero mi abogado dice que es el valor de la empresa al momento en que nosotros...

—Sí. Desde el momento en que nos separamos. Bueno, es una noticia espantosa, Mike. Lo siento. —Pensó. —¿Apelarás el veredicto?

—No. No quiero saber nada con la Justicia.

—Mike, ¿por qué tienes que ser tan testarudo?

—Por favor, Lin. Ahora no. —Allí estaba su oportunidad para restregarle en las narices sus fracasos, todos ellos, pero ¿cómo podría hacerlo al verlo tan caído y envejecido en su derrota? En realidad, lo que hizo fue tender una mano hacia la de él. Sin embargo, sus pensamientos le impidieron el gesto. En el estrado, Mike casi ni había admitido el papel que ella había desempeñado en la empresa. La había denigrado, insultado, embaucado y engañado... y todo mientras Rachel le susurraba al oído, le tocaba el brazo... Lindy dejó su mano a un costado.

—Escucha —prosiguió él inconscientemente, en apariencia demasiado envuelto en sus propia lucha interior como para admitir la que ella misma tenía—. ¿Quieres saber lo peor? Lo peor es que no comprendo lo que sucedió conmigo. Un día éramos felices, y al siguiente yo me arrojé a un pozo sin fin.

Lindy se mordió la lengua y regresó a la cocina para darle otra cerveza. Cuando regresó, él tenía otra piedra entre los dedos. La hacía girar contra la luz, con el rostro concentrado y absorto.

Volvió a poner la piedra en la bolsa.

—Rachel me abandonó esta mañana —anunció Mike, con los ojos fijos en la bolsa, no en Lindy.

Ella se cruzó de brazos.

—El informe del síndico.

—Lo leyó. Después lo apoyó en la mesa del comedor, se echó el bolso al hombro y salió por la puerta diciéndome: "Adiós, Mike". Supongo que regresó con el apuesto Harry.

—Y tú viniste directo para acá a llorar en mi hombro.

—No, Lin, yo...

—Todavía tienes el descaro —le espetó Lindy, incapaz de ocultar la rabia que le hacía temblar la voz.

—Vine para decirte que tenías razón. Tú eres más inteligente que yo, Lindy. Eres más inteligente para vivir tu propia vida. Yo era demasiado viejo para Rachel, y ella estaba conmigo por mi dinero.

—¿Y ahora te diste cuenta?

—Supongo que lo sabía, Lin, pero de todas maneras la deseaba. No hay excusas ni explicación posible. Es sólo que perdí el camino. —No agregó más.

Lindy no había visto a Mike tan golpeado desde la época en que boxeaba en el cuadrilátero, después de recibir un par de golpes en la cabeza.

—Bueno, supongo que la amabas —dijo ella.

—Durante uno o dos meses.

—¿Todo fue porque no tuvimos hijos?

—Sólo en parte.

—Sin embargo, es malo que no los hayamos tenido. Así habríamos podido pelear por algo más importante que el dinero.

Mike la miraba.

—Te dejaste el pelo natural. Y lo tienes más largo. Me gusta. Queda bien con el bronceado de tu piel. Luces fuerte de nuevo. Durante el juicio estaba preocupado por ti.

—No me vengas con zalamerías. —No le confesó que ella también se había preocupado por él. ¿Qué sentido tendría hacerlo?

Mike se deslizó desde atrás de la mesa y se colocó a espaldas de Lindy. Agachó la cabeza para apoyarla sobre su hombro. Le acarició el pelo, llevándoselo suavemente hacia atrás.

—Supongo que es todo. Debo irme.

—Sí, ahora debes irte.

La hizo ponerse de pie y mirarlo a la cara. Le tomó ambas manos.

—Lo lamento, Lin —dijo, acercando su mejilla a la de ella—, por arruinarlo todo.

—Ya no confío más en ti.

—Lo sé.

Con los ojos cerrados, Lindy saboreó la sal del sudor de Mike.

CAPÍTULO 32

—¿Es usted el defensor público? —Sonny Ball estaba sentado en la jaula de cristal de la prisión del condado, hablando por un teléfono. Se movía rápida y torpemente, como un hombre que tenía los pelos de punta.

—Lo siento, no. Vengo del estudio de Nina Reilly. Estoy hablando con todos los jurados del caso Markov.

—No tengo tiempo para eso. Tengo mis propios problemas. —Sonny enroscó el cable del teléfono, moviendo la cabeza al ritmo de una música que sólo él podía oír.

—A mí me parece que usted tiene tiempo de sobra, Sonny —le dijo Paul.

—Lo que explica por qué necesito un abogado.

—Si llega su abogado, yo me iré.

—Sí, hágalo. Así que aquí estamos de nuevo. ¿Qué quiere saber? Su equipo ganó, ¿o me equivoco?

—Bueno, siempre queremos hacerlo un poco mejor —respondió Paul—. Es bueno entrevistar a los jurados, hayamos ganado o no. Para averiguar cuáles fueron nuestros errores o qué hicimos bien.

Sonny se pasó la lengua por los labios.

—¿Qué gano yo con eso?

—Bueno, yo no puedo pagarle, pero...

—¿Podría hacer una llamada telefónica de parte mía?

—Seguro, supongo que sí.

—Aquí está el número.

Paul lo anotó.

—Dígale que venga y pague la puta fianza.

—Así lo haré.

—Entonces, está bien. —Sonny adoptó una expresión divertidamente seria, sin dejar de golpetear con los dedos, enroscar el cable y mover la cabeza, todo al mismo tiempo. —¿No es una risa? Yo cumplo con mi deber de ciudadano, ellos buscan mi nombre y encuentran esta estúpida orden de captura por drogas. Me arrestaron al instante de salir de la sala del jurado. Así es como me agradecen.

—Sus servicios en el jurado fueron muy apreciados.

—¿Cree que me ayudará a salir de aquí?

—No puedo prometérselo.

—Después de todo, no me atraparon drogándome en el baño del jurado.

—Si lo hizo, no quiero saberlo. Me gustaría hablar sobre el último día de las deliberaciones.

—Seguro, seguro.

—Usted terminó votando por Lindy Markov.

—Así es.

—¿Le importa contarme los factores que más influyeron para eso?

—No me gustó Markov. Es la clase de tipo que siempre saca ventaja y se lleva todo el mérito. Es un hijo de puta. Además, la novia era muy engreída. No me miró ni una sola vez. Oí tanta mierda en esa sala del jurado que me dolía la cabeza. Era hora de irse. Y después hubo algunos temas.

Paul escribía todo lo que Sonny decía.

—Escriba que yo creía que existía un contrato tácito. Y el viejo le hizo firmar a ella ese papel, así que no contaba.

—Tengo entendido que en un momento, justo antes de que el señor Wright se descompusiera, usted estuvo a punto de cambiar el voto a favor del señor Markov.

—Sí. Casi, casi. Después Cliff se cayó. Debería haberle visto la cara. Voy a pensarlo dos veces antes de volver a comer comida china.

—¿Por qué estuvo a punto de cambiar su voto?

—Cliff había empezado a convencerme.

—¿Y sus argumentos lo lograron?

—Me llevó a un rincón durante el receso de la mañana, me dijo unas cosas que me hicieron pensar. Yo me resistía, porque creía que Markov había mentido como un descarado en el estrado; tenía un aspecto de tramposo que pocas veces había visto antes. ¿Se suponía que creyéramos toda esa mugre que dijo allí arriba, sobre olvidar esto y lo otro?

—¿Qué lo hizo cambiar de opinión?

—Justo antes del almuerzo, Cliff empezó a hablarme delante de todos los demás. Tenía algo de razón sobre Lindy Markov. Era bastante linda por ser una vieja. Es probable que haya tenido alguna aventura. Él necesitaba mi voto para ganar, y las tres mujeres no iban a cambiar a favor de Mike. Así que recordé que a un tipo como Cliff era mejor tenerlo de amigo que de enemigo.

—¿Qué le dijo él?

Sonny se mostró molesto por la pregunta.

—Ah, que tal vez podría conseguirme un trabajo, o algo por el estilo.

—¿Le dijo eso?

—Déjelo ahí, ¿quiere? El tipo sabía cómo convencer a la gente.

—Pero después de que él... bueno, se descompuso, usted terminó votando por la señora Markov.

—Bueno, el viejo Cliff ya no estaba en posición de ayudarme, ¿o sí? Así que volví a votar como pensaba desde el principio, como indicó el juez.

—Seré curioso —dijo Paul—. ¿Por qué los presionaba Cliff para que pensaran como él? ¿Cree que tenía alguna vinculación especial con el señor Markov?

—No —respondió Sonny—. No tenía nada que ver con el señor Markov. Le gustaba el poder. Tenía que vencer a las mujeres; de eso se trataba. La alpinista de los zapatos de acero, la señora de la inmobiliaria y esa estudiante tan bonita. Courtney. Tenía que probar que era mejor que ellas ganando la pelea.

—¿Pero por qué?

Sonny miró lastimosamente a Paul.

—Ya sabe. Si las dejas ganar, te cortan las bolas. Esto fue lo que me dijo. ¿No es suficiente?

Paul se encogió de hombros.

—Está bien. Salvo que usted no opina lo mismo.

—Eso porque a mí no me preocupaba que esas mujeres hicieran con mis bolas lo que yo no quería —explicó Sonny.

—A todo esto, ¿usted vio cuando llevaron el almuerzo de ese día?

—Lo vimos todos. Teníamos hambre. La comida despedía buen aroma.

—¿Alguien salió al pasillo antes de que llegara el almuerzo?

—Tuvimos un receso y todos anduvimos por ahí, fumando, bebiendo... ¿Qué demonios le importa a usted lo que hicimos en nuestro recreo?

—¿Alguna de las mujeres salió al pasillo antes de que llegara el almuerzo? —preguntó con insistencia Paul.

—Estaba ocupado. ¿Quién sabe y a quién le interesa?

Courtney vivía con su madre en una gran casa en los Cayos de Tahoe. Cuando abrió la puerta, Paul se sorprendió al ver a Ignacio Ybarra, otro de los jurados, con ella. Estaban tomados de la mano.

Hablaron durante unos minutos, pero Paul sospechó que ninguno de los dos arrojaría ninguna luz sobre la muerte de Cliff.

—¿Se le ocurre alguien más que pudiera salir al pasillo donde estaba la comida? —preguntó Paul antes de retirarse—. ¿En cualquier momento, digamos, antes de que fueran a almorzar?

Al unísono contestaron que no.

—¿Está insinuando que alguien envenenó a Cliff? —preguntó Courtney.

—Por supuesto que no. Pero, sólo para hacer un ejercicio mental, si alguien hubiese pensado en envenenarlo, ¿quién sería? —planteó Paul.

—¡Nadie! —exclamó Courtney.

—Diane —dijo Ignacio.

• • •

Paul almorzó en un nuevo restaurante mexicano que acababa de abrir sus puertas en Round Hill Mall; después regresó a la ciudad limpiándose el chile de los labios. Se preguntaba si, en el momento en que la tuviera frente a él, sabría si Diane Miklos había puesto algo con maní en la comida. A veces esas cosas funcionaban de esa manera.

Diane vivía en una casa tipo chalé en la colina que llevaba a Heavenly. Paul estacionó a la vuelta de la esquina, junto a un pino frondoso, y revisó sus notas. Casi cuarenta y cinco años, mayor para ser alpinista. Genevieve había puesto en la carpeta un artículo que hablaba sobre la actividad de Diane. Había comenzado tarde con el deporte; pasó un par de años poniéndose en forma y tomando cursos de montañismo en Jackson Hole y North Conway, dos buenos lugares para ir, y después escaló varios picos de las sierras. Se desempeñó bien y fue a los Alpes por un año; hizo un ascenso al Mont Blanc en invierno, lo cual no dejaba de ser una hazaña importante, y en apariencia conoció a un escalador, Gus Miklos, un hombre oriundo de Atenas con reputación mundial. Estaban casados desde hacía un par de años y de vez en cuando escalaban juntos.

Ella se había fijado como meta escalar las siete cimas, lo cual, en opinión de Paul, era un objetivo meritorio. La idea consistía en escalar la montaña más alta de cada continente, incluido, por supuesto, el Everest. Además del monte Elbrus, el pico más alto de Europa, ella había podido ascender a la pirámide de Carstensz en Indonesia, el Aconcagua en la Argentina, el año anterior, y el Kilimanjaro hacía dos años. El Everest y los demás, el McKinley de Alaska y el monte Vinson de la Antártida habían quedado para el futuro, si vivía para hacerlo.

Paul encontró muy interesantes todos esos datos. Esperaba que Diane Miklos no hubiera asesinado a Wright. Debía de tener mucho carácter para vivir de ese deporte.

Diane no atendió la puerta al primer llamado, así que Paul volvió a tocar el timbre. Finalmente abrió y expresó su desagrado cuando lo vio.

—Me olvidé de que venía —dijo—. ¿Es necesario hacer esto?

—No tardará mucho tiempo. La verdad es que agradecemos el tiempo que nos dispensa.

—Entonces será mejor que entre. No mire el desorden. —Se sentó en el medio del suelo. Toda la habitación estaba llena de mochilas, bolsas de dormir, cocinas, sogas, pitones, anclajes y ganchos, un casco, paquetes de comida, chaquetas de abrigo, mapas, libros y botas. Diane tomó algo que parecía un trozo de tela de paracaídas y comenzó a remendarlo. Sobre la mesa había una cámara filmadora y cajas de película.

—¿Y bien?

La mujer menuda, bien formada, de ojos azules y boca firme, levantó la cabeza para escucharlo.

—¿Adónde viaja? —preguntó Paul.

—Al Everest. —Todo lo que podía ver de ella era una cabeza cubierta por un brillante cabello del color del heno y un par de manos hábiles. —Hubo una cancelación. Se me presentó una oportunidad inesperada. Salgo mañana.

—¿Su marido la acompaña? —Sobre un aparador, detrás de un rústico juego de comedor, vio la fotografía de un hombre de cabello negro que sonreía, envuelto en una campera roja y gafas de esquiar, con nada detrás de él más que el azul del cielo.

—Él escaló el Everest en 1994. Así que no. Voy sola, aunque es una forma de decir.

—Estoy impresionado. —Lo estaba. Dejó que su voz transmitiera su asombro.

—Espere a que logre subir a esa cima.

—Yo estuve en los Cuerpos de Paz en Nepal —comentó Paul— hace mucho tiempo. Fui a pie al campamento de base, subí el Kala Patar para ver la gran montaña. El viento soplaba con todas sus fuerzas y había barrido toda la nieve de la cima. No había escaladores a la vista; ellos también hubiesen sido barridos, aunque el sol caía a pleno, tan fuerte que tuvimos que ponernos remeras. El cielo tan azul, todas las montañas blancas de alrededor y esa pirámide negra achaparrada, allá arriba, tan alto, a cinco mil cuatrocientos metros. —Paul podía imaginarse aquella imagen. —¿Tomará un avión a Lukla? —preguntó—. Si lo hace, espero que hayan mejorado el servicio desde entonces.

—No trate de asustarme —replicó ella, pero vio la sonrisa de Paul. Diane se estaba derritiendo ante su simpatía. —En general, lo primero que la gente quiere saber es cuánto pago para que un *sherpa* de cincuenta kilos me suba con una soga, como si yo no me hubiese entrenado y escalado durante años, y como si mi supervivencia no dependiera para nada de mí.

Paul podía adivinar cuánto pagaba ella. Pero deseaba saber dónde conseguía el dinero.

—Es costoso.

—Sí, bueno. Para este viaje conseguí un auspiciante con mucho dinero.

—¿Alguien a quien yo conozca? —preguntó Paul. ¿Lindy le había pagado a Diane para averiguar lo que sucedía en la sala del jurado? ¿Para que le garantizara un veredicto a su favor?

—No. Tengo una muy buena amiga, ex escaladora, con las rodillas lesionadas, que de alguna manera consiguió el dinero para esto. No tiene ninguna vinculación con los Markov, si es eso lo que sugiere. —De nuevo, estaba a la defensiva.

—Bueno, tanto yo como usted sabemos que deberá ser extraordinaria para llegar allá arriba. Últimamente ha habido tanta publicidad sobre las tragedias en el Everest, pero me enteré de que usted bailó un vals en el Vinson con condiciones climáticas extremas en enero pasado.

—¿Bailar un vals? —Se pegó la rodilla, riéndose. —Llegué tambaleándome y me caí. Jamás había sentido tanto frío. Pero fue hermoso. Querría regresar y trepar en algún momento los transantárticos. Unas montañas increíbles, con las bases hundidas en el hielo, cadenas que nunca pisó un pie humano.

—Usted es más valiente que yo —afirmó Paul—. ¿Llegará a ser la primera mujer que logre las siete cimas?

—No. La primera fue Junko Tabei, en 1991.

—¿Cómo empezó a escalar?

—Me inició un amigo —respondió sin darle importancia. Después, como si no pudiera resistirlo, agregó: —Fui profesora de ciencias políticas.

—Lo sé, por el cuestionario que contestó para la selección del jurado. Me imaginé que debía de haber alguna coincidencia social, y ésa fue la razón que la decidió a servir de jurado en lugar de buscar alguna excusa para no ir.

Diane se puso de pie con un movimiento ágil, se volvió hacia algunos elementos que estaban en un rincón y comenzó a clasificarlos, dándole la espalda.

—Si lo desea, inclúyalo en su informe. Jamás volveré a hacerlo. Jamás en mi vida he visto a un grupo de pistoleros como ésos.

—Sí, ya oí algunas historias.

—¿Se refiere al alarido? Me impulsaron a hacerlo. Lo que sucede es que la mayoría era tan irracional, tan engañada por ese lobo con piel de cordero, Cliff Wright. Al final, me hartaron. Espero que el veredicto se mantenga. Dígale a la señora Markov que lo obtuvo por muy poco.

Paul asintió con la cabeza.

—También oí hablar de eso. ¿Qué cree que fue lo que nos salvó el día?

Diane se volvió con los brazos en jarra.

—Sin duda también se enteró de que teníamos a Rasputín manejando el jurado. Los tenía a todos hipnotizados, a todos salvo a Courtney, la señora Lim y Sonny. La verdad es que sentí lástima por nuestro sistema judicial. Y después Rasputín se fue y entró la suplente, y todos recobraron la cordura.

—¿Se refiere usted a Cliff Wright? Increíble la manera en que se descompuso.

—Y en un momento tan crucial, también. Leí que fue porque su comida tenía aceite de maní. Me pregunto si fue responsabilidad del restaurante o si alguien puso unas gotas en el arrollado de huevo. —Una persona sorprendentemente directa. Por cierto, no era ninguna estúpida.

—¿Pero quién haría una cosa semejante? —preguntó Paul.

—Desearía haberlo pensado. La señora Lim estaba enfurecida, pero no lo demostraba. Tal vez haya sido ella. Si es así, testificaré en su defensa. Existían atenuantes.

Diane parecía estar muy al tanto de los acontecimientos. Volvió a sentarse en el suelo, cruzando las piernas en posición de loto. Los calcetines de color gris recordaron a Paul sus días en las montañas.

—La flexibilidad es casi tan importante como la fuerza —comentó al ver que la observaba.

—Parece que usted lo tiene todo. —Por cierto, así era. Una mujer como ésa no se preocupaba por tener que trabajar día y noche para vivir. Su trabajo era vivir. Si hasta había encontrado el hombre indicado para acompañarla. Con seguridad era egoísta, pero no desperdiciaría los mejores años de su vida con clientes que le sacaban y sacaban sin jamás pagarle a tiempo. —Le diré la que creo es la cualidad más importante para un escalador: su capacidad para ir un paso más adelante que cualquiera. Hacer lo que se debe hacer en condiciones extremas. No dejar que nada lo detenga. ¿Cree que usted posee esa cualidad?

Diane sonrió.

—Sin ninguna duda.

—Hablando de condiciones extremas, se había puesto bastante tensa la situación allá, en la sala del jurado. Cliff Wright estaba convenciendo a todos, y usted parecía ser la única capaz de detenerlo —señaló Paul.

—Ya había perdido —replicó Diane observándolo—. No podía hacer nada más. Estábamos a punto de votar.

—Y entonces, ¡paf! Cliff desapareció y entró la suplente con una nueva perspectiva, tal como usted explicó.

—Justo en el último segundo.

—Usted estaba en el pasillo antes de que llegara la comida, ¿no es así?

—Creo que sé lo que me quiere decir.

—Usted estaba allí parada y...

—¿Quiere que confiese? ¿Es eso lo que quiere?

—Por favor —la instó Paul, con el pulso acelerado.

—Está bien. Seré brutalmente honesta. Dígale a la señora Markov que no tiene que preocuparse por mí. Yo no la vi y no podría testificar en su contra. Debió de haberlo hecho justo antes de que yo saliera. Dígale lo que usted mismo dijo, Paul. Comprendo que eran circunstancias extremas. Ahora, Paul, quiero que me diga algo. Le prometo que será un secreto. Le doy mi palabra. He estado pensando en esto y hay una sola cosa que no entiendo. ¿Cómo rayos sabía ella lo que estaba sucediendo en la sala del jurado?

Paul meneó la cabeza.

—¿Fue Courtney? ¿Se vendió?

—Yo no sé si fue la señora Markov —dijo Paul al fin, encontrando las palabras.

—¿A quién más le importaría Wright lo suficiente como para hacerle eso? —dijo Diane—. Vamos, piense.

—Pero, como usted dijo, ella no tenía forma de saber el daño que se le estaba infligiendo a su caso.

—Entonces fue una extraña coincidencia.

—Usted sabía, le importaba y estaba afuera de la sala.

Diane volvió a reírse.

—Yo tengo mejores cosas que hacer en mi vida. No le haría daño a nadie por el solo hecho de ganar. Ni siquiera en condiciones extremas. ¿Cuántos años tiene, Paul?

—¿Yo? Cuarenta y medio.

—Yo tenía la misma edad cuando comencé a escalar, y éstos han sido los mejores años de mi vida. No los pondría en riesgo, ni siquiera por los millones de Lindy Markov.

—Admiro lo que usted hace. Es esa clase de cosas que la gente ni sueña. —Pensó un minuto y agregó. —¿Qué opina? ¿Alguien lo mató?

—No —dijo Diane—. Será cosa del restaurante. Será una explicación común y corriente. —Se detuvo en la puerta. —¿Qué opina usted? De verdad.

—Creo que fue usted, Diane —dijo Paul.

Se detuvo un momento en el palacio de los tribunales para conversar con el agente Kimura, que le aseguró que a nadie, salvo el personal de la corte, se le permitía entrar en el pasillo privado. Después admitió que de vez en cuando se hacían excepciones.

Casi todos los que tuvieron algún tipo de vinculación con el caso parecían haber pasado por allí en algún momento, incluida la amiga de Lindy, Alice. Sin embargo, Kimura no recordaba haberla visto allí el día en que Wright murió.

—Yo observo si hay extraños —le dijo—. Ese día no vi a nadie que no correspondiera.

Alice lo miró por la mirilla de la puerta.

—¿Sí? —dijo.

—He venido para ver a Lindy Markov —dijo Paul.

—¡Ah! —Abrió la puerta. Tenía puestas unas calzas imitación piel de leopardo, un jersey largo de color amarillo, sandalias doradas y el cabello rubio todo revuelto. El brillo de la transpiración en la frente demostraba que había estado haciendo gimnasia. Alice se secó con un pañuelo. Paul la reconoció de la fiesta de cumpleaños de Mike.

Ella lo miró.

—En estos días está recibiendo muchas sorpresas. —Tenía la respiración agitada. Seguramente era por el ejercicio. Paul oyó música en el fondo, pero no parecía música para hacer gimnasia.

—Trabajo con Nina Reilly—le informó Paul—. Paul Van Wagoner. —Tenía suerte de encontrarse con Alice. Ella tenía buenas razones para desear que Lindy ganara.

—Alice Boyd. —Le estrechó la mano. —Lo siento, pero Lindy no se encuentra en este momento. ¿Le importaría decirme de qué se trata?

—Simplemente estoy atando cabos sueltos.

—¿Sucede algo malo? Quiero decir, ella recibirá su dinero, ¿no es así?

—Bueno... —vaciló Paul, interesado en la preocupación de Alice—. Usted sabe cómo es esto cuando se trata de tanto dinero.

—Mierda. El tipo va a apelar.

—Se arriesga a perder mucho si no lo hace.

—Lo sabía. ¡Ese bastardo! ¡Prolongará esto hasta que nosotras... hasta que Lindy esté en la ruina! ¿Qué es lo que quiere la abogada? ¿Más dinero? Porque, cariño, hasta que no tengamos el gran cheque de Empresas Markov, no hay dinero. —Ella misma debió de darse cuenta de que estaba vociferando, porque calló de pronto.

—Lo que necesito es hablar con ella unos minutos.

—Ah —La alegría volvió a aparecer en su cara. —¿Trajo algunos papeles o algo así para que los firme? ¿Y no se relacionan con la apelación? —Trataba de adivinar por la expresión de Paul. —Ayúdeme un poco. ¿Apeló?

—No que yo sepa.

Alice rió, aliviada.

—Por Dios, me tuvo sobre ascuas. Ella es mi mejor amiga. Y la verdad es que necesita el dinero.

"Cariño, ella no es la única", pensó Paul.

—¿No tiene idea de dónde puedo encontrarla?

—No le gusta decirme dónde está.

Paul suspiró y se volvió hacia la puerta.

—Qué contratiempo. A la señora Reilly no le gustará. Esto provocará un retraso.

—Pero usted viene de parte de su abogada. Así que puedo decirle —agregó Alice—. Ella se marchó directamente después del veredicto. Se fue a ese rancho que tiene en un pueblo en Carson Range, en las afueras de Reno.

—A todo esto, señora Boyd, si no le importa que le pregunte, ¿dónde estaba usted cuando murió Clifford Wright?

Alice sacó un pañuelo y se secó el sudor del rostro.

—Mientras esperábamos el veredicto, yo trabajaba en la florería. Tuvimos muchas bodas. Es una de las ironías de mi vida que me pase la mayor parte del día haciendo ramos y ramilletes para bodas. Mi ayudante le confirmará que estuve allí esa mañana, hasta que me llamaron para escuchar el veredicto por la tarde. ¿Por qué me lo pregunta?

—¿Estuvo alguna vez en el pasillo que está afuera de la sala del jurado? Donde se encuentran las oficinas de los empleados.

—Sí —admitió Alice.

—¿Le importaría decirme si existe otra razón por la que le interese tanto que Lindy Markov tenga su dinero?

—Ella me ayudó durante años —respondió con sencillez Alice—. Ésa es la verdad ante Dios. Yo haría cualquier cosa por Lindy, y no soy la única. ¿Me puede decir de qué se trata esto?

—Existen algunas circunstancias que tienen que ver con la muerte de Clifford Wright y que están en duda.

—¿Quiere decir que... alguien le hizo daño en forma intencional? —La idea la intranquilizó. —¡Maldición! Ya entiendo lo que sucede. Es un plan para cambiar el veredicto. Es obra de Mike. ¡Él hará cualquier cosa para ganar! ¡Lo sabía!

Paul la dejó con una verdadera pataleta.

Para cuando Paul llegó al remolque de Lindy, su camioneta había sufrido problemas durante treinta kilómetros.

Lindy debió de haberlo oído también, porque estaba parada en la entrada del remolque con los brazos cruzados, como esperando su llegada, iluminada por una luz amarilla que era la única que se podía ver en kilómetros.

Paul se bajó del vehículo quejándose del frío y pisó un charco de agua. Las montañas quedaban tapadas por un cinturón plateado de polvo que se había levantado por el camino. Lindy tenía puestos unos vaqueros y un grueso suéter de esquiar, pero Paul vio que tiritaba.

—Venga adentro —le dijo, haciéndolo pasar.

Le sirvió una taza de café que ya tenía preparado; después se sentó frente a él, a la mesa plegable.

—¿Qué está haciendo aquí, Paul? ¿Sucede algo? Hablé con Nina esta tarde, y ella no me dijo que usted vendría.

Lindy sería la más difícil de entrevistar. No se le ocurrió ninguna razón para explicar por qué estaba allí.

—Surgieron algunas dudas.

—¿Qué dudas?

—Tal vez, usted no lo sepa, pero la policía no ha cerrado el expediente de la muerte de Clifford Wright.

Lindy golpeteó la mesa con sus uñas perfectamente cuidadas.

—No lo sabía —dijo—. ¿Por qué no lo hicieron? Creía que el hombre sufrió una reacción alérgica. Ellos deberían saberlo.

—Es cierto. Pero lo que tratan de averiguar es exactamente qué fue lo que causó esa reacción alérgica.

—¿Cómo lo harán? Alguien me dijo que era alérgico a un montón de cosas.

—¿Quién se lo dijo?

—No sé. Me parece que fue cuando estábamos investigando a los miembros del jurado y alguien lo mencionó.

Así que ella sabía lo de las alergias. Era la clave.

—Creo que están tratando de limitar las posibilidades —dijo Paul—. Lo que creen que sucedió es que alguien pudo haberle puesto algo en el almuerzo.

Lindy lo miró con ojos incrédulos.

—¿Están locos? ¿Creen que alguien le provocó esa reacción alérgica?

—Sí, algo así.

—¿Por qué?

—Bueno, porque sí. Cliff Wright era el verdadero líder del jurado. ¿Oyó usted las entrevistas que les hicieron a los jurados cuando terminó el juicio? Wright estaba presionando a favor de Mike y había convencido a la mayoría para que votasen por él.

—¿Y?

—Así que la policía parece creer que tal vez existía un motivo para eso.

Lindy meneó la cabeza.

—Esto es increíble. ¿Está insinuando que ellos creen que yo podría haberle hecho algún daño a ese hombre porque sabía que estaba a favor de Mike?

—Wright había hecho cambiar de opinión a todos los jurados y los había puesto en su contra. Usted habría perdido todo. Así que, como puede ver, tenía una buena razón para preocuparse por lo que ese hombre estaba haciendo con el jurado.

—Pero, Paul... ¿cómo podía yo saber lo que sucedía en la sala del jurado?

—¿Sabe qué, Lindy? Por todo lo que oí, usted es una mujer muy inteligente. Contrató a Nina porque se dio cuenta de que ella se mataría para representarla bien. Usted construyó una empresa enorme de la nada junto con Mike. Sabe que puede comprar a la gente. Creo que, si deseaba saber lo que sucedía dentro de la sala del jurado, buscaría la forma de averiguarlo.

Lindy se puso de pie.

—Fuera de aquí.

—¿Quién le contó sobre Wright, Lindy? ¿Fue la señora Lim? Ella usaba el teléfono con frecuencia. Quizá la llamaba para ponerla al tanto de la situación. ¿Le contó ella la amenaza que representaba ese hombre? Además... usted pasó por ese corredor algunas veces. Tal vez lo hizo ese día, preocupada por lo que podría hacerle Wrigth, y justo vio que allí estaba su plato de comida, marcado como vegetariano. Quizá no tuvo intención de matarlo. Estaba enojada y actuó sin pensar. Lindy, fue usted la que lo hizo. Es sólo un asesinato en segundo grado...

Lindy lo zamarreó de un brazo.

—¡Le dije que se fuera!

Paul se puso de pie. Lindy pasó por delante de él para abrirle la puerta.

—¿O fue Diane? —prosiguió él, tomándose firmemente con las dos manos de las vigas de las puerta—. Diane necesitaba mucho dinero, y además creía en usted. Honestamente, no creo que le costara aceptar dinero a cambio de ayudarla un poco. Casi admitió que usted lo había hecho...

Lindy lo empujó. Paul se mantuvo firme.

—Mire, haré un trato con usted —le dijo, furiosa—. Le voy a decir lo que usted desea saber y después se irá de mi casa. ¿Acepta?

Paul asintió.

—Yo no soborné a ningún jurado.

—¿Entonces cómo sabía sobre Wright?

Lindy lo golpeó en el hombro.

—¿Qué clase de persona es usted? —le gritó cuando él no hizo ningún movimiento para marcharse—. ¿No sabe que a la mayoría de la gente ni siquiera se le pasa por la cabeza la idea de asesinar y no lo consideraría por ninguna cantidad de dinero, por más grande que fuera? ¿O está tan hastiado de su trabajo que no puede entender que la mayoría de la gente no anda por allí matando?

—Soy realista, Lindy. Como usted.

Y entonces, con un ligero movimiento del brazo, un revólver apareció en la mano de Lindy. Debió de haber estado en el frasco de las galletas que estaba sobre la mesada.

—Si es verdad, entonces quizás esto lo ayude a entender lo que quiero decir cuando le ordeno que saque sus sucios pies de mi casa —le espetó Lindy, apuntándolo con el arma.

Perplejo, como siempre que se enfrenta a las incoherencias y extravagancias de la conducta humana, Paul retrocedió, separándose de Lindy hasta que ésta puedo cerrarle la puerta en las narices.

CAPÍTULO 33

El viernes por la mañana, antes de vestirse para ir a trabajar, Nina se permitió dar un paseo con Hitchcock. En Sierra Wallflower encontraron un campo lleno de flores para que el perro retozara y un arco iris formado en el rocío de las flores de color amarillo brillante. Nina aspiró profundo el perfume embriagador, tan rico y denso como algo tropical, y regresó a su casa con una sensación de vacío. Ese día Winston y Genevieve abandonarían sus oficinas. Cada uno seguiría su camino. Y, como le había sucedido en el último día de clase en la escuela, cuando ella era muy pequeña, la mañana ya había adquirido un sabor agridulce.

Cuando llegó a su estudio, encontró estacionado en la puerta de entrada del edificio un camión amarillo con una rampa. Wish y un amigo estaban inclinando el escritorio de Genevieve sobre una plataforma rodante.

—¿No tienen algo para protegerlo? —preguntó Nina—. El lugar donde alquilé el mobiliario me cobrará por cada raspón que encuentre.

—Por supuesto, señora Reilly —dijo Wish. Levantó una mano para saludarla, perdió el equilibrio y dejó caer la manija de la plataforma. Su amigo profirió un grito, pero logró sostener el escritorio con las dos manos. De un salto para ocupar de nuevo su puesto, Wish se chocó con él, trastabilló y recuperó el equilibrio. —Lo lograré.

—No importa —dijo Nina con premura, y entró rápidamente en el edificio para no tener que ver otra serie de desastres. No llegó muy lejos. El corredor se hallaba atestado de cajas llenas de archivos y de bolsas de residuos que achicaban el espacio hasta sólo dejar pasar una persona por vez.

—Increíble lo que se puede llegar a acumular en el transcurso de un juicio —le comentó a Sandy cuando entró en la recepción.

—Debemos guardar algunos de los archivos aquí, pero los demás pueden ir al depósito.

—¿Qué depósito?

—El que acabamos de alquilar —respondió Sandy—. Estás empezando a apilar archivos viejos. Hasta que alquilemos un lugar más grande, debemos hacer lugar para poder movernos.

—Sandy...

—¿Qué?

—Tú... Quiero decir... Pareces...

—¿Qué?

—Algo deprimida.

Sandy levantó los hombros y comenzó a escribir en el teclado copiando de un anotador de hojas amarillas.

Nina encontró a Winston sentado en el suelo con las piernas cruzadas y vestido con un conjunto de gimnasia, delante de una altísima pila de carpetas.

—Creo que dejé este lugar limpio —dijo—. Esta pila de aquí son cosas que me llevo. Esta otra —tocó otra torre de papeles— es para guardar en algún lugar. Y ésta es basura. ¿Dónde están las bolsas de residuos?

—Lo lamento, no tengo idea —respondió Nina.

—¡Wish! —llamó él.

Genevieve, que ya había terminado de empacar, estaba parada de brazos cruzados, apoyada contra la pared y observándolo.

—Winston, a este paso no terminarás nunca. ¿No tenías una cita esta tarde?

—El juicio terminó. ¿Adiós y hasta nunca? —dijo.

—Por supuesto que no —contestó Genevieve—. Sólo digo que no te tomes demasiado tiempo. Hacer valijas es un verdadero sufrimiento, pero sé cómo te sientes. Es como cuando uno tiene que llegar a tiempo para alcanzar el avión. Siempre está el temor de terminar frente al mostrador y ver que te has olvidado el pasaporte.

—No hay nada que me apure. Es sólo que tengo mejores cosas que hacer que apilar papeles viejos —explicó Winston.

—Sandy nos enviará cualquier cosa que podamos dejar olvidada —lo tranquilizó Genevieve.

—No me gusta todo esto —dijo Nina.

—¿Qué no le gusta? —preguntó Winston.

—Todos se marchan —respondió Nina—. Esto. —Movió los brazos para señalar el desorden. —Me acostumbré a estar acompañada para el almuerzo. Me acostumbré a que ustedes supieran más acerca de las cosas que yo conocía perfectamente bien antes de que llegaran aquí.

—Usted es un animal sociable, Nina —opinó Genevieve—. Pero no presta la atención suficiente a ese aspecto de su carácter. Winston, apúrate y permíteme que te ayude a meter esas carpetas en la caja. Puedo hacerlo tan bien como tú. —Se puso a su lado y lo desplazó con un golpe de cadera. Sin embargo, Nina pensó que Genevieve estaba tan contrariada como ella misma.

De regreso en su oficina, Nina cerró la puerta y se sentó de espaldas a la ventana, pensando en lo tranquilo que estaría todo y preguntándose si le gustaba. En lugar de seguir meditando en eso y buscando una respuesta, tomó la lista de mensajes y comenzó a contestar los llamados.

La mañana pasó con rapidez. A las once, el camión amarillo estaba en camino para devolver el mobiliario. Winston y Genevieve regresaron a la sala de reunión junto a la oficina de Nina, donde aún quedaban sillas. Sandy había pedido *sushi* y ensalada para almorzar.

Winston comió apresurado.

—¿Conoce esa isla de la que me habló? —le preguntó a Nina, limpiándose la boca con una servilleta.

Nina tardó un minuto en recordar a lo que se refería.

—¿La pequeña isla de Emerald Bay? ¿Fannette?

—Ésa. ¿No tiene idea de dónde puedo alquilar un kayac para ir hasta allá?

—Por supuesto que sí. En el paraje Richardson. Queda al oeste de la autopista. Dobla a la derecha en la intersección; está a sólo unos kilómetros a la derecha. Tiene una dársena para embarcaciones privadas y un muelle. Llame primero para ver si puede conseguir uno. Aún no estamos en temporada.

Winston llamó y ellas escucharon mientras él arreglaba para alquilar un kayac esa tarde.

—¡Suena divertido! —exclamó Genevieve—. Siempre quise aprender a andar en kayac.

—Quiero hacer algo de ejercicio para mis brazos. Debo ir rápido. Tal vez pueda llevarte en algún otro momento —dijo Winston.

Genevieve hizo una mueca de disgusto.

—Está bien.

—¿Subirá caminando hasta la casa de té? —preguntó Nina.

—Tal vez —dijo él—. Lo decidiré cuando llegue allá.

Todos ayudaron a juntar los restos del almuerzo. Tomando en cuenta el carácter distante de Sandy, Winston le estrechó la mano. Ella volvió a agradecerle la manta de piel de conejo. Nina y Genevieve también se despidieron; parecía que ya no había más que decir.

—Nos mantendremos en contacto, Nina —prometió Winston.

—Será mejor que así sea —repuso ella.

Winston vio su estado de ánimo y le apretó cariñosamente el brazo.

—¡Eh! Estoy seguro de que en algún momento haremos otro juicio juntos. Siento que será así. Mientras tanto, no se meta en problemas. ¡Hablo en serio! —dijo cuando todos se rieron ante esa idea—. Ustedes, señoras, no hagan nada que yo no haría —agregó mientras salía.

—Winston, ni siquiera existe esa posibilidad —replicó Genevieve cuando él ya había salido—. No puedo imaginar nada que él no hiciera —le dijo a Nina con una sonrisa traviesa.

Susan Lim vivía en una casa grande de dos plantas en Montgomery. Paul siempre tuvo una impresión particular de ese barrio. Como si fuera algo irreal, como una zona misteriosa de completa normalidad suburbana en el centro de la selva. Los jardines cuidados levantaban una defensa contra la tierra salvaje, y el bosque se movía furtivo más allá de los límites, amenazando con volver a tragarse el terreno si alguna vez se detenían las cortadoras de césped.

Ella abrió la puerta. Paul se presentó y le dio la explicación habitual para hacerle sus preguntas. La señora Lim aceptó atenderlo cinco minutos. Le gustaba empezar a trabajar a las diez de la mañana, cuando abría la inmobiliaria. En ese momento, ya estaba retrasada.

Se sentaron en dos sillas que había en el porche del frente de la casa. El césped y las flores reflejaban el toque de una mano precisa y artística.

—Primero, quisiera conocer sus impresiones sobre el estado de ánimo de este jurado en su conjunto, cómo reaccionaron ante el testimonio —comentó Paul, con el anotador en la mano.

La señora Lim era una mujer de rasgos comunes, cabello corto que formaba una especie de casco oscuro y brillante, y cuyo lápiz labial rosado hacía juego con el color de su chaqueta, realzándole el rostro. Después de lanzar un suspiro, meneó la cabeza.

—Ya que me lo pregunta, el proceso me pareció muy penoso. Parecía algo sencillo. Pedirle a un grupo de personas que escuche alguna información, la sintetice y decida sobre los hechos y la prueba para estar a favor de uno u otro bando. En lugar de eso, lo que tuvimos en la sala del jurado fue algo más que una batalla campal.

—¿En qué sentido?

—Todos tenían algún interés —explicó—. Estoy segura de que usted sabe eso. En general, no resulta tan obvio. Entramos allí y la razón casi salió volando por la ventana, y eso que no había ventanas. Tal vez esa ausencia debería haber ayudado.

—Si no le molesta mi pregunta, ¿podría decirme su posición?

—Yo estaba a favor de Lindy Markov. Desde el comienzo me resultó evidente que ellos tenían arreglos que no habían puesto por escrito. Informalmente, debieron de haber aceptado compartir cosas. Ella era demasiado inteligente como para no haberlo presionado por lo menos para que le hiciera algunas promesas. Y la gente estaba de acuerdo conmigo, por lo menos al principio.

—Entiendo que en la primera votación que hicieron con el jurado titular, fueron ocho los que le dieron el voto a ella.

—Así es. Después Cliff comenzó a repartir regalos y amenazas...

—¿Amenazas?

—Ah, sí. Creo que amenazó a Sonny Ball con enviarlo a la cárcel. En algún momento encontró alguna evidencia de drogas en el baño. Creo que sedujo a Kris Schmidt. Sospecho que se acostaron después de ese primer día de deliberaciones —dijo la mujer, claramente disgustada—. Maribel deseaba ardientemente llamar la atención, y él lo facilitó. Ignacio... bueno, eso fue una vergüenza. Es una buena persona, con buenos instintos, pero no está acostumbrado a tener una discusión en el nivel al que estaba habituado Cliff. Wright no hizo más que enredarlo en una maraña de argumentos, colocándose todo el tiempo como un especialista en lógica.

"Grace necesitaba un poco de comprensión, y él se la dio. El buen samaritano que le ofrecía lo que ella necesitaba.

—Así que Frank, Bob y Kevin ya estaban a favor de Mike —comentó Paul.

—Sí. Ellos no permitieron que algo tan complicado como la lógica los perturbara. ¡Por Dios! Ya habían escogido su posición y no se movían de ella —aseveró la señora Lim, con un dejo de sarcasmo—. Todo lo que Cliff debió hacer fue asegurarse de que ellos supieran que eran recibidos con los brazos abiertos en el club antifeminista al que él pertenecía.

—A usted no le gustaba Cliff Wright.

—No puedo sentir otra cosa que desprecio por hombres como él. No me gustó en lo más mínimo la forma en que manipulaba a las personalidades más débiles.

—¿Por qué cree usted que estaba tan en contra de Lindy?

—Creo que Diane fue la que lo entendió. Debía de ser por algo personal. Él dijo que hacía poco se había separado de su esposa. Es posible que estuviera sufriendo de verdad; ¿quién sabe, con un hombre como él? Pero fue sucio y estaba furioso; además era persuasivo y había decidido imponerse a todos. Creo que la señora Markov le parecía la peor de sus pesadillas, una mujer que arruinaba el futuro brillante de un hombre por una separación.

—Supongo que se siente complacida de que las cosas hayan sucedido como sucedieron.

La señora Lim lo miró.

—¿Se refiere a la muerte de Cliff?

—Bueno, cuando ingresó la integrante suplente, el jurado se volcó a favor de Lindy, ¿o no?

—Es cierto.

—Entiendo que la mayoría de los jurados llevaba consigo golosinas durante las deliberaciones —comentó Paul.

—Sí.

—¿Algunos comían maníes?

—No que yo recuerde.

—¿Algo con maní? ¿Dulces?

La mujer echó a reír.

—Chocolates. Galletas. Barras de granola. M&M. Señor Wagoner, ¿se trata de una broma? ¿Está queriendo decirme que alguien, que yo...?

—Mire, sólo digo que las cosas se solucionaron de la manera en que usted deseaba.

—Desearía que mi marido pudiera oírlo. Él cree que no soy lo bastante agresiva. Y aquí viene usted a sugerir que yo... Corríjame si me equivoco, pero ¿no me está sugiriendo que yo le puse mantequilla de maní en el plato de sus arrollados primavera porque estaba enojada con él?

—Señora Lim, han sucedido cosas más extrañas. ¿Usted o algún otro abandonó la sala antes de que se sirviera el almuerzo de ese día?

—Hubo un receso de cinco minutos antes de que nos llevaran el almuerzo. La mayoría salimos de la sala. Yo hice un llamado telefónico. Otros fueron a fumar; otros, a estirar las piernas, y algunos fueron al baño. —La señora Lim se encogió de hombros—. Todos estábamos ansiosos por almorzar. Inclusive vi cuando Diane levantó el papel de aluminio de uno de los platos y pellizcó unas zanahorias.

La inferencia de lo que había dicho la impresionó tanto que sus mejillas se colorearon.

—La comida tenía muy buen aroma. Todos opinamos igual —añadió, tratando de recobrar la compostura.

Paul insistió con el tema, pero después de su comentario la señora Lim no quiso contestar otra pregunta.

De regreso en su camioneta, Paul miró alrededor sintiéndose desconcertado. Todo se veía deslucido en el viejo vehículo. De alguna forma, la funda de piel de leopardo del respaldo mostraba unas manchas de moho, acaso por haber dejado el automóvil estacionado en el aeropuerto durante varios días. Le gustase o no, su vehículo era una extensión de sí mismo y se estaba muriendo de negligencia. Puso en marcha el motor. La gente de Washington esperaba que él le diera una respuesta la semana entrante. Paul no sabía qué decir.

Tenía que terminar esa investigación. Debía pensar en Nina.

CAPÍTULO 34

A las doce en punto, Paul llegó a Bizzbees por la autopista. Él y Wish se disponían a intercambiar las notas sobre sus entrevistas, pero en lugar de eso Paul fue derrotado en un partido de dardos.

—Así que Kevin Dowd y Frank Lister estuvieron de parte de Mike desde el principio. Básicamente, a ellos les encantaba Cliff Wright. Grace Whipple me abrió la puerta vestida con una bata, y eso fue más o menos a las dos de la tarde de ayer. Ella cuida a alguien, y me dijo que esa persona había estado enferma. Me atendió del otro lado de la puerta mosquitero. Estaba muy distraída —dijo Wish, llevando hacia atrás el brazo y lanzando otro dardo que fue a dar en el centro.

—¿Qué opina de Cliff Wright?

—Que era encantador. Y Maribel...

—Grzegorek.

—Estaba en su trabajo, en Mikasa, pero tenía un día tranquilo. Me dijo que le había gustado Cliff, pero que en un momento se había enfadado con él.

—¿Sí? —preguntó Paul, interesado, mientras se preparaba para lanzar su dardo.

—Sí. Es una mujer muy divertida. Dijo que, cuando comenzó a darse cuenta de lo apuesto que era, Kris Schmidt ya le había puesto las manos encima. Kevin me dijo que ella lo invitó a salir pero que él la rechazó.

—Así que su enfado tuvo más que ver con el romance que con el juicio. —Paul lanzó su último dardo, desgraciadamente afuera.

—Sí.

—No me dijiste que eras campeón de ligas cuando me desafiaste a un partido —reprochó Paul—. Esta desventaja es injusta.

—Por esa razón —contestó Wish al tiempo que seleccionaba otro dardo, estudiaba con cuidado la forma, lo sacudía y lo lanzaba para clavarlo junto al que ya estaba en la tabla— sólo te aposté diez dólares.

Su tercer dardo voló para ir a hacer compañía a los otros dos.

—No quiero jugar más —dijo Paul—. Vine acá para conversar.

—¡Ah, vamos! —replicó Wish—. No seas mal perdedor.

Después de lanzar un profundo suspiro, Paul tomó posición con otro dardo en la mano. El blanco del centro, tan cercano desde algunos ángulos, de pronto le pareció distante.

—Veinte —dijo Wish, haciendo una marca con tiza junto al dardo clavado—. Eso estuvo bien.

Paul apretó los dientes, apuntó y arrojó el dardo número dos.

—Sobre la línea —anunció Wish, y examinó el tablero—. Sobre la segunda banda. Lo lamento.

—Gracias a tu suerte —dijo Paul. Aquél era un juego en el que no podía ganar. Bien podría retirarse. Sin siquiera apuntar, tan sólo para ponerle un fin, lanzó su último dardo.

—¡Centro! —exclamó Wish maravillado. Enseguida venció a Paul con algunos otros dardos bien ubicados. —Bien, segundo partido. Hagámoslo por veinte.

Pero Paul se rehusó. Pidió otra gaseosa. Wish, que estaba en la hora del almuerzo, comió algo rápido. Se sentaron cerca de la mesa de billar, donde competían un hombre delgado y una mujer robusta; en la sala reinaba un silencio de iglesia.

—Bien, veamos lo que hemos averiguado —dijo Paul en voz baja.

Desmenuzaron toda la información que habían reunido acerca de los acontecimientos relativos a la muerte de Wright.

—Para no dejar nada librado al azar, busqué otras posibilidades además de los miembros del jurado —dijo Paul—. Harry, el ex de Rachel. Él podría haber querido sabotear a Mike. Pero Harry tuvo una sesión de fotografías durante toda la mañana en una concesionaria de automóviles, según lo que me dijeron sus compañeros de trabajo. De todos modos, habría tenido problemas para ingresar en el pasillo sin que lo viera el agente Kimura. Después había otro tipo, un tal George Demetrios. Según parece, es un fiel admirador de Lindy. Los mismos problemas que Harry, salvo una coartada más débil, provista por su hermano.

"Después, fui a ver a Alice, la amiga de Lindy. Verifiqué su coartada, pero también lo hizo con un empleado. Nadie tiene una coartada confiable. Sin embargo, con estas tres personas volvemos al problema central: ¿cómo podía saber esa gente lo que estaba sucediendo en la sala del jurado? ¿Cómo podían llegar hasta donde estaba la comida? Alice pasó una que otra vez por ese pasillo durante el juicio; Kimura dijo que la había visto allí. Pero no podría haber pasado mientras el jurado estaba deliberando. Alguien debería haberla visto ese día. —Tomó un buen sorbo de su bebida—. Tengo una idea —dijo—. Las tres jurados mujeres formaron una coalición. Las tres juntas le envenenaron la comida.

—¿Eso no lo escribió alguien una vez en una novela? —preguntó Wish—. Buena idea.

—Sin embargo, en este caso no existe pasión suficiente para una conspiración. Wright no mató al amigo de alguna de esas mujeres, ni asesinó al padre de otra. Sólo manipuló sus mentes —continuó Paul, desechando su propia presunción.

Wish se estremeció cuando el hombre delgado raspó el taco contra la felpa de la mesa de billar. Las tres bolas cayeron en las redes.

—Sí, la gente no se mata entre sí por estar junta en un jurado. Sólo pueden llegar a sentir el deseo de hacerlo.

—Hoy por hoy la gente se mata por un par de zapatos, Wish.

—Pero no con maníes.

—Tienes que admitir que, con todo ese dinero en danza, es probable que alguien haya querido tener una parte sin importarle que, para obtenerla, fuese necesario dañar a Cliff Wright. Lindy Markov es la que tenía los mayores motivos. Pero esa teoría adolece de un defecto mayúsculo, porque es imposible que ella estuviese al tanto de lo que sucedía dentro de la sala del jurado. ¿Cómo podría saber que Wright estaba convenciendo a todos en su contra? No lo supimos hasta que los jurados salieron y comenzaron a dar entrevistas.

—¿Un amigo adentro? —sugirió Wish.

—Eso es, en mi opinión, lo que más se acerca. Tal vez ella sobornó a alguien. Le prometió a uno de los jurados una montaña de dinero por hacer algo que le procurara que el jurado votara a su favor. ¿Qué sucede si esa persona vio que Cliff estaba poniendo a todos en contra de Lindy y tuvo la ingeniosa idea de detenerlo?

—¿Qué jurado?

—No lo sé. Diane Miklos es la candidata más factible, de ser ése el caso. La señora Lim la vio levantando el envoltorio de uno de los platos del almuerzo de ese día. Su estilo de vida requiere inyecciones importantes de dinero. Pero ahora salió de viaje para escalar una montaña; eso quiere decir que ya tenía el dinero en su bolso, cuando Lindy aún no lo tiene. Y también está el hecho de que Lindy jura que no sobornó a nadie, y a mi criterio parece creíble.

—¿Qué me dices de su amiga Alice? —preguntó Wish.

—Ah, la entrevisté. Lindy la ayudó a comprar una casa después de que se divorció. Sufrió una depresión nerviosa y Lindy gastó la mayor parte de su sueldo de los últimos años para mantener a su vieja amiga.

—Parece que Lindy es una buena mujer —comentó Wish.

—O uno podría verla como el tipo de persona que necesita ese dinero para poder seguir interpretando el papel de mujer exitosa con sus amigos y sus entidades de beneficencia favoritas. —Paul golpeó la mesa con un puño para descargar la frustración que sentía; por accidente, tiró al suelo la gaseosa. La mujer forzuda que estaba a la mesa de billar erró el tiro y lo miró con odio. Les susurró algo al oído a unos amigos de aspecto amenazador.

—Tengo invertidos como cincuenta dólares en esto —le dijo el que estaba más cerca. Hinchó el pecho y se paró lo bastante cerca como para violar el espacio donde se hallaba Paul.

—Es evidente que no lo sabía —contestó Paul. Sin perder el tiempo, se agachó, tomó el vaso y puso rumbo a la salida más cercana, seguido con rapidez por Wish.

—Después de todo, tal vez fue un accidente —dijo Wish.

Paul caminaba más despacio. Había decidido no regresar allí dentro, ya que, al fin y al cabo, cincuenta dólares eran cincuenta dólares. Paul entendía lo que había querido decir aquel tipo.

—¿Pero no viste lo que acaba de pasar? Ese tipo quería asesinarme por cincuenta dólares, y en el juicio de los Markov había millones y millones de dólares en danza. —Paul se detuvo junto a su camioneta y miró con detenimiento a su inexperto recluta. —No sé dónde nos deja toda esta conversación. Temo que hemos llegado al final de la línea.

—Este trabajo es muy extravagante —dijo Wish—. No conozco a una sola alma viviente que se divierta tanto con la muerte de la gente.

Una vez que Winston se marchó, el estudio jurídico de Nina Reilly quedó completamente tranquilo. Por la mudanza del mobiliario, Sandy había suspendido las entrevistas con clientes. En la recepción, los dedos de la secretaria aporreaban el teclado. En la sala de reunión, después de haber pasado una serie de veces por el lugar para recoger cosas, Genevieve le preparó a Sandy una lista de gastos. En su oficina, Nina permanecía sentada, incapaz de trabajar.

Bob regresaría esa noche a San Francisco después de su viaje a la Costa Este. El padre de Nina se había ofrecido para ir a buscarlo al aeropuerto. Estarían de regreso el domingo por la mañana. Nina no podía esperar para ver a su hijo. Lo extrañaba, en particular ese día, cuando todos se marchaban.

El teléfono interrumpió esos pensamientos negros. El que llamaba era Jeffrey Riesner, y si era cierto lo que le había contado, el abogado acababa de perder a Rebecca Casey, arrebatada por una gran firma jurídica de Reno. Nina suponía que él no podía seguir manteniéndola después de perder el juicio Markov.

—Ya sabe la razón de mi llamado, ¿verdad? —le dijo Riesner sin presentarse.

—¿Quién habla? —preguntó Nina con perversidad.

—No empiece —replicó él—. Intentemos mantener una conversación civilizada.

—Supongo que es por la apelación del caso Markov.

—Bueno, no exactamente —contestó él con rodeos—. ¿No recibió una copia del último informe del síndico?

—Debo de tenerla por aquí —respondió Nina—. En realidad, no estudié el informe. —Fue dando vuelta papeles sobre su escritorio, tratando de encontrar el documento.

—Encuéntrelo y después me vuelve a llamar —dijo Riesner. Y cortó la comunicación bruscamente.

Nina siguió buscando a tientas a su alrededor, mientras se preguntaba qué había irritado a Riesner. Al fin localizó el papel en una pila que había en el suelo. Lo leyó y volvió a llamar al abogado.

—Es un documento sorprendente —le dijo—, si entiendo bien lo que dice aquí.

—Así es —afirmó él secamente—. Nina, ahora me pondré hombro a hombro con usted.

—Me sorprende y complace oírle decir eso... Jeff.

—Puede apreciar el problema que se nos suscita de inmediato. Si pagamos el reclamo, Mike queda en la ruina. Además, estoy en un aprieto. Mike... ha decidido no apelar el fallo. Naturalmente, tomó esa decisión contra mi consejo. Puedo citar un millón de errores que hacen que este fallo sea adecuado para apelar, inclusive para cambiarlo. Pero ha tomado una decisión.

Nina casi se cayó de la silla. Jamás se había imaginado aquello.

—Quería saber si usted hablaría con su cliente sobre el tema.

—¿Qué debería decirle?

—Creo que, cuando estuvo en el estrado, vislumbré un poco de comprensión de su parte. Ella se dará cuenta de que él ha perdido por completo la razón. Tal vez podría darle un respiro y comenzar a negociar para llegar a un acuerdo razonable.

—Jeff, nosotros siempre estuvimos dispuestos a negociar. Lo dije muchas veces. Pero ya no tenemos por qué hacer eso. Hemos ganado el juicio.

—¿Me haría el favor de hablar con ella? Averigüe si leyó el informe. Pídale su opinión. Quizá desee hacer algo por Mike.

Era increíble. La estaba adulando.

—Lo haré —prometió Nina—. Pero no espere nada. —Trató de hablar con tono cortés y al mismo tiempo mantener el triunfo en su voz. Aquel juicio, que había sido para Riesner como una ciruela deliciosa, ahora parecía putrefacta en sus manos. Su cliente ya no cooperaba. No había más dinero para exprimir. Y ella sabía qué era lo peor para Riesner.

Perder. Esa disputa pública había sido ganada por una mujer, por ella, por Nina Reilly. No por Riesner, el gran abogado.

Además, Mike Markov quedaría quebrado. Sería mejor que hablara por teléfono con Lindy antes de que ésta pudiera sentir lástima.

Paul apareció en la puerta.

—¿Me buscabas? —preguntó.

—Siempre. ¿Qué pasa?

—No mucho. —La hizo ponerse de pie para darle un largo beso. —Quería hablar contigo.

Le avisaron a Sandy y salieron a caminar por el sendero que llegaba hasta el lago.

—Tengo un asunto pendiente cuando regrese a mi casa —dijo Paul—. Sólo le di a la familia de Wright la noticia de que no encontré nada que pudiera probar que su muerte no se debió a causas naturales. También hablé con Cheney. La policía local tampoco tiene nada. Están por cerrar el expediente.

—¿Ningún jurado estuvo involucrado? —preguntó Nina con voz cargada de esperanza.

—No encontré nada.

—¡Fantástico!

—Sí.

—Pero hay un "pero" en tu voz.

—Odio tener la sensación de que se me escapa algo. Nina...

—¿Sí?

—Tú no sabrás algo que me estés ocultando, ¿no?

—No.

—Sé que este caso es importante para ti y sé que mis entrevistas con los jurados te pusieron de verdad nerviosa. Pero jamás fue mi intención perjudicarte. Es que no podía dejar pasar eso sin echarle otra mirada.

—Me complace que haya terminado —dijo Nina.

Llegaron al lago y observaron a unos niños que estaban cerca de ellos jugando con una pelota y a un perro que corría hacia el agua en busca de un palito.

—Supongo que tú conversaste con los jurados sobre la postura de Wright respecto de nuestro caso —dijo Nina.

—Sí.

—¿Cómo fue?

—Eran ocho a cinco a favor de Mike para la hora del almuerzo. Estabas a punto de perder el juicio.

—Entonces fue algo notable —comentó ella—. Aparentemente, la jurado suplente favoreció a Lindy y todos volvieron a cambiar su voto.

—Notable, por cierto.

—Bueno, no me mires. Yo no lo hice.

—Lo sé. Tal vez lo hizo Lindy Markov, pero no puedo encontrar la prueba.

—¿Entonces terminó?

—La mayoría de las personas deben detenerse cuando se topan con una pared de piedra.

—¿Te marchas?

—De regreso a Carmel. Después a Washington, D.C.

—¿Volverás? —le preguntó, y algo en la conducta de Paul le hizo sentir un repentino miedo—. Pensé que habías terminado ese trabajo.

—Nina, tengo algo que decirte, y no será fácil. Mi forma de actuar en el pasado, en circunstancias similares, fue siempre ser noble y culparme por todo. De esa forma consigo lo que deseo y los dos nos sentimos bien. Sin embargo, en lugar de mentirte y hacerlo fácil, decidí decirte la verdad. Tú te lo mereces. Y sé que lo puedes entender.

—Dímelo de una vez —lo instó ella con valentía. No deseaba oír lo que él tenía para decirle en ese momento, sino que quería salir corriendo, aunque sabía que no podía escapar.

—Eres egoísta. Quieres lo que a ti te interesa y sólo cuando te interesa. Está bien. Eso es moderno, es justo. A veces hasta llega a ser atractivo. Salvo cuando se trata de mí.

Nina absorbió el golpe.

—Es posible que tengas razón...

—Y este caso te ha cambiado.

—¿Qué quieres decir?

—Has hecho cosas que me sorprendieron.

—¿Como cuáles?

—Preferiste el trabajo a tus amigos. Tu moral se expandió en forma directamente proporcional al tamaño del botín.

—¡Entre toda la gente, no puedo creer que seas tú el que critica mi forma de trabajar! ¡En toda tu vida no te has guiado por ninguna norma!

—Así soy yo —replicó Paul—. Estamos hablando de ti.

—Deja mi trabajo fuera de todo esto.

—Pero no podemos. Eres la abogada que siempre está organizando y encasillando las cosas como una desquiciada. "Ponemos a Paul aquí, enamorado de mí, deseando poder casarse conmigo. Soy una mujer ocupada. Le daré un cuarenta y nueve por ciento." Bueno, yo no doy cincuenta y uno por ciento por tu cuarenta y nueve. O ambos damos un ciento por ciento, o de lo contrario es una pérdida de tiempo.

—Paul...

—Espera y déjame terminar. Aceptaré el trabajo de seguridad que me ofrecieron en Washington, D.C.

—¿Qué? ¡No! —Era algo que ella jamás había esperado. Sentía como si la hubiera tomado de los tobillos y arrojado por la borda, como Lindy había hecho con Mike en aquel barco. —¿Te has vuelto loco? ¡Tú no quieres ese trabajo!

—Sí quiero ese trabajo.

—No entiendo. Las cosas estaban saliendo tan bien... Creí que éramos felices juntos.

—Lo somos, Nina, en las raras ocasiones en que estamos juntos —respondió Paul—. Pero a mí no me alcanza. Para mí no es suficiente entrar y salir de tu vida como lo hago.

—¡Pero eso es bueno para ambos!

—Es bueno para ti. Tú necesitas a alguien que te desee menos que yo. Necesitas a alguien que esté disponible sólo cuando tienes hambre y que se cueza a fuego lento el resto del tiempo. Yo no soy un tipo para estar en segundo plano.

—No quiero que te marches —dijo Nina.

—No —replicó Paul— porque te soy útil. Pero me marcho.

—No puedes —protestó ella, buscando en su cabeza la frase correcta para decir, sin encontrarla. ¿Qué derecho tenía para querer retenerlo allí? Era un hombre apasionado y merecía tener una pareja. —¡Tengo mucho trabajo aquí! —le dijo, aun a sabiendas de lo débil que era aquel argumento.

—Nina, no pretendas no entender.

—Te necesito.

—Sí, mucho más de lo que te das cuenta. Pero recuerda que somos amigos para toda la vida. Si alguno quiere quebrarte las piernas, ya sabes a quién llamar.

—Estarás a cinco mil kilómetros de distancia.

—Un brinco, un rebote y un salto.

Bien podría estar en la Antártida. El frío océano Atlántico quedaba a mucha distancia de las montañas del oeste.

—¿Te marchas para siempre?

—Por un año.

—¿Cómo puedes abandonar California? ¿Qué me dices de tu trabajo en Carmel? No puedes irte.

—Sí, sabía que te sorprendería.

—Mira, ya sé que soy egoísta. Y sé que es difícil estar conmigo. Pero... ¡tal vez valga la pena!

—Lo vales, mi amor. Y sé que hay muchos tipos que se sentirán felices de recoger el guante cuando yo lo suelte. —Miró la hora en su reloj. —¡Bueno! Ya son las dos. Es hora de ponerme en marcha. ¿Sabes qué sería bueno?

Nina no tenía idea alguna sobre qué volvería a ser bueno alguna vez.

—Disfrutar de esa tempura que preparan en Sato sería verdaderamente una excelente despedida de esta ciudad...

—Espera un momento. Tengo algo más que decirte —dijo Nina.

—No me harás cambiar de parecer, así que no gastes saliva. ¿No quieres acompañarme a comer algo?

—No. No tengo tiempo.

Paul echó hacia atrás la cabeza y lanzó una carcajada.

—¿Cómo puedes ser tan superficial en todo esto? —le gritó Nina—. ¡Nos estamos separando!

—Yo también me siento para el diablo por eso. Vamos. Dame otra media hora de tu precioso tiempo para que podamos hacer esto de manera civilizada. Podrás decirme todo lo que desees. Es mi invitación.

—No puedo, de verdad. Genevieve aún no se ha marchado. Tengo que despedirme de ella.

Regresaron a la oficina de Nina caminando, tomados de la mano y en silencio. Nina no podía hablar, aunque Paul se mostraba como siempre. Un terremoto había sacudido la tierra, pero todo parecía igual e inclusive sonaba igual. Durante casi todo el camino, Paul fue silbando una tonada.

—Adiós, entonces —le dijo Paul cuando llegaron a la oficina. La besó con suavidad, fue hasta su camioneta, la saludó con la mano y se alejó.

Mientras Nina caminaba por el corredor que la llevaba hasta su oficina, no pensaba en la partida de Paul, pero sí sentía la textura tosca del vello de sus brazos y la gran diferencia física que había entre ambos: él tan grande, y ella, tan pequeña. ¿Cómo podía ser que se amoldaran tan bien? Pensó en los muslos largos frotándose contra su cuerpo y en la curva del brazo que la envolvía con su aroma.

¡Maldito fuera por todo lo que había dicho! ¡Maldito fuera por haberla abandonado!

Sandy no estaba en su escritorio. Nina la encontró con Wish, que había regresado de almorzar. Con una gran bolsa de residuos de color verde en la mano, el muchacho recogía los trozos de papel, las bandas de goma y los sujetadores que estaban tirados por el pasillo.

—Los voy a extrañar —dijo Nina, cruzándose de brazos y observando. Después de un minuto de contemplar el desastre, se armó de coraje y entró. Ambos recorrieron las habitaciones vacías, recogiendo cosas por el camino para que todo quedara listo para poder pasar la aspiradora. Una pequeña cadena de plata brilló en el suelo, junto a un arete olvidado donde había estado el escritorio de Genevieve. En la oficina de Winston, los envoltorios de caramelos revelaban un amor secreto por el licor, y las latas vacías de gaseosas se apilaban en un rincón para su posterior reciclaje.

—¡Oh! —dijo Nina. Un trozo de zócalo se había despegado en el lugar donde había estado el escritorio de Winston. El día de la mudanza había sido duro en esa oficina. Nina se arrodilló para tratar de colocarlo de nuevo en su sitio; de pronto, en un rincón, vio algo que no era más grande que una araña y que parecía haberse caído del zócalo. Se agachó más para mirar el lugar y recogió un pequeño disco metálico. —Es una especie de batería. ¿Será de la pequeña radio que él siempre llevaba consigo cuando salía a correr? ¿O de un reloj? Winston tiene todo tipo de relojes. Sandy, ¿qué te parece si se lo adjuntas en su correo? No es del tipo de las baterías comunes. Tal vez sea difícil reemplazarla. —La sostuvo entre los dedos para que Wish y Sandy la miraran. —Es maravilloso que puedan hacer cosas tan pequeñas.

Wish tomó la batería de las manos de Nina. Dejó la bolsa en el suelo, fue hasta la ventana y la examinó de más cerca.

—Esto no es una batería. Mira los pequeños orificios que tiene aquí.

Nina espió por encima del hombro de Wish.

—Bueno, ¿qué es?

—Hmmm —dijo Wish—. ¿Un micrófono? —Lo hizo girar entre sus enormes dedos.

—¿Qué?

—Bueno, parece un micrófono oculto... pero... —Acercó más el objeto a sus ojos y lo estudió.

—Has estado llenándote la cabeza con basura leyendo esas revistas de espionaje —le reprochó Sandy—. Te dije que sería una pérdida de tiempo.

—Bueno, tal vez lo sea —contestó Wish. Apoyó el disco sobre el alféizar de la ventana—. Es probable que me equivoque.

—¡Dios mío! Ahora sí que me haces trabajar la cabeza. Tuve la más extraña de las ideas —dijo Nina, llevándose una mano al pecho—. Pensé que tal vez... No sé lo que pensé...

Wish dejó a Nina y Sandy por un instante; fue hasta la oficina de su madre y regresó, mientras ellas miraban fijamente el diminuto adminículo que estaba sobre la cornisa.

Cuando Wish regresó adonde se hallaban las dos mujeres, llevaba en la mano una de esas revistas de espionaje dirigidas al público adolescente.

—¿Ven esto? —dijo, señalando un aviso que ocupaba un cuarto de página en una de las últimas hojas de la publicación—. Es igual.

Las mujeres siguieron con la mirada fija, sólo que ahora lo que miraban era la página de la revista. "¡JOVEN ASTUTO! —anunciaban las letras negras—. ¡EL MICRÓFONO MÁS PEQUEÑO DEL MUNDO!"

—Te lo dije —espetó Wish.

Sandy abrió la boca y volvió a cerrarla sin decir palabra. Se cruzó de brazos.

—¿Pero... cómo consiguió Winston uno de estos micrófonos? —preguntó Nina.

—Cualquiera puede comprar equipo para vigilancia —explicó Wish—. En serio. Existen catálogos en línea de todas partes del mundo. ¿No los vieron nunca en Internet? Se pueden comprar cosas interesantes. Yo hice un trabajo sobre tecnología de punta para una de mis clases.

—En la década de los 50 los rusos hacían espionaje en la embajada estadounidense en Moscú. Y lo hacían ocultando una pequeña cosa redonda como ésta detrás de la madera tallada del Gran Sello de los Estados Unidos, un regalo de los rusos que estaba colgado encima del escritorio del embajador. ¿Quién dijo que los eslavos no tenían sentido del humor? Ese aparato era distinto de éste.

—¿Cómo funciona?

—Es un transmisor de radio sencillo. Tiene un alcance de tal vez ochenta a cien megahertz, donde uno puede sintonizar para poder oír.

—¿Hasta qué distancia te puedes colocar para que esto funcione? ¿Es posible que me vaya a mi casa y escuche desde allá? —preguntó Nina, tomándose del alféizar de la ventana.

—Necesitarías un receptor. Por supuesto, esos receptores son también muy pequeños, pero la calidad no es muy buena a menos que tengas algo, digamos del tamaño de un transmisor de radio, para captar y amplificar el sonido. ¿Tal vez doscientos metros? Varía. Son equipos muy sofisticados.

A Nina y Sandy no se les ocurría nada más que decir.

—Así que alguien "pinchó" la oficina de Winston —dedujo Wish—. ¿Quién crees que estaba interesado en escuchar las conversaciones de Winston? ¡Eh, Nina! ¿Crees que Riesner y Casey pusieron un micrófono en esta oficina para averiguar lo que ustedes hacían antes del juicio?

—No —respondió Nina—. No.

—Es maravilloso cómo pueden hacer cosas tan pequeñas —repitió Sandy, tomando el objeto de la mano de su hijo—. Wish, lleva esa basura al volquete de la calle. En la recepción hay un par de sillas que te olvidaste. Llévalas también. No quiero pagar ningún daño, así que ten cuidado.

—Pero...

—Andando.

Wish se marchó protestando por tener que cumplir órdenes.

—Tú no crees que alguien puso un micrófono en la oficina de Winston —dijo Sandy.

Nina se sentó en el suelo.

—No. Nadie puso esa cosa detrás del zócalo. Estaba allí tirada, suelta. Creo que el micrófono es de él. Dios, ¿qué hacía con eso? Sé lo desesperado que estaba Winston por ganar el juicio, pero... —Sollozó. Sandy le alcanzó un pañuelo de papel y Nina se limpió la nariz. —No apareció durante esos dos días en que deliberó el jurado. Estuvo corriendo mucho.

—Con esa radio y reproductor de CD que usa siempre —añadió Sandy, frunciendo el entrecejo.

—¿Podría haber estado escuchando? ¿O tal vez tenía un receptor conectado a un grabador en su automóvil y lo escuchaba más tarde? Todo lo que tenía que hacer era estacionar el vehículo en algún sitio cerca de los tribunales.

—Pero, Nina, no tiene sentido. ¿Con qué fin querría escuchar lo que sucedía en la sala del jurado? En ese punto, uno no puede controlar el resultado del juicio.

—Dios mío. Quizá Paul tenía razón. Quizás él... le hizo algo a la comida de Clifford Wright para detenerlo. Tal vez no se dio cuenta de cuán graves podían ser las consecuencias.

—Pero, Nina, siempre se deja la comida para el jurado en el pasillo privado adonde da el despacho del juez. Y la puerta de ese pasillo está siempre cerrada con llave.

—Nadie molesta a los abogados cuando pasan por ese pasillo, y se puede salir directamente por allí de la sala del tribunal. Yo misma lo he hecho. Y Winston tenía algo con una de las empleadas de ahí atrás... Él estaba al tanto de la alergia de Wright, por los archivos que teníamos de los miembros del jurado. Sabía que era vegetariano. Es probable que el almuerzo de Cliff estuviera identificado con alguna marca. Pudo haber puesto algo en esa comida.

—¿Y por qué dejó este micrófono oculto aquí?

—¡No lo sé! Sólo puedo imaginar. Es muy pequeño. Debió de haberse caído durante el lío de la mudanza. O no se dio cuenta, o no pudo encontrarlo.

—Tiene una muy buena reputación, montones de clientes... ¿Por qué haría esto?

—Perdió su último juicio; estaba desesperado por ganar éste. Su éxito profesional dependía de este caso. Y sabía que recibiría una enorme cantidad de dinero si ganábamos. Ese dinero le permitiría saldar muchas de sus deudas. ¡Oh, Sandy! —Se dejó caer al suelo como una bolsa de patatas y se abrazó. —¡Dios mío! Mi caso.

—Será mejor que llames a Paul.

No podía moverse. La realidad la había aplastado, y no sabía qué hacer.

—Paul se ha ido. No puedo llamarlo.

Genevieve apareció en la puerta, con un bolso de cuero colgando del hombro.

—¿Todo bien por aquí? —dijo—. Jamás en toda mi vida vi dos rostros tan compungidos. ¿Qué es lo que tiene ahí?

—Nada —respondió Nina, y se metió el micrófono en el bolsillo. Se puso de pie y sacudió las manos. Debía pensar. No tenía sentido involucrar a otra gente.

—Bueno, señoras —dijo Genevieve, un poco triste—, el momento terrible ha llegado. Genevieve Suchat abandona el edificio.

Se despidieron.

—Sandy, no permitas que te haga trabajar mucho —recomendó Genevieve—. Y usted, Nina, no permita que Sandy la haga morir antes de tiempo. ¡Oh, las extrañaré a las dos!

Cuando se fue, una tristeza profunda, densa como el polvo, las invadió a ambas.

CAPÍTULO 35

—Nina, ¿dónde está Paul? —preguntó Sandy mientras se dirigían con lentitud a la oficina de Nina.

—De regreso a Washington. Para siempre.

Sandy apretó los labios.

—Pero ese chico... ¿Dónde está en este preciso momento?

—Bien podría estar aún almorzando en Sato. Iba a pasar por allí antes de salir de la ciudad.

—Llámalo. Él sabrá qué hacer. Se le ocurrirá alguna idea.

—No.

—Está bien. Entonces lo llamo yo. Lo necesitamos. No se saldrá fácilmente de esto.

—No. Yo lo resolveré sola. —Nina entró en la oficina y cerró la puerta. Apoyó las manos sobre la mesa y después posó la cabeza sobre éstas. Se quedó así durante cinco minutos; después llamó a Paul.

No contestaba su celular. Nina escuchó la mitad del mensaje del contestador. "El número al que usted está llamando está fuera de..." Colgó.

—Esto no va a funcionar nunca —dijo en voz alta. El Joven Astuto era como una brasa candente en su bolsillo.

En Sato, el teléfono sonaba ocupado. Intentó una y otra vez durante cerca de cuarenta y cinco minutos, pero el teléfono seguía ocupado. En cualquier momento, Paul se habría marchado. Nina se decidió. Tomó su chaqueta y regresó a la recepción.

—Sandy, cancela todas las entrevistas para esta tarde. No debo ir al tribunal, y mañana es sábado. Veré si puedo alcanzarlo antes de que se vaya.

—Hazlo.

—Mientras tanto, sigue intentando con el restaurante. En caso de que te comuniques, dile que me espere allí. Tendré encendido mi celular. Llámame si encuentras a Paul.

Por fortuna, su camioneta Bronco tenía lleno el tanque de gasolina. Al llegar a la puerta de Sato, cuando estaba por poner el freno de mano, vio que Paul se dirigía a su vehículo, que estaba estacionado más o menos a una cuadra de distancia. Dio marcha atrás con rapidez, hizo un giro y pasó el vehículo de Paul; retrocedió y se detuvo justo detrás de él.

—¿Nina? —Paul se bajó de la camioneta para ir hasta la puerta de la de Nina.

—¿Quién otra, Paul? —dijo ella, embargada por la emoción que no había podido expresar antes en ese día, y con una sensación de alivio por encontrarlo.

—Decirte que no te esperaba es un eufemismo... a menos que hayas sentido un deseo incontrolable de comer sushi.

—Paul, escúchame —dijo Nina, cerrando la puerta de su camioneta. Caminaron hasta la vereda de enfrente del restaurante mientras ella le daba una versión resumida de los acontecimientos de la mañana y le mostraba el pequeño adminículo para que lo examinara—. Lo que quiero saber es si estoy loca por pensar que esto significa algo. Me gusta Winston. No quiero que sea el malo de la película.

—¿Entonces por qué no lo llamas y le pides que te lo explique? —replicó Paul—. ¿No confías en él?

—Es extraño —repuso Nina—. ¿Que yo le pregunte si puso un micrófono oculto en la sala del jurado? ¿Si escuchó los procedimientos? Por supuesto que me dirá que no lo hizo. Para empezar, es ilegal. Y no significa que necesariamente haya usado la información para ganar el juicio. Tal vez sólo se dedicó a escuchar. Tal vez no lo usó para nada. No puedo creer que él me lastimara de esta forma, que me destruyera...

Sin embargo, Paul estaba absorto en sus pensamientos.

—¿Qué vas a hacer? —preguntó al final—. Si él hizo espionaje en la sala del jurado, eso puede ser más grave que el sabotaje al mismo jurado. Él sabría que Wright básicamente saboteaba el caso de Lindy Markov. ¿Encontraste maníes?

Durante una milésima de segundo, esa conversación resultó casi cómica. Después, Nina se dio cuenta de lo que podría significar.

—Si le hizo algo a Wright, ¡lo mataré! El juicio... Dios mío, el veredicto de Lindy será cuestionado. Todos los meses perdidos con este juicio... ¡Riesner! ¡Nos arruinará! ¡Oh, Paul...!

—El dinero —dijo él.

—¡Mi dinero!

—Si no te importa —dijo Paul—, me gustaría acompañarte cuando hables con Winston. ¿Te parece bien?

Nina asintió.

—Gracias. No creía tener derecho a pedírtelo. Pero... ¿no dijiste que debías ir a Carmel?

—Puedo volar a Washington desde Sacramento mañana. No pasaré por Carmel. ¿Dónde está Winston?

—Creo que en algún lugar en el lago. —Llamó a Sandy por su celular. —Estoy con Paul. —Después, cortó la comunicación.

—¿Genevieve sabe de esto?

—No lo sé —respondió Nina—. Ella entró en la oficina y vio que yo tenía el micrófono. Yo no le estaba prestando atención; estaba aterrada por lo que tenía en la mano. Además, Winston es demasiado inteligente y demasiado orgulloso como para contarle a ella algo como esto.

Una nueva inferencia la conmovió. Suspiró con una sensación de infelicidad.

—Tal vez sospechó algo. Ahora que lo pienso, es posible que reconociera el micrófono. Parecía molesta cuando entró para despedirse. Yo lo atribuí a que era su último día.

Paul digirió esa información mientras jugaba con la tapa del vaso de plástico que tenía en la mano.

—¿Dónde está Genevieve ahora?

—¿Para qué quieres saberlo?

—¿No te parece, como me parece a mí, que Genevieve tal vez fue corriendo a advertirle a Winston que tú encontraste el micrófono? Nina, ¿qué pasaría si ella lo reconoció?

—Tal vez sea así.

—¿Y cómo crees que Winston reaccionará ante la información que ella podría estar dándole en este preciso instante?

—¿Como un loco? —dijo Nina, tomando conciencia por primera vez del tema—. ¿Amenazándola?

—¿Lo suficiente como para querer que ella no abra la boca? Es posible que se imagine que podría convencerte a ti con cualquier cosa. Él debe de saber que tú mueres por que te convenzan. Has invertido una fortuna en este caso. Pero él sabe que, de todos, Genevieve es la que puede arruinarlo para siempre. Es probable que sepa más de lo que cree y todo comience a tener sentido para ella.

—Pero —objetó Nina—, aun aceptando que Winston no sea la persona que yo siempre creí, aceptando inclusive que pudiera ser peligroso —siguió pensando en voz alta—, ¿cómo podría Genevieve encontrarlo hoy, si él está en una isla en el medio de Emerald Bay?

—De la misma forma en que podemos encontrarlo nosotros —respondió Paul, tomando las gafas de sol de Nina del asiento trasero. La tomó de la mano y la hizo subir a su camioneta—. Una lancha. Con una lancha se llega rápido...

Nina se subió al vehículo de Paul e hizo unas llamadas rápidas por su celular.

—Muy bien, en marcha hacia la bahía Meek. Llamé al paraje Richardson. No quieren alquilarnos una lancha. Es demasiado tarde y hay cada vez más viento. Eso fue lo que me dijeron. La mala noticia es que le alquilaron la última del día a Genevieve. Así que sabemos que es probable que haya ido tras Winston. ¡Dios mío, Paul! En este momento ya nos lleva una hora de ventaja.

—¿Por qué deberíamos ir a la bahía Meek?

—Matt nos ofreció su lancha, y ahí es donde está atracada.

—Tenías algunos comentarios no muy agradables sobre esa lancha.

—La última vez que se quedó detenida en el medio del lago, juré que jamás volvería a subirme a ella, pero ahora es nuestra única opción. Me dio algunos consejos para ponerla en marcha. —Entraron en el estacionamiento. —Busca una lancha llamada *Andreadore*.

—¡Qué nombre pegadizo! ¿No se llamaba así otra embarcación?

—Estás pensando en el *Andrea Doria*.

—Tu hermano tiene un extraño sentido del humor.

—Dímelo a mí. En general la atraca en Heavenly, pero, por suerte para nosotros, un amigo estuvo haciéndole algunos arreglos para la temporada de verano. Es una especie de trueque. Bahía Meek está más cerca de Emerald Bay.

Fue fácil encontrar la deslucida embarcación de más de seis metros de eslora.

—Nina —dijo Paul mientras desataba las sogas que sujetaban la lancha al muelle—. Sé que no crees que Winston mató a Clifford Wright... pero por favor por lo menos acepta esa posibilidad. —Subió de un salto, conectó el encendido e hizo arrancar el motor.

—Es que no puedo.

—Nina, pero si lo hizo... significa que es peligroso para Genevieve.

—Existe una explicación. Tiene que haberla.

—No permitas que la amistad te cierre los ojos. Cuídate, ¿sí?

Las palabras de Paul desaparecieron detrás del traqueteo y rugido del *Andreadore* mientras se alejaban rumbo a Emerald Bay.

Paul hizo andar el motor a máxima velocidad durante unos diez minutos. De inmediato el viento frío de fines de mayo se coló debajo de las ropas de Nina y le enfrió las piernas, los brazos y el cuello.

Un rocío abundante se levantó de las aguas encrespadas del lago.

—¿Habrá ido nadando hasta Fannette con este tiempo? —preguntó ella.

—Creo que Matt me dijo que, una vez que uno puede acercarse a las rocas con un kayac —dijo Paul— es posible llegar a la isla sin mojarse ni siquiera los pies.

—Desearía no tener que hacer esto —se quejó Nina—. Ya estoy congelada. El lago se está poniendo muy feo. Mira las nubes que se aproximan.

Paul no respondió, al parecer absorto en sus propios pensamientos.

El viento soplaba enloquecido. La vasta extensión del lago estaba adornada por diez mil manchas de color blanco.

—Estoy asustada —le gritó Nina para hacerse oír por encima del ruido del motor y del viento—. Baja la velocidad.

—¿Olvidaste que tenemos prisa?

Nina lo recordaba. Recordaba que debería estar a salvo sentada a un escritorio, en una habitación cálida, con todo bajo control, y no allí, en el lago, con el viento fuerte de esa tarde, sin control de nada, con Paul, que se suponía debería haberse marchado...

—¿Qué es esto? —preguntó atajando una caja de cuero que se deslizaba por la cubierta—. ¡Qué bueno! Son los binoculares de Matt.

—Toma —dijo Paul—. Cúbrete con esto. —Le arrojó un mantel y Nina se envolvió en ese improvisado abrigo.

Sacó los binoculares de la caja y se los llevó a los ojos para ajustarlos. Durante unos minutos recorrió el lago Tahoe hasta donde podía ver, abarcando los casi veinte kilómetros hasta la costa este.

—Cualquiera que haya salido a navegar hoy fue lo bastante inteligente como para atracar antes de esta hora. No hay nada a la vista, ni siquiera el marinero ahogado.

—¿Qué marinero ahogado?

Le contó a Paul la historia que una vez Andrea le había contado sobre el marinero que terminó en el fondo del lago Tahoe en lugar de hacerlo en la tumba que él mismo se había construido en la isla.

Algo que ella dijo debió de haber confirmado lo que él ya había pensado.

—Este maldito lago. Todo este lugar. Es tan hermoso en la superficie... —Miró las olas embravecidas y apretó las manos en el timón con tanta fuerza que los nudillos se tornaron blancos. —Pero abajo... —Como si lo ayudara a explicar lo que decía, el motor escupió agua y después volvió a rugir.

Antes de que Nina pudiera preguntar si el comentario tenía algún doble sentido oculto que sólo un maestro de la literatura era capaz de descifrar, Paul siguió hablando.

—Casi estamos en la entrada de la bahía. Apunta bien esos binoculares.

Y ahí estaba, una lancha con la figura de una mujer al timón.

—Es Genevieve —dijo Nina, pasándole los binoculares para que Paul pudiese ver.

—¿Qué está haciendo ahí? Ése no es el camino para entrar en Emerald Bay —observó Paul, y por primera vez Nina se dio cuenta de la irritación que teñía su voz. Aquel ensimismamiento que tal vez disimulaba una cierta cuota de miedo. Nina recordó que Paul no era muy diestro manejando embarcaciones. El equivalente a la lección de cinco minutos que había recibido de Matt acaso constituía todo el conocimiento que él tenía sobre navegación.

Sin embargo, Paul jamás la había decepcionado.

Trataron de llamar la atención de Genevieve, pero con el viento ella no podía oírlos.

—¡Rayos y maldiciones! —gritó Paul—. Ni siquiera mira hacia acá. Va directamente al medio del lago. ¿Estará tratando de llegar a la otra orilla? ¿Adónde diablos se dirige tan rápido?

—Ahora no podemos alcanzarla. Su lancha está en mejores condiciones que este trasto viejo. De todos modos, está sola. Está bien. Ni siquiera veo a Winston.

—No te ensañes con el bote de Matt. No querrás que se ofenda. Todavía tenemos que recorrer un largo camino, y no sabemos lo que sucede. Es posible que Winston se encuentre en esa lancha. Sujétate, que tomaremos más velocidad —apretó el acelerador—, y ya veremos quién es el trasto viejo.

Llevó la lancha a máxima velocidad, que no bastaba para alcanzar a Genevieve, pero de todos modos a Nina le pareció muy rápida. Se puso de pie tomándose del parabrisas y agitando una bolsa de papel al viento. La lancha de Genevieve seguía rugiendo resueltamente hacia delante, saltando y hundiéndose en las olas, por momentos inclinándose hacia un lado o al otro, en apariencia peligrosamente inestable. En un momento, Genevieve volvió la cabeza y Nina vio que movía los labios, como si estuviera diciendo algo, pero continuó a velocidad máxima, ciega en su resolución. Entonces, de repente, a unos seis kilómetros de la orilla, apagó el motor y desapareció de la vista.

—¿Qué hace? —preguntó Paul, que bajó la velocidad tratando de cubrir la brecha que los separaba sin correr el riesgo de chocar contra la otra embarcación.

—No la veo.

Cuando estuvieron lo más cerca posible, Paul puso el motor en baja velocidad. El ruido se tornó casi imperceptible en medio del viento, porque lo siguiente que vieron fue a una Genevieve asombrada que casi se cayó ante la aparición de ellos.

—¿Qué demonios hacen? —les gritó—. ¿De dónde salieron? —Paul y Nina vieron que Genevieve aferraba a Winston por el brazo. Estaba medio dormido, y ella lo estaba acomodando en uno de los asientos. Winston se hallaba sentado en la cubierta de la lancha, con los ojos cerrados.

Se acercaron a la embarcación de Genevieve sin apagar el motor, de modo que pudieran alejarse con rapidez si el viento los empujaba demasiado cerca uno del otro.

—Tenemos que hablar con usted, Genevieve —dijo Nina.

—¿Me siguieron hasta acá para hablar? Debe de ser algo terriblemente importante. ¿Qué sucedió?

—¿Qué problema tiene Winston? —preguntó Paul.

—¡Ah, Dios! —exclamó Genevieve. —Winston. Está borracho. Es un loco. Se le metió en la cabeza conducir esta lancha por el lago. Le dije que era demasiado tarde, pero no quiso escucharme.

—Pero es usted la que está conduciendo —señaló Nina.

—Sólo lo hice por unos minutos. Estaba muy empecinado. ¡Cómo me gritaba! ¡Jesús! Jamás lo había visto actuar de esa manera. Y ahora se quedó dormido.

—¿Qué es lo que hacía aquí con él?

—Después de que terminé el trabajo, me di cuenta de que me quedaba algo de tiempo antes de la partida. Es probable que hayan notado que Winston y yo... —Se sonrojó. —Bueno, no coincidimos en cómo las cosas deberían ser entre los dos. Yo deseaba seguir viéndolo... Él creía que nos teníamos que separar. Así que quise hablar con él. Me pareció que era una oportunidad perfecta. Sabía que había alquilado un kayac; entonces yo alquilé esta lancha y lo sorprendí en la isla con una comida que compré en Cecil antes de salir de la ciudad.

"Tendimos una manta sobre el suelo. Estuvimos celebrando con champán, pero yo casi no bebo. Y resulta que él se emborrachó de esta manera —explicó Genevieve, mientras se secaba el rostro con la manga de su abrigo. El cabello claro le caía por la espalda en largos mechones lacios—. Uno no puede decirle a alguien que está en ese estado lo que debe hacer. Supongo que había bebido antes de que yo llegara. Un poco de champán y se le dio vuelta la cabeza. Después, casi me tomó por la fuerza. Subimos a la lancha. Yo deseaba regresar, pero él tenía esta idea disparatada... Era más fácil acceder a su reclamo. Y después, hace tan sólo un minuto, se quedó dormido. Lo iba a sentar para que vomitara, y después resolví regresar.

—Genevieve —dijo Paul—, ¿pondría los flotadores al costado de su lancha? Esos que se colocan para proteger la embarcación cuando se atraca en el muelle.

—¿Para qué?

—¿Le dijo Winston la razón por la que deseaba ir al medio del lago? —preguntó Nina. Winston estaba completamente desmayado y resultaba obvio que no corría peligro en aquel momento.

—No —dijo Genevieve—. Estaba completamente fuera de sí. Lo único que hacía era presionarme y exigirme. Yo tenía miedo... —Casi hablaba a los gritos en medio del viento.

—Genevieve, escuche —dijo Nina. Le explicó tan rápido como pudo lo que ellos pensaban del micrófono que habían encontrado en la oficina de Winston—. Es posible que quisiera traerla hasta aquí, donde nadie la encontraría. Si había un accidente. —El *Andreadore* levantó la proa y Nina se tomó del parabrisas para no caerse.

—¡Eso es ridículo! —gritó Genevieve—. ¡Están locos! ¿Cómo pueden pensar una cosa así de Winston?

—Puede que haya una explicación. Pero debe enfrentar la realidad. Si Winston escuchó a escondidas las deliberaciones del jurado, también existe la posibilidad... la remota posibilidad de que él tenga algo que ver con la muerte de Clifford Wright.

—Yo... no sé qué decir. Esto me deja pasmada. ¡Después de todo lo que él hizo por usted! Y jamás me lastimaría adrede. Yo le importo.

—De todos modos —continuó Paul, implacable—, ¿por qué no regresa con Nina? Yo llevaré a Winston.

—No —se opuso Genevieve—. Lo llevaré yo. Está inconsciente. Inclusive si lo que dicen ustedes es verdad, aunque yo creo que es la mayor estupidez que he oído en mi vida, ahora no corro peligro. Les diré lo que haré. Regresaré al muelle. Ustedes dos me pueden ayudar volviendo a buscar el kayac.

—¡Olvídese del kayac! —replicó Paul, perdiendo la paciencia.

Continuaron discutiendo durante unos minutos hasta que el cielo se tornó tan oscuro que las nubes parecían tocar los hombros de Nina.

Al final, Genevieve pareció darse por vencida.

—¿Qué hará cuando él se despierte? Tendrá una explicación perfectamente lógica para todo y después le hará volar la cabeza por haber dejado el kayac. —Estaba muy enfadada y su acento sureño sonaba aún más pronunciado.

—Paul, la isla está a unos pocos minutos de aquí. Podríamos ir a buscar el kayac —sugirió Nina.

Paul dejó de discutir. Llevó el *Andreadore* junto a la veloz lancha de Genevieve, hizo que Nina se pusiera al timón, se paró en el borde del bote y saltó antes de que Genevieve tuviera tiempo de reaccionar. Con los brazos en jarras y las piernas en el aire sobre un espacio de más de un metro por encima del lago, cayó en la cubierta del otro bote profiriendo un insulto. Se puso de pie y tomó a Genevieve de un brazo.

—Sea una niña buena y salga de este bote —dijo, guiándola hacia el borde—. Nina, acércate más.

Nina obedeció. Sin prestar atención a las airadas protestas, Paul levantó a Genevieve y la depositó en el *Andreadore*.

—Iré a buscar el kayac. Nos encontraremos en Richardson en veinte minutos. Pónganse en camino. A todo esto, Genevieve, ¿no tiene alguna soga en la bolsa?

Genevieve se paró junto a Nina, observando cómo Paul y Winston retrocedían mientras Nina se alejaba en la lancha de Matt.

—¿Lo va a atar? —preguntó.

—Sólo para que se quede tranquilo —respondió Paul—. Usted dijo que estaba enojado.

—No puedo creer esto.

—Dígame —dijo Paul con firmeza—, ¿dónde está la maldita soga?

Con la mirada cargada de tristeza o de duda, o de ambas cosas, Genevieve le dijo por fin lo que deseaba.

—Creo que hay una dentro de la escotilla sobre la que está acostado Win.

—Paul, ten cuidado —advirtió Nina; saludó y puso rumbo sudoeste. Esperó a que estuvieran lo bastante lejos para acelerar sin provocar una ola mayor que pudiera desestabilizar la otra embarcación.

Vio que Paul trataba de mover el peso muerto del cuerpo de Winston hacia un costado, aunque en vano, porque éste volvió a caer en el mismo lugar.

Nina y Genevieve avanzaron un par de kilómetros sin pronunciar palabra. Nina estaba feliz de regresar a casa. Se sentía muy aliviada. Tenían a Winston. Ahora él podría explicarlo, podría disipar esta nube de duda sobre el juicio. Iban a mitad de camino del paraje, cuando Genevieve habló.

—¡Maldición, maldición, maldición!

—¿Qué sucede?

—Me olvidé de decirle que recogiera la canasta del picnic.

—No hay problema —repuso Nina—. Le prometo que le pediré a mi hermano que la recupere mañana.

—¡No comprende! —gritó Genevieve—. Me saqué los anillos y los puse adentro. El anillo de bodas de mi madre está ahí. No puedo dejarlo. ¡Alguien puede encontrarlo primero!

¡Al diablo! Prefería estar cerca de Paul. Él tenía a Winston, así que no había nada de qué preocuparse. La isla no quedaba lejos.

—Tranquilícese —dijo Nina—. Vamos a buscarla. —Hizo girar la lancha hacia el norte y puso rumbo a la angosta franja plateada del lago que marcaba la entrada de Emerald Bay.

CAPÍTULO 36

La isla Fannette, que se elevaba unos cuarenta y cinco metros por sobre la superficie del lago, se asentaba en medio de Emerald Bay igual que una joya exquisita en un valioso pendiente. En el primer sector visible de la isla, en el extremo nordeste, la casa de té construida en piedra se levantaba sobre montañas de lisas rocas graníticas. En cierto modo, las nubes bajas habían lavado el color de los pinos. El paisaje, siempre accidentando, aunque por lo general suavizado por cascadas de agua y la luz del sol, ofrecía una belleza distinta en medio de los azules y grises de las últimas horas de la tarde, cavilando en la soledad de las arremolinadas aguas circundantes.

Nina había decidido no adelantarse a los acontecimientos y dejar que las cosas siguieran su curso. No había nada que temer, salvo quizá la poca seguridad que les ofrecía la lancha de Matt, que hasta el momento se había comportado en forma admirable, y lo impredecible del tiempo, que amenazaba, aunque hasta ese instante no había desencadenado ninguna tormenta. La isla debía de tener algún magnetismo, pensó Nina, ya que aun en medio del agua, en una atmósfera tan inquietante, ella podía sentir la atracción. Tenía deseos inmensos de bajar de la lancha y trepar hasta la cima de la pequeña colina, para sentarse en la casa de té y desde allí disfrutar de la vista. Sin embargo, las aguas frías del lago, allá abajo, aguas profundas de deshielo, la amedrentaban un poco. Más adelante, en la temporada de verano, regresaría junto con Matt, Andrea y los niños, para disfrutar de un día de sol cuando el lago tuviera las aguas más cálidas. A Bob le encantaría escalar por los peñascos hasta ese lugar.

—Debemos dar la vuelta para ir del otro lado —indicó Genevieve—. Hacia la gruta. ¿Por qué no me deja el timón? Yo conozco mejor el camino.

—No, gracias —dijo Nina. Se sentía responsable por la embarcación de su hermano. Sabía que acercarse a las rocas de la gruta con ese viento podía llegar a ser muy desagradable.

Meciéndose y golpeando contra las duras olas del lago indómito, la *Andreadore* estaba recibiendo una paliza. Genevieve no dejaba de hablar, con un cotorreo sin descanso que ponía a Nina muy nerviosa.

En un minuto vieron la pequeña gruta que ofrecía el único refugio seguro para la embarcación.

—No podemos entrar, Genevieve —advirtió Nina—. ¿Ve eso? —Señaló un árbol retorcido que marcaba el punto más austral de la isla. —Estoy segura de que en esa gruta hay puntas de rocas debajo del agua. Ahora el viento sopla muy fuerte. Las aguas están muy agitadas.

—Sólo acérquese un poco más, Nina —pidió Genevieve, que casi saltaba de impaciencia—. Iré nadando. Sabe que ya lo hice una vez.

Nina le clavó la mirada.

—Pero ahora el clima se ha puesto muy feo, Genevieve. No, no vale la pena arriesgar la lancha de Matt. —Nina oteó la bahía. —¿Dónde demonios está Paul?

Las ráfagas intensas de viento golpeaban la pequeña embarcación y las dos mujeres cabalgaban como niños sobre caballitos de madera, sujetándose de donde les era posible.

La bruma había envuelto la isla y el rugido continuo del motor había ensordecido a Nina a tal punto que ya casi no oía lo que decía Genevieve, inclusive cuando ésta gritaba.

—Si está tan nerviosa, déjeme a mí acercar más el bote, Nina —la urgió Genevieve. Mientras los nervios de Nina se tensaban más y las voces se alzaban hasta el grito, Genevieve tomó el volante, tras dar a Nina un fuerte empellón con la cadera—. Yo me crié entre barcos.

Nina, fuera de guardia por la vehemencia de Genevieve, aunque incapaz de decidir cómo poner orden en el desequilibrio que había en todos sus asuntos, se hizo a un lado y dejó el timón.

—Va a hacer que nos hundamos —dijo Nina, observando cómo la lancha se movía descontrolada e iba directo hacia las rocas—. ¡Cuidado a la izquierda! ¡Ahhh...!

A no más de tres metros del borde de la isla, cerca de donde el kayac de color amarillo había sido alzado sobre las rocas y colocado sobre la arena, Genevieve aminoró la marcha a la velocidad mínima y se volvió para mirar a Nina.

—Cálmese —dijo. Tuvo que gritar para que la oyera por encima de la repentina ráfaga de viento que ahora aullaba alrededor—. Todo saldrá bien.

Nina se lanzó sobre el timón. Deseaba tener algún control de aquel barco que se mecía desenfrenado.

—Debemos largarnos de aquí.

Genevieve tenía la mano firme sobre el timón.

—No. No sea cobarde. Sigamos con el plan. Voy a entrar. —Maniobró con una mano. —Me congelaré a menos que consiga algo de ropa seca —dijo. Mientras Nina observaba, hizo un atado con un suéter y una toalla y los arrojó a la playa, que estaba justo pasando la gruta. El viento le echó el cabello hacia atrás. Sólo tenía puestos unos pantalones cortos y una camiseta.

—Hay otra cosa —agregó Genevieve.

Pero primero Nina tenía que hacerle otra pregunta.

—¿Genevieve? —le dijo. Después, el viento que soplaba más fuerte pareció aclararle el pensamiento. —Genevieve, ¿dónde está su audífono?

Después de todo, no había ninguna soga debajo de la escotilla donde estaba sentado Winston. Luego de buscar con cuidado, Paul la encontró arrollada entre los chalecos salvavidas, debajo de los almohadones de plástico de los asientos de la parte delantera de la lancha.

Ató las manos laxas de Winston, sintiéndose un poco tonto por lo que hacía. Después le ató los pies a uno de los asientos, lo bastante fuerte como para que el abogado no se moviera sin ayuda. Ese tipo no se hacía el dormido. Estaba desmayado.

Recordó sus días en la policía, cuando transportar prisioneros era algo de rutina y todos eran peligrosos hasta que se probara lo contrario. Pensaba en esto cuando tendió la mano hacia el motor de arranque. ¿Dónde estaba la llave? No tardó mucho en recordar lo rápido que había actuado para desalojar a Genevieve de esa lancha. Ella debía de tener la llave en la mano o en el bolsillo.

Llamaría para pedir ayuda. Fue entonces cuando se percató de que tanto su celular como el de Nina estaban bien guardados en la guantera de su automóvil.

Profirió un insulto y buscó un manual. Por supuesto, las embarcaciones de alquiler tenían radios. Pero eso habría sido demasiado fácil. La radio emitió unas crepitaciones, después ofreció un informe pesimista sobre el estado del tiempo y antes de que Paul pudiera averiguar con exactitud cómo sintonizarla, quedó muda.

Bueno, si se puede hacer arrancar un automóvil conectando un puente en el encendido, en una lancha debería ser lo mismo. No en vano había sido policía en San Francisco durante años. Pensando en eso, puso manos a la obra.

El cielo se había oscurecido un poco. Se quejó en silencio pensando que deberían haber abandonado el lago sin pérdida de tiempo, deseando patear a ese hombre dormido y despreocupado, pero se contuvo porque la gente civilizada no actuaba de esa manera.

Se movía con lentitud, después de haber gastado toda su vitalidad en el apurado viaje para llegar hasta ese lugar. El sobresalto que sintió al ver a Nina cuando salió del restaurante lo había perturbado, y tardaba algún tiempo en recuperarse. Se había despedido de ella; sin embargo, ahí estaba de nuevo Nina tentándolo y haciéndole sentir remordimiento.

Pero eso no cambiaba nada, salvo el momento de su partida. Se iría el lunes, de acuerdo con lo planeado. Verla una vez más sería suficiente para convencerse, si en realidad abrigaba alguna duda al respecto. En manos de Nina, él se había convertido en algo tan maleable como la masilla, y la más mínima amenaza que le hiciera lo lastimaba como si lo estuviera quemando con ácido. Tenían un vínculo muy profundo, pero no iban a ningún lado.

Aceleró ligeramente el motor. Le gustaba la velocidad, pero Winston habría rodado por la cubierta. Para no correr los mismos riesgos, mantuvo una velocidad moderada. Sin apurarse demasiado, tardaría no más de un minuto para atar el kayac a la lancha y estarían de regreso en tierra antes de que se hiciera noche cerrada.

A una velocidad constante, quedaban unos diez minutos de viaje antes de poder llegar a la entrada de la bahía. Después de haber arrancado, uno de los transbordadores que recorrían esas aguas pasó cargado de pasajeros que lo saludaron alegremente. Paul les retribuyó el saludo. Al quedar solo otra vez, trató de cantar, pero con ese viento hasta la más alegre de las tonadas quedaba flotando en el aire tanto tiempo que parecía un canto fúnebre. Entonces decidió silbar.

—¡Jesucristo! —le llegó una voz ronca desde el suelo—. ¿Dixie? ¡Por favor, no me diga que está silbando Dixie!

Paul se calló.

—¿Le importaría decirme —preguntó Winston muy lentamente— por qué tengo esta soga? Eso, combinado con su gusto por la música, es... —Hubo una pausa prolongada mientras Winston se esforzaba por articular una boca que no cooperaba para nada en pronunciar ciertas palabras engorrosas. —...desagradablemente sugestivo. —Se esforzó por incorporarse. Paul extendió la mano para ayudarlo a sentarse junto a él.

—Bueno, amigo —comenzó a decir Paul, pensando que no hay nada como aclarar las cosas sin perder el tiempo—. Usted tiene que dar algunas explicaciones. —Habían llegado a una franja estrecha de agua entre dos penínsulas salientes que conducían al interior de Emerald Bay. Paul maniobró para pasar por el medio y siguió adelante.

—Sin tener un jurado que atender y que requiera mi atención, puedo oír bastante bien —dijo Genevieve. En apariencia poco dispuesta a seguir hablando de su audición recuperada por milagro, Genevieve, flaca y huesuda aunque musculosa, cerró un puño y dio un puñetazo a Nina en pleno rostro.

Nina cayó al suelo. Trató de tomarse de uno de los asientos y tendió una mano, pero su caída fue muy fuerte. Oyó más que sintió el crujido de su muñeca que se quebraba. Trató de recordar las tomas que había aprendido en las clases de artes marciales, pero su mente estaba oscurecida por la noche que se aproximaba y la repentina y asombrosa transformación de Genevieve, que pasaba de ser su colega a ser una enemiga mortífera. Se puso de pie de un salto tan pronto como pudo, tratando de no resbalarse por la cubierta mojada de la lancha, pero Genevieve ya la estaba esperando. Con un movimiento rápido, como el de aquella noche en que Rachel y Mike terminaron echados por la borda del *Dixie Queen*, Genevieve tomó a Nina por los tobillos y la alzó por encima del borde de la embarcación.

—Debería haberme permitido que la desmayara —le dijo, sin dejar de sujetar muy fuerte a Nina por los tobillos—. Pero no es tan fácil de hacer, ¿sabe? Maldición. Sabía que se me había perdido el micrófono en la oficina de Winston cuando se me cayó el bolso durante uno de nuestros últimos y memorables almuerzos. ¡Qué mala suerte que usted lo encontrara antes que yo!

El rostro de Nina se tornó azul como el hielo. La conmoción... En un intento por liberarse, dobló el cuello hacia atrás para alejarse del agua, al tiempo que empujaba con toda su fuerza contra el costado de la lancha ayudada por la mano que le quedaba sana; sin embargo, un dolor en la columna vertebral se lo impedía. Unas olas henchidas de agua le salpicaban el rostro, nublándole la vista y llenándole de agua la boca y la nariz.

—¡Genevieve, suélteme! —gritó, escupiendo agua.

Mientras Nina se sacudía y debatía, la presión que Genevieve ejercía sobre sus tobillos aumentó.

—Si tan sólo hubiera llegado diez minutos más tarde, me habría dado tiempo para ahogar a Winston, y ahora usted estaría en la otra lancha disfrutando con su novio. ¿No da asco? ¡Mierda, Nina! No quería matarla. Esto es un desastre total. —Sin aliento por el esfuerzo que estaba haciendo, se dispuso a empujar a Nina con tanta presión que ésta creyó que la espalda se le quebraría. Nina se dio cuenta de que intentaba ahogarla. Estaba entumecida por el frío y ya se sentía exhausta. Cuando llegara, Paul encontraría a Genevieve sola, y ésta le daría alguna excusa lógica para explicar su desaparición. Para cuando Paul pudiera comprobar si la historia era cierta, Nina estaría muerta y su cuerpo habría ido a descansar junto al del marinero ahogado.

—Esto es exactamente lo que sucede cuando uno no puede planear por anticipado. De lo contrario, todo habría sido más fácil para usted. —Genevieve hablaba con un rapto de determinación casi sobrehumana, mientras empujaba con fuerza a Nina. Pero ésta se tomó firmemente del costado de la lancha y levantó la cabeza por encima del agua. Cuando Genevieve se dio cuenta de que no podría ahogarla empujándola por la borda, trató de alzar el cuerpo exhausto de Nina para después golpearlo contra el borde. Nina sintió que se desmayaba. Sus fuerzas se agotaban con rapidez...

—Winston fue muy fácil —continuó Genevieve. Era muy extraña la manera en que deseaba explicarlo, como si aún considerase a Nina una amiga. Más extraño aún era que a Nina le quedara algo de conciencia para poder entender aquellas palabras. —No deseaba lastimarlo. Me divertí mucho con Winston —dijo con melancolía—. Amaba a ese tipo. Y él fue maravilloso conmigo. Pero, por desgracia, usted encontró ese micrófono, y Winston era una amenaza inaceptable. A él le encanta beber champán, así que le puse algo. Bebimos un par de copas...

Quedó pensativa unos instantes.

—El otro tipo se murió muy rápido. Toda esa comida estaba en el pasillo privado del juzgado, como esperando un poco de condimento del sur, una dosis de maní para su almuerzo especial antes de que ingresara en la sala del jurado. Inclusive su plato estaba identificado como vegetariano. Y por allí pasaba yo con mi comida típica en los juicios: un sándwich de mantequilla de maní. Fue hecho a pedir de boca. ¿No le parece que la gente exigente es detestable? —dijo—. ¿No son despreciables?

—¿No tuvo miedo de que la vieran? —preguntó Nina, sin aire.

—Había estado en aquel corredor media docena de veces durante el juicio, evitando la prensa o siguiendo a Winston, que coqueteaba con aquella empleada. Nadie me prestó atención.

Nina no tenía tiempo. Un golpe más contra el costado de la lancha acabaría con su vida. Con las dos manos, inclusive la que se suponía tenía quebrada, tomó a Genevieve cuando ésta la estaba levantando. Aullando de dolor, se separó de la lancha y se zambulló en el lago. Al instante, Genevieve, tomada por sorpresa ante la dirección que había elegido Nina, perdió pie y cayó al agua.

Nina abrió los ojos y se dio cuenta de que estaba sumergida y se hundía como una piedra en las negras profundidades del lago Tahoe. Era posible que, desde el momento en que ella se había mudado a aquel lugar, el lago la hubiese estado esperando, como había hecho con otros en el pasado, con aquel marinero, con la víctima de su primer caso por asesinato. Pateó con fuerza para contrarrestar la succión, preguntándose a qué profundidad se hallaría, por cuánto tiempo sus pulmones soportarían antes de agotar el aire y volver a llenarse, pero esta vez de agua. Exhausta, traspasada por el dolor en el brazo, sin tener idea alguna de hasta dónde llegaría, comenzó a remar frenéticamente con los brazos y chocó contra algo. Una piedra. La siguió al tanteo hasta llegar a la membrana que había entre el agua y el aire. Aunque la piedra estaba completamente sumergida, pudo pararse sobre ella y sacar por lo menos una parte del cuerpo fuera del agua.

El viento la lastimaba más que el agua. Debía regresar a tierra firme. La isla quedaba a unos noventa metros de distancia. Podría recorrerlos nadando en pocos minutos... Pero su cuerpo no podría tolerar el frío. Toda la superficie de su piel estaba erizada, y tiritaba tanto que los dientes le castañeteaban.

Jadeante y sin nada de fuerza, estudió la gruta en busca de Genevieve. La vio al instante en la arena, escondida detrás de un arbusto. Genevieve había ido a buscar el kayac. Se alejaría con él. Nina observó impotente, aspirando bocanadas de aire frío, mientras Genevieve se agachaba para desatar el kayac amarillo, lo arrastraba hasta el agua, subía de un salto y lo impulsaba con el remo. Como hipnotizada, Nina fue tras ella.

Con un brazo extendido al costado del cuerpo, Nina nadó en silencio cerca de la superficie del agua embravecida, tratando de mantenerse sumergida. Llegó hasta un costado del bote y se encaramó, usando ambos brazos y lanzando un grito para aliviar el dolor que sentía. Genevieve se balanceó. Sin esperar la siguiente reacción espontánea de ésta, Nina le propinó un tirón y la hizo caer al agua. Cuando ambas llegaron simultáneamente a la superficie, cerró el puño, como lo había hecho Genevieve, y le dio un golpe contundente en el mentón.

Genevieve cerró los ojos. Se hundió, pero Nina la tomó del pelo y la hizo subir a la superficie. Lo había logrado. Una trompada de knock out, una trompada de la que Mike Markov se habría sentido orgulloso...

Nina trató de sujetarse del kayac y usarlo como flotador, pero no podía sostener a Genevieve y el bote a la vez. Durante un momento prolongado se permitió considerar la posibilidad de soltar a Genevieve. No podía hacerlo. Sencillamente, no podía. Con un gemido de resignación, dejó que el bote se alejara.

Regresar a la isla sin usar el brazo lastimado resultaba difícil, aunque no imposible. Para cuando arrastró a Genevieve sobre las rocas de la gruta, tanto la lancha de Matt como el kayac amarillo flotaban a cientos de metros de distancia, completamente fuera de alcance. Se dejó caer junto a Genevieve en la arena, medio muerta de frío, se estiró y hundió en una especie de estupor por el cansancio que la embargaba.

No pasaron más que unos segundos hasta que se obligó a despertarse, aunque sólo fuera para mantener un ojo abierto. Sin embargo, aquella precaución llegó demasiado tarde. La llovizna fina que caía del cielo fue interrumpida por una sombra que la cubría blandiendo un cuchillo largo y filoso.

Genevieve había encontrado la cesta de picnic.

CAPÍTULO 37

A medida que se acercaba la noche, las aguas del lago se tornaron de un color azul oscuro y aterciopelado. El collar de montañas que rodeaba la bahía, como una hilera de contornos en sombra, se apilaba en capas de grises pálidos. El viento, que a menudo se levantaba al final del día, mantenía las olas en movimiento, haciendo que bañaran ruidosamente las playas. Mecidos en un balanceo rápido hacia el interior de la bahía, avanzando con la mayor cautela posible en medio de la creciente oscuridad, Paul sintió como si se dirigieran hacia el fin del mundo, con peligro de caerse en cualquier momento.

El momento de coherencia de Winston había pasado. Volvió a tenderse sobre el asiento y a roncar profundamente. No parecía un ronquido sano, pero Paul carecía de tiempo para preocuparse por eso.

Se acercó hacia la lancha que flotaba sin ocupantes, extendió la mano y tomó la soga de arrastre. No sin dificultad, la ató para llevarla a remolque. El kayac más liviano flotaba mucho más atrás, lejos de la isla. No obstante, tenía una duda más acuciante: ¿dónde estaban las mujeres?

Esa pregunta exigía una repuesta inmediata. Puso rumbo a Fannette, imaginando que ellas debían de haber regresado por algo que Genevieve quería. Tal vez la lancha se había soltado. Y el kayac también. Reacio a imaginar otra situación, dejó que esta sencilla explicación lo consolara hasta llegar a la gruta.

No había señales de vida.

—¡Demonios! —dijo Winston con claridad—. ¿Qué clase de champán era ése? —Trató de llevarse las manos atadas a la cabeza, pero no pudo.

Paul arrancó y comenzó a rodear la isla, por la punta sur.

—¿Genny? —llamó Winston, cabeceando y con los ojos casi en blanco—. Sé que no quisiste hacerme daño. Hablemos, cariño...

—¡Winston! —ordenó Paul—. ¿De qué habla?

Pero el otro hombre cerró los ojos y echó la cabeza hacia atrás.

• • •

De repente, como alzando una copa para hacer un brindis, Nina levantó el brazo derecho y tomó a Genevieve por la muñeca. Sin embargo, no llegó lejos. Genevieve la forzó hacia abajo y se sentó encima de ella.

—¡No haga esto! —gritó Nina—. ¡No presentaré cargos!

Genevieve no dejó pasar por alto lo extraño de aquella declaración. Se rió con sorna mientras presionaba con todo su peso para inmovilizar a Nina, que, enloquecida, se contorneaba para zafarse.

—¡Por Dios, Nina! Se va a ir a la tumba con su cháchara de abogada. —La tenía inmovilizada. Alzó el cuchillo con la intención de clavárselo en la garganta, pero ésta volvió a tomarla por la muñeca y, aprovechando la fuerza del envión de Genevieve, le dobló la mano para desviar el arma. Sin embargo, la muñeca se acercó peligrosamente a los dientes de Nina.

—¡Ay! —chilló Genevieve, y soltó el cuchillo.

Nina rodó por el suelo, se puso de pie y salió corriendo.

—¿Y ahora adónde va? —oyó que decía Genevieve detrás de ella—. En esta isla no hay lugar para esconderse.

Junto a unos arbustos cercanos, Nina encontró los escalones de piedra que llevaban a la casa de té. Arañada y cortada por las espinas de las plantas, no prestó atención al dolor lacerante en los pies ni al martirio punzante que sentía en el tobillo lastimado. Se movía a toda velocidad, subiendo y subiendo, pensando dónde podría esconderse, alejarse, ganar un poco de tiempo...

—¿Nina?

La voz ya estaba muy cerca. El miedo de aquel instante igualó al terror que había sentido a la vista del cuchillo. Era como un vacío helado, como si la hubieran invadido fantasmas y se estuviera congelando y muriendo desde adentro de su ser.

—Busquemos una solución a esto, ¿le parece bien? —decía Genevieve jadeante—. ¿Quiere tener su dinero?

Como parecía que no había otro lugar a dónde ir, Nina siguió corriendo cuesta arriba por la colina en dirección a la casa de té, demasiado asustada como para pensar o inclusive preocuparse por respirar. Una vez adentro, sin prestar atención a todo su miedo, corrió por el suelo de piedra hasta la ventana abierta que estaba en la punta norte, en el punto más alto de la isla. Se asomó, respiró hondo y profirió el grito más alto, más agudo y más terrible que ella pudiera recordar.

—¡Socorro! ¡Socorro! ¡Socorro! —Fueron tres gritos de auxilio similares a los que daría una persona que se está ahogando y sube tres veces a la superficie. Ella sabía que Genevieve podía oírla.

Abajo, vio la lancha de Matt. Comenzó a saltar, dando alaridos y agitando el brazo sano.

Paul agitó la mano en respuesta.

—Esto no ha sido fácil para mí. Nunca pensé que las cosas se complicarían tanto —dijo Genevieve, que entró por la puerta baja y se lanzó sobre ella.

Paul dobló en la punta norte de Fannette, en dirección a la gruta. Todos sus temores por el kayac habían desaparecido y estaba decidido a llegar a la isla, así tuviera que hacerlo a nado.

Una vez que se acercó lo suficiente, hizo un lazo con la soga para atar la lancha, tomó el extremo entre los dientes y se zambulló en las aguas oscuras; después nadó con todas sus fuerzas. Casi de inmediato, se sintió sin aire. La altura. No estaba acostumbrado a la altura. Se puso a flotar en posición vertical, tratando de tranquilizar la respiración, y después siguió adelante, impulsándose con brazadas largas y continuas, contando para sí los movimientos y con la imagen de Nina grabada en la mente: la visión de ella con el cielo negro de fondo, las ropas en jirones y volando al viento.

Nina saltó por la ventana de la casa de té y cayó con un golpe fuerte sobre la roca que estaba debajo, casi corriendo el riesgo de rodar de cabeza por la colina de rocas sólidas, lo cual sin duda habría terminado con sus días de cháchara legal.

Pisó en falso y se dio cuenta de que, fuera adonde fuere, Genevieve la esperaba. Bajó por las rocas buscando caminos de salida y con el oído atento a lo que la otra mujer pudiera estar haciendo. Sin embargo, no se oía nada. Cuando volvió a caerse, directamente sobre un arbusto espinoso, consideró que aquello era como el mensaje de cualquier espíritu que la había mantenido con vida hasta el momento. Con esfuerzo, alejó las extremidades laceradas de las punzantes espinas y continuó bajando por la pendiente rocosa formada por enormes piedras lisas, algunas con grietas abiertas por la acción del tiempo y otras ásperas como enormes bloques de cemento.

Debía haber algún lugar para ocultarse. Tenía que haberlo.

Y así era. Nina apoyó la mano contra unas malezas de aspecto compacto y cayó dentro.

Se encontró en medio de una pila de rocas que disimulaba una pequeña cueva seca de forma casi cuadrada, que no llegaba a ser lo bastante grande para contenerla a ella, pero estaba bien escondida como para no ser vista. Jadeante, casi al borde de las lágrimas por el alivio, trató de no hacer ningún ruido. Se sentó en la tierra, se abrazó las rodillas y ocultó el rostro, temblando.

Poco a poco, sus ojos se acostumbraron a la oscuridad. Cuando por fin pudo mirar lo que la rodeaba, se dio cuenta de que no se trataba de una formación natural. Las paredes seguían un patrón: las piedras más grandes formaban la base que en forma gradual se achicaba al acercarse a la cima. El techo estaba formado por una sola loza enorme. Una entrada complicada, ahora derrumbada, pero con suficientes restos como para resultar distinguible, alguna vez había formado una hermosa arcada.

Nina había caído en lo que mucho tiempo atrás debía de haber sido la tumba del marinero.

—Salga, Nina —llamó Genevieve desde algún lugar más arriba—. No me obligue a ir a buscarla...

Desesperada por no hacer ruido, pero tragando el aire a bocanadas, Nina se apoyó contra las paredes llenas de telaraña de la cueva, tratando de distinguir los sonidos.

Viento. Lluvia.

Y después, pasos.

Se apoyó sobre las manos y las rodillas y comenzó a buscar algo que pudiera usar para defenderse. A tientas encontró una piedra suelta y pesada. La sostuvo en alto.

Ahora se oían a unos pocos metros de distancia. Los sonidos se acercaban, más y más...

Y entonces, como abandonando la cautela, con rapidez y haciendo ruido, aquellos pasos comenzaron a alejarse.

Nina dejó escapar un sollozo. Lo siguiente que oyó fue la voz de Paul.

—¡Nina! —Su voz retumbó, profunda y llena de desesperación, recorriendo la distancia como el rugido de un león. —¡Nina!

—¡Aquí! —respondió ella. Trató de ponerse de pie y se golpeó fuerte la cabeza. —¡Estoy acá!

Oyó que caían rocas a su alrededor; después, el golpe seco de pasos pesados.

—¿Dónde?

La voz de Paul se oyó casi junto a ella. Nina empujó una pila suelta de piedras y salió de la cueva para echarse en sus brazos, cubierta de polvo de los pies a la cabeza. Tras un breve instante, demasiado breve, Paul retrocedió.

—¿Qué diablos sucede aquí? —preguntó.

—¿Dónde está Genevieve?

—Creí oír el ruido de alguien que se zambullía. Alguien que se lanzaba desde una roca, cerca de la gruta —dijo Paul.

—Su audífono. Era falso.

Paul pareció entender de inmediato.

—¿Dónde están las lanchas?

—En la gruta, las dos atadas.

—Se las llevará.

—Déjala, Nina —contestó Paul, apartándole de la cara el cabello mojado—. Podemos esperar aquí. Los dos juntos no tendremos frío. Le dije a Matt adónde íbamos. Él nos encontrará.

—¿Y Winston?

—¡Mierda!

—¿Lo dejaste atado?

La expresión del rostro de Paul le dio la respuesta.

—¡Ella lo matará! —exclamó Nina.

—¿Por qué trata de matar a Winston?

—Él sabe más de ella que nosotros. Es posible que, cuando encontramos el micrófono, ella supiera que Winston podía vincularla con la muerte de Wright.

Ambos recorrieron el montículo de la colina hasta el sendero y bajaron corriendo a la gruta.

Cuando llegaron a la pequeña playa de arena, Genevieve ya había soltado la lancha de alquiler del amarre del muelle y estaba subiendo. La *Andreadore* se mecía detrás, golpeándose contra las rocas. Ahora el kayac era una astilla pequeña de color amarillo en el horizonte, que se desplazaba hacia el este por el cuerpo principal del lago.

—¿Dónde está Winston? —preguntó Paul a los gritos.

—¡Allá! —gritó Nina—. ¡Lo abandonó! Debe de haber intentado alejarse nadando de ella y quedó atrapado en la corriente. —Más allá de la gruta, lo vieron azotado por las aguas revueltas, mientras la esfera oscura de su cabeza se sumergía debajo de la superficie.

—Iré tras ella —le dijo Nina a Paul—. No tengo fuerzas suficientes como para arrastrar a Winston. Ve tú a buscarlo. —Estaba a punto de saltar al agua, cuando Paul la hizo retroceder.

—Déjala ir.

Nina miró a Genevieve en la lancha, y de nuevo a Paul.

—No podemos dejar que Winston se ahogue.

—Yo iré a buscar a Winston. —Seguía reteniéndola.

—¡Si mueres, no me servirás a mí ni a nadie más! —gritó Nina—. ¡Los ahogará a los dos si no la detengo!

Después de mirarla con ojos cargados de agonía por la indecisión, la dejó ir.

Nina se zambulló y nadó tan rápido como pudo para cubrir los pocos metros que la separaban de la lancha. A pesar del dolor, esforzó el brazo lastimado para impulsarse, dando patadas furiosas que pudieran contrarrestar la debilidad de sus brazadas. Detrás de ella, sintió una zambullida cuando Paul se lanzó a rescatar a Winston.

La lluvia comenzó a caer agitando las aguas y a la gente sumergida en ellas. Ya empapada, Nina casi ni se dio cuenta. En segundos llegó a la lancha. Genevieve buscaba algo frenéticamente. Pateando, profiriendo insultos y gritándole a la embarcación, se tambaleaba de un lado al otro y de atrás hacia delante. Después de un momento, con expresión triunfante, se puso de pie con la llave en la mano.

Mientras tanto, Nina bajó la escalerilla junto a la hélice, se incorporó y subió a la lancha chorreando agua, tan mojada como el mismo lago, olvidándose de sus heridas, con la sensación de ser un monstruo que salía de las profundidades, más grande y poderoso que la persona toda despeinada que ahora tenía delante.

En los segundos fugaces durante los que se miraron, Nina no pudo encontrar ni siquiera un asomo de la juventud, el encanto y la personalidad de Genevieve. Se encontraba frente a una extraña.

—¿Por qué, Genevieve? —le preguntó, mientras la lluvia le bañaba el rostro, tratando de permitirse un instante para evaluar la situación a fin de poder decidir qué hacer para detener a Genevieve y darle a Paul tiempo para salvar a Winston—. La tensión. Usted no está bien...

—¿Recuerda aquella breve reunión privada que tuvimos hace tiempo? Ella me prometió tres millones de dólares —dijo Genevieve, haciendo girar enloquecida la llave en el encendido.

—¿Quién? —preguntó Nina, buscando un arma y descubriendo sólo una: el cuchillo que Genevieve sostenía en la mano libre.

—Lindy.

—¿Lindy la sobornó para que hiciera espionaje en la sala del jurado?

—Por supuesto que no. Ella me ofreció un premio, si ganábamos. Un incentivo perfectamente legítimo en el mundo de los negocios. Fue un error enorme haber abierto mi bocaza y alardear con Winston antes de saber que Wright me causaría tantos problemas. Inclusive entonces, Winston jamás se habría imaginado lo que yo había hecho, si usted no hubiera encontrado ese maldito micrófono.

—¿Lindy sabía sobre Wright?

—No deseaba tener detalles. Deseaba ganar. Y lo hizo, ¿o no? Yo gané para ella, y juro por Dios que voy a tener mi dinero. —Puso en marcha el motor. —Siempre creí que me comportaría como las demás hormigas trabajadoras, porque me criaron para que así lo hiciera. Pero soy digna hija de mi padre. No puedo resistirme a una oportunidad cuando ésta se me presenta.

Mientras Genevieve hablaba, Nina se acercó.

—¿Qué hará ahora?

—Primero me encargaré de Paul y Winston, y después de usted.

—Creí que Winston le importaba. E inclusive que yo le importaba... un poquito.

—¡Atrás! —ordenó Genevieve, blandiendo el cuchillo en el aire.

Nina retrocedió con rapidez.

—Debe morir, Nina. Fui una estúpida por no cuidar ese micrófono. Pero aquí puedo solucionarlo todo con el trágico accidente que está por ocurrir. Usted misma, por desgracia, se llevará por delante a sus amigos y perderá su propia vida. Es poco convincente, pero la única testigo del desastre ofrecerá algunos detalles importantes.

—¿Y el ataque que sufrió Rachel Pembroke?

—Ella era la musa inspiradora de Mike Markov y tenía demasiada influencia. Si ella no lo presionaba para luchar duro contra Lindy, nuestras posibilidades de ganar el juicio habrían sido mucho mejores. Y, por supuesto, era una testigo de vital importancia. Me escondí en el asiento trasero de su automóvil, creyendo que estaría sola; todo habría parecido un suicidio. Pero me vio y chocó antes de que pudiera hacer algo. Después, apareció Lindy de la nada, así que no pude terminar mi trabajo. Decidí confiar en los métodos de investigación habituales, escuchando en secreto al jurado. Ésta fue la primera vez que tuve que intervenir hasta ese punto. De verdad soy muy buena en mi trabajo. Nadie podría haber previsto el cambio de actitud de Wright. No fue mi culpa.

En ningún momento miró a Nina, aunque seguía apuntándola con el cuchillo. Con el cabello pegado a la cabeza y el agua chorreándole por el rostro, parecía medio ahogada y medio sobrenatural. Navegando en círculos, fue en busca de Paul y Winston.

Nina no los veía por ninguna parte.

—¿Dónde están?

—En este lugar hay restos de toda clase de naufragios —dijo Genevieve— restos de Vikingholm en el fondo de la bahía.

—Por favor, Genevieve —rogó Nina, que se esforzaba por ver a través de la lluvia y presa del pánico.

—Quizá, si no está ya ahogada, cuando llegue al fondo verá algo allí abajo. —Cuando Genevieve llegó al final de la gruta y salió a aguas abiertas, dijo algo casi para sí. —¿Cómo pudo irse todo de las manos de esta forma?

Nina dio un salto, invocando en silencio a Dios, a los espíritus del lago y cualquiera que pudiera tener algún interés, para que la ayudaran a desplazar a Genevieve del timón. Sin moverse, Genevieve soportó el embate como si fuera un poste. Asestó el cuchillo con eficiencia, produciéndole a Nina un tajo profundo en el brazo.

—Atrás —gritó, alejando la lancha de la gruta—, o le cortaré la garganta. El cementerio de allá abajo es perfecto; jamás revela sus secretos.

Con lágrimas de dolor por la herida en el brazo, Nina le dio la espalda a Genevieve y se tomó de la soga que aún sujetaba la lancha de Matt. La *Andreadore* rebotaba detrás como el trineo de un niño que en una carrera suicida se deslizara por una montaña. Desató con gran esfuerzo la soga, usando el brazo derecho herido, ya que el izquierdo se hallaba casi inmóvil. Después se paró sobre los asientos y saltó a la otra embarcación. Una rodilla golpeó contra el banco y la otra se aplastó debajo de su cuerpo.

Al observar que Nina escapaba, Genevieve gritó de frustración.

De manera sorprendente, la llave todavía continuaba en el encendido de la lancha de Matt. Nina la hizo girar y, sintiendo como si el brazo fuera traspasado por lanzas de dolor, tomó el timón.

Sin embargo, nada sucedió. La *Andreadore* había muerto aun antes de hacer su habitual intento de arranque, mientras el aire se llenaba de olor a gasolina. Después comenzó a desplazarse hacia el este, siguiendo la ruta del kayac en dirección al gran lago.

"Quizá sea lo mejor", pensó Nina. Quizá Genevieve se olvidara de ellos, atracara cerca de Vikingholm y trepara para subir a la autopista. Tal vez tenía un automóvil escondido allá arriba. Podría estar en Los Angeles esa misma noche, y desaparecer para siempre de sus vidas, enterrada en sus anónimos millones de dólares.

Si bien deseaba imaginar una historia con final feliz, a Nina le costaba creerla. Genevieve había llegado muy lejos. Había escuchado al jurado mientras éste deliberaba. Ya había cometido un asesinato. Y ahora cobraría su paga.

El mismo pensamiento debió de pasar por la mente de Genevieve, ya que hizo girar la lancha de regreso a la isla.

Paul vio que Nina subía a la lancha y oyó voces, pero no podía seguir perdiendo tiempo en los problemas de ella. La gruta era muy pequeña. Una vez que llegó a aguas más profundas, donde había visto a Winston, tuvo que concentrarse en localizar la cabeza que había salido una vez más a la superficie. Nadaba con brazadas continuas.

Sin aliento y con tanto frío que mentalmente debía salirse de su propio cuerpo para tolerarlo, al final lo encontró.

Primero lo tomó del cabello; después, de la camisa que Winston aún llevaba puesta. Así, Paul comenzó a remolcar al otro hombre.

—Winston —dijo sin aire—, ¿puede ayudarme?

Se oyó un borbotón y después una voz estrangulada.

—¡Estoy maniatado, hombre!

Genevieve le había quitado las sogas de los tobillos, pero le había dejado las de las manos. Paul intentó quitárselas, pero no pudo. Había hecho un buen trabajo al atarlas.

—Tendré que arrastrarlo —le informó.

—¡Quíteme estas sogas! —le suplicó Winston, frenético—. ¡Me ahogo! ¡Sáquemelas!

—Espere —dijo Paul. No le quedaban fuerzas suficientes para discutir, y por cierto menos para arrastrar a ese jugador de fútbol por el continente de agua de deshielo en el que se encontraban. Comenzó a dar una patada bien fuerte, tratando de remar con un solo brazo.

—¡Me va a matar! —Winston escupía agua, mientras hundía la cabeza en las aguas revueltas del lago.

No habían hecho más que ciento cincuenta metros cuando Paul la oyó: la lancha regresaba.

Bueno, con oscuridad o sin ella, Genevieve podía verlos sin problema alguno. Había aparecido la luna y encima de las aguas y las gotas de lluvia plateadas imaginó que su cabeza era el lado iluminado de la luna, en tanto que la de Winston, el lado oscuro.

—Vamos a sumergirnos —dijo— para que no nos vea.

Winston luchó con violencia hasta que se liberó del dominio de Paul. Sólo por pura voluntad se mantuvo erguido, incapaz siquiera de remar, y enfrentó la lancha que se aproximaba.

—¡Eh! ¡Eh! ¡Deténte, Genevieve! —gritó—. ¡No!

Con la velocidad de una locomotora, grande como un transatlántico, la inmensidad de la muerte hizo desaparecer el pequeño horizonte de ambos.

Nina miró horrorizada cuando Genevieve avanzó directo hacia Paul y Winston. La angustia fue tan grande que sintió como si ella también hubiera sido atropellada por la lancha de Genevieve. Giró el motor de arranque como una loca que tiene una única tarea obsesiva que cumplir y jamás la completa. Después de mirar el agua para ver si Paul y Winston volvían a la superficie, Genevieve hizo girar la lancha con facilidad y comenzó su regreso hacia donde estaba Nina. Planeaba chocar contra la *Andreadore*.

—¡Arranca, maldita seas! —Nina metió a la fuerza la llave en el encendido y volvió a girarla una y otra vez, pero la lancha no arrancaba.

¿Qué le dijo Matt en el último viaje que habían hecho, mientras ella graznaba y protestaba y perjuraba que jamás volvería a subirse? "La lancha arrancará. Lo que hace arrancar a la lancha no es la técnica, sino la confianza. Justamente aquí tienes mi confianza, ¿no la ves? La palanca negra a la derecha del timón. Ahora, acepta esa confianza y apúrate. Dale un trago de gasolina. Muévela..." La movió, dando vueltas a la llave de atrás hacia delante con la otra mano. Nada. "Ponla aquí, más hacia el centro de la ranura..."

Genevieve estaba muy cerca, tanto que Nina podía verle los ojos. Pero lo que vio allí le hizo estremecer el cuerpo. Una total concentración, la violencia personificada que se aproximaba. Porque esos ojos inhumanos brillaban de vehemencia.

El motor arrancó.

Hizo girar el volante con rapidez hacia la izquierda y creyó sentir el aliento frío de Genevieve cuando pasaba, errando a la *Andreadore* por milímetros.

Con escasos segundos de gracia, Nina se volvió para mirar hacia la gruta. Allí, en el borde más lejano, vio dos cabezas que salían salpicando agua. Paul y Winston. De algún modo habían podido pasar por debajo del casco. Aún seguían con vida.

Con gritos de dolor, hizo girar la lancha, lanzándola contra el viento e inclinándola hacia la derecha, tan cerca de volcarla que podían contarse las burbujas de espuma que se formaban alrededor de las gotas de lluvia que caían sobre la superficie del lago. Llegaría primero allá. De algún modo los salvaría.

Detrás de ella, Genevieve avanzaba.

—¡Es Nina! —gritó Paul—. Viene hacia acá.

—¿Nina? —preguntó Winston, tosiendo—. ¿Ella también nos persigue?

—¡No! —contestó Paul—. Trata de alejar a Genevieve de nosotros. —Tenía los músculos de los brazos tan tensos para poder mantener a flote a Winston y a sí mismo, que creyó que podrían llegar a cortarse como elásticos. —Genevieve no se va a tragar ese anzuelo. Estamos acabados —dijo Paul—. ¡Por el amor de Cristo, Winston! ¡Patee fuerte con esos pies! ¡Ayúdeme!

Pero Winston, que había tragado sus buenos cuatro litros de agua durante su lucha debajo del agua, estaba demasiado ocupado en tratar de escupirla para poder contestar.

—¡Debemos volver a sumergirnos! —gritó Paul—. ¿Listo?

—¡No puedo! —exclamó Winston—. ¡No! —y en su pánico pudo liberarse de Paul lo suficiente como para hundirse.

Y de nuevo se encontraron debajo de la superficie.

Genevieve fue a la carga hacia ellos para exterminarlos.

Paul se movía con torpeza, desesperado por encontrar a Winston; lo encontró y puso rumbo a la playa, agitándose como un pez que está a punto de morir en un anzuelo. Empujó, arrastró e hizo todo lo que pudo para mantener a Winston fuera del agua y respirando, aunque toda su conciencia en realidad se concentraba en el ruido de los motores que cada vez se oían más y más fuerte...

La *Andreadore* pasó dándoles un gran impulso. Vio a Nina, concentrada al volante, con la larga cabellera enmarañada y volando al viento como si fuera una bandera de fe. Pero Genevieve los quería a todos muertos. Deseaba primero rebanarlos a ellos y después ir tras Nina. Estaba tan cerca, tan condenadamente cerca...

Con el pie, Paul rozó una roca debajo del agua. Tiró con violencia a Winston hacia un lado y fijó su última esperanza en la roca saliente del extremo izquierdo de la gruta. Nadó raudamente hacia ella y alzó el cuerpo dormido y saturado de agua de Winston detrás de él.

La lancha de Genevieve pasó tan cerca que cortó el aire como una flecha, derramando una catarata lo bastante grande como para ahogarlos. Después, como si fuera un robot al que no le importaba haber fallado una vez más al intentar matarlos, dio la vuelta para reanudar la inhumana y desapasionada persecución de Nina.

Genevieve sabía que ellos estaban atrapados y seguros en la isla. Paul observó impotente cómo Nina ponía rumbo a la playa vecina a Vikingsholm. Ahora le llevaba a Genevieve unos cien metros de ventaja. Podría acercarse, saltar y esconderse en algún lugar en el bosque o subir la colina hacia la carretera. Allí podría buscar ayuda...

Sin embargo, mientras observaba, la *Andreadore* se detuvo y dio la vuelta, poniendo rumbo de nuevo hacia la isla.

¿Qué hacía Nina? No podía rescatarlos, ¿o sí?, pensó confundido. ¿Por qué regresaba?

"Viene hacia estas rocas." ¿Quizá la lluvia la había enceguecido y no le permitía ver que eran aguas poco profundas?

"¡Morirá!" Apretó la mano del cuerpo inerte de Winston. ¿Debería hacerle una seña?

Tal vez ella lograra hacer un giro, para alejarse en el último instante. Pero entonces vio que la lancha de Genevieve dibujaba el mismo arco. Sin Paul y Winston en el agua para distraerla, rápidamente Genevieve acortó la distancia que separaba las dos embarcaciones.

A treinta, veinte, diez metros de distancia de las rocas, Nina achicó la separación entre ella y la península rocosa del islote donde se encontraban Paul y Winston.

Paul sujetó con firmeza el cuerpo fláccido del abogado, lo alzó, dando tumbos, apretando los dientes y gritando, y lo levantó por encima de una punta rocosa que había en la playa, en el extremo de la gruta; después lo dejó caer como si fuera una bolsa. Subió corriendo una roca escarpada hasta una distancia prudencial de la punta y se llevó una mano a la frente para evitar que la lluvia le nublara la visión.

Trató de imaginar lo que Nina pensaba en ese momento mientras volaba como el viento hacia él. La fijación que parecía haber en su objetivo no dejaba espacio para otra cosa que no fuera la determinación.

Ahora la lluvia golpeaba fuerte, y Paul sabía que ya no podía confiar en sus ojos.

Creyó ver la pequeña figura de Nina erguida en el borde de la *Andreadore* y después desaparecer como un ángel en las aguas profundas del lago, justo cuando la lancha de Genevieve, directamente detrás, la chocaba.

Creyó ver el rostro aterrorizado de Genevieve.

Sintió más que vio el tremendo choque, cuando ella dio contra una roca con una explosión tan violenta que pareció detenerse el tiempo.

Y después, casi sin prisa, vio suceder el resto en detalle, como si estuviera mirando una película cuadro por cuadro, en cámara lenta. La lancha de Genevieve que volaba por el aire, se daba vuelta, caía volando por encima de la *Andreadore*. Infinidad de astillas de madera que surcaban el aire. Fuego en lo que habían sido las embarcaciones. Calor y luz donde había habido oscuridad.

Entre los restos, fulgurante por el relumbrón de la gasolina encendida, la silueta de una mujer sin huesos —como una muñeca de trapo— cuya última morada sería el lago, quedó suspendida en la superficie, para después hundirse en las profundidades.

CAPÍTULO 38

Había llegado el verano en Tahoe. Las tonalidades de verde iban desde el más claro hasta un verde tan oscuro como el carbón. Los bosques habían absorbido la nieve derretida de las montañas. Llegó el día de los Caídos en la Guerra. Los turistas de vacaciones no se marchaban.

Nina no se percató de todo eso. Aquella mañana de un martes de junio, entró en la oficina y cerró la puerta a todo. No contestó el teléfono cuando éste sonó. No tocó los papeles que ya empezaban a amarillear, como algo perteneciente al pasado. Vestida con unos vaqueros y una camiseta, apoyó los pies descalzos sobre el escritorio y miró por la ventana en dirección al lago. Pero la ventana insistía en comportarse como una pantalla de cine en la cual los acontecimientos de los últimos siete meses se superponían y le impedían ver el paisaje.

Sandy, sentada en su escritorio de la recepción, no la molestó. Sabía que aun en una mañana soleada de verano uno podía tener en el alma una noche negra.

Genevieve había avanzado en la vida de todos ellos como un alud que destruye a su paso.

Paul había ayudado a Nina a salir del agua y trepar al islote. Allí, los tres se quedaron esperando, observando cómo se incendiaban las lanchas. Winston se despertó justo a tiempo para ver las llamas que ardían crepitando en la lluvia y se hundían en el lago en medio de un silencio espectral. El kayac había desaparecido a la distancia. Pasaron horas antes de que Matt notificara al guardacostas y ellos fueran rescatados.

Paul y Winston contaron sus historias a la policía. Jeffrey Riesner solicitó que el veredicto a favor de Lindy fuera declarado nulo, basado en las "irregularidades" existentes en los procedimientos, y el juez Milne hizo lugar a tal requerimiento y ordenó un nuevo juicio. Se retiró al síndico Jim Colby de la empresa, y todos los activos y la dirección de ésta pasaron de nuevo a manos de Mike Markov.

El resultado catastrófico del juicio, como había sido consecuencia de uno de los miembros del equipo legal de Lindy, expuso a ésta a sanciones judiciales. Por lo menos deberían haberle ordenado pagar los honorarios legales de Mike. En lugar de ello, el juez Milne le dio a Nina una fuerte lección a tribunal abierto, hecho que fue ampliamente cubierto por los medios y que la hizo ponerse roja hasta las raíces del pelo; Jeffrey Riesner le sonrió triunfante y destruyó los últimos vestigios de seguridad en sí misma.

Mike tenía la mayor parte de su dinero. Lindy no tenía nada.

Nina tenía menos que nada.

Un año de su vida había desaparecido en el olvido junto con la lancha de Genevieve.

Lo que quedaba de Empresas Markov después de la falta de atención por parte de Mike era ahora suyo para que lo volviera a administrar hasta que se llevara a cabo un nuevo juicio, en uno u otro sentido.

Sucediera lo que sucediese, Nina no entraba en ese cuadro. El caso Markov había destruido por completo su carrera. Sus clientes buscaron a otros abogados que tuvieran más tiempo para atender sus llamados. Su chequera mostraba un saldo negativo. No podía hacer frente a los gastos para representar a Lindy en el nuevo juicio. Ni siquiera podía pagar el alquiler. Según el contrato que había firmado con Lindy, ésta había acordado pagarle por lo menos los honorarios básicos y las costas legales. Aun a una tarifa reducida, eso equivaldría a unos cien mil dólares. Tal vez algún día Lindy pudiera pagar esa cuenta, pero no parecía que pudiera hacerlo pronto.

O tal vez Lindy se declarara en quiebra y se mudara a otro sitio.

Nina pidió dinero prestado para comprarle a Matt una lancha nueva, ya que su hermano no había mantenido el seguro de la *Andreadore*. Pidió dinero para pagarle a Winston su trabajo de los últimos meses. Sin embargo, ese dinero no alcanzaba para salvar las finanzas del abogado. La agencia impositiva lo demandó por evasión de impuestos. A su vez, él presentó una contrademanda por hostigamiento, pero todos sabían lo difícil que era salir a flote una vez que el gobierno ponía su ojo sobre uno.

No mejorarían sus oficinas. No contratarían nuevo personal. El uso abusivo de todos los recursos financieros disponibles para llevar adelante ese juicio la había aniquilado. El préstamo para la lancha fue el último que el Banco le otorgaría. Nina debía comenzar a regularizar los pagos de las abultadas deudas que había contraído.

Sin los honorarios que Lindy debía pagarle, no podría hacerlo. En lugar de eso, apilaba facturas en un rincón de la oficina y observaba cómo día a día se iban acumulando.

Genevieve había desaparecido en el lago, como Paul parecía creer, o en el vasto territorio de California. La historia de su desaparición y de los ataques a Paul, Winston y Nina llegó a las primeras planas de todo el Estado. En caso de que por milagro ella hubiera sobrevivido a la explosión, la policía la declaró culpable en ausencia de asesinato en segundo grado por la muerte de Clifford Wright más otros tres cargos por intento de asesinado contra Paul, Winston y Nina.

Nina decidió no pensar más en Genevieve. Había terminado con ella, igual que con todo lo demás.

Paul retrasó su viaje a Washington por una semana, pero Nina estaba demasiado deprimida como para hablar con él. Al fin, abandonó la ciudad en silencio, sin llamarla para despedirse.

Nina había arriesgado todo y había perdido.

Después de dejar a su caballo Comanche al cuidado de unos amigos que vivían en las afueras de Reno, Lindy regresó por un tiempo a la ciudad para atar algunos cabos sueltos. Había decidido mudarse a otro lugar. Unos viejos amigos tenían una mina de oro que explotaban en Idaho. Lindy deseaba ir allá y aprender lo que ellos sabían; además, necesitaba alejarse de Tahoe. Ahora ese viaje parecía la salida perfecta.

Las noticias sobre Genevieve habían sido devastadoras. Pasaron varios días antes de que se recuperara de la impresión que le habían causado los sucesos. De alguna manera, el ofrecimiento que ella le había hecho fue del detonante del asesinato de uno de los jurados y de los ataques a los abogados. Había sido criminalmente necia. Tenía suerte de que no la hubieran demandando por conspiración o algo así. Se sentía abrumada por la culpa.

Junto con la noticia de Genevieve llegó la noticia de la orden para un nuevo juicio.

Sin embargo, aunque Nina le había advertido no hacerlo, porque probablemente Lindy debería correr con las costas del juicio de Mike, ella había decidido salirse del caso. Se sentía muy mal por todo lo que había tenido que pasar Nina para recibir nada, pero carecía de la fortaleza suficiente para seguir peleando con Mike.

Deseaba poder pagarle a Nina, pero los abogados siempre parecían contar con muchos recursos. Era probable que Nina tuviera mucho dinero guardado. Ella no habría aceptado el caso sin contar con recursos financieros importantes, ya que habría sido una estupidez. Nina estaría bien y Winston se recuperaría de la pérdida en un año.

Sus pensamientos volvían a ese pobre hombre. Todo el mundo parecía creer que Cliff Wright había muerto por su culpa; tal vez tenían razón. Ella ya no deseaba el dinero, la empresa ni nada. Por Alice se había enterado de que Rachel había regresado junto a Mike para suplicarle su perdón. Así que Mike estaría bien.

En cuanto a ella, por fin había aceptado que su vida allí, la vida que había llevado durante veinte años, había llegado a su fin. No era exactamente joven, pero era dura como pulpo hervido.

La segunda semana de junio llamó a la secretaria de Mike y concertó pasar por la casa para buscar el resto de sus pertenencias. Deseaba anunciarle a Mike con anticipación su visita. Como un último favor, le pidió que por favor Rachel no estuviera en la casa, aunque fuera por un par de horas. Los portones de la entrada se hallaban abiertos. Él estaba esperándola.

Los canteros de flores eran el prototipo del descuido. Casi la mitad de las flores estaban marchitas y sin cortar. Lindy prefirió creer que a Rachel le encantarían tanto como a ella y que pronto todo volvería a estar en orden.

Sammy corrió a saludarla dando grandes saltos; Lindy pasó unos minutos acariciándolo y diciéndole las cosas que a él le gustaba oír. Del bolsillo de su chaqueta, tomó un trozo de carne seca que el animal aceptó como un manjar. Lindy lo dejó marchar al sendero de grava para que lo comiera.

Mike estaba parado en la puerta, con las manos en los bolsillos.

—Hola —dijo.

—Hola. —Lindy subió las escaleras y él la dejó pasar. —¿Mis cajas están listas?

Florencia había apilado una docena de cajas en la planta alta y abajo, junto con pilas gruesas de papel de envolver.

—No necesito todas éstas. —Deseaba llevarse únicamente las cosas más especiales: la caja de madera tallada que le había regalado su padre, un pisapapeles de cristal azul que había pertenecido a su madre. Guardaría las fotografías en cajas para mirarlas el día en que el veneno hubiera destilado de ellas y ya no la lastimara.

Miró fijo la planta alta. Mike estaba parado en el descanso, apoyado contra la baranda y con las manos aún en los bolsillos, mientras ella iba de una habitación a otra. Cuando se acabaron las cajas, él la ayudó a armar otras. En ningún momento objetó una sola cosa, aunque la observaba con atención todo el tiempo.

El único lugar en el que Lindy no entró fue el guardarropas del dormitorio. No podía soportar ver la ropa de Rachel colgada allí. Decidió pedirle a Florencia que le enviara cualquier cosa importante que quedara.

Cuando llegó el momento de bajar a la planta baja, se sintió muy cansada; sin embargo, allí abajo habría menos que hacer. Esas habitaciones no eran privadas y, salvo su escritorio, Lindy no pensaba encontrar mucho.

—¿Quieres beber algo? —preguntó Mike, siguiéndola por las escaleras.

Lindy pasó la mano por la baranda una última vez.

—No, gracias. Quiero terminar cuanto antes. —Qué extraño. Casi por primera vez desde que se conocían, ella no podía descifrar la expresión de la mirada de Mike. Estaba cambiado. Por poco, Lindy deseó que protestara o se enojara, cualquier cosa que pudiera quebrar la tensión entre ellos.

No fue mucho lo que hizo en su escritorio; tan sólo guardar unos documentos en dos cajas y cerrarlas con cinta. Mike la ayudó a apilar las cajas en la puerta de entrada.

Después de permitirse unos minutos para recuperar el aliento, Lindy echó una última mirada alrededor. Luego abrió la puerta del frente y miró a Mike. Se limpió las manos en un trozo de papel de envolver y tendió una.

—Hemos recorrido juntos un camino bastante largo —le dijo—. Tal vez algún día nos veamos.

Mike dudaba, como si tratara de decidir algo pero no pudiera expresarlo. Ella deseaba oírlo, oírle decir algo que pudiera llevarse consigo y que significara que él comprendía lo bueno que había sido aquel trecho de vida compartido.

Así que se quedó allí parada como una tonta, con la mano extendida, cuando debería haberse dado vuelta con el mínimo de dignidad que le quedaba; la tensión se hizo insoportable.

Mike le tomó la mano. Y después la atrajo hacia así y la besó en los labios.

Lindy retrocedió de un salto.

—¿Qué haces? —exclamó.

—Trato de besarte para que sea mejor.

—¡Lo estás haciendo más difícil!

Hizo un intento de pasar junto a él para salir, pero Mike le bloqueó el paso.

—¿Puedes escucharme? —le dijo—. Rachel se ha ido —de pronto Mike se mostró como antes, un poco avergonzado, pero en secreto complacido de sí mismo.

—No mientas. Sé que ella regresó.

—Lo hizo. Yo seré estúpido, pero no tanto como antes. —Esbozó una sonrisa, tímida.

—¿No regresará?

—Tuve que darle un buen cheque —confesó Mike—. Con ella siempre se trata de negocios. Además, yo fui un fanfarrón y estaba confundido. Un blanco fácil. Lindy, ella se fue. Y yo...

Lindy meneó la cabeza.

—Mike, no hagas esto.

—Podríamos... Sentémonos aquí y hablemos.

—¿Después de lo que sucedió? No creo que debamos.

—Dame un minuto y déjame hablar a mí. Aunque soy de lo peor para eso, como lo soy para todo lo que hago sin ti.

A la distancia, Tahoe brillaba.

—Deberíamos hundir en el lago este último año —dijo Mike.

Sandy llevó dos ensaladas para el almuerzo y las dejó en el escritorio de Nina.

—No tengo apetito —dijo Nina.

—Está bien. No comas —contestó Sandy—. ¿Y ahora qué? —preguntó mientras sacaba la tapa de plástico y vertía el aderezo.

—Ahora, nada —contestó Nina.

—¿Lindy nos va a pagar algo?

—No, y yo ni siquiera tengo dinero para pagar el alquiler de la oficina este mes. Tenemos suerte de que el juez no haya ordenado a Lindy pagar los honorarios de los abogados de Mike. Ella está tratando de reunir los treinta mil dólares para pagar las costas del juicio y poder desistir de la demanda. No puede ayudarnos.

—El dueño nos esperará un par de meses. Has hecho que el edificio Starlake sea famoso. Tiene gente interesada en una lista de espera. Toma. —Le alcanzó un cheque.

Se trataba de un cheque personal de Sandy a favor de Nina por la suma de diez mil dólares. Cómo había juntado ese dinero, Nina no podía imaginárselo. Y allí estaba, ofreciéndoselo a su jefa.

—Eres la mejor persona que he conocido —dijo Nina, tratando de no demostrar su emoción—. De ninguna manera. Pero gracias por el ofrecimiento. —Le devolvió el cheque.

—Empezaremos de nuevo. Trabajaremos el doble —dijo Sandy—. Puedes usar ese dinero para salir de este lío. —Y, como si quisiera ilustrar lo que decía, masticó con ruido una tostada.

—¡Olvídalo!

—¿Me estás diciendo que trabajo para una perdedora? Todavía tienes una manta para no morirte de frío por las noches, ¿o no? —Sandy miró fijo a Nina con aquellos ojos suyos, parecidos a pequeñas piedras.

Nina estudió el negro de esos ojos, como si pudiera encontrar allí el origen misterioso de la fuerza de Sandy. Pero sólo vio a una mujer indígena de cabello negro y rostro redondo que la miraba, sin dejar al descubierto nada más que lo que siempre había mostrado.

En ese momento, al mirar a Sandy a los ojos, Nina sintió todo el costo de su juego. Había puesto en riesgo el trabajo de Sandy, el futuro de Bob, su hogar, la profesión para la que estaba hecha. Había perdido a Paul...

Como Lindy se rehusó a dormir en la cama de la planta alta, esa donde había visto a Mike con Rachel, decidieron ir al yate y hacer la cama con sábanas limpias. La luz del sol se colaba por la claraboya iluminando el camarote.

Más tarde, encontraron cerveza y galletas en la cocina del barco. Llevaron una bandeja a la mesa que había en cubierta y hallaron el lugar perfecto para disfrutar del sol en esa tarde tranquila y cálida. A la distancia se veían algunos barcos meciéndose como amantes al ritmo del lago. Una música les llegaba desde la lejanía.

—Mañana iré a ver a Riesner —dijo Mike—. Le diré que me ayude con la anulación de la demanda.

No había duda en su voz. Hablaba como un hombre que lucha por su vida. Deseaba que ella regresara. Pero Lindy no creía en milagros. Faltaba mucho para que las cosas fueran perfectas. Jamás podría confiar en él como lo había hecho una vez.

—Te amo, Mike, pero no seguiré haciendo lo mismo que en el pasado.

—Lo sé. Ninguno de los dos lo hará. Nos casaremos el domingo —dijo Mike.

Se produjo un prolongado silencio.

—Lindy. Cásate conmigo. Por favor —pidió Mike con tono apremiante—. El día que tú quieras, si el domingo no te parece conveniente.

Otro silencio.

—¿Lindy? —insistió, ahora con tono muy ansioso.

—Oh, sí, Mike.

—¿Por favor?

—¿Por qué debería creer en eso?

—Hablo en serio. Te amo más que nunca. Necesito que regreses a mi vida. Esta vez para siempre, Lindy.

Durante largo rato, Lindy se quedó mirando el agua, recordando la última vez que habían estado juntos en ese lago y en un barco. El viento primaveral agitaba el cabello de Mike cuando él se paró esperando que ella dijese algo. Aquella noche, él había sido tan diferente, como otra persona, lo mismo que ella.

Por fin deseaba casarse. Y aquí estaba, grande como el mismo lago Tahoe, un final feliz tan lleno de misterio, nada parecido a lo que ella jamás hubiese imaginado. Debajo de esa esperanza ridícula, insistente y vacilante de que esta vez aquello sería para siempre, la duda y el miedo habían desplazado la fe. Jamás había sabido lo frágil que era todo. Jamás se había imaginado cómo las esperanzas pueden derrumbarse y destruirlo a uno. ¡Qué difícil era seguir, sabiendo eso!

—Prometo casarme contigo... —comenzó a decir ella.

—¡Ah, Lindy! —El rostro de Mike se arrugó cuando esbozó una amplia sonrisa.

—... si esta vez prometes no escaparte —terminó Lindy.

—No más escapadas.

—Lo creeré cuando vea al pastor aquí el domingo —dijo Lindy.

Se besaron y después se sentaron en los bancos empotrados que se alineaban en la popa del yate.

—Te llevaré a una verdadera luna de miel —prometió Mike—. Conozco el lugar perfecto.

—¿Quieres que nos vayamos ahora? ¿Con todos los problemas que hay en la empresa?

—El tema es saber qué es lo que los dos queremos hacer. Tengo una sugerencia. Estoy pensando que tal vez podríamos vender e irnos a un lugar a empezar de nuevo. Me enteré de que en Australia hay una gran mina de ópalo en venta...

—Un nuevo comienzo —murmuró ella. Recorrió con un dedo la barbilla de Mike, como si deseara recordar su forma.

—Vendamos todo y vámonos.

—Yo ya tengo las valijas listas —dijo Lindy, y mientras lo hacía recordó las palabras tomadas del libro de los Corintios que su padre solía citar—. El amor es paciente. El amor es benévolo. No monta en cólera con facilidad. No guarda registro de las equivocaciones.

Se dio cuenta que ella jamás sabría por qué había sucedido todo, por qué él se había enamorado de Rachel o por qué ella lo perdonaba. Por qué habían terminado en los tribunales. No tenía idea. Uno nunca sabe lo que la gente puede llegar a hacer. Siempre son tantas las cosas que suceden en el interior de uno, recuerdos y acontecimientos, influencias que jamás se podrán sondear. Volvió a pensar con tristeza en Clifford Wright.

—Hablando de negocios —dijo Lindy—, le pediré a Nina que prepare unos documentos para que los firmemos, Mike. Con matrimonio o sin él, las cosas serán diferentes entre nosotros.

—Por supuesto —accedió él—. Pongamos todo en negro sobre blanco, por escrito. Eso debería ser del agrado inclusive del propio Riesner.

En ese momento pasó una lancha y la ola hizo mecer el crucero.

—A todo esto —añadió Mike, abrazándola—, ¿hasta dónde llegan los daños en el departamento legal?

—Muchos, pero Nina trabajó arduamente en mi caso. Desearía darle algo personal de regalo, algo especial, además del dinero —respondió, pensando en Genevieve—. Quisiera demostrarle todo lo que aprecio... ¡Ah! Ya sé. ¿Qué te parece si le doy esto como gratificación? Le transferiré los derechos de la mina de papá. No vale nada, pero es un lugar para poder ir, para poder alejarse de su oficina. Tal vez le guste. Creo que yo no regresaré jamás allá. Demasiados recuerdos.

—Muy buena idea.

—Sus costas y los honorarios ascienden a unos cien mil dólares. ¿No es horroroso? ¡Qué lección tan costosa! Por supuesto que ella no obtendrá el porcentaje.

Mike la hizo darse vuelta de cara a él; el sol le calentaba la espalda mientras él la masajeaba con el arte de un ex boxeador que en verdad sabía lo que era bueno.

—¿Tus honorarios legales suman cien mil? —preguntó él, moviendo los dedos con delicadeza sobre los nudos que Lindy tenía en el centro de la espalda, trabajándolos con lentitud, amasando esos puntos sensibles que él conocía tan bien.

Con el contacto más tierno de sus manos callosas, Mike hacía el mayor esfuerzo para borrar algunas de las heridas del último año.

—Has hecho una ganga —dijo, riéndose—. Mi abogado me cobró el doble.

—Si tienes que hacerlo, laméntate y lloriquea el resto del día —le decía Sandy a Nina en el otro lado de la ciudad—, pero ése es todo el tiempo que podrás permitirte. Mañana a las diez tienes una cita.

—¿Cómo? —Nina había empezado a comer su ensalada. El sol de la tarde, que se reflejaba en el lago, iluminaba la oficina y brillaba en su rostro. Trató de bostezar, deseando poder dormir una siesta de unos minutos y olvidarse de la montaña de problemas financieros que tenía. Sin embargo, sentirse exhausta no era lo mismo que estar cansada. Se sentía exhausta pero no desconectada.

—Un nuevo asunto —informó Sandy.

—Sandy, no...

—Es algo grande. —Estaba sentada muy quieta, luciendo la más impasible de las expresiones.

Algo se traía entre manos.

—Sandy, falta mucho para mañana. Tengo un montón de decisiones que tomar. Aun cuando pudiera afrontarlo, no puedo ni considerar volver a enredarme en otro juicio horrible...

—Te va a encantar —aseguró Sandy.

Y mientras hablaba, algo conmovió el espíritu de Nina. Esa pequeña emoción era un sentimiento conocido.

"¡Qué va!", pensó.

Bajó los pies del escritorio, se sentó erguida y tomó el anotador.

—Sandy, dime de qué se trata.

AGRADECIMIENTOS

Nuestro más sincero agradecimiento:

A Nancy Yost, por su fe permanente y su aliento sin interrupciones; a Maggie Crawford, por ayudarnos a encauzar correctamente este manuscrito y a sintetizar; a Patrick O'Shaughnessy, por su profundo conocimiento del comportamiento masculino; a Carole Baron, por su formidable apoyo y entusiasmo.

A Su Señoría Suzanne N. Kingsbury, jueza del Tribunal Superior, y a Su Señoría Jerald Lasarow, juez del Tribunal Municipal, y los miembros de su respectivo personal en el tribunal del Condado de El Dorado, en el sur del lago Tahoe, por su amable generosidad y tiempo.

A Stephen J. Adler, autor de *The Jury-Disorder in the Court*, publicado por Doubleday en 1994, por la información de primera mano sobre el sistema de jurado en los Estados Unidos; a Helen Henry Smith, autora de *Vikingsholm, Tahoe's Hidden Castle*, publicado en 1973, por sus recuerdos personales del pasado fascinante de Bahía Esmeralda; a Leonore M. Bravo, autora de *Rabbit Skin Blanket*, publicado en 1991, por su extraordinaria perspectiva del pueblo washoe nativo de los Estados Unidos, durante este siglo; a Mark McLaughlin, autor de *Sierra Stories*, publicado por Mic Mac Publishing en 1997, por sus historias del folclore de esa magnífica región.

Un agradecimiento especial a Pell Osborn por ser nuestro primer crítico serio.

Y gracias a Brad Snedecor, por todo.

Todos los errores y libertades de interpretación nos pertenecen.